HEYNE BÜCHER

W0464505

SCIENCE FICTION

Herausgegeben von Wolfgang Jeschke

Ein Verzeichnis aller STAR-TREK®-Romane
finden Sie am Schluß des Bandes.

A. C. CRISPIN

STAR TREK®
CLASSIC

SAREK

Roman

Star Trek®
Classic Serie
Band 78

Deutsche Erstausgabe

WILHELM HEYNE VERLAG
MÜNCHEN

HEYNE SCIENCE FICTION & FANTASY
Band 06/5478

Titel der Originalausgabe
SAREK
Aus dem Amerikanischen übersetzt von
BERNHARD KEMPEN

Umwelthinweis:
Dieses Buch wurde auf
chlor- und säurefreiem Papier gedruckt.

Redaktion: Rainer-Michael Rahn

Erstausgabe by Pocket Books/Simon & Schuster, Inc., New York

Printed in Germany 1998
Umschlagbild: Pocket Books/Simon & Schuster, New York
Umschlaggestaltung: Atelier Ingrid Schütz, München
Technische Betreuung: M. Spinola
Satz: Schaber Satz- und Datentechnik, Wels
Druck und Bindung: Ebner Ulm

ISBN 3-453-13324-2

In Liebe für
Michael Capobianco

PROLOG

Sonnenuntergang auf Vulkan. Im Westen ging Nevasa – auch 40 Eridani A genannt – unter und färbte den tiefroten Himmel mit Schlieren in tiefen Amethyst-, Gold- und Korallentönen. Doch die große Gestalt, die als Silhouette vor dem Sonnenuntergang stand, war blind für diese Farbenorgie. Sarek von Vulkan blickte nach Osten und betrachtete T'Rukh, den Nachbarplaneten seiner Welt, der seine volle Phase erreicht hatte. Der Riesenplanet zog in einer Entfernung von nur 149 895,3579 Standardkilometern der Föderation seine Bahn und nahm am Himmel über Vulkan eine Fläche von dreißig Winkelgraden Durchmesser ein.

Da die zwei Planeten durch Gezeitenkräfte aneinander gefesselt waren, konnte man T'Rukh nur von dieser Seite Vulkans aus beobachten. Die riesige Scheibe hing ständig über dem hohen, zerklüfteten Horizont und durchlief an jedem Tag einen kompletten Phasenwechsel. Erst nach Sonnenuntergang enthüllte die Welt ihr volles, pockennarbiges Gesicht.

Die freie Sicht auf T'Rukh war einer der Gründe gewesen, warum Sarek sich diese abgelegene Gegend für seine Villa in den Bergen ausgesucht hatte. Hier am Rand der zivilisierten Welt wurde der Botschafter niemals müde, den Riesenplaneten über der Feste zu betrachten, dem unwirtlichen, kontinentgroßen Plateau, das sich sieben Kilometer über die restliche Oberfläche Vulkans erhob. Es gab nur wenige Personen, die regelmäßig das volle Gesicht der Nachbarwelt betrachten konnten. Nur der uralte Schrein von Gol lag noch weiter östlich als Sareks Villa.

Der Wind wurde kühler, nachdem Nevasa nun untergegangen war, zerrte an Sareks heller Tunika und leichter Hose. Während er T'Rukh konzentriert beobachtete, klammerten sich seine schlanken, langfingrigen Hände um die Balustrade der Terrasse, von der aus sich der östliche Garten überblicken ließ. Der Botschafter versuchte, zu einer Entscheidung zu gelangen.

Logik kontra Ethik ... Wog das Wohl vieler mehr als das Gewissen und die Ehre eines einzelnen? Durfte er das aufs Spiel setzen, was er für richtig hielt, um etwas Notwendiges zu erreichen?

Sarek starrte über die Ebenen von Gol und dachte nach. Vor langer Zeit hatte er dort bei den Hohemeistern studiert. Was würden seine Lehrer tun, wenn sie an seiner Stelle wären?

Der Botschafter nahm einen tiefen Atemzug in der abendlichen Luft und ließ sie langsam wieder aus seinen Lungen entweichen, während er die Berge der Umgebung betrachtete. Er hatte sich diesen Ort schon vor Jahrzehnten als seine private Zuflucht ausgesucht, nachdem er seine zweite Frau geheiratet hatte. In diesem abgelegenen Bergland war es sogar während der Stunden des Tageslichts deutlich kühler und damit angenehmer für Menschen – vor allen Dingen für einen ganz bestimmten Menschen – als in der sengenden Hitze, die auf dem übrigen Planeten herrschte.

Es wurde immer dunkler um Sarek, während er T'Rukh betrachtete. Doch auf dieser Hemisphäre von Vulkan wurde es nie völlig finster. T'Rukh, der Riesenplanet, den die Menschen Charis nannten, spendete vierzigmal soviel Licht wie der Vollmond auf der Erde. In seiner vollen Phase war T'Rukh eine aufgequollene gelbliche Kugel, ein kränkliches Auge, das niemals blinzelte, selbst wenn die Gischt aus Gas und Feuer von der äußerst aktiven Oberfläche durch die Wolkendecke drang. Sarek registrierte geistesabwesend, daß seit dem Tag zuvor ein neuer Vulkan aktiv geworden war. Der große, feuerrote Fleck sah aus wie ein eitriger Abszeß auf dem schwefelgelben Antlitz des Planeten.

T'Rukh war nur einer der vielen Namen des Wächters, die im Verlauf des Vulkanjahres wechselten. Der Planet, der mehr als doppelt so groß wie Vulkan war, konnte sich eines eigenen Mondes rühmen, der ihn auf einer engen und schnellen Bahn umlief. Am heutigen Abend war T'Rukhemai – wörtlich »das Auge des Wächters« – als dunkelroter Kreis fast genau im Zentrum der Planetenscheibe zu sehen, wie die Pupille im Auge eines Giganten. Der kleine Himmelskörper, der nur wenig größer als der Erdmond war, umkreiste den Wächter so schnell, daß die Bewegung fast mit bloßem Auge wahrzunehmen war. Sarek starrte auf den Wächter, der seinen Blick unerschüttert erwiderte.

Er hatte es sich zur Gewohnheit gemacht, nach draußen zu gehen und den Wächter zu beobachten, wenn er vor einer schwierigen Entscheidung stand. Und die Entscheidung, mit der er nun rang, war eine der schwierigsten seiner bisherigen Laufbahn. Sein Geist spulte unablässig logische Gedankenketten ab und wog Argumente gegeneinander ab. Durfte er aktiv werden? Eine solche Handlungsweise verstieß gegen alle Regeln der Diplomatie und sämtliche interstellaren Gesetze. Wie konnte er diese Regeln mißachten, nachdem er sein ganzes Leben lang für die Prinzipien einer zivilisierten Gesellschaft eingetreten war?

Doch wenn er nicht aktiv wurde, wenn er keinen Beweis für die heimtückische Bedrohung präsentierte, die der Föderation bevorstand, würden Millionen unschuldiger Lebewesen sterben. Vielleicht sogar Milliarden.

Sarek kniff die Lippen zusammen. Er konnte seine Theorie nur beweisen, indem er gegen die Gesetze verstieß. Wie konnte er sich über das hinwegsetzen, was er selbst mit aufgebaut hatte? Doch hier ging es eindeutig um einen Fall, bei dem das Interesse der Allgemeinheit im Vordergrund stand. Konnte er die Drohung eines Krieges ignorieren?

Sarek starrte auf den Wächter, während er überlegte. Irgendwo in der Ferne rief ein *Lanka-gar*. Der Botschafter drehte den Kopf und entdeckte die kreisende Silhouette des nächtlichen Flugtieres, das zwischen den Hügeln nach Beute Ausschau hielt.

Er warf einen Blick über die Schulter und bemerkte, daß die knallbunten Farben des Sonnenuntergangs verblaßt waren. In wenigen Minuten würden sie völlig verschwunden sein, woraufhin dann T'Rukh die Nacht beherrschte, auch wenn sein Gesicht nun nicht mehr voll war.

Wieder streifte ihn ein Windhauch, der ihm kühl über die Wangen strich. Um Mitternacht wäre es hier draußen selbst für das Empfinden von Menschen recht kalt.

Obwohl der Botschafter seine adlerhaften Gesichtszüge unter Kontrolle hatte, herrschte in seinem Geist keineswegs Ruhe.

Die logischen Gedankenketten kamen allmählich zu einem Abschluß, bis die Lösung des Problems auskristallisierte. Die Entscheidung war gefallen. In dieser Angelegenheit wogen Logik und Notwendigkeit schwerer als ethische Bedenken.

Mit einem leichten Kopfnicken verabschiedete Sarek sich von T'Rukh, denn er wußte, daß seine Entscheidung ihn von seinem Heimatplaneten fortführen würde. Der Wächter würde viele Nächte lang ohne Sareks Anwesenheit zu- und abnehmen. Der Botschafter mußte so schnell wie möglich aufbrechen.

Sarek wandte sich vom Naturschauspiel ab und kehrte mit schnellen und sicheren Schritten zum Haus zurück. Er dachte kurz daran, wie Spock reagieren würde, wenn er herausfinden sollte, was sein Vater plante. Diese Vorstellung amüsierte ihn. Sein Sohn wäre überrascht und möglicherweise sogar schockiert, wenn er erfahren würde, daß sein Erzeuger Logik und Rationalität dazu benutzte, ein Verbrechen zu planen. Sarek bezweifelte nicht, daß Spock an seiner Stelle genau das gleiche tun würde. Doch sein Sohn war zur Hälfte Mensch und hatte schon vor langer Zeit gelernt, sich zu verstellen und auszuweichen – sogar zu lügen. Ja, Spock würde seine Entscheidung stillschweigend dulden. Aber genau das belastete in gewisser Weise um so mehr das Gewissen seines Vaters.

Doch Sareks Entschluß stand fest. Die Logik war unfehlbar. Es gab kein Zurück mehr.

Sarek erreichte die Villa, ein flaches, weitläufiges Gebäude mit dicken, schützenden Wänden, und trat ein. Das Haus war zum größten Teil in typisch vulkanischem Stil eingerichtet, schmucklos und nur mit dem notwendigsten Mobiliar. Doch gerade diese Nüchternheit und Leere vermittelte das Gefühl von geräumigem Komfort. Im Wohnzimmer machte sich die Anwesenheit des menschlichen Bewohners der Villa bemerkbar – durch den alten Schreibtisch mit dem verblaßten Petit-Point-Stuhl, den dazu passenden Couchtisch und den handgewebten Wandbehängen, die den Raum in sanfte Rosa-, Türkis- und Meergrüntöne tauchten. Eine Wasserskulptur rieselte leise innerhalb des Schutzfeldes, das die Verdunstung der kostbaren Flüssigkeit verhinderte.

Sarek ging in sein Büro und setzte sich mit seinem jungen Assistenten Soran in Verbindung, damit dieser alles für die Reise vorbereitete. Das Büro des Botschafters war ohne jeden Schmuck, mit Ausnahme des Gemäldes einer Eiswelt unter einer aufgeblähten roten Sonne.

Neben seinem Büro lag das Schlafzimmer, und dahinter befand sich das Wohnzimmer seiner Frau mit Ausblick auf den östlichen Garten. Durch ihre enge Verbindung wußte Sarek längst, daß Amanda dort auf ihn wartete. Er zögerte einen Augenblick vor dem geschnitzten Portal, das in ihr gemeinsames Zimmer führte.

Im Bewußtsein, daß Amanda seine Anwesenheit spürte, öffnete Sarek die Tür und ging durch das Schlafzimmer ins Wohnzimmer hinüber. Seine Frau saß auf ihrem Lieblingsplatz und blickte nach draußen auf den Wächter und die Felsformationen in ihrem Garten.

Das Licht des Riesenplaneten fiel auf ihr Gesicht und enthüllte neue Falten, die vor einem Monat noch nicht dagewesen waren. Ihre Knochen traten deutlicher unter der Haut hervor, die Wangen und die Nase waren eckiger geworden. Er betrachtete sie eine Weile und bemerkte, daß Amandas fließendes Gewand jetzt deutlich die Winkel ihrer Schultern und ihrer Schlüsselbeine nachzeichnete. Sie war niemals eine kräftig gebaute Frau gewesen, doch während des vergangenen Monats hatte ihr ohnehin zierlicher Körper unübersehbar an Gewicht verloren.

»Sarek«, begrüßte sie ihren Gemahl. Sowohl ihre hörbare als auch ihre mentale Stimme waren voller Wärme und Herzlichkeit, als sie ihm eine Hand entgegenstreckte.

»Ich grüße dich, meine Frau«, sagte der Botschafter und gestattete sich das feine Lächeln, das nur für sie bestimmt war. Sie berührten sich gegenseitig mit zwei Fingern. Diese rituelle Geste, die in körperlicher Hinsicht so simpel wirkte, konnte zwischen einem innerlich verbundenen Paar unendliche Nuancen der Bedeutung annehmen. Manchmal war sie nur eine beiläufige Bestätigung, die mentale Entsprechung eines flüchtigen Kusses auf die Wange, und manchmal war sie fast so überwältigend wie die Leidenschaft des *Pon Farr*. Sareks Berührung übermittelte eine Vielfalt an Gefühlen, die der Botschafter niemals aussprach, denn unter Vulkaniern war es nicht üblich, Gefühle in Worte zu fassen.

»Ist es draußen kühl geworden?« fragte Amanda und

blickte wieder hinaus in ihren Garten, den sie kurz nach Spocks Geburt angelegt hatte. Ungewöhnlich geformte und gefärbte Steine ergänzten die kaktusartigen Bäume von Vulkan und die Wüstenpflanzen von einem Dutzend Planeten der Föderation.

»Die Temperatur ist für die Jahres- und Tageszeit normal«, antwortete Sarek.

»Ich wollte auf die Terrasse gehen und mich zu dir gesellen«, sagte Amanda, ohne den Blick vom Garten abzuwenden, »aber dann bin ich offenbar eingeschlafen. Ich wachte erst wieder auf, als ich deine Anwesenheit im Nebenzimmer spürte.«

Sarek setzte sich neben sie und betrachtete ihr Gesicht. Beunruhigt stellte er fest, wie abgespannt und blaß sie aussah. Und sie ermüdete in letzter Zeit so schnell ...

Besorgt aktivierte der Vulkanier die Leuchtkörper des Raumes und studierte dann aufmerksam das Gesicht seiner Frau. Auch ohne das unheimliche Licht des Wächters wirkte Amanda ausgezehrt und blaß. Auf ihren Wangen, die einmal so voll und gesund gewesen waren, war nun keine Spur von Rosa mehr.

Als sie seinen konzentrierten Blick bemerkte, wandte sie ihre blauen Augen ab. Sie verschraubte andächtig ihren altmodischen Füllfederhalter, schloß ihr Tagebuch und legte es in eine Schublade ihres Schreibtisches zurück.

Sarek beugte sich näher zu ihr herüber, ohne ihr Antlitz aus den Augen zu lassen. »Amanda«, sagte er leise, »ich habe bemerkt, daß du offenbar an Gewicht verloren hast ... Geht es dir nicht gut, meine Frau?«

Sie hob die abgemagerten Schultern zu einem schwachen Achselzucken. »Ich vermute, ich habe mich ein wenig erkältet, Sarek. Bitte mach dir keine Sorgen um mich. Es besteht kein Grund zur Beunruhigung.«

Der Botschafter schüttelte den Kopf. »Ich möchte, daß du T'Mal anrufst und einen Termin mit ihr vereinbarst, damit sie eine gründliche Untersuchung deines körperlichen Zustandes durchführen kann.«

Amanda warf ihm einen kurzen Blick zu, wandte ihre Augen jedoch sofort wieder ab. »Ich brauche nur ein paar Tage Ruhe, Sarek. Es besteht kein Anlaß für mich, einen Arzt aufzusuchen.«

»Bitte überlasse es der Heilerin, ein solches Urteil zu fällen«, sagte Sarek. »Versprich mir, daß du dich baldmöglichst mit ihr in Verbindung setzt.«

Sie atmete tief durch, und Sarek spürte durch ihre Verbindung, daß sie versuchte, eine starke Gefühlsempfindung vor ihm zu verbergen. »Ich habe in dieser Woche noch sehr viel Arbeit vor mir«, wandte sie ein. »Meine Verlegerin will die Veröffentlichung des neuen Buches auf einen früheren Termin vorziehen. Sie hat mir heute mitgeteilt, daß ein sehr großes Interesse an der Übersetzung der Schriften von Suraks Anhängern besteht.«

»Tatsächlich?«

»Ja«, sagte Amanda und lebte bei diesem Thema sichtlich auf. »Als ich ihr erzählte ...«

»Amanda«, unterbrach Sarek sie mit erhobener Hand, »du lenkst das Gespräch bewußt auf ein anderes Thema. Glaube nicht, ich würde es nicht bemerken.«

Seine Frau öffnete den Mund, um zu protestieren, schloß ihn dann wieder und starrte angestrengt auf ihre Hände. Sareks Besorgnis wuchs. Amanda schien innerhalb weniger Wochen um Jahre gealtert zu sein.

»Ich bedaure es, dich morgen früh verlassen zu müssen«, sagte Sarek. »Ich muß mich auf der Erde mit dem vulkanischen Konsulat beraten und dann um eine Unterredung mit dem Präsidenten der Föderation ersuchen. Es würde mir helfen, mich auf meine Arbeit zu konzentrieren, wenn ich wüßte, daß T'Mal sich um deine Gesundheit kümmert, solange ich nicht bei dir sein kann.«

»Du gehst fort?« fragte Amanda. Dabei schien ein

Schatten über ihre Augen zu fallen. Sarek versuchte, ihre Gefühle zu ergründen, doch sie hatte die vulkanische Mentaldisziplin genauso wie die vulkanische Sprache schon vor Jahrzehnten erlernt, so daß er keinen Erfolg hatte. »Wie … wie lange wirst du fort sein?«

»Ein oder zwei Wochen«, erwiderte der Botschafter. »Wenn ich die Angelegenheit hinausschieben könnte, würde ich es tun, angesichts deiner gesundheitlichen Probleme. Aber ich kann es nicht. Was die IGEM betrifft, hat sich die Lage auf der Erde in den vergangenen Wochen zusehends verschlimmert.«

»Ich weiß«, sagte Amanda. »Ich schäme mich für meinen Heimatplaneten. Die ›Interessengemeinschaft Erde den Menschen‹ schien zunächst nur ein Sammelbecken für unfähige Spinner und unverbesserliche Dummköpfe zu sein. Doch in den heutigen Nachrichten wurde gemeldet, daß es vor dem vulkanischen Konsulat in Paris eine Demonstration gab! So etwas macht mich rasend!« Einen Moment lang blitzten ihre Augen vor Entrüstung saphirgrün, und sie schien ihr früheres Temperament wiedergefunden zu haben. »Diese Narren versuchen den ganzen Planeten davon zu überzeugen, daß Vulkan für jedes Problem – von den Verwüstungen durch die Sonde bis zu den klingonischen Übergriffen entlang der Neutralen Zone – verantwortlich ist!«

»Die IGEM scheint wirklich die Absicht zu verfolgen, Zwietracht zwischen deinem und meinem Volk zu säen«, sagte Sarek. »Von Zwischenfällen im Zusammenhang mit den Konsulaten der Andorianer oder Telariten ist mir nichts bekannt.«

»Glaubst du, daß die plötzliche Renaissance der IGEM etwas mit Valeris' Verstrickung in die geheime Intrige zu tun haben könnte?« fragte Amanda.

»In den terranischen Nachrichten wurde viel deutlicher auf die Rolle der vulkanischen, klingonischen und romulanischen Verschwörer als auf die Aktivitäten von

Admiral Cartwright oder Colonel West hingewiesen, nachdem das Attentat auf Kanzler Gorkon verübt und die Khitomer-Konferenz unterbrochen wurde«, gestand Sarek ein. »Angesichts der Umstände ist das bedauerlich, aber nicht überraschend.«

Seine Frau betrachtete ihn aufmerksam. »Sarek ... hat die Wiederbelebung der ›Interessengemeinschaft Erde den Menschen‹ irgend etwas mit deiner neuen Mission zu tun?«

Sarek lehnte sich im Sessel zurück und blickte durch das Fenster auf T'Rukh, dessen oberes Segment jetzt im Schatten lag. Der Botschafter schwieg fast eine Minute lang, bevor er sprach. »Ich bin in letzter Zeit zu einer Reihe von Schlußfolgerungen gelangt, Amanda«, sagte er. »Und es haben sich einige Verdachtsmomente erhärtet. Allerdings habe ich für meine Theorie keinen Beweis, der über spekulative Indizien hinausgeht. Ich brauche konkrete Beweise, bevor ich mit meinen Vermutungen vor die offiziellen Vertreter der Föderation treten kann.«

»Und deshalb willst du zur Erde? Um an Beweise zu gelangen?«

»Ja«, sagte der Botschafter. »Falls das möglich ist«, schränkte er ein.

»Ich verstehe.« Amandas Lippen wurden hart, doch sie fragte nicht weiter – was Sarek fast noch mehr beunruhigte als ihr körperlicher Zustand. Unter normalen Umständen hätte seine Frau niemals so schnell aufgegeben. Sie hätte nicht locker gelassen, bis sie ihre Neugier befriedigt hatte. Doch jetzt lehnte sie sich erschöpft mit dem Kopf gegen ihren Sessel und blickte schweigend mit halb geschlossenen Augen auf den Wächter.

Sarek stockte der Atem in der Kehle, als er sie so sah. Und jetzt konnte er das Gefühl identifizieren, das immer stärker in ihm geworden war, seit er diesen Raum betreten hatte.

Angst.

»Amanda«, sagte er und versuchte, jede Spur eines Gefühls aus seiner Stimme herauszuhalten. »Ich bestehe darauf, daß du die Heilerin anrufst und einen Termin mit ihr vereinbarst. Wenn du es mir nicht versprichst, werde ich meine Abreise um einen Tag verschieben und es persönlich tun.«

Als sie ihn ansah, spürte er ihre tiefen Gefühle. Es war Sorge – aber nicht um sich selbst. Amandas Kummer galt ihrem Mann. »Also gut, Sarek«, erklärte sie sich schließlich einverstanden. »Ich gebe dir mein Wort, daß ich noch diese Woche einen Termin vereinbaren werde.«

»Du wirst morgen anrufen?«

»Ja.«

Der Botschafter atmete tief durch. Er empfand Erleichterung, aber immer noch ein wenig Beunruhigung. »Vielleicht sollte ich jemanden kommen lassen, der in deiner Nähe ist, solange ich fort bin«, sagte er. »Einen deiner Freunde …« Er überdachte schnell die Möglichkeiten und erkannte, daß die meisten menschlichen Bekannten seiner Frau in den letzten Jahren gestorben waren. »Eine andere Möglichkeit wäre unser Sohn. Vielleicht könnte er Urlaub nehmen und zu einem Besuch nach Hause kommen, wenn ich ihn …«

»Nein!« Amandas Erwiderung war scharf und duldete keinen Widerspruch. »Ich will nicht, daß unser Sohn damit belastet wird. Es gab in letzter Zeit immer wieder Angriffe durch abtrünnige Klingonen an der Neutralen Zone, und ich bin sicher, daß die *Enterprise* eines der Schiffe ist, die dort Patrouille fliegen.«

»Wenn Spock wüßte, daß es dir nicht gut geht …«

»Das kommt nicht in Frage«, sagte sie in ruhigerem, aber noch entschlossenerem Tonfall. »Ich möchte, daß du in dieser Angelegenheit meine Wünsche respektierst, mein Gemahl«, fügte sie ernst hinzu.

Sarek zögerte. Amanda fixierte ihn mit strengem

Blick. »Mein Versprechen gegen deins, Sarek. Gilt die Abmachung?«

Der Botschafter nickte. »Also gut, Amanda. Du wirst die Ärztin benachrichtigen, und ich werde unseren Sohn *nicht* benachrichtigen.«

Sie erwiderte sein Nicken. Ihre blauen Augen wurden sanfter, bis sie die Farbe des Himmels ihrer Heimatwelt hatten. »Ich wünsche dir eine sichere Reise, Sarek«, sagte sie und fügte dann mit einem schwachen, zärtlichen Lächeln hinzu: »Was immer du vorhast ... sei vorsichtig. Vergiß niemals, daß ich dich liebe ... auf völlig verrückte und unlogische Weise. Vergiß das niemals!«

Der Vulkanier blickte ihr fest in die Augen. Langsam und feierlich hob er zwei Finger. »Ich werde vorsichtig sein, meine Gemahlin.«

Sie beantwortete die Geste, indem sie über seine Finger strich und dann die ihren an seine legte. Die Wärme ihrer Verbindung umfaßte sie beide und machte jedes weitere gesprochene Wort überflüssig.

1

Sarek von Vulkan stand am Fenster des vulkanischen Konsulats in San Francisco und blickte nach draußen. Seine Unruhe wuchs. Die heutige Demonstration der ›Interessengemeinschaft Erde den Menschen‹ hatte mit einigen wenigen Fanatikern begonnen, von denen manche selbstgefertigte Plakate und andere Holo-Transparente trugen. Doch bereits während der kurzen Zeit, die er am Fenster gestanden hatte, waren es deutlich mehr geworden.

Mittlerweile drängte sich eine beachtliche Menge vor dem Eingang. Sareks empfindliches vulkanisches Gehör konnte mühelos wahrnehmen, was sie skandierten: »DIE ERDE DEN MENSCHEN! DIE ERDE DEN MENSCHEN!« und dazwischen gelegentlich ein schrilles »VULKANIER RAUS!«

»Unlogisch«, murmelte eine Stimme hinter seinem Rücken. Als der vulkanische Botschafter sich umsah, entdeckte er seinen jungen Assistenten Soran, der mit besorgtem Blick neben ihn trat. »Letztes Jahr hielt man die ›Interessengemeinschaft Erde den Menschen‹ für ein Sammelbecken geistig minderbemittelter Rassisten. Ich habe Nachforschungen angestellt ... Die Organisation hatte höchstens fünfzig Mitglieder auf dem gesamten Planeten. Doch jetzt geht die Sicherheitsabteilung der Föderation von einer Anhängerschaft von mehreren Tausenden aus. Wie konnte es zu diesem plötzlichen Anstieg kommen, Botschafter?«

Sarek zögerte. Er hätte beinahe eine unbestimmte Antwort gegeben, doch dann schüttelte er statt dessen langsam und warnend den Kopf.

»Botschafter Sarek?«

Die zwei Vulkanier drehten sich gleichzeitig um, als Surev, einer der jungen diplomatischen Attachés, sich näherte. Vor einigen Minuten hatte der junge Vulkanier den Botschafter gefragt, ob er einen Augenblick für ihn erübrigen könnte, weil er ihm gerne einen befreundeten Menschen vorstellen wollte. Sarek hatte zugestimmt. Nun jedoch wirkte Surevs faltenloses Gesicht noch betrübter als gewöhnlich. »Botschafter, ich glaube, wir müssen das Treffen, von dem ich sprach, absagen.«

»Warum?«

»Ich habe gerade ein Kommuniqué von der Sicherheitsabteilung der Föderation erhalten«, teilte er Sarek mit. »Der Sicherheitschef Watkins bittet darum, daß wir im Gebäude bleiben, bis man geeignete Leute geschickt hat, die die Menge kontrollieren können. Es ist nicht sicher genug, um nach draußen zu gehen, und Sie sollten sich auf keinen Fall mit dem Anführer der IGEM treffen, Botschafter.«

Sarek hob fragend eine Augenbraue. »Hat die Organisation um ein solches Treffen ersucht?«

Soran räusperte sich leise. »Das hat sie in der Tat, Botschafter«, sagte er. »Vor wenigen Minuten erhielten wir eine Nachricht von den Demonstranten.«

»Warum wurde ich nicht darüber informiert?« wollte der Botschafter wissen und drehte sich zu Soran um. Sein Assistent war offensichtlich über diese Frage erstaunt.

»Botschafter, ich hätte niemals vermutet, daß Sie einer Forderung nach einem solchen Treffen nachgeben könnten; dies wäre äußerst unklug, möglicherweise sogar gefährlich.« Soran klang ziemlich bestürzt, was Sarek ihm jedoch nicht übelnahm. Doch sein Assistent wußte bis jetzt noch nichts vom geheimen Vorhaben des Botschafters. Sarek beschloß, ihn noch heute einzuweihen. Er brauchte Unterstützung, wenn er zu seiner nächsten Reise aufbrach. Außerdem konnte der junge

Mann sehr gut mit Computern umgehen. Darin war er fast genauso geschickt wie Sareks Sohn. Derartige Fähigkeiten würden sich als sehr nützlich erweisen.

»Wer hat um das Treffen gebeten?« fragte Sarek.

»Der Anführer der IGEM auf diesem Planeten«, sagte Surev. »Sein Name – oder zumindest der Name, unter dem er in der Organisation auftritt – lautet Induna. Er stammt aus der Region Kenia in Afrika.«

Sarek blickte wieder aus dem Fenster. Surev zeigte auf einen Menschen, der die anderen fast um einen Kopf überragte. »Das ist Induna«, sagte er.

Der vulkanische Botschafter studierte die imposante Gestalt eines dunkelhäutigen Menschen, der einen schwarz-rot gemusterten Seidenumhang trug. »Ich werde mit ihm sprechen«, sagte er, als er zu einer Entscheidung gelangte. Er brauchte mehr Informationen über die IGEM, und es ging nichts über Beobachtungen aus erster Hand.

»Botschafter – das dürfen Sie nicht tun! Es ist zu gefährlich!« Soran trat ihm halbherzig in den Weg und versuchte, seine Fassung zu wahren. Der Botschafter legte ein äußerst ungewöhnliches Verhalten an den Tag.

Sarek blickte ihm einen Moment lang in die Augen. Soran zögerte und gab schließlich widerwillig den Weg frei. Surev deutete eine Verbeugung an. »Dürfte ich Sie zumindest bis zum Eingang begleiten, Botschafter?«

Sarek nickte großzügig. »Gewiß, Surev.«

Als sie das kuppelförmige Gebäude verließen und sich der Einfriedung näherten, hörte Sarek, daß die Menge ihn offensichtlich bemerkt hatte. Die Menschen riefen Surev, Soran und dem Botschafter Beleidigungen zu, von denen einige persönlich gegen Sarek gerichtet waren. Der Anblick von Föderationsoffizieren am Rand der Menge wirkte beruhigend.

Der Vulkanier ging auf die Demonstranten zu und sah, daß jemand das Eingangstor zum Konsulat geschlossen hatte, nachdem es bisher immer offengestanden hatte. Rufe und Beschimpfungen waren zu hören.

»Sie wollen die Erde beherrschen! Die Teufelsbrut!«

»Die dreckigen Aliens halten sich für superschlau!«

»Geht zurück nach Vulkan!«

»Vulkanier raus!«

Sarek trat an das Tor und hob seine Stimme, damit jeder ihn hören konnte. »Ich bin Botschafter Sarek«, rief er. »Mir wurde mitgeteilt, daß Induna mit mir sprechen möchte. Wer von Ihnen ist Induna?«

Die Menge, die nun aus vierzig oder fünfzig Menschen bestand, teilte sich, so daß der Anführer der IGEM vortreten konnte. »Ich bin Induna«, gab er bekannt. Er sprach mit tiefer, grollender Baßstimme.

»Ich grüße Sie, Induna«, sagte Sarek und hob seine Hand zum vulkanischen Gruß. »Ich wünsche Ihnen Frieden und ein langes Leben.«

»Ich nehme keine Glückwünsche von einem Feind der Erde an«, erwiderte Induna kalt.

»Ich versichere Ihnen, daß ich mir nur gute Beziehungen zwischen unseren Welten wünsche«, sagte Sarek. »Ich möchte Sie einladen, durch das Tor zu treten, damit wir miteinander reden können.«

Der Mensch nahm eine unzweifelhaft feindselige Haltung an. »Ich habe Ihnen nichts zu sagen, was meine Anhänger nicht mithören dürften, Botschafter! Und ich weigere mich, mit jemandem zu reden, der sich aus Feigheit hinter einem Tor versteckt!«

»Ich verstecke mich nicht, und ich habe auch nichts zu verbergen«, stellte Sarek in höflichem, aber bestimmtem Tonfall richtig. Rufe drangen aus der Menge, doch Induna schien seine Anhänger unter Kontrolle zu haben. »Also gut. Dann werde ich zu Ihnen kommen, damit wir uns wie zivilisierte Intelligenzwesen unterhalten können.« Bevor seine Begleiter ihn davon abhalten konnten, war Sarek vorgetreten und hatte das Tor geöffnet. Mit erhobenem Kopf, flankiert von den zwei jungen Diplomaten, ging er durch die Menge genau auf Induna zu.

Als Sarek zwischen die Menschen trat und auf Tuchfühlung mit den Demonstranten ging, wurde ihm fast übel von der Aura des Hasses, die ihm entgegenschlug. Seine Heimatwelt und dieser Planet waren nun seit mehr als einem Jahrhundert Verbündete und Freunde. Wie konnte die Stimmung so plötzlich umschlagen?

Der Anführer der IGEM war sichtlich erschrocken, als der Botschafter sich ihm näherte, doch er fand schnell zu seiner früheren Gelassenheit zurück. Er drehte sich um und forderte die Menge auf, ruhig zu bleiben. Doch statt dessen wurden die Rufe immer lauter.

»Vulkanier raus!«

»Sarek hat die Erde an die Klingonen verraten!«

Induna versuchte, seine Leute mit einer gebieterischen Geste zum Schweigen zu bringen. »Laßt mich mit diesem Vulkanier sprechen, meine Freunde und Kameraden!« forderte er sie auf. »Wenn ich ihn davon überzeugen kann, daß er und seine Artgenossen nichts auf unserem Planeten zu suchen haben, wird er die Erde verlassen! Wir wollen keinen Krieg, wir wollen Frieden! Sie sollen auf ihrem Planeten bleiben, und wir werden auf unserem bleiben!«

Die Demonstranten in der Nähe des Anführers gehorchten, doch andere, die weiter hinten standen, riefen immer noch Beschimpfungen.

»Geht endlich nach Hause!«

»Vulkanier raus! Vulkanier raus!«

Die Menge wurde unruhig, und dann warf jemand einen Klumpen Dreck. Weiterer Unrat folgte. Sarek roch verfaultes Gemüse.

»Halt!« schrie Induna, worauf der Beschuß aufhörte, doch die Menge entglitt allmählich seiner Kontrolle. »Beruhigt euch!« befahl der Anführer. Langsam ließ der Lärm nach.

»Wir erheben keinerlei Ansprüche auf Ihren Planeten«, rief Sarek mit lauter Stimme, um sich verständlich zu machen. »Unser beiden Spezies sind seit vielen Jahrzehnten verbündet. Wir …«

»Geht nach Hause, verdammtes Vulkanierpack!«

Der wütende Schrei einer Frau schnitt wie ein Messer durch Sareks Worte. Die Menge wogte wie ein sturmgepeitschtes Meer. »Sie hat recht! Geht nach Hause!« schrie ein anderer Demonstrant. »Teufelsbrut!« brüllte ein dritter.

»Ruhe!« tobte Induna. »Ich will mit ihm reden …«

Doch die Worte des Anführers gingen im Lärm der vordrängenden Menge unter. Wurfgeschosse flogen durch die Luft. Ein Ei zerplatzte an Sorans Gewand. »Dreckige Aliens!« schrie eine alte Frau.

Die Geschosse wurden härter und gefährlicher. Ein Stein traf Sarek am Arm. Er zuckte vor Schmerz zusammen und erkannte, daß Induna die Kontrolle über die Leute verlor, obwohl er immer noch aus Leibeskräften Ruhe forderte. Aus der Menge war ein Mob geworden.

Die Sicherheitsoffiziere griffen mit Betäubungswaffen und Kraftfeldern ein, um die Menge zurückzuhalten. Sarek wurde gestoßen und erhielt einen heftigen Schlag in den Rücken. Er drehte sich um und rang einen Moment mit dem Angreifer, bis er die Frau beiseite stoßen konnte.

Als die Menge schreiend und lärmend in Bewegung geriet, wurden Sarek und Induna gegeneinander gedrückt, so daß sie sich beinahe in die Arme fielen. Der Vulkanier versuchte sich zu befreien und spürte, wie der Anführer der IGEM nach ihm schlug. Doch der Botschafter wußte nicht, ob Zorn oder Furcht der Grund dafür war. Es spielte auch gar keine Rolle mehr. Sarek hob eine Hand und suchte nach der Stelle, wo sich der Hals und die Schulter des Menschen trafen. Er griff mit den Fingern zu und drückte sie wie eine stählerne

Zange zusammen, worauf Induna kraftlos zusammenbrach.

Doch Sarek lockerte seinen Griff keineswegs. Er ging in die Knie und fing den Sturz des großen Menschen ab. Dann schnappte er überrascht nach Luft. Er war wie die meisten Vulkanier ein Telepath, der diese Fähigkeit nur durch körperliche Berührung einsetzen konnte. Und in dem Augenblick, als seine Finger Indunas Haut berührten, öffnete sich für Sarek blitzartig der Geist dieses Menschen …

… und dieser Einblick warf ihn buchstäblich um.

Induna handelte nicht gänzlich aus eigenem Willen, erkannte Sarek schockiert. Der Anführer der IGEM stand unter dem Einfluß eines fremden Geistes mit ausgeprägten telepathischen Fähigkeiten. Mit ausgeklügelten Mentaltechniken hatte der unbekannte Telepath die latente Fremdenfeindlichkeit des Mannes zu einem Feuersturm des fanatischen Hasses entfacht.

Von sich aus hätte Induna niemals mehr als ein leichtes Mißtrauen gegenüber Vulkaniern und anderen Außerirdischen empfunden. Jemand hatte seine unterschwellige Xenophobie ausgenutzt, indem er behutsam und geduldig auf seine Gedanken Einfluß genommen hatte, bis der Betroffene überzeugt war, aus eigenem Antrieb zu einer neuen Erkenntnis gekommen zu sein.

Jemand hatte die tiefsten und verborgensten Wünsche und Ängste dieses Menschen genährt und geformt, bis er vom Haß auf alles Andersartige erfüllt war …

… zum Beispiel auf Vulkanier.

Sarek konnte kaum fassen, was er mit eigenen Sinnen wahrnahm. Eine solche mentale Einflußnahme widersprach allen ethischen und moralischen Grundsätzen seines Volkes.

Doch es gab keinen Zweifel an der mentalen »Signatur«, die der Telepath in Indunas Geist hinterlassen hatte. Sarek schüttelte verwirrt den Kopf, als er wieder ins Hier und Jetzt zurückkehrte und bemerkte, daß er mitten in einer wütenden und tobenden Menge kauerte. Induna lag immer noch halb am Boden und halb in seinen Armen. Der Botschafter versuchte aufzustehen und zog den Anführer der IGEM hoch, damit der Bewußtlose nicht vom rasenden Mob zertrampelt wurde.

Als er auf die Beine gekommen war, wurde er beinahe sofort wieder von den panisch flüchtenden Demonstranten zu Boden gerissen. Die Leute von der Föderationssicherheit gingen gegen den Mob vor. Viele wurden betäubt und festgenommen. Die anderen ergriffen schleunigst die Flucht. Nach nur wenigen Sekunden, wie es schien, war er plötzlich mit dem bewußtlosen Menschen allein. Soran und Surev kamen ebenfalls wieder auf die Beine. Die beiden jungen Vulkanier hatten sich offenbar mitten im Getümmel befunden, denn ihre Kleidung war zerrissen und ihr Haar zerzaust. Soran hatte außerdem eine blutende Wunde über dem Auge.

»Wir bedauern diesen Vorfall außerordentlich, Botschafter Sarek!« rief der Vorgesetzte der Sicherheitstruppe der Föderation, während er zu den Vulkaniern eilte. »Aber wir haben das Konsulat eindringlich gewarnt, keinen Kontakt mit den Demonstranten aufzunehmen!«

»Ihre Warnung wurde zur Kenntnis genommen«, sagte Sarek. »Es war meine persönliche Entscheidung, das Gespräch mit diesen Menschen zu suchen. Ich bin ganz allein für die Folgen verantwortlich.«

Der Mensch warf einen strengen Blick auf den bewußtlosen Anführer der IGEM. »Ist das Induna?«

Sarek nickte.

»Wir werden ihn in Gewahrsam nehmen, Botschafter«, sagte der Offizier und griff nach der erschlafften Gestalt. Sarek erhob keinen Einwand.

»Bitte nehmen Sie ins Protokoll auf«, sagte der Botschafter, »daß dieser Mann seine Leute nicht dazu aufforderte, uns anzugreifen. Im Gegenteil, er hat ihnen befohlen, sich zu beruhigen. Aber sie haben nicht auf ihn gehört.«

»Verstanden, Botschafter«, sagte der Offizier und winkte einen Mann mit einer Trage heran. »Ich versichere Ihnen, daß ich es in meinem Bericht erwähnen werde.«

Sarek hielt noch einen Moment inne, während er zusah, wie Induna in eines der Ambulanzfahrzeuge verfrachtet wurde. Dann drehte er sich zu den zwei jungen Vulkaniern um. »Gehen wir wieder hinein«, sagte er.

Als sie wieder hinter dem verschlossenen und elektronisch verriegelten Tor in Sicherheit waren, entließ Sarek den jungen Surev und wandte sich dann an Soran. »Ein weiteres Teil des Puzzles konnte eingefügt werden, wie die Menschen jetzt sagen würden.«

Der junge Vulkanier hob fragend eine Augenbraue. »Was meinen Sie damit, Botschafter?«

»Ich meine das Puzzle, mit dem ich mich nun schon über ein Jahr lang beschäftige«, sagte Sarek. »Ich habe Ihnen einiges mitzuteilen, Soran. Wir wollen in den Garten gehen und miteinander reden. Das Wetter ist heute recht angenehm.«

Der junge Vulkanier wirkte überrascht. »Sie möchten nicht nach drinnen gehen, Botschafter?«

Sarek schüttelte den Kopf. »Im Garten werde ich ... freier sprechen können ... in der Nähe der Wasserskulptur«, sagte er.

Der junge Mann starrte ihn eine Weile verblüfft an, dann weiteten sich seine Augen kaum merklich. »Sie rechnen mit Abhöreinrichtungen, Botschafter?«

»Unter den gegebenen Umständen«, erklärte der Botschafter ernst, »möchte ich lieber kein Risiko eingehen, daß das, was ich Ihnen zu sagen habe, von anderen mitgehört wird.«

Gemeinsam folgten sie dem Weg, der im Bogen um das Konsulat herumführte, und gelangten bald in den Garten, der nach vulkanischem Vorbild gestaltet war. Sarek fühlte sich lebhaft an Amandas Garten erinnert und fragte sich für einen Augenblick, was ihr Besuch bei der Heilerin ergeben haben mochte. »Was wissen Sie über die Freelaner, Soran?« fragte Sarek.

Der junge Mann räusperte sich verhalten. »Freelan ... eine isolierte Welt mitten in der Neutralen Zone an der Grenze zum Romulanischen Reich. Erstaunlicherweise haben die Romulaner niemals Anspruch auf diesen Planeten erhoben, vermutlich weil er so unwirtlich und abgelegen ist. Auf Freelan herrscht eine planetenweite Eiszeit, die nur in den Äquatorialregionen Leben und Ackerbau erlaubt. Der technische Entwicklungsstand der Bewohner ist sehr hoch, vor allem in der Wissenschaft der Kryogenik und ihren Nutzanwendungen, aber Freelan ist arm an Bodenschätzen.«

»Korrekt«, sagte Sarek. »Für jemanden, der erst seit siebenundvierzig Komma sechs Standardtagen mein Assistent ist, sind Sie sehr gut informiert, Soran.«

»Sie waren seit zweiundsiebzig Komma sieben Standardjahren für die diplomatischen Beziehungen zwischen Freelan und der Föderation verantwortlich, Botschafter. Es ist meine Pflicht, mit all Ihren Aufgabengebieten vertraut zu sein«, erwiderte der Assistent. Sarek nickte anerkennend.

»Freelan umgibt«, begann Sarek leise, »wie Sie vermutlich ebenfalls wissen, ein gewisses Geheimnis.«

Sarek hatte absichtlich untertrieben, denn Freelan war in der bekannten Galaxis einzigartig. Die Freelaner betrieben keine eigene Raumfahrt, doch ihr jahrzehntelanger Kontakt mit der Föderation hatte dazu geführt, daß ihr Planet zu einem Stützpunkt für mehrere Handelsrouten geworden war. Sie waren niemals irgendwelche politischen oder diplomatischen Bündnisse eingegangen. Freelan gehörte nicht der Föderation an, obwohl die Welt Delegierte zu vielen wirtschaftlichen, wissenschaftlichen und diplomatischen Konferenzen entsandte. Die Delegierten achteten jedoch peinlichst darauf, in ihren Kontakten und Verhandlungen mit anderen Planeten strikte Neutralität zu wahren.

Ein kultureller Austausch zwischen Freelan und anderen Welten war praktisch nicht vorhanden. Dafür war ein Tabu verantwortlich, das es Freelanern verbot, ihr Gesicht oder ihren Körper zu enthüllen. Niemand wußte, ob kulturelle oder religiöse Gründe dafür verantwortlich waren. Wenn die Bewohner des Planeten Kontakt mit Angehörigen anderer Spezies aufnahmen, hüllten sie sich in undurchsichtige Gewänder. Ihre Vermummung mit Kapuze und Gesichtsmaske bestand aus Stoffen, die mit Selonit imprägniert waren, was eine Abtastung mit Tricordern oder anderen Sensoren unmöglich machte.

Wer mit einem Freelaner aus geschäftlichen oder diplomatischen Gründen in Verbindung treten wollte, mußte sich auf den Weg zu der geheimnisvollen Welt machen, auf der die Freelaner eine Raumstation für ihre ›Gäste‹ unterhielten. Die Station wurde vollautomatisch betrieben, und jeder Kontakt wurde über eine Kommunikationsverbindung mit der Planetenoberfläche abgewickelt. Abgesehen von diesem Berührungspunkt war Freelan eine isolierte Welt. Kein Raumfahrer war jemals auf Freelan gelandet.

Über diese zurückgezogene Spezies wußte man nur, daß sie eine annähernd humanoide Gestalt mit zwei Beinen und zwei Armen besaßen. Alles weitere waren Mutmaßungen.

»Ich bin noch nie persönlich einem Freelaner begegnet«, sagte Soran, »bis ich im vergangenen Monat an der Konferenz von Khitomer teilnahm.«

»Haben Sie tatsächlich mit einem freelanischen Abgesandten gesprochen?« fragte Sarek.

»Nein, Botschafter. Wie Sie wissen, sind die Freelaner

nicht gerade für ihre Geselligkeit bekannt. Ich habe mich jedoch mit der Assistentin des Abgesandten getroffen, einer jungen Vulkanierin, die sich als Savel vorstellte. Wir haben die Abende gemeinsam mit Schachspielen verbracht.«

Der Botschafter hob eine Augenbraue. »Wirklich? Allerdings ist es nichts Ungewöhnliches, daß Freelaner junge Vulkanier als Assistenten beschäftigen. Sie haben also Schach mit dieser Savel gespielt? Wer hat gewonnen?«

Soran räusperte sich. »Ich, Botschafter. Aber ich fand, daß ich es mit einer ... starken Gegnerin zu tun hatte.«

»Ich verstehe«, erwiderte Sarek leicht amüsiert, weil der junge Assistent seinem Blick auswich. »Ich habe über Jahre hinweg mit dem diplomatischen Vertreter von Freelan Schach gespielt. Taryn ist ebenfalls ein sehr starker Gegner. Diese ... Savel ... ich glaube, ich erinnere mich an sie. Kurzes Haar? Schlanke Figur? Silberne Tunika und Hosen?«

»Ja, Botschafter«, sagte Soran und rutschte unruhig auf der Bank hin und her. Der junge Vulkanier fühlte sich sichtlich unwohl unter Sareks prüfenden Blicken.

Der ältere Vulkanier hob wieder eine Augenbraue. »In der Tat. Es überrascht mich nicht, daß Sie ... Gefallen am Spiel hatten. Sie sind ... ungebunden, nicht wahr, Soran?«

Der junge Vulkanier nickte. »Ja, Botschafter. Meine Familie verweigert sich der uralten Tradition, bereits zwischen Kindern eine Verbindung zu knüpfen. Meine Eltern haben sich erst als Erwachsene erwählt.«

»Savels Namen entnehme ich, daß sie ebenfalls ungebunden war«, stellte Sarek sachlich fest. Die meisten vulkanischen Frauen setzten ihrem Namen ein T' vor, wenn sie sich verlobten.

»Das habe ich ebenfalls gefolgert«, sagte Soran. Er war ein wenig irritiert über das Interesse des Botschafters an seiner kurzen Bekanntschaft. »Ich hielt die Information, daß sie ohne Verbindung war, für ... interessant.« Er räusperte sich wieder. »Natürlich nur für mich persönlich.«

Sarek ermutigte seinen Assistenten mit einem Nicken. »Diese Tatsache überrascht mich keineswegs. Savel wirkte auf mich ... sehr intelligent.«

»Ja«, pflichtete Soran ihm bei. »Allerdings bin ich in diesem Zusammenhang auf einen ... merkwürdigen Umstand gestoßen, Botschafter.«

Auch diese Bemerkung überraschte Sarek nicht. In Anbetracht der Umstände hatte er fast damit gerechnet. »Und der wäre?« fragte er.

»Ich fand die Zeit, die ich mit Savel verbrachte ... angenehm«, gestand Soran ein. »Ich hatte den Wunsch, sie wiederzusehen, doch ich erkannte, daß es für mich nach dem Ende der Konferenz keine Möglichkeit mehr geben würde, mit ihr in Verbindung zu treten. Die Freelaner beschränken ihre Interaktion mit der Außenwelt auf das absolut notwendige Minimum, wie Sie wissen. Daher stellte ich nach meiner Rückkehr Nachforschungen an. Ich wollte Savels Familie ausfindig machen, um sie zu veranlassen, ihr eine Nachricht von mir zukommen zu lassen.«

Sarek beugte sich mit neu erwachtem Interesse vor. »Und was haben Ihre Nachforschungen ergeben?«

Der junge Mann atmete tief durch und blickte dem Diplomaten unverwandt in die Augen. »Botschafter, es gab keinerlei Hinweise, daß auf Vulkan in den letzten dreißig Jahre eine Savel geboren wurde. Nach den vulkanischen Aufzeichnungen – und Sie wissen, wie akkurat sie geführt werden – existiert keine Person dieses Namens.«

Sarek nickte, da sein Verdacht sich nun bestätigt hatte. »Soran ... was ich Ihnen jetzt sage, darf auf keinen Fall nach außen gelangen.«

»Selbstverständlich.«

»Seit einiger Zeit hege ich Mißtrauen gegenüber den

Freelanern. Ich glaube, daß sie … nicht das sind, was sie zu sein scheinen. Nachdem ich sie und ihre Kultur im vergangenen Jahr intensiv studiert habe, bin ich zu der Überzeugung gelangt, daß Freelan eine ernsthafte Bedrohung für den gegenwärtig herrschenden Frieden in der Galaxis darstellt.«

»Die Freelaner, Botschafter?« Soran machte keinen Hehl aus seiner Verblüffung. »Wie ist das möglich?«

»Ich möchte, daß Sie nur so viel wissen, wie nötig ist, um mir helfen zu können, Soran. Sie sollen ohne Voreingenommenheit Ihre eigenen Schlußfolgerungen ziehen, um meine Theorie zu überprüfen«, sagte Sarek. »Ich sage nur, daß die Freelaner meiner Überzeugung nach eine Bedrohung der Föderation darstellen, und ich will an Beweise für diese Theorie gelangen, bevor ich mit meinem Verdacht vor den Präsidenten Ra-ghoratrei trete.« Sarek dachte kurz nach. »Ursprünglich hatte ich die Absicht, sofort mit dem Präsidenten der Föderation über meinen Verdacht zu sprechen … doch er ist im Augenblick nicht auf der Erde und wird erst in einer knappen Woche zurückkehren. Bis dahin hoffe ich, über den Beweis zu verfügen, den ich benötige.«

»Aber Sie könnten doch mit dem Vizepräsidenten sprechen, oder mit der Vorsitzenden des Sicherheitsrates«, warf Soran ein, »wenn die Bedrohung tatsächlich so groß ist, wie Sie andeuten!«

Sarek zögerte und holte dann tief Luft. »Soran … heute habe ich einen Beweis erhalten – leider jedoch keinen handfesten Beweis, außer für einen Telepathen –, daß hier auf der Erde ein ungebührlicher mentaler Einfluß am Werk sein könnte … und vielleicht auch anderswo. Wenn ich es mir recht überlege …« Sarek starrte seinem Gegenüber aufmerksam ins Gesicht. »Gestatten Sie?« Er hob in einer vielsagenden Geste die Hand.

Soran, der sofort seine Absicht verstand, gab mit einem Nicken sein Einverständnis. Sarek berührte einen Moment lang behutsam Sorans Schläfen und nickte schließlich. »Ihre Gedanken sind zweifellos Ihre eigenen«, bestätigte er.

Soran nickte wieder. »Also wollen Sie nach einem Beweis suchen, solange der Präsident fort ist, um ihn nach seiner Rückkehr präsentieren zu können?«

»Wenn es mir möglich ist. Dazu brauche ich Ihre Hilfe, Soran«, sagte der Botschafter. Als der junge Mann etwas erwidern wollte, hob er eine Hand. »Ich muß Sie warnen, bevor Sie vorschnell ihre Zustimmung geben … Um an den benötigten Beweis zu gelangen, müssen wir nach Freelan reisen und die Speicher ihres planetaren Computersystems infiltrieren.«

Sorans Augen weiteten sich. »Spionage? Sie beabsichtigen, Spionage zu betreiben, Botschafter? Aber das ist …« Er verstummte kopfschüttelnd.

»Ein interstellares Verbrechen sowie eine Verletzung sämtlicher diplomatischer Regeln. Ich weiß«, sagte Sarek seufzend. »Trotzdem habe ich mich dazu entschlossen, weil es in Anbetracht der Situation notwendig ist. Werden Sie mir helfen? Wenn Sie ablehnen, habe ich dafür Verständnis und würde Sie nur darum bitten, niemandem etwas davon zu sagen.«

Der junge Mann atmete tief durch und blickte dem Botschafter in die Augen. »Ihnen als Assistent zu dienen, ist eine Ehre, nach der ich jahrelang gestrebt habe, Botschafter. Wenn Sie überzeugt sind, daß Ihr Vorhaben notwendig ist, um die Sicherheit der Föderation zu bewahren, dann wird es mir eine Ehre sein, Ihnen bei der Beschaffung des Beweises zu helfen.«

Sarek nickte dem jungen Mann zu. Er war tief gerührt von seiner Loyalität. »Ich danke Ihnen, Soran. Ich werde um ein Treffen mit dem Abgesandten Taryn ersuchen, um den Stand der Handelsbeziehungen zwischen Freelan und Vulkan zu besprechen. Wenn er sich damit einverstanden erklärt – und es gibt keinen Grund, warum er es nicht tun sollte –, dann möchte ich morgen zur Raumstation im Orbit über Freelan aufbrechen.«

»Ich werde alles Nötige veranlassen, Botschafter.«

Sarek nickte und blieb noch eine Weile auf der Bank im Garten sitzen, während sein Assistent sich eilig entfernte. Schließlich stand der Botschafter auf und spazierte langsam den Weg zurück, bis er vor dem Konsulatsgebäude stand und auf den Platz vor dem Tor blickte. Dort lagen immer noch einige Holo-Transparente und Plakate, aber die Demonstranten waren verschwunden ... wohin?

Als Sarek sich an den kurzen Kontakt mit Indunas Geist erinnerte, mußte er ein Schaudern unterdrücken. Die Sonne hatte sich hinter die Wolken zurückgezogen, und es wehte ein kühlerer Wind ...

Peter James Kirk stöberte ungeduldig in seiner Garderobe und fluchte. *Du bist völlig verrückt,* dachte er und griff nach einer sauberen Uniform. *Vor einem Rendezvous würdest du niemals so viel Zeit mit der Wahl der Kleidung verbringen!* Oder täuschte er sich? Sein letztes *richtiges* Rendezvous lag schließlich schon eine ganze Weile zurück, so daß er sich kaum noch daran erinnern konnte. Er strich mit der Hand über sein rotblondes Haar und seufzte angewidert. *Was soll's? Ich muß mich entscheiden und dann schnellstmöglich abzischen!* Er würde zu spät kommen, wenn er sich nicht beeilte.

Deine ganz große Gelegenheit, endlich den vulkanischen Botschafter Sarek zu treffen! dachte er und empfand dabei eine nervöse Aufregung, die jedoch sofort von Ärger abgelöst wurde. *Und er wird mächtig beeindruckt sein, wenn du zu spät kommst!*

Er hatte Sarek zuerst durch die Schriften und Reden des Vulkaniers kennengelernt, von denen einige zur Pflichtlektüre an der Starfleet-Akademie gehörten, die Peter gegenwärtig als Kadett besuchte. Als der Diplomat vor zwei Jahren in die Akademie gekommen war, um eine Vorlesung abzuhalten, war Peter von Sareks Ansichten zur Diplomatie so beeindruckt gewesen, daß er in seiner Freizeit die herausragende Karriere des Botschafters studiert hatte. Außerdem hatte sein Interesse einen persönlichen Aspekt, da er viele Male dem Sohn des Botschafters begegnet war.

Das Ganze hatte eine gewisse Ironie. Jim Kirk, sein Onkel, hatte jahrelang an der Seite von Sareks Sohn Spock gearbeitet. Unter normalen Umständen wäre es Spock, den er oft bei den sporadischen Besuchen seines Onkels gesehen hatte, ein Vergnügen – oder die vulkanische Entsprechung dieses Gefühls – gewesen, Peter mit dem Botschafter bekannt zu machen. Unter normalen Umständen ...

Peter überlegte, daß sich die Dinge eigentlich recht gut für jemanden entwickelt hatten, der im Alter von sieben Jahren auf tragische Weise seine Eltern verloren hatte. Er warf einen Blick auf das Bild, das wenige Monate vor ihrem Tod auf Deneva aufgenommen worden war. George Samuel und Aurelan Kirk lachten und hatten die Hände auf die Schultern ihres schlaksigen Jungen gelegt. Die fünfundzwanzig Jahre alten Andenken hatten ihn überallhin begleitet, und durch Familienalben und Videoaufzeichnungen hatte Peter eine recht gute Erinnerung an die Stimme seiner Mutter und den Humor seines Vaters bewahrt, obwohl er bei seiner vor einiger Zeit verstorbenen Großmutter Winona Kirk aufgewachsen war.

Peter war fast einen halben Kopf größer als sein Onkel und hagerer gebaut. Sein Haar, das während der Kindheit ein dunkles Rotbraun gewesen war, hatte sich im Verlauf der Jahre zu einem Rotblond aufgehellt. Zu seiner Erleichterung waren seine Sommersprossen ebenfalls verblaßt, obwohl sie sich auf der Nase und den Wangen sofort wieder zeigten, sobald er der Strahlung einer Sonne ausgesetzt war. Die Farbe seiner Augen war ein helles, klares Blau, wie der Mittagshimmel auf der Erde. Bis etwa Mitte Zwanzig war er schlaksig und ungelenk gewesen, doch die Jahre – und die Selbstverteidigungskurse von Starfleet – hatten diese Probleme größtenteils gelöst. Heute bewegte Peter sich selbstbewußt und manchmal sogar mit einer gewissen Anmut.

Er hatte das Aussehen seiner Mutter geerbt, doch alles andere wies ihn als einen engen Verwandten seines Onkels Jim aus. Das Erbe der Kirks machte ihm gelegentlich schwer zu schaffen. Als er auf die Kadettenuniform starrte, die er in der Hand hielt, fragte sich Peter, ob das der Grund war, warum er mit zweiunddreißig Jahren immer noch zur Schule ging.

Peter Kirk hatte sich erst für eine Starfleet-Karriere entschieden, als er weit über zwanzig gewesen war – fast zehn Jahre später als die meisten seiner Kollegen. Er hatte die Zeit davor an den besten Hochschulen verbracht, seinen Abschluß in Xenolinguistik und xenokultureller Kommunikation gemacht und im Nebenfach terranische und Xeno-Politik studiert, bevor er sich entschloß, der Familientradition zu folgen und Starfleet beizutreten. Während Onkel Jim immer seine unterschiedlichen Interessen gefördert und niemals versucht hatte, ihn bei seiner Studien- und Berufswahl zu beeinflussen, war jeder andere automatisch davon ausgegangen, daß er die Offizierslaufbahn einschlagen würde. Das hatte er schließlich auch getan, obwohl Peter überzeugt war, daß er niemals über die Souveränität seines Onkels verfügen würde.

Wir werden noch früh genug herausfinden, ob du ein richtiger Kirk bist, dachte Peter ironisch. Nach all seinen unterschiedlichen Studien und den letzten Jahren an der Starfleet-Akademie stand Peter nun kurz vor dem Ende seiner Ausbildung. In den vergangenen zwei Wochen hatte eine schwere Prüfung die nächste gejagt, und er hatte die meisten mit Auszeichnung bestanden. *Ganz wie ein richtiger Kirk!* Auch an diesem Vormittag hatte er bereits eine Prüfung abgelegt, die er wieder mit Erfolg hinter sich gebracht hatte.

Jetzt kamen nur noch zwei. Eine morgen und die letzte am Freitag der nächsten Woche. Und drei Tage danach folgte der Abschluß. Das ganz große Finale. Der *Kobayashi Maru*-Test.

Er bemerkte, daß er die Uniform in seinen Händen zusammenpreßte und zerknitterte und legte sie zurück. Warum mußte er ausgerechnet jetzt daran denken?

Weil du nicht mehr die Augen davor verschließen kannst. Es sind nur noch wenige Tage. Die Prüfer haben die Simulation völlig neu programmiert. Die Situation, die Problemstellung ist eine völlig andere, und niemand weiß irgend etwas darüber. Doch das hat die Leute nicht davon abgehalten, Wetten abzuschließen, ob du der zweite Kirk sein wirst, der die praktisch unlösbare Aufgabe bewältigt. Er rieb sich müde über das Gesicht. Er mußte aufhören, sich deswegen Sorgen zu machen. Es war nur eine weitere Prüfung. Nicht wahr?

Die Chancen stehen zwanzig zu eins gegen dich! Der Nachname Kirk ist keinerlei Erfolgsgarantie, mein Lieber.

Er schüttelte den Kopf und versuchte, seine pessimistischen Gedanken zu verdrängen.

Das Chronometer piepte leise und erinnerte ihn an sein gegenwärtiges Problem. Er mußte sich zum Essen ankleiden. Er war mit Surev verabredet, einem jungen Vulkanier, mit dem er sich angefreundet hatte, als er Sareks Lebenswerk studiert hatte. Surev hatte ihn zu einem Essen im vulkanischen Konsulat eingeladen, bei dem Sarek voraussichtlich anwesend war, nachdem er gestern auf der Erde eingetroffen war. Surev war entfernt mit Sareks Assistent verwandt, und obwohl er nichts versprochen hatte, hielt der junge Vulkanier es für möglich, ein Gespräch mit Sarek arrangieren zu können. Peter freute sich wirklich darauf, den Diplomaten, den er so sehr verehrte, begrüßen zu dürfen. Ein Essen im vulkanischen Konsulat wäre eine willkommene Abwechslung von der Eintönigkeit der Studien und der Prüfungen. Vielleicht konnte er für eine Stunde den verdammten *Kobayashi Maru*-Test vergessen.

Völlig richtig, vergiß ihn einfach! beschloß Peter. *Vergiß die Akademie, Onkel Jim, die alte Geschichte, einfach alles.* Er griff in seinen Schrank und holte einen modischen Zweiteiler heraus, einen ›zivilen‹ Anzug, den er schon seit Monaten nicht mehr getragen hatte. Er wollte einen absolut professionellen Eindruck machen, falls er Sarek begegnete. Peter war es normalerweise nicht peinlich, in seinem Alter als Kadett aufzutreten, aber er wollte Vorurteilen entgegentreten. Er wollte nicht Peter Kirk sein, der Neffe von Jim Kirk, der erst jetzt seinen Abschluß an der Starfleet-Akademie machte. Er wollte nur ein normaler Terraner sein, der mit Sarek eine fundierte Diskussion über diplomatische Ansichten führte.

Er zog schnell den Anzug an und lächelte. Die Farben ließen seine Augen noch blauer wirken. *Hey, wer weiß!* dachte er mit trockenem Humor. *Du triffst wahrscheinlich eine Menge interessanter Leute im vulkanischen Konsulat. Mir sind ein paar sehr hübsche weibliche Attachés aufgefallen, die dort ein und aus gehen ...* In dieser Hinsicht gab es natürlich einen großen Unterschied zwischen ihm und Onkel Jim. Im Gegensatz zu seinem Verwandten war Peters Glück bei Frauen keinesfalls legendär. *Vielleicht kommt es ja mit dem Alter.*

Er ordnete den Anzug, bis er richtig saß, kämmte sich schnell das Haar und schaltete dann den Videokanal ein, um einen Blick auf die Nachrichten zu werfen. Sarek wurde vielleicht in den Meldungen erwähnt. Peter gab dem Terminal die Anweisung, nach allen Berichten über Vulkanier zu suchen, und erstarrte, als die Schlagzeile PROTESTE VOR DER BOTSCHAFT auf dem Bildschirm erschien.

Peter sah fassungslos auf die Bilder von der Demonstration vor dem vulkanischen Konsulat in San Francisco – dem Gebäude, zu dem er sich gerade auf den Weg machen wollte.

»Die vulkanische Präsenz auf der Erde«, sagte eine hübsche blonde Reporterin mit ernster Miene, »führte bislang selten zu Kontroversen, doch heute wurde die friedliche Atmosphäre, die diese Enklave umgibt, von der ›Interessengemeinschaft Erde den Menschen‹ gestört, als sie ihre Absicht bekanntgab, das Konsulat rund um die Uhr zu belagern.«

Peter starrte gebannt auf den Bildschirm, der den Vordereingang des würdevollen Kuppelgebäudes zeigte. Eine Menschengruppe drängte sich vor dem elegant gestalteten Tor, mindestens drei Dutzend Männer und Frauen, von denen etliche kleine Kinder mitgebracht hatten. Einige hielten altmodische Schilder in der Hand, während die übrigen Demonstranten gängigere Holo-Transparente schwenkten. Das Bild konzentrierte sich auf einen unscheinbaren bärtigen Mann, über dem ein Holo-Transparent in roten Lettern verkündete: DIE ERDE GEHÖRT DEN MENSCHEN – UND SO SOLL ES AUCH BLEIBEN! Auf einem anderen Schild, das nun ins Blickfeld kam, war zu lesen: UNTERSTÜTZT DIE INTERESSENGEMEINSCHAFT ERDE DEN MENSCHEN – RETTET DIE ERDE FÜR EURE KINDER!

Peter war erschüttert, obwohl er nicht zum ersten Mal von der IGEM hörte. Er hatte nie damit gerechnet, daß diese Randgruppe genügend Anhänger gewinnen könnte, um eine so große Demonstration zu veranstalten.

Die Reporterin näherte sich einer attraktiven jungen Frau in silberglänzendem Anzug, die ein Transparent mit der Aufschrift VULKANIER HALTEN SICH FÜR SUPERSCHLAU – WIR LASSEN UNS NICHT FÜR DUMM VERKAUFEN! trug. Neben ihr stand ein kleiner Junge mit einem handgemalten Schild, auf dem nur VULKANIER RAUS! stand.

»Lisa Tennant«, sprach die Reporterin die Frau respektvoll an. »Sie gehören zum Führungsstab der IGEM in San Francisco. Erklären Sie unseren Zuschauern, warum Ihre Organisation diese Demonstration vor dem vulkanischen Konsulat veranstaltet.«

»Die Mitglieder der ›Interessengemeinschaft Erde den Menschen‹ sind Terraner, die endlich zur Vernunft gekommen sind«, sagte die Frau eindringlich. Sie war mittelgroß, ein wenig untersetzt und hatte dunkle Haut und große schwarze Augen. Ihre Gesichtszüge waren fein geschnitten, mit Ausnahme des kantigen Kinns, und sie bewegte sich mit einer Selbstsicherheit, die den Eindruck vermittelte, daß sie genau wußte, was sie wollte und wie sie ihr Leben meistern konnte.

»Unser Vorsitzender Induna«, sprach die Demonstrantin weiter, »hat zu einer öffentlichen Kundgebung unserer Interessen aufgerufen. Deshalb haben wir uns hier versammelt.« Sie zeigte auf einen großen Mann mit sehr dunkler Haut, wahrscheinlich ein Afrikaner, der vor dem Tor zum Konsulat stand und zur Menge sprach. »Die Vulkanier wollen die Herrschaft über die Föderation an sich reißen und die Menschen zu Bürgern zweiter Klasse machen«, sagte Tennant. »Das werden wir uns nicht gefallen lassen!«

»Ms. Tennant«, erwiderte die Journalistin, »die meisten Terraner halten die Vulkanier für unsere loyalen Freunde, unsere engsten Verbündeten. Viele Politiker der Erde haben wiederholt geäußert, daß wir sie brauchen, daß sie das zivilisierteste Volk in der Galaxis sind.«

»Ich hege ernste Zweifel«, gab die Frau kühl zurück, »daß wir Freunde wie Lieutenant Valeris brauchen. Für uns steht fest, daß sie die Rädelsführerin der schrecklichen Verschwörung gegen die Erde war und daß sie für den abtrünnigen klingonischen General Chang gearbeitet hat.«

Peter schüttelte den Kopf. Der romulanische Botschafter Nanclus und die zwei Starfleet-Offiziere Admiral Cartwright und Colonel West hatten sich ebenfalls mit General Chang verschworen, um ein Attentat auf den klingonischen Kanzler Gorkon zu verüben. Onkel Jim und sein Bordarzt Leonard McCoy waren dieses Verbrechens angeklagt und fälschlicherweise zur Zwangsarbeit auf dem Gefängnisplaneten Rura Penthe verurteilt worden. Es war seltsam, dachte Peter, daß sich die öffentliche Erinnerung an diese Ereignisse bereits veränderte, obwohl das Verbrechen erst vor etwa einem Monat geschehen war. In letzter Zeit hatten sogar die Medien die Rolle der Menschen und Romulaner heruntergespielt, so daß es nun aussah, als wären General Chang und Lieutenant Valeris die Alleinverantwortlichen.

»Lieutenant Valeris«, sagte die Frau von der IGEM, »ist nur eins von vielen Beispielen für die subtile Infiltration, die die Vulkanier über die Jahre betrieben haben. Aber jetzt setzt sich die IGEM gegen sie zur Wehr. Überall entstehen Gruppen der IGEM, sogar auf einigen terranischen Kolonien. Und wir wissen genau, womit wir es zu tun haben!«

»Wie meinen Sie das?« hakte die Journalistin nach.

»Jeder weiß«, führte Tennant aus, »daß Vulkanier Telepathen sind. In letzter Zeit wird immer offenkundiger, daß sie ihre Fähigkeiten dazu benutzen, andere zu beeinflussen und empfängliche Menschen dazu veranlassen, Dinge zu tun, die gegen ihr eigenes Volk gerichtet sind! Die Politiker, die sofort aufspringen und die Vulkanier verteidigen, sind zweifellos ihre ahnungslosen Opfer. Schließlich weiß jeder, wie leicht sich der Geist eines Politikers beeinflussen läßt!«

Das läßt sich kaum abstreiten, mußte Peter widerstrebend zugeben. Doch der Vorwurf, daß die Vulkanier ihre telepathischen Fähigkeiten auf so unethische Weise einsetzen würden, machte ihn zornig.

»Die ›Interessengemeinschaft Erde den Menschen‹ gewinnt jeden Tag neue Mitglieder«, sagte Tennant selbstgefällig zur Reporterin. »Wir unterstützen unsere eigenen Kandidaten bei regionalen Wahlen, Leute, die sich nicht so leicht beeinflussen lassen. Es ist nur eine Frage der Zeit, bis die vulkanische Verschwörung zur Gänze aufgedeckt wird. Unsere Demonstration an diesem Ort soll sie daran gemahnen, daß ihre Tage auf der Erde gezählt sind!«

Die Selbstsicherheit der Frau schockierte Peter. Sie hatte nicht den wilden, besessenen Blick, den er normalerweise mit den Verrückten von der IGEM assoziierte.

Eine ältere Frau trat plötzlich vor die Reporterin und beanspruchte ihre Aufmerksamkeit. »Die Vulkanier sind die Brut des Teufels«, zischte sie haßerfüllt. »Jeder kann sehen, daß Satan ihnen sein Zeichen aufgedrückt hat. Haben Sie keine Augen im Kopf, junge Frau?«

Das war mit Sicherheit ein Gründungsmitglied, dachte Peter. Er stellte fest, daß seine Kiefer schmerzten, weil er die Zähne so fest zusammengebissen hatte. Merkten diese Leute denn nicht, welchen Unsinn sie von sich gaben? Was war nur mit ihnen los?

Die Menge drängte sich um Lisa Tennant. »Die Erde den Menschen! Die Erde den Menschen!« skandierten sie. Wütend schlug Peter auf die Aus-Taste des Videoterminals. Warum mußten diese Idioten ausgerechnet heute vor dem Konsulat demonstrieren, nachdem Sarek eingetroffen war? Zum Glück stellte die Föderation allen Botschaften und Konsulaten Sicherheitskräfte zur Verfügung. Er war überzeugt, daß die Verantwortlichen die Situation unter Kontrolle hatten. Obwohl der Videokanal nun schwieg, glaubte Peter immer noch, die haßerfüllte Litanei hören zu können.

Als der Kadett sein Zimmer verließ, um sich auf den Weg zum Konsulat zu machen, dachte er immer noch über die Nachrichten nach. Die IGEM gab es schon seit Jahrhunderten, seit Zefram Cochrane den Warpantrieb erfunden hatte, seit die Menschheit in den Weltraum vorgestoßen und zum ersten Mal den Vulkaniern begegnet war. Sie war immer nur eine kleine Gruppe fremdenfeindlicher Fanatiker gewesen. Doch in letzter Zeit hatte sich die IGEM zu etwas ganz anderem entwickelt. Er fragte sich, ob die Starfleet-Sicherheit ihre jüngsten Aktivitäten verfolgte. Wenn die IGEM in den kommenden Monaten immer mehr Mitglieder und größere Öffentlichkeit gewann, konnte sie zu einem ernsthaften Problem werden.

Peter trat mit schnellen Schritten auf die Straße vor der Akademie hinaus. Wenn er sich beeilte, würde er noch rechtzeitig zu seiner Verabredung mit Surev eintreffen.

Als der junge Kirk um die Ecke bog und sich dem vertrauten Konsulat näherte, mußte er schockiert feststellen, daß die Menge der Demonstranten seit der Videoreportage noch größer geworden war. Einige der Menschen, die sich um das gewölbte, in neutralen Farben gehaltene Gebäude versammelt hatten, waren sicherlich nur neugierige Passanten, doch inzwischen hatten sich die Holo-Transparente vervielfacht.

Peter lief langsam weiter, während er sich dem Konsulat näherte und zusah, wie die Sicherheitskräfte von Starfleet sich bemühten, die Menge nicht zu nahe an das Eingangstor herankommen zu lassen. Würde der Mob es wirklich wagen, das Tor zu stürmen? In der Nähe des kunstvoll gestalteten Tores entdeckte Peter den jungen Surev, doch der Vulkanier blickte nicht in seine Richtung, so daß Peter darauf verzichtete, ihm zuzuwinken. Peter versuchte festzustellen, was Surevs Aufmerksamkeit in Anspruch nahm. Er blinzelte überrascht. War das ... konnte das wirklich Sarek höchstpersönlich sein?

Peter erkannte, daß es tatsächlich der Botschafter selbst war, der neben seinem Assistenten Surev hinter dem Tor stand. Surev hatte das Treffen also wirklich arrangieren können! Peter würde wirklich mit Sarek zusammentreffen!

Als Peter versuchte, um die Menge herum zum Tor zu gelangen, drängte sich eine große Gestalt durch die Menschen. Peter erkannte den Vorsitzenden der IGEM.

Nun standen sich Sarek und der Anführer genau gegenüber. Die Starfleet-Sicherheit rückte näher an die Masse heran. Rufe hallten durch die Luft.

»GEHT NACH VULKAN ZURÜCK! HÖRT AUF DAMIT, DIE ERDE AN VULKANISCHE INTERESSEN ZU VERKAUFEN!« schrien drei IGEM-Mitglieder im Gleichklang.

»Zurück nach Vulkan! Zurück nach Vulkan!« rief die Menge und drängte bedrohlich vor.

Sarek war die Beherrschung in Person, wie er aufrecht und würdevoll in seinem vulkanischen Gewand dastand. Sein Gesicht war ein Musterbeispiel für die Selbstkontrolle eines Vulkaniers. Surev und Soran waren noch recht jung und hatten sich nicht so vollkommen unter Kontrolle wie der ältere Vulkanier. Sogar aus dieser Entfernung konnte Peter sehen, wie die zwei jüngeren Vulkanier sich mit unverkennbar besorgten Mienen hinter dem Rücken des Botschafters berieten. Sarek reagierte nur mit einem ernsten Nicken. Dann öffnete der Botschafter zu Peters Bestürzung das Tor und trat seelenruhig in die Menge hinaus.

Schwach hörte er, wie der Anführer der IGEM die Menge aufforderte, sich zu beruhigen, doch es nützte nichts. Eine Minute später geriet der Mob völlig außer Kontrolle. Die Leute stürmten unter wütendem Geschrei vor und überwältigten die zahlenmäßig unterlegenen Sicherheitskräfte. Innerhalb weniger Sekunden waren Sarek und die zwei jungen Vulkanier völlig von Demonstranten umzingelt.

»NEIN!« rief Peter erregt und warf sich todesmutig mitten in die Menge. Wütend bahnte er sich einen Weg durch den Mob. Er schubste und stieß, ohne darauf zu achten, ob er jemandem auf die Füße trat oder zu Boden warf. Er mußte etwas unternehmen, um Botschafter Sarek zu helfen!

Einen kurzen Moment lang war er seinem Ziel verlockend nahe. Er entdeckte die braune und goldene Robe des Botschafters in nur ein oder zwei Metern Entfernung. Doch jetzt war die Menge in Raserei verfallen. Die Leute warfen Dreck und verfaultes Gemüse auf die bedrängten Vulkanier. Als ein Mann neben Peter einen faustgroßen Stein hob, gelang es dem jungen Kirk, seinen Arm zurückzureißen, so daß der Stein statt dessen ein anderes IGEM-Mitglied traf. Sareks junge Assistenten wußten sich gut zu verteidigen, und sogar der Botschafter selbst warf einen Angreifer zu Boden.

Fast im selben Augenblick hörte Peter das Summen von Transporterstrahlen. Er wußte, daß die Föderationssicherheit offenbar Verstärkung hergebeamt hatte. Die Offiziere setzten Betäubungswaffen und Kraftfelder ein, um die Menge unter Kontrolle zu bekommen, und achteten darauf, nicht versehentlich einen der Vulkanier außer Gefecht zu setzen.

Dann sah Peter plötzlich, wie Sarek mit dem IGEM-Vorsitzenden rang. Zur Erleichterung des jungen Kirk konnte der Vulkanier den Menschen mühelos überwältigen und ihn mit einem schnellen Nervengriff ausschalten. Einen Moment lang glaubte Peter, einen überraschten Ausdruck auf dem normalerweise ruhigen Gesicht des Botschafters zu sehen, dann verschwanden der Vulkanier und sein Angreifer wieder im Getümmel.

Plötzlich brachen drei IGEM-Leute in Peters unmittelbarer Nähe zusammen, und der Kadett erkannte, daß er der nächste sein konnte. Er trug keine Uniform, sondern Zivilkleidung, so daß ihn äußerlich nichts von diesen verrückten Fanatikern unterschied. Die Wahrscheinlichkeit war sehr hoch, daß man ihn betäuben oder zumindest festnehmen würde, weil man ihn irrtümlicherweise für ein Mitglied der IGEM hielt. Er suchte verzweifelt nach Surev, um seine Aufmerksamkeit zu erlangen. Der Vulkanier konnte sich für ihn verbürgen …

Aus dem Augenwinkel sah er, wie ein Sicherheitswächter mit einer Betäubungswaffe auf ihn zielte.

»Schnell! Wir müssen sofort verschwinden!« zischte ihm eine weibliche Stimme ins Ohr, während gleichzeitig eine kräftige Hand nach seinem Arm griff und ihn zurückriß. Genau vor ihm brachen zwei Menschen unter der Einwirkung des Betäubungsstrahls zusammen. »Wir müssen weg!« drängte die Frau und zerrte ihn und eine andere Frau mit sich.

Dann erkannte er Lisa Tennant, die stellvertretende Vorsitzende der IGEM. »Los jetzt!« trieb sie die Leute in ihrer Nähe an. »Sie dürfen nicht alle von uns erwischen! Folgt mir!«

Glaubte diese Verrückte etwa, daß *er* zu ihrem Verein von Wahnsinnigen gehörte? Peter war wütend über diese Unterstellung. Dann brachen vor ihm weitere vier Menschen unter den Betäubungsstrahlen zusammen. Wenn sie ihn nicht aus der Schußlinie gezogen hätte …

Die Sicherheitskräfte stellten keine Fragen, sie gingen genauso wie die Frau davon aus, daß jeder einzelne in dieser Menge aus demselben Grund hier war. Wenn er nicht bald von hier verschwand, würde er nicht nur seine Verabredung zum Essen verpassen. Als Tennant das nächste Mal an seinem Arm zerrte, folgte er ihr.

Nach einigem Geschubse und Gedränge waren sie plötzlich frei. Sie rannten Hals über Kopf durch die Straßen und entfernten sich von den hysterisch schreienden Demonstranten. Hatte Sarek das Chaos unbeschadet überstanden? Er stellte sich diese Frage, während seine Beine sich automatisch bewegten und er der Frau in Sicherheit folgte.

Sie befanden sich jetzt in einer Nebenstraße. Luftgleiter der Föderation waren ihnen dicht auf den Fersen. Sie versuchten, die Demonstranten zusammenzutreiben. Der Kadett erkannte, daß er die Nacht im Gefängnis verbringen würde, wenn er nicht schnellstens von hier fortkam. Vielleicht mußte er sogar Onkel Jim benachrichtigen lassen, damit er sich für ihn verbürgte! Wie würde das aussehen? Captain Kirks Neffe wegen Teilnahme an einer gewalttätigen Demonstration der IGEM verhaftet! Als er sich sein Gesicht in der nächsten Ausgabe der Videonachrichten vorstellte, lief er schneller.

Tennant führte die kleine Gruppe in eine schmale Straße und dann in eine Gasse. Plötzlich erreichten sie eine Tür, die sich wie von Zauberhand öffnete. Die Leute stürmten hindurch, und Peter folgte der dunkelhaarigen Frau. Als die Tür hinter ihnen zuglitt, brach die Gruppe keuchend und nach Luft schnappend zusammen. Peter lauschte gebannt auf die Sirenen der Gleitfahrzeuge, die immer noch nach Demonstranten suchten. *Sie suchen nach mir!* erkannte Peter entsetzt. Er steckte ganz schön in der Klemme!

»Alles in Ordnung?« fragte Tennant die Gruppe. »Ist jemand verletzt?«

Das halbe Dutzend Männer und Frauen antwortete mit beruhigendem Gemurmel. Es gab offenbar keine Verletzten. Peter blickte sich im bunt zusammengewürfelten Haufen um, in den er hineingeraten war.

Ein Mann näherte sich, der nicht zu der kleinen Gruppe gehört hatte. Offenbar hatte er hier gewartet, um in einem solchen Notfall die Tür öffnen zu können. »Kennst du alle diese Leute, Lisa?« fragte er leise.

Es rauschte in Peters Ohren. Wenn sie herausfanden, wer er war …

»Nein, Jay«, antwortete sie mit einem Blick auf die Gruppe. »Nein, es tut mir leid. Plötzlich brach das Chaos aus. Man hat viele verhaftet. Es könnte sein, daß einer der Vulkanier Induna getötet hat. Diese Leute hier standen in meiner Nähe und haben an meiner Seite gekämpft. Ich konnte sie unmöglich im Stich lassen.«

»Selbstverständlich«, sagte Jay und musterte die Anwesenden.

»Ich bin Mark Beckwith«, stellte sich einer der Männer vor, nachdem er wieder zu Atem gekommen war. Peter erkannte ihn als den Mann wieder, der den Stein geworfen hatte. »Ich bin der Vorsitzende der Ortsgruppe von Peoria.«

Lisa schüttelte ihm die Hand. »Natürlich. Ich habe schon oft mit dir gesprochen.«

Zu Peters Erleichterung waren die anderen nur ganz normale Mitglieder oder Leute, die in den Nachrichten von der Demonstration gehört hatten und ›für dieselbe Sache eintraten‹.

»Mein Name ist Peter … Church«, sagte er, als er schließlich an der Reihe war. »Ich bin Fachmann für Datenrestaurierung. Ich arbeite ganz in der Nähe. Ich … habe mich schon immer für die IGEM interessiert«, verschleierte er geschickt die Wahrheit. »Als ich hörte, daß ihr Unterstützung braucht, bin ich rübergekommen.«

»Vielen Dank«, sagte die Frau aufrichtig und wandte sich dann an die anderen. »Ich möchte euch allen danken. Was ihr heute getan habt, war sehr mutig und wichtig. Euer persönliches Engagement wird es für Millionen Menschen, die insgeheim mit uns sympathisieren, leichter machen, sich uns anzuschließen. Ihr habt etwas Großartiges geleistet.«

Verrückt! dachte Peter und sackte erschöpft zusammen. Würde er je wieder hier herauskommen und es schaffen, in die Wirklichkeit zurückzukehren?

»Ich glaube, die Sicherheitskräfte sind verschwunden«, gab Jay bekannt, nachdem er einen computergesteuerten Sensor überprüft hatte. »Ihr müßtet jetzt unbehelligt gehen können, wenn ihr einer nach dem anderen aufbrecht.«

Tennant dankte ihnen allen noch einmal und erinnerte an ihr nächstes Treffen. Die Demonstration vor dem Konsulat könne erst dann weitergehen, erklärte sie, wenn die Verhafteten entlassen und ihre Genehmigungen erneuert worden waren. Vor dem Aufbruch versprach jeder Anwesende, sich sofort wieder vor dem Konsulat einzufinden, wenn sie von einer neuen Demonstration erfuhren. In ihren Gesichtern stand eine haßerfüllte Entschlossenheit, die Peter Übelkeit verursachte.

Er zwang sich zu einem angemessenen Gesichtsausdruck, als Lisa ihre Aufmerksamkeit ihm zuwandte. Sie musterte ihn plötzlich mit großer Eindringlichkeit, und Peter war wieder einmal dankbar, daß er keine allzu große Ähnlichkeit mit seinem berühmten Onkel hatte.

»Ich hoffe, du hast dich nicht verletzt«, sagte sie leise, ohne ihn aus den Augen zu lassen. »Du wärst um ein Haar betäubt worden.«

Er blinzelte und riß sich zusammen. *Könnte sie an mir interessiert sein?* fragte er sich verdutzt. Sein Onkel Jim schien jede Frau dieses Universums magisch anzuziehen. Dazu mußte er nur sein jungenhaftes Grinsen aufsetzen und mit den Augen zwinkern. Falls diese Fähigkeit erblich war, schien Peter nicht davon abbekommen zu haben. Doch gelegentlich schien ein kleiner Strahl des ›Kirk-Charmes‹, wie der Captain es nannte, auch in Peters Persönlichkeit aufzublitzen – aber leider immer im falschen Augenblick. Wie jetzt zum Beispiel. Er starrte die Frau von der IGEM an, und seine Gedanken rasten.

»Mir geht es gut«, beteuerte er. »Wirklich. Das habe ich ... Ihnen zu verdanken. Sie haben mich gerettet. Ich sollte *Ihnen* danken.«

Sie lächelte ihn freundlich an. »Ich bin so froh, daß dir nichts geschehen ist. Weil ... so wenige von uns ... wahre Anhänger der Sache sind. Wir können es uns nicht leisten ... auch nur einen zu verlieren.«

Sie war tatsächlich von ihm angetan! Peter überlegte sich, ob die Sicherheitsabteilung der Föderation vor der heutigen gewalttätigen Demonstration eine Ahnung gehabt hatte, wie gefährlich diese Gruppe wurde. Ihre Informationen über die IGEM konnten nicht sehr genau sein, sonst wären sie sofort mit einem größeren Sicherheitstrupp angerückt.

Tennant glaubte, daß er ein Mitglied war, ein ›wahrer Anhänger‹. Konnte er sie lange genug hinters Licht führen, um an vertrauliche Informationen zu gelangen – um sie dann an Starfleet weiterzuleiten?

»Hör mir zu, Peter«, sagte Lisa, als sie ihn zur Tür führte, »unter den Leuten, die heute verhaftet wurden, war meine Assistentin Rosa. Ohne sie bin ich verloren, und ich weiß, wie es ist, betäubt zu werden. Es wird ihr ein oder zwei Tage lang nicht gutgehen. Ich muß eine Menge Leute anrufen, Gespräche führen, Kautionen bereitstellen und vieles mehr. Das bedeutet, daß ich keine Zeit für meine eigentliche Arbeit habe. Also habe ich mir gedacht … du bist doch mit der Manipulation von Daten vertraut. Rosa hat nach Querverweisen zwischen dem Mitgliederverzeichnis und speziellen Informationen gesucht, die wir neulich über … ein vulkanisches Geheimprojekt erhalten haben. Diese Arbeit ist wirklich sehr wichtig. Glaubst du, daß du mir helfen könntest?«

Wie würde Onkel Jim an deiner Stelle handeln? fragte sich Peter. Aber natürlich wußte er die Antwort bereits. James T. Kirk würde einfach seinen Charme spielen lassen, seinen berühmten Kirk-Charme, und in kürzester Zeit würde die Frau ihm aus der Hand fressen. *Vergiß es! Das wird bei dir niemals klappen!*

Sie sprach weiter, als sie sein Zögern bemerkte. »Du würdest eng mit mir zusammenarbeiten … aber ich hätte Verständnis, wenn du nicht interessiert wärst. Nach dem, was heute geschehen ist, wird sich jeder genau überlegen, ob er die Gruppe weiterhin unterstützen will …«

»Oh, ich bin durchaus interessiert!« versicherte er ihr. »Ich … äh … mir war nicht klar, daß ich mit Ihnen zusammenarbeiten würde. Das gefällt mir … Äh … die Zusammenarbeit, meine ich.« *Sehr geistreich, mein Lie-*

ber! Selbst ein Tellarit hätte es auf Anhieb eleganter formuliert …

Sie öffnete ihm die Tür und legte eine Hand auf seinen Arm. »Alle Mitglieder unserer Gemeinschaft duzen sich, Peter. Es freut mich, daß du bereit bist, mir zu helfen. Ich kann einen Fachmann wirklich gut gebrauchen. Wie wäre es mit … Samstag? Gegen Mittag? Findest du hierher zurück?«

»Sicher«, sagte er, diesmal ohne ins Stottern zu geraten. »Ich werde kommen.« Seine Abschiedsgeste galt Lisa und Jay. »Samstag mittag. Bis dann!«

»Ich werde mit dir allein sein, Peter«, versicherte Lisa ihm freundlich und trat ein paar Schritte in die Gasse hinaus. »Jay … wird anderweitig beschäftigt sein. Wir sehen uns!«

Trotz seines Unbehagens brachte er ein glaubwürdiges Lächeln zustande. »Gut! Dann bis Sonnabend.« Sie ging zurück, und die Tür schloß sich wieder, so daß er nun allein auf der Straße war.

Peter machte sich auf den Weg zur Hauptstraße und lief dann in weitem Bogen zur Akademie zurück. Plötzlich machte ihn jeder Passant nervös. Was war nur in ihn gefahren, daß er bei der IGEM den Spion spielen wollte?

Diese Leute waren zweifellos wesentlich gefährlicher, als die Föderationssicherheit ahnte. Was sollte er jetzt tun? Wenn er das Sicherheitsbüro in der Akademie oder einen anderen diensthabenden Offizier aufsuchte und seine verwegene Geschichte erzählte, würde man ihm bestimmt raten, sich aus der Sache herauszuhalten. Seine Ausbilderin, eine grauhaarige alte Tellaritin im Rang eines Lieutenant Commanders, würde ihm jeden weiteren Kontakt mit der Gruppe verbieten. Und sie hätte völlig recht mit ihrer Ansicht. Ihm standen noch einige Prüfungen bevor. Und der *Kobayashi Maru.*

Ich habe keine Zeit für solche Dinge. Ich muß meine Kräfte konzentrieren. Meine Karriere ist im Augenblick wichtiger.

Aber … durch einen unglaublichen Zufall war er plötzlich mitten in diese Gruppe geraten. Er hatte die einzigartige Gelegenheit, in Erfahrung zu bringen, was wirklich in dieser gefährlichen Vereinigung fremdenfeindlicher Radikaler vor sich ging. Würde Onkel Jim sich eine solche Gelegenheit entgehen lassen? Den Teufel würde er tun! Captain Kirk würde mit den Karten spielen, die er in der Hand hielt.

Und was werde ich tun?

Peter blickte auf seine Füße, während er dem Gehweg folgte. Was konnte schon passieren, wenn er sich am Samstag zur verabredeten Zeit einfand? Er würde eine Zeitlang in der Nähe von Lisa Tennant sein und mit ihr an irgendwelchen Berichten arbeiten.

Sie sagte, ich sollte irgend etwas mit dem Mitgliederverzeichnis machen …

Das wäre wirklich eine einzigartige Gelegenheit, und er bezweifelte, daß die Sicherheitsabteilung jemals eine zweite derartige Chance haben würde. Und wenn er mit ihr redete, würde er vielleicht noch mehr erfahren, zum Beispiel etwas über diese idiotische vulkanische ›Verschwörung‹, der sie angeblich auf der Spur war. Wer wußte, was er alles in Erfahrung bringen konnte?

Und wenn er diese Informationen hatte, dann konnte er damit zu Starfleet gehen. Dann konnten die Leute ihn nicht mehr wegschicken, nicht wenn er geheime Informationen besaß, die vielleicht erklärten, warum die IGEM plötzlich so viele neue Mitglieder gewonnen hatte.

Wenn sein Plan funktionierte, würde sich das bestimmt nicht nachteilig auf seine Karriere auswirken. Außerdem war es genau das, was ein richtiger Kirk tun würde! Onkel Jim würde keinen Augenblick zögern. Davon war Peter überzeugt.

Sarek saß am Kommunikationsterminal in seinem Quartier an Bord der freelanischen Raumstation und betrachtete die vermummte Gestalt eines Freelaners. Obwohl er sich niemals sicher sein konnte, glaubte er trotz der Verhüllung und des Stimmwandlers den anderen als Taryn wiederzuerkennen, die freelanische Kontaktperson, mit der er schon seit fast siebzig Standardjahren zu tun hatte.

»Ich grüße Sie, Taryn«, sagte er laut.

Die verhüllte Gestalt erstarrte unvermittelt.

»Ich grüße Sie, Botschafter Sarek«, sagte die ausdruckslose Maschinenstimme. »Sie haben mich erkannt?«

Sarek schüttelte den Kopf und gab eine harmlose diplomatische Antwort. »Ich habe lediglich eine logische Schlußfolgerung gezogen, Abgesandter. Immerhin waren Sie während meiner Verhandlungen an Bord dieser Raumstation in sechsundachtzig Komma drei Prozent der Fälle meine Kontaktperson.«

Die verhüllte Gestalt schien sich wieder zu entspannen. »Das könnte den Tatsachen entsprechen. Wir kennen uns schon sehr lange, Sarek von Vulkan.«

»In der Tat, Taryn von Freelan«, stimmte der Botschafter feierlich zu.

»Diesmal sind Sie nicht allein gekommen«, sagte Taryn.

Auf Sareks Wink trat Soran aus dem Hintergrund des Raumes vor und nahm neben dem Botschafter Platz. »Völlig richtig, Abgesandter. Ich habe meinen neuen Assistenten Soran mitgebracht, damit er sich allmählich mit den Handelsvereinbarungen zwischen Freelan und Vulkan vertraut machen kann.«

»Warum?« fragte sein Gesprächspartner ohne Umschweife.

»Mein gesundheitlicher Zustand ist nicht mehr wie früher, seit ich vor siebenundzwanzig Jahren Probleme mit dem Herzen hatte«, erwiderte Sarek geschliffen, da er bereits mit einer solchen Frage gerechnet hatte. Seine Worte entsprachen durchaus den Tatsachen, auch wenn sie seinen Zuhörer absichtlich in die Irre führten. Gegenwärtig war sein gesundheitlicher Zustand nämlich *besser* als in den vergangenen Jahrzehnten. »Irgendwann«, sprach der Botschafter weiter, »vielleicht schon in nicht allzu ferner Zukunft, werde ich mich zur Ruhe setzen. Ich kann nicht für immer die einzige Kontaktperson zwischen unseren Welten sein. Ich möchte, daß mein Assistent sich mit unserer Verhandlungsführung vertraut macht.«

»Ich verstehe«, sagte Taryn bedächtig. »Also gut. Ich grüße Sie, Soran.«

»Ich grüße Sie, Abgesandter Taryn«, entgegnete der junge Vulkanier und hob grüßend eine Hand. »Ich wünsche Ihnen Glück und ein langes Leben.«

»Dieser Wunsch wird sich nur dann erfüllen, wenn ich bewirken kann, daß die vulkanischen Importzölle gesenkt werden!« gab der Freelaner zurück. »Das erdrückende Gewicht dieser ungerechten finanziellen Belastung raubt uns die Luft zum Atmen!«

»Zufällig sind die Importzölle eines der Themen, über die ich heute mit Ihnen reden wollte«, warf Sarek geschickt ein. »Wollen wir anfangen?«

Die verhüllte Gestalt neigte den Kopf. »Aber sicher, Botschafter.«

Soran verfolgte schweigend, wie die zwei Diplomaten die betreffenden Handelsvereinbarungen durchgingen. Sareks Geist war nur zur Hälfte bei der Sache. Ein anderer Teil seiner Gedanken beschäftigte sich mit seinen Plänen für den Zeitraum, in dem an Bord der Raumstation ›Nacht‹ herrschte.

Die beiden Diplomaten beendeten die Diskussion der Zölle und sprachen dann über mögliche Änderungen langjähriger Handelsabkommen.

Taryn schien ein gewisses Mißtrauen zu hegen, warum Sarek ausgerechnet über diese Vereinbarungen sprechen wollte. »Ich bin zugegebenermaßen überrascht, daß Sie dieses Thema zur Diskussion stellen«, sagte er. »Ich hatte gedacht, daß Ihre Seite von unserem Abkommen über die Kryo-Speicher profitiert. Ich verstehe nicht, warum die Vulkanier daran interessiert sind, diese Punkte zu ändern oder zu revidieren ...«

»Die Änderungen, die mir vorschweben, sind nur geringfügiger Natur, Abgesandter«, sagte Sarek. »Die Diskussion dürfte nicht lange dauern. Vielleicht könnten wir im Anschluß an unsere Besprechung ... eine Partie Schach spielen?«

»Wie Sie vielleicht wissen, habe ich sehr viel zu tun«, erwiderte Taryn, doch dann hielt er inne. »Allerdings muß ich zugeben, daß Sie einer der wenigen ... anregenden Schachgegner sind. Also gut. Ich bin einverstanden. Wenn wir unsere Besprechung abgeschlossen haben.«

Sarek trug ihm daraufhin die Liste seiner Änderungsvorschläge vor. Wie er bereits angekündigt hatte, waren es nur geringfügige Angelegenheiten, um die sie sich schon vor drei Jahren gestritten hatten, als sie über das ursprüngliche Abkommen verhandelt hatten. Bei einigen Punkten zog der Vulkanier sogar den kürzeren, hauptsächlich weil er den aufgeworfenen Fragen nicht seine ganze Aufmerksamkeit schenkte.

Schließlich war es geschafft. Soran verabschiedete sich, als die Diplomaten von ihren Terminals ein dreidimensionales Schachbrett projizieren ließen. »Das standardmäßige Zeitlimit für jeden Zug?« fragte Sarek, nachdem er auf Taryns Drängen Weiß übernommen hatte.

»Natürlich.«

Der Vulkanier musterte die Schachfelder und plante seine Eröffnung.

»Ich muß Sie warnen«, sagte Taryn, »denn unsere Diskussion hat meinen Verstand geschärft. Sie sollten sich auf eine Niederlage gefaßt machen, Botschafter.«

Sarek neigte leicht den Kopf. »Ich bin auf alles gefaßt, Abgesandter.« Nach einiger Überlegung zog er einen

Bauern. Taryn beugte sich vor, um seine eigene Projektion des Schachspiels zu begutachten und machte dann seinen Zug. »Wissen Sie«, sagte der Freelaner, wobei der Vulkanier den Eindruck erhielt, daß ihm etwas sehr Persönliches anvertraut wurde, »ich finde unsere Spiele wirklich sehr … anregend.«

»Sie meinen bestimmt herausfordernd«, erwiderte Sarek trocken.

»Wenn ich mich recht entsinne, habe ich bei unserem letzten Spiel gewonnen.« Taryns mechanische Stimme klang wie immer, aber der Botschafter glaubte dennoch eine winzige Veränderung im Tonfall seiner schnellen Erwiderung zu entdecken.

»Ja, so ist es«, sagte Sarek gleichmütig. »Ich habe an jenem Tag zweifellos recht unkonzentriert gespielt.« Er konnte es sich nicht verkneifen, den Abgesandten ein wenig zu reizen. Manchmal ließ sich Taryn zu einer leichtsinnigen Strategie hinreißen. Der Freelaner war ein schlechter Verlierer, und Sarek hatte genauestens studiert, welche Köder er auswerfen mußte, um ihn zu einem schwerwiegenden Fehler zu verleiten.

Sarek zog seinen Springer vor und bedrohte Taryns Dame. Dann lehnte er sich zurück, um die Reaktion seines Gegners zu beobachten.

Bei Taryns Gegenzug hob der Vulkanier eine Augenbraue. »In der Tat äußerst anregend«, murmelte er, während sein Geist blitzschnell die Konsequenzen der möglichen Züge durchrechnete und gleichzeitig die Sekunden abzählte, die ihm noch blieben, um auf Taryns kühne Strategie zu reagieren. »Vielleicht sogar … herausfordernd.« Mit einer schnellen und entschlossenen Handbewegung griff er mit seinem Turm den gegnerischen König an.

Taryn betrachtete das Spielfeld, und Sarek hatte den Eindruck, eine gewisse Skepsis aus der mechanischen Stimme herauszuhören. »Das Jobeck-Gambit?« Seine Kapuze bewegte sich, als hätte er verwundert den Kopf geschüttelt. »Ein menschlicher Zug ... und keine sehr einfallsreiche Eröffnung. Der Sieg ist mir bereits gewiß.« Er hob seinen Arm, so daß der Handschuh eine Weile über dem Schachbrett hing, während er über seinen nächsten Zug nachdachte. »Es überrascht mich, Botschafter, daß Sie zu einer menschlichen Strategie greifen.«

»Meine Frau stammt von der Erde«, sagte Sarek, »und ich habe viele Jahre auf ihrem Heimatplaneten verbracht. Dort habe ich dieses Gambit gelernt. Die Menschen mögen nicht über die ausgeprägte Logik eines Vulkaniers verfügen, aber sie können manchmal sehr verzwickte Strategien entwickeln.«

»Was mich betrifft, habe ich keinen sehr großen Respekt vor der menschlichen Intelligenz«, bemerkte Taryn, während sein Handschuh immer noch über dem Brett hing. »Nehmen Sie nur diese neue Organisation, die in letzter Zeit ihren Einfluß geltend zu machen versucht. Die ›Interessengemeinschaft Erde den Menschen‹. Den Berichten zufolge besteht sie aus einer Ansammlung bigotter Außenseiter mit verkümmertem Intellekt. Sie verabscheuen alles Nichtmenschliche ... sogar Ihr Volk, Botschafter.«

Sarek mußte sich zusammenreißen, um seine Überraschung nicht zu deutlich zu zeigen. Jetzt versuchte Taryn *ihn* zu reizen – fast als wüßte der Abgesandte ganz genau, warum der vulkanische Botschafter hier war, und daß er nach einem Beweis für seine Theorie bezüglich einer freelanischen Verschwörung suchte ...

»Solche Randgruppen kommen und gehen«, räumte der Vulkanier nüchtern ein. »Sie stellen keine ernsthafte Bedrohung der langjährigen Freundschaft zwischen der Erde und Vulkan dar.«

»Natürlich nicht«, sagte Taryn und lehnte sich zurück. Sein verhüllter Kopf wirkte, als würde er Sarek genau in die Augen starren und dort nach Emotionen suchen, die ihm einen Hinweis auf seine Gefühlslage gaben. »Es ist Unsinn, auf Veränderungen in einer so festen Allianz zu hoffen.«

Sarek hob eine Augenbraue. »Ich muß sagen, Sie überraschen mich, Abgesandter. Falls Sie damit irgendeine Strategie verfolgen, hätte ich gedacht, Sie wären etwas einfallsreicher, statt es mit einer so ... antiquierten Methode zu versuchen.«

Das Gewand des Freelaners zuckte, als wäre er erschrocken. »Antiquiert? Was ... was meinen Sie damit?«

Sarek deutete auf das Schachbrett. »Sie verwickeln mich in ein Gespräch und überziehen dabei das Zeitlimit für Ihren Zug. Oder ... haben Sie vergessen, daß Sie an der Reihe sind?«

»Mein Zug ... ja, sicher. Natürlich habe ich es nicht vergessen.« Taryn zog schnell seinen Läufer.

Im weiteren Verlauf des Spiels setzte Sarek sein gesamtes diplomatisches Geschick ein, um seiner langjährigen Kontaktperson Informationen zu entlocken. Taryn jedoch hatte seine Gelassenheit zurückgewonnen und zahlte es ihm mit gleicher Münze heim. Er schien Gefallen an ihrem verbalen Schlagabtausch zu finden.

Es war ein harter Kampf, aber zu seiner eigenen Überraschung gewann Sarek die Partie. Und Taryn erwies sich wieder einmal als schlechter Verlierer. Sobald sich das Ende des Spiels abzeichnete, warf er seinen König um und verließ Sarek mit einem knappen Abschiedswort.

Nach dem Abendessen zogen sich die zwei Vulkanier in ihre benachbarten Wohnquartiere zurück. Sarek legte sich hin, um bis zur ›Mitternacht‹ der Stationszeit zu schlafen.

Stunden später öffnete der Botschafter die Augen und erhob sich leise von seinem Bett. Er zog dunkle Kleidung und Stiefel mit weichen Sohlen an, die er zu diesem Zweck mitgebracht hatte. Mit einem vulkanischen Miniatur-Tricorder in der Hand setzte er sich vor das freelanische Kommunikationsterminal. Der Botschafter hatte diesen Tag seit Monaten sorgfältig geplant und Programme vorbereitet, um gegen möglichst viele Eventualitäten gewappnet zu sein.

Sareks erste Aufgabe bestand darin, den Alarm des gut gesicherten Wartungsbereiches der Station zu deaktivieren. Er studierte für einen kurzen Moment die schmale, horizontal angeordnete Konsole. »Manuelle Eingabe, bitte. Standard-Interface der Föderation.« Die manuell bedienbare Kontrollfläche glitt aus einer verborgenen Öffnung, und Sarek schaltete schnell die externe Datenverbindung ab. Dieser Teil war am leichtesten. Jetzt folgte die anspruchsvollere Aufgabe, eine gezielte ›Fehlfunktion‹ im System zu erzeugen, die seine Bemühungen, an die Hauptdatenbanken heranzukommen, tarnen würde.

Der vulkanische Botschafter überprüfte schnell mit dem Tricorder die Kodierung der externen Datenverarbeitung und übermittelte Zugangscodes auf verschiedenen Wellenlängen. Als die Anzeige des Tricorders den erfolgreichen Abschluß des Suchlaufs meldete, kniff der Vulkanier die Lippen zusammen. Kein Föderationsstandard. Dann rief er die wahrscheinlichsten Kommunikationsprotokolle auf und stellte eine Verbindung zwischen seinem Tricorder und der freelanischen Kommunikationsleitung her. Zufrieden beobachtete er, wie der Versuch auf Anhieb gelang. Das Ergebnis der Spionagearbeit seines Sohnes in einem romulanischen Raumschiff vor fünfundzwanzig Jahren reichte für seine Zwecke völlig aus.

Nachdem er sich mit den Eigenschaften dieses Computersystems vertraut gemacht hatte, rief er das erste von verschiedenen *Valit*-Programmen auf und startete es auf der niedrigsten Ebene des Betriebssystems. Ein *Valit* war ein kleines vulkanisches Tier, das sich selbst durch den härtesten Boden graben konnte, indem es seine komplexen Mundwerkzeuge an die verschiedensten Anforderungen anpaßte. Sofern sich dieses Betriebssystem nicht allzusehr von dem unterschied, das Spock untersucht hatte, würde das *Valit*-Programm sich daran anpassen und bis in die gesicherten Bereiche der Software vordringen. Während es dann verschiedene Fehlermeldungen an die Zentralprozessoren schickte, würde es auf wirksame Weise Sareks weitere Manipulationen vertuschen.

Im Grunde war es gar nicht notwendig, daß Sarek den zentralen Wartungsbereich betrat, um Zugang zu den Daten zu erhalten, deren Sicherung aufgehoben war, aber er wollte den freelanischen Computer mit eigenen Augen sehen. Die Kommunikationsverbindung in seinem Quartier war mit einem Gehäuse versehen, daß sich kaum von denen unterschied, die überall in der Föderation üblich waren. Damit hatte er im Grunde noch gar nichts bewiesen. Die Freelaner konnten die Terminals und die Software einfach nur von den Romulanern gekauft haben. Der Botschafter mußte den eigentlichen Zentralcomputer sehen. Er wußte, daß romulanische Tarnvorrichtungen auf die hohe Rechenleistung dieser Maschinen angewiesen waren. Deshalb würden die Romulaner diese Technologie niemals aus reinem Profitstreben an Außenstehende weitergeben.

Bevor Sarek sein Quartier verließ, klopfte er leise an Sorans Tür. Kurz darauf trat sein Assistent nach draußen. Er hatte sich ebenfalls in dunkle Kleidung gehüllt und trug weiche Schuhe. »Sicherheitsalarm?« fragte er flüsternd.

»Abgeschaltet«, erwiderte Sarek.

Der Botschafter hatte die freelanische Station viele Male besucht und wußte genau, wohin er sich wenden mußte. Als sie die Türen erreichten, auf denen in mehreren Sprachen WARTUNGSBEREICH – KEIN ZUTRITT zu lesen stand, hielt Sarek an und gab Soran einen Wink, sich im Hintergrund zu halten. Dann drückte er auf die Öffnungskontrolle. Die Türhälften glitten auseinander.

Sarek trat, dicht gefolgt von Soran, in den Wartungsbereich. Der junge Vulkanier blieb erschrocken stehen, als er eine Videoüberwachung entdeckte, doch der Botschafter schüttelte beruhigend den Kopf. Das *Valit*-Programm überflutete die Software, die den Sicherheitsstatus verwaltete, mit einer solchen Datenmenge, daß sie für den Zeitraum ihres Besuches nicht reaktionsfähig war.

»Wir müssen uns beeilen«, sagte Sarek leise. Obwohl sich niemand in diesem Raum aufhielt, hatte er das Bedürfnis, keinen Lärm zu verursachen, auch wenn es völlig unlogisch war. »Das *Valit* wird das Sicherheitssystem nicht für unbegrenzte Zeit lahmlegen.« Sie gingen an einem Transporterraum vorbei und betraten dann das Nervenzentrum der Station.

Der große Raum enthielt ein gigantisches Computersystem. Das schmucklose Gehäuse aus schwarzem Metall unterschied sich kaum von dem, das Spock vor einem Vierteljahrhundert gesehen hatte. Offensichtlich waren die Romulaner sehr konservativ und änderten nichts an einer Technik, die sich bewährt hatte. Sarek nickte grimmig. Genau das hatte er vermutet.

»Botschafter, offenbar wissen Sie genau, wonach Sie suchen«, sagte Soran. »Andernfalls wären Sie nicht in der Lage gewesen, ein entsprechendes *Valit*-Programm zu konfigurieren.«

»Logisch«, sagte Sarek anerkennend, als er sich vor das nächste Terminal setzte und seinen Tricorder hervorholte. »Ihre Schlußfolgerung ist bewundernswert. Wenn meine Theorie über die Freelaner korrekt ist, werden Sie schon bald ihre wahre Identität erkennen.«

»Dieses System hat keine Ähnlichkeit mit denen, die in der Föderation verwendet werden«, sagte Soran und sah zu, wie Sareks geübte Hände die Kontrollen des Tricorders bedienten, um ein weiteres *Valit*-Programm einzuspeisen, das sich an die Fersen des ersten heften sollte. Es würde einen externen Zugang zu allen Bereichen der Speicher öffnen, so daß sämtliche gewünschten Daten auf den Bildschirmen angezeigt werden konnten.

Die zwei Vulkanier sahen zu, wie in wahlloser Folge Auszüge des Speicherinhalts auf den Monitoren erschienen. Soran riß die Augen auf, als er die Symbole erkannte. »Die Schriftzeichen ...«, keuchte er. »Sie sind romulanisch!«

»In der Tat«, bestätigte Sarek. »Genau wie ich erwartet habe. Aber ich brauche mehr als den Programmablauf der Stationsküche, um unseren Verdacht zu begründen.« Er hielt den Fotochip des Tricorders vor den Bildschirm.

»Dann sind die Freelaner also in Wirklichkeit Romulaner?« sagte Soran fassungslos. Als Sarek ihm einen kurzen Seitenblick zuwarf, brachte der junge Vulkanier seinen Gesichtsausdruck schnell wieder unter Kontrolle.

»Ja«, sagte Sarek. »Es sind Romulaner. Ich hatte schon seit langer Zeit diesen Verdacht, aber es war sehr schwierig, ihn auch zu beweisen. Aha ... hier sind die Personaldaten. Wir sind drinnen.«

Datenkolonnen wanderten über den Bildschirm – Texte in romulanischen Schriftzeichen, Symbole des Betriebssystems und Zahlen in willkürlicher Anordnung. Der Tricorder zeichnete den Wust an unsortierten Daten auf. Plötzlich beugte Sarek sich vor und ließ den Tricorder ein Stück zurückspulen. Mit einem Tastendruck fror er das Bild auf dem Monitor ein. Dann studierte er konzentriert die verworrenen Zeichen.

»Was ist das?« fragte Soran.

»Ein Name ... einer der wenigen freelanischen Namen, die ich kenne. Können Sie Romulanisch lesen, Soran?«

»Nein, Sir. Aber ich werde diese Unzulänglichkeit so schnell wie möglich wettmachen«, versprach der junge Assistent. »Was steht auf dem Bildschirm?«

Sarek zeigte auf einen Namen in geschwungenen romulanischen Schriftzeichen. »Taryn«, sagte er lakonisch. »Dies ist eine Auflistung von romulanischen Offizieren. Wenn ich es richtig verstehe, ist Taryn hier mit dem Rang eines Commanders aufgeführt.« Der ältere Vulkanier hob eine Augenbraue. »Er ist ein hochrangiger romulanischer Offizier.« Dann zeichnete er weitere Daten auf. Allmählich erkannte er das System hinter dem scheinbaren Durcheinander. Er berechnete im Kopf einen Dekodierungsalgorithmus und wandte ihn auf den Datenstrom an. Plötzlich kam Ordnung in das Chaos.

Einige Minuten darauf konnte er die Daten fließend lesen. Sarek überflog zuerst die Angaben zum Frachtverkehr, wobei er zufrieden feststellte, daß sogar sie seine Theorie bewiesen. Militärische Raumfahrzeuge flogen regelmäßig von Romulus und Remus nach Freelan, und Freelaner reisten zu romulanischen Planeten. Wie es hieß, wurden romulanische Offiziere nach Freelan ›abkommandiert‹.

Freelan verfügte außerdem über eine kleine Flotte von Kriegsschwalben, die in ortungsgeschützten Hangars untergebracht waren. Zur Tarnung hatte man sie unter dicken Eisschichten plaziert, die zusätzlich mit Selonit imprägniert waren.

Die Kommunikationslogbücher listeten Hunderte von Subraumnachrichten auf, die zwischen Freelan und romulanischen Welten ausgetauscht wurden. Kommuniqués der Regierung führten Freelaner auf, die auf ›Missionen‹ zu verschiedenen Planeten geschickt worden waren, vor allem zur Erde. Und fast immer wurde der freelanische Händler, Diplomat oder Wissenschaftler von einem Assistenten mit vulkanischem Namen begleitet.

Sarek prägte sich diese Namen automatisch ein, obwohl er genau wußte, daß sie sich nach einer Überprüfung – genauso wie im Fall von Savel – als gefälscht erweisen würden.

Keiner der Beweise, die Sarek sammelte, deutete auf eine direkte Verbindung zwischen der IGEM und den Freelanern – oder Romulanern – hin. Trotzdem gab es für den Botschafter eine überwältigende Menge von Indizien.

Ohne Vorankündigung war plötzlich ein vertrautes Geräusch zu hören, das ihn erstarren ließ.

Soran hatte es ebenfalls gehört. »Botschafter – ein Transporterstrahl!«

»Versuchen Sie die eingetroffenen Personen abzulenken, während ich die *Valits* deaktiviere«, befahl Sarek und nahm hastig die notwendigen Schaltungen vor. Ohne Bedauern gab er die Hoffnung auf, weitere romulanische Datenbanken anzapfen zu können. Wenn er und Soran hier entdeckt wurden, hatten die Romulaner jedes Recht, sie sofort wegen Spionage zu exekutieren.

Schnell startete er das letzte *Valit*-Programm, das jeden Hinweis auf seine Manipulationen löschen sollte. Als er hörte, wie sich Schritte vom Transporterraum her näherten, sprang er auf und suchte nach einem Platz, an dem er den Tricorder und damit den Beweis für seine Spionagetätigkeit verstecken konnte. Ohne den Tricorder könnte er behaupten, er wäre in der Nacht mit Schmerzen aufgewacht und hätte nach dem automatisch betriebenen Medo-Zentrum der Station gesucht. Es bestand keine große Wahrscheinlichkeit, daß man ihm glaubte, aber ohne greifbare Beweise würden die Freelaner es vermutlich nicht wagen, ihn zu verhaften. Als er einen Abfallverwerter sah, ließ Sarek den Tricorder hineinfallen und führte ihn dem Recycling zu, nicht ohne ein tiefes Bedauern über den Verlust seines Beweismaterials. Die Logik diktierte ihm jedoch, daß er zuerst an seine eigene Sicherheit dachte.

Als er sich umblickte, erkannte der Botschafter, daß es im Computerraum so gut wie keine Versteckmöglichkeiten gab. Stumm fand er sich damit ab, erwischt zu werden und gesundheitliche Schwierigkeiten vortäuschen zu müssen, als von nebenan ein lauter Knall zu hören war. Er kam aus einem der Maschinenräume.

Die sich nähernden Freelaner fluchten – auf romulanisch! – und untersuchten den Vorfall. Sarek warf vorsichtig einen Blick vom Computerbereich in den Vorraum. Dann zog er sich schnell und lautlos zum Eingang zurück. Der Botschafter war überzeugt, daß sein junger Assistent den Lärm verursacht hatte, um die Leute abzulenken, die sich Klarheit über die Ursache der ›Fehlfunktionen‹ verschaffen wollten. Würde es auch Soran gelingen, rechtzeitig zu entkommen?

Eine Sekunde später stieß Soran auf lautlosen Sohlen zu ihm. Hastig verließen die zwei Vulkanier den Wartungsbereich und kehrten in ihre Wohnquartiere zurück.

Als Sarek sich später auf seinem schmalen Bett entspannte, erlaubte er sich im Schutz der Dunkelheit ein leichtes ironisches Lächeln. *Das Spiel ist noch nicht zu Ende, Taryn,* dachte er. *Heute hast du mir Schach geboten, aber ich bin noch lange nicht schachmatt.*

Am nächsten Tag wartete Sarek voller Spannung auf irgendeinen Hinweis, daß sein mitternächtlicher Ausflug entdeckt worden war, doch anscheinend hatte sein letztes *Valit* Erfolg gehabt. Während des morgendlichen Verhandlungsgespräch gab Taryn nicht zu erkennen, daß er auch nur den geringsten Verdacht hegte.

Der Botschafter hatte gerade mit den nachmittäglichen Gesprächen begonnen, als Soran sich näherte. Sein normalerweise ruhiges Gesicht zeigte reservierte Besorgnis. »Botschafter? Soeben kommen zwei Nachrichten von Vulkan herein. Sie sind … äußerst wichtig.«

Sarek entschuldigte sich hastig und suchte sein Quartier auf, um sich ungestört den Übertragungen widmen zu können. Die erste war eine Textnachricht von seiner Frau, die lediglich besagte: »Komm bitte nach Hause, wenn möglich. Amanda.«

Als er auf die knappe Botschaft starrte, verspürte der Vulkanier großes Unbehagen. In den sechzig Jahren ihrer Ehe hatte seine Frau ihn noch nie zuvor gebeten, eine Mission abzubrechen, um nach Hause zu kommen. Was konnte nur geschehen sein?

Seine stumme Frage wurde kurz darauf von der zweiten Nachricht beantwortet, einer Aufzeichnung von T'Mal, der Ärztin seiner Frau. Die ergraute Heilerin starrte direkt in die Aufzeichnungskamera. Ihr Gesichtsausdruck war wie üblich gelassen, doch der Botschafter entdeckte eine Spur von Besorgnis in ihren Augen. »Botschafter Sarek, Sie müssen unverzüglich nach Vulkan zurückkehren. Ihre Frau ist schwer krank. Ich rechne nicht damit, daß sie noch länger als einen Monat zu leben hat … Vielleicht viel weniger. Ich bedaure es, Ihnen auf diesem Wege eine solche Nachricht zukommen lassen zu müssen, aber ich habe keine andere Wahl. Kommen Sie bitte unverzüglich zurück.«

2

Der uralte Raum mit den steinernen Wänden befand sich tief im Herzen des Festungspalastes auf Qo'noS, der klingonischen Heimatwelt. Der Raum war mehrfach überprüft worden, bis feststand, daß er keinerlei Abhör- oder Aufzeichnungsvorrichtungen enthielt. Deshalb war dieser feuchte, düstere Raum genau der richtige Ort für das Treffen, das in diesem Augenblick stattfand.

Valdyr saß in einem der modernen Stühle, die man in den Raum gebracht hatte. Sie spürte die kalte Luft an ihrem Körper, während die Worte, die sie hörte, ihren Geist und ihre Seele frösteln ließen. Zögernd blickte sie zu ihrem Onkel auf, dem ehrenvollen klingonischen Botschafter Kamarag, wie er mit kraftvoller Stimme zu den Offizieren sprach, die sich hier am ehrwürdigen, mit Dolchspuren versehenen Tisch versammelt hatten, der zweifellos schon seit vielen hundert Jahren an dieser Stelle stand.

Was er sagt, kommt einem Hochverrat gefährlich nahe, dachte sie und versuchte sich nicht anmerken zu lassen, wie schockiert sie war.

Die Offiziere betrachteten den Sprecher mit unterschiedlich großer Begeisterung. Das sanfte Licht der Lampen schimmerte auf eingeöltem schwarzen Leder und polierten Beschlägen.

»Krieger«, sagte Kamarag gerade mit einer solchen Überzeugungskraft in der geübten Stimme, daß er damit eine fast hypnotische Wirkung erzielte, »wir alle haben in den vergangenen Monaten erlebt, was seit der

Zerstörung von Praxis mit unserem Imperium geschieht. Man entreißt uns die Grundlagen unserer Existenz! Wenn es so weitergeht, wird es in dieser Galaxis bald keinen Platz für unser Volk mehr geben! Die Romulaner werden uns überschwemmen, denn wir sind auf dem besten Wege, verweichlicht und schwach wie Frauen zu werden!«

Valdyr, die einzige weibliche Anwesende, blickte zu ihm auf, hütete sich jedoch, verärgert auf seine Worte zu reagieren. Ihr Onkel war das Oberhaupt ihrer Familie. Als ihr Vater beim Versuch, das Föderationsraumschiff *Enterprise* zu entern und zu erobern, getötet worden war, hatte Kamarag seine Witwe und die vier Kinder unter seinen Schutz genommen, um für Valdyr und ihre Brüder zu sorgen und sie sogar zur Schule zu schicken.

Und im vergangenen Monat, als ihre Mutter und ihr ältester Bruder bei dem verheerenden Meteorschauer ums Leben gekommen waren, der nach der Zerstörung von Praxis auf Qo'noS herabgeregnet war, hatte Kamarag Valdyr und ihre Brüder in das Haus seiner Vorfahren aufgenommen.

Sie hatte dem Oberhaupt ihrer Familie alles zu verdanken, was sie war. Wenn Kamarag nicht gewesen wäre, hätten ihre Brüder niemals die Schule besuchen und die Fähigkeiten erlernen können, die für den Dienst an Bord eines Raumschiffs erforderlich waren. Sie hätten sich mit einer kargen Existenz in irgendeiner kleinen Ansiedlung zufriedengeben müssen, um von dem zu leben, was ein Boden hergab, der sich kaum für den Ackerbau eignete.

Valdyr war Kamarag bedingungslose Treue schuldig. Trotzdem mußte sie bei seiner verächtlichen Anspielung auf ihr Geschlecht mit den Zähnen knirschen. Als das Wort ›Frauen‹ fiel, warf ihr Karg, einer der Captains, einen anzüglichen Blick zu.

»Frauen haben ihren Platz in unserer Gesellschaft –

aber welches ist der richtige Platz? Vergeßt nicht, wer jetzt in unserer Regierung auf dem Stuhl des Kanzlers sitzt, meine Brüder! Eine *Frau!* Es ist Gorkons Tochter, gewiß, aber sie ist nicht Gorkon, wie sie in den vergangenen Tagen viele Male bewiesen hat. Azetbur verlangt Loyalität von uns, während sie gleichzeitig die Föderation in die Arme schließt. Noch übt die Föderation nur einen gewissen Einfluß aus, doch es könnte bald dazu kommen, daß wir von der Föderation beherrscht werden! Wer von uns, meine Brüder, möchte gerne unter der Herrschaft der Föderation leben?«

Ein gemeinsames Murren war die einzige Antwort der versammelten Offiziere.

Azetburs Aufstieg zur Kanzlerin hatte Valdyr dazu ermutigt, ihre Schulausbildung über das Alter hinaus fortzusetzen, in dem die meisten Klingoninnen in den Haushalt verbannt wurden. Valdyr hatte hohen Respekt vor Azetbur und vor ihrem Versuch, einen wahren und dauerhaften Frieden zwischen der Föderation und dem Klingonischen Imperium zu begründen.

Es machte die junge Frau wütend, daß ihr verehrter Onkel so abfällig über die neue Kanzlerin sprach. Sie blickte schweigend zu ihm auf. Kamarag war in seiner Jugend ein ehrfurchtgebietender Krieger gewesen, und als er jetzt diese Offiziere ansprach, hatte er die Haltung eines Kämpfers eingenommen, der eine formelle Herausforderung kundgab.

»Denkt nach, meine Brüder!« sagte er jetzt. »Denkt genau nach, was wir tun müssen, jeder einzelne von uns, um unsere Ehre als Krieger zu bewahren! Jeder von uns muß sein Herz erforschen, um den besten Weg zu finden, dem Imperium dienen zu können – auch wenn es dazu notwendig sein sollte, außerhalb der Richtlinien der offiziellen Regierungspolitik zu handeln. Wir müssen die Ehre und den Mut haben, unserem Imperium als Krieger zu dienen, als Anführer – und nicht einfach blind den Anweisungen folgen, die uns von unseren nominellen Vorgesetzten gegeben werden!«

Valdyr riß die Augen auf. Was ihr Onkel hier vortrug, grenzte an eine Aufforderung zum Ungehorsam ... es war glatter Hochverrat! So etwas war unehrenhaft! Wie konnte er nur solche Dinge sagen? Als Valdyr in die Gesichter der anwesenden Raumschiffskommandanten blickte, erkannte sie, daß alle den Botschafter mit einem begeisterten Leuchten in den Augen ansahen ...

... alle bis auf einen. Keraz hatte sich in seinem Stuhl zurückgelehnt und schüttelte den Kopf. Dann schlug der Commander unvermittelt mit der gepanzerten Faust auf den uralten Tisch, und zwar so heftig, daß das eisenharte Holz protestierend knirschte. »Kamarag, du bist zu weit gegangen!« knurrte er. »Ich hege keine große Sympathie für Azetbur und ihre neue Politik, aber ich kann nicht den Schwur brechen, den ich als klingonischer Offizier geleistet habe! Von Tag zu Tag werden es mehr Renegaten, die an der Neutralen Zone ihr Unwesen treiben, und ich habe nicht die Absicht, einer von ihnen zu werden!«

Valdyr mußte sich zurückhalten, um nicht aufzuspringen und dem Commander begeistert ihre Zustimmung kundzutun.

Kamarag reckte die Schultern, als fühlte er sich zutiefst beleidigt – doch seine Nichte erkannte, daß seine Entrüstung nur vorgetäuscht war. »Keraz, du mißverstehst mich! Ich habe nichts davon gesagt, daß jemand seinen Schwur brechen soll. Ich habe nur verlangt, daß alle, die sich hier versammelt haben, sich einmal die Zeit nehmen, über unsere gegenwärtige Situation und die Möglichkeiten für Verbesserungen nachzudenken! Von Verrat war nie die Rede!«

Valdyr seufzte insgeheim, als Keraz offensichtlich einen Teil seines Selbstvertrauens verlor. Er runzelte bestürzt die Stirn.

»Ja, Keraz, du hast wohl nicht richtig zugehört!« brummte Karg sarkastisch. »Hast du die letzte Nacht mit Saufen und Huren verbracht, so daß du vorhin eingeschlafen bist und nur geträumt hast, es wäre davon gesprochen worden, Schwüre zu brechen? Denn heute wurde nichts dergleichen gesagt!«

»Richtig!«

»Karg hat völlig recht!«

»Niemand kann an unserer Ehre zweifeln!«

Die anderen Offizier bekundeten knurrend ihre Zustimmung zu Kargs Tadel. Keraz lehnte sich in seinem Stuhl zurück. »Vielleicht habe ich dich mißverstanden, Kamarag«, räumte er murrend ein.

Der klingonische Botschafter nickte, und nach wenigen Minuten wurde das Geheimtreffen aufgelöst. Valdyr verließ ihren Platz und eilte in den Korridor, sobald der Augenblick gekommen war, in dem sie keinen Verdacht mehr erregen würde. Sie hatte gesehen, wie Karg sie mit lüsternem Blick anstarrte, und sie wollte dem Captain auf keinen Fall zu nahe kommen.

Doch der Rückweg aus den tiefen Kellergewölben wurde ihr von den Offizieren versperrt, die in kleinen Gruppen diskutieren oder herumstanden und auf eine Gelegenheit warteten, persönlich mit Kamarag zu sprechen. Valdyr zog sich in eine Nische zurück, in der früher einmal Weinfässer aufbewahrt worden waren.

Ihr wurde bereits kalt vom feuchten Fels, der sie auf drei Seiten umgab, als sie zwei vertraute Stimmen hörte. Kamarag und Karg führten ein leises Gespräch.

»Ich glaube, es lief recht gut ...«, sagte Karg gerade. »Mit Ausnahme von Keraz. Er sollte sich als Azetburs Leibdiener bewerben, wenn er ihr so gerne die Stiefel lecken möchte. Ich wußte, daß er Probleme machen würde.«

»Wir haben eine Vereinbarung getroffen«, sagte Kamarag selbstgefällig. »Auch wenn Keraz sich unserer Sache nicht anschließt – er wird uns auf keinen Fall an

Azetbur verraten. Er hegt keine Sympathien für sie. Wie verlief dein letzter Überfall?«

»Es war der erfolgreichste überhaupt!« erwiderte Karg. Valdyr sah im Geist sein Gesicht, wie er sich bei der Erinnerung über die Lippen leckte. »Es war eine dieser gemischten Kolonien, hauptsächlich Tellariten – du hättest erleben sollen, wie die Frauen und Kinder kreischten, als wir sie niedermähten! Es gab zwar nicht viel auf Patelva zu holen, aber es war wunderbar, wieder einmal die Hitze des Kampfes zu spüren und den Duft von frisch vergossenem Blut zu riechen.«

Valdyr schluckte. Es war richtig, daß Krieg und Kampf für Klingonen ehrenvolle Dinge waren, aber im Niedermetzeln von wehrlosen Zivilisten lag keine Ehre. Bei Kargs Worten krampfte sich ihr Bauch vor Abscheu zusammen.

Plötzlich mischte sich eine neue Stimme in das Gespräch. Einer der Offiziere war zu ihrem Onkel getreten, um ihm auf die Schulter zu klopfen und ihm für die bewegende Rede zu gratulieren. Als Valdyr einen vorsichtigen Blick aus der Nische wagte, sah sie, daß der Rücken des Neuankömmlings die Sicht auf sie versperrte, so daß sie die Gelegenheit ergreifen konnte, um sich leise durch den Korridor davonzustehlen.

Als sie später in ihrem Zimmer saß und für ihre nächste Prüfung in Föderations-Standard büffelte, hörte die Klingonin, wie es an ihrer Tür klopfte. Sie ließ ihren Besucher ein. »Onkel!« rief sie, als sie ihn erkannte, und nahm eine respektvolle Haltung ein. Auch wenn sie nicht mit dem einverstanden war, was er heute getan hatte, war er immer noch das Oberhaupt und der Wohltäter ihrer Familie. Die klingonische Tradition verlangte, daß ihre Treue zu ihm an erster Stelle kam.

»Ich muß etwas Wichtiges mit dir besprechen, Nichte«, sagte er mit seiner tiefen, dröhnenden Stimme. »Mir ist nicht entgangen, daß du ein heiratsfähiges Alter erreicht hast.«

Valdyrs Augen weiteten sich. »Ja, so ist es wohl, Onkel«, sagte sie. »Aber ich werde zur Zeit so intensiv von der Schule in Anspruch genommen, daß ich noch gar nicht über einen möglichen Ehemann nachgedacht habe.«

»Deine Mutter hat vor ihrem Tod keine Hochzeit für dich arrangiert«, sagte Kamarag und setzte sich auf das schmale Bett, das kaum mehr als ein Regalbrett an der Wand war. »Wie lautet deine Wahl?«

»Wir haben nie darüber gesprochen«, sagte Valdyr. »Meine Mutter hat aus Zuneigung geheiratet, nicht um der Familie einen Vorteil zu verschaffen. Ich glaube, sie hatte dasselbe für mich im Sinn, aber ich bin mir nicht sicher.«

»Meine Schwester hat unter ihrer Stellung geheiratet«, sagte ihr Onkel verbittert. Valdyr erstarrte, als sie hörte, wie ihr Vater erniedrigt wurde, doch Kamarag bemerkte es nicht. »Es hat keinen Zweck, sich wegen ihrer unglücklichen Wahl zu betrüben, da nun alles in der Vergangenheit liegt. Wir müssen in die Zukunft blicken – in deine Zukunft. Jemand hat heute um deine Hand angehalten, und ich habe eingewilligt.«

Valdyr hielt den Atem an. *Wer? Keraz? Ich liebe ihn nicht, aber er ist ein Krieger mit Ehre … nein, das ist unmöglich. Keraz ist bereits verheiratet, ich erinnere mich jetzt, davon gehört zu haben. Wer sonst …* Plötzlich kam ihr ein Verdacht, und voller Entsetzen hörte sie, wie ihr Onkel ihre schlimmsten Befürchtungen bestätigte.

»Karg ist ein Veteran vieler Schlachten, ein Krieger von hohem Ansehen. Er findet Gefallen an dir, Nichte, und er ist durchaus in der Lage, dich mit allem zu versorgen, was eine Frau sich wünschen kann. Ich habe ihm deine Hand versprochen.« Er stand auf, ging zur offenen Tür und winkte in den Korridor. Daraufhin trat der klingonische Captain herein und begrüßte seine versprochene Braut mit einem breiten Grinsen.

»Karg …«, flüsterte Valdyr kraftlos. Der Knoten in

ihrem Bauch begann zu rotieren, und sie mußte ihre Beinmuskulatur anspannen, um nicht zu zittern. *Tisch und Bett mit Karg teilen?* NEIN*! Ich würde eher meinen Dolch als Bräutigam in die Arme schließen als diesen ehrlosen DenIb Qatlh!*

Karg deutete ironisch eine Verbeugung an, als hätte er ihre Gedanken gelesen. »Meine künftige Frau ... dein Onkel hat mir eine große Ehre erwiesen.«

»Ha!« bellte Kamarag lachend und schlug dem Freier kräftig auf den Rücken. »Die Ehre ist ganz auf unserer Seite!« Er warf Valdyr einen süffisanten Blick zu. »Es wundert mich überhaupt nicht, daß sie sprachlos vor Freude ist.«

Ich kann ihn nicht heiraten! Ich kann es nicht! Ich hasse und verachte ihn, Onkel! Zwing mich nicht dazu, es zu tun! Doch als sie Kamarags zufriedenen Gesichtsausdruck sah, zwang Valdyr sich dazu, tief einzuatmen und sich zusammenzureißen. Sie selbst hatte vielleicht nicht das Zeug zum Krieger, da sie schlank und nicht sehr groß war, aber in ihren Adern floß das Blut eines Hauses ehrenvoller Krieger. Sie würde sich nicht selbst entehren, indem sie bettelte. »Onkel, ich muß sorgfältig darüber nachdenken. Karg braucht eine Frau, die eine hohe gesellschaftliche Stellung und viel ... Schönheit besitzt«, sagte sie vorsichtig. »Ich habe nichts von alledem. Ich glaube nicht, daß eine solche Verbindung für einen so angesehenen Krieger zufriedenstellend wäre.«

»Diese Bescheidenheit!« Karg lachte amüsiert, als er vor die junge Frau trat und liebevoll mit der Hand über ihren Arm glitt, um ihre Muskeln zu prüfen. Valdyr erstarrte, als seine Hand für einen kurzen Moment in gefährliche Nähe ihrer linken Brust kam. Würde er es wagen, sie in Anwesenheit ihres Onkel zu betatschen? *Wenn er es tut, werde ich ihn auf der Stelle töten!* dachte sie.

Doch Karg begnügte sich damit, die Muskeln ihres Armes und ihrer Schulter zu drücken. »Sie sind klein, aber voll drahtiger Kraft«, bemerkte er anerkennend. Als er dann den Zorn in ihren Augen sah, fügte er süffisant hinzu: »Ach, meine Braut ... du bist so jung, so unschuldig ... du wärmst mir das Herz.«

Er packte Valdyrs Kinn und drehte ihren Kopf hin und her, während er sie prüfte, als wäre sie ein Reittier, das er vielleicht für seinen Stall erwerben wollte. »Du hast keine Ahnung, was einen Mann erregt ...«, sagte er in liebevollem Tonfall und genoß offensichtlich ihre Erniedrigung. »Aber du mußt keine Angst haben ... Unschuld erregt mich sehr. Keine Sorge, mein *targhoy*. Du hast Schönheit. Sie wird mit der Blüte deiner Weiblichkeit kommen, Valdyr-oy. Wenn du meine Frau bist, wird deine Schönheit wie eine *chal*-Blume im Frühling erblühen.«

Seine zärtlichen Worte und das intime Suffix, das er an ihren Namen angehängt hatte, machten die junge Frau so zornig, daß sie beinahe vor Wut laut geschrien hätte. Im Geist sah sie, wie sie immer wieder den Dolch, den sie am Unterarm trug, in sein Herz stieß.

Als seine Finger über ihre Wange strichen, konnte Valdyr ein angewidertes Zittern nicht mehr unterdrücken. »Schau nur, Kamarag, sie bebt bereits vor Sehnsucht nach mir!« kicherte Karg. Dann riß er sie in seine Arme und drückte sein Gesicht schmerzhaft gegen ihren Hals, wo seine Zähne in ihre Kehle bissen. Die Frau keuchte unwillkürlich vor Schmerz auf.

»Genug, Karg!« befahl Kamarag, worauf der Captain sie freiließ. Valdyr legte eine Hand an die Kehle und starrte dann fassungslos auf das Blut an ihren Fingern. »Ich weiß, wie heiß du darauf bist, deine Braut zu nehmen, doch die Hochzeit wird erst nach unserem Triumph stattfinden. Der Geschmack des Sieges wird deine Hochzeitsnacht zu einem doppelten Genuß machen, Karg.«

Der Captain atmete schwer, während er seine Blicke über Valdyrs Körper wandern ließ. Als er sprach, klang seine Stimme belegt. »Also gut, Kamarag. Aber sie ist reizvoll genug, um jeden Mann zu verführen ...« Dann wandte er sich an die junge Frau. »Du mußt dir keine Sorgen machen, daß du vielleicht nicht geeignet bist, meine Frau zu werden, Valdyr-oy. Genauso wie deine Schönheit irgendwann kommen wird, wirst du auch die Feinheiten der Gesellschaft lernen, bis du bereit bist, deinen Platz an meiner Seite einzunehmen und mich zu unterstützen. Dein Onkel hat mir versichert, daß du eine hohe Intelligenz für eine Frau besitzt.«

Valdyr hätte ihm wegen dieser Bemerkung am liebsten bei lebendigem Leib die Haut abgezogen, aber sie hielt sich zurück. Sie mußte ihre Klugheit und ihren Verstand dazu benutzen, diesem drohenden Schicksal zu entfliehen. Wenn sie zuließ, daß Karg ihre wahren Gefühle erkannte, würde er sie bis zum Tag der Hochzeit nur genauer im Auge behalten.

Vielleicht konnte sie fliehen. Oder wenn sie Karg schon nicht zurückweisen konnte, wäre es vielleicht möglich, die Hochzeit noch eine Weile hinauszuschieben. Karg war ein Krieger. Vielleicht fiel er im Kampf. Dieser Gedanke brachte sie zum Lächeln.

Valdyr riß sich also zusammen und sagte: »Im Augenblick wird meine gesamte Zeit von der Schule in Anspruch genommen. Wenn ich dieses Semester abgeschlossen habe, werde ich vielleicht ... besser auf eine Heirat vorbereitet sein, Onkel.«

Kamarag runzelte die Stirn. »Du brauchst keine weitere Schulausbildung, nachdem ich jetzt einen so gut geeigneten Partner für dich gefunden habe, Valdyr. Du solltest lieber lernen, wie man einen Haushalt führt. Das ist bereits eine verantwortungsvolle Lebensaufgabe.«

»Dein Onkel hat recht, Valdyr-oy. Ich habe ein großes Haus, das darunter leidet, daß sich keine Frau darum kümmert«, fügte Karg hinzu.

»Keine Schule mehr?« Valdyr mußte sich anstrengen,

um nicht die Beherrschung zu verlieren. Wenn sie ihren Onkel erzürnte, konnte das unangenehme Folgen für sie und ihre Brüder haben. Sie durfte diesen Männern nicht zeigen, was sie wirklich dachte. »Aber, Onkel ...«

Kamarag schien ihr Unbehagen zu spüren. »Du kannst meinetwegen noch dieses Semester abschließen«, sagte er, »solange deine übrigen Pflichten nicht darunter leiden. Du wirst allerdings mehr Zeit in den Küchen verbringen und die Pflichten einer Frau erlernen.« Er blickte Karg mit einem süffisanten Lächeln an. »Ich möchte nicht, daß Karg sich später darüber beschwert, man hätte dich nicht angemessen auf deine neue Rolle vorbereitet.«

»Und vergiß in der Küche nicht, genügend über die Kindererziehung zu lernen, Valdyr-oy«, sagte Karg und verschlang dabei erneut ihren Körper mit seinen Blicken. Mit einem strahlenden Lächeln klopfte er ihrem Onkel auf den Rücken und verließ das Zimmer.

Nachdem sie allein waren, warf Kamarag seiner Nichte einen ungeduldigen Blick zu. »Nun, Mädchen?« bellte er dann. »Hast du mir nichts zu sagen?«

Die junge Frau mußte all ihre Kraft zusammennehmen, als sie sich zu einer ruhigen Antwort zwang. »Onkel, ich werde tun, was du sagst.«

»Das will ich hoffen«, brummte er. »Du möchtest doch bestimmt nicht undankbar erscheinen, oder?«

»Nein, Onkel.«

Ihr Onkel entspannte sich und richtete sich wieder gerade auf, als er mit einem Lächeln auf dem Gesicht das Thema wechselte. »Das heutige Treffen verlief sehr gut, findest du nicht auch?«

»Alle schienen deine Ansichten zu unterstützen«, sagte Valdyr vorsichtig. »Alle außer Keraz.«

Ihr Onkel wischte diesen Namen mit einer ungeduldigen Handbewegung fort. »In künftigen Jahrhunderten wird man sich an unsere Namen erinnern, weil wir es waren, die das Imperium und die klingonischen Traditionen gerettet haben«, sagte er feierlich und mit leuchtenden Augen.

»Aber ... die gegenwärtige Politik unserer Regierung zielt auf den Frieden mit der Föderation«, warf Valdyr ein. »Frieden und Freundschaft mit unseren ehemaligen Feinden – sogar mit James Kirk, der unserer Kanzlerin ...«

»Kirk!« bellte Kamarag so laut, daß Valdyr zusammenschrak. »Nichte, ich kann diesen Namen nicht hören, ohne in Zorn zu geraten! Versuche nicht, mich zu provozieren, indem du ihn so beiläufig über deine Lippen kommen läßt! Möge Kirk auf seinem Weg in die Hölle von zehntausend Dämonen gefressen werden! Ich kenne keinen Frieden, solange Kirk lebt!«

Erregt marschierte der Botschafter im kleinen Zimmer auf und ab. Seine Stiefelabsätze schlugen wie altertümliche Kriegstrommeln auf den Fußboden. »Kirk! Kirk ist der Feind, und ich werde meine Ehre nicht eher zurückgewinnen, bis er tot ist, bis ich meine Hände in sein warmes Blut tauchen und sie scharlachrot färben kann. Ich werde nicht eher Ruhe finden, bis Kirk und seine Linie ausgelöscht sind!«

»Aber, Onkel!« Valdyr war entsetzt. Kamarags aufbrausendes Temperament war legendär, aber sie hatte ihren Onkel noch nie zuvor so zornig erlebt. »Kirk hat Azetbur das Leben gerettet. Sie wird niemals damit einverstanden sein, daß er getötet wird.«

»Was geht mich Azetbur an?« tobte Kamarag. »Sie ist die schwächliche Tochter eines schwächlichen Feiglings! Sie kann mich nicht aufhalten, Nichte.«

»Wobei aufhalten, Onkel?« fragte Valdyr gleichzeitig neugierig und angewidert.

»Bei der Ausführung meines Plans«, sagte der Botschafter und lächelte.

Dieser Anblick ließ sie frösteln, obwohl es in ihrem Zimmer angenehm warm war. »Welcher Plan?« fragte sie.

Sein Lächeln wurde zu einem zähnefletschenden Grinsen. Ein verschlagener, raubtierhafter Ausdruck ersetzte den Zorn, der noch vor wenigen Augenblicken in seinem Gesicht gewütet hatte. »Du wirst sehen, Valdyr«, versprach er leise. »Warte nur ab, dann wirst du schon sehen ...«

Tagebuch von Amanda Grayson Sarek
16. September 2293

Wie ist es, wenn man stirbt?

Vulkanier haben natürlich ihr Katra ... *ein Wort, das bislang noch niemand mit angemessener Präzision übersetzen konnte. Es ist nicht dasselbe wie die Seele oder die Persönlichkeit, es ist mehr als eine Erinnerung, aber weniger als ein lebendes Wesen ... Ich vermute, man muß schon als Vulkanier geboren sein, um jemals alle Nuancen der vulkanischen Mystik verstehen zu können.*

Spock und Sarek werden nach ihrem Tod weiterleben. Werde ich weiterleben? Viele Religionen der Erde gehen davon aus ... aber es gibt keine Gewißheit. Und falls es ein Leben nach dem Tod gibt, werden sich dort Individuen von verschiedenen Welten begegnen?

Jetzt schweife ich ins Metaphysische ab – und ins Unsinnige. Es ist sinnlos, über solche Dinge zu spekulieren. Es ist unlogisch. Entweder gibt es ein Leben nach dem Tod oder nicht. Ich habe keinen Einfluß darauf. Ich kann nur darüber philosophieren.

Ich fürchte mich davor und sehne mich gleichzeitig danach, daß Sarek von Freelan zurückkehrt. Ich habe den Verdacht, daß T'Mal Kontakt mit ihm aufgenommen hat und daß sie ihm ohne Umschweife die Wahrheit gesagt hat, die sie mir vorenthielt. Zweifellos war sie der Meinung, ein Mensch könne eine solche Wahrheit niemals ertragen.

Wie wenig sie die Menschen und insbesondere mich kennt! Ich weiß schon seit Monaten, was mit mir geschieht. Ich weiß nicht mehr, wann ich zum ersten Mal er-

kannte, daß mein Körper nachläßt, daß er an Kraft verliert, bis zum unvermeidlichen Stillstand ... ich hatte einfach von Tag zu Tag mehr Gewißheit.

Es scheint, daß ich am Reyerson-Syndrom leide. Die Krankheit verläuft nicht immer tödlich, vor allem nicht, wenn sie in den besten Lebensjahren auftritt – aber ich bin dreiundneunzig. Zum Glück ist es keine Krankheit, die große Schmerzen verursacht. Das Hauptsymptom ist eine ständige Erschöpfung, die in meinem Alter ohnehin recht verbreitet ist.

Ich habe die vergangenen Tage damit verbracht, in meinen alten Tagebüchern zu lesen. Die Erinnerungen kehren mit einer solchen Deutlichkeit zurück, daß mir die Vergangenheit beinahe wirklicher vorkommt als diese quälende Gegenwart, die unaufhaltsam zu Ende geht und mir wie ein schlechter Traum erscheint.

Wenn ich lese, erwachen meine Erinnerungen zu neuem Leben. Sie sind so klar, als wäre alles erst gestern geschehen. Ich kann kaum glauben, daß ich schon so lange gelebt habe – mein Leben scheint mit einer unglaublichen Geschwindigkeit vergangen zu sein. Jedesmal wenn ich dieser Tage in den Spiegel blicke, sehe ich voller Entsetzen eine Frau, die ... alt ist. Aber ich fühle *mich nicht alt! Nicht im Innern. Die Schmerzen erinnern mich ständig an mein wahres Alter, aber mein Geist und mein Herz fühlen sich so jung wie immer. Die junge Amanda ist hier bei mir, in meinem Kopf, auf seltsame Weise gefangen in der alten Amanda, in dieser Hülle aus alter Haut und morschen Knochen.*

Seltsam, nicht wahr? Ich frage mich, ob jeder Mensch so empfindet ... Oder bin ich ein Sonderfall?

Vulkanier fühlen sich natürlich genauso alt, wie sie – physisch gesehen – sind. Alles andere wäre völlig unlogisch ...

Kann es sein, daß ich wirklich ... sterbe?

Gelegentlich muß ich gegen meine Panik kämpfen, doch diese Zwischenfälle werden immer seltener. Es ist einfach zu erschöpfend, für einen Körper, der ... seine Kraft verliert.

Natürlich möchte ich nicht ewig leben ... aber ich möchte auch nicht sterben. Ich möchte leben! Es gibt noch so viele Dinge, die ich tun möchte, so viele Orte, die ich besuchen möchte, so viele Dinge, die ich sehen möchte ...

Ich möchte leben – trotzdem verstärkt sich meine Gewißheit, daß ich es nicht kann, jedenfalls nicht mehr lange. In einem Jahr, vielleicht schon früher, wird das Universum ohne mich auskommen müssen. Amanda Grayson, Madame Sarek, Lady Amanda ... ich werde nicht mehr sein.

Ich sterbe.

So, jetzt habe ich es zugegeben. Es schwarz auf weiß hinzuschreiben, hat mir tatsächlich Erleichterung verschafft. Sich dem Schlimmsten zu stellen, das die Zukunft bringen kann, ist besser als sich etwas vorzumachen und vor einer allzu wahrscheinlichen Realität zurückzuschrecken.

Natürlich werde ich von den Ärzten behandelt. Sie versuchen, den Verlauf der Krankheit aufzuhalten. Aber ich weiß, ohne daß ich fragen muß, daß meine Chancen schlecht stehen. Und selbst wenn ein Wunder geschieht und ich von dieser speziellen Krankheit geheilt werden kann, wäre damit in meinem Alter das Unvermeidliche nur für kurze Zeit hinausgeschoben.

Es gibt einen Tagebucheintrag, den ich mir als Trost für besonders schwere Zeiten aufgehoben habe. Ich glaube, heute abend ist der richtige Moment, um ihn noch einmal zu lesen ...

14. Juni 2229 ... kurz nach Mitternacht.

Meine Hand zittert, während ich dies schreibe. Ich kann kaum fassen, was heute abend geschehen ist! Nachdem wir uns all die Monate immer wieder getroffen haben, nachdem ich mich davon zu überzeugen versuchte, daß sein Interesse an mir mehr ist als das Interesse eines Diplomaten an jemandem, der seine Kultur studiert ... nach meinen vergeblichen Versuchen kann ich kaum glauben, was ich jetzt schreiben werde: daß Sarek mich heute abend geküßt hat!

Es war kein Kuß, wie er unter Menschen üblich ist – aber trotzdem. Es war die sanfteste Berührung meiner Lippen durch seine Fingerspitzen, doch ich erzitterte, als wir umkehrten und schweigend heimgingen. Selbst jetzt, während ich dies schreibe, kann ich nicht still sitzen. Ich fühle mich, als hätte ich mich mit einem exotischen Fieber angesteckt.

Ist es möglich, daß wir uns erst seit vier Monaten kennen? Ich kann es kaum glauben, daß mein Leben sich so radikal ändern könnte, so unwiderruflich, in so kurzer Zeit. Fast auf den Tag genau vier Monate.

Meine Arbeit hat mir alles bedeutet … das Unterrichten von Schülern war meine einzige Leidenschaft. Es war mein größter Traum, ihnen das Wunder und den Reichtum außerirdischer Kulturen vermitteln zu können, das war mein größter Herzenswunsch. Als ich den T'Relan-Preis für ausgezeichnete Lehrtätigkeit erhielt, dachte ich, dieser Tag wäre der Höhepunkt meines Lebens.

All die vergangenen Monate habe ich mich gefragt, warum ein so hervorragender Diplomat sich für eine Lehrerin interessiert, die zufällig einen Preis gewonnen hat und daraufhin zu einem Empfang in der Botschaft eingeladen wurde …

Ein- oder zweimal habe ich gedacht: »Vielleicht fühlt er sich von mir angezogen.« Doch ich habe sofort mit Warpgeschwindigkeit Abstand von diesem Gedanken genommen. Schließlich gehen Vulkanier keine Gefühlsbeziehungen ein. Entweder sie binden sich in einem sehr frühen Alter, oder sie treffen später eine vernünftige und logische Entscheidung für einen Partner. Aber Gefühl und Liebe? Mach dich nicht lächerlich, Amanda!

Doch heute abend … war es Liebe. Ich glaube, daß sogar Sarek es gefühlt hat, daß sogar er sich von diesem Abend verzaubern ließ …

Der zu drei Vierteln volle Mond ging über dem Pazifik unter, während das Paar am Strand entlangspazierte. Amanda Grayson trat vorsichtig in den feuchten Sand und lächelte, als die Wellen mit den weißen Schaumkronen immer näher an ihre Füße heranrollten. Das Abendessen war ausgezeichnet gewesen. Sarek hatte sie in eines der besten Restaurants der Stadt eingeladen.

Während des Essens hatte sie die neugierigen Seitenblicke der anderen Gäste bemerkt. Sie wußte, daß eine menschliche Frau und ein vulkanischer Mann zu zweit ein ungewöhnlicher Anblick waren. Außerdem war ihr Begleiter ein bekannter Diplomat aus der vulkanischen Botschaft – eine Person, die im Licht der Öffentlichkeit stand.

Zum Glück war ihnen keiner dieser neugierigen Menschen gefolgt, nachdem sie das Restaurant verlassen hatten. Als sie jetzt zusahen, wie der Mond sich immer tiefer über das Meer senkte, waren sie völlig ungestört. Es war Flut, und die Wellen schwappten immer höher. Amanda beobachtete heimlich ihren Begleiter, wie er auf den Pazifik hinausstarrte. Sein Gesicht war völlig ruhig und gelassen.

Sie hatte Sarek so aufmerksam beobachtet, daß sie von einer besonders wagemutigen Welle überrascht wurde. Amanda sprang keuchend zurück, als das kalte Wasser über ihre Füße schwappte, wobei sie mit dem Vulkanier zusammenstieß. Automatisch griff er nach ihrem Arm, um sie aufzufangen. Es war das erste Mal in den vier Monaten, seit sie sich kennengelernt hatten, daß er sie berührt hatte.

»Oh, vielen Dank!« rief sie. »Ich wäre jetzt klitschnaß, wenn ich ins Wasser gefallen wäre.« Sie blickte zögernd zu ihm auf und hielt überrascht den Atem an, als sie erkannte, daß er … lächelte! Es gab keinen Zweifel. Sareks ernste, adlerhafte Gesichtszüge hatten sich entspannt, und seine normalerweise ausgeglichenen

Mundwinkel zeigten nach oben. In den dunklen Augen des Vulkaniers stand ein amüsiertes Funkeln.

Sarek lächelt! Er lächelt mich an! dachte sie erstaunt und zutiefst bewegt. *Ich wußte gar nicht, daß er lächeln kann!*

Sie erwiderte sein Lächeln und empfand ein überwältigendes Glück, so kräftig und rein, als hätte man ihr eine euphorisierende Droge verabreicht. Während sie sich gegenseitig tief in die Augen blickten, wurden sie von einer neuen Meereswelle überrascht.

Diesmal sprangen sie beide zurück. Amanda sah, daß die Schuhe des Botschafters naß geworden waren. »Ach du meine Güte! Ihre Schuhe!«

»Sie werden wieder trocknen«, sagte Sarek nur. Er blickte nicht einmal auf seine Schuhe. »Amanda ... darf ich Ihnen eine Frage stellen?«

»Sicher.«

»Gibt es in Ihrem Leben ... jemanden, der Ihnen besonders wichtig ist?«

Er kann unmöglich wissen, was eine solche Frage auf der Erde bedeutet, dachte sie verständnislos. »Natürlich«, sagte sie und bemühte sich, nicht zu erröten. »Meine Eltern, meine Studenten, meine Familie und meine Freunde. Sie alle sind mir sehr wichtig ... Sarek.«

Es fiel ihr immer noch schwer, ihn nur mit seinem Namen und ohne Titel anzureden. Schließlich war er immer so förmlich und reserviert. Doch es wurde von Mal zu Mal einfacher. »Und natürlich habe ich im Osten noch einige Freunde, die ich jedoch nur ein paarmal im Jahr sehe, weil sie ...«

»Amanda ...« Sie konnte es kaum fassen, daß er sie unterbrochen hatte. Das hatte er noch nie zuvor getan. Der Vulkanier kam einen Schritt näher, so nahe, daß sie seine Körperwärme an ihrem Hals und auf ihrem Gesicht spüren konnte.

»Ja, Sarek?«

»Ich wollte wissen, ob es eine besondere *männliche* Person in Ihrem Leben gibt.«

Sie starrte ihn fassungslos an. »Nein, Sarek«, sagte sie. »Es gibt keine besondere … männliche Person.« Das Blut in ihren Ohren rauschte lauter als die Brandung.

»Also sind Sie frei, sich einen … Partner zu wählen?« fragte er.

»Ja«, flüsterte sie, doch es drang kaum ein Laut aus ihrer Kehle. Der Vulkanier beugte sich vor. Offenbar hatte nicht einmal sein feines Gehör ihre Antwort wahrgenommen. »Ja«, wiederholte sie. »Ich bin frei.«

»Es freut mich, das zu hören, Amanda«, sagte er ruhig. Dann beugte er sich vor, ganz langsam und behutsam, und dann *küßte* er mit seinen Fingerspitzen ihren Mund.

Noch während er sich zurückzog, wußte Amanda instinktiv, daß sich in diesem Augenblick ihr ganzes Leben verändert hatte. Es gab nur eine mögliche Erklärung für Sareks Worte und Taten: Er wollte sie zur Frau. Sie wußte aus ihrem Studium, daß Vulkanier keine Zeit mit belanglosen Tändeleien verschwendeten.

Er blickte sie eine Weile intensiv an, während in seinen Augen all die Dinge standen, die er nicht in Worte fassen konnte. Dann bot der Vulkanier ihr ohne ein weiteres Wort seinen Arm an, um sie den Strand hinauf ins Trockene zu führen. Amanda folgte ihm, während ihr ganzer Körper seine Berührung und die Wärme seiner Haut unter seiner Kleidung spürte.

Ich liebe ihn, erkannte sie. *Ich habe ihn von Anfang an geliebt und es erst jetzt erkannt.*

16. September 2293

Habe gerade den Tagebucheintrag gelesen. Ach, war ich wirklich einmal so jung?

Trotzdem … wenn ich die Augen schließe, spüre ich immer noch diesen Kuß, sogar nach vierundsechzig Jahren.

Ich habe ein gutes und gesegnetes Leben geführt. Es gibt wenig, was ich bereue …

Doch jetzt bin ich müde … ich muß mich ausruhen …

Captain James T. Kirk stand im flimmernden Leuchten des Transporterstrahls und wagte kaum, an das zu denken, was er sehen würde, wenn er auf dem Planeten Patelva materialisierte. Gestern war die *Enterprise* zur Kolonialwelt geschickt worden, die das Opfer eines Überfalls geworden war. Der Captain hatte sich einen kurzen Überblick über die Lage auf dem Planeten verschafft und war dann völlig erschüttert in sein Schiff zurückgekehrt. Danach war es die Aufgabe von Dr. McCoy und seinen medizinischen Assistenten gewesen, so viele der schwer verwundeten Überlebenden zu retten wie möglich.

Als der Transporterstrahl um ihn herum verblaßte, konnte Kirk die Verletzten hören. Die Koordinaten, zu denen man ihn gebeamt hatte, lagen mitten in einer Ansammlung hastig errichteter aufblasbarer Zelte. Im Gegensatz zu seinem gestrigen Ausflug war er also nicht von zerfetzten Körpern umgeben ... was er als Erleichterung empfand. Doch was er hörte, war schlimm genug.

Das medizinische Personal eilte hin und her, im hektischen Wettlauf gegen den uralten Feind. Auf einem Feld in der Ferne, dessen Ernte nun niemand mehr einbringen würde, waren einige Leute vom Sicherheitspersonal mit der traurigen Arbeit beschäftigt, die Leichen zu begraben.

»Captain ...« Kirk wandte den Blick von der schrecklichen Szene ab und sah seinen Ersten Offizier an, der neben ihn getreten war. »Ich habe die Befragung der wenigen unverletzten Überlebenden, die ich lokalisieren konnte, abgeschlossen. Ihre Aussagen stimmen darin überein, daß es Klingonen waren.«

Der Captain blickte sich um und seufzte. Es hatte kaum einen Zweifel daran gegeben, wer die Angreifer gewesen waren, denn alles paßte zusammen. »Ich weiß«, sagte er. »Ich habe gerade über eine Subraumverbindung mit Kanzlerin Azetbur gesprochen. Sie bestätigt, daß ihre Sensoren in letzter Zeit eine Reihe klingonischer Schiffe in der Umgebung der Neutralen Zone registriert haben. Aber sie hat mir bei der Ehre ihres Vaters geschworen, daß diese Aktionen nicht von ihrer Regierung autorisiert wurden.«

»Renegaten«, sagte Spock, während seine normalerweise ausdruckslosen Gesichtszüge von Trauer überschattet wurden. »Ich fürchte, Chang ist für einige Klingonen zum Vorbild geworden.«

»Ich fürchte, daß Azetbur sich nicht mehr lange an der Macht halten kann, Spock«, sagte Kirk. »Vor einem Monat auf Khitomer sah alles noch so hoffnungsvoll aus, aber jetzt ...« Er zuckte leicht die Schultern. »Die Medien auf der Erde stürzen sich mit Begeisterung auf die Überfälle durch die Abtrünnigen. Viele der Delegierten des Sicherheitsrates verlangen von Ra-ghoratrei, Azetburs Regierung die Unterstützung zu entziehen.«

»Ich weiß. Und ohne Unterstützung der Föderation besteht für Azetbur nur wenig Aussicht, an der Macht zu bleiben.«

»Die Kanzlerin ist die einzige Hoffnung des Imperiums, die nächsten Jahre zu überleben, Spock!« erwiderte Kirk matt. »Wenn ich das erkenne, müssen es auch andere erkennen können.«

Der Vulkanier nickte. Seine dunklen Augen waren getrübt. Er wollte etwas sagen, doch bevor er dazu kam, veranlaßte eine vertraute Stimme die beiden Männer, sich umzudrehen.

»Was ist mit dem Hospitalschiff der Föderation?« wollte Dr. Leonard McCoy wissen, während er sich den Offizieren näherte. Der Kittel des Bordarztes war mit getrocknetem Blut und noch unangenehmeren Substanzen bespritzt, und seine blauen Augen waren vor Erschöpfung rot unterlaufen. »Verdammt, Jim, meine Leute stehen kurz vor dem Umfallen, und ich kann niemanden für eine Ruhepause entbehren. Wir brauchen dringend Ablösung!«

»Das Schiff ist unterwegs, Pille«, beruhigte Kirk schnell den Bordarzt der *Enterprise.* »Es dürfte in sechsunddreißig Stunden eintreffen.«

»Verdammt!« fluchte McCoy und seufzte dann. »Kannst du nicht wenigstens noch ein paar Sicherheitsleute herunterbeamen? Sie sind zwar nicht ausgebildet, aber sie können uns zumindest beim Aufräumen helfen und ein paar Sandwiches für das Personal zubereiten.«

Kirk nickte, holte seinen Kommunikator hervor und gab schnell die entsprechenden Anweisungen. McCoy schickte inzwischen einige andere Sicherheitsleute dorthin, wo sie am dringendsten gebraucht wurden, und wandte sich dann mit müdem Blick wieder an seine Freunde. »Danke, Jim. So etwas wie hier habe ich selten erlebt ...«

»Ich weiß, Pille.«

»Wer ist dafür verantwortlich?« wollte McCoy wissen und starrte über das notdürftige medizinische Lager. »Verdammt, ich tue so, als hätte ich es nicht längst an den typischen Disruptorspuren erkannt!«

»Es waren Klingonen, Doktor«, sagte Spock. »Kanzlerin Azetbur hat jedoch beteuert, daß es sich um Renegaten handelt und nicht um Truppen unter dem Befehl der Regierung.«

»Es scheint so«, sagte der Arzt und rieb sich mit einer Hand über das Gesicht, wobei er blutige Schlieren auf der Stirn hinterließ. »Verdammt, aber wenn ich bedenke, was ich in den vergangenen vierundzwanzig Stunden gesehen habe, bereue ich es beinahe, den vergangenen Monat mit dem Studium der klingonischen Anatomie verbracht zu haben.«

»Das Imperium ist ein einziges Chaos, Pille«, sagte Kirk. »In einer solchen Situation kommt es fast zwangsläufig zu terroristischen Akten. Wenn man versucht, eine große Armee abzurüsten, gibt es fast immer Soldaten, die den Krieg nicht aufgeben wollen.«

»Vor allem in Anbetracht der Tatsache, daß sich die

klingonische Kultur seit mehreren tausend Jahren fast ausschließlich auf den Krieg konzentriert hat«, sagte Spock leise. »Wenn die ...« Der Vulkanier verstummte, als sein Kommunikator sich meldete. »Spock hier«, sagte er knapp.

»Mr. Spock, ich empfange eine persönliche Nachricht der Prioritätsstufe eins für Sie, Sir«, teilte die Stimme von Commander Uhura ihm mit. »Sie ist von Ihrem Vater.«

»Übertragen Sie sie bitte auf den Bildschirm, Commander.«

Kirk beobachtete angespannt, wie der Vulkanier die Nachricht auf dem kleinen Bildschirm des Lagers las. Ihm entging nicht, wie sich die Augen seines Freundes verengten und sich die Haut über seinen Wangenknochen spannte. Als Spock aufblickte, trat er einen Schritt vor und legte behutsam die Fingerspitzen auf den Arm seines Freundes. »Was gibt es, Spock?«

Der Vulkanier atmete tief durch. »Es geht um meine Mutter, Jim. Ich habe gerade eine Nachricht von meinem Vater erhalten, in der es heißt, daß sie schwer krank ist.« Er hielt inne und schien sich zum Weitersprechen zwingen zu müssen, als würden die Worte ihm große Schmerzen bereiten. »Um genau zu sein: Sarek sprach davon, sie sei ›unheilbar‹ krank.«

Kirk hatte vor einigen Jahren seine Mutter verloren, und Spocks Worte ließen die Trauer jener Zeit sofort wieder aufleben.

»Spock, hat er gesagt, was ihr fehlt?« fragte McCoy. In seinen blauen Augen stand tiefe Besorgnis.

»Sie hat eine Blutkrankheit.« Spocks normalerweise ausgeglichener Tonfall klang angestrengt. »Das Reyerson-Syndrom. Es ist ziemlich selten und gefährlich, vor allem für sehr alte oder sehr junge Patienten.« Spock machte eine kleine Pause. »Meine Mutter ist über neunzig«, setzte er hinzu.

Kirks Mutter Winona war zum Zeitpunkt ihres Todes

Ende achtzig gewesen. Im dreiundzwanzigsten Jahrhundert war die durchschnittliche Lebenserwartung eines Menschen höher als je zuvor, doch nur zehn Prozent der Bevölkerung lebten länger als ein Jahrhundert. Kirk holte tief Luft. »Fliegen Sie nach Hause«, befahl er. »Sofort. Nehmen Sie ein Shuttle zur Starbase Elf. Dort können Sie auf ein Passagierschiff umsteigen und in fünf Tagen auf Vulkan sein«, sagte er.

Spock zögerte und blickte sich unsicher um. »Aber wir haben eine Mission ... mein Platz ist auf meinem Schiff ...«

»Verdammt, Spock, wir befinden uns auf einer medizinischen Mission!« sagte McCoy. »Mir ist nicht bekannt, daß Sie eine Ausbildung als Arzt vorzuweisen hätten. Gehen Sie! Wir brauchen Sie hier nicht. Aber Ihre Mutter braucht Sie!«

Schließlich nickte der Vulkanier. »In Ordnung. Vielen Dank, Captain. Ich werde sofort aufbrechen.«

Kurz darauf sahen Kirk und McCoy zu, wie das letzte Flirren des Transporterstrahls verblaßte. Sie wußten, daß der Vulkanier unterwegs war.

»Jim, das ist eine schreckliche Nachricht«, sagte McCoy mit betrübter Miene. »Wir kennen Lady Amanda schon seit so langer Zeit ... und jetzt sollen wir sie verlieren? Das ... ist nicht fair.«

»Wie oft hast du das schon gesagt, wenn du mit dem Tod konfrontiert wurdest, Pille?« fragte Kirk.

McCoy antwortete mit einem verbitterten Lächeln. »In mindestens fünfundneunzig Prozent aller Fälle, Jim. Aber das bewahrt mich nicht davor, jedesmal wieder genauso zu empfinden.«

»Wenn das Hospitalschiff eingetroffen ist«, sagte Kirk, »setzen wir Kurs auf Vulkan.«

McCoy nickte. »Gut. Aber wie willst du diesen Abstecher Starfleet Command gegenüber rechtfertigen?«

»Scotty hat wieder einmal ein Wunder vollbracht und das Schiff zusammengeflickt, nachdem Chang uns als Zielscheibe mißbraucht hat«, antwortete Kirk, »aber er hat mir gestern gesagt, daß er nur die Reparaturen durchführen konnte, die sich von innen bewerkstelligen ließen. Er sagte, wir müßten unbedingt ein Raumdock anfliegen, um die Reparaturen an der Hülle und die Überprüfungen der Druckstabilität abzuschließen. Vulkan verfügt über ein ausgezeichnetes Raumdock.«

McCoy nickte und streckte erschöpft seinen Rücken. »Ich kann mir keine Ruhepause erlauben«, sagte er. »Ich muß mich um meine Patienten kümmern.«

Kirk blickte ihn an. »Könntest du noch zwei ungeschickte Hände gebrauchen, Pille?«

»Darauf kannst du wetten!« erwiderte der Arzt. »Jetzt erhalte ich endlich einmal die Gelegenheit, dich zur Abwechslung herumkommandieren zu dürfen ...«

Gemeinsam betraten sie das nächste Zelt.

»Genug, Peter, es reicht!« sagte Lisa Tennant mit Nachdruck. Sie erhob sich vom altertümlichen Stuhl mit der harten Lehne und streckte sich. »Du bist schlimmer als Rosa. Ich hätte niemals gedacht, ich würde jemanden finden, der genauso hart wie sie arbeiten kann. Wie wäre es mit einem Schluck Kaffee?«

Peter nickte. »Selbstverständlich, Lisa. Eine gute Idee.« Er konnte jetzt tatsächlich einen Kaffee vertragen. Es war fast Mitternacht, und er mußte noch den Rest der Nacht durchmachen, um sich auf sein Examen am nächsten Tag vorzubereiten. Er rieb sich ermüdet über das Gesicht. Er war keine achtzehn mehr. Er konnte es nicht mehr mühelos wegstecken, eine Nacht aufzubleiben. Und er fragte sich, was es ihm einbringen würde.

Er war seit jenem Sonnabend fast jeden Tag in diesen schmuddeligen Raum gekommen. Am ersten Tag hatte er gedacht, er könnte genügend Informationen sammeln, um sie sofort an die Starfleet-Sicherheit weiterzugeben, nachdem er die IGEM-Dateien eingesehen hatte.

Aber er war an jenem Tag überhaupt nicht in die Nähe eines Computers gekommen. Statt dessen hatte er Lisa dabei geholfen, die verhafteten Demonstranten freizubekommen.

Und er hatte mit seiner Vermutung recht gehabt. Sie war tatsächlich an ihm interessiert, hielt sich fast ständig in seiner unmittelbaren Nähe auf, flirtete ein wenig, war aber nie allzu direkt geworden. Er hatte abgewartet und gehofft, irgendwann Zugang zu ihren Computern zu erhalten. Doch auch am zweiten und dritten Tag war er seinem Ziel nicht näher gekommen. Erst am gestrigen Abend hatte sie ihn an die Maschine gelassen, doch das einzige, womit sie ihn arbeiten ließ, war die mühsame Umstrukturierung der Daten, was ihm keine brauchbaren Informationen lieferte.

Er hatte mit sich selbst vereinbart, daß er an diesem Abend zum letzten Mal kommen würde. Wenn er keine Daten erhielt, die interessant genug für die Starfleet-Sicherheit waren, würde er seinen kurzen Ausflug in die Welt des Abenteuers vergessen und sich auf die wichtigen Dinge seines Lebens konzentrieren.

Zum Beispiel auf den *Kobayashi Maru*-Test.

Peter stöhnte unwillkürlich auf, als er an den großen Test dachte, der ihn in weniger als einer Woche erwartete. Erst heute hatte ihm einer seiner Freunde anvertraut, daß die Wettquoten gegen ihn immer höher wurden. Peter war nicht überrascht. Wenn er eine Leidenschaft für das Wetten gehabt hätte, hätte er selbst gegen sich gesetzt. Studierte er die alten Simulationen, um zu sehen, wie andere sie bewältigt hatten? Machte er sich über die Theorie des Tests sachkundig, um einen Eindruck zu gewinnen, welche Anforderungen die neue Simulation an ihn stellen könnte? Nein, er vertrödelte seine kostbare Zeit mit einer subversiven Organisation, flirtete mit ihrer Anführerin und kam mit seinen Bemühungen keinen Schritt weiter.

Neben ihm erschienen plötzlich eine Tasse mit dampfendem Kaffee und ein Sandwich. »Du hast bestimmt Hunger«, sagte Lisa leise und setzte sich neben ihn. »Du hast ununterbrochen gearbeitet. Ich fürchte, ich habe mich nicht sehr gut um dich gekümmert.«

»Ich wußte nicht, daß das dein Job ist«, erwiderte er. »Als dein Aushilfsassistent dachte ich, es wäre meine Aufgabe, mich um dich zu kümmern.«

Ihr Körper streifte ihn, als sie sich bewegte, und seine Nasenflügel bebten, als er den leichten Moschusduft ihres exotischen Parfums wahrnahm. Obwohl er nun schon seit einigen Tagen mit ihr zu tun hatte, stellte sie für ihn immer noch ein Rätsel dar. Sie war klug, aufmerksam und sehr intellektuell. In vielerlei Hinsicht war sie eine faszinierende und aufregende Frau und wirkte überhaupt nicht wie eine bigotte und paranoide Fanatikerin.

Er konnte wesentlich klarer denken, wenn sie ihm nicht so nahe war. Als er das Sandwich verzehrt hatte, erhob er sich aus dem Stuhl und ging in ihrem kleinen, kargen Büro auf und ab. Neugierig betrachtete er das Regal mit den Büchern aus echtem Papier, die sie dort auffällig plaziert hatte.

Es gab einen sehr gut erhaltenen Band von Emily Brontés *Sturmhöhe,* eine etwas zerlesene Ausgabe von Heinleins *Piraten im Weltenraum,* eine Sammlung der Gedichte Edgar Allan Poes und ... Er hielt inne und starrte erstaunt auf ein dünnes Bändchen, das zwischen die anderen gezwängt war. *Das Tagebuch der Anne Frank.*

»Eine interessante Sammlung«, sagte Peter leise. »Hast du die Bücher auch gelesen?« Im Gegensatz zu seinem Onkel Jim taten das nicht viele Büchersammler.

Lisa nickte stolz und trat neben ihn. »Natürlich habe ich nicht diese Exemplare gelesen, dazu sind sie viel zu schade. Aber jedes Buch, das ich kaufe, rufe ich als Datei ab, um es am Bildschirm zu lesen.«

»Das ist ja großartig«, sagte Peter nachdenklich. Er

versuchte zu verstehen, wie sie die Worte von Anne Frank lesen und sich dann mit der IGEM einlassen konnte. »Es ist nett, jemandem zu begegnen, der Bücher zu schätzen weiß.«

Sie lächelte ihn an, während ein warmes Leuchten in ihre großen, obsidianschwarzen Augen trat. »Sammelst du auch?«

»Nicht direkt«, gab Peter zu. »Aber mein Onkel, und es macht mir großen Spaß, in seiner Bibliothek zu stöbern.« Peter zögerte, doch dann biß er in den sauren Apfel. »Weißt du, ich habe dich noch gar nicht gefragt, wie du zur IGEM gekommen bist.«

Lisa antwortete ihm ohne eine Spur von Verlegenheit. »Ich bin noch nicht sehr lange dabei, Peter. Erst ein paar Monate. Es ist irgendwie seltsam ... Ich studiere Soziologie, und ich weiß einiges darüber, wie sich solche Gruppen bilden ... Meistens werden sie von einer Person mit großer Ausstrahlung gegründet. Genau wie Induna. Dann schart dieser Anführer Leute um sich, die seine Überzeugungen teilen. Aber die IGEM hat sich – zumindest hier in San Francisco – ganz anders entwickelt.« Sie blickte ihn ernst an. »Deshalb glaube ich, daß sich die Sache zwangsläufig so entwickeln mußte. Es war einfach an der Zeit, daß wir uns erheben und unserer Überzeugung Gehör verschaffen?«

»Hattest du schon immer eine Abneigung gegen Außerirdische? Insbesondere Vulkanier?« Peter zwang sich dazu, in einem Tonfall höflichen oder sogar beiläufigen Interesses zu sprechen.

Sie runzelte die Stirn, als sie nachdachte. »Es ist seltsam, Peter. Noch vor wenigen Monaten habe ich kaum einen Gedanken an das Thema verschwendet. Ich habe niemals einen Außerirdischen näher kennengelernt und bin in meinem Leben nur einigen wenigen flüchtig begegnet. Ich komme aus einer kleinen Stadt in Indiana, und dort gibt es nicht viele Besucher von außerhalb. Nur wenige Menschen und erst recht keine

Außerirdischen. Ich vermute, es war eine unbewußte Entscheidung, die ich irgendwann im August getroffen habe ... Die Menschen haben sich auf diesem Planeten entwickelt, und deshalb gehört die Erde uns. Andere Wesen haben hier nichts zu suchen.«

»Meinst du, daß die Erde in der Föderation bleiben sollte?«

»Ich weiß es nicht ...« Sie kaute zögernd auf der Unterlippe. »Da die Erde der mächtigste Faktor innerhalb der Föderation ist und nur die Vulkanier eine ernsthafte Bedrohung für uns darstellen, denke ich, daß wir die Föderation nicht auflösen sollten, bevor wir die Klingonen und Romulaner besiegt haben. Das heißt, solange wir die Vulkanier auf Distanz halten können.«

Peter fiel es ziemlich schwer, äußerlich ruhig zu bleiben. »Warum?« fragte er und bemühte sich, aus seiner Stimme herauszuhalten, was er wirklich dachte.

Sie wandte ihm den Blick zu und sah ihm eine Weile intensiv in die Augen. »Kennst du dich mit vulkanischer Geschichte aus?«

»Ein wenig«, antwortete Peter vorsichtig.

»Dann will ich dir etwas zeigen.« Sie ging zum Computerterminal zurück und suchte einen Datenspeicher heraus, den sie in die vorgesehene Öffnung schob.

Als Peter vor dem Bildschirm Platz nahm, wurden die Bilder der Aufzeichnung abgespielt. Zu sehen war die Ebene von Gol, die jedem vertraut war, der regelmäßig die Sendungen der Medien verfolgte. Über der trostlosen Landschaft wurde der Titel *Die wahre Geschichte Vulkans* eingeblendet. Er seufzte innerlich. Propagandafilme gehörten nicht gerade zu seinem Lieblingsprogramm.

»Ist dir bekannt, daß die Vulkanier vor mehreren tausend Jahren große Kriege auf ihrem Heimatplaneten führten?« fragte Lisa, als der Film weiterlief und ihre Worte durch computergenerierte Sequenzen untermalte, die schockierend realistisch wirkten. »Kriege, die

die zwei Weltkriege und den Eugenischen Krieg auf der Erde wie harmlose Scharmützel erscheinen lassen?«

»Ich glaube, ich kann mich erinnern, etwas Ähnliches gelesen zu haben«, murmelte er.

»Gut.« Lisa beugte sich vor und sprach ohne die Spur eines Zweifels weiter. »Die Waffen dieser Kriege existieren immer noch. Die Vulkanier haben sie in geheimen Lagern untergebracht. Waffen, die die Erde in wenigen Minuten in einen glühenden Ascheklumpen verwandeln könnten.«

Als die Filmbilder ihre wilden Behauptungen bestätigten, klappte Peters Unterkiefer herunter. Diesmal mußte er seine Verblüffung nicht vortäuschen. *Woher, zum Teufel, hat sie nur diese Ideen? Diese Bilder müssen gefälscht sein! Die Vulkanier haben keine solchen Waffen, höchstens Verteidigungswaffen. Und zwar schon seit Tausenden von Jahren!* »Du willst mich auf den Arm nehmen!« protestierte er schwach. »Wie bist du an diese Informationen gekommen?«

Sie schüttelte den Kopf. »Jeder in der IGEM weiß darüber Bescheid. Wir können die terranische Regierung nicht dazu bringen, es zuzugeben, aber es ist wahr.«

»Wahnsinn!« war alles, was Peter dazu sagen konnte. »Das ist kaum zu glauben.«

»Wenn du diese Fakten für schockierend hältst, hast du nicht die leiseste Ahnung«, sagte Lisa. Sie bediente die Kontrollen des Computers und wechselte von der Ansicht riesiger Lagerhallen mit furchterregenden Waffen zu einer anderen, phantastischeren Landschaft. In einer sengend heißen Wüste stand ein riesiges, an eine Kathedrale erinnerndes Gebäude. Im Innern befanden sich höhlenartige, schwach beleuchtete Räume, die mit merkwürdigen glühenden Sphären angefüllt waren. Die Gebilde pulsierten, als würden sie von einer geheimnisvollen Kraft gespeist.

»Die Vulkanier haben die Kontrolle über uralte vulkanische … Persönlichkeiten. So sollte man es wohl ausdrücken«, sagte Lisa. »Geister ohne Körper. Sie nennen sie *Katras*, und sie haben sie zu Hunderttausenden gelagert. Sie warten nur darauf, sie loszulassen, damit sie Besitz von den Menschen der Erde ergreifen. Wenn wir sie nicht aufhalten, werden sie uns erobern, ohne daß auch nur ein einziger Schuß abgegeben wird!«

Dieser letzte Punkt war fast zuviel für Peter. Er wußte, daß er ihr weiter gut zureden mußte, um mehr zu erfahren, aber er sträubte sich, diesen ungeheuren, paranoiden Unsinn auch nur einen Moment länger anzuhören.

»Keine Sorge«, beruhigte sie ihn, als sie seinen Gesichtsausdruck mißverstand, und legte ihm ihre warme Hand auf den Arm. »Wir werden es zu verhindern wissen. Unsere Mitgliederzahl wird immer größer, täglich stoßen neue Menschen zu uns – Menschen wie wir beide. Man wird unsere Stimme nicht ignorieren können.« Als er nichts erwiderte, fragte sie: »Was hat dich bewegt, zu uns zu kommen?«

»Der Selbsterhaltungstrieb«, sagte er wahrheitsgemäß und überließ es Lisa, wie sie seine Antwort interpretierte. »Aber ich … hatte keine Ahnung … daß es so schlimm steht …« Ihre verrückten Unterstellungen stärkten seine Entschlossenheit nur, die Aufgabe zu erfüllen, die er sich gesetzt hatte. »Lisa, du hast gesagt, daß du meine Hilfe bei einem speziellen Problem brauchst. Wenn ich mich recht erinnere, ging es um eine vulkanische Verschwörung …«

Sie nickte. »Junge, du bist ja unermüdlich! Ich wollte es heute abend eigentlich noch nicht ansprechen, aber …« Sie stöberte in ihrer Sammlung von Datenträgern, bis sie den gesuchten Speicher fand. »Wir haben Informationen erhalten, die direkt aus dem vulkanischen Konsulat stammen. Sie werden den Heiligenschein erlöschen lassen, mit dem sich die scheinheiligen Vulkanier umgeben. Diese Informationen *beweisen*, daß die

Vulkanier ihre telepathischen Fähigkeiten dazu benutzen, mächtige Angehörige der Föderation zu beeinflussen – vielleicht sogar den Präsidenten persönlich!«

Peter blickte auf den kleinen Datenspeicher. In seiner Tasche hatte er genügend leere Disketten, auf die er alles überspielen könnte, was er hier an wichtigen Daten fand. Doch bis jetzt hatte er noch nichts entdeckt, was wichtig genug gewesen wäre. »Wie kann ich dir damit helfen?«

»Es versteht sich wohl von selbst, daß wir große Schwierigkeiten hatten, an diese Informationen zu gelangen«, sagte sie. »Vieles ging bei der Übertragung verloren – spezielle Codes, wichtige Diagramme. Da du dich mit Datenrestaurierung auskennst, dachte ich ...«

Er nickte. »Klar! Dabei helfe ich dir gerne. Ich kann es morgen mit zur Arbeit nehmen und ...«

Sie schüttelte den Kopf. »Nein, ich kann diese Daten auf keinen Fall aus der Hand geben. Jay hatte sogar Bedenken, als ich ihm sagte, daß ich sie dir zeigen will. Aber irgendwie ... habe ich das Gefühl ... daß ich dir vertrauen kann, Peter Church.«

Lisa beugte sich ein winziges Stück vor, und gleichzeitig spürte Peter, wie sein Körper magisch von ihr angezogen wurde. Als sich schließlich ihre Lippen trafen, rötete sich sein Gesicht vor Verlegenheit, daß sein Körper so wenig Rücksicht auf seine ethischen Überzeugungen nahm.

»Ich werde gerne ... hier daran arbeiten«, sagte er heiser, als sie sich voneinander lösten. »Ich könnte mich vielleicht ... in mein Terminal einklinken ... um meine Software zu benutzen und die verlorenen Daten zu dekodieren.«

Sie nickte. »Das wäre großartig.« Sie küßte ihn wieder.

Sie schraken beide zusammen, als hinter ihnen die Tür mit einem Zischen aufglitt. Jay stand da und blickte mit tadelnd gerunzelter Stirn in den Raum.

Lisa löste sich verlegen von Peter. »Ich ... wußte nicht, daß du so früh zurückkehren würdest«, stammelte sie.

Jay antwortete nicht darauf, sondern warf Peter lediglich einen eindringlichen Blick zu, bis er in neutralem Tonfall zu Lisa sagte: »Könntest du bitte in mein Büro kommen? Ich muß dir etwas mitteilen.«

»Geht es um Induna?« fragte sie besorgt und stand auf. Sie hatten inzwischen erfahren, daß der Präsident der IGEM Sareks ›Angriff‹ überlebt hatte, anschließend jedoch ins Krankenhaus gebracht worden war. (Er hatte selbst darauf bestanden, wie Peter wußte.) »Geht es ihm gut?«

»Wir wollen in meinem Büro reden«, wiederholte Jay und bedeutete Lisa mit einem Kopfnicken, ihm zu folgen.

»Warte hier auf mich«, sagte Lisa zu Peter, »dann zeige ich dir, wo das Problem mit diesen Dateien liegt.«

Er nickte und sah ihr nach, wie sie mit dem anderen Mann verschwand. Sobald sie außer Sicht- und Hörweite waren, griff Peter sich den Datenträger mit dem Beweis für die angebliche Verschwörung und legte ihn ein. Dann holte er eine seiner leeren Disketten hervor und kopierte den Inhalt, ohne ihn sich anzeigen zu lassen. Danach kopierte er auch noch das umfangreiche Mitgliederverzeichnis der IGEM und die Propagandafilme. Er war gerade damit fertig, den Terminkalender des aktuellen Jahres zu überspielen und seine Disketten in die Hosentasche zurückzustecken, als Lisa wieder in ihr Büro trat. Jay war nicht bei ihr. Peter erhob sich, um sie zu begrüßen.

»Alles in Ordnung?« fragte er. »Wie geht es Induna?«

Lisa nickte und lächelte beruhigend. Sie nahm ihn in die Arme, und Peter drückte sie an sich. »Jay macht wieder einmal die Pferde scheu! Induna wurde aus dem Krankenhaus entlassen und wird morgen zu uns kommen.«

»Großartig! Dann sollten wir uns jetzt mit den vulkanischen Dateien beschäftigen.«

Sie zog ihn näher an sich heran und raunte: »Mr. Church, denken Sie eigentlich immer nur an Ihre Arbeit?«

Er schluckte, da er sich nicht sicher war, wie weit er das Spiel treiben wollte. »Nun ... jetzt wäre die günstigste Zeit, um mein Terminal anzuzapfen ...« So spät nachts hielten sich nur wenige Studenten an den Computern der Akademie auf. Er hatte sich allerdings noch nicht genau überlegt, wie er eine Verbindung herstellen wollte, ohne daß sein ›Arbeitgeber‹ bekannt wurde ... oder sein richtiger Name.

»Es reicht, wenn wir uns morgen darum kümmern«, beteuerte sie und beugte sich zu einem weiteren Kuß vor.

Er ließ es geschehen und bemerkte unbehaglich, daß sein Körper auf ihre Nähe reagierte, auch wenn sein Geist es nicht wollte. Er hob nervös den Kopf und blickte auf sie herab. »Also gut. Dann morgen. Es ist schon spät. Ich sollte jetzt gehen.«

»Bis morgen, also«, sagte sie und ließ ihn los. Mit einem warmen Lächeln im Gesicht führte sie ihn aus dem Haus.

Wohl kaum, dachte er mit einem gewissen Bedauern. Obwohl es mitten in der Nacht war, machte er sich unverzüglich auf den Weg zum Büro der Starfleet-Sicherheit auf dem Campus der Akademie. Es war rund um die Uhr besetzt. Er würde dort schon irgend jemanden auftreiben, der sich für seine Geschichte interessierte. Und dann mußte er nie wieder in dieses heruntergekommene Haus zurückkehren. Er mußte sich nie wieder mit dem Widerspruch zwischen Lisas weiblichen Reizen und ihren absurden und gefährlichen politischen Ansichten auseinandersetzen. Eines stand jedenfalls fest – auch wenn er sich niemals sicher gewesen war, ob eine Offizierslaufbahn das Richtige für ihn war:

Für die Arbeit im Geheimdienst war er ohne jeden Zweifel völlig untauglich!

Dämmerung auf Vulkan.

Sarek stand allein auf seiner Terrasse und betrachtete T'Rukh in voller Phase. Der Botschafter war am Abend zuvor von Freelan zurückgekehrt, und den heutigen Tag hatte er mit Besuchen im Medo-Zentrum und bei der Ärztin seiner Frau verbracht. Als er jetzt auf die angeschwollene Kugel am Himmel starrte, klammerten sich Sareks Hände so fest um die Balustrade, daß seine Fingerknöchel im unheimlichen Licht des Wächters grünlich-weiß durch die Haut schimmerten.

Stumm versuchte der Botschafter sich zu beruhigen.

Als er den Wächter betrachtete, schien der Riesenplanet immer größer und bedrohlicher zu werden, als wollte er vom Himmel stürzen und Sarek unter sich zermalmen. Die kühle Brise zerrte an seinem dichten, eisengrauen Haar und war so erfrischend wie die Berührung einer kühlen, menschlichen Hand. Sarek schluckte, während er einen dumpfen Schmerz in seinen Eingeweiden spürte. *Er* wurde doch nicht etwa krank ...

Eine schnelle Einschätzung seines körperlichen Zustandes überzeugte den Botschafter, daß er körperlich gesund war ... also hatte der Schmerz, den er spürte, keine körperliche Ursache.

Sarek lehnte sich auf die Brüstung, als er beim Gedanken an Amanda wieder diesen Schwindelanfall verspürte. Amanda war zur Zeit noch bei ihm, aber bald, wie die Heilerin sagte, würde sie nicht mehr hier sein. Weil Amanda ... weil Amanda starb.

Sie lag im Sterben. Seine Frau war schwer krank, und obwohl man alles versuchte, um ihren Zustand zu verbessern, machte T'Mal sich nur wenig Hoffnung, daß Amanda wieder gesund wurde.

Sie starb ...

Amanda. Die Heilerin hatte ihm gestern gesagt, daß sie sterben würde – und ein Blick in das Gesicht seiner Frau hatte ihn von der Wahrheit dieser Worte überzeugt.

Sarek starrte auf den Wächter, ohne ihn zu sehen, und dachte an die vielen Male, die er hier gestanden hatte, in vielen Abschnitten seines Lebens.

Wie oft hatte er hier gestanden? Geistesabwesend berechnete der Botschafter die Zahl. Er hatte den Riesenplaneten erst als Erwachsener zu Gesicht bekommen, als er hier seine Villa gebaut hatte. Außerdem hatte er einen großen Teil seines Lebens außerhalb seiner Heimatwelt verbracht. Die Vulkan-Tage waren kürzer als terranische Tage, und Sarek war 128 Standardjahre der Föderation alt. 12 247mal.

12 247mal.

Der Botschafter hatte T'Rukh in der Nacht beobachtet, als sein erstgeborener Sohn von seinem Heimatplaneten verstoßen worden war, als er gewußt hatte, daß er Sybok höchstwahrscheinlich niemals wiedersehen würde. Und er hatte recht behalten.

Er hatte T'Rukh in den frühen Stunden seines zweiten *Pon Farr* beobachtet, als er die Hitze seiner Leidenschaft gespürt und sich Sorgen gemacht hatte, ob ein menschlicher Körper das Feuer ertragen könnte, das ihn verzehrte. Doch der menschliche Körper war widerstandsfähiger gewesen, als er gedacht hatte. In jener Nacht war sein zweiter Sohn gezeugt worden.

Der Botschafter hatte T'Rukh in der Nacht beobachtet, als Amanda ihren Sohn zur Welt gebracht hatte, und wieder, als Spock ihm mitgeteilt hatte, daß er die Aufnahmeprüfungen für die Starfleet-Akademie bestanden hatte und daß er die vulkanische Akademie der Wissenschaften und Vulkan verlassen wollte. Die Erinnerung an jene ›Diskussion‹ war immer noch so lebhaft, daß sich die Gesichtsmuskeln des Botschafters anspannten. Das Licht von T'Rukh hatte die große Gestalt seines Sohnes beschienen, als er fortgegangen war, ohne sich noch einmal umzublicken. Auch da hatte sein Vater gedacht, er würde ihn niemals wiedersehen. Diesmal jedoch hatte er sich geirrt, und darüber war er immer noch froh.

Sarek atmete tief und langsam die kühle Luft ein, als er sein Bewußtsein tief in sein eigenes Wesen hinabsinken ließ, um nach dem Ort der Ruhe zu suchen, zu dem sich jeder Vulkanier in Zeiten der Sorge zurückzog. Schon in der Kindheit lernte ein Vulkanier, wie er diesen Ort fand.

Diesmal jedoch fand er ihn nicht. Die gelassene Ruhe blieb ihm verwehrt. Mit einem Seufzer, fast einem Stöhnen, sackte Sarek an der Balustrade zusammen. Er hob die Fäuste, um sie gegen die Schläfen zu pressen – eine Geste, die er sich niemals erlaubt hätte, wenn er nicht allein gewesen wäre. Jeder Muskel seines Körpers war angespannt, jeder Atemzug brannte in seinen Lungen. Die Logik ... seine Logik war zerstört, das Zentrum seiner mentalen Ausgeglichenheit war verschwunden. In ihm war nur noch Schmerz ... und Angst.

Und Trauer. Das Gefühl wurde übermächtig, bis er glaubte, es keinen Augenblick länger ertragen zu können. Es gab kein Zentrum der Ruhe, das ihn von seinem Schmerz, seiner Angst und seiner Trauer erlösen würde. Wie sollte er sie ertragen, wenn er seinen Ruhepunkt nicht mehr fand? Wie ertrugen es die Menschen, ohne eine abgeschiedene Zuflucht zu haben, die sie vor dem ständigen Trommelfeuer der Gefühle schützte? Wie konnten sie ohne diesen Ort der Ruhe überleben? Kein Wunder, daß einige von ihnen sich von der Wirklichkeit abwandten und sich in den Wahnsinn flüchteten, weil sie nicht mit ihrem Schmerz, ihrer Angst und ihrer Trauer fertig wurden.

Sarek starrte T'Rukh an, ohne ihn zu sehen, ohne zu blinzeln, bis seine Augen brannten. Der körperliche Schmerz lenkte ihn ab und verschaffte ihm eine kurzfristige Erleichterung.

Sarek ... Der Ruf hallte leise durch seinen Geist. *Sarek ...*

Der Botschafter drehte sich sofort um und verließ die Terrasse. Er ging schnell durch das Wohnzimmer, den kurzen Korridor hinunter und blieb dann zögernd vor dem geschnitzten Portal stehen. Der Ruf wiederholte sich. *Sarek ...*

Hastig übermittelte er eine wortlose Beruhigung und die Gewißheit, daß er bereits in unmittelbarer Nähe war. Dann holte der Vulkanier tief Luft und legte eine Hand auf das geschnitzte Portal, um aus der Festigkeit und dem Alter des Materials Kraft zu gewinnen. Langsam entließ er den Atem und strebte nach Ruhe, um zumindest äußerlich beherrscht zu sein. Als er überzeugt war, daß seinem Gesicht nichts mehr vom Aufruhr anzumerken war, der in ihm tobte, richtete er sich auf. Er reckte die Schultern, stieß die Tür auf und trat in den Raum, den er mehr als sechzig Erdenjahre mit seiner Frau geteilt hatte.

Sofort schlug ihm die kalte Luft aus der Klimaanlage entgegen. Amandas Ärztin hatte trotz ihrer Proteste darauf bestanden, daß sie ihre geringen Kräfte nicht damit verschwenden durfte, die berüchtigte Hitze ihres Wahlheimatplaneten zu ertragen. Der kalte Luftzug, der ihm ins Gesicht wehte, wurde ständig erneuert, so daß keine luftdichte Versiegelung notwendig war.

Der Blick des Botschafters fiel zuerst aufs Bett, doch es war leer, und die leichte silbergraue Decke, die Amanda vor Jahrzehnten selbst gewebt hatte, war zurückgeschlagen. Noch während er sich dem kleinen Wohnzimmer zuwandte, dessen Fenster auf den Garten hinter dem Haus hinausführten, spürte er ihre Anwesenheit und ihre Erwartung.

Sarek durchquerte eilig das Schlafzimmer und trat in den angrenzenden Raum. Amanda saß in ihrem Lieblingssessel und blickte aus dem Fenster auf den Garten. Ihre blasse Haut wirkte im Licht von T'Rukh noch unirdischer. Sie saß still da, ohne den Kopf zu drehen. In den vergangenen Tagen hatte sie noch mehr Gewicht verloren ... jetzt war sie kaum mehr als ein Geist. Nur Sareks eiserne Beherrschung verhinderte, daß seine Bestürzung über ihren Anblick deutlich wurde.

Sarek ... erklang ihre mentale ›Stimme‹ in seinen Gedanken.

»Amanda«, sagte er mit einem Hauch von Tadel. »Du solltest dich für den Rest des Tages ausruhen. Die Heilerin hat mehrfach darauf hingewiesen, wie wichtig Ruhe für dich ist. Die Logik verlangt, daß du ihren Rat befolgst.«

Als er neben sie trat und auf sie herabblickte, war nur ihr Lächeln unverändert ... ihr sanftes und liebevolles Lächeln. »Das Ausruhen ermüdet mich«, sagte sie und streckte ihrem Gemahl zwei Finger entgegen. »Und du weißt, wie gerne ich den Wächter betrachte, wenn er nachts den Garten bescheint.«

»Ich weiß«, erwiderte Sarek und legte seine Finger an die ihren.

»Ist es ein angenehmer Abend?« fragte sie mit einer Mischung aus leichter Neugier und Melancholie.

»Ja, er ist schön«, sagte Sarek. »Doch um die unausgesprochene Folgefrage zu beantworten, nein, es ist nicht kühl genug, daß du dich nach draußen begeben könntest, meine Gemahlin. Die Anweisungen der Heilerin waren in diesem Punkt sehr spezifisch. Die Logik erfordert, daß du deine Kräfte schonst ... und die Hitze verzehrt deine Kräfte.«

»Um Himmels willen, Sarek!« erwiderte Amanda mit einem entrüsteten Aufblitzen in den Augen. »Ich habe den größten Teil meines erwachsenen Lebens hier verbracht! Ich *weiß,* daß es draußen recht warm ist! Aber ich bin jetzt seit fast einer Woche in diesem Haus eingesperrt, und ich bin es leid, nur diese vier Wände anzustarren. Ich bin es leid, mich ständig auszuruhen. Ich will in meinem Garten sitzen, verdammt noch mal!« Ihre Stimme war immer kräftiger und lauter geworden, um schließlich zu brechen und zu versagen.

Sarek war schockiert über ihren Ausbruch. Er kannte Amandas Temperament, er hatte es schon vor ihrer Heirat kennengelernt, doch er hätte an einer Hand die Gelegenheiten abzählen können, bei denen seine Frau je geflucht hatte. »Amanda ...«, setzte er vorsichtig an und verstummte wieder.

»Außerdem«, fügte sie mit erschöpfter Resignation in den Augen hinzu, »macht es doch ohnehin keinen Unterschied, oder?«

Der Botschafter blickte auf sie herab. Unter den gegebenen Umständen brachte er es nicht fertig, ihr diesen Wunsch abzuschlagen. Außerdem war es ein so kleiner Wunsch ...

»Also gut«, erklärte er sich einverstanden. »Hast du deinen Respirator dabei?«

Zur Bestätigung klopfte Amanda lächelnd auf eine Tasche ihres Gewandes. »Und wie steht es um die Logik des Gehorsams gegenüber den Anweisungen der Heilerin?« fragte sie ihn.

»Die Logik sagt mir, daß du erheblich mehr Energie darauf verschwenden würdest, über diesen Punkt zu streiten, als dich ein kurzer Aufenthalt im Freien kosten würde«, gab Sarek zurück, während er sich bückte und sie wie ein kleines Kind auf die Arme nahm. Sie war kaum schwerer als ein Kind. Vielleicht würde dieser kleine Ausflug nach draußen ihren nachlassenden Appetit wiederbeleben, dachte er.

Als Sarek den Garten erreicht hatte, setzte er seine leichtgewichtige Frau behutsam auf einer Steinbank ab und nahm dann neben ihr Platz. Amandas Augen strahlten, während sie die Schönheit der Nacht, des Gartens und des über ihnen schwebenden Riesenplaneten in sich aufnahm. »Es ist herrlich!« hauchte sie. »Ich wußte es.«

»Es ist gut, dich wieder hier draußen zu sehen«, sagte Sarek. »Die Ästhetik des Gartens ist ohne seine Schöpferin unvollständig.«

Amanda lächelte über dieses subtile Kompliment und warf ihrem Mann einen schelmischen Blick zu. »Sarek, du wirst auf deine alten Tage doch nicht etwa sentimental!« neckte sie ihn.

Seine Lippen krümmten sich zu dem dezenten Lächeln, das außer seiner Frau nur wenige Personen je gesehen hatten. »Unsinn! Meine Bemerkung war völlig logisch. Dies ist dein Garten. Du hast ihn entworfen, bepflanzt und versorgt. Er ist eine Reflexion deiner kreativen Intuition, also wirkt er logischerweise am attraktivsten, wenn du anwesend bist, um ihn zu vervollständigen. Daran ist nichts ›Sentimentales‹. Ich habe nur eine sachliche Feststellung getroffen.«

Amanda kicherte leise, und in Sareks Ohren klang es angenehmer als jede Musik. »Jetzt willst du mich auf den Arm nehmen – ich habe dich durchschaut. Es ist gut, daß unser Sohn nicht hier ist. Spock wäre entsetzt, wenn er dich hören könnte.«

Sareks Selbstbeherrschung versagte für einen Augenblick, so daß sich seine Gesichtsmuskeln bei der Erwähnung ihres Sohnes anspannten. Amanda hatte ihn aufmerksam beobachtet, und ihr Ehemann erkannte, daß ihr diese Entgleisung nicht entgangen war. Ihr Lächeln verschwand. »Hast du etwas von Spock gehört?« fragte sie vorsichtig. »Du hast doch nicht etwa ...«

Sie verstummte, als ihr Mann nickte. Ihre Augen blitzten erneut auf, diesmal jedoch vor Zorn. »Du hast es also doch getan!« rief sie. Es war weder eine Frage noch eine Feststellung, sondern ein Vorwurf.

Sarek starrte zu T'Rukh hinauf. »Ich habe Spock eine Subraumnachricht geschickt, bevor ich das Freelan-System verließ«, gab er leise zu.

»Wie konntest du so etwas tun?« Amanda war wütend, und er hatte genau gewußt, daß sie es sein würde. »Wir hatten eine Abmachung getroffen! Du hast mir dein Wort gegeben! Ich wollte nicht, daß er etwas erfährt, das wußtest du genau! Ich ...« Sie stammelte entrüstet und gab es nach einer Weile auf, weil sie zu aufgeregt zum Sprechen war. Schließlich hob sie das Kinn und funkelte ihn mit kalten Augen an. »Deine Handlungsweise war gänzlich unlogisch, mein Gemahl«, formulierte sie langsam in einem alten, sehr förmlichen vulkanischen Dialekt. Dann wandte sie sich ab und starrte auf den Wächter. Die Scheibe war nicht mehr voll, nachdem sich nun ein Schatten über den oberen Rand geschoben hatte.

Sarek war schockiert über ihre Anklage. In früheren Zeiten hätten ihre Worte eine tiefe Beleidigung dargestellt. »Amanda ...«, setzte er an und wartete geduldig zwei Komma sechs Minuten ab, bis sie ihn endlich anblickte. »Meine Frau«, sagte er leise, während er die Anspannung in seiner eigenen Stimme wahrnahm. »Spock mußte informiert werden. Wenn ich ihm nichts gesagt hätte, würde er nie wieder mit mir reden – und zwar völlig zu Recht.«

Als Amanda seufzte, wußte Sarek sofort, daß ihr Zorn sich in Resignation verwandelt hatte. »Du hast vermutlich recht«, erwiderte sie leise.

»Amanda«, sagte Sarek langsam, »ich bedaure es, gegen deinen Wunsch gehandelt zu haben, aber die Logik verpflichtete mich dazu, diese Entscheidung zu treffen.«

»Aber unser Sohn hat in den vergangenen Jahren so viel durchmachen müssen!« murrte sie und rang die runzligen Hände im Schoß. »Er hat sein Schiff verloren, Valeris hat ihn betrogen, mein Gott, er hatte sogar sein *Leben* verloren. Er muß sich mit seinen eigenen Problemen auseinandersetzen und kann im Augenblick keine neuen gebrauchen!«

»Willst du ihm die Chance verweigern, seine Mutter

wiederzusehen?« sagte Sarek, und die unausgesprochenen Worte ›ein letztes Mal‹ schienen in der Luft zu hängen.

Es dauerte lange, bis Amanda antwortete. »Nein«, sagte sie. »Ich schätze, du hast nicht nur logisch, sondern auch richtig gehandelt. Aber ich wollte nicht, daß Spock ...« Sie verstummte mit einem keuchenden Atemzug.

»Was willst du nicht?« fragte Sarek ruhig.

»Ich will nicht, daß er mich so sieht«, gab sie betrübt zu. »Ich dachte, es wäre besser, wenn er sich so an mich erinnert, wie ich früher war ...«

»Ein solcher Gedanke ist mir niemals gekommen«, sagte Sarek langsam. »Deine Haltung ist unlogisch, Amanda ... und eitel. Ich denke, menschliche Eitelkeit ist meinem Sohn genauso fremd wie mir.«

»Ich weiß«, sagte sie leise. »Ich habe seit Jahrzehnten auf Vulkan gelebt und niemals verstanden, wie Vulkanier ohne eine Spur von Eitelkeit so arrogant sein können.«

»Du hast sehr viel über mein Volk gelernt«, räumte Sarek ein. »Es könnte sein, daß es keinen Menschen gibt, der uns besser versteht.«

Sarek berührte Amandas Finger und strich gleichzeitig mit zwei Fingern der anderen Hand über ihr Gesicht. Diese intime Zärtlichkeit außerhalb ihres Schlafzimmers erstaunte Amanda, so daß sie die Augen aufriß. Dann schloß sie sie und konzentrierte sich auf ihre tiefe Verbindung und Nähe.

Schließlich rührten sie sich, und Sarek ließ seine Hand sinken. »Wir sollten hineingehen, meine Frau«, sagte er besorgt. »Ich spüre deine Erschöpfung. Du mußt dich ausruhen.«

Amanda nickte, doch als er aufstehen wollte, hob sie die Hand. »Nur noch fünf Minuten«, bat sie. »Wer weiß ... wann ... oder ...« Sie zögerte, den Satz zu vervollständigen. »Wir wissen nicht, wann ich mich das nächste Mal mit dir im Garten aufhalten kann. Noch fünf Minuten, Sarek … bitte!«

Sarek blickte sie an und nickte schließlich. »Gut«, sagte er. »Aber ich bestehe darauf, daß du deinen Respirator anlegst, Amanda.«

Sie runzelte die Stirn, doch dann entspannten sich ihre Gesichtszüge wieder, als sie gehorsam die kleine Atemmaske über Mund und Nase legte. Das Paar berührte sich noch einmal an den Fingern und betrachtete gemeinsam den Wächter, während die abendliche Brise ihre Gesichter streichelte.

3

Spock konnte die Hitze bereits spüren, bevor sein Körper vollständig materialisiert war. Nevasas glühender Sonnenofen stand fast genau im Zenit.

Der Transportertechniker hatte ihn direkt in den Garten hinter der Bergvilla seiner Eltern gebeamt. Sein letzter Besuch lag fast fünf Jahre zurück, und Spock registrierte im Vorbeigehen, daß Amanda den Kaktusgarten erweitert und Spezies aus den Wüsten von Andor, Tellar und Rigel VI angepflanzt hatte. Die lindgrünen, amethyst- und türkisfarbenen Gewächse kamen neben dem Staubgrün und Rot der terranischen und vulkanischen Pflanzen besonders gut zur Geltung.

Langsam ging er den ausgetretenen Steinweg entlang, während die Hitze ihn wie eine warme Decke einhüllte. Er empfand es als angenehmes Gefühl. Vulkan. Auch wenn er den größten Teil seines Lebens auf Raumschiffen zugebracht hatte – sobald er den Sandboden seines Heimatplaneten betrat, wußte er, daß er nach Hause gekommen war.

Die Bergvilla war ein niedriges Gebäude aus rotem Stein mit Solarzellen im flachen Dach. Es wirkte täuschend schlicht und streng. Von außen sah es kleiner und rustikaler aus, als es in Wirklichkeit war. Die Hügel der Umgebung und die Pfade, die zu den Bergspitzen führten, waren Spock so vertraut wie die Korridore seines Raumschiffs.

Als er gerade die *Kala*-Dornenhecke erreicht hatte, die den Garten umschloß, öffnete sich unter dem hinteren Dach eine Tür, durch die Sarek nach draußen trat. Auf ein Handzeichen seines Vaters blieb Spock stehen und wartete auf ihn. Sarek ging über eine Seitenrampe nach unten und trat auf seinen Sohn zu.

Der vulkanische Offizier hob die Hand zum Gruß seines Volkes. »Ich grüße dich, Vater«, sagte er auf vulkanisch. »Geht es dir gut?«

Sarek nickte. »Ich grüße dich, mein Sohn. Ja, es geht mir gut. Und es ist gut, daß du hier bist.«

Trotz der beruhigenden Antwort seines Vaters machte Spock sich Sorgen um die Gesundheit des Botschafters. Die Falten in Sareks Gesicht waren tiefer geworden, und sein Haar war grauer als noch vor einem Monat. Seine Schultern wirkten schmaler, und die Haut seiner Hand spannte sich straff über die Knochen seiner Finger, als er den Gruß erwiderte.

»Wie geht es Mutter?« fragte Spock.

»Sie schläft«, antwortete sein Vater. »Die Überwachungssysteme werden es melden, wenn sie aufwacht. Die Heilerin hat darauf hingewiesen, daß sie dringend Ruhe braucht.« Der Botschafter blickte sich um. »Wir sollten hineingehen.«

Spock nickte. »Nevasa ist ... eine kräftige Sonne. Man vergißt es beinahe, wenn man jahrelang fort war.«

Gemeinsam betraten sie die Villa und setzten sich ins Wohnzimmer, das Amanda mit selbstgewebten Wandbehängen geschmückt hatte. Spock nahm dankbar eine Tasse *Relen*-Tee an und nippte daran, während er seinen Vater aus dem Augenwinkel beobachtete, wie er rastlos im Zimmer auf und ab ging. Sarek starrte auf die knochenweißen Wände und die Behänge in den Farben der Wüste, als hätte er sie noch nie zuvor gesehen. Schließlich wandte der Botschafter sich seinem Sohn zu. »Deine Mutter ...«, setzte er an und verstummte dann wieder.

»Sie ... stirbt?« fragte Spock und spürte, wie sich seine Kehle bei diesen Worten zusammenzog.

»Ja«, sagte Sarek und war offenbar erleichtert, daß sein Sohn ihm die schwere Bürde abgenommen hatte, es auszusprechen. »Die Heilerin hat nur wenig Hoffnung auf eine Gesundung, obwohl sie das Reyerson-Syndrom mit allen Mitteln bekämpft. Die Krankheit zehrt sehr an den Kräften, vor allen bei einem Patienten in ihrem Alter.«

Spock nickte in verständnisvollem Schweigen.

Vater und Sohn vertrieben sich die Zeit mit einer einfachen Mahlzeit, während sie darauf warteten, daß Amanda aufwachte. Es war schon viele Jahre her, daß er und sein Vater lange genug beisammen waren, um gemeinsam essen zu können. Spock stellte fest, daß er sich über Sareks Gesellschaft freute. Sie sprachen über die Klingonen und die Khitomer-Konferenz, über die gegenwärtige politische Lage in der Föderation und andere diplomatische Themen.

Schließlich erhob sich Spock und ging zur Wasserskulptur in einer Ecke des Raumes hinüber, um sie sich genauer anzusehen. Jedesmal, wenn er heimkam, war ihr Aussehen leicht verändert. Amanda gestaltete das Werk in gewissen Zeitabständen um. Diesmal fiel ihm auf, daß die Linien des fließenden Wassers ausgeprägter und rechtwinkliger waren als zuvor. Das Wasser floß in klarer Vollkommenheit, statt die Farben des Steins und der Kristalle wiederzugeben.

»Sie ist anders«, sagte er zu seinem Vater und deutete auf die Skulptur.

Sarek nickte. »Diesmal habe ich sie programmiert. Deine Mutter war mit der alten Gestaltung unzufrieden, aber sie hatte nicht mehr die Kraft, um die Arbeit selbst zu erledigen.«

Spock studierte das Kunstwerk eine Weile, bis auch er nickte. »Ja, ich sehe es jetzt. Diese Gestaltung ist wesentlich … logischer.« Er zögerte, als er versuchte, seine weiteren Gedanken in einer nicht beleidigenden Weise auszudrücken.

»Aber in ästhetischer Hinsicht weniger befriedigend«, sprach Sarek es an seiner Stelle aus. Als er Spocks überraschten Blick bemerkte, nickte er. »Ich habe die alten Programme aufbewahrt, jedes einzelne. Sobald Amanda nicht mehr mit diesem Entwurf zufrieden ist, werde ich eines ihrer alten Programme reaktivieren.«

Sarek dachte eine Weile nach, bevor er weitersprach. »Es gibt eine Angelegenheit, die mir schon seit einiger Zeit Sorgen bereitet. Ich stehe vor einem Problem und könnte deinen Rat gebrauchen.«

Spocks Blick belebte sich mit interessierter Neugier. »Ein Problem?« fragte er nach. Sarek hatte ihn – oder irgend jemand anderen, soweit er wußte – noch nie zuvor um einen Rat gebeten.

»Die Ereignisse der jüngsten Zeit haben mich davon überzeugt, daß die Föderation aus einer völlig unerwarteten Richtung bedroht wird«, sagte Sarek und legte die Hände auf den Tisch. »Was weißt du über die ›Interessengemeinschaft Erde den Menschen‹?«

Als Spock gerade darauf antworten wollte, meldete sich die Überwachungseinheit mit einem leisen akustischen Signal. Der Botschafter stand sofort auf. »Deine Mutter ist aufgewacht.«

Mit leisen Schritten folgte Spock seinem Vater durch den Korridor in das Schlafzimmer seiner Eltern. Obwohl er gedacht hatte, sich innerlich auf die Krankheit seiner Mutter vorbereitet zu haben, war er dennoch erschrocken, wie blaß und mager sie war, als er sie mitten auf dem großen Bett liegen sah.

»Mutter ...«, sagte Spock sanft und beugte sich vor, um ihre Hand in seine zu nehmen. Die Knochen unter ihrer Pergamenthaut schienen kaum stärker als die eines Singvogels zu sein.

»Spock ...«, flüsterte sie, noch bevor sie die Augen öffnete. Ihr vertrautes liebevolles Lächeln erstrahlte auf ihrem Gesicht und verwandelte es. »Ach, Spock, es tut so gut, dich wiederzusehen ...«

Der Erste Offizier blieb fast eine Stunde lang bei seiner Mutter und sprach leise zu ihr. Als sich Amandas Augen wieder schlossen, drückte er ihre Hand und verließ das Schlafzimmer.

Sarek saß am Tisch, als sein Sohn ins Eßzimmer zurückkehrte. Spock ließ sich in einen Sessel sinken und atmete tief durch. »Ich wollte es einfach nicht glauben«, sagte er betrübt.

»Ich weiß. Ich habe genauso reagiert«, entgegnete Sarek leise.

Vater und Sohn blickten sich in gegenseitigem Verständnis an.

Mit dem Schweißlaser in der Hand richtete s'Kara sich langsam aus der Hockstellung hinter der schweren Pflanz- und Erntemaschine auf. Am Himmel bemühte sich Rana, die kleine orangefarbene Sonne von Kadura, die von Terranern auch Delta Eridani genannt wurde, die winterliche Wolkendecke zu durchbrechen – und schaffte es beinahe. s'Kara hob den Kopf und genoß die Wärme auf ihrer dunkelgrünen orionischen Gesichtshaut. Ihr kurzgelocktes schwarzes Haar, das stellenweise von den goldenen Fäden des Alters durchsetzt war, bewegte sich in der angenehmen Brise, die den Schweiß auf ihrer Stirn kühlte.

Sie blickte über die Felder, die nun rostbraun statt sommerlich blaugrün waren, bis nach Melkai, dem Heimatdorf s'Karas. Es bestand aus gemütlichen kleinen Häusern, die blau, gelb, grün und violett gestrichen waren. Die Dächer waren einheitlich schwarz und mit Sonnenkollektoren besetzt.

Die Orionerin verzog leicht das Gesicht, als sie sich mit einer Hand den Rücken rieb. Nachdem sie den ganzen Vormittag hinter der Maschine gekauert war, um den Taktgeber wieder anzuschweißen, mußten sich fast zwangsläufig die Rückenschmerzen einstellen. Doch bald wurde die Maschine zum Pflanzen gebraucht, weil es trotz des kalten, grauen Himmels nur noch wenige Wochen bis zum Frühling waren.

Mit einem tiefen Seufzer ging s'Kara wieder in die Knie und machte sich bereit, den Schweißlaser anzuwerfen und ihre Arbeit fortzusetzen.

Als sie gerade unter das Gehäuse der Maschine kriechen wollte, fiel ein dunkler Schatten über sie. s'Kara bemerkte ihn aus dem Augenwinkel und blickte unwillkürlich auf.

Was war das? fragte sie sich. *Es sah fast wie ein vorbeifliegendes Schiff aus.*

s'Karas Herz pochte, als sie wieder ins Freie kroch und aufstand. Dann riß sie vor Entsetzen die Augen auf.

Ein Schiff setzte kaum mehr als einen halben *Tem* entfernt zur Landung an – ein klingonisches Schiff. *Klingonen! Große Mutter, hilf deinen Kindern! Klingonen!* Ihr Herz klopfte so heftig, daß sie kaum atmen konnte, während s'Kara gegen den instinktiven Drang kämpfte, wieder unter die Maschine zu kriechen und sich zu verstecken.

Geschichten über Vergewaltigung, Mord und andere schreckliche Grausamkeiten schossen s'Kara durch den Kopf, als sie losrannte. Sie mußte das Dorf erreichen, um die Leute zu warnen!

Als sie hinter ihrem Rücken einen Ruf hörte, zwang sie ihre Beine, noch schneller zu laufen, während die kühle Luft in ihren Lungen schmerzte. Dann drang das Summen eines Betäubungsstrahls an ihr Ohr. Sie schlug hektisch Haken und hetzte über das Feld. Ihre Füße bewegten sich so schnell, daß sie befürchtete, sie könnte stolpern und stürzen.

Wieder war das Summen zu hören …

… und ohne daß sie genau wußte, was eigentlich geschehen war, lag s'Kara plötzlich mit dem Gesicht auf dem Ackerboden. Sie war völlig hilflos. Ihre Augenlider waren geschlossen, und sie konnte sie nicht wieder öffnen. Aus Angst begann sie zu beten, während sie sich fragte, wie lange die Betäubung anhalten mochte. Ihre Muskeln schrien vor Schmerz, doch sie konnte sich nicht einen *Sendisat* bewegen, um sich Erleichterung zu verschaffen.

Nachdem einige Zeit nichts geschehen war, begann s'Kara, ihre Herzschläge zu zählen. Sie war bis 412 gekommen, als sie Schritte hörte, die sich näherten. Eine Stimme bellte einen Befehl auf klingonisch, und dann summte es erneut. Plötzlich konnte sie sich wieder bewegen, und ihr gesamter Körper verkrampfte sich in Todesqualen. Unfreundliche Hände packten sie und rissen sie hoch. Klingonen ... fünf Männer, alle schwer bewaffnet. Einer von ihnen grinste und entblößte dabei sein schiefes Gebiß. Er griff nach dem Oberteil ihrer Arbeitsmontur und hatte offenbar die Absicht, es ihr vom Leib zu reißen.

s'Kara schloß fest die Augen. Sie machte sich auf das Schlimmste gefaßt – als ein anderer Klingone sich einmischte und die Hand des Mannes wegschlug. Er knurrte etwas, das wie ein Befehl klang, und der andere Klingone zog sich widerstrebend zurück.

Dieser Klingone trug eine kunstvoller gearbeitete Metallschärpe über den breiten Schultern. Er musterte sie und fragte dann mit starkem Akzent: »Sprichst du Standard, Frau?«

s'Kara nickte. »Ja.«

»Gut. Wir sprechen, du übersetzt. Hilf uns, dann wird dir nichts geschehen.«

Ein gellender Schrei schnitt durch die Luft, und s'Kara warf einen angsterfüllten Blick zum Dorf. Ein weiterer Schrei folgte.

»Wir stehen unter dem Schutz der Föderation«, sagte s'Kara zum Anführer der Klingonen. »Wenn sie erfährt, was Sie hier tun, bedeutet das Krieg für Ihre Regierung.«

Der Anführer stieß ein häßliches, bellendes Lachen

aus. »Wir haben keine Regierung, Frau. Wir regieren uns selbst, und wir bestimmen selbst, was Gesetz ist. Ich bin Commander Keraz. Du wirst mich mit ›Herr‹ anreden. Hast du verstanden?«

s'Kara nickte mit finsterer Miene. Einer der Klingonen, die sie festhielten, versetzte ihr einen Rippenstoß. Sie schnappte nach Luft. »Ja, Herr.«

»So ist es besser.«

Alle blickten auf, als ein weiteres klingonisches Kriegsschiff am Himmel auftauchte. Keraz gab einem seiner Männer einen Befehl, worauf sich der Angesprochene entfernte.

»Wir gehen ins Dorf«, sagte Keraz zu s'Kara. »Die Bewohner sollen sich versammeln. Du wirst in eurer Sprache zu ihnen reden. Du wirst ihnen folgendes sagen: Wir haben die Macht übernommen, und wir werden die Macht nicht aufgeben. Solange man uns gehorcht, wird niemand zu Schaden kommen. Wer Widerstand leistet, wird getötet – oder mit Schlimmerem bestraft. Ist das klar?«

s'Kara starrte ihn an und verspürte einen intensiven Drang, ihm in sein häßliches Gesicht zu spucken. Er betrachtete sie, als wäre sie ein Insekt, das sein Interesse geweckt hatte. Nach einer Weile nickte s'Kara, und als einer ihrer Bewacher die Hand hob, sagte sie schnell: »Ja, Herr.«

Wieder war ein Schrei aus dem Dorf zu hören – ein Schrei, der unvermittelt vom Summen eines Disruptors unterbrochen wurde. s'Kara erstarrte. Ihre Kehle zog sich vor Verzweiflung schmerzhaft zusammen. Keraz nickte seinen Männern zu, dann machten sie sich auf den Weg, über das Feld, an der Erntemaschine vorbei, auf das Dorf zu.

Ich werde das hier überleben, Klingone! dachte s'Kara verbittert. *Wenn es vorbei ist, werde ich am Leben und in Freiheit sein – und du wirst bereuen, was du getan hast. Ich schwöre es bei der Muttergöttin …*

Als die kleine Gruppe das Dorf betrat, zwang sich s'Kara dazu, sich jeden Schrecken einzuprägen, damit sie später ihren Rettern über alle Einzelheiten Auskunft geben konnte. Sie wollte nicht daran zweifeln, daß sie kamen. Die Föderation ließ niemanden im Stich. Sie würden kommen ...

Aber würde dann noch jemand am Leben sein, der gerettet werden konnte?

»Worin besteht diese Bedrohung der Föderation, Vater?« fragte Spock, als sie eine Weile später in den Garten hinter der Villa hinausgetreten waren. Sareks junger Assistent Soran beobachtete den Monitor, der anzeigen würde, wenn Amanda erneut aufwachte. »Mit deiner Erwähnung der ›Interessengemeinschaft Erde den Menschen‹ hast du meine Neugier geweckt.«

Nevasa hatte den höchsten Punkt ihrer Bahn hinter sich gelassen und näherte sich dem Horizont, doch bis zum Sonnenuntergang war es noch mehr als eine Stunde. Sarek betrachtete die karge Schönheit des Gartens seiner Frau. Dann erzählte er leise von den Freelanern und faßte seine Entdeckung zusammen, daß es sich in Wirklichkeit um verkleidete Romulaner handelte, nachdem er seine Erlebnisse in der freelanischen Raumstation geschildert hatte.

»Ich habe seit über einem Jahr Daten gesammelt«, schloß er. »Ich würde es schätzen, wenn du sie dir im Laufe des Abends ansehen und überprüfen könntest.«

Spock nickte. »Wenn mir jemand anderer von einem solchen Verdacht erzählt hätte, würde ich seine Worte als unlogisch und paranoid abtun«, sagte der Starfleet-Offizier langsam. »Daß du den Beweis für deine Theorie gesehen hast, überzeugt mich, aber ... wie bist du darauf gekommen? Was hat deinen Verdacht gegen die Freelaner erregt?«

Sarek hatte gewußt, daß Spock diese Frage stellen würde. Der Botschafter atmete tief durch. »Das ist eine lange Geschichte«, sagte er. »Und ich war überzeugt, daß ich diese Geschichte niemals einem anderen erzählen würde.«

Sein Sohn hob fragend eine Augenbraue. »Offensichtlich hast du Zugang zu Informationsquellen, die der Föderation nicht zur Verfügung stehen. Wie bist du an diese Informationen gelangt? Die Geheimniskrämerei der Freelaner ist sehr effizient. Niemand hat je einen Freelaner ohne Maske gesehen …«

Sarek schüttelte langsam den Kopf, als würde diese Bewegung ihn große Kraft kosten. »Falsch«, sagte er mit schwerer Stimme. »Ich habe das Gesicht eines Freelaners gesehen! Als es damals geschah, schwieg ich fast siebzig Standardjahre lang über diesen Vorfall, weil ich mir nicht völlig sicher sein konnte, was ich an jenem Tag gesehen hatte. Aber jetzt … nachdem das Puzzle vollständig ist, muß ich die Verantwortlichen über das informieren, was ich entdeckt habe.«

»Siebzig Jahre?« Spock war sichtlich schockiert. »Ich bitte um Aufklärung.«

Sarek ging zur Bank, die auf T'Rukh ausgerichtet war, und nahm Platz. Er sortierte penibel die Falten seines Gewandes, während er nach Worten suchte. »Es begann, als ich ein diplomatischer Attaché an der vulkanischen Botschaft auf der Erde war … etwa sieben Jahre, bevor ich deine Mutter traf. Ich war mit T'Rea verlobt, der Priesterin.«

Der Botschafter benutzte den archaischen Ausdruck *Reldai,* der sowohl ›religiöse Führerin‹ als auch ›Herrscherin‹ oder ›Prinzessin‹ bedeutete. Der Begriff stammte aus der Zeit, als Vulkan unter einem theokratischen Herrschaftssystem stand.

»Unsere Verbindung wurde geknüpft, als wir beide sieben Jahre alt waren, wie es der Tradition entsprach«, erzählte Sarek weiter. »Ich hatte T'Rea seit meiner Kindheit nicht wiedergesehen. Sie war für mich praktisch eine Fremde.«

Sarek hielt inne, um sich daran zu erinnern, wie seine erste Frau bei ihrer letzten Begegnung ausgesehen hatte ... Er sah ihre eindringlichen schwarzen Augen, ihre überhebliche Schönheit, ihre stolzen und ernsten Gesichtszüge. Am deutlichsten erinnerte er sich an ihr Haar, einen wogenden, obsidianschwarzen Vorhang, der bis zu ihren Hüften hinabreichte. Es war so seiden wie ihr durchscheinendes Hochzeitsgewand gewesen.

»Da ich der jüngste der diplomatischen Attachés auf der Erde war, wurden mir viele der routinemäßigen und unangenehmen Aufgaben übertragen«, sprach Sarek nach einer Weile weiter. »Dazu gehörte auch der diplomatische Kontakt mit Freelan. Ich war achtundfünfzig Standardjahre alt und hatte noch nicht mein erstes *Pon Farr* erlebt. Ich wußte, daß die meisten männlichen Vulkanier es spätestens Anfang vierzig erleben, daher war diese Verzögerung recht ungewöhnlich ...« Er zuckte die Schultern. »Aber ich wußte auch, daß der Zyklus durch die Abwesenheit vom Heimatplaneten gestört werden kann, und ich hatte die vergangenen fünfzehn Jahre auf Tellar, der Erde und verschiedenen anderen Welten gelebt. Vermutlich weißt du genau, Spock, daß es viele Faktoren gibt, die den Beginn und die Häufigkeit unserer Phasen beeinflussen.«

Spock nickte ernst.

»Es regnete an jenem Tag in San Francisco, als der Botschafter mich in sein Büro bestellte«, redete Sarek weiter, während seine Erinnerungen ihn die Vergangenheit noch einmal erleben ließen. »Ich war erst seit kurzer Zeit auf der Erde, so daß mich ein derartiges Ausmaß an Niederschlägen immer noch faszinierte.

Zu jenem Zeitpunkt war ich seit zwei Jahren für den diplomatischen Kontakt mit Freelan zuständig. Die Föderation war erst kurz vor meiner Ernennung auf Freelan aufmerksam geworden, so daß ich zufällig die erste Person war, die zu jener abgelegenen Welt reiste, um Handelsvereinbarungen zu treffen.«

»Wie viele Reisen hast du unternommen?«

»In jenen zwei Jahren waren es … insgesamt sieben«, sagte Sarek nach kurzer Überlegung. »Natürlich war es mir nicht erlaubt, freelanischen Boden zu betreten. Ich durfte mich nur in der Raumstation aufhalten.«

»Hattest du jemals eine persönliche Begegnung mit einem Freelaner?«

Der Botschafter schüttelte den Kopf. »Nein. Zu diesem Zeitpunkt war das ausgeschlossen, da die Freelaner ihren Planeten erst Jahrzehnte später verließen. Jeder Kontakt wurde über Funkverbindungen abgewickelt. Trotzdem hatte ich zu meiner freelanischen Kontaktperson, einem diplomatischen Attaché namens Darov, im Laufe der Jahre ein Vertrauens- und respektvolles Verhältnis aufgebaut. Darov und ich hatten uns angewöhnt, im Anschluß an die Verhandlungen des Tages nach unseren Abendmahlzeiten eine Partie Schach zu spielen … Darov war ein herausfordernder Gegner«, fügte der ältere Vulkanier nach eine Weile hinzu. »Viele unserer Partien endeten mit einem Remis, und ich habe mehrfach verloren.«

Sein Sohn hob überrascht eine Augenbraue. »Das ist in der Tat … beeindruckend«, murmelte er. Die letzte Gelegenheit, bei der Vater und Sohn Schach gespielt hatten, lag schon viele Jahre zurück, doch Sarek hatte damals mehr als die Hälfte der Partien für sich entschieden.

»Während der Spiele redeten wir miteinander … über viele Dinge. Darov achtete darauf, nicht zuviel über sein Volk und sich selbst preiszugeben, doch im Laufe der Jahre erfuhr ich einiges über die Freelaner, von dem Außenstehende nichts wußten. Zum Beispiel wußte ich, daß Darov noch jung war, etwa in meinem Alter, daß er verheiratet war und eine Familie hatte, die ihm … sehr viel bedeutete. Einen Sohn und zwei Töchter, wenn ich mich recht entsinne.«

»Hast du irgend etwas über die freelanische Gesellschaft und Kultur erfahren?«

»Ja, obwohl Darov äußerst vorsichtig und verschwiegen war. Ich stellte fest, daß seine politischen Ansichten einer gemäßigten Richtung entsprachen. Darov unterstützte Bestrebungen, den Kontakt zu anderen Planeten auszuweiten ... während die offizielle Position der freelanischen Regierung lautete, daß Fremde eine große Bedrohung der Lebensweise der Freelaner darstellten.«

»Darov war an einer Intensivierung des Kontaktes mit der Außenwelt interessiert?«

»Diesen Eindruck habe ich im Laufe der Jahre gewonnen«, sagte Sarek, »auch wenn er sich niemals explizit dazu äußerte.«

»Faszinierend«, bemerkte Spock. »Du hast in der Tat mehr über die Freelaner erfahren, als bis heute allgemein bekannt wurde. Ich hatte keine Ahnung, daß es freelanische Parteien oder Interessengruppen gibt oder daß nicht alle Freelaner die Politik der Isolation befürworten.«

»Es gibt vieles, was du nicht über die Freelaner weißt«, sagte Sarek ernst. »An jenem Tag in San Francisco gab mir Botschafter Selden den Auftrag, mich nach Freelan zu begeben, um ein neues Handelsabkommen zu vereinbaren, nachdem kurz zuvor ein Erzlager auf einem Mond im freelanischen System entdeckt worden war. Es ging um Crysium, ein wichtiges Element, das für ein neues Diagnose- und Behandlungsgerät gebraucht wurde, das die Heiler an der vulkanischen Akademie der Wissenschaften entwickelt hatten.«

Sarek verzog ironisch die Mundwinkel. »Als der Botschafter damals mit mir sprach, litt ich gerade unter geringfügigen Krankheitssymptomen ... ich hatte schlecht geschlafen und meinen Appetit verloren. Ich überlegte, ob ich ihn bitten sollte, jemand anderen an meiner Stelle zu schicken. Doch dann sagte ich mir, daß meine Symptome vermutlich nur auf Überarbeitung zurückzuführen waren und ich nun die günstige Gelegenheit erhielt, mich während des Fluges an Bord des Schiffes ausruhen zu können …«

Als Sarek weitersprach, wurde die Erinnerung an diese schicksalhafte Reise und die folgenden Ereignisse so übermächtig, daß er völlig seine gegenwärtige Umgebung vergaß. Amandas Garten verwandelte sich in sein winziges Quartier mit den dezent getönten Wänden an Bord des Frachters *Zephyr* …

Zarte Haut unter seinen Händen, langes, seidenes Haar, das seinen Körper streichelte, die Berührung eines Geistes, der seine Leidenschaft entfachte und jeden Widerstand erlahmen ließ … Sarek stöhnte laut auf, als er nach T'Rea griff. Sie trug nur das durchscheinende Hochzeitsgewand, und er konnte unter dem hauchdünnen Stoff deutlich die Formen ihres Körpers erkennen.

Ihr Anblick ließ ihn seufzend erzitternd, sein Geist und sein Körper standen in Flammen, heiß wie der Sand von Gol, brennend wie die Vulkane, die T'Rukhs Oberfläche aufrissen. Die verzehrende Glut war unwiderstehlich. Sarek streckte die Arme nach seiner Braut aus, seine Hände packten ihr Gewand, zerrissen es, und dann berührte er ihre Haut …

Mit einem Keuchen und einem erstickten Schrei fuhr er von der schmalen Koje an Bord der *Zephyr* auf und erkannte, daß er geträumt hatte. Er zitterte so heftig und war so erregt, daß es einige Minuten dauerte, bis er seinen Geist diszipliniert hatte, um das Fieber zu unterdrücken, das in seinem Körper tobte.

So ist es also, dachte Sarek, als er wieder rational denken konnte. *Das* Pon Farr … *und ich bin viele Lichtjahre von Vulkan und T'Rea fort …*

Durch ihre Verbindung konnte er sie spüren. Er wußte, daß ihr Körper genau das gleiche Verlangen empfand wie er. Einen Augenblick lang überlegte er, wie es wäre, für den Rest seines Lebens mit ihr verheiratet zu sein, doch der Rest seines Lebens kam ihm im Vergleich zur Hitze seiner Leidenschaft wie etwas Fernes und Substanzloses vor.

Das Verlangen bereitete ihm körperliche Schmerzen, und sein Paarungsbedürfnis war eine Qual. Wie lange dauerte es noch, bis er dem Wahnsinn verfiel, dem *Plak Tow?* Verbissen konzentrierte Sarek sich auf die Techniken der Biokontrolle, um das *Pon Farr* zu unterdrücken, damit er wieder logisch denken konnte.

Einige Minuten später erhob er sich von seinem Bett und war äußerlich etwas beherrschter und innerlich etwas ausgeglichener. Er befand sich noch im Anfangsstadium. Er hatte noch mehrere Tage vor sich ... vielleicht eine Standardwoche ... bevor das Rauschfieber ihn völlig verzehrte.

Vulkan war fünf Tage entfernt. Sollte er vom Captain verlangen, daß er ihn nach Vulkan zurückbrachte, statt in einer Stunde an der freelanischen Raumstation anzudocken?

Sarek schrak bei der Vorstellung zusammen, daß irgend jemand – ein Nicht-Vulkanier, womöglich ein *Mensch* – ihn in dieser extremen Verfassung sehen könnte. Aber er konnte sich bestimmt noch einen Tag lang zusammenreißen, sich lange genug beherrschen, um sich mit Darov zu treffen und die Vereinbarungen über den Erzhandel zur Vertragsreife zu bringen. Ein großer Teil der Einzelheiten war bereits durch mehrere Subraumnachrichten geklärt worden.

Sarek würde bestimmt noch einen Arbeitstag durchstehen, bevor er sich in seiner Kabine einschloß und geduldig die Qualen ertrug, bis er Vulkan erreicht hatte und seine Hochzeit vollziehen konnte.

T'Rea ... Er war ihr nur wenige Male begegnet und hatte sie nun seit zwanzig Jahren nicht mehr gesehen. T'Rea war in der Zwischenzeit eine Akolythin von Gol geworden, und ihre mentalen Fähigkeiten waren außergewöhnlich. Jeder sprach voller Respekt und sogar mit

Ehrfurcht über sie. Gerüchten zufolge war sie eine Kandidatin für die Ernennung zum Hohemeister.

War sie vielleicht schon zur Hohemeisterin geworden? Wie würde es wohl sein, mit der Hohemeisterin von Gol verheiratet zu sein, mit einer Frau, deren telepathische Fähigkeiten seine eigene bescheidene Gabe um etliches überstiegen? Wie würde es sein, mit einer Frau vermählt zu sein, die das *Kolinahr* erreicht hatte, der es gelungen war, sich von allen Emotionen zu reinigen? Die nach der *Reinen Logik* lebte?

Für einen Augenblick sträubte sich ein Teil von Sarek gegen die Erkenntnis, daß es keine Gemeinsamkeit zwischen ihm und einer solchen Frau mehr geben konnte, keine Intimität, keine ... persönliche Verbindung. Keine Wärme, keine Freundlichkeit, keine Zärtlichkeit.

Nach einer Weile verdrängte er diesen Gedanken und verwarf ihn als unlogisch. Er arbeitete für das diplomatische Korps ... er hielt sich nur wenige Tage im Jahr auf seinem Heimatplaneten auf. Er und T'Rea würden getrennt leben, das war die einzig logische Lösung. Sie würden sich während ihres *Pon Farr* treffen, und das wäre alles.

Und Kinder? flüsterte eine Stimme in seinem Kopf. *Was ist, wenn wir Kinder haben?*

Es war unwahrscheinlich, daß die Hohemeisterin von Gol die Zeit oder die Neigung aufbringen würde, Kinder großzuziehen, erkannte Sarek. Falls dieses *Pon Farr* zur Geburt eines Kindes führen sollte – sein Blut erhitzte sich beim Gedanken an den Akt, der zur Zeugung eines Kindes erforderlich war –, dann würde er sich um die Erziehung dieses Kindes kümmern. Seine Arbeit nahm ihn sehr in Anspruch und erforderte viele Reisen, doch ein Kind, vor allem, wenn es bereits ein wenig älter war, würde viel durch den Kontakt mit den verschiedenen Kulturen dieses Universums lernen können.

Das Interkom gab ein leises akustisches Signal von sich. Dann informierte die Stimme des Stewards den Vulkanier, daß die *Zephyr* in dreißig Standardminuten an der freelanische Station andocken würde.

Sarek verbrachte eine Hälfte der verbleibenden Zeit in tiefer Meditation. Er überprüfte seine Biokontrolle und vergewisserte sich, daß die mentalen Barrieren, die er gegen die Hitze seines Blutes errichtet hatte, lange genug standhielten, bis er seine Aufgabe erfüllt hatte. Sobald die Verhandlungen mit Darov abgeschlossen waren, würde er auf die *Zephyr* zurückkehren und den Captain auffordern, ihn mit maximaler Warpgeschwindigkeit nach Vulkan zu bringen.

Dann würde er sich für den Rest der Reisezeit in seinem Quartier einschließen und gegen den Wahnsinn kämpfen, der zweifellos an seinem Geist nagen würde.

Einige Minuten später war Sarek angezogen und äußerlich so ruhig und gefaßt wie immer, als er durch den kurzen Tunnel schritt, der die Luftschleuse der *Zephyr* mit der freelanischen Raumstation verband.

Zur Zeit hielt sich außer ihm niemand in der Station auf. Er war völlig allein, als er mit den Freelanern auf dem Planeten über die Kommunikationsverbindung Kontakt aufnahm. Sarek war erleichtert, daß er nicht mit anderen Lebewesen Konversation betreiben mußte. Er suchte nicht einmal sein Wohnquartier auf – einen neutralen, pastellfarbenen Raum, der genauso nichtssagend wie jedes Hotelzimmer war –, sondern machte sich direkt auf den Weg zu seinem benachbarten Büro mit dem Kommunikationsterminal.

Nach wenigen Augenblicken wurde Darovs Gestalt vor ihm sichtbar. Sarek war daran gewöhnt, es mit einer vermummten Gestalt zu tun zu haben, die vollständig von schimmernden Gewändern in den Farben der Flügel einer *Taka*-Motte verhüllt war. Darovs mechanische Stimme hallte in seinen Ohren. »Ich grüße

Sie, Abgesandter Sarek! Ich hatte Sie erst am heutigen Nachmittag erwartet.«

»Mein Schiff hatte einen schnellen Flug«, erwiderte Sarek neutral. »Ich grüße Sie, Abgesandter Darov. Wie geht es Ihnen?«

»Gut, danke der Nachfrage«, sagte Darov, und Sarek glaubte, einen Hauch aufrichtiger Freundlichkeit in der künstlichen Stimme hören zu können. »Und Ihnen? Würden Sie mir die Ehre erweisen, im Anschluß an unser Gespräch eine Partie Schach zu spielen?«

Sarek verbeugte sich leicht. »Ich bedaure, daß ich mit allem gebotenen Respekt ablehnen muß, Darov. Ich bin ... erschöpft und möchte auf meinen Heimatplaneten zurückkehren, um mich auszuruhen, sobald es mir möglich ist.«

Darovs Kapuze rutschte leicht nach vorn, als hätte der Freelaner den Kopf bewegt, um Sareks Gesicht aufmerksamer zu betrachten. Doch der Abgesandte erwiderte nur: »Wie bedauerlich, daß Sie keine Neigung zu einem Spiel verspüren. Ich werde es vermissen ... es ist eine der wenigen Vergnügen, die ich mir angesichts meines überfüllten Terminplans noch erlauben kann.« Dann richtete er sich mit einem Ruck auf. »Wenn Sie sich nicht wohl fühlen, sollten wir die anstehenden Fragen möglichst schnell durchgehen. Wollen wir anfangen?«

»Sicher«, sagte Sarek und rief auf einer Hälfte des Bildschirms seine Daten über das Crysium-Erz auf. »Was die Frage der Nebenschürfrechte betrifft ...«

Einige Stunden später, als sie fast fertig waren, drehte Darov unvermittelt den Kopf zur Seite. »Entschuldigen Sie bitte, Sarek«, sagte er daraufhin. »Ich erhalte einen Anruf auf einem Prioritätskanal. Würden Sie bitte einen Augenblick warten?«

»Gewiß, Darov«, sagte Sarek. Das Bild des Freelaners verschwand, so daß er sich noch einmal mit den Punkten beschäftigte, die sie abgehandelt hatten. Er empfand eine gewisse Befriedigung über seine Leistung. Er hatte die Interessen Vulkans in allen wichtigen Bereichen gewahrt, während er in kleineren Bereichen nachgegeben hatte, die wiederum Darov Grund zur Zufriedenheit über seine eigene Verhandlungsstrategie geben konnten.

Als er die Liste zur Hälfte durchgegangen war, keuchte der vulkanische Attaché plötzlich auf, denn ohne Vorwarnung schoß ein heftiger Schmerz wie ein Phaserschuß durch seinen Körper und seinen Geist. T'Rea! Ihre Leidenschaft rief nach ihm, suchte nach ihm, drohte ihn zu verschlingen. *Warte!* versuchte er ihr über die Verbindung mitzuteilen. *Ich komme bald zu dir …*

»Sarek? *Sarek?* Was ist mit Ihnen?« Es dauerte eine Weile, bis der Vulkanier wahrnahm, daß Darov ihn ansprach. Er schwankte, öffnete die Augen, stellte fest, daß er immer noch auf seinem Platz saß und das Kommunikationsterminal umklammerte, als wäre es ein Rettungsanker.

»Mit mir … ist alles in Ordnung«, brachte der Vulkanier nach einer Weile hervor. »Ich brauche vielleicht nur eine kurze Pause …«

»Ich wußte gar nicht, daß Vulkanier lügen können …«, sagte Darov trocken. Die verhüllte Gestalt des Freelaners füllte den Kommunikationsbildschirm fast vollständig aus, als hätte er sich vorgebeugt, um den vulkanischen Attaché genauer betrachten zu können. »Unsere Station verfügt über ein komplett ausgerüstetes automatisches Medo-Zentrum. Vielleicht sollten Sie …«

Die qualvollen Schmerzen stürmten erneut auf Sarek ein und rissen ihn mit sich. Danach blieb nur noch eine gestaltlose Schwärze zurück … eine so tiefe Finsternis, daß sie kein Ende hatte, eine Dunkelheit, die eigentlich kalt sein sollte, in der jedoch schwarze Flammen brannten und ihn versengten …

Hände auf seinen Schultern, eine Stimme in seinen

Ohren, die seinen Namen rief. T'Rea? Er griff blind nach den Händen, nach dem Körper, den er über sich spürte, zog ihn zu sich herunter.

T'Rea! Sie mußte es sein, denn die Hände auf seinen Schultern waren nicht kühl wie die Hände von Menschen, sondern hatten die gleiche Temperatur wie sein fiebriger Körper. Es mußte T'Rea sein!

Sarek rief ihren Namen, griff nach ihr und öffnete dann die Augen. Er sah eine dunkle Gestalt, die sich über ihn beugte. Kurz darauf wurde er von Armen, die so stark wie seine eigenen waren, emporgehoben und fortgetragen. »T'Rea ...«, keuchte er, doch dann hörte er eine männliche Stimme sagen: »Nein, sie ist nicht hier. Kommen Sie, ich will Ihnen helfen.«

Nicht T'Rea? Ein Mann? Etwa ein Rivale?

Man forderte ihn heraus! T'Rea hatte sich zu einem *Kal-if-fee* entschlossen! Wie konnte sie es wagen? Sarek wurde wütend und schlug um sich. Dann stürzte er plötzlich, fiel auf den Boden der Raumstation.

(Raumstation? War er nicht auf Vulkan?)

Doch er hatte keine Zeit, über seinen Aufenthaltsort zu grübeln, denn sein Rivale beugte sich wieder über ihn und rang mit ihm. Unter lautem Gebrüll schlug Sarek zu, kämpfte wahnsinnig vor Wut mit der nur undeutlich erkennbaren Gestalt des anderen, während seine Hände nach der Kehle des Herausforderers suchten.

Seine Finger berührten nur Textilfasern, die ihn von seinem Ziel ablenkten. Knurrend riß Sarek daran, spürte, wie der Stoff nachgab und sich unter seinen Händen lockerte.

(Aber er befand sich doch in der freelanischen Raumstation! War es Darov, der ihn zu retten versuchte? Es konnte hier doch keinen vulkanischen Rivalen geben!)

Natürlich war es ein Rivale! Was sonst? Als sich die Stoffbahnen teilten, erkannte Sarek undeutlich ein Gesicht – ein Gesicht, das beinahe ein Spiegelbild seines eigenen war! Er hatte also recht! Ein Vulkanier versuchte ihm T'Rea streitig zu machen! Er mußte ihn töten, töten, töten ...

(Eine Stimme, die schrie, eine Stimme, die er wiedererkannte, auch wenn sie nicht künstlich verfremdet war. Darovs Stimme, die seinen Namen rief ... War das Darovs Gesicht? Schräggestellte schwarze Augenbrauen, stolze schwarze Augen, hohe Wangenknochen, genauso geformt wie seine eigenen, schwarzes Haar, das nun von ihrem Kampf zerzaust war, und unter den schwarzen Strähnen Ohren – Ohren wie ...)

»Ich bedaure es, mein Freund«, sagte die undeutliche Gestalt, als Sarek schockiert und verwirrt erstarrte. Ein Arm bewegte sich zurück, dann sah Sarek, wie eine Schulter sich in plötzlicher Bewegung drehte. Etwas traf ihn am Kinn, ein fester Schlag, und dann wußte er nichts mehr ...

»Was geschah dann?« sagte eine Stimme, die Sarek aus dem Nebel der Erinnerung zerrte, in den er eingetaucht war. Hinter ihm ging die Sonne unter, und vor ihm hing T'Rukh in voller Phase am Himmel, während T'Rukhemai in diesem Augenblick dahinter aus dem Blickfeld verschwand. Spock starrte ihm angestrengt ins Gesicht.

»Offenbar hast du überlebt und Vulkan erreicht. Wie hast du es geschafft, nachdem du in ein tiefes *Plak Tow* gefallen warst?«

»Als ich das Bewußtsein wiedererlangte«, sagte der Botschafter, »befand ich mich im Medo-Zentrum der freelanischen Raumstation, und ich war allein. Die automatischen Einrichtungen hatten offensichtlich meinen Zustand diagnostiziert und mir Sedativa und Hormone verabreicht, so daß mein Körper und Geist wieder einigermaßen normal funktionierten. Außerdem hatte T'Rea mir geholfen, ohne daß ich davon wußte, indem sie Kontakt mit dem Konsulat auf der Erde aufnahm. Nachdem sie erfuhr, daß ich mehrere Tagesreisen von zu Hause entfernt war, schirmte sie ihren Geist ab, damit ich ihr … Verlangen … nicht mehr über unsere Verbindung wahrnahm.

Unter der Einwirkung der Medikamente bestieg ich mein Schiff, das knapp fünf Tage später Vulkan erreichte. Meine Hochzeitszeremonie fand weniger als eine Stunde nach dem Einschwenken der *Zephyr* in den Orbit um Vulkan statt.«

»Und dabei wurde Sybok gezeugt?«

Sarek warf seinem Sohn einen überraschten Blick zu. Es war überhaupt nicht Spocks Art, so persönliche Fragen zu stellen … aber vielleicht hatte Sarek ihm nie zuvor die Gelegenheit dazu gegeben. »Ja«, antwortete der Botschafter. »T'Rea hielt die Geburt allerdings vor mir geheim. Bis zu ihrem Tod wußte ich nichts von seiner Existenz. Als sie zwei Jahre nach unserer Hochzeit zur Hohemeisterin von Gol ernannt wurde, ließ sie sich von mir scheiden. Nach den alten Gesetzen war es völlig legal, weil der Inhaber dieses Amtes alle Verbindungen mit der äußeren Welt aufgeben soll, damit er sich voll und ganz dem *Kolinahr* und der Weitergabe der Lehre an die Akolythen widmen kann.«

»Hast du ihre Tat bedauert?« fragte Spock. Schon die zweite sehr persönliche Frage!

Der Botschafter atmete tief durch. »Nein. Ich ging völlig in meiner Arbeit auf und war gerade zum stellvertretenden Botschafter ernannt worden. Außerdem«, fügte er mit einem Seitenblick auf die Villa hinzu, »wäre ich, wenn T'Rea sich nicht hätte scheiden lassen, nicht frei gewesen, als ich deiner Mutter begegnete. Meine Beziehung zu Amanda ist erheblich … befriedigender … als alles, was ich während des kurzen und einmaligen Zusammenseins mit T'Rea erlebte. Sie war …« Sarek hielte inne und dachte nach. »… eine typische *Kolinahru.*«

»Was geschah an jenem Tag wirklich mit Darov?«

fragte Spock. »Das *Pon Farr* kann ... die Wahrnehmung der Wirklichkeit verzerren.«

»Genau aus diesem Grund tat ich das, was ich gesehen hatte, als Halluzination infolge des *Plak Tow* ab«, entgegnete Sarek. »Ich schlußfolgerte, daß ich anscheinend durch die Station taumelte und irgendwann vor einen Spiegel geriet, was mich zu der Vorstellung veranlaßte, ich hätte es mit einem Herausforderer nach dem Ritual des *Kal-if-fee* zu tun ... Dann muß ich zufällig ins Medo-Zentrum geraten sein, wo mir die automatischen Einrichtungen das Leben retteten.«

»Unter den gegebenen Umständen wäre das die logischste Schlußfolgerung«, pflichtete Spock ihm bei. »Aber jetzt weißt du, daß sie nicht den Tatsachen entspricht.«

»Ja. Ein Verdacht keimte erstmals in mir, als dein Schiff, die *Enterprise*, vor siebenundzwanzig Standardjahren entdeckte, daß die Romulaner, die bis dahin noch niemand zu Gesicht bekommen hatte, direkte Nachkommen der Vulkanier sind.«

»In der Tat«, sagte Spock, der sich offenbar noch gut an dieses Ereignis erinnerte. Seine Mundwinkel zuckten. »Ich erinnere mich genau an den Moment, als der Bildschirm uns zum ersten Mal das Gesicht des romulanischen Commanders zeigte. Es ist merkwürdig, daß du die Ähnlichkeit zwischen dir und Darov erwähnst ... weil dieser Romulaner dir ebenfalls sehr ähnlich sah. Ich war einigermaßen verblüfft, als ich ihn zum ersten Mal auf dem Bildschirm sah.«

»Vielleicht war er irgendwie mit Darov verwandt«, spekulierte Sarek. »Auf jeden Fall ließ mich von diesem Augenblick an die Idee nicht mehr los, daß die Freelaner nicht das waren, was sie zu sein schienen. Als die Romulaner sich vor zwei Jahren zu einer ernsthaften militärischen Bedrohung für die Föderation zu entwickeln begannen, betrieb ich intensive Studien über Freelan. Und dabei schälte sich ein Muster heraus.«

»Was für ein Muster?« fragte Spock.

»Ich glaube, daß die Romulaner hinter der plötzlichen Popularität und Aktivität der ›Interessengemeinschaft Erde den Menschen‹ stecken«, antwortete der Botschafter.

Spock blinzelte. »Bitte erkläre diese Behauptung. Wie können die Freelaner irgend etwas mit der IGEM zu tun haben? Die IGEM wendet sich gegen alle Außerirdischen ... einschließlich der Romulaner.«

Sarek erhob sich von der Bank und ging auf und ab, während er sprach. »Denk nach, Spock. Jedesmal wenn die IGEM einen neuen Popularitätsschub erlebte, hielt sich mindestens ein Freelaner zu einer diplomatischen, wirtschaftlichen oder wissenschaftlichen Konferenz in derselben Stadt auf.«

Spock hob eine Augenbraue. »Jedesmal?«

Sein Vater nickte.

»Was willst du damit postulieren, Vater? Eine Art Beeinflussung? Durch Drogen? Oder Hypnose?« Der jüngere Vulkanier machte keinen Hehl aus seiner Skepsis.

Sarek blieb stehen und blickte seinem Sohn ruhig in die Augen. »Es ist ein mentaler Einfluß.« Seine knappen Worte waren voller Überzeugung. Dann berichtete er von seiner Begegnung mit Induna und dem, was er durch den Kontakt mit dem Geist des Anführers der IGEM entdeckt hatte.

»Aber die Romulaner besitzen nicht die Fähigkeit zur geistigen Verschmelzung«, warf Spock ein. »Der Präsident der IGEM kann nicht von einem Freelaner beeinflußt worden sein.«

»Ich weiß, daß die Romulaner nicht über die telepathischen Fähigkeiten der Vulkanier verfügen«, entgegnete Sarek ein wenig schroff. »Ich will auch nicht andeuten, daß sie persönlich auf die Mitglieder der IGEM Einfluß nehmen. Doch in den letzten drei Jahren beschäftigen die Freelaner in zunehmendem Umfang vulkanische Sekretäre und Assistenten. Wußtest du das?«

Er betrachtete seinen Sohn im harten Licht von T'Rukh, während Spock die in seinem Geist gespeicherten Daten durchging. »Ich besuche erst seit kurzer Zeit diplomatische Konferenzen, aber du hast recht. Jedesmal wenn ich einen freelanischen Abgesandten sah, war er oder sie tatsächlich in der Begleitung eines vulkanischen Sekretärs oder Assistenten. Für die Khitomer-Konferenz gilt dasselbe.«

»Ja«, sagte Sarek. »Soran war sogar sehr von der Assistentin des Freelaners angetan, die er dort traf.«

»Vater, die Beschäftigung von Vulkaniern als Verwaltungsassistenten ist keine ungewöhnliche Praxis.«

»Richtig«, stimmte Sarek zu. »Viele junge Vulkanier suchen sich auf anderen Planeten eine Aufgabe, um sich nach dem Abschluß ihrer ersten Ausbildungsstufe durch Reisen weiterzubilden. Allerdings ...« Er fixierte seinen Sohn mit starrem Blick, während er die Stimme fast zu einem Flüstern senkte. »Keiner dieser Sekretäre oder Assistenten im Dienst von Freelan wurde auf Vulkan geboren.«

»Tatsächlich?« Spock blinzelte und kniff dann leicht die Augen zusammen. »Faszinierend ...«, murmelte er, als er plötzlich begriff, worauf sein Vater hinauswollte. »Kein einziger?«

Der ältere Vulkanier schüttelte den Kopf. »Kein einziger. Einschließlich der jungen Frau, die Soran unter dem Namen Savel kennenlernte. Ich habe Nachforschungen über jeden jungen Vulkanier angestellt, der in den vergangenen fünf Jahren den Planeten verlassen hat ... und es deutet nichts darauf hin, daß auch nur ein einziger von ihnen in den Dienst der Freelaner getreten ist.«

»Aber ich selbst habe den freelanischen Abgesandten mit seiner Assistentin gesehen«, sagte Spock. »Ich kann mich sehr deutlich erinnern.«

»Genauso wie ich«, sagte Sarek. »Aber wer auch immer diese junge Vulkanierin gewesen sein mag, sie wurde jedenfalls nicht auf diesem Planeten geboren.«

»Woher kommen dann diese jungen Vulkanier, die Einfluß auf die Anführer der IGEM ausüben?« wollte Spock wissen.

»Sie kommen von Freelan.« Sareks Stimme klang rauh, und er schluckte, um die Trockenheit in seiner Kehle zu beheben. »Spock, die Romulaner haben seit Jahrzehnten systematisch Schiffe mit vulkanischen Passagieren entführt. Ich habe die Vorfälle studiert, die Routen und die Passagierlisten überprüft, und es gibt eine Korrelation von sechsundachtzig Komma sieben Prozent zwischen dem Verschwinden eines Schiffes und der Anwesenheit eines oder mehrerer Vulkanier an Bord dieses Schiffes.«

»Weiter«, sagte Spock mit ernstem Gesichtsausdruck.

»Ich bin zu der Überzeugung gelangt, daß diese entführten Vulkanier nach Freelan gebracht und gezwungen wurden, Nachkommen zu zeugen. Ihre Kinder wuchsen unter dem Einfluß der Romulaner auf – und arbeiten nun für die Romulaner. Diese Kinder haben gelernt, ihre telepathischen Fähigkeiten auf eine Art und Weise zu benutzen, die von allen Vulkan-Geborenen verabscheut wird.«

Spock konnte der Logik des Botschafters sofort folgen. »Wir haben also freelanische Abgesandte, Händler und Wissenschaftler, die regelmäßig die Erde und terranischen Kolonien besuchen und in den meisten Fällen von einem vulkanischen Sekretär oder Assistenten begleitet werden. Und diese jungen Vulkanier, die in den vulkanischen Mentaldisziplinen ausgebildet sind, aber nicht über unsere ethischen Schranken verfügen, setzen ihre telepathischen Fähigkeiten ein, während sie sich unter die menschliche Bevölkerung mischen. Sie manipulieren Menschen mit latenter Xenophobie und verwandeln sie in glühende Anhänger der IGEM.«

»Genau«, sagte Sarek. »Ich muß zugeben, daß ich zu Anfang bezweifelte, vulkanische Telepathie, die traditionell mit einer körperlichen Berührung einhergeht, ließe sich für solche Zwecke einsetzen.« Er hielt kurz inne und sprach dann leiser weiter. »Doch die Ereignisse der jüngsten Zeit haben mich eines Besseren belehrt.«

Spock nickte, und in seinen Augen stand derselbe Schatten wie in denen seines Vaters. »Sybok«, sagte er. »Ich habe erlebt, wie er das Bewußtsein vieler Wesen aus beträchtlicher Entfernung beeinflußte. Seine mentalen Fähigkeiten waren jedoch ... außergewöhnlich. Aber die Fähigkeit, subtilen Einfluß auf einen Geist zu nehmen ... ich selbst besitze diese Fähigkeit.«

Diesmal war es der Botschafter, der überrascht eine Augenbraue hob. »Tatsächlich? Das wußte ich nicht.«

»Ich habe sie mehrere Male eingesetzt«, gab Spock zu. »Allerdings nie, um einen dauerhaften Einfluß auszuüben oder eine Veränderung im Bewußtsein des Betroffenen zu bewirken. Aber ich habe es auf Eminiar Sieben und dann noch einmal auf Omega Vier getan.« Er schwieg einen Augenblick. »Und ich bin nur zur Hälfte Vulkanier. Daher erscheint mir die Möglichkeit, es könne vulkanische Abkömmlinge mit unseren mentalen Fähigkeiten geben, aber ohne die ethischen Restriktionen, die uns gelehrt werden, völlig plausibel. Und ... beunruhigend.«

Spock schwieg eine Weile. Schließlich fragte er: »Hast du jemals mit Darov über das gesprochen, was an jenem Tag während deines *Pon Farr* geschah? Du sagtest, ihr seid Freunde gewesen ...«

»Ich hätte vielleicht mit ihm darüber gesprochen«, sagte der Botschafter. »Nur habe ich Darov seitdem niemals wiedergesehen. Ich konnte nie in Erfahrung bringen, was mit ihm geschah. Ich vermute, daß man ihn exekutierte, weil er mir half. Darov wurde durch Taryn ersetzt. Ich habe den Eindruck, daß er wesentlich jünger als Darov ist ... obwohl ich natürlich keine Gewißheit habe, da Darov mir nie sein Alter verraten hat. Er ist eine ganz andere Persönlichkeit. Viel kühler ...

und er verfügt, wie ich glaube, über einen ausgezeichneten Intellekt. Wir haben niemals über Politik diskutiert, aber ich bin mir sicher, daß Taryn keineswegs so gemäßigte Ansichten wie Darov vertritt.« Sarek dachte kurz nach. »Ich habe im Laufe der Jahrzehnte den Eindruck gewonnen, daß der Abgesandte ein … Patriot ist, vielleicht sogar ein fanatischer Rassist.«

Spock hob eine Augenbraue, als er die Worte des Botschafters hörte. »Das überrascht mich nicht, wenn er tatsächlich ein romulanischer Commander ist. Viele hochrangige Romulaner haben eine sehr aggressive Einstellung gegenüber der Föderation.«

Der Starfleet-Offizier erhob sich von der Bank, um an der Seite seines Vaters durch den Garten zu spazieren. »Meine Abschlußfrage lautet: *Warum?* Was steckt hinter dem Plan? – Die Basis auf Freelan, die entführten Vulkanier, die IGEM … das alles hat viele Jahre in Anspruch genommen … Jahrzehnte! Was hoffen die Romulaner damit zu gewinnen?«

Sarek gab keine direkte Antwort, sondern fragte stattdessen: »Welche Ziele verfolgt die IGEM?«

»Wie ich sie verstanden habe, will man alle Nicht-Terraner von der Erde verbannen. Vor allem die Vulkanier.«

»Nicht nur von der Erde«, erklärte Sarek. »Auch aus der Föderation. Ich habe intensive Nachforschungen über die IGEM betrieben. Die Organisation ist entschieden dagegen, daß Vulkan weiterhin der Föderation angehört.«

Spock nickte langsam. »Das überrascht mich nicht.« Seine Gesichtszüge wurden streng. »Wenn es den Romulanern gelingt, einen Keil zwischen die Erde und Vulkan zu treiben, so daß sich die Vulkanier entweder aus der Föderation zurückziehen oder hinausgedrängt werden, dann hat die Erde ihren mächtigsten Verbündeten verloren.«

»Ja«, sagte Sarek. »Eine Föderation ohne Vulkan wäre

in vielerlei Hinsicht geschwächt. Und vergiß nicht die gegenwärtige Situation im Klingonischen Imperium.«

»Sie ist äußerst instabil. Als ich die *Enterprise* verließ, befanden wir uns gerade im Orbit um einen Planeten, dessen Kolonie durch einen klingonischen Angriff verwüstet wurde. Kanzlerin Azetbur hat uns versichert, daß es sich bei den Angreifern um Renegaten handelt und daß sie versuchen würde, sie zu fassen und zu verurteilen. Ich glaube ihr, aber viele andere dürften an ihren Erklärungen zweifeln. Das Verhältnis zwischen den Klingonen und der Föderation ist sehr gespannt. James Kirk bezeichnete die Situation vor einer Woche als ›Pulverfaß, das beim geringsten Funken explodieren wird‹.«

»Eine sehr dramatische, wenn auch im wesentlichen korrekte Umschreibung«, entgegnete Sarek trocken.

»Eine Instabilität in der Föderation könnte durchaus einen solchen Funken erzeugen«, sprach Spock weiter. »Azetburs Regierung hat Mühe, sich an der Macht zu halten. Sie wird von der Bevölkerung unterstützt, aber viele der alten und einflußreichen Familien können sich nicht mit einer Frau im Amt des Kanzlers anfreunden. Etliche hochrangige Offiziere haben ihr die Gefolgschaft aufgekündigt, um aus der Flotte zu desertieren und gesetzlose Piraten zu werden.«

»Und damit wird zusätzlich die von der IGEM propagierte Xenophobie geschürt.«

»Exakt.« Spocks Gesicht war so angespannt, daß es im unheimlichen Licht T'Rukhs wie ein ausgetrockneter Totenschädel wirkte. »Es wäre außerdem möglich, daß die Freelaner die von ihnen ausgebildeten Vulkanier dazu einsetzen, hochrangige Klingonen zu beeinflussen ... um Zwietracht zu schüren und das Imperium zum Aufruhr anzustacheln, bis zum offenen Krieg gegen die Föderation. Die Menschen kennen eine alte Redensart für eine solche Strategie: ›Teile und herrsche.‹«

»So ist es«, pflichtete Sarek ihm bei. Er seufzte erschöpft und spürte, daß er sich zum ersten Mal entspannte, seit ... wie langer Zeit? Er konnte es nicht sagen ...

»Mein Sohn, es ist ... eine Erleichterung für mich ... darüber zu sprechen, nachdem ich so lange geschwiegen habe«, sagte der Botschafter und ließ sich auf eine andere Gartenbank sinken. »Ich habe bislang mit nur zwei Personen über meine Verschwörungstheorie gesprochen – mit Soran und mit deiner Mutter. Es ist schwer zu entscheiden, wem darüber hinaus ich vertrauen kann. Jeder hohe Politiker könnte längst unter dem Einfluß der Freelaner stehen.«

Spock schüttelte langsam den Kopf, als er darüber nachdachte. »Eine Situation, die mit Recht Anlaß zum Verfolgungswahn geben kann«, bestätigte er.

»Als sich im vergangenen Jahr erstmals in mir der Verdacht regte, die Freelaner könnten einen telepathischen Einfluß auf andere ausüben, riet ich allen Angehörigen des vulkanischen diplomatischen Korps, ihre mentale Disziplin zu verstärken, damit sie einen solchen Einfluß nicht nur feststellen, sondern sich auch dagegen wehren können. Ich bin monatelang fast jeden Tag nach Gol gereist, um mit einem hochrangigen Akolythen zu trainieren.«

»Ich habe während meiner Zeit in Gol ähnliche Techniken erlernt«, versicherte Spock seinem Vater. »Meine Widerstandskraft ist überdurchschnittlich.«

»Gut.« Sarek blickte sich im schwächer werdenden Licht von T'Rukh im Garten um. »Alle Anzeichen deuten darauf hin, daß der Plan der Romulaner kurz vor der Vollendung steht. Ich mutmaße, daß wir nur noch einige Monate oder noch weniger Zeit haben, um etwas dagegen unternehmen zu können.«

»Wie lautet deine Empfehlung?«

»Zuerst benötigen wir einen konkreten Beweis für die wahre Identität der Freelaner und ihre Ziele, um sie entlarven zu können. Deine Computerkenntnisse sind genauso ausgeprägt wie meine. Wenn wir zusammenarbeiten, hoffe ich, daß wir mehr Erfolg damit haben, in das freelanische System einzudringen, als bei meinem ersten Versuch. Dann können wir ihre Datenspeicher anzapfen.«

»Damit hätten wir einen eindeutigen Beweis«, sagte Spock. »Dann müssen wir diesen Beweis in einer öffentlichen Sitzung des Sicherheitsrates der Föderation präsentieren.«

»Dem stimme ich zu.«

»Wir haben noch etwas Zeit«, sagte Spock. »Die IGEM ist noch weit von ihrem Ziel entfernt, die Vulkanier aus der Föderation zu drängen.«

»Sei dir nicht zu sicher. In zwei Monaten finden Wahlen statt, und die IGEM hat viele Kandidaten aufgestellt. Einige treten offen auf, und andere haben geheime Beziehungen. Viele dieser Kandidaten konkurrieren um sehr hohe Posten in der Regierung der Erde.«

Sarek rieb sich über die Stirn, als er die tiefe Erschöpfung spürte, die an seinen Knochen nagte. »Wir müssen noch etwas anderes berücksichtigen, Spock. Wenn die IGEM an Einfluß gewinnt, wird Vulkan nicht um den Verbleib in der Föderation kämpfen. Unser Volk reagiert nicht sehr verständnisvoll auf eine Beleidigung.«

Spock nickte verbittert. »Ich schlage vor, daß wir die Angelegenheit mit Jim Kirk besprechen und ihn bitten, uns bei der Beschaffung eines Beweises zu helfen, um ihn dem Sicherheitsrat und dem Präsidenten vorlegen zu können.«

»Ich bin einverstanden«, sagte Sarek.

Es herrschte tiefste Nacht, und die Temperatur sank immer schneller. Der jüngere Vulkanier blickte sich im unheimlichen Licht des Gartens um und unterdrückte einen Schauder. »Es ist spät geworden. Wir sollten hineingehen.«

»Ja. Deine Mutter dürfte bald aufwachen.«

»Sie sind also Jim Kirks Neffe!« rief Commander Gordon Twelvetrees und streckte die Hand aus.

Peter hatte Haltung angenommen und erwiderte den freundlichen Händedruck des großen, würdevollen Lakota-Indianers, der Assistent von Admiral Idota war. Onkel Jim war mit dem Admiral befreundet, und da Peter nicht unbedingt damit gerechnet hatte, zu dieser späten Stunde noch jemanden anzutreffen, wollte er zumindest eine Nachricht für Idota beim Sekretär hinterlassen. Er war angenehm überrascht, als er feststellte, daß der Assistent des Admirals für ihn zu sprechen war.

»Stehen Sie bequem, mein Junge«, sagte der Commander und lud ihn ein, sich auf die Couch in seinem Büro zu setzen. Er goß frischen, duftenden Kaffee in eine Tasse aus feinstem Starfleet-Porzellan, mit dem das Büro jedes Admirals ausgestattet war, und reichte sie dem Kadetten.

Peter bedankte sich mit einem Nicken und nahm einen Schluck. Es war kein Vergleich zu dem Gebräu, das ihnen in der Kadettenkantine serviert wurde. Es war eine herzhafte, aromatische Mischung – vermutlich aus Jamaika. Er genoß den Geschmack.

»Sie hatten Glück, mich so spät noch hier anzutreffen«, sagte der Commander. »Normalerweise halte ich mich an die gleichen Dienstzeiten wie der Admiral.«

Der junge Kirk lächelte seinem Vorgesetzten dankbar zu. »Ich bin froh, daß Sie für mich Zeit haben. Auch wenn es schon so spät ist.«

»Ich habe hier auf ein Kommuniqué aus der Neutralen Zone gewartet. Der Admiral will sofort informiert werden, wenn es eintrifft. Als ich hörte, daß Jim Kirks Neffe ein Problem hat …«

Ausnahmsweise ärgerte Peter sich einmal nicht über die Erwähnung seines Verwandten. Manchmal erwies es sich als durchaus praktisch, der Neffe von Onkel Jim zu sein.

»Vielen Dank, Sir.« Er rückte seine Kadettenuniform zurecht und war froh, daß er sich die Zeit genommen hatte, sie anzuziehen und sich frisch zu machen. Er zögerte, als er überlegte, wie er anfangen sollte. Dann erzählte er alles der Reihe nach, wie er versucht hatte, ein Treffen mit Sarek zu arrangieren, wie er in die Demonstration und schließlich ins Hauptquartier der IGEM geraten war.

Er brauchte nicht sehr lange für seine Geschichte, die Twelvetrees nicht ein einziges Mal unterbrach, sondern mit großer Aufmerksamkeit verfolgte. Als Peter am Ende seines Berichts angelangt war, zog er die drei Disketten mit den gestohlenen Informationen hervor und zeigte sie dem Commander.

»Ich weiß, daß ich vermutlich sehr dumm gehandelt habe, Sir, indem ich mich als Mitglied der IGEM ausgab, aber ich dachte, es wäre eine einzigartige Gelegenheit, die ich mir trotz des Risikos nicht entgehen lassen durfte. Und ich glaube, es hat sich gelohnt. Diese Datenträger enthalten das komplette Mitgliederverzeichnis, den Terminkalender und die Geheiminformationen, die sich diese Leute aus dem vulkanischen Konsulat beschafft haben. Ich denke, es dürfte reichen, um der Organisation ein für alle Mal das Handwerk zu legen. Die IGEM wird immer gefährlicher, Sir, und sie ist nicht mehr bereit, sich an die geltenden Gesetze zu halten. Das beweist allein schon die Tatsache, daß man das Kommunikationsgeheimnis der Vulkanier verletzt hat.«

Commander Twelvetrees nahm die Computerdaten beinahe ehrfürchtig entgegen und starrte auf die unscheinbaren Plastikscheiben in seinen großen Händen, während er sie von allen Seiten betrachtete. »Sie sind zweifellos ein Kirk, mein Junge. Jim hätte in dieser Situation genau dasselbe getan. Er muß sehr stolz auf Sie sein.«

Peter wollte gerade erwähnen, daß sein Onkel nichts von alledem wußte, als sich eine besorgniserregende

Erkenntnis in seine Gedanken stahl. Trotz der freundlichen Worte des Commanders wurde ihm klar, daß der Mann ihn überhaupt nicht ernst nahm.

Twelvetrees lehnte sich auf der Couch zurück und steckte die Datenträger in eine Tasche. »Ich möchte Ihnen für die Mühe danken, die Sie auf sich genommen haben, um an diese Informationen zu gelangen, Peter. Die meisten Leute in Ihrer Situation kümmern sich nur um ihre persönlichen Probleme, während sie sich auf die Prüfungen vorbereiten und Tag und Nacht büffeln. Die meisten hätten die Finger von einer solchen Sache gelassen. Sie jedoch haben den Mut und das Rückgrat, das Starfleet braucht, um auch in Zukunft erfolgreich sein zu können. Ich werde nicht vergessen, was Sie hier versucht haben. Allerdings ...«

Peter hatte das Gefühl, als würden sich Eiskristalle in seinen Eingeweiden bilden.

»... muß ich Ihnen mitteilen, daß Starfleet die IGEM schon seit geraumer Zeit beobachtet. Wir haben sogar schon einige Leute in die Organisation eingeschleust. Ich verstehe Ihre Besorgnis, aber die Wahrheit ist, daß es sich bei der IGEM lediglich um eine harmlose Randgruppe handelt. Durch die Berichterstattung in den Medien haben sie an Popularität gewonnen, und bedauerlicherweise hatten wir am Tag der Demonstration nicht genügend Personal zum Konsulat geschickt. Trotzdem stellt die IGEM für niemanden eine ernste Bedrohung dar, Peter.«

»Aber ... die Daten ...«, protestierte der junge Kirk.

»Oh, keine Sorge, Peter ... Ich werde sie mir ansehen, bevor ich sie an die Sicherheitsabteilung von Starfleet weitergebe – für den Fall, daß sie irgend etwas enthalten, das für uns nützlich werden könnte. Vermutlich wird man den Vulkaniern eine Warnung wegen der Lücke in ihrem Sicherheitssystem zukommen lassen. Aber vergessen Sie nicht, daß bislang sämtliche Aktionen der IGEM erfolglos waren. Und wir beide wissen ganz genau, daß das Gerede über eine vulkanische Verschwörung Unsinn ist.« Er stand auf und deutete damit an, daß er das Gespräch als beendet betrachtete. »Morgen steht Ihre Abschlußprüfung in Navigation an, nicht wahr?«

»Ja, Sir«, antwortete Peter halbherzig, während der Commander ihn zur Tür des Büros führte.

»Sie sollten sich jetzt ganz darauf konzentrieren, mein Junge. Ich selbst wäre damals beinahe durch diese Prüfung gefallen. Machen Sie sich keine Gedanken mehr über diese Daten und die IGEM, sondern denken Sie nur an Ihre Prüfung. Ich werde dafür sorgen, daß diese Informationen in die richtigen Hände gelangen, und falls wir etwas Wichtiges entdecken sollten, werde ich Sie informieren.« Der Commander streckte ihm wieder die Hand hin, während sich gleichzeitig die Tür zischend öffnete und ihm den Weg nach draußen zeigte.

Der junge Kirk schüttelte die angebotene Hand. »Danke, Sir. Glauben Sie mir, wenn Sie sich diese Daten ansehen, werden Sie überrascht sein ... und besorgt.«

»Kein Grund zur Beunruhigung, Peter«, beteuerte der Commander mit tiefer und ruhiger Stimme. »Die Starfleet-Sicherheit hat die Situation unter Kontrolle. Nochmals vielen Dank für Ihre Bemühungen.«

Peter sah zu, wie sich die Türhälften hinter ihm schlossen, und ließ sich mutlos gegen die Wand fallen. Er war nicht von gestern. Er wußte genau, wann ihm eine Abfuhr erteilt wurde. Trotz der Beteuerungen des Commanders wurde Peter das Gefühl nicht los, daß der Offizier seine Daten höchstwahrscheinlich in den nächsten Abfallverwerter werfen würde.

Der Kadett zuckte die Schultern.

Er hatte immer noch ein paar Stunden Zeit, sich auf die Prüfung vorzubereiten, wenn er sich beeilte. In einer Hinsicht hatte der Commander völlig recht. Wenn er das Examen in Navigation bestehen wollte, mußte er sich ganz darauf konzentrieren. Peter richtete sich auf und streckte die Schultern.

Er würde sich konzentrieren, aber vorher mußte er noch eine Kleinigkeit erledigen.

Einige Minuten später betrat der junge Kirk forsch das Kommunikationszentrum, das sich mitten im großen Hauptgebäude der Starfleet-Sicherheit befand.

»Kann ich Ihnen helfen, Sir?« fragte ihn der junge Mann am Empfangstresen.

»Ja. Ich möchte eine Nachricht zu einem Raumschiff der Föderation schicken.« Peter wurde klar, daß er keine Ahnung hatte, wo sich sein Onkel im Augenblick aufhielt.

»Um welches Schiff handelt es sich, Sir?« fragte der Angestellte beiläufig.

»Die *Enterprise*. Ich möchte eine Nachricht an Captain James T. Kirk abschicken.«

Der junge Mann blickte mit einem leicht überraschten Gesichtsausdruck auf. »Nun … dieses Schiff befindet sich zur Zeit auf einer Mission. Es könnte sehr lange dauern, bis eine Nachricht …«

»Schicken Sie die Nachricht mit Prioritätsstufe eins ab. Ich bin der Neffe von Captain Kirk. Es geht um einen familiären Notfall.«

»Natürlich, Sir«, sagte der Angestellte. Jetzt war er schon viel freundlicher. Er reichte Peter einen Datenblock. »Wenn Sie bitte hier Ihre Nachricht eingeben würden … Sie wird auf einem Kanal für private Botschaften mit Priorität eins abgeschickt werden.«

Peter nahm den Datenblock entgegen, starrte auf die Tastatur und überlegte, was er eigentlich mitzuteilen hatte.

Spock wartete draußen vor der Tür zum Zimmer seiner Eltern. Er zwang sich dazu, ruhig zu bleiben, hatte die Hände hinter dem Rücken verschränkt und zeigte einen beherrschten Gesichtsausdruck. Innerlich jedoch trieb es den Vulkanier dazu, unruhig auf und ab zu gehen. Die körperliche Bewegung hätte ihm dabei geholfen, seine Beunruhigung abzubauen.

An diesem Morgen hatte die *Enterprise* am vulkanischen Raumdock angelegt, und auf Spocks Anforderung hatte man Leonard McCoy zur Villa heruntergebeamt, damit er sich ein Bild von Amandas Zustand machen konnte.

In diesem Augenblick hielt sich der Arzt in Amandas Zimmer auf und untersuchte Spocks Mutter.

Spocks empfindliches Gehör registrierte das Geräusch, mit dem der Druckvorhang zur Seite glitt, so daß er vorbereitet war, als sich die Tür öffnete und den Blick auf McCoy freigab. Das Gesicht des Arztes war betrübt, als er in den Korridor hinaustrat.

Schweigend machten die beiden Offiziere sich auf den Weg zu Sareks Büro. Als der Botschafter sie sah, stand er von seinem Schreibtisch auf, und die drei gingen ins Wohnzimmer hinüber. McCoy ließ sich auf die Couch fallen und blickte sich um. »Sie haben ein nettes Haus, Botschafter Sarek.«

Der ältere Vulkanier neigte den Kopf. »Das ist zum größten Teil das Werk meiner Frau«, sagte er.

»Der Ausblick ist ebenfalls beeindruckend. Ich habe bisher auf keinem Planeten so etwas wie die Feste gesehen.«

»Es handelt sich um eine recht einzigartige Formation«, pflichtete Sarek ihm bei.

Spock der sich neben dem Bordarzt auf die Couch gesetzt hatte, rückte unruhig hin und her. »Doktor ... was haben Ihre Untersuchungen ergeben?«

McCoy schüttelte den Kopf. »Es tut mir leid, Spock. Was Ihre Heiler sagen, ist völlig richtig. Das Reyerson-Syndrom ist ein wenig zurückgegangen. Aber ich fürchte, wenn ich mit Dr. T'Mal spreche, werde ich ihr raten müssen, die Behandlung Ihrer Mutter einzustellen.«

Der Erste Offizier blickte zu seinem Vater auf und wandte sich dann wieder dem Menschen zu. »Warum, Doktor?«

»Weil die ohnehin geschwächte Konstitution Ihrer Mutter dadurch erheblich belastet wird. Während ich sie untersuchte, erlitt sie einen leichten Schlaganfall – und meine Untersuchungsergebnisse deuten darauf hin, daß es nicht der erste war.«

»Ein Schlaganfall?« Spock erhob sich fast von der Couch.

»Es war gut, daß ich zugegen war. Ich konnte eventuelle Folgeschäden verhindern, aber alles deutet darauf hin, daß sie in der letzten Woche bereits mindestens zwei Schlaganfälle hatte. Sie hatten nur geringfügige Auswirkungen, aber sie zehren an ihren Kräften.«

»Wie lautet Ihre Prognose, Dr. McCoy?« meldete sich Sarek zum ersten Mal zu Wort.

»Nun, ich kann wirklich keine definitive Aussage machen. Der Krankheitsverlauf ist bei jedem Menschen unterschiedlich ...«, sagte der Mensch ausweichend.

Sarek blickte dem Medo-Offizier direkt in die Augen. »Bei allem Respekt muß ich Sie darauf hinweisen, daß Sie es hier nicht mit einer Menschenfamilie zu tun haben, Doktor. Bitte machen Sie uns nichts vor.«

McCoy holte tief Luft. »Also gut.« Er erwiderte den direkten Blick des Botschafters. »Die Heilerin hat sich eher optimistisch geäußert. Ich würde sagen, es kann sich nur noch um wenige Wochen handeln – wenn nicht sogar Tage.«

Spock schnappte unterdrückt nach Luft, als ihn die Worte des Arztes wie ein Schlag trafen. Verbittert erkannte der Vulkanier, daß er bis zu diesem Augenblick insgeheim gehofft hätte, sein alter Freund könnte irgendein Wunder bewirken. *Unlogisch,* flüsterte der vulkanische Teil seines Geistes. *Unlogisch und irrational ... Hoffnung ist eine rein menschliche Emotion.*

Auf einmal wurde er sich mit ungewohnter Intensität

des automatischen Zeitsinns bewußt, der in seinem Kopf die Stunden, Minuten und Sekunden abzählte. Normalerweise achtete der Vulkanier niemals darauf, solange er diesen Sinn nicht benötigte, doch nun glaubte er, das Ticken einer großen, alten terranischen Standuhr zu hören.

Zeit ...

Amandas Zeit lief ab.

Ohne ein Wort zu den anderen stand er auf und ging in sein Zimmer hinüber. Mit tauben Fingern zog er sich robuste Kleidung und Wüstenstiefel an. Er dachte nicht nach, er folgte nur einem starken, fast instinktiven Drang, sich zu bewegen, sich nach draußen zu flüchten, um über den harten Boden zu laufen und die zerklüfteten Felsen seines Heimatplaneten zu erklettern.

Die Hitze traf ihn wie ein Schlag, als er sich auf den Weg in die Hügel machte, doch Spock spürte ihn kaum. Er war viel zu sehr auf die Sekunden konzentriert, deren Verstreichen von seinem Geist mit erbarmungslosem Ticken registriert wurde.

»Botschafter?« Sarek blickte auf, als er Sorans Stimme hörte. Er saß neben Amanda auf dem Bett und hielt ihre Hand, damit er bei ihr war, wenn sie aufwachte. Auf McCoys Empfehlung hatte er eine Heilerassistentin kommen lassen, um den Zustand seiner Frau zu überwachen. Doch nach Dr. McCoys Urteil vor zwei Tagen wechselten er und Spock sich meistens an Amandas Bett ab, wenn sie wach war.

Als er nun die Besorgnis in den Augen seines jungen Assistenten sah, verließ der Vulkanier schnell das Schlafzimmer und trat in den Korridor hinaus. »Was gibt es, Soran?«

»Botschafter, soeben kam ein Anruf mit höchster Priorität vom Präsidenten Ra-ghoratrei herein«, sagte er. »Der Präsident möchte Sie sprechen. Er sagt, es sei dringend.«

Sarek nickte kurz und machte sich sofort auf den Weg in sein Büro. Kurz darauf saß er vor seinem Kommunikationsterminal. Ein Mitarbeiter des Präsidenten erkannte ihn und nickte knapp, dann verblaßte das Bild und wurde durch das des deltanischen Präsidenten der Föderation ersetzt. Ra-ghoratrei neigte leicht den Kopf, um den Vulkanier zu begrüßen.

»Botschafter Sarek. Ihr Assistent berichtete mir von der Krankheit Ihrer Frau. Ich bedaure es zutiefst, Sie zu einem solchen Zeitpunkt anrufen zu müssen, aber ich habe keine andere Wahl.«

»Was gibt es, Präsident Ra-ghoratrei?«

»Ein Trupp klingonischer Renegaten hat eine orionische Kolonie besetzt, den Planeten Kadura, und hält mehrere tausend Kolonisten als Geiseln gefangen. Der Anführer der Klingonen droht damit, die Geiseln zu töten, wenn die Föderation seine finanziellen Forderungen nicht erfüllt und ihm keinen freien Abzug garantiert.« Der Präsident atmete tief durch. »Botschafter ... das Leben sehr vieler Individuen ist in Gefahr. Für diese Mission brauchen wir unseren besten Unterhändler – und der sind Sie. Die Verhandlungen finden auf Deneb Vier statt.«

Sarek rief sich schnell ins Gedächtnis, was er über das Konferenzzentrum auf Deneb IV wußte. Die Reise dauerte bei maximaler Warpgeschwindigkeit mindestens drei Tage. Eine Woche für den Hin- und Rückflug und die Zeit, die für die Verhandlungen benötigt wurde ... Er würde vermutlich mindestens zwei Wochen von zu Hause fort sein, vielleicht sogar drei ...

Ohne daß der Botschafter T'Mal oder McCoy konsultieren mußte, wußte er, daß Amanda in ihrem gegenwärtigen Zustand wohl kaum noch so lange leben würde. Wenn er seine Frau jetzt verließ, war es unwahrscheinlich, daß er sie jemals lebend wiedersah.

Trotzdem gab es nur eine einzige logische Entscheidung. Der Vulkanier atmete tief durch. *Es ist meine*

Pflicht. Ich darf nicht das Leben so vieler gefährden. Das Wohl vieler wiegt schwerer … »Ich werde mich auf den Weg machen, Präsident Ra-ghoratrei«, sagte er mit ruhiger und fester Stimme.

Ra-ghoratrei atmete erleichtert auf. »Die Föderation dankt Ihnen, Botschafter. Jetzt gibt es neue Hoffnung, daß die Geiseln am Leben bleiben und ihre Freiheit zurückgewinnen.«

»Ich benötige einen vollständigen Bericht über den klingonischen Kommandanten«, sagte Sarek. »Ich werde heute nachmittag abreisen, sofern mein Pilot alles Nötige veranlassen kann. Schicken Sie mir die Informationen über den Klingonen bitte via Subraum.«

»Ich werde Admiral Burton, den Leiter der Starfleet-Sicherheit, damit beauftragen«, versprach der Präsident.

»Gut. Sarek Ende.«

»Nochmals vielen Dank, Botschafter. Ende.«

Sarek stand auf und gab Soran schnell Anweisungen, alles für die Reise vorzubereiten. Dann ging er zu seiner Frau, um sich von ihr zu verabschieden. Er wußte, daß es ein endgültiger Abschied war.

»Amanda.« Die Stimme drang durch die Dunkelheit zu ihr und zog sie zurück ins Licht des Bewußtseins. Es war eine vertraute und geliebte Stimme. Eine respektgebietende, präzise Stimme mit tiefer Resonanz. Angenehm tief und äußerst kultiviert. Die Stimme ihres Gemahls.

Amanda öffnete die Augen. Starke Finger schlossen sich um ihre Hand. Behutsam und zugleich fest. Sareks Finger.

»Sarek«, murmelte sie und blickte in das Gesicht, das sie seit so vielen Jahren kannte und liebte. »Habe ich lange geschlafen?«

»Mehrere Stunden. Ich bedaure es, dich wecken zu

müssen, meine Frau, aber ich muß mit dir reden... bevor ich abreise.«

Amandas Augen öffneten sich weiter. »Abreisen?« fragte sie schwach, ohne verbergen zu können, wie bestürzt sie über seine Worte war. »Warum? Wohin willst du abreisen?«

»Es gibt ein großes Problem auf dem Planeten Kadura«, sagte Sarek. »Ich habe gerade mit Präsident Ra-ghoratrei gesprochen. Er hat mich gebeten, mit den klingonischen Geiselnehmern zu verhandeln, die eine Kolonie der Föderation besetzt haben. Das Leben von mehreren tausend Kolonisten steht auf dem Spiel. Ich muß gehen, Amanda. Es ist meine Pflicht.«

Ihr Herz krampfte sich bei seinen Worten zusammen. »Wie ... wie lange wird es dauern?« fragte sie so leise, daß ihre Stimme das schwache Summen der medizinischen Geräte kaum übertönte. »Mußt du wirklich gehen?«

»Ja. Ich muß so schnell wie möglich nach Deneb Vier aufbrechen. Es ist schwer zu sagen, wie lange ich fort sein werde. Zehn Tage mindestens. Wenn die Verhandlungen jedoch langsamer vorankommen...« Er verstummte und drückte ihre Hand fester.

»Ich verstehe«, flüsterte Amanda. »Gut, Sarek. Ich sehe es ein.«

Ihr Mann blickte sie an. In seinen dunklen Augen stand großer Kummer. Behutsam strich er über ihr Haar und ihre Wange. »Amanda ... wenn ich könnte, würde ich hier bei dir bleiben. Das weißt du doch, nicht wahr?«

Schweigend nickte sie und bemühte sich, ihre Tränen zurückzuhalten. Sein liebes, vertrautes Gesicht verschwamm vor ihren Augen. *Nein!* dachte sie und blinzelte heftig. *Ich will nicht weinen. Ich will nicht, daß meine Tränen mir den letzten Blick auf dein Gesicht verschleiern. Ich will nicht, daß unser letzter Abschied von Tränen getrübt wird.*

»Sarek …«, flüsterte sie und schmiegte ihre Finger in seine Hand. »Ich werde dich vermissen, mein Gemahl. Ich wünschte, du müßtest nicht fortgehen.«

»Ich werde so schnell wie möglich zurückkehren, Amanda«, versprach er und blickte ihr fest in die Augen. »Sobald Kadura wieder frei ist, werde ich heimkommen.«

Aber dann wird es mit ziemlicher Sicherheit zu spät sein, und das wissen wir beide, dachte Amanda, ohne sein Gesicht auch nur einen Moment aus den Augen zu lassen. Sie wollte nicht einmal blinzeln. In wenigen Minuten würde ihr Mann fort sein, und dann würde sie ihn nie wiedersehen … zumindest nicht in diesem Leben.

»Ich möchte dir noch etwas sagen«, brachte sie mit mühsam beherrschter Stimme hervor.

»Was, Amanda?«

»Vergiß niemals, daß ich dich liebe, mein Mann. Für immer.« Sie sah ihn an und hielt seinen Blick mit ihren Augen gefangen. »Du wirst dich daran erinnern müssen, Sarek, schon sehr bald. Versprich mir, daß du es niemals vergessen wirst.«

»Mein vulkanisches Gedächtnis arbeitet zuverlässig«, sagte er leise. »Ich vergesse nur sehr wenig, meine Frau.«

»Ich weiß. Doch die Erinnerung an meine Worte in deinem Kopf ist etwas anderes, als sich hier an sie zu erinnern«, sagte sie und legte zärtlich ihre Hand auf seine Seite, wo sich sein Herz befand. »Versprich es mir.«

»Ich gebe dir mein Wort, Amanda«, sagte er. Seine dunklen Augen waren mit tiefer Besorgnis erfüllt.

Ich weiß, daß du mich liebst, dachte sie, als sie zu ihm aufsah. *Aber ich werde dich nicht in Verlegenheit bringen, indem ich es dir sage …*

»Spock wird hier bei dir sein«, sagte Sarek. »Vergiß das nicht, meine Frau.«

»Seine Anwesenheit ist mir ein großer Trost«, sagte

sie sanft. Ihr Blick wanderte über sein Gesicht und zeichnete seine kantigen Züge nach. Sie hob eine Hand und berührte seine Wange, seine Augen, seine Lippen, während sie an die vielen Male dachte, die sie ihn dort geküßt hatte. »Sarek, halt mich fest. Ich möchte deine Arme um mich spüren. Halt mich fest.«

Behutsam hob er sie hoch, legte seine Arme um sie und drückte sie an sich. Amanda schlang ihre Arme um ihn und lehnte ihren Kopf mit einem schweren Seufzer an seine Brust. Vorübergehend ging sie völlig in diesem Augenblick auf ... und ihre Seele war zufrieden. Schließlich hob sie den Kopf. »Sarek, ich möchte, daß du mir noch etwas versprichst.«

Es fiel ihm schwer, ihr in die Augen zu sehen ... Amanda spürte durch ihre Verbindung, daß er tief gerührt war. »Was soll ich dir versprechen, Amanda?«

»Ich möchte, daß du meine Tagebücher liest ... danach. Nimm das erste auf deine Reise mit, mein Mann. Versprich mir, daß du sie alle lesen wirst. Bitte!«

Sarek nickte. Dann legte er sie mit unendlicher Zärtlichkeit ins Bett zurück. Er ging in ihr Zimmer und kehrte mit einem dünnen, rot eingebundenen Buch zurück. Auf dem Rücken befand sich die Zahl 1. »Dieses?« fragte er und hielt es hoch.

»Ja, das ist es«, sagte Amanda und ließ ihn nicht aus den Augen, während sie gegen die Kissen gelehnt auf dem Bett saß. »Lies es. Und wenn du es durchgelesen hast, nimm dir das nächste vor ... bis du sie alle gelesen hast.«

»Das werde ich tun, Amanda.«

»Ich weiß, daß du es tun wirst«, sagte sie und streckte ihm lächelnd zwei Finger entgegen. Irgendwo tief drinnen weinte sie, aber sie wollte nicht, daß er es sah. *Er soll sich an mein Lächeln erinnern,* dachte sie.

Ihr Gemahl hob seine Hand und berührte mit zwei Fingern ihre Finger. So verharrten sie eine ganze Weile. Dann wandte Sarek sich mit einem letzten, schweren

Nicken ab und schob sich durch den Druckvorhang nach draußen, ohne sich noch einmal umzublicken.

Spock sah, wie sich der Druckvorhang bewegte und sein Vater hindurchtrat. Die Augen des Botschafters weiteten sich leicht, als er erkannte, daß sein Sohn offenbar mitgehört hatte, wie er sich von seiner Frau verabschiedete, dann kniff er sie vor Zorn zusammen. Bevor sein Vater etwas sagen konnte, signalisierte der Starfleet-Offizier ihm knapp, daß er schweigen und ihm nach draußen folgen sollte.

Erst als die Tür aus *Tekla*-Holz fest verschlossen war, drehte Spock sich zu seinem Vater um.

»Lauschen ist äußerst unhöflich, mein Sohn«, sagte Sarek, und Spock erkannte, daß sein Vater gereizt war, obwohl seine Stimme neutral klang.

Spock ging nicht auf den leichten Tadel ein. Er blickte seinem Vater in die Augen, und seine Stimme klang kalt. »Soran hat mir erzählt, daß der Präsident angerufen hat. Er erzählte mir auch, daß alles für deine Abreise vorbereitet wird. Du beabsichtigst, nach Deneb Vier zu fliegen?«

»Ja«, sagte Sarek und betrachtete seinen Sohn mit einer Spur von Mißtrauen. »Ich habe mich gerade von deiner Mutter verabschiedet.«

»Das habe ich gehört.« Spocks Stimme war scharf wie eine Obsidianscherbe. »Ich muß zugeben, daß ich diese Neuigkeit nur schwer glauben kann. Du willst sie wirklich verlassen? Trotz ihres gegenwärtigen Zustandes?«

»Ich muß es tun«, erwiderte Sarek ruhig. »Das Wohl vieler wiegt schwerer als ...«

»Um eine angemessene Redensart der Menschen zu zitieren: ›Zum Teufel damit!‹« schnitt Spock ihm verärgert das Wort ab. »Du kannst sie jetzt nicht einfach im Stich lassen.«

»Ich kann mich an eine Zeit erinnern«, sagte Sarek,

»als du dich entschieden hattest, auf deinem Posten zu bleiben, obwohl du der einzige warst, der *mir* das Leben retten konnte.«

Spock schwieg eine Weile. »Ja«, sagte er schließlich. »Aber ich bin seitdem erwachsen geworden. Es ist bedauerlich, daß du keine solche Entwicklung durchgemacht hast.«

Sarek hob die Augenbrauen, als er die Worte seines Sohnes hörte und die unverhüllten Emotionen spürte. »Spock, jeder von uns hat seine Pflichten zu erledigen. Die Situation auf Kadura ist sehr kritisch.«

»Die Situation meiner Mutter ist ebenfalls sehr kritisch«, entgegnete der Erste Offizier kühl. »Sie wird deine Rückkehr nicht mehr erleben, und du weißt es ganz genau. Deine Abreise wird ihr Ende vermutlich sogar noch beschleunigen.« Er sah seinen Vater mit festem Blick an.

Der Botschafter schwieg, und Spock wußte, daß er bis jetzt noch gar nicht an die Möglichkeit gedacht hatte, daß seine Abreise Amanda schaden könnte. »Du bist bei ihr«, sagte er schließlich. »Sie wird nicht allein sein.«

»Sie braucht jetzt dich!« sagte Spock unnachgiebig. »Du bist ihr Bindungspartner – ihr Gemahl. Deine Loyalität sollte ihrer Person gelten. Es gibt noch andere Diplomaten auf Vulkan. Senkar hat in der Vergangenheit einige schwere Probleme bewältigt. Laß ihn die Verhandlungen über die Freilassung der Kaduraner führen.«

»Der Präsident bestand darauf, daß ich persönlich die Verhandlungen leite«, sagte Sarek.

»Er kann es dir nicht befehlen.« Spock blickte seinem Vater unverwandt in die Augen. »Lehne ab … unter den gegebenen Umständen wird dir deswegen niemand einen Vorwurf machen.«

Sarek reckte die Schultern. »Spock, ich habe keine Zeit, länger darüber zu diskutieren. Ich muß jetzt gehen.«

»Du meinst, du *willst* gehen«, sagte Spock mit ruhiger und eiskalter Stimme. »Du hast nicht den Mut, hierzubleiben und sie auf ihrem Weg zu begleiten.«

Sareks Augen funkelten zornig auf. »Ich werde mir solche unerhörten – und unlogischen – Unterstellungen nicht länger anhören, Spock. Ich schlage vor, daß du durch eine Meditation versuchst, deine Beherrschung wiederzugewinnen.« Er holte tief Luft und fügte in einem Tonfall, der offenbar versöhnlich gemeint war, hinzu: »Vergiß nicht, daß du Vulkanier bist, mein Sohn.«

»Wenn ich dich als Beispiel nehme, erscheint mir diese Existenzform im Augenblick keineswegs als erstrebenswert«, erwiderte Spock. Ohne ein weiteres Wort stürmte er an seinem Vater vorbei durch den Korridor. Dann hörte er, wie sich hinter ihm die Schritte des Botschafters entfernten.

Als Spock seine Selbstkontrolle wiedererlangt hatte, öffnete er vorsichtig die Tür zum Zimmer seiner Mutter und trat ein, während er mit beiden Händen den Druckvorhang teilte.

Amanda war wach. Spock registrierte die untrüglichen Anzeichen, daß sie geweint hatte, aber in ihren Augen standen keine Tränen, als sie ihn matt anlächelte und ihm eine Hand entgegenstreckte. »Ich wollte gerade mein Mittagessen einnehmen«, sagte sie und deutete mit einem Kopfnicken auf das Tablett, das die Heilerassistentin auf ihrem Schoß abgestellt hatte. »Würdest du mir Gesellschaft leisten?«

Der Vulkanier nickte und setzte sich neben dem Bett auf einen Stuhl. Amanda gab sich Mühe, aber er bemerkte, wie sehr sie sich dazu überwinden mußte, ein paar Happen zu essen. Sie lächelte ihn an. »Weißt du, wovon ich letzte Nacht geträumt habe?« fragte sie. »Es war so seltsam … nach all den Jahren auf Vulkan, nach der vegetarischen Ernährung …«

»Was, Mutter?«

»Ich habe geträumt, daß ich einen guten alten Hamburger esse. Er hat wunderbar geschmeckt – ein seltener Genuß, mit Käse und Salat und Tomaten …« Sie schüttelte lächelnd den Kopf.

»Wenn du gerne einen möchtest«, sagte ihr Sohn, »rufe ich mein Schiff und bitte darum, sofort einen herunterzubeamen.«

»Oh, nein, lieber nicht«, sagte Amanda. »Ich bin überzeugt, daß mir nach all den Jahren das Fleisch nicht bekommen würde. Und ein echter Hamburger könnte niemals so gut schmecken wie in meinem Traum …« Sie kicherte leise. »Aber es war schon seltsam, daß ich davon träume, nach … sechzig Jahren?«

»Ja«, sagte Spock behutsam. Er spürte, daß seine Mutter etwas ganz anderes auf dem Herzen hatte, das sie mit diesem Geplauder nur hinauszögern wollte. Er dachte daran, daß Sarek inzwischen sein Schiff erreicht haben dürfte, während alles vorbereitet wurde, um den Orbit zu verlassen.

»Spock«, sagte Amanda leise und legte den Löffel weg, um ihm direkt in die Augen zu schauen. »Wie ist der Tod?«

Spock starrte sie eine ganze Weile an. Wie oft hatte man ihm diese Frage in den vergangenen dreieinhalb Jahren bereits gestellt? Noch nie hatte er versucht, darauf eine aufrichtige Antwort zu geben, aber diesmal … Er räusperte sich. »Mutter, ich kann dir nicht sagen, wie der Tod ist. Da mein *Katra* sich damals nach dem Tod meines materiellen Körpers in Dr. McCoy aufhielt, war ich nicht richtig tot, so wie die Menschen diesen Begriff verstehen.«

»Oh«, sagte sie enttäuscht. »Es tut mir leid, falls diese Frage zu … beunruhigend war. Ich habe mich von meiner Neugier hinreißen lassen … unter den gegebenen Umständen.«

Spock verzichtete darauf, näher auf diese ›Umstände‹ einzugehen. Statt dessen sagte er vorsichtig:

»Ich kann dir nicht sagen, wie der Tod ist … aber ich erinnere mich ans Sterben. Ich weiß, wie es ist, wenn man stirbt.«

Amanda richtete sich ein wenig an ihren Kissen auf und schob das Tablett zur Seite. Dabei lösten sich ihre blauen Augen kein einziges Mal von seinem Gesicht. »Wirklich? Erzähl mir davon, wenn du kannst, Spock.«

»Es war schmerzhaft«, gestand Spock ein, und wenn er ein Mensch gewesen wäre, wäre er jetzt erschaudert. »Ich war einer so hohen Strahlungsdosis ausgesetzt, daß sie genügt hätte, um mich buchstäblich zu verbrennen. Zusätzlich war mein Geist in gewissen Bereichen in Mitleidenschaft gezogen, so daß ich die Schmerzen nicht kontrollieren konnte. Ich litt, aber noch bevor ich die Kammer betrat, wußte ich, daß ich nicht überleben würde, also wußte ich zumindest, daß ich nicht sehr lange leiden würde …«

Amandas Augen füllten sich mit Tränen. Spock wußte, daß sie unter der Vorstellung litt, wie ihr Sohn von harter Strahlung verbrannt, verseucht und schließlich getötet worden war. Er zögerte, als er ihre Reaktion bemerkte. »Mutter … wenn es für dich zu schmerzhaft ist, dann werde ich …«

»Nein«, sagte sie mit Entschiedenheit. »Es ist eine Erleichterung, über den Tod zu sprechen, Spock. Mit deinem Vater konnte ich es nicht. Es hätte ihn zu sehr … bestürzt. Aber du … du kannst es verstehen.«

»Ja«, sagte er leise. Er schob eine Hand über die Bettdecke und griff nach ihrer, um sie beruhigend festzuhalten. »Als mein Körper sich abschaltete, hörten die Schmerzen auf, und ich empfand eine große Erleichterung. Die ganze Zeit hatte ich gewußt, daß ich sterben würde, doch in dem Augenblick, als der Schmerz vorbei war, erkannte ich mit einiger Überraschung, daß ich überhaupt keine Angst oder Sorge mehr hatte. Es war ein Gefühl, daß das, was geschah, ganz einfach ein völlig natürlicher Vorgang im Gefüge des Universums war. Es war eine Empfindung des Friedens ... wie ich sie noch nie zuvor erlebt habe.«

»Frieden«, flüsterte Amanda. »Keine Furcht?«

»Furcht«, entgegnete Spock, »ist eine menschliche Emotion. Nein, Mutter, es gab weder Furcht noch Schmerz. Vergiß nicht, daß ich eine Verbindung zwischen mir und McCoy aufbaute und somit wußte, daß mein *Katra* ... weiterexistieren würde.«

»Keine Furcht, kein Schmerz ...«, wiederholte sie, während sie sich offenbar einen solchen Zustand vorzustellen versuchte. »Und was kam dann?«

»Einen Moment lang hatte ich die Empfindung, daß mich Wissen erwartet, ein unendliches Wissen. Es war ein berauschendes Gefühl, doch es hielt nur kurz an – dann schwand mein Bewußtsein, und ich erlangte es erst in dem Moment wieder, als ich auf diesem Planeten erwachte und T'Lar über mir stand.«

»Hattest du das Gefühl eines Lebens nach dem Tod?«

»Nein, nichts dergleichen. Mein *Katra* befand sich jedoch in Dr. McCoy, also kann ich nicht ausschließen, daß es ein Leben nach dem Tod gibt.«

»Glaubst du daran?« fragte seine Mutter langsam.

»Ich weiß es nicht. Ich verfüge über keine objektiven Daten, die mir eine logische Schlußfolgerung erlauben.«

Amanda lächelte ironisch. »Die Worte eines wahren Vulkaniers, Spock.«

Der Erste Offizier deutete eine leichte Verbeugung an, um die Situation aufzulockern. »Mutter ... dieses Kompliment ehrt mich!«

»Ach, hör auf damit!« sagte sie kichernd. »Du und dein Vater ... wenn ihr so etwas sagt, möchte ich euch am liebsten etwas an den Kopf werfen!« Sie griff nach einem Kissen, aber ihre Kraft reichte nicht aus, um ihre Drohung wahrzumachen. Statt dessen sank sie keuchend in die Kissen zurück.

Als Amanda seinen Vater erwähnte, kehrte Spocks

Zorn mit voller Gewalt zurück. Obwohl es ihm äußerlich kaum anzusehen war, entging seiner Mutter dieser Stimmungsumschwung nicht. »Spock«, sagte sie und streckte eine Hand nach ihm aus, »versuche bitte, deinem Vater nicht zu zürnen. Sarek tut nur das, was er tun muß. Er ist nun einmal der, der er ist.« Für einen Moment glitt ein Ausdruck des Stolzes über ihr Gesicht. »Und er ist der Beste, Spock. Vergiß das nie. Diese Menschen auf Kadura können sich keinen besseren Vertreter ihrer Interessen wünschen.«

»Senkar ist ebenfalls ein erfahrener Diplomat, der sich in solchen Situationen bewährt hat. Mein Vater hätte die Aufgabe, mit den klingonischen Renegaten zu verhandeln, problemlos ihm anvertrauen können.«

»Du bist wirklich wütend auf ihn, nicht wahr?« Amandas Augen waren groß und voller Kummer. »Ach, Spock ... vor langer Zeit habe ich Sarek angefleht, er solle versuchen, dich zu verstehen, statt dich nach seinen Maßstäben zu verurteilen. Jetzt bitte ich dich um das gleiche ... versuche deinen Vater zu verstehen! Vergib ihm ... Ich weiß auch, daß ich ihm vergeben kann.«

»Mutter, das kann ich nicht«, sagte Spock kategorisch. »Du bist seine Frau. Sein Platz ist an deiner Seite.«

Seine Mutter war sichtlich erregt, als sie die Augen schloß, den Kopf schüttelte und kraftlos in den Kissen lag. »Ach, Spock ... urteile nicht so hart über ihn. Wir alle machen Fehler.«

Der Vulkanier blickte sie voller Besorgnis an und erkannte, daß sie gegen ihre Tränen kämpfte. Er hatte ihr keinen solchen Kummer bereiten wollen ...

Spock griff tröstend nach der Hand seiner Mutter. »Also gut, Mutter. Ich werde versuchen ... verständnisvoller zu sein.«

Amanda nickte schwach, ohne die Augenlider zu heben. »Danke, Spock ...«

Die Heilerassistentin näherte sich plötzlich aus dem dunklen Wohnzimmer, wo der Überwachungsmonitor stand. Sie machte Spock ein Zeichen und flüsterte: »Sie muß jetzt schlafen, Captain Spock. Ich rate Ihnen, sich zurückzuziehen und später noch einmal wiederzukommen.«

Der Vulkanier nickte stumm, verließ den kühlen Raum und die schwache, stille Gestalt seiner Mutter.

Peter Kirk zerrte den Verschluß seiner Uniformjacke auf, noch bevor sich die Tür zu seiner Wohnung geöffnet hatte. Seine Kleidung schien die klebrige Erschöpfung aufgesogen zu haben, die seine Poren absonderten. Er trat ein und riß den Kragen seines Hemdes auf, weil er das Gefühl hatte, keine Luft zu bekommen.

Er war so erschöpft, daß er nicht einmal wußte, ob er bei der Navigationsprüfung Fehler gemacht hatte. Er war sich zwar sicher, daß er sie bestanden hatte, aber vielleicht nicht mit Auszeichnung. Er kam sich wie ein Idiot vor, wenn er daran dachte, daß er bei diesem Test wichtige Punkte verloren haben könnte, nur weil er seine Zeit mit der IGEM vertrödelt hatte.

Er warf die Uniform in den Recycler. Im selben Augenblick summte das Kommunikationsterminal und meldete einen Anruf. Peter befürchtete, es könnte Lisa sein, doch dann blinzelte er überrascht, als er plötzlich in das Gesicht seines Onkels starrte. Er hatte erst heute früh seine Botschaft an ihn abgeschickt, so daß er nicht damit gerechnet hatte, so rasch von Captain Kirk zu hören. Onkel Jim konnte seine Nachricht doch unmöglich bereits erhalten haben … oder?

»Hallo, Peter«, sagte James T. Kirk auf dem Bildschirm, aber er lächelte nicht.

»Onkel Jim!« rief der jüngere Mann. »Das ist aber eine Überraschung! Ich dachte, du würdest dich irgendwo in der Neutralen Zone herumtreiben!«

»Ich bin hier in San Francisco«, sagte sein Onkel. Er

sprach abgehackt, als sei er in Eile oder wütend. Er trug seine Uniform, aber Peter konnte nicht erkennen, von wo er anrief. Das Bild seines Onkels füllte fast den ganzen Sichtschirm aus.

»Tatsächlich? Das ist ja großartig!«

»Ich bin in meiner Wohnung«, sagte Kirk ernst. »Ich muß dich sehen, Peter. Kannst du vorbeikommen?«

Der jüngere Kirk faßte neuen Mut. Wenn irgend jemand wußte, wie man mit der IGEM umzugehen hatte, wie man die Skepsis von Commander Twelvetrees zerstreuen konnte, dann wäre es Captain James T. Kirk.

»Ich muß mit dir reden, Peter«, sagte Jim. »Könntest du dich sofort auf den Weg machen?«

»Also ... ja, sicher«, antwortete Peter mit einem Blick auf die Uhr und einem inneren Seufzer. Er brauchte dringend mindestens sechs Stunden Schlaf. Aber wenn Jim ihn sehen wollte ... »Ich werde mich beeilen. Ich bin in etwa einer halben Stunde bei dir.«

»Gut«, sagte Kirk. Dann wurde das Bild schwarz.

Peter starrte noch eine Weile verwirrt auf den Bildschirm. Dieser Anruf kam ihm äußerst seltsam vor, aber vermutlich litt er seit seiner kurzen Begegnung mit der IGEM unter Paranoia. Nun, er würde schon bald erfahren, was vor sich ging.

Nach einer erfrischenden Ultraschalldusche schnappte er sich die ersten Kleidungsstücke, die ihm in die Hände fielen – eine leichte Trainingshose und ein weites weißes Hemd. Er warf einen Blick auf das Chronometer, während er hastig mit einem Kamm durch sein Haar fuhr, und stöhnte auf. Es war ein paar Minuten nach Mitternacht. Wieder eine Nacht, in der er keinen Schlaf finden würde – und morgen in aller Herrgottsfrühe sollte er noch einmal mit Lisa arbeiten! Und es waren nur noch wenige Tage bis zum *Kobayashi Maru*-Test.

Ich muß die Handbremse anziehen, sonst wirft es mich aus der Bahn, dachte er, als er seine Wohnung verließ und durch den Korridor zum Aufzug eilte.

Er wollte zu Fuß gehen, da das Apartment seines Onkel nur zehn Minuten entfernt war und die frische Herbstluft seine Müdigkeit vertreiben würde. An einem Werktag wie diesem waren zu dieser Uhrzeit nur wenige Leute unterwegs. Der leichte Wind war recht kühl, und Peter bereute es, nicht daran gedacht zu haben, eine Jacke anzuziehen.

Als er über den Gehweg lief und sich zu schnellen, langen Schritten antrieb, sah er, daß sich links von ihm in einer Nebenstraße etwas bewegte. Im Licht der Straßenbeleuchtung blitzte etwas Silbernes auf. Peter blieb kurz stehen, starrte ins Halbdunkel und hörte dann eine Stimme. »Peter?«

Obwohl die Stimme erstickt und atemlos klang, erkannte er sie dennoch sofort wieder. Der Kadett runzelte die Stirn und bog in die Nebenstraße ein. »Lisa?« rief er leise. »Bist du es?«

Als seine Augen sich kurz darauf an das schwache Licht in der Seitenstraße gewöhnt hatten, sah er sie. Sie kam auf ihn zu und wirkte verstört. »Peter!«

»Was ist los, Lisa?« fragte er besorgt. Obwohl er ihre fanatischen Ansichten verabscheute, hegte er doch eine gewisse Sympathie für Lisa Tennant. »Ist etwas passiert?«

»Ja«, flüsterte sie und kam ihm näher. »Es ... es geht um Induna. Er braucht uns, Peter, er braucht uns dringend. Du mußt unbedingt mit mir kommen!«

»Also, ich ...«

Im Augenwinkel bemerkte der Kadett eine Bewegung, spürte einen Luftzug an seiner Wange und duckte sich sofort, als sein Starfleet-Training die Kontrolle übernahm. Während er sich zur Seite drehte, erhielt er einen betäubenden Schlag gegen den Oberarm. Lisa keuchte auf und rannte hastig davon.

»Hol Hilfe!« schrie Peter ihr nach, als seine Angreifer zu einem neuen Vorstoß ansetzten. Es waren zwei Männer, der eine groß, der andere untersetzt, beide kräftig gebaut und offensichtlich erfahrene Straßenkämpfer. Peter trat mit dem Fuß gegen den Brustkorb des kleineren Mannes, doch er war zu schnell, so daß der Tritt nicht sehr wirksam war. Außerdem war er durch das Training daran gewöhnt, seine Schläge im letzten Moment abzustoppen, so daß er nicht genügend Kraft entwickelte, um seinen Gegner außer Gefecht zu setzen. Bevor er einen frontalen Schlag anbringen konnte, traf ihn die Faust des größeren Mannes so heftig an der Wange, daß sich in seinem Kopf alles drehte.

Sein Training leistete ihm gute Dienste, als er reagierte, ohne nachzudenken, und den Mann am Kragen packte und sich nach hinten fallen ließ. Als sie gemeinsam zu Boden gingen, rammte Peter dem anderen sein Knie in den Bauch und hörte, wie ihm mit einem Keuchen die Luft aus den Lungen getrieben wurde.

Während sein Gegner über seinen Kopf hinweg nach hinten fiel, kam Peter schnell genug wieder auf die Beine, um dem nächsten Angriff des kleineren Mannes zu begegnen. Er schlug ihm gegen den Hals, doch wieder wich der andere zu schnell zurück, als daß Peters Schlag große Wirkung zeigen konnte.

Peter sprang ihn an, drehte seinen Körper in der Luft und hob einen Fuß zum Tornado-Tritt. Diesmal spürte er voller Genugtuung, wie sein Fußspann den Kopf des Mannes traf. Der Kleine ging zu Boden und blieb dort liegen.

Peter wirbelte herum und konnte im letzten Augenblick einen Schlag des großen Mannes abwehren, doch eine Sekunde später erhielt er einen sehr schmerzhaften Tritt gegen den Brustkorb. Er schnappte nach Luft und wehrte sich mit einer Kombination aus Faustschlag und Fußtritt.

Jetzt lagen beide am Boden. Peter keuchte, da heftige Schmerzen in seinem Brustkorb tobten, und hastete halb rennend, halb taumelnd zur Kreuzung zurück. Ein kurzes Stück voraus entdeckte er Lisas silberne Jacke.

»Lauf, Lisa!« versuchte er zu rufen, doch seine Lungen waren zu geschwächt für einen so lauten Schrei.

Als der junge Kirk zur Kreuzung und in die vermeintliche Sicherheit der gut ausgeleuchteten Hauptstraße eilte, trat Lisa ihm plötzlich in den Weg. Der Kadett brauchte eine Schrecksekunde, bis er erkannte, daß das leicht schimmernde Objekt, daß sie in der Hand hielt und auf ihn richtete, ein Phaser war.

Nein! dachte er verzweifelt. *Sie hat mich hereingelegt! Es war eine Falle!*

»Keinen Schritt weiter, Peter«, befahl sie in einem Tonfall, den er noch nie zuvor von ihr gehört hatte.

Peter hatte in seiner Ausbildung gelernt, wie er sich gegen einen bewaffneten Gegner zur Wehr setzen mußte. *Schlag zu, schlag zu!* schrie sein Gehirn, aber er zögerte einen entscheidenden Moment zu lange.

Verdammt! dachte er hektisch. *Was würde Onkel Jim jetzt tun?*

Aber ihm blieb keine Zeit mehr, über diese Frage nachzudenken, denn ohne weitere Umschweife setzte Lisa Tennant ein strahlendes Lächeln auf, hob den Phaser und drückte auf den Auslöser.

Peter hörte das Summen, sah einen kurzen Blitz aus Energie, und dann wurde alles schwarz …

4

Sarek saß am Kommunikationsterminal in seiner privaten Suite im Konferenzzentrum von Deneb IV. Vor ihm auf dem Bildschirm sah er die dreidimensionale Darstellung der Kanzlerin Azetbur. »Botschafter Sarek…«, sagte sie und verneigte leicht, aber respektvoll den Kopf.

»Kanzlerin«, erwiderte der Vulkanier die Begrüßung. »Ich vermute, Sie wurden über die Situation auf Kadura informiert.«

»Ja«, erwiderte sie. »Ich bedaure den Vorfall, Botschafter Sarek.«

»Ich verstehe, Kanzlerin Azetbur«, sagte Sarek. »Ich habe die Angelegenheit gestern abend nach meinem Eintreffen mit Präsident Ra-ghoratrei besprochen. Er teilte mir mit, Sie beide hätten sich wegen dieser Krise miteinander in Verbindung gesetzt.«

Azetburs exotische Gesichtszüge waren angespannt. Die Führungsposition zehrte offensichtlich an ihren Kräften. Sarek wurde lebhaft daran erinnert, daß sie erst vor einem knappen Monat gleichzeitig ihren Ehemann und ihren Vater verloren hatte. »Die ganze Angelegenheit ist äußerst bedauerlich«, sagte sie. »Was Commander Keraz betrifft… ich muß zugeben, daß ich sehr überrascht war, als ich hörte, daß er für diesen Überfall verantwortlich ist. Ich kenne den Commander seit vielen Jahren, und obwohl er gelegentlich… sehr eigensinnig sein kann, war er dennoch immer loyal. Keraz ist… war ein Krieger, der dem Imperium ausgezeichnete Dienste geleistet und sich stets ehrenhaft verhalten hatte.«

»Ich verstehe …«, sagte Sarek. »Ich habe den Commander noch nicht kennengelernt. Unser erstes Gespräch beginnt in einigen Minuten. Darf ich fragen, aus welchem Grund Sie angerufen haben, Kanzlerin Azetbur?«

»Ich möchte, daß die Renegaten an uns ausgeliefert werden, Botschafter Sarek. Die Föderation soll Keraz und seine Männer festnehmen und sie an mich übergeben, damit ich an ihnen ein Exempel statuieren kann … das jeden abschreckt, der einen ähnlichen Verrat an meiner Regierung im Sinn führt.«

Sarek holte tief Luft. Azetbur verfügte über vielerlei Eigenschaften, aber Sanftmut und Barmherzigkeit gehörten nicht dazu. »Ich bedaure, Kanzlerin Azetbur, aber dazu bin ich nicht in der Lage. Ich habe vom Präsidenten keine Befugnis dazu erhalten … und meine Priorität angesichts dieser bedauernswerten Situation gilt allein der Sicherheit der Bürger von Kadura. Ich muß Ihre Bitte leider ablehnen.«

»Ich verstehe.« Azetbur starrte ihn voller Anspannung an. Sarek war auf ihre Forderung vorbereitet gewesen, nachdem Ra-ghoratrei ihn vorgewarnt hatte. »Haben Sie die Absicht, sie entkommen zu lassen?«

»Wenn die Verhandlungen ein solches Eingeständnis notwendig machen, werde ich mich daran halten«, sagte Sarek. »Allerdings …«, setzte er an und machte eine Kunstpause, in der er nachzudenken schien, »habe ich keinen Einfluß auf das, was geschieht, *nachdem* Keraz den Planeten verlassen hat.«

»Wir werden ihn fassen, Botschafter. Dessen dürfen Sie sicher sein. Die Ehre meines Volkes verlangt, daß diese Verräter gefaßt und zur Rechenschaft gezogen werden.«

Sarek nickte.

Azetbur taute sichtlich auf, bis sie sogar leise lachte. »Botschafter Sarek«, sagte sie, »zum ersten Mal verstehe ich die Grundlage der Macht Ihres Volkes. Sie verstehen sich darauf, Ihr Gegenüber davon zu überzeugen, daß das, was Sie wollen, auch im Interesse der anderen liegt.«

Der Vulkanier neigte den Kopf. »Vielen Dank, Kanzlerin Azetbur.«

Nachdem sie sich verabschiedet und die Verbindung unterbrochen hatte, trat Sarek ans Fenster, um auf die üppige Wildnis hinauszublicken.

Was Sarek so sehr an Deneb IV alias Kidta schätzte, war die extreme Isolation des Zentrums. Die Sicherheitsmaßnahmen waren äußerst streng. Nur ein Minimum an Personal hatte Zugang zum Konferenzzentrum, und Sarek, Soran und Stavel, der vulkanische Botschafter für Orion, waren die einzigen anwesenden Vulkanier. Wenn Sarek mit Klingonen verhandeln mußte, wollte er sichergehen, daß sie aus eigenem Willen entschieden und nicht unter fremdem Einfluß standen. Soweit er feststellen konnte – und er hatte intensive Nachforschungen betrieben –, hielt sich kein einziger Freelaner in diesem Sektor auf, und für diesen Planeten und das Konferenzzentrum galt dasselbe.

Genauso wollte Sarek es haben.

Jeden Moment würde sein Assistent ihn an den Verhandlungstisch rufen, damit die Gespräche mit Commander Keraz und seinen Captains beginnen konnten. Sarek hatte sich bereits innerlich darauf vorbereitet, die Nähe der Klingonen zu erdulden. Ihre Emotionen waren roh und lagen sehr dicht unter der Oberfläche. Es war viel schlimmer als bei Menschen, und die meisten Vulkanier konnten die Stimmungen eines Klingonen auch ohne jeden körperlichen Kontakt wahrnehmen. Für Sarek gab es keinen Grund zur Annahme, daß es bei Keraz anders sein würde.

Er wunderte sich immer noch über die Forderung der klingonischen Renegaten, auf dem Verhandlungsweg eine Lösung dieser Krise zu finden. Es widersprach dem Charakter der Klingonen, sich hinzusetzen und zu *reden,* um ein Problem zu bewältigen, statt sich den Weg einfach freizuschießen.

»Botschafter«, hörte er eine leise Stimme hinter sich. Sarek drehte sich zu Soran um.

»Können wir anfangen?« fragte er, und der junge Vulkanier nickte.

Sarek ordnete die Falten seiner schweren, mit Edelsteinen besetzten Robe und folgte Soran durch den Korridor in den Konferenzraum. Es war ein mittelgroßer Raum mit Wänden in neutralen Farben, von denen zwei transparent gemacht werden konnten, um einen Ausblick auf den Urwald zu ermöglichen. In der Mitte des Raumes stand ein langer Tisch, der von Stühlen umgeben war, die humanoiden Bedürfnissen angepaßt waren. Es gab zwei Türen nahe den beiden Kopfenden des Tisches. Aus der Tür links von Sarek traten Admiral Smillie und ein Assistent und aus der anderen vier Klingonen. Einer der Klingonen hielt eine grünhäutige Orionerin am Arm fest und führte sie durch den Raum, jedoch ohne unnötige Brutalität.

Sarek wandte sich dem Anführer der Klingonen zu und hob die Hand zum vulkanischen Gruß. »Commander Keraz, vermute ich.«

Der kleine, verhältnismäßig untersetzte Klingone nickte knapp. »Botschafter«, sagte er nur. Seine Stimme klang ungewöhnlich sanft für einen Klingonen. Seine Haut war recht dunkel und hatte die Farbe von altem Leder.

Die Repräsentanten nahmen am großen Tisch Platz. Sarek musterte die orionische Frau und stellte erleichtert fest, daß sie zwar erschöpft war und unter Stress stand, ihr ansonsten jedoch kein Schaden zugefügt worden war. Sie erwiderte seinen Blick mit ruhigen, onyxfarbenen Augen. Als sie an der Reihe war, sich vorzustellen, sagte sie leise: »s'Kara. Ich vertrete das Volk von Kadura.«

Sarek nickte und sah dann zu Keraz hinüber. Der

Klingone wirkte nervös, er befingerte seine Schärpe und seinen Gürtel, als könnte er nicht glauben, daß dort keine Waffe hing. Als er Sareks Blick spürte, sah er auf und platzte unvermittelt los. »Wir wünschen eine ehrenhafte Lösung dieser Situation, Botschafter. Meine Schiffe und meine Leute haben dem Planeten und seinen Bewohnern keinen Schaden zugefügt.« Bei diesen Worten blitzten s'Karas Augen entrüstet auf, aber sie unterbrach ihn nicht. »Offen gesagt, ich habe kein großes Interesse daran, einen Kolonialplaneten besetzt zu halten, der hauptsächlich von ... Bauern bewohnt wird.« Sein Mund verzog sich vor Abscheu. »Wir sind Krieger und keine Kolonisten. Wir haben nicht den Wunsch, seßhaft zu werden. Kadura ist kein Ort für Krieger.«

Sarek neigte den Kopf, als er feststellte, daß Keraz trotz seines rabiaten Auftretens innerlich an einer Verhandlung interessiert war. »Es freut mich, das zu hören«, sagte Sarek ernst. »Wie lauten Ihre Bedingungen, Commander?«

»Wir sind bereit, uns zurückzuziehen ... gegen einen angemessenen Preis«, sagte Keraz. »Und wir fordern freien Abzug von Kadura, ohne daß wir von Starfleet-Schiffen belästigt werden.«

Sarek starrte den Klingonen an. Nur sein jahrzehntelanges Training in vulkanischer Selbstbeherrschung bewahrte ihn davor, seine Verblüffung offen zu zeigen. Daß Keraz schon zu Beginn der Verhandlungen anbot, sich zurückzuziehen, war etwas, womit er am wenigsten gerechnet hatte. Ohne einen Hinweis auf seine Gedanken zu geben, erwiderte Sarek freundlich: »Ich bin sicher, daß sich unter diesen Umständen etwas arrangieren läßt.«

Dann dachte Sarek kurz an seine Diskussion mit Azetbur. Wenn Keraz glaubte, er könne den Raumsektor der Föderation verlassen und Zuflucht in der Neutralen Zone finden, unterlief ihm ein schwerer Irrtum.

Während der Klingone mit der Darstellung seiner Positionen begann, studierte Sarek sein Gesicht und fragte sich, was Keraz dazu veranlaßt haben mochte, zum Abtrünnigen zu werden. War es die Ablehnung der friedlichen Annäherung seiner neuen Regierung an die Föderation? War es Habgier? War Keraz unter Stress zusammengebrochen, und hatte er sich daraufhin in eine Wahnidee geflüchtet?

Oder ... steckte etwas ganz anderes dahinter?

Entschlossen konzentrierte Sarek seine gesamte Logik und Erfahrung darauf, für den Kadura-Konflikt eine friedliche, schnelle und befriedigende Lösung zu finden. Noch lebte Amanda. Vielleicht konnte er seine Pflicht erfüllen und trotz allem rechtzeitig nach Hause zurückkehren. Vielleicht ...

Peter Kirk beschloß, daß es unter den gegebenen Umständen wohl das Beste wäre, überhaupt nicht aufzuwachen.

Seine jüngsten Versuche, sich von seiner Benommenheit zu befreien, waren so unangenehm gewesen, daß er zu der Erkenntnis gelangt war, die Mühe lohne sich nicht. Er wollte lieber in dieser dunklen, verschwommenen Unterwelt bleiben, wo er nicht schlief, aber auch nicht wach war, wo er seine diversen Schmerzen fernhalten und so tun konnte, als wären sie gar nicht real. Als wäre nichts von alledem real. Er würde hier einfach reglos liegenbleiben und an den *Kobayashi Maru*-Test denken, mehr nicht. Über dieses bevorstehende Ereignis nachzugrübeln, war wesentlich angenehmer, als die Augen zu öffnen und sich dem zu stellen, was ihm widerfahren war. Peter hatte das untrügliche Gefühl, daß nicht einmal die realistischste Simulation schlimmer als die Situation sein konnte, in die er irgendwie hineingeraten war.

Er stöhnte auf. Er war Peter Kirk, der Neffe von James T. Kirk, des Helden der Föderation, ein so kluger und mutiger Starfleet-Kadett, daß er sich von einem Haufen reaktionärer Fanatiker hatte hereinlegen und entführen lassen, von Rassisten, die nicht einmal gut genug organisiert waren, um eine ordentliche Demonstration durchzuführen. Nein. Es war viel schlimmer. Er hatte zugelassen, daß seine verworrenen Gefühle für eine Frau, die er kaum kannte, in einem entscheidenden Moment sein Urteilsvermögen beeinträchtigt hatten.

Warum hast du dich nicht einfach ergeben, mein Lieber, und damit allen Beteiligten eine Menge Ärger erspart? Hätte Onkel Jim gezögert, eine Frau zu schlagen, wenn das Schicksal der *Enterprise* auf dem Spiel stand? *Nein, keinen Augenblick!*

Peter konnte die Wirklichkeit nicht länger ignorieren, das ließ sein schlechtes Gewissen nicht mehr zu. Es bestand kein Zweifel daran, daß er jetzt bei Bewußtsein war. Mit einem lauten Ächzen öffnete er die Augen. Sein Kopf schmerzte, als er versuchte, seine Umgebung zu erkennen. Er blinzelte die Decke an und dachte, daß sie viel zu hoch war und die falsche Farbe hatte. *Die falsche Farbe wofür?* fragte er sich benommen, aber er konnte sich nicht erinnern.

Peter bewegte sich langsam, wobei ihm schmerzhaft der Kampf in der Nebenstraße ins Bewußtsein gerufen wurde, und zwar mit zunehmender Eindringlichkeit. Sein Kopf und ein Arm schmerzten. Und bei jedem Atemzug stach es in seiner rechten Körperhälfte.

Vorsichtig drehte er den Kopf, so daß sein Blick über die schmutzigen grauen Wände seines kleinen Gefängnisses wanderte. Die Wirklichkeit. Er schluckte, als sein Angstgefühl wieder zum Leben erwachte. *Wo, zum Teufel, bin ich?*

Peter biß sich auf die Unterlippe und schob sich vorsichtig hoch, bis er auf der Kante der Pritsche hockte und den Kopf mit den Händen abstützte. *Und was ist das für ein Gestank?*

Seufzend richtete er seine Konzentration auf den schlichten Raum. Er war klein und maß knapp drei mal vier Meter; außer der Pritsche, die sich aus der Wand klappen ließ, gab es fast nichts darin.

Es gab ein paar leichte Vertiefungen in den Wänden, die vielleicht auf verborgene Servo-Einrichtungen hindeuten, aber kein einziges Fenster. Peter erschauderte, als er einen kurzen Anfall von Klaustrophobie erlebte. Ihm war schwindlig und übel vom Betäubungsschuß, und seine Knie fühlten sich an, als wären sie aus Gummi. Also saß er still auf der Pritsche und lauschte.

Es war nichts zu hören, nicht das leiseste Geräusch.

... oder vielleicht doch?

Nachdem er sich eine Weile angestrengt konzentriert hatte, spürte Peter doch etwas. War es ein schwaches Geräusch? Eine Vibration? Oder nur sein sechster Sinn, der ihm sagte, daß er sich nicht mehr im normalen Raum-Zeit-Gefüge befand? Und plötzlich wußte er, was es war!

Sein technischer Ausbilder hatte einmal zu ihm gesagt, man könnte es spüren, wenn man sich in der Warpphase befand, auch wenn man es nicht sah.

Er befand sich in einem Raumschiff, das mit Warpgeschwindigkeit zu einem unbekannten Ziel unterwegs war. Das hier war kein normaler Raum, sondern eine Kabine.

Peters Mund war auf einmal so trocken, daß er nicht mehr schlucken konnte. Er wollte unbedingt etwas Konstruktives tun, um nicht in Panik zu geraten, so daß er aufstand und begann, die tristen Wände der Kabine systematisch zu untersuchen.

Die gesamte Einrichtung war abgegriffen und schmuddelig und wurde dem Anschein nach häufig benutzt. Die Wandplatten waren einheitlich gestaltet und austauschbar, so daß die Ausmaße der Kabine je nach Bedarf verändert werden konnten. Die einzige Tür war schwer und wies keine Sichtluken auf. Er erkannte zwar die Stelle, an der sich vermutlich der Mechanismus zur manuellen Entriegelung befand, aber er konnte sich mit seinen Mitteln keinen Zugang dazu verschaffen, um die Tür zu öffnen. Er suchte nach einem Überwachungssystem, fand jedoch nichts – was allerdings nicht ausschloß, daß seine Bewegungen trotzdem ständig von versteckten Sensoren verfolgt wurden.

Schließlich drückte der Kadett auf eine der unscheinbaren Vertiefungen in der Wand, worauf ein winziger Wasserspender freigelegt wurde. Er starrte wie hypnotisiert auf die klare, frisch riechende Flüssigkeit, doch trotz seiner ausgetrockneten Kehle trank er nicht davon. Er befürchtete, daß das Wasser mit Drogen versetzt sein könnte. Das wäre die beste Methode, um einen Gefangenen unter Kontrolle zu halten. Dann untersuchte er systematisch die anderen Vertiefungen in der Wand, bis er ein merkwürdiges Loch im Boden freilegte. Dem Geruch nach konnte es sich nur um eine Toilette handeln, aber das Design war ihm völlig unbekannt.

Wann wurde dieses Ding zum letzten Mal gereinigt? fragte er sich, während er erkannte, daß dies die Quelle des unangenehmen Geruchs war, den er zuvor wahrgenommen hatte.

Fließendes Wasser und eine Toilette, überlegte er, *aber keine Nahrung*. Sein Blick wanderte zum Wasserspender zurück. *Was meinst du, wie lange du ohne Wasser durchhalten kannst?* Die Erinnerung an die kühle Flüssigkeit ließ ihn nicht mehr los.

In diesem Augenblick drang ein leises mechanisches Summen in seine Gedanken. Er wirbelte herum und duckte sich, als seine Instinkte die Kontrolle übernahmen, doch es war nur eine Klappe, die sich öffnete und aus der Wand schob. Darauf stand ein Tablett, das genauso farblos wie die Wand war. Wer immer dieses Raumschiff entworfen hatte, besaß offensichtlich keinen Sinn für farbenfrohe Gestaltung. Peter näherte sich dem Tablett.

In einer kleinen, ebenfalls farblosen Schüssel lag ein Haufen aus trockenen Pillen. Sie sahen anders als die Trockenrationen aus, die er gewöhnt war, aber dem Anschein nach handelte es sich um typische zweckmäßige Raumfahrernahrung – von graugrüner Farbe, etwa zwei Zentimeter lang und vielleicht einen halben Zentimeter dick. Er schnupperte daran. Die mehligen Pillen sonderten einen strengen Fischgeruch ab. Sie erinnerten ihn unangenehm an die Fertignahrung, die Oma Winona immer ihrem Papagei vorgesetzt hatte.

Nur daß dieses Zeug vermutlich mit Drogen versetzt ist, vermutete er. Er glaubte zu wissen, was auf der Verpackung stand: TANTE SYLVIAS KIDNAPPERPROVIANT. REDUZIERT STRESS. FÖRDERT DIE KOOPERATION. Ja, es war bestimmt etwas darin, das ihn beruhigen, seinen Widerstand brechen und ihn zur Kooperation ermuntern würde. Er blickte die Nahrung stirnrunzelnd an. Es würde nicht lange dauern, bis ihm sogar bei diesem nicht sehr verlockenden Geruch das Wasser im Mund zusammenlaufen würde. Obwohl er es länger ohne Nahrung als ohne Wasser aushalten könnte, wollte er diese Ration auf keinen Fall ungenutzt lassen.

Er schüttete die Pillen auf dem Tablett aus und ordnete sie so an, daß sie in Föderations-Standard die Worte WER SIND SIE? ergaben. Dann schob er das Tablett vorsichtig in die Wand zurück. Natürlich war es möglich, daß die Reste seine Mahlzeit direkt in den Recycler wanderten, aber irgendwie glaubte er nicht daran. Seine Entführer wollten sich bestimmt vergewissern, wieviel er gegessen hatte und ob er unter Drogeneinfluß stand, damit sie beurteilen konnten, wieviel Ärger er machen würde, wenn sie ihr Ziel erreicht hatten.

Welches Ziel? fragte er sich verzweifelt. Es gab nicht den geringsten Anhaltspunkt. Er wußte nicht einmal, wie lange sie schon unterwegs waren. Wenn man ihn häufiger betäubt hatte (und seine heftigen Kopfschmerzen schienen ein deutliches Anzeichen dafür zu sein), war er vielleicht schon seit Tagen bewußtlos.

Peter kehrte zur Pritsche zurück und setzte sich. Warum in aller Welt sollte die IGEM ihn entführen und von der Erde fortbringen? Dieser Punkt bereitete ihm die größten Kopfschmerzen. Oder war dies die sicherste Methode, ihn außer Gefecht zu setzen, nachdem man offenbar herausgefunden hatte, wer er wirklich war.

Hatte man ihn an den Meistbietenden verkauft? Es gab immer noch Sklavenhändler in der Galaxis, obwohl Starfleet diese Praxis größtenteils unterbunden hatte. Würde die IGEM ihn tatsächlich an *Aliens* übergeben? Diese Vorstellung war nur schwer zu verdauen, aber die Einrichtung seiner Kabine deutete eigentlich nicht darauf hin, daß dieses Schiff von Menschen gebaut worden war. Damit würden sich auch die Gerüche erklären. Es waren *außerirdische* Gerüche, die Spuren einer nichtmenschlichen Körperchemie. Jede Spezies hatte ihren eigenen Geruch, der mehr oder weniger angenehm sein konnte. Obwohl die Ausdünstungen der Toilette am stärksten waren, handelte es sich beim Hintergrundgeruch einfach um den einer anderen Spezies, und zwar einer, der er noch nie zuvor begegnet war. Keine Tellariten, keine Orioner oder Andorianer oder Hortas oder Vulkanier ... es waren Fremde, *Aliens*.

Peter konnte verstehen, daß die IGEM ihn loswerden wollte. Aber warum töteten sie ihn nicht einfach? Warum übergab man ihn an Aliens? Warum unternahm man den Aufwand einer Schiffsreise?

Es mußte mehr als nur die IGEM dahinterstecken. Jemand hatte Lisa Tennant und ihre Schläger bezahlt, damit sie ihm auflauerten und ihn auslieferten ... aber warum?

Warum im Namen der Sieben Tellaritischen Höllen sollte irgend jemand ihn entführen wollen? Er war doch nur ein Kadett ... er hatte keinen Zugang zu vertraulichen Informationen. Er hatte keinen hohen Rang, und er war nicht reich. Onkel Jim dürfte über ein respektables Einkommen verfügen, schätzte er. Aber war das Grund genug, um das Risiko einer Entführung seines Neffen einzugehen? Sehr unwahrscheinlich.

Es ergab keinen Sinn. Kein Einfluß, keine Reichtümer, keine Feinde ...

Einen Augenblick! Peter richtete sich plötzlich kerzengerade auf. *Er* hatte zwar keine Feinde, soweit er wußte, aber er kannte jemanden, der zweifellos welche hatte. Jemand, der ein abenteuerliches Leben geführt hatte, der in viele Gefahren geraten war, der immer wieder irgendwem auf die Füße getreten war. Jemand, der sich im Verlauf seines Lebens zweifellos jede Menge Feinde gemacht hatte ... mehr Feinde, als gut war ...

James T. Kirk.

Jemand wollte ihn dazu benutzen, um an Onkel Jim heranzukommen.

Und Peter hatte gedacht, er würde in einem Monat seinen Eid als Starfleet-Offizier ablegen. Glaubten jene, die hinter dieser Sache steckten, wirklich, er würde tatenlos herumsitzen und zulassen, daß die Feinde seines Onkels ihn auf diese Weise benutzten?

Oberste Priorität für einen Entführten war die Suche nach Fluchtmöglichkeiten. Im Augenblick schienen seine Chancen in dieser Hinsicht nicht sehr gut zu stehen, solange er hier eingesperrt war. Das hieß, er mußte sich auf den Moment vorbereiten, in dem sich die Tür öffnete. Er mußte seinen Gefängniswärter überwältigen, das Schiff unter seine Kontrolle bringen und damit nach Hause fliegen. Er war ein guter Pilot und ein recht guter Navigator. Dieser Teil seines Plans bereitete keine allzu großen Probleme – schwierig wurde nur der erste Teil. Wie viele würden es sein? Und von welcher Spezies? Es gab zahllose Außerirdische, gegen die sich Peter mühelos zur Wehr setzen konnte, aber es gab darüber hinaus viele andere, die wesentlich kräftiger als ein durchschnittlicher Erdenmensch gebaut waren.

Und genau das bist du – ein völlig durchschnittlicher Mensch. In puncto Körperkraft zweifellos. Aber er hatte schon als Jugendlicher mit dem Training in Selbstverteidigung und Kampfsportarten begonnen. Als er in die Akademie eingetreten war, hatte er sich bereits recht gut geschlagen, und Starfleet hatte ihm den letzten Schliff gegeben. Er konnte sich durchaus behaupten – solange er klar denken konnte! Die Vorstellung, wie er sich von Lisa Tennant mit dem Phaser hatte überrumpeln lassen, erfüllte ihn mit brennender Scham.

Peter wünschte sich, er könnte trainieren, um in Form zu bleiben, doch das war unmöglich. Er wurde zweifellos überwacht, also mußte er versuchen, sich selbst als passiven, vielleicht sogar kränklichen Menschen zu präsentieren. Er mußte viel schlafen, oder zumindest so tun als ob, und sich langsam und schwerfällig bewegen. Dann würden sie voraussichtlich nicht so sehr auf der Hut sein, wenn sie kamen, um ihn zu holen. Darin lag vielleicht seine einzige Chance. Allerdings wäre er dann aufgrund des Nahrungs- und Wassermangels wirklich geschwächt, so daß er nur auf das Überraschungsmoment vertrauen konnte, sofern es für ihn überhaupt eine Hoffnung gab.

Ja, seine Kidnapper würden alles versuchen, um ihn gefügig und folgsam zu machen. Aber Peter hatte bereits beschlossen, daß er es ihnen auf keinen Fall zu einfach machen wollte. Er würde ihnen die Zähne zeigen!

Schließlich war er ein Kirk! Und er würde sich nicht noch einmal übertölpeln lassen. Auch nicht, wenn sie die hübschesten, interessantesten und begehrenswertesten Frauen der gesamten Galaxis in den Kampf schickten.

Er würde hier herauskommen oder beim Versuch,

sich zu befreien, sterben. *Und wenn ich es nicht schaffe,* dachte er mit einem stillen Lächeln, *bleibt mir zumindest der* Kobayashi Maru-*Test erspart.*

Sarek saß am Verhandlungstisch und hörte zu, wie sich ein orionischer Repräsentant mit Admiral Smillie um die Entschädigung der Föderation für den Angriff auf Kadura zankte. s'Kara, die orionische Frau, die rechts von ihm saß, starrte ihren männlichen Artgenossen ausdruckslos an, doch Sarek spürte ihr Mißtrauen und ihre Abscheu ... Unter den gegebenen Umständen eine völlig logische Reaktion.

Schließlich hob er eine Hand, und als Smillie und Buta, der Orioner, seine Geste bemerkten, verstummten sie sofort. »Diese Fragen können später geklärt werden«, sagte Sarek. »Für den Augenblick möchte ich, daß wir zu einer Einigung mit Commander Keraz kommen, was seine Bedingungen für den Rückzug von Kadura betrifft. Wie Sie sich erinnern, sagte der Commander, daß er ...«

Sarek faßte noch einmal alle Punkte zusammen, über die bis jetzt Einigung erzielt worden war. Sie hatten in den wenigen Tagen sehr viel geschafft ... trotzdem ging es ihm nicht zügig genug. Das schnelle vulkanische Kurierschiff stand bereit und wartete nur darauf, ihn mit Warp acht nach Hause zu bringen, doch Sarek bezweifelte, daß er noch rechtzeitig heimkommen würde, um seine Frau trösten zu können.

Nachdem Sarek die Zusammenfassung erschöpft abgeschlossen hatte, signalisierte der Klingone mit einem Kopfnicken sein Einverständnis. Smillie machte ein Gegenangebot zu einem Teil von Keraz' Plan, nach dem die Renegaten als Lösegeld für die Freigabe von Kadura mit Dilithium beliefert werden sollten. Keraz konterte und ging dabei stückweise mit seinen Forderungen zurück. Sarek hörte nur mit einem Teil seiner Aufmerksamkeit zu, während sie schrittweise einer

Einigung näherkamen. Wenn es keine neuen Meinungsverschiedenheiten gab, könnten sie vielleicht heute noch fertig werden …

Das Hin und Her ging noch zwei Stunden lang weiter, während Sarek zu vermitteln und Kompromisse zu finden versuchte, mit denen alle Beteiligten leben konnten.

Dann wurde ihm klar, daß eine Erfrischungspause schon lange überfällig war, so daß er die Verhandlung unterbrach. Der Raum leerte sich schnell, als die Anwesenden sich auf die Suche nach einer Mahlzeit, einem Erfrischungsraum oder einem Kommunikationsanschluß machten. Schließlich waren nur noch Sarek, Soran, Keraz und dessen Stellvertreter Wurrl anwesend.

Der Vulkanier wünschte sich nicht zum ersten Mal eine Gelegenheit zu einem Gespräch mit Keraz unter vier Augen. Die Haltung, die der Commander in den vergangenen Tagen am Verhandlungstisch offenbart hatte, paßte überhaupt nicht zu dem, was man von einem klingonischen Renegaten erwarten würde. Keraz' Bereitschaft zum Einlenken war ungewöhnlich. Es machte fast den Eindruck, als hätte er es bereut, Kadura besetzt zu haben, und wünschte sich nichts sehnlicher, als sich endlich von dieser unangenehmen Sache reinzuwaschen …

In Gedanken versunken und ohne auf seine Umgebung zu achten, ging Sarek langsam zur Tür hinüber. Soran und Keraz gingen vor ihm. Der Vulkanier blickte auf und fragte sich, wo der Stellvertreter des Klingonen geblieben war. Eine Bewegung … plötzlich war eine Bewegung hinter ihm …

Ein ohrenbetäubender Kampfschrei war zu hören, als der klingonische Offizier Wurrl sich auf den vulkanischen Botschafter warf. Sarek riß einen Arm hoch, sah kurz etwas Metallisches aufblitzen, während gleichzeitig etwas Scharfes tief in seinen linken Bizeps drang. Er rang mit dem Klingonen und konnte ihn dank seiner überlegenen vulkanischen Kraft trotz seines verletzten Armes abwehren.

Der Botschafter versuchte, einen Nervengriff anzubringen, doch seine Finger fanden an der festen Rüstung aus Leder und Metall keinen Halt. Er änderte die Taktik und versetzte Wurrl einen heftigen Schlag auf den Nasenrücken, worauf sich der Blick seines Angreifers trübte. Die körperliche Berührung mit dem Klingonen verriet ihm, daß er es mit dem gleichen Fall wie bei Induna zu tun hatte.

Tal-shaya? Sarek überlegte, ob er den Klingonen zum Zweck der Selbstverteidigung auf der Stelle töten mußte. Würde es bei einem Klingonen funktionieren?

In tödlicher Umarmung verstrickt, taumelten der Botschafter und der Klingone quer durch den Raum. Sie rammten gegen den Konferenztisch und warfen etliche Stühle um. Plötzlich war Keraz neben ihnen, schrie seinem Stellvertreter obszöne klingonische Flüche ins Gesicht und schlug Wurrl dann mit der Handkante gegen die Kehle. Der Verräter schwankte und lockerte den Griff, mit dem er den Botschafter festgehalten hatte. Wurrls Atem pfiff keuchend durch seine Kehle, als er gleichzeitig von kräftigen Händen gepackt und emporgehoben wurde. Soran riß den Klingonen herum und schleuderte ihn gegen die Wand. Wurrl sackte bewußtlos zu Boden.

»Botschafter! Botschafter, sind Sie verletzt?« Keraz klang aufrichtig besorgt und erschüttert. Sarek griff nach seinem Arm und drückte den Bizeps, während er gleichzeitig seine Biokontrolle einsetzte. Kurz darauf spürte er, wie der Blutfluß nachließ und dann ganz versiegte.

»Ich bin nicht ernsthaft verletzt«, sagte Sarek. »Wie ist er an den Dolch gekommen?« Alle Konferenzteilnehmer wurden jedesmal automatisch durchleuchtet, wenn sie durch die Tür traten.

Keraz ging zu Wurrl hinüber, bückte sich und hob mit seinem gepanzerten Handschuh den mit grünem Blut besudelten Dolch auf. »Zusammengesetzt«, knurrte er, als er die Waffe hochhielt. »Sehen Sie? Es sind Stücke des Besatzes seiner Uniform, die so modifiziert wurden, daß sie sich zu einer Waffe zusammenstecken lassen. Er muß sie während unseres heutigen Treffens heimlich unter dem Tisch zusammengesetzt haben.«

Sarek hob die Stimme. »Sicherheit, bitte kommen Sie zum Konferenzraum!« rief er.

Seine verbale Anforderung war unnötig, denn kaum eine Sekunde später öffneten sich die Türen, um vier Wachleute und Admiral Smillie einzulassen. Sarek erläuterte in knappen Worten die Situation.

Smillie wollte Keraz zusammen mit dem schwer verwundeten Wurrl in Sicherheitsverwahrung nehmen. Der Vulkanier hob die Hand, um den Starfleet-Admiral zu bremsen. »Commander Keraz trägt keine Verantwortung für diesen Zwischenfall«, sagte er. »Daran besteht kein Zweifel.«

Als Sarek sprach, bemerkte er, daß Keraz ihm einen kurzen Blick voller Dankbarkeit zuwarf. »Commander«, wandte Sarek sich dann an den Klingonen und zeigte auf die offene Tür. »Lassen wir die Sicherheit ungestört ihre Arbeit erledigen. Ich würde gerne unter vier Augen mit Ihnen sprechen.«

Soran trat vor, um gegen diesen Vorschlag zu protestieren, genauso wie Smillie, doch sie beide konnten sich nicht gegen die Entschlossenheit des Botschafters durchsetzen. Keraz nickte. Gemeinsam verließen sie den in Mitleidenschaft gezogenen Konferenzraum.

Als sie durch den Korridor gingen, sagte Sarek ohne Umschweife: »Commander ... ich weiß, daß Sie nicht für diesen Angriff verantwortlich sind. Allerdings habe ich einen generellen Verdacht, wer dahinterstecken dürfte. Würden Sie mir bitte ein paar Fragen beantworten?«

»Was für Fragen?« brummte Keraz.

»Zuallererst habe ich nach den bisherigen Verhandlungstagen immer noch keine konkrete Vorstellung, was Sie durch Ihren Angriff auf Kadura erreichen wollten. Vielleicht könnten Sie mich über Ihre Motive aufklären!«

Als Keraz ihm lediglich mit einem finsteren Blick antwortete, fügte der Botschafter hinzu: »Je besser ich verstehe, was Sie mit dieser Aktion bezwecken, desto schneller werde ich die Verhandlungen zum Abschluß bringen können. Ich weiß, welche Haltung die Föderation in dieser Angelegenheit einnimmt ... doch Ihre Absichten sind mir unbekannt, Commander.«

Der klingonische Offizier zögerte. Dann trat er in einen Hof hinaus und setzte sich auf eine Bank neben einem Springbrunnen. Sarek verstand sofort, daß er auf diese Weise eine Belauschung erschweren wollte, und nahm ebenfalls Platz, wobei sich die Knie der zwei Männer fast berührten. »Was habe ich mit dem Überfall bezweckt?« Als Keraz versuchte, leise zu sprechen, kam sein sanfter Bariton um so deutlicher zur Geltung. »Botschafter, es gab eine Zeit, da erschienen mir meine Pläne so klar wie ein darlavianischer Kristall, doch jetzt ...«

»Was meinen Sie damit?«

»Ich kann es Ihnen nicht erklären!« sagte Keraz mit leisem Knurren in der Stimme. »Ich habe meine Ehre als Krieger aufs Spiel gesetzt und mein Leben zusammen mit dem meiner Besatzung verwirkt ...« Er warf Sarek einen finsteren Blick zu. »Glauben Sie nicht, ich hätte keine Ahnung, daß meine Regierung nur darauf wartet, mich zu fassen, um mich als ehrlosen Krieger zu bestrafen, Vulkanier! Das einzige Ziel, das ich mit diesen Verhandlungen verfolge, besteht darin, die Verantwortung für meine Handlungsweise auf *mich* zu konzentrieren, damit meine Besatzung keine Schuld trifft.«

»Ihre Worte erwecken den Eindruck, als würden Sie ihre Taten bereuen, die Sie nach Ihrem ... Bruch mit dem Imperium begangen haben«, stellte der Vulkanier fest, während sich sein Herzschlag beschleunigte. Er hatte noch nie zuvor einen Klingonen in einer solchen Stimmung erlebt.

»Ich bereue meine Taten«, sagte Keraz. »Ich war nicht einverstanden mit der neuen, feigen Politik des Imperiums gegenüber der Föderation, und ich habe aus dieser Meinung kein Geheimnis gemacht. Aber zum Renegaten zu werden? Zum Verräter? Pah!« Er spuckte auf den Steinboden.

»Ihre jüngsten Aktionen standen allerdings im Gegensatz zu Ihren Befehlen«, warf Sarek ein.

»Ich weiß!« erwiderte Keraz im Tonfall mühsam unterdrückter Verzweiflung. »Meine Loyalität zum Imperium war bedingungslos, bis ... bis ich eines Tages erkannte, daß ich ein Dummkopf war, daß da draußen Ruhm und Reichtümer auf mich warteten ... und ich erkannte, daß ich gegen die Föderation in den Krieg ziehen konnte, auch wenn meine Regierung weder den Mut noch die Ehre hatte, es zu tun.«

Die Falten auf der Stirn des Klingonen wurden noch tiefer, als sie ohnehin schon waren. »Der Weg lag deutlich vor mir, bis ich zwei Tage nach dem Sieg über Kadura ... eines Morgens aufwachte und mir klar wurde, was ich eigentlich getan hatte. Was meine Regierung von mir halten würde. Ich wußte plötzlich, daß mir bald die halbe Flotte der Föderation im Nacken sitzen würde.« Er stieß ein kurzes, verbittertes Lachen aus. »Und Sie fragen mich nach dem Warum, Vulkanier? Ich sage Ihnen die Antwort: Es gibt keine Antwort! Ich weiß nicht, warum ich es getan habe!«

»Aber ich weiß es«, sagte Sarek. »Oder zumindest glaube ich es zu wissen, Commander. In jüngster Zeit begegnete ich zwei Personen, die durch einen mentalen Einfluß von außen gewalttätig wurden ... durch einen telepathischen Einfluß. Die eine Person war ein Mensch auf der Erde, und die andere war ... Ihr Stellvertreter. Wurrl.«

»Wurrl?« Keraz starrte den Botschafter fassungslos an. »Was sagen Sie da, Vulkanier? Daß auch *ich* beeinflußt wurde? Das mich irgendein Telepath dazu gezwungen hat, Kadura zu besetzen?«

»Ich glaube nicht, daß die Verantwortlichen direkten Einfluß auf die Handlungen anderer nehmen können«, erklärte Sarek. »Aber sie können Anstöße geben, als mentale Katalysatoren wirken. Ja, davon bin ich überzeugt, Commander.«

Der Klingone war blaß geworden. Sarek war nicht überrascht, daß Keraz von der Vorstellung, unter fremdem Einfluß zu stehen, angewidert und entsetzt war. »Woher wollen Sie das wissen?« flüsterte er heiser. »Wie haben Sie festgestellt, daß Wurrl beeinflußt wurde?«

»Durch körperliche Berührung«, sagte Sarek.

»Könnten Sie es auch bei mir feststellen?«

Sarek nickte schweigend. Keraz holte tief Luft, dann erstarrte er und nickte steif. »Tun Sie es!« befahl er.

Langsam hob der Botschafter eine Hand und berührte damit die hohe, knorpelige Stirn des Klingonen. Er stellte genau das fest, was er zu finden erwartet hatte, und Keraz erriet die Wahrheit, ohne daß Sarek sie laut aussprechen mußte. Der Commander warf den Kopf zurück und schrie seine Wut und Verzweiflung in einem wortlosen Gebrüll hinaus. Dann fluchte er in mindestens sechs verschiedenen Sprachen.

Schließlich beruhigte Keraz sich ein wenig und saß eine Weile keuchend und mit finsterem Blick da. »Kamarag«, sagte er. »Es ist sein Werk. Dieser verfluchte, ehrlose Schleimteufel hat mir die Ehre geraubt. Dafür werde ich ihm den Magen herausreißen und ihn an meinen *Targ* verfüttern!«

»Was meinen Sie? Wie hat er Ihnen die Ehre geraubt?«

»Er hat versucht, uns alle zum Ungehorsam zu überreden, und seit dieser Besprechung haben die meisten der anwesenden Krieger unehrenhafte Angriffe gegen wehrlose Opfer durchgeführt – genauso wie ich.«

»Was für eine Besprechung?« fragte Sarek.

Mit einem wütenden Funkeln in den Augen, von dem der Vulkanier wußte, daß es nicht ihm galt, erzählte Keraz vom Geheimtreffen, das Kamarag einberufen hatte. »Faszinierend« murmelte der Botschafter, als er versuchte, es sich bildlich vorzustellen.

»Kamarag hat keine Ehre, Vulkanier«, sagte Keraz verbittert. »Aber Sie ... Sie sind anders. Sie haben Mut, und Sie haben Ehre. Ein Feigling hätte es nicht gewagt, nach Wurrls Angriff mit mir allein zu sein.«

»Sie haben die Ehre eines Kriegers«, sagte Sarek aufrichtig. »Ich wußte, daß Sie mich nicht angreifen würden.«

Keraz bedachte ihn mit einem Seitenblick. »Ich hörte, daß Ihre Frau ... schwer krank ist«, sagte er schroff. »Sie haben Ihre Ehre bewiesen, indem Sie trotz allem Ihre Pflicht als Verhandlungsführer erfüllten. Ich habe hohen Respekt vor Ihnen, Botschafter.«

»Ist das der Grund, warum Sie bereit waren, offen mit mir zu reden?« fragte Sarek.

»Ja«, antwortete Keraz. »Ein solcher Ehrenbeweis ist bewundernswert, ganz gleich, welcher Spezies Sie angehören.«

Der Vulkanier verneigte sich in Anerkennung vor Keraz' Worten. »Vielleicht können wir die Verhandlungen jetzt schneller zum Abschluß bringen«, sagte er.

»Ich werde daran denken«, erwiderte der Klingone. Mit einem knappen Nicken stand er auf und ließ Sarek neben dem Springbrunnen allein.

Spock saß allein im kleinen Hof des Medo-Zentrums. Dieser Ort war als friedliche Zuflucht gedacht, in der Freunde und Verwandte von Patienten meditieren und in Ruhe warten konnten. Die Wände bestanden aus blaßgelbem Gestein, der Boden aus ockerroten Fliesen. Rings um die Wasserskulptur in der Mitte waren Bänke angeordnet, die den Blick auf die glitzernde Flüssigkeit unter dem Schutzfeld ermöglichten. Spock starrte auf die Wasserskulptur, ohne sie richtig wahrzunehmen.

Der Vulkanier versuchte, seinen Geist zu entleeren, um sich auf die Meditation vorzubereiten, doch jedesmal, wenn er glaubte, es geschafft zu haben, schlichen sich Gedanken wie verstohlene Diebe in sein Bewußtsein.

Seiner Mutter ging es viel schlechter. In der vergangenen Nacht hatte sie einen weiteren Schlaganfall erlitten, diesmal einen ernsthaften. T'Mal hatte angeordnet, daß sie direkt in ein Krankenzimmer des Medo-Zentrums gebeamt wurde.

Als der Vulkanier Schritte hörte, blickte er auf und sah, wie Leonard McCoy den Hof betrat. Er studierte den Gesichtsausdruck des Arztes und erhob sich dann langsam von seinem Platz.

»Wie geht es ihr?« fragte Spock. In der Stille klang seine Stimme hohl.

Der Arzt schüttelte schweigend den Kopf. »Nicht gut«, sagte er schließlich. »Sie lebt noch ... aber sie wird nicht mehr lange durchhalten, Spock. Ihre Lebenskraft ... läßt immer mehr nach.«

Spock starrte seinen Freund sprachlos an. Er dachte, er wäre auf jede Eventualität gefaßt, doch jetzt ließ der Schock ihn schweigen.

McCoy setzte sich auf eine Bank. Das Gesicht des Arztes war vor Erschöpfung und Sorge ausgezehrt. »Wir konnten ihren Zustand noch einmal stabilisieren, aber ihr Körper hat einfach keine Kraft mehr. Die Schlaganfälle haben ihren Metabolismus gestört und das Nervensystem geschädigt, obwohl die Heiler und ich alle erdenklichen Gegenmaßnahmen unternommen haben. Jetzt versagen ihre Nieren ... und ihre Herzfunktionen sind beeinträchtigt. Ich fürchte, wir haben nicht mehr viel Zeit.«

»Wie lange?« fragte Spock. Er mußte die Worte geradezu durch seine zugeschnürte Kehle pressen.

»Nicht lange. Tage ... vielleicht nur noch Stunden.«

Spock ging langsam auf und ab. Seine Absätze schlugen hallend auf die Bodenfliesen des Hofes. McCoys blaue Augen folgten seinen Bewegungen.

»Spock«, sagte der Arzt nach einer Weile. »Wenn ich irgend etwas für Sie tun kann ... wenn Sie mit jemandem reden möchten, ich bin für Sie da. Jim müßte auch jeden Moment heruntergebeamt werden.«

»Ich muß einen Anruf machen«, sagte Spock und drehte sich unvermittelt um. »Warten Sie hier auf mich. Es wird nicht lange dauern.«

Kurz darauf saß er am nächsten öffentlichen Kommunikationsterminal und sprach mit Sareks Assistenten Soran. »Ich grüße Sie«, sagte er höflich in seiner Muttersprache. »Ich möchte mit Sarek sprechen. Es ist dringend.«

Die Stirn des jungen Vulkaniers runzelte sich kaum wahrnehmbar. »Das dürfte schwierig werden. Der Botschafter steckt mitten in der nachmittäglichen Verhandlungsrunde. Soll ich ihm etwas ausrichten?«

»Nein«, erwiderte Spock knapp. »Ich muß persönlich mit meinem Vater sprechen. Seien Sie so freundlich, ihn sofort zu holen.«

Soran zögerte eine Weile und studierte Spocks Gesicht, bis er nickte. »Ich werde ihn unverzüglich benachrichtigen, Captain Spock. Bitte warten Sie.«

Mehrere Minuten vergingen, während Spock reglos vor dem Terminal saß und er sich die Worte überlegte, die er sagen wollte. Schließlich bewegte sich auf dem Bildschirm eine Gestalt in der offiziellen Botschafterrobe, und dann blickte er in Sareks Gesicht. »Ich grüße dich, mein Sohn. Du hast um ein Gespräch mit mir gebeten?«

Spock nickte steif. »Ja, Vater. Mutter hat einen neuen Schlaganfall erlitten. Dr. McCoy sagt, daß ihr nur noch sehr wenig Zeit bleibt.«

»Es wird nicht möglich sein, daß ich abreise«, sagte Sarek, ohne daß seine Stimme die geringste Emotion verriet. Hatte Spock ein leichtes Flackern in seinen Augen gesehen? Er war sich nicht sicher.

»Du sagtest, die Verhandlungen würden gut vorankommen. Könnte Botschafter Stavel sie jetzt nicht übernehmen?«

»Das ist ausgeschlossen«, sagte Sarek entschieden. »Ich muß diese Angelegenheit persönlich erledigen. Hier steht mehr auf dem Spiel, als mir anfangs bewußt war.«

Spock holte tief Luft. »Ich bitte dich, deine Entscheidung noch einmal zu überdenken«, sagte er gepreßt. »Meine Anwesenheit kann Mutter nicht trösten. Sie verlangt nach dir.«

Sarek schloß die Augen, und diesmal war der Schmerz in seinem Gesicht deutlich zu sehen – zumindest für jemanden, der ihn gut kannte. »Spock ... ich kann nicht.« Sein Gesicht entspannte sich und wurde wieder leidenschaftslos. »Ich verabschiede mich, Spock. Ich muß jetzt an den Verhandlungstisch zurückkehren.«

Unvermittelt wurde die Verbindung unterbrochen. Benommen stand Spock vom Terminal auf und kehrte in den Hof zurück. Dort stieß er auf Kirk und McCoy, die auf ihn warteten. McCoy konsultierte den Tricorder, den er in der Hand hielt. »Die Anzeigen sagen, daß sie schläft, Spock«, teilte er ihm mit. »Ich werde es merken, wenn sie aufwacht. Setzen Sie sich so lange. Sie sehen ziemlich mitgenommen aus.«

Als der Vulkanier seinem Rat folgte, blickte Kirk sich zu McCoy um. »Wie geht es ihr?«

Der Arzt erklärte ihm in knappen Worten, wie es um Amanda stand.

»Kommt Sarek nach Hause?« wollte Kirk von Spock wissen.

Der Vulkanier kniff leicht die Augen zusammen. »Nein. Die Verhandlungen haben Vorrang.«

Kirks braune Augen weiteten sich, als der Captain erkannte, daß er offenbar einen wunden Punkt berührt hatte.

McCoy schüttelte verärgert den Kopf. »Miserables Timing! Dieser klingonische Commander hatte nicht alle Tassen im Schrank, als er die Aktion plante. Er kann doch unmöglich geglaubt haben, er würde ungeschoren davonkommen!«

»Nachdem ich die berühmte klingonische Gerechtigkeit am eigenen Leib erfahren habe, überrascht es mich, daß es immer noch Klingonen gibt, die durch Habgier zu Verrätern am Imperium werden«, pflichtete Kirk ihm bei.

Spock blickte seinen Captain eine Weile an. »Es ist interessant, daß Sie es auf diese Weise ausdrücken, Captain. Vielleicht ist es in der Tat so ... daß Keraz dazu veranlaßt wurde, Kadura zu besetzen.«

Kirk blickte ihn neugierig an. »Wie meinen Sie das, Spock?«

Der Vulkanier zögerte, bevor er sprach. »Ich hatte gehofft, dieses Thema in Anwesenheit von Sarek ansprechen zu können, damit Sie alles aus erster Hand erfahren, aber ... zur Zeit läßt sich nicht absehen, wann mein Vater nach Vulkan zurückkehren wird.« Seine Stimme klang hart und kalt; Kirk und McCoy warfen sich einen vielsagenden Seitenblick zu.

»Was meinen Sie damit? Was ist los?« fragte der Captain.

Spock beugte sich vor und nahm McCoy den medizinischen Tricorder aus der Hand. Er legte ihn so ab, daß sie alle das Display sehen konnten, das Amandas Zustand anzeigte. »Wenn sie erwacht, muß ich aufhören«, warnte er die beiden Menschen. »Sarek hat mir die Geschichte erst vor wenigen Tagen erzählt ...« Dann faßte der Vulkanier Sareks Entdeckungen und Vermutungen über die Freelaner und die IGEM zusammen.

Als der Erste Offizier verstummte, tauschten der Captain und der Bordarzt einen vielsagenden Blick aus. Dann schüttelten sie gleichzeitig den Kopf. »Ich schwöre Ihnen, Spock, wenn nicht Sie, sondern jemand anderer mir diese Geschichte erzählt hätte«, sagte McCoy, »würde ich glauben, dem Betreffenden wären sämtliche Sicherungen durchgeknallt. Romulaner, die sich unerkannt frei durch die Föderation bewegen? Das klingt nach einem Fall von schwerem Verfolgungswahn!«

»Wenn wir es nicht mit einem Vulkanier zu tun hätten, würde ich dir zustimmen, Pille«, sagte Kirk. »Aber an Sareks Vertrauenswürdigkeit besteht kein Zweifel ... und wenn er mit seinen Vermutungen recht haben sollte, hat er genauso recht mit der Befürchtung, daß die Sicherheit der Föderation ernsthaft in Gefahr ist.«

McCoy bemerkte, daß sich auf den Anzeigen des Tricorders etwas tat, und deutete stumm darauf. Amanda war aufgewacht.

Schweigend betraten die drei Männer das Krankenzimmer. Spock setzte sich zu Amanda auf die Bettkante, und seine Freunde hielten sich im Hintergrund des Raumes, um mit ihrer stillen Anwesenheit Trost zu spenden.

Obwohl Amanda bei Bewußtsein war, schien sie nicht zu registrieren, wer sich in ihrer Nähe befand. Von Zeit zu Zeit rief sie in fragendem Tonfall nach Sarek, um dann lauschend abzuwarten, ob ihr Ruf erhört wurde. Spock murmelte immer wieder: »Ich bin es, Spock. Ich bin bei dir, Mutter.« Doch Amanda reagierte überhaupt nicht auf die Stimme ihres Sohnes.

Nach einer halben Stunde stand der Vulkanier auf und winkte seinen Freunden, ihm in den Korridor zu folgen, wo sie ungestört sprechen konnten.

»Ich werde bei ihr bleiben«, sagte er. »Ich danke Ihnen für Ihre Anwesenheit, aber ich weiß, daß Sie an Bord des Schiffes Pflichten zu erledigen haben.«

McCoy nickte, als er die unausgesprochene Bitte des Vulkaniers verstand, allein sein zu wollen.

Kirk räusperte sich. »Falls Sie Gesellschaft gebrauchen können, Spock ...«

Der Vulkanier nickte. »Ich danke Ihnen für dieses Angebot, Jim, aber im Augenblick ... wäre ich gerne mit ihr allein.«

»Das verstehe ich. Wenn Sie es sich anders überlegen ...«

Als Antwort griff Spock, der keine Uniform, sondern ein vulkanisches Gewand trug, in eine Tasche und zeigte dem Captain seinen Kommunikator.

»Okay«, sagte Kirk nur.

McCoy legte Spock eine Hand auf den Arm. »Das gleiche gilt für mich, Spock. Ihr Zustand kann noch eine Weile unverändert bleiben. Vergessen Sie nicht, gelegentlich etwas zu essen, ja?«

Der Vulkanier nickte. »Hat sie Schmerzen?«

»Nein, ich glaube nicht«, antwortete McCoy. »Ach ja, Spock!« Er räusperte sich unbeholfen. »Es ist durchaus üblich, daß die Opfer eines Schlaganfalls sich völlig auf eine Person oder eine Sache fixieren. Manchmal kann die betreffende Person direkt neben ihnen sitzen, ohne daß die Patienten sie wiedererkennen ... Man kann nichts dagegen tun. Amanda würde es möglicherweise gar nicht bemerken, wenn Ihr Vater tatsächlich hier wäre.«

»Ich verstehe, Doktor.«

Spock blickte seine zwei Freunde an. Er wußte, daß es nichts mehr zu sagen gab. Kirk und McCoy zögerten noch einen Moment, bevor sie sich mit einem Nicken verabschiedeten und sich schweigend entfernten.

Sarek lief langsam durch den Korridor. Die nächste Verhandlungsrunde stand kurz bevor. Es war Morgen auf

Kidta, doch der neue Tag hatte seine Stimmung nicht gebessert. Der Vulkanier überlegte, ob er Spock anrufen und sich nach dem Zustand seiner Frau erkundigen sollte. Sarek wußte nur allzu genau, wie wütend Spock darüber war, daß sein Vater nicht heimkehren konnte. Er wußte, daß sich sein Sohn unter normalen Umständen genauso logisch wie jeder andere Vulkanier verhielt ... aber er wußte auch, wieviel Spock an seiner Mutter lag. Wie er selbst vor einiger Zeit einmal zu T'Lar gesagt hatte: Wenn es um das Wohl eines Familienangehörigen ging, wurde die Logik ... unzuverlässig.

Während der Botschafter sich dem Konferenzraum nur zögernd näherte und überlegte, ob er sich mit Spock in Verbindung setzen sollte, fühlte er, wie sich seine Gedanken immer stärker auf Amanda konzentrierten. Er versuchte, ihren Geist zu spüren. Er schloß die Augen und konzentrierte sich ganz auf ihre Verbindung ...

Es war ein dünner Faden ... er verfolgte ihn, öffnete seinen Geist ... Dann spürte er Amanda ... sie war in seinem Geist, doch ihre mentale Verbindung war sehr schwach ... und wurde zusehends schwächer. Sarek stockte der Atem in der Kehle, als er erkannte, daß er zu spät kam ... viel zu spät. Seine Frau starb, während er hier in diesem Korridor stand.

Amanda! Es war ein mentaler Verzweiflungsschrei, der durch seinen Geist hallte. Die Trauer erschütterte ihn heftig, sein Kummer und seine Reue waren so qualvoll, daß er schwankte.

Sarek erkannte, daß er ungestört sein mußte, also betrat er hastig einen kleinen, leeren Konferenzraum, ohne die Beleuchtung zu aktivieren. In der Dunkelheit ohne jede äußere Ablenkung, würde er sie vielleicht wiederfinden, könnte er ihren Geist trotz der großen räumlichen Entfernung vielleicht erreichen. Andere hatten es auch geschafft, doch sie waren stärkere Telepathen als er gewesen.

Aber er mußte es versuchen ...

Spock saß neben seiner Mutter auf der Bettkante und hielt ihre kleine, kalte, runzlige Hand in seinen beiden Händen, als könnte er ihr auf diese Weise etwas von seiner Lebenskraft abgeben. Amandas blaue Augen waren geöffnet. Sie hatte bereits den ganzen Nachmittag in halb wachem Zustand verbracht.

Das Zimmer wurde von Sonnenlicht durchflutet, und die Überwachungsgeräte arbeiteten unaufdringlich.

Als Spock sie beobachtete und sich fragte, ob sie etwas trinken würde, wenn er ihr einen Schluck Wasser anbot, teilten sich plötzlich Amandas Lippen. Sie sprach. Es war kaum mehr als ein Atemhauch – ein Hauch, der ein Name war.

»Sarek ...«

Sie hatte schon seit Stunden immer wieder nach ihm gerufen, und diese leisen Rufe bereiteten ihrem Sohn größere Schmerzen als irgend etwas anderes in seinem bisherigen Leben. Spock beugte sich vor und sagte leise, aber deutlich: »Ich bin hier, Mutter. Ich bin hier, Spock ... Ich bin bei dir, Mutter.«

Sie öffnete wieder die Augen und starrte ihn mit leerem Blick an. Unruhig entzog sie ihm die Hand. »Sarek?« murmelte sie und drehte den Kopf auf dem Kissen herum, als sie nach jemandem suchte, der nicht da war.

»Mutter?« sprach Spock sie leise an. Amanda wandte ihm den Kopf zu, und einen Moment lang hatte er den Eindruck, sie würde ihn liebevoll ansehen und wiedererkennen. Doch kurz darauf verschwand der Ausdruck, und sie bewegte sich unruhig, während sich ihre Augen suchend umsahen.

»Sarek?«

Spock seufzte. Ein paar Minuten später konnte er sie dazu bringen, mit einem Strohhalm etwas Wasser zu trinken. Dann schien sie einzuschlafen.

Eine Stunde später bewegte sich Amandas rechte Hand und zerrte unruhig an der Decke. Der Vulkanier hielt sie fest. Das schien sie für eine Weile zu beruhigen, bis sie wieder einschlief.

Spock bemerkte, daß er selbst gelegentlich einnickte. Er hatte seit seiner Ankunft kaum geschlafen, und dies forderte trotz seiner vulkanischen Konstitution allmählich seinen Tribut. Er fuhr eine Stunde und zweiunddreißig Komma neun Minuten später aus dem Schlaf hoch, als er hörte, wie seine Mutter »Sarek?« rief. In ihrer Stimme lag eine so tiefe Traurigkeit, eine solche Verzweiflung, daß es ihm die Kehle zuschnürte.

Er blickte auf die Monitore und sah, daß ihre Lebenswerte weiter gefallen waren ... Die Heilerin T'Mal trat ins Zimmer, um nach ihrer Patientin zu sehen. Als Spock zu ihr aufblickte und »Wie lange?« flüsterte, schüttelte die Ärztin nur den Kopf.

»Sarek?« rief Amanda mit brechender Stimme. Spock versuchte, ihr etwas Wasser zu geben, doch sie wandte unruhig den Kopf ab.

»Mutter, ich bin es, Spock. Ich bin hier«, sagte er, als er sah, daß ihre Augen weit geöffnet waren und sie ihm genau ins Gesicht starrte.

»Sarek?« rief sie.

Es ist unerträglich! Spock sprang auf und ging rastlos im Zimmer auf und ab. *Es ist äußerst unwahrscheinlich, daß Sarek noch rechtzeitig zurückkehren wird. Aber ... solange er nicht hier ist, wird sie keinen Frieden finden. Ich muß einen Weg finden, um sie zu beruhigen ... Aber wie?*

Plötzlich hatte er eine Idee. Aber war Amanda noch stark genug für das, was er mit ihr vorhatte?

Sarek saß allein in der Dunkelheit, hielt den Kopf in den Händen und bemühte sich, seine Frau zu erreichen. Er wollte mit aller Kraft am Ende bei ihr sein, wollte ihr über das dünne Band ihrer Verbindung das Gefühl vermitteln, daß er da war. Sarek drückte die Hände auf die Augen, sperrte das Licht und alles andere aus, bis sein Geist leer war und er sich ganz auf

Amandas Gegenwart konzentrieren konnte. *Amanda, ich bin hier. Meine Frau, ich bin bei dir. Amanda ... ich bin bei dir ... höre und wisse, daß ich es bin. Amanda, meine Frau, ich bin bei dir ...*

Er wiederholte pausenlos seine Botschaft und schickte seine Gedanken über die schwache Verbindung, ohne zu wissen, ob er irgend etwas bewirkte. Das Gefühl ihrer Anwesenheit wurde immer stärker und blendete alles andere aus, sein gesamtes Wesen war auf die mentale Verbindung zu ihr konzentriert. Erinnerungen tauchten in seinem Geist auf, Erinnerungen an vergangene Zeiten – an ihre Hochzeitsnacht, an Spocks Geburt, an die Hitze der Leidenschaft, die in der Zeit des *Pon Farr* die ganze Welt auszufüllen schien – und für einen Moment glaubte er zu spüren, daß sie diese Erinnerungen mit ihm teilte. Aber er konnte sich nicht sicher sein ... er konnte nicht einmal wissen, ob sie ihn spürte. Wenn sie bewußtlos war, berührte er vielleicht nur ihren letzten Traum, statt ihren wahrnehmenden Geist.

Amanda ... meine Frau, ich bin bei dir. Du hast mein Leben in so vielen Dingen bereichert, und ich danke dir dafür ... Amanda, spüre meine Anwesenheit. Ich bin bei dir.

Spock warf automatisch einen Blick auf die Monitore, und was er dort sah, ließ ihn den Raum mit einem langen Schritt durchqueren. *Komme ich zu spät?* Seine Finger berührten Amandas Kopf, strichen ihr Haar zur Seite und suchten nach den Kontaktpunkten.

Der Vulkanier suchte mit seinem Geist nach dem Bewußtsein seiner Mutter. Es war kaum noch vorhanden ... Nur schwach nahm er ihre Persönlichkeit wahr, die letzten Funken des Lebens und des Geistes. Verzweifelt versuchte er, mit ihr Kontakt aufzunehmen. Er strengte sich an, den letzten schwachen Funken des Lebens zu finden und Kontakt mit ihm aufzunehmen. Er war entschlossen, ihr Frieden zu geben, ihr das zu geben, was sie sich so sehr wünschte – die Anwesenheit ihres Mannes. Er wollte eine so lebhafte Erinnerung an Sarek beschwören, daß sie glauben mußte, Spocks Vater wäre wirklich anwesend.

Während er den Kontakt herzustellen versuchte, schien sich die Zeit zu dehnen, als wäre das Zimmer in einer relativistischen Raum-Zeit-Falte versunken – obwohl Spocks innere Uhr ihm sagte, daß noch keine Minute vergangen war. Er spürte, daß es ihm nicht gelang ... daß der Funke, der ihr Leben, ihr Bewußtsein darstellte, in der Dunkelheit verglomm. Spock versuchte es, aber er konnte ihren Geist nicht mehr erreichen, konnte den ersterbenden Funken nicht wiederfinden. Amandas Körper zuckte unter seinen Fingern, dann keuchte sie im Reflex auf, einmal, zweimal ...

Spock sammelte seine gesamten mentalen Kräfte für einen letzten Versuch und warf seinen Geist in die Dunkelheit, um noch einmal den erlöschenden Funken zu erreichen ... *Mein Geist zu deinem Geist ... mein und dein Geist werden eins ...*

Aber es nützte nichts. Sie entglitt ihm, sie verlosch, sie stürzte zu tief in die Dunkelheit, als daß er sie noch einholen konnte. *Mutter!* flüsterte Spock stumm, und er wußte, daß sie ihn nicht mehr hörte ... daß sie ihn nicht mehr spürte ...

Amanda war sich schwach einer Gegenwart bewußt, die ihren Geist zu berühren versuchte, doch sie war schon zu weit vorgedrungen, um wieder umkehren zu können ...

Von wo?

Sie hatte keine Ahnung, wo sie sich befand, wohin sie unterwegs war. Sie war ringsum von Dunkelheit umgeben, die mit seltsamen Farbtönen durchsetzt war, für die nicht einmal Vulkanier einen Namen gehabt hätten ... Sie betrachtete die Farben mit flüchtigem Interesse, während sie sich weiterbewegte. Ging sie zu

Fuß? Flog sie? Sie wußte es nicht. Sie wußte nur, daß sie sich irgendwie bewegte.

Spock … erkannte sie, als sie die Gegenwart erkannte, die nach dem winzigen Funken suchte, der noch von Amanda Grayson übrig war. Sie empfand einen Ansturm von Liebe und Wärme für ihren Sohn, doch sie konnte nicht anhalten, damit er zu ihr aufschließen konnte … Sie wußte nur, daß sie sich weiterbewegen mußte, daß sie keine andere Wahl hatte.

Einen Augenblick lang fragte sie sich, wohin sie ging, und obwohl diese Frage vernünftig klang, schien sie ihr überhaupt nicht mehr wichtig. Ihr einziger Drang war die Suche … die Bewegung …

Die Suche? fragte sie sich unbestimmt. Ja, sie suchte nach etwas … oder nach jemandem. Und dieser Jemand war …

Sarek. Sie suchte nach Sarek. Er war hier irgendwo, er mußte hier irgendwo sein. Ihr Gemahl war seit so langer Zeit ein Teil ihres Geistes gewesen, ein Teil ihres Universums … er mußte hier irgendwo sein.

Führte ihr Weg sie zu Sarek?

Es konnte nur so sein, dachte Amanda. Spocks Gegenwart war jetzt weit hinter ihr zurückgeblieben, und sie ließ sich nicht mehr von ihm ablenken. Sie wußte instinktiv, daß jetzt keine Umkehr mehr möglich war.

Sarek? dachte sie.

Amanda hatte den unbestimmten Eindruck, daß sie sich schneller bewegte. Einen flüchtigen Augenblick lang überlegte sie wieder, wohin sie eigentlich ging, aber das schien überhaupt nicht wichtig. Nur eins verband sie immer noch mit ihrem Selbst, mit dem Wesen von Amanda Grayson … und das war Sarek. Er mußte hier irgendwo sein …

Sarek?

Etwas war in ihrer Nähe. Was? Sie hatte keine Angst davor, was immer es sein mochte. Es kam näher und näher …

Plötzlich war eine andere Gegenwart bei ihr, die sie mit ihrem Wesen umfing, während sie ihren Weg fortsetzte. Voller Freude erkannte Amanda, wer es war.

Sarek!

Er war bei ihr, neben ihr, über und unter ihr, in ihr ... er umschloß und erfüllte sie mit dem Gefühl seiner Gegenwart. *Sarek ...* dachte sie, glücklich darüber, daß sie wieder vereint waren. *Mein Gemahl ...*

Aber sie bewegte sich immer noch ... Sarek war nicht ihr Ziel. Er konnte sie nur ein Stück begleiten, nur eine kurze Weile bei ihr sein. Mit einem leichten Stich des Bedauerns spürte Amanda, wie er hinter sie zurückfiel. Sie bewegte sich zu schnell für ihn ...

Sie flog, sie stürzte, sie raste jetzt dahin. Das Wohin spielte keine Rolle mehr. Es gab keine Angst, keinen Schmerz, keine Erschöpfung. Es gab nur ... Frieden. Frieden und Bewegung ...

Frieden ... und Nichtsein ...

Der letzte Funken der Persönlichkeit, die Amanda Grayson Sarek gewesen war, öffnete sich dem Frieden, verlor sich darin, überschritt die Grenzen ihres Selbst ...

»Sarek?«

Spock riß erstaunt die Augen auf, als er seine Mutter flüstern hörte. Plötzlich klang sie viel jünger, fast mädchenhaft. Er sah zu, wie sich ihre spröden Lippen zu einem liebevollen Lächeln verzogen, als könnte sie etwas sehen, das er nicht sah. »Mein Gemahl ...« Die Worte waren kaum zu verstehen ... ein letzter, leichter Seufzer. Amanda stöhnte plötzlich auf ... dann hob sich ihre Brust nicht mehr.

Ich habe versagt, dachte Spock verzweifelt, als sein Blick automatisch auf die Monitore fiel. Dort sah er, was er bereits wußte. Es war schwer zu fassen, daß seine Mutter tot war. Er glitt mit den Fingern über ihre Schläfen bis zur Kehle herab ... nichts. Kein Puls.

Spock stand eine ganze Weile reglos da und versuchte zu begreifen, was geschehen war. Es erschien ihm unvorstellbar, daß Amanda nie wieder die Augen öffnen, nie wieder lächeln, nie wieder sprechen würde. Nie wieder ... Diese Worte klangen furchtbar. In ihm kämpfte etwas darum, sich zu befreien, sich Ausdruck zu verleihen, doch er unterdrückte es verbissen. Er war ein Vulkanier.

Behutsam legte Spock ihre erschlafften Hände auf der Decke über der Brust übereinander. Die Augen seiner Mutter waren halb geöffnet, und automatisch strich er mit den Fingern darüber, um sie zu schließen. Er ließ seine Hand einen Moment auf Amandas Wange ruhen. Dann stand er entschlossen auf. Die Heilerin T'Mal würde jeden Augenblick eintreffen, dachte er, wenn sie in der Überwachungsstation des Medo-Zentrums gesehen hatte, was mit Amanda geschehen war.

Der Vulkanier überlegte, ob er die Decke über das Gesicht seiner Mutter ziehen sollte, beschloß dann jedoch, es nicht zu tun ... So, wie sie jetzt war, wirkte sie sehr friedlich. Ihr Gesicht zeigte noch die Spuren ihres letzten, schwachen Lächelns.

Spock drehte sich um und ging zur Tür. Dort zögerte er und blickte noch einmal zurück. Es schien keinen Grund zu geben, sich länger in diesem Raum aufzuhalten, aber er konnte sich nicht entscheiden, was er nun tun sollte. Im Korridor gingen Heiler, Assistenten und Patienten an ihm vorbei, und es wirkte irgendwie unfaßbar und unverschämt, daß alles andere völlig normal weiterging, nachdem die Welt einen solchen Verlust erlitten hatte ...

Spock erkannte mit einem Teil seines Geistes, daß seine Reaktionen unlogisch waren, aber diesmal erschien es ihm völlig unwichtig.

T'Mal kam auf ihn zu und blieb vor ihm stehen. Sie war eine kleine, grauhaarige Vulkanierin in blau-grüner Medizinerkleidung. »Captain Spock«, sagte sie im ältesten und feierlichsten der vulkanischen Dialekte. »Ich traure mit Euch um den Verlust Eurer Mutter!«

Spock nickte und fragte sich, ob sein Gesichtsausdruck etwas von seinem inneren Aufruhr verriet. Offensichtlich nicht, denn T'Mals Ausdruck veränderte sich nicht, während sie ihn ansah. Der Vulkanier nickte erneut, und sagte dann im gleichen altehrwürdigen Dialekt: »Wir trauern gemeinsam, Heilerin T'Mal. Ich danke Euch für die Sorge, die Ihr meiner Mutter in den vergangenen Tagen habt angedeihen lassen!«

T'Mal blickte zu ihm auf und wirkte nun etwas weniger förmlich. »Gehen Sie heim, Captain Spock. Ruhen Sie. Wir werden Amanda bis zur Rückkehr Ihres Vaters in Stasis versetzen, damit er sie noch einmal sehen kann, wenn er es wünscht. Es genügt, wenn wir morgen die Trauerzeremonie arrangieren.«

Spock nickte. »Vielen Dank, T'Mal. Ich werde mich ... später mit Ihnen in Verbindung setzen.« Er wandte sich ab und machte sich auf den Weg zum Transporterraum des Medo-Zentrums.

Sarek von Vulkan war allein in dem kleinen Raum auf Deneb IV und suchte verzweifelt nach dem Geist seiner Frau, ohne zu wissen, ob seine Anstrengungen Erfolg haben würden. Und dann ... spürte er, wie Amanda starb.

Eben noch spürte er ihre Gegenwart, einen warmen Funken in einem fernen Winkel seines Geistes, zu dem eine hauchdünne Verbindung bestand – und dann riß die Verbindung ab ... Die Wärme war erloschen und ließ eine schmerzende Leere zurück.

Sarek hielt seinen Kopf in den Händen und spürte, wie ihn eine tiefe Trauer überwältigte, die seine Fähigkeiten der Kontrolle überstieg. *Amanda ... Amanda ...* dachte er, als wäre ihr Name ein Bittgebet oder ein Zauberspruch, mit dem er sie zurückrufen konnte. Aber nein ... sie war fort, endgültig von ihm gegangen, und mit ihr hatte er unwiederbringlich einen Teil seines Wesens verloren. *Amanda …*

Sarek von Vulkan trauerte allein und schweigend in der Dunkelheit. Seine Welt schien aus dem Gleichgewicht geraten zu sein, schien ihre Klarheit und Schärfe verloren zu haben. Amanda – tot? Zum ersten Mal erkannte der Vulkanier, wieviel von seiner Kraft, von seiner legendären Ausgeglichenheit und Weisheit auf die geistige Gegenwart seiner Frau zurückzuführen war. Und jetzt … war alles fort …

Für immer.

Dieser Gedanke war sogar für einen vulkanischen Geist zu groß und zu allumfassend, um ihn bewältigen zu können. Sarek wies diese Vorstellung von sich. Die Logik mochte ihm diktieren, daß seine Zeit mit Amanda abgeschlossen war, doch … die Logik wurde unzuverlässig, wenn es um die Familie ging. Eines Tages würde er irgendwie wieder in Berührung mit dem Wesen seiner Frau kommen. Sarek wußte es.

Aber … was sollte er bis dahin tun?

Die Antwort auf seine Frage stellte sich schnell ein. Er würde seine Arbeit tun … seine Pflicht erledigen. Er würde um die Freiheit der Bewohner von Kadura kämpfen. Er würde diese Verhandlungen zum Abschluß bringen. Und dann würde er sich der Beseitigung der Bedrohung durch Freelan widmen. Er wurde seine Pflicht tun, wie er es schon immer getan hatte. Amanda würde es von ihm erwarten, genauso wie er selbst es von sich erwartete.

Der Botschafter erhob sich, ordnete seine Robe und reckte die Schultern. Als sein Gesicht einen ruhigen, abwesenden Ausdruck zeigte, ging er mit bedächtigen Schritten zurück, um sich zu den anderen an den Konferenztisch zu setzen.

Spock materialisierte in der Bergvilla. Er hätte auch das Haus in ShiKahr aufsuchen können, das vom Medo-

Zentrum aus zu Fuß erreichbar war, doch dort hätte er Anrufe entgegennehmen und mit Leuten sprechen müssen, um Beileidsbekundungen entgegenzunehmen und Anfragen wegen des Trauerzeremonie zu beantworten. Hier dagegen würde er allein und ungestört sein, solange er es wünschte.

Spock wanderte durch das leere Haus und stellte fest, daß jemand das Bett seiner Eltern gemacht hatte. Vermutlich die Heilerassistentin. Der Vulkanier glitt mit den Fingern über einen von Amandas Wandbehängen, und er stellte sich vor, wie sie daran gearbeitet hatte, wie er ihr als Kind am Webstuhl zugesehen hatte.

Dann fiel ihm etwas ein, und er holte seinen Kommunikator hervor. »Spock an Krankenstation der *Enterprise*«, sagte er.

»Krankenstation«, antwortete Leonard McCoys Stimme. »McCoy hier.«

»Doktor ... sie ist gestorben«, sagte der Vulkanier ruhig.

»Spock ... es tut mir leid«, kam McCoys Stimme zurück.

»Bitte informieren Sie den Captain, daß meine Mutter ...« Er suchte nach einem menschlichen Euphemismus. »... nicht mehr unter uns weilt. Und sagen Sie ihm, daß ich demnächst mit ihm sprechen möchte. Es wird eine kurze Trauerzeremonie veranstaltet werden, wenn ... wenn mein Vater zurückgekehrt ist. Ich werde Sie informieren, sobald der Termin feststeht.«

McCoy zögerte, dann sagte er: »Ich verstehe, Spock. Möchten Sie, daß Jim oder ich zu Ihnen heruntergebeamt werden?«

»Nein, Doktor. Im Augenblick würde ich es vorziehen, allein zu bleiben.«

»Ich verstehe«, sagte McCoy. »Spock ... ich traure mit Ihnen.«

McCoys Kenntnisse in Hochvulkanisch waren spärlich, aber Spock war ihm dankbar für diese Geste. »Vielen Dank, Doktor«, erwiderte der Vulkanier. »Spock Ende.«

Ein unbestimmter Impuls trieb ihn aus dem Haus. Auf dieser Seite des Planeten war es mitten in der Nacht, und in Amandas Garten war es ruhig und friedlich. Spock setzte sich auf eine Bank und blickte auf den Wächter und die Schönheit, die Amanda gestaltet hatte. Die ordentlichen Wege, die anmutigen Wüstenbäume und Gewächse von einem Dutzend verschiedener Planeten ergänzten die natürlichen Felsformationen, die sich schon vor dem Bau der Villa hier befunden hatten. Amanda hatte dies alles geschaffen, vieles mit eigenen Händen ...

Spock erinnerte sich, wie er ihr als kleines Kind im Garten geholfen hatte, wie er verschiedenfarbige Steine zu ihr getragen hatte, die sie zu kunstvollen Mustern anordnen wollte, wie sie zusammen den Sand geharkt hatten ...

Etwas im Geist des Vulkaniers löste und entspannte sich, und diesmal ließ er es zu, daß es für einen kurzen Moment an die Oberfläche drang. Spock beugte sich auf der Bank vor, die Arme vor dem Bauch verschränkt, und wurde vom Schmerz über ihren Verlust überwältigt. Brennende Tränen sammelten sich in seinen Augen, während er dasaß, doch nur eine einzige rollte ihm über die Wange ... und fiel in den Boden des Gartens seiner Mutter.

5

Sarek setzte sich mit dem Tagebuch in der Hand an den Schreibtisch seiner Kabine an Bord des Schiffes. Die Verhandlungen waren gestern abgeschlossen worden. Kadura war endlich wieder frei, und er befand sich auf dem Heimweg nach Vulkan.

Allein in seiner Kabine, legte er das Tagebuch auf den Tisch und öffnete es. Er suchte die Stelle, bis zu der er gestern gelesen hatte. Die Handschrift seiner Frau – symmetrische, geschwungene Linien, die elegante Schreibschrift einer Lehrerin – bedeckte die weißen Seiten. Sie beschwor Erinnerungen herauf, fast als wäre Amanda selbst anwesend und würde zu ihm sprechen. Gestern hatte er die Aufzeichnung über ihre erste Begegnung und die Zeit ihrer jungen Liebe gelesen, bis zu dem Zeitpunkt, als sie gemeinsam die Erde verlassen hatten. Als der Botschafter nun das Datum oben auf der nächsten Seite sah, machte er sich auf einen neuen Ansturm bittersüßer Erinnerungen gefaßt.

16. September 2229

Jeden Moment werden wir in den Orbit um Vulkan einschwenken – mein neues Zuhause. Ich kann es kaum fassen, wieviel in so kurzer Zeit geschehen ist!

Ich bin allein in meiner Kabine. Ich habe die ganze Reise allein verbracht … obwohl ich nach den Gesetzen der Erde eine verheiratete Frau bin. Doch mein Gemahl folgt den vulkanischen Traditionen und besteht darauf, daß wir erst nach der vulkanischen Vermählungszeremonie die Ehe vollziehen. In den vier Monaten seit jenem ersten Strandspaziergang, seit er mich zum ersten Mal küßte, hat Sarek mich tiefer in seinen Geist und sein Herz blicken lassen, als ich es jemals für möglich gehalten hätte. Nun, er war nicht gerade … offenherzig. Aber ich habe gelernt, auch die leichtesten Stimmungsveränderungen an seinem Gesicht abzulesen, die winzigsten Schwankungen seines Tonfalls zu erkennen. Ich habe gelernt, nicht nur das, was er sagt, sondern auch das, was er nicht *sagt, zu interpretieren.*

Und zur Vorbereitung auf die vulkanische Vermählung haben wir am heutigen Abend unsere Verbindung vollzogen.

Wie können schlichte menschliche Worte etwas beschreiben, was noch kein Abkömmling meiner Heimatwelt je zuvor erlebt hat? Äußerlich betrachtet war es völlig simpel und undramatisch. Sarek lud mich feierlich in seine Kabine ein (zum ersten Mal während unserer wochenlangen Reise), und füllte ehrfürchtig eine dunkle, betörend duftende Flüssigkeit in ein Trinkgefäß, das aus einem tiefroten Stein mit goldenen Adern gehauen war. Er fügte einige Prisen verschiedener Kräuter hinzu und bedeutete mir dann, mich zu setzen, während er die ganze Zeit kein einziges Wort sprach …

Sarek sah zu, wie seine Gemahlin sich auf die niedrige Couch in seiner Kabine setzte und ihr langes türkisfarbenes Kleid ordnete. Als sie die Reise nach Vulkan angetreten waren, hatte Amanda zum ersten Mal das traditionelle Gewand seiner Heimatwelt angelegt und angemerkt, daß sie einige Zeit brauchen würde, sich daran zu gewöhnen, nachdem sie bislang nur kurze Röcke und Hosen getragen hatte.

Mit einer feierlichen Geste reichte der Diplomat ihr das Trinkgefäß. »Hier, Amanda. Trink.«

Sie warf ihm über den verzierten Rand des Bechers einen Blick zu und nahm zögernd einen winzigen Schluck. »Oh …«, keuchte sie und starrte gebannt auf das Getränk. »Es schmeckt wie flüssiges Feuer ... aber es ist nichts Alkoholisches, nicht wahr?«

»Nein, es enthält kein Äthanol«, sagte Sarek. »Das Getränk hat eine entspannende, aber keine berauschende Wirkung.« Er hielt inne, während er zusah, wie sie noch einmal daran nippte. »Amanda«, sprach er dann weiter, »du weißt, daß Ehepartner auf meiner Welt durch mehr als Gesetz und Tradition miteinander verbunden sind.«

»Ja, Sarek«, antwortete sie. »Sie stehen in telepathischer Verbindung.«

»Eine Ehe wäre ohne die Verbindung nicht vollständig«, sagte Sarek. »Heute abend wird mein Volk die Zeremonie erleben, die uns, wie mein Volk es ausdrückt, ›verschmelzen‹ wird. Heute abend werden wir nach den Gesetzen und Traditionen unserer beiden Welten verheiratet sein. Doch zuvor ... zuvor müssen wir unsere Verbindung festigen. Dies geschieht ohne Publikum, nur zwischen den beiden Partnern – ganz gleich, ob sie noch Kinder sind oder kurz vor ihrer Vermählungszeremonie stehen.«

Amanda zögerte eine Weile, bevor sie sagte: »Ist es schwierig? Können wir es jetzt tun?«

Sarek blickte sie mit tiefem Ernst an. »Für Vulkanier ist es nicht schwierig«, sagte er schließlich. »Aber es wurde noch nie zuvor mit einem Menschen versucht.«

»Ich bin nicht telepathisch begabt«, warf sie ein. »Das weißt du.«

»Das weiß ich. Aber ich glaube nicht, daß dies unbedingt notwendig ist. Unsere Verbindung wird nicht genauso wie bei einem vulkanischen Ehepaar sein, aber ich denke, sie wird auf eine andere Weise genauso dauerhaft und fest sein.« Der Vulkanier hob in einer langsamen, feierlichen Geste die Hand. »Willst du es mich versuchen lassen, meine werdende Frau?«

»Ja«, sagte Amanda ruhig, obwohl er an ihrer Kehle den schnellen Pulsschlag bemerkte. Sie nahm noch einen letzten tiefen Schluck aus dem Becher und stellte ihn ab.

Sarek schenkte ihr das leichte Lächeln, das nur für sie bestimmt war, und empfand Befriedigung über ihren Mut. »Es wird eine ungewöhnliche Erfahrung für dich sein«, warnte er sie. »Mein Geist wird mit deinem verschmelzen, in einer sehr intensiven Berührung. Du könntest es als ... Verletzung deiner Privatsphäre empfinden. Aber vergiß nicht, Amanda, daß ich dir niemals einen Schaden zufügen würde.«

»Ich werde daran denken«, sagte sie. Ihre Stimme klang immer noch ruhig, aber sie befeuchtete die Lippen, als wäre ihr Mund plötzlich ausgetrocknet.

Sarek hob zwei Finger und näherte sich damit seiner werdenden Frau. Langsam und ruhig hob auch sie ihre Hand, bis sie sich berührten.

Sarek drang suchend mit seinem Geist vor und spürte dann den Kontakt mit Amandas Bewußtsein. Er fühlte, wie sie ihn wahrnahm, empfand das erste Stadium der Verschmelzung, die Wärme seiner Berührung ihrer Hand ... die suchenden Fühler seines Geistes, die die Oberfläche ihrer Gedanken streiften.

Vorsichtig drang er tiefer vor, um ihr keine Schmerzen zu bereiten. Er spürte, wie ihre Liebe und ihr Vertrauen ihn umfing. Sie öffnete sich ihm, wie eine exotische Blume, die die Strahlen einer Sonne auf sich einströmen ließ. Langsam ... sehr langsam ... bewegte er sich tiefer, verstärkte die Verschmelzung.

Er hob die andere Hand und legte sie auf die Kontaktpunkte ihres Gesichts, spürte ihre kühle Haut unter seiner warmen Berührung. Tiefer ... und tiefer ...

Amanda konnte jetzt wahrnehmen, wie er sich in ihrem Geist bewegte, sie spürte sein Leben, die Fasern seines Seins, die sich mit ihren verknüpften, verbanden, verschmolzen. Ihr Geist ging eine so intensive Vereinigung mit seinem ein, daß sie nur von einem Hohemeister wieder aufgelöst werden konnte – oder vom Tod.

Sarek spürte ihren instinktiven Drang, sich zurückzuziehen – und gleichzeitig ihr Bemühen, es ruhig hinzunehmen. Er schickte ihr eine wortlose Botschaft, daß sie durch diese Verbindung nicht ihre Individualität verlieren würde, worauf sie sich entspannte. Er empfand Stolz, denn diese Frau, die er erwählt hatte, war mutig und tapfer. Vor einer so tiefen Verschmelzung schraken selbst manche Vulkanier zurück … doch Amanda strebte nach einer vollkommenen Verbindung.

Als Sarek nun völlig von ihrem Geist umgeben war, registrierte er ihre Güte, ihre Intelligenz – und ihre aufrichtige Liebe zu ihm. Dieses Bewußtsein rührte ihn tiefer als alles, was er je zuvor erlebt hatte. Seine Verbindung mit T'Rea war dagegen dünn und blaß gewesen, eine fadenscheinige Intimität.

Jetzt war er ganz in ihr, und die Verschmelzung, die sie erlebten, war intensiver als alles andere, was sie beide je zuvor erfahren hatten. Er spürte, wie sich der letzte Rest ihrer Furcht verflüchtigte, und empfand ihre Freude über die Vereinigung. Amanda hatte sich danach gesehnt, mit ihm eins zu werden – und jetzt, nach so vielen Monaten, war es soweit. Ihr Glücksgefühl überflutete ihn, tauchte ihn in ungewohnte Emotionen – doch Sarek wich nicht vor den Emotionen zurück, nicht hier in der Intimität ihrer Verschmelzung. Für ein verbundenes Paar war es völlig angemessen, sich so nahe zu sein …

Ihre geistige Vereinigung war so vollständig, so allumfassend, daß Sarek, als er sich zurückzog, Feuchtigkeit an den Fingern spürte. Tränen strömten über Amandas Gesicht, und sie griff wie ein Ertrinkender nach seiner Hand, als er sie von ihr löste. »Ach, Sarek …«, flüsterte sie. »Das war … wunderbar. Wird es von jetzt an immer so sein?«

Er nickte. »Wir werden jederzeit das Bewußtsein des anderen spüren«, versprach er. »Wir werden zusammen sein, solange wir leben.«

Sie hob seine Hand an ihre Lippen und küßte ihn zärtlich. »Danke«, sagte sie leise. »Ich wollte ein Teil von dir sein ... jetzt bin ich es ...«

Sie schüttelte den Kopf und legte die Hände an die Schläfen. »So viele Bilder«, murmelte sie. »In meinem Geist sind Dinge, die ich noch nie zuvor gesehen habe. Es sind deine Erinnerungen, nicht wahr?«

»Ja. Sie mögen dir zuerst ... recht chaotisch erscheinen, aber mit der Zeit werden sie sich sortieren.«

»Gesichter ... Gespräche ... so vieles, was ich verarbeiten muß ...«, flüsterte sie leise. Dann wurde ihr Gesichtsausdruck angestrengter. »Einen Augenblick!« Sie richtete sich kerzengerade auf. »Da ist ein Bild ... Sarek, *wer ist sie?*« fragte sie in einem Tonfall, der keine Ausflüchte dulden würde.

Der Vulkanier hatte das unangenehme Gefühl, daß er ganz genau wußte, wovon sie sprach, doch er sagte nur: »Wen meinst du, Amanda?«

»Diese Frau. Die in deinem Geist. Hübsch, feine Gesichtszüge, dichtes schwarzes Haar. Du ... hast sie begehrt! Ich sehe es in deinem Geist. Du ... du ...« Sie suchte nach einem passenden Wort. »Du warst mit ihr *intim!*« Amandas Augen funkelten kobaltblau.

Sarek seufzte. »T'Rea«, sagte er. »Meine erste Frau.«

»Du warst schon einmal verheiratet? Und du hast mir nichts davon gesagt?« Sie war sehr wütend. »Wie konntest du so etwas tun?«

Sarek bereute seine Unterlassungssünde. Mit Amandas Temperament war nicht zu spaßen. »Ja, ich war mit T'Rea verheiratet. Aber nur kurz. Sie hat sich von mir scheiden lassen.«

»Warum hast du mir nichts davon erzählt?«

»Wenn ich erkläre, wie sie zu meiner Frau wurde, muß ich etwas offenbaren, das für Vulkanier so privat ist, daß gegenüber Nicht-Vulkaniern niemals darüber gesprochen wird. Aber du bist meine werdende Frau, so muß ich es dir jetzt anvertrauen. Ich wollte damit jedoch bis nach der Vermählung warten …« Er breitete die Hände aus.

»Dann erkläre es mir«, sagte Amanda und wartete ab.

Sarek schilderte ihr ruhig und ausführlich, wie es sich mit dem vulkanischen Paarungstrieb verhielt und daß sich ein vulkanisches Paar in der Leidenschaft des *Pon Farr* vereinigen konnte, ohne ansonsten ein gemeinsames Leben zu führen. »Amanda«, sagte er schließlich mit einem gewissen Zögern, »da ist noch etwas, das ich dir sagen muß. Ich habe mit ihr niemals … das erfahren, was ich jetzt mit dir erlebt habe. Versuche das zu verstehen. Meine Ehe mit T'Rea war nicht so, wie es für dich und mich als verheiratetes Paar sein wird. Wir beide sind bereit, ein gemeinsames Leben zu führen, und das ist etwas ganz anderes als die kurze Begegnung mit T'Rea während meiner Phase.«

»Ich verstehe«, sagte sie nachdenklich. »Und du wirst dieses … *Pon Farr* wieder durchmachen? Wann wird es sein?«

»Ich weiß es nicht«, sagte Sarek ehrlich. »Aber ich glaube, daß es schon sehr bald sein wird. Meine Paarung mit T'Rea liegt mittlerweile fast sieben Jahre zurück.«

»Was für eine Hochzeitsnacht!« murmelte sie kopfschüttelnd. »Ach, Sarek, hättest du mir nur früher davon erzählt!«

»Ich habe es dir doch erklärt – ich konnte mit niemandem darüber sprechen, außer mit meiner Frau. Kein Außenweltler darf je davon erfahren.«

»Ich verstehe«, sagte sie schließlich.

In diesem Augenblick meldete sich das Interkom des Schiffes und teilte ihnen mit, daß sie in den Orbit um Vulkan einschwenkten. Amanda sprang sichtlich nervös von der Couch auf. »Ach du meine Güte! Mir bleibt kaum noch eine Stunde, um mich für die Hochzeit herzurichten!«

»Du solltest das traditionelle Gewand anlegen«, sagte Sarek. »Aber deine äußere Erscheinung ... läßt nichts zu wünschen übrig, Amanda.«

Sie errötete, als sich ihre Blicke trafen. »Welch ein reizendes Kompliment!« sagte sie. »Jetzt weiß ich, warum du ein so erfolgreicher Diplomat bist. Aber meine Frisur ...« Sie warf einen Blick in den Spiegel seiner Kabine. »Ich muß mich sputen«, sagte sie. »Wir sehen uns in einer Stunde.«

»In einer Stunde«, versprach er ...

Während Sarek sich an die Hochzeit erinnerte, blätterte er zur nächsten Seite, um zu lesen, was Amanda darüber geschrieben hatte.

16. September, später

Ich bin so müde, und doch muß ich, bevor mir die Augen zufallen, meine Gedanken, meine Gefühle notieren, bevor sie im Licht des neuen Tages verblassen.

Ich sitze hier an einem kleinen Tisch in der Ecke des Schlafzimmers. Vulkanische Betten sind hart, sie geben kaum nach, aber ich schätze, ich werde mich im Laufe der Zeit daran gewöhnen. Ich schreibe im Licht des Schreibstiftes und trage nur ein hauchdünnes Nachthemd – denn obwohl Sarek meinetwegen eine Klimaanlage installieren ließ, ist es heiß! Gegen Mitternacht wird die Temperatur gefallen sein, wie es in Wüstenregionen üblich ist, hat Sarek mir versichert.

Mein Gemahl schläft. Ich höre, wie er leise und langsam atmet. Ob Vulkanier jemals schnarchen? Den Göttern aller Zeiten sei Dank, daß Sarek es offenkundig nicht tut!

Die Zeremonie verlief in Anbetracht der Umstände gut. Sie wurde in einer Art natürlichem Amphitheater abgehalten, einem Rund aus Steinpfeilern und Felswänden, das nach Sareks Worten seit sehr vielen Generationen von seinem Volk als traditionelle Vermählungsstätte genutzt wird. Es hat mich an Stonehenge erinnert. 40 Eridani hing knapp über dem Horizont und färbte den roten Stein noch roter, als wir unseren Schwur ablegten. Ich konnte Sareks Anweisungen ohne allzu bedeutsame Fehltritte folgen, und obwohl die wenigen Worte, die ich auf vulkanisch herausbrachte, vermutlich noch nie zuvor in dieser seltsamen Form auf Vulkan vernommen wurden, hat niemand reagiert.

Das Hochzeitsritual wurde von zwei Vulkanierinnen geleitet – T'Kar, die älteste weibliche Vertreterin der Familie, ein ergrautes Geschöpf, das mindestens die Hälfte der Zeremonie im Schlaf verbracht zu haben schien, und eine Frau namens T'Pau, die eigentliche Zeremonienmeisterin.

Ich verstehe die Art von T'Paus Verwandtschaftsverhältnis zu Sarek nicht genau. Vulkanische Familien sind äußerst kompliziert und etwas anders strukturiert als bei Menschen. Ich vermute, sie ist so etwas wie seine älteste Großtante. T'Pau scheint außerdem eine Art Matriarchin zu sein, entweder durch ein vererbtes Recht oder durch ihre natürliche Autorität. Ihr Wort ist Gesetz, wie es scheint. Ich vermute, sie ist nicht gerade begeistert, daß ein Mensch in ihre Familie aufgenommen wird … aber sie könnte Lieschen Müller sicherlich einiges über Tradition und Etikette beibringen!

Zum Glück war die Zeremonie schon nach etwa fünfzehn Minuten vorbei. Wenn sie länger gedauert hätte, wäre ich bestimmt unter der Hitze zusammengebrochen. Danach bestiegen wir ein Bodenfahrzeug und kehrten zur uralten Familien-Enklave zurück, wo der Empfang stattfand.

(Mir scheint, daß die meisten Empfänge draußen im Garten stattfinden, während dieser aus Rücksicht auf meine menschliche Konstitution im Zentralsaal abgehalten wurde. Die Temperaturkontrollen waren einige Grade tiefer eingestellt worden. Alle Vulkanier trugen Jacken und Schals, während ich es kaum erwarten konnte, mein Obergewand ablegen zu dürfen, obwohl es dünn und leicht war!)

Eleanor Jordan, die Botschafterin der Erde, war neben mir der einzige anwesende Mensch. Sie brachte einen typischen Trinkspruch der Erde auf das Hochzeitspaar aus, und alle Vulkanier tranken aus Höflichkeit ihr Glas leer.

Sobald es die Etikette erlaubte, gab Sarek mir ein Zeichen, daß wir uns entfernen sollten. Er führte mich durch steinerne Korridore, durch Kammern, die mit uraltem Mobiliar eingerichtet waren, und eine Wendeltreppe hinunter bis zu einer Transporterplattform, die im Untergeschoß des Hauses installiert worden war. Die Technik wirkte auf dem jahrtausendealten Rotsteinboden so anachronistisch!

Sareks Haus liegt in ShiKahr und ist sehr hübsch. Die Einrichtung ist spärlich, aber tadellos. Die Sonne war schon lange untergegangen, als wir uns herbeamen ließen. Daher habe ich von außen nur einen sehr vagen Eindruck erhalten. Sarek sagt, daß es Gärten gibt, was mich sehr befriedigt. Ich habe die Keimlinge einiger Wüstenpflanzen mitgebracht und hoffe, sie werden hier gedeihen, damit ich in meiner neuen Heimat ein wenig irdisches Leben um mich habe.

Sogar während er schläft, spüre ich, wie Sareks Geist mich berührt.

Vor der Zeremonie hat Sarek mich heute über die vulkanische Sexualität aufgeklärt. Sie unterscheidet sich erheblich von der menschlichen Libido! Die Vulkanier machen von Zeit zu Zeit eine Phase durch, die sie Pon Farr *nennen … Es scheint etwas Ähnliches wie die Brunftzeit mancher terranischer Tiere zu sein. Vulkanier sind auch zu anderen Zeiten paarungs- und zeugungsfähig, aber während des* Pon Farr *müssen sie sich paaren! Wenn nicht, können sie sterben!*

Sarek, mein Gemahl … ich kann es kaum glauben, selbst nach der heutigen Nacht. Es scheint zu schön, um wahr zu sein, daß wir nun ein Bett teilen können, daß ich morgen neben ihm aufwachen werde, und am Morgen darauf und an allen Morgen, die wir noch gemeinsam erleben werden …

Sarek schloß das Tagebuch mit einem Seufzer. Er konnte nicht mehr weiterlesen. Er stützte den Kopf in die Hände und versuchte zu meditieren, doch Bilder von Amanda drangen in seinen Geist. *Amanda,* dachte er, während ihn erneut die Trauer überwältigte. *Amanda ... das war auch die schönste Nacht meines Lebens.*

Valdyr beobachtete, wie Karg vor ihrem Onkel salutierte und dann hinausging, um sie auf der kleinen Brücke des getarnten Kriegsschiffes allein zu lassen. Das letzte, was sie von Karg sah, bevor sich die Tür hinter ihm schloß, war ein durchdringender, lüsterner Blick.

Ich kann auf unsere Hochzeitsnacht warten, sagte sein Gesichtsausdruck, *denn ich werde nicht mehr lange warten müssen.*

Valdyr antwortete ihm mit einem finsteren Blick, während sie den Griff ihres Dolches berührte. Ihre Geste war genauso vielsagend wie seine. Seine bloße Anwesenheit genügte, um ihr Blut vor Leidenschaft aufkochen zu lassen – aber es war nicht die Leidenschaft, nach der er sich sehnte. *Du wirst so lange warten müssen, Karg,* dachte sie voller Haß und Mordlust, *bis die Polarkappen von Qo'noS geschmolzen sind!* Doch nach der Zerstörung von Praxis und den ökologischen Folgeschäden, unter denen die Heimatwelt der Klingonen litt, mochte dieser Fall schon in absehbarer Zeit eintreten.

Wenn sie doch nur ihren Onkel von seinem katastrophalen Plan abbringen könnte! Sie wandte sich dem Botschafter zu, der völlig in die Betrachtung der Überwachungsmonitore versunken war.

»Onkel«, sagte sie mit einer Entschlossenheit, die sie gar nicht verspürte, »wir müssen reden.«

Er blickte sich nur kurz zu ihr um und widmete sich dann wieder dem Bildschirm. Er zeigte einen männlichen Terraner, der in Embryonalhaltung auf einer schmalen Pritsche lag. »Nichte, komm und schau dir deine Aufgabe an.«

Valdyr trat näher heran und starrte auf den schweigenden und reglosen Menschen. Sie konnte keine Bewegung feststellen, er schien nicht einmal zu atmen. War der Gefangene noch am Leben?

»Du wirst für ihn verantwortlich sein«, rief Kamarag ihr ins Gedächtnis zurück. »Die Schiffsbesatzung hat mir mitgeteilt, daß der junge Kirk in den fünf Tagen seit seiner Gefangennahme nichts gegessen hat. Er benutzt die Nahrungspillen nur dazu, um Fragen zu stellen, um seinen Namen, seinen Rang und irgendeine bedeutungslose Zahlenkombination zu schreiben. Doch was viel schlimmer ist, er hat nur eine winzige Menge Wasser getrunken. Seit einem Tag, so sagen meine Leute, hat er sich überhaupt nicht mehr bewegt.«

Wie grotesk! dachte Valdyr. *Sich einfach zusammenzurollen und aufzugeben!* Und diesen Menschen hielt ihr Onkel für einen ehrenhaften Gefangenen?

»Typisch«, stellte Kamarag fest, während er den Gefangenen studierte und den Kopf schüttelte. »Die meisten Menschen sind schwache Feiglinge ohne Rückgrat. Ich bedaure, daß du mit diesem Exemplar vermutlich nicht viel Spaß haben wirst, Nichte.«

In der klingonischen Gesellschaft war die Bewachung von Kriegsgefangenen traditionell die Aufgabe von Frauen. Und bei den verhaßtesten Gefangenen (zu denen zweifellos die Menschen zählten) erlaubten sich die Wärterinnen das Vergnügen des *be'joy'* – der ritualisierten ›Folter durch Frauen‹.

In einer Welt, die von klingonischen Kriegern beherrscht wurde, konnte eine Frau ihre Frustration über die männliche Unterdrückung sehr gut an einem starken, gesunden Gefangenen abreagieren.

»Es ist von eminenter Wichtigkeit, daß dieser Mensch am Leben und bei guter Gesundheit bleibt. Hast du mich verstanden, Nichte?« drang Kamarags Anweisung in ihre Gedanken.

Valdyr zog eine finstere Miene. Sollte sie diesen Schwächling etwa *bemuttern?* Klingonische Gefangene wurden normalerweise nicht sehr freundlich behandelt. Dann erwachte in ihr ein Funke Hoffnung. Hatte ihr Onkel endlich eingesehen, was er angerichtet hatte? Wollte er es auf diese Weise wiedergutmachen? Ja, so mußte es sein. Er würde den sterbenden Menschen wieder zu Kräften kommen lassen, damit er eine gesunde Geisel gegen Captain Kirk eintauschen konnte. Damit würde er vielleicht etwas von der verlorenen Ehre retten können.

»Er muß stark sein«, erklärte Kamarag im vernünftigen Tonfall eines Diplomaten, »damit Kirk, wenn er kommt, um seine Herausgabe zu fordern, hilflos zusehen kann, wie dieser flennende Schwächling ein langes und ordentliches *be'joy'* erduldet!«

Valdyrs Gesichtsfarbe wurde gegen ihren Willen dunkler, und ihre Augen weiteten sich. Was war daran ehrenhaft? Dieser Plan war ohne jede Kriegskunst und politische Vernunft, er war nur durchtrieben und grausam. Vor Scham starrte sie auf die Bodenplatten.

»Mach dir keine Sorgen, meine liebe Nichte«, sagte Kamarag tröstend und klopfte ihr wohlmeinend auf die Schulter, »auch für diese Aufgabe wirst du verantwortlich sein. Es wird eine Belohnung für die unangenehme Arbeit sein, die dir bevorsteht – die Bewachung dieses stinkenden Aliens, dieses Blutsverwandten des *va* Kirk! Seine Folter soll mein Hochzeitsgeschenk an dich sein – damit dein Appetit angeregt und deine Leidenschaft für deinen künftigen Ehemann geweckt wird!«

Valdyr mußte sich auf die Zunge beißen, um nicht in hysterisches Gelächter auszubrechen. War alles, was sie an der Seite ihres Vaters über Ehre, Kampf und Ruhm gelernt hatte, nur Lüge gewesen? War dies die Art und Weise, wie sich Klingonen in Wirklichkeit aufführten –

indem sie ihre Anführer verrieten, indem sie logen, betrogen und die Hilflosen schändeten? Ihr Vater hätte diesen Mann auf der Stelle getötet, wenn er von seinen Plänen erfahren hätte!

»Gut. Worüber wolltest du mit mir reden?«

Die junge Frau blinzelte. Sie hatte überhaupt nicht mehr daran gedacht. Sie schluckte, da sie bereits wußte, wie schlecht ihre Chancen standen. »Ich ... ich möchte noch einmal über ... über meine Pläne reden. Die Pläne für mein Leben, die ich faßte, als mein Vater noch am Leben war.«

Kamarag zog sich von ihr zurück, während sein Gesicht den ›offiziellen‹ Ausdruck annahm.

»Wie du weißt, hat mein Vater mich zum Lernen ermutigt«, erinnerte sie ihn. »Er hat mich gemeinsam mit meinen vier Brüdern persönlich in allen Kriegerkünsten ausgebildet.«

Kamarag nickte. »Mir ist bewußt, daß du das Lieblingskind deines Vaters warst. Indem er dich ausbildete, konnte er sich selbst beweisen, daß sich die Mühe lohnte, als die Ärzte in deiner Kindheit ihr ganzes Können einsetzen mußten, um dich zu retten.«

Sie nickte und senkte den Blick. In vielen Familien hätte man ein schwaches, kränkliches Baby, wie sie es gewesen war, einfach sterben lassen. Aber ihr Vater wollte es nicht zulassen und bestand darauf, daß die Mediziner sie behandelten. Vielleicht hatte er es getan, weil sie seine einzige Tochter war. Ihre Mutter hatte ihr gerne erzählt, wie ihr Vater die Ärzte angebrüllt hatte, Valdyrs Lebenswille sei ein Beweis, daß das Blut eines edlen Kriegers in ihren Adern floß. Und dann hatte er sie genauso streng erzogen wie ihre stärkeren Brüder. Dafür liebte sie ihn.

»Mein Vater war überzeugt«, sagte sie zu Kamarag, »daß mein Geist genauso stark wie meine Fähigkeiten war, genauso stark wie mein Lebenswille. Er wollte, daß ich weiter zur Schule gehe. Er wußte, daß ich nicht stark genug war, um als Krieger zu dienen … aber er hoffte, daß meine anderen Fähigkeit wertvoll genug wären, um dem Imperium zu nützen. Er hoffte – und ich habe denselben Traum wie er –, daß ich dir in die Diplomatie folgen kann, Onkel.«

Kamarag hob überrascht den Kopf. Es war ein Kompliment, und sie erkannte, daß er es als solches auffaßte.

Sie sprach schnell weiter, bevor er sie unterbrechen konnte. »Damals war es nur ein Traum, ein ferner Wunsch, doch jetzt … nachdem Azetbur eine so wichtige Rolle in der Politik spielt, würde es nicht mehr so ungewöhnlich erscheinen, wenn ich …«

Das Gesicht des Botschafters verfinsterte sich. »Azetbur! Die Rolle, die sie sich angemaßt hat, ist der reinste Hohn! Wenn sie eine vernünftige Frau wäre, hätte sie wieder geheiratet! Dann könnte sie das Amt ihrem Gemahl übertragen, und alles wäre wieder so, wie es sein sollte!«

Es drängte Valdyr, ihren Onkel daran zu erinnern, daß Azetburs Ehemann beim selben Angriff getötet worden war, dem auch der Vater des Kanzlers zum Opfer gefallen war – und daß Azetbur von Gorkon persönlich zu seiner Nachfolgerin bestimmt worden war.

»Und es ist dieses verdorbene Weib, das du dir als Vorbild nimmst?«

»Oh, nein, Onkel, als Vorbild würde ich nur *dich* …«

»Versuche nicht, mir zu schmeicheln, Nichte! Ich war schon lange vor deiner Geburt in der Politik tätig!« Er war in Wut geraten, und Valdyr wußte nicht, wie sie ihn wieder beschwichtigen konnte.

»Aber … mein Vater …«

»Dein Vater ist *tot*!« entgegnete er brutal. »*Ich* bin das Oberhaupt dieser Familie, und du wirst das Leben führen, das ich für dich vorgesehen habe! Du wirst Karg heiraten und ihm eine treue Ehefrau sein und ihm so viele männliche Kinder gebären, wie dein Körper hervorbringen kann. Dein Ruhm wird sich auf die Erfolge deines Ehemannes und deiner männlichen Kinder gründen. Du wirst kein Leben der Perversion und Verderbtheit führen, wie es diese verdammenswerte Azetbur tut. Hast du mich verstanden?«

Valdyr war über die Reaktion ihres Onkels schockiert. Schockiert und verletzt. Aber sie ließ sich nichts von ihren Gefühlen anmerken. Sie würde das Angedenken ihres Vaters nicht entehren, indem sie Schwäche zeigte. »Ja, mein Onkel. Ich habe es genau verstanden.«

»Dann laß uns wieder eine Familie sein«, sagte er ruhig, »und nie wieder davon sprechen.« Damit wandte er seine Aufmerksamkeit wieder den Monitoren zu.

Valdyr kämpfte darum, ihre Enttäuschung zu beherrschen. Sie hatte gehofft, ihr Onkel würde auf vernünftige Argumente hören ... aber er war nicht dazu bereit.

Während der kurzen Diskussion mit ihrem Onkel hatte Valdyr aus dem Augenwinkel die Bildschirme wahrgenommen, die Kargs Weg durch das Kriegsschiff verfolgten. Er wurde von Treegor, seinem Leutnant, begleitet. Die zwei Offiziere hatten Peter Kirk an einem Treffpunkt weitab von den üblichen Flugrouten übernommen, nachdem der Mensch von einem privaten Frachtschiff von der Erde geschmuggelt worden war.

Jetzt, nach der Landung in TengchaH Jav auf Qo'noS, dem Raumhafen in der Nähe von Du'Hurgh, Kamarags weitläufigem Anwesen, war es endlich an der Zeit, den Gefangenen aus der Zelle zu holen. Während Karg durch die Korridore stapfte, trug er einen elektronischen Schlüssel in der Hand, der das einzige Mittel war, um die Tür zur Sicherheitszelle zu öffnen.

Währenddessen hatte sich die Gestalt auf der Pritsche nicht ein einziges Mal gerührt. *Ja, Karg,* dachte Valdyr verbittert, *bring meinem Onkel seine tote Geisel!*

Schließlich erreichten Karg und sein Leutnant die Kabine des Gefangenen. Karg schob den Schlüssel ins Schloß und ließ ihn stecken, damit die Tür geöffnet blieb. Beide Männer unterhielten sich entspannt und lachten, da für sie kein Zweifel bestand, daß ein Mensch – selbst bei guter Gesundheit – kein ernsthafter Gegner für sie war.

Karg beugte sich über den Gefangenen und rüttelte an seiner Schulter. Keine Reaktion. Der Arm des Gefangenen schaukelte ein wenig hin und her und hing dann wieder schlaff herab.

»Er kann doch nicht… *tot* sein?« murmelte ihr Onkel, als würde ihm diese Möglichkeit zum ersten Mal in den Sinn kommen. »Wenn er tot ist …«

Dann hast du nichts mehr, dachte Valdyr, *nichts außer der Schande.*

»Nein, er lebt!« brummte Kamarag, als Karg und sein Helfer die schlaffe Gestalt an den Armen emporhoben und ihr vorsichtig ins Gesicht schlugen. Der Mann wirkte, als hätte er überhaupt keine Knochen mehr. Sein Kopf kippte haltlos vor und zurück, seine Augen waren geschlossen, sein Mund stand offen.

Er mußte am Leben sein, sonst wäre sein Körper längst in Totenstarre übergegangen. Karg schlug dem Menschen etwas härter ins Gesicht, doch er reagierte immer noch nicht.

Plötzlich stöhnte der Gefangene mitleiderregend auf und sackte noch mehr in sich zusammen. Karg und sein Leutnant beugten sich über ihn, um zu verhindern, daß er zu Boden stürzte, und für einen Moment war der Mensch völlig hinter den breiten Rücken der Krieger verschwunden.

Im nächsten Augenblick flogen die zwei Klingonen aufeinander zu, bis ihre Köpfe mit einem deutlichen Krachen zusammenschlugen. Sie verloren das Gleichgewicht und kippten nach hinten weg. Der Mensch war plötzlich aufgewacht und hatte die Krieger gepackt.

Jetzt stand der Mensch aufrecht, und seine Haltung

hatte sich dramatisch verändert. Er drehte sich auf einem Fuß und schlug mit dem anderen aus. Treegor wurde am Kinn getroffen und bewußtlos zu Boden geschleudert. Karg hatte sich wieder erhoben und raste vor Wut. Blut tropfte aus einer Wunde in seinem Stirnwulst. Mit einem lauten Schrei stürzte er sich auf den Menschen, der sich duckte und dem Krieger drei Faustschläge unter den Brustpanzer versetzte, der verwundbarsten Stelle eines Klingonen. Karg wurde die Luft aus den Lungen getrieben, und er konnte nur noch wild um sich schlagen. Er schaffte es, den Menschen an der Schulter zu treffen, doch der Mann steckte den Schlag mühelos weg und landete zwei Treffer auf Kargs rechtem Auge.

Dieser Mensch kennt uns, erkannte Valdyr. Er verschwendete keine Energie darauf, seine Gegner an Stellen zu attackieren, wo er ihnen nur wenig Schmerzen zufügen würde. Sie beobachtete ihn mit neu erwachtem Interesse. Sie hatte keine Ahnung gehabt, daß Menschen so gut kämpfen – oder so schlau sein konnten!

Karg setzte dem Menschen nach. Er wollte ihn offenbar packen und gegen die nächste Wand schleudern, doch der viel kleinere Mann wich seinem Angriff im allerletzten Moment aus, indem er zur Seite sprang. Er packte Kargs Rüstung und versetzte dem großen Krieger einen Stoß, so daß Karg selbst gegen die Wand geschleudert wurde. Sein Kopf prallte mit voller Wucht dagegen, dann sackte er benommen an der Wand zusammen.

Ohne eine weitere Sekunde zu verschwenden, stürmte der junge Kirk aus der Zelle und griff unterwegs nach dem elektronischen Schlüssel. Karg rappelte sich auf, um den Flüchtenden zu verfolgen, doch die Tür schloß sich direkt vor ihm, so daß er gefangen war. Valdyr mußte einen Lachanfall unterdrücken, als sie Kargs verblüfften Gesichtsausdruck sah.

»*Hu'tegh!*« fluchte Kamarag und schlug mit der Hand

auf die Alarmtaste. Sofort war überall der heisere Lärm der Sirenen zu hören.

Mit Hilfe der Überwachungsmonitore verfolgten sie, wie der Mensch durch die Korridore lief. Kamarags Hände flogen über die Kontrollkonsole, und auf einem anderen Bildschirm erschienen die zwei Krieger, von denen Karg den Schlüssel geholt hatte. Sie nahmen gerade in der Messe eine Mahlzeit ein und blickten verdutzt auf, als sie den Alarm hören.

»Beeilung!« brüllte Kamarag über das Interkom. »Der Mensch bewegt sich frei durch das Schiff!« Während die Krieger ihre Mahlzeiten stehenließen und losrannten, sicherte der Botschafter sämtliche Luftschleusen.

Valdyr lief zur Tür, die aus der Zentrale führte.

»Wohin willst du?« wollte Kamarag von ihr wissen, als die Türflügel vor ihr aufglitten.

»Ich werde mir meinen Gefangenen zurückholen«, teilte sie ihm mit. Er schien es ihr verbieten zu wollen, wurde jedoch von Karg abgelenkt, der unter wütendem Gebrüll gegen die Zellentür hämmerte. Valdyr befand sich bereits im Korridor, bevor er noch einen weiteren Gedanken an sie verschwenden konnte.

Das Ziel des Menschen dürfte die Brücke sein, dachte sie. Nur dort konnte er seine Flucht sinnvoll fortsetzen. Wenn er das Schiff verließ, würde er als einziger seiner Art auf einem fremden Planeten gestrandet sein. Dort würde man ihn mühelos wiederfinden. Nein, er mußte auf die Brücke gelangen und sie in seine Gewalt bringen. Zweifellos würde er innerhalb weniger Minuten den Weg gefunden haben. Dieser Mensch war schlau.

Diejenigen von uns, die nicht so stark sind, müssen um so mehr ihren Verstand entwickeln, dachte sie und grinste, während sie vom Jagdfieber gepackt wurde. Sie brannte darauf, gegen diesen Mann anzutreten. *Diesen Krieger,* dachte sie irritiert. Wie sonst konnte man ihn bezeichnen? Nachdem er tagelang nichts gegessen, nichts getrunken und sich nicht von der Stelle gerührt hatte, brachte dieser Mensch sowohl die Kraft als auch den Verstand auf, zwei von Kamarags besten Kriegern zu überwältigen.

Valdyr wandte sich in die Richtung, in der die Zelle des Gefangenen lag, und lief den Korridor entlang. Sie erkannte, daß sie außer ihrem Dolch und ihrem Kampfgeschick über keine weiteren Waffen verfügte. Sie konnte den Mann nicht betäuben, sondern mußte mit bloßen Händen gegen ihn kämpfen. Sie runzelte die Stirn. Würde er überhaupt gegen sie kämpfen? Oder würde er sie einfach nur mit jenem *Blick* ansehen, mit jener gönnerhaften Herablassung, mit der Krieger sie gewöhnlich bedachten? *Es wäre schandhaft für einen Krieger, gegen eine Frau zu kämpfen* – das hatte sie schon oft gehört.

Doch dann dachte sie an die Erwiderung, mit der sie schon oft darauf geantwortet hatte: *Nein, es wäre nur schandhaft, gegen eine Frau zu kämpfen und zu verlieren!* Sie biß die Zähne zusammen und hielt an einer Gangkreuzung an. Dies war der einzige Weg zur Brücke. Wenn er sie erreichen wollte, mußte er hier vorbeikommen.

Valdyr hörte stampfende Schritte und dann den gutturalen Ruf eines klingonischen Kriegers. Sie blickte um die Ecke, während ihr Körper dahinter in Deckung blieb. Der Mensch, der in ihre Richtung lief, wirbelte herum, um sich einem Klingonen zu stellen, der ihn verfolgte. Der junge Kirk wartete ab, bis der Krieger ihn fast erreicht hatte, dann stieß er selbst einen ohrenbetäubenden Kampfschrei aus und sprang aus dem Stand hoch, wobei er dem Krieger beide Füße ins Gesicht rammte. Der Klingone stürzte mit solcher Wucht zu Boden, daß sogar Valdyr noch die Erschütterung spürte. Auch Kirk hatte die Landung nicht völlig unbeschadet überstanden. Er stand mit schmerzverzerrtem

Gesicht auf und bewegte sich, nach Luft schnappend, auf sie zu.

Die Klingonin kam plötzlich hinter der Gangbiegung hervor und trat ihm in den Weg. Der Mensch blieb stehen und atmete keuchend. Der Kampf hatte ihm einiges abverlangt, und sie erkannte, daß er fast am Ende seiner Kräfte angelangt war.

»Es ist vorbei«, formulierte sie in Föderations-Standard. »Du hast gut gekämpft. Sei stolz darauf. Jetzt ergib dich und komm mit mir.«

Kirk war sichtlich überrascht, daß sie seine Sprache beherrschte. Seine Schultern erschlafften, als hätte er alle Hoffnung verloren, aber sie traute ihm nicht und nahm eine defensive Haltung an. Er musterte sie von oben bis unten, dann verhärtete sich sein Gesichtsausdruck zu grimmiger Entschlossenheit. »Keine zehn Pferde!« antwortete Kirk.

Sie blinzelte, da sie diese Redewendung nicht verstand. »Du wirst dich ergeben!« befahl sie und griff ihn an.

Valdyr schämte sich für ihre Überlegenheit. Sie bezweifelte, daß er sie mit derselben Kraft bekämpfen würde, die er gegen die männlichen Klingonen eingesetzt hatte. Dadurch würde sie ihn mühelos überwältigen können, aber es würde sie nicht befriedigen. Sie dachte immer noch darüber nach, als seine Faust mit betäubender Wucht gegen ihre Wange schlug.

Ihr Kopf wurde brutal zurückgeworfen, und sie knurrte wütend auf, als sich Blut in ihrem Mundwinkel sammelte. Sie holte aus und versetzte ihm einen kräftigen Hieb mit der Rechten gegen sein Kinn. Er taumelte zurück. Sie setzte zu einem Folgeschlag mit der Linken an, doch er konnte ihren Arm blockieren. Kirk zielte mit einem Handkantenschlag auf ihren Hals, aber sie konnte ausweichen, so daß er wirkungslos auf ihrem Schulterpolster landete. Dann riß sie den Handrücken hoch und versetzte ihm damit einen schweren Kinnhaken, durch den sein Kopf zurückgeworfen wurde. Kirk stöhnte auf und ging zu Boden.

Doch zuvor konnte er ihr noch einen Tritt gegen die Beine versetzen, so daß auch sie stürzte. Er warf sich im Flug auf sie und versuchte, seine Finger in ihr Haar zu krallen, um ihren Kopf gegen die Bodenplatten schlagen zu können. Sie riß ihre Beine hoch und schleuderte ihn kopfüber herum. Dann hockte sie sich rittlings auf ihn. »Ergib dich, Mensch!« brüllte sie und schlug ihm heftig ins Gesicht. Sein Hinterkopf schlug auf den Boden, dann seufzte er und verdrehte die Augen.

Valdyr stieg von ihrem Gefangenen herunter, vergaß jedoch keinen Augenblick lang, daß er die Bewußtlosigkeit vielleicht nur vortäuschte. Der Lärm schwerer klingonischer Stiefel hallte durch den Korridor, und als sie aufblickte, sah sie Karg, Treegor, die zwei Besatzungsmitglieder und ihren Onkel. Die Augen der Männer blickten zwischen dem bewußtlosen Menschen am Boden und Valdyr hin und her. Sie stand keuchend und schwitzend über ihm, während Blut von ihren Lippen auf die Rüstung tropfte.

Karg knurrte wütend auf. »Ich werde diesen *Ha'DIbah* jetzt töten!« brüllte er und wollte sich auf den Bewußtlosen stürzen.

»Das wirst du nicht tun!« erwiderte Valdyr, als sie sich vor den Gefangenen stellte und den Krieger grob zurückstieß.

Er machte einen erneuten Vorstoß, doch plötzlich hatte sie ihren Dolch aus der Scheide gezogen und hielt ihn dem Krieger vor das Gesicht. Karg stutzte. Valdyr spürte, wie ihr Blut kampfeslustig durch die Adern strömte. »Ist das die Art und Weise, wie ein klingonischer Krieger seinen Feind tötet?« verspottete sie ihren Verlobten. »Indem er abwartet, bis er hilflos am Boden liegt, damit er ihn im Schlaf überwältigen kann? Willst du auf diese Weise Ehre erlangen, Karg?«

Niemand rührte sich im Korridor. Kargs Gesicht

glühte vor Scham auf. Valdyr war überrascht, daß ihr Onkel kein Wort sagte, sondern sie nur nachdenklich beobachtete.

Treegor knurrte sie an: »Dieser *Mensch* ist es nicht würdig, unser Feind zu sein. Er ist ein *Parasit*, der von einer *Frau* niedergeschlagen wurde. Er hat keine ehrenhafte Behandlung verdient.«

»Sei vorsichtig, Treegor«, warnte sie den Mann. »Dieser Mensch hat *dich* mit einem Schlag niedergestreckt und euch alle ausgetrickst. Er hat es trotz einer langen Fastenzeit und in geschwächtem Zustand vollbracht. Dafür verdient er es, als Krieger respektiert zu werden.«

Ohne ein weiteres Wort steckte sie ihren Dolch ein. Dann packte sie den bewußtlosen Menschen an den Handgelenken, zog ihn hoch und warf ihn sich über die Schulter. Valdyr bemühte sich, nicht zu schwanken. Kirk war schwerer, als sie erwartet hatte, aber sie konnte es sich nicht leisten, vor den anderen Schwäche zu zeigen.

»Valdyr«, sagte Kamarag ruhig, »wohin willst du ihn bringen?«

»Zur Gefängniszelle, die ihr für ihn vorbereitet habt«, sagte sie. Zufrieden stellte sie fest, daß sie trotz der schweren Last völlig normal sprach. »Ich werde ihn mit unserem Gleiter hinbringen. Er ist doch jetzt mein Gefangener, oder etwa nicht? Er braucht medizinische Behandlung und muß vielleicht zwangsernährt werden. Ich dachte, deine Befehle wären eindeutig gewesen.«

»Brauchst du … brauchst du keine Hilfe?« fragte Kamarag.

»Glaubst du wirklich, ich käme nicht allein mit ihm zurecht?« fragte sie herausfordernd zurück und blickte ihm in die Augen.

Er hob eine Hand, als wollte er eine Beleidigung zurückweisen, doch als Karg sich zu Wort melden wollte, brachte er den Krieger mit einer ungeduldigen Geste zum Schweigen. Karg sah sehr zornig aus.

»Nein«, sagte Kamarag leise. »Ich glaube nicht, daß du Hilfe brauchst.« Und mit einer Geste, die fast ein militärischer Gruß war, entließ er sie.

Als Valdyr sich mit ihrer schweren Last auf den Weg zur Luftschleuse machte, hörte sie, wie Karg erzürnt ihren Onkel ansprach. »Ich werde solche Unverschämtheiten nicht dulden, wenn wir verheiratet sind! Ich werde ihr die Selbstgefälligkeit in der ersten Nacht aus dem Leib prügeln!«

Zu ihrer Genugtuung hörte sie Kamarag antworten: »Ich glaube nicht, daß sich das Herz einer Kriegerin so leicht erobern läßt, Karg. Du solltest deine Pläne mit ihr vielleicht noch einmal überdenken.«

Siehst du? sagte sich Peter. *Du hattest völlig recht. Du hättest gar nicht erst aufwachen sollen!* Er lag völlig reglos auf der harten Oberfläche, auf die man ihn geworfen hatte. In Wirklichkeit hatte er Angst davor, sich zu bewegen. Jeder Teil seines Körpers schmerzte – nicht nur ein wenig, sondern mit einem tiefen, migräneartigen Stechen, das bis in die Knochen reichte und das er noch nie zuvor erlebt hatte.

Was hast du erwartet, mein Lieber? Das kommt davon, wenn man sich mit einer Armee Klingonen anlegt!

Klingonen! Er war von Klingonen entführt worden. Jetzt konnte er bestätigen, daß alles, was er über sie gelesen hatte, den Tatsachen entsprach. Sie kämpften wie Berggorillas, und sie waren genauso kräftig. Die Schmerzen in seinem Körper waren ein deutlicher Beweis dafür.

Aber welches Interesse konnten die Klingonen an seiner Entführung haben? Seit Kanzlerin Azetbur von Jim Kirk und seiner Besatzung gerettet worden war, wurde sein Onkel von der klingonischen Bevölkerung als Held gefeiert.

Aber er wußte auch, daß nicht jeder Klingone mit Azetburs Herrschaft zufrieden war.

Er versuchte sich an die zwei Soldaten zu erinnern, die in seine Zelle gekommen waren. Sie hatten militärische Kleidung getragen – schwarzes und dunkelgraues Leder mit Metallbesatz, gepanzerte Stiefel und Handschuhe –, doch auf ihrem linken Ärmel hatte sich kein offizielles Abzeichen des Klingonischen Imperiums befunden. Statt dessen hatten sie ein anderes Abzeichen getragen, vielleicht das Wappen eines hochgestellten Hauses.

Er versuchte die herrschende Schwerkraft anhand seines Körpergewichts abzuschätzen. Es war schwierig, solange er sich nicht bewegte. Aber er schien schwerer als auf der Erde zu sein, wenn auch nur einen Bruchteil. Natürlich konnte dieses Gefühl auch auf sein angeschwollenes Muskelgewebe zurückzuführen sein. Er fragte sich, ob er sich auf irgendeinem klingonischen Planeten oder vielleicht auf Qo'noS befand. Und er fragte sich, ob er jemals wieder aus diesem Schlamassel herausfinden würde. Die Verzweiflung ließ ihn frieren, als hätte man einen Eimer eiskalten Wassers über ihm ausgeschüttet.

Die Klingonen machten nur selten Gefangene, aber wenn sie es taten... nun, es gab die wildesten Gerüchte, was mit diesen bedauernswerten Opfern geschah. Würden sie ihn töten? Ihn foltern? In seiner Erinnerung tauchten Erzählungen über die berüchtigte klingonische Mentalsondierung auf. Entschlossen holte Peter einige Male tief Luft, er atmete durch die Nase ein und durch den Mund aus, bis er sich wieder etwas beruhigt hatte.

»Ich weiß, daß du bei Bewußtsein bist, Mensch«, knurrte ihn eine weibliche Stimme mit starkem Akzent an.

Er kannte diese Stimme. Er hatte sie schon mindestens einmal gehört. Ja, bevor ihre Besitzerin ihm eine kräftige Tracht Prügel verabreicht hatte. Vorsichtig öffnete er ein Augenlid.

Dann sah er sie, die Frau seiner Alpträume. Sie beugte sich über ihn, war jedoch darauf bedacht, ihm nicht zu nahe zu kommen. Als ob er noch die Kraft hätte, seinen Kopf zu heben, geschweige denn, sich noch einmal auf sie zu stürzen. Sie hatte einen verdammt harten Schlag!

»Du brauchst Wasser, Mensch«, sagte sie zu ihm. »Und du mußt essen. Ich habe alles für eine Zwangsernährung vorbereitet, falls du unkooperativ bist. Du hast die Wahl.«

Ihr Standard war erstaunlich gut, auch wenn sie es mit einem seltsamen Akzent sprach. Peter öffnete auch das andere Auge.

Sie war relativ klein und zierlich gebaut. Sie reichte Peter kaum bis zur Schulter. Ihr langes schwarzes Haar war zu einem Zopf oder vielmehr einem *Tau* zusammengeflochten. Es fiel über ihre Schulter und reichte bis zu den Oberschenkeln herab. Die Haut der Klingonin hatte die Farbe von warmem Honig, ihre Gesichtszüge waren zart und weiblich. Sogar die Stirnwülste wirkten irgendwie elegant – sie waren deutlich ausgeprägt, aber nicht so wuchtig wie bei den meisten klingonischen Männern. Es sah beinahe hübsch aus. *So wie der hübsche Kopf einer Kobra,* dachte Peter ironisch.

Sie trug die gleiche militärische Uniform und die gleichen Abzeichen wie die anderen Klingonen. Als Peter ihr in die Augen blickte, hob sie das Kinn und starrte ihn ruhig an.

»Setz dich auf!« befahl sie. »Wenn du es nicht tust, werde ich dich hochzerren.«

Da er es nach Möglichkeit vermeiden wollte, noch einmal von dieser Amazone mißhandelt zu werden, rollte er sich auf die Seite und bemühte sich, ohne aufzustöhnen in eine sitzende Position zu gelangen. Nachdem er die Beine über die Kante seiner Unterlage geschoben hatte, sackte er sofort wieder an der Wand zusammen.

»Ich kenne dich jetzt, Mensch«, teilte die Klingonin ihm mit, »also versuche nicht, mich zu täuschen. Ich habe dich bei unserem ersten Kampf besiegt und würde es mit Freude wieder tun.«

Peter hob die Hände und versuchte vergeblich, Feuchtigkeit in seinem Mund zu sammeln, um sprechen zu können. Er hatte so großen Durst, wie er ihn noch nie zuvor empfunden hatte. Er wollte trinken, und es war ihm jetzt völlig gleichgültig, ob das Wasser mit Drogen versetzt war. Er wünschte es sich sogar, weil dadurch vielleicht seine Schmerzen gelindert würden.

»Hier, trink!« befahl sie und reichte ihm eine Plastikflasche.

Er griff danach, umklammerte die Hände der Klingonin und ließ sich die Flüssigkeit in den Mund laufen. Es war reines, sauberes Wasser, und es schmeckte köstlicher als alles andere, was er bislang getrunken hatte. Brutal entriß sie ihm die Flasche, nachdem er nur wenige Schlucke genommen hatte.

»Langsam!« fauchte sie. »Du bist vom Kampf geschwächt. Zuviel Flüssigkeit auf einmal würde dich krank machen. Hier, schluck dies! Dann gebe ich dir noch etwas Wasser, um es hinunterzuspülen.«

Er starrte verständnislos auf die winzigen Pillen in ihrer Hand.

»Es ist ein Medikament für Menschen. Gegen Schmerzen. Nimm sie ... oder du bekommst kein Wasser mehr.«

Er nahm sie bereitwillig an und berührte wieder ihre Hände, als sie ihm einen weiteren Schluck aus der Plastikflasche gestattete. Ihre Haut fühlte sich so angenehm warm an.

Als sie ihm diesmal die Flasche entzog, schienen sich ihre Gesichtszüge ein wenig entspannt zu haben. Er ließ ihre Hände zögernd los, während er sich fragte, wann sie ihm wieder etwas zu trinken geben würde.

»In dieser Flasche ist warme Brühe«, sagte sie und

zeigte ihm das Behältnis. »Sie ist klingonisch, aber es ist eine spezielle Zubereitung für verletzte Krieger. Sie ist gleichzeitig Nahrung und Medizin. Ich habe unsere Informationen über die menschliche Physiologie zu Rate gezogen und kann dir versichern, daß sie dir nicht schaden wird. Du wirst davon trinken ... oder ich werde dich wie ein Baby füttern.«

Peter nickte ihr zu. Er würde es trinken, denn das Wasser hatte seinen bohrenden Hunger wiederbelebt. Er befeuchtete seine Lippen mit der Zunge und fragte: »Warum tust du das?« Seine Stimme war kaum mehr als ein Krächzen.

Sie runzelte verständnislos die Stirn.

»Wieso bist du daran interessiert, daß ich esse? Daß ich nicht zuviel Wasser trinke, damit mir nicht schlecht wird? Warum tust du das?«

»Mein Onkel hat mich beauftragt, für dein Wohlergehen zu sorgen«, erklärte sie kurz angebunden, aber sie wirkte jetzt nicht mehr so aggressiv. Sie reichte ihm die Flasche mit der Brühe. »Ich soll dafür sorgen, daß du wieder gesund wirst.«

Er nickte. Ein Auftrag. Das erklärte alles und nichts. Er nippte vorsichtig an der Flasche, nachdem er seine Hungerstreikstrategie aufgegeben hatte. Zu seiner Überraschung schmeckte die warme Flüssigkeit gut. Als sich die Wärme in seinem Körper verteilte, spürte er, wie seine Lebensgeister geweckt wurden. Wie lange es wohl dauerte, bis die Pillen Wirkung zeigten? Peter war es leid, daß selbst die leichteste Bewegung von Schmerzen begleitet wurde.

Er nahm einen weiteren Schluck von der Brühe und blickte sich in seiner neuen Umgebung um. Sein heldenhafter Kampf hatte ihm nicht mehr als ein paar Narben und eine neue Zelle eingebracht. Diese hier war nicht viel größer als sein Gefängnis auf dem Schiff, aber er wußte genau, daß er sich nicht mehr im Weltraum befand.

Die fensterlosen Wände bestanden aus gemauerten und verputzten Steinen. An einigen Stellen lagen die uralten braungrauen Steine frei. Er hockte auf einer Steinplatte, über die man lediglich eine Decke gelegt hatte.

Links von ihm war ein Loch im Boden, und er wußte jetzt, daß es die klingonische Version einer Toilette darstellte. Diese spezielle Einrichtung schien seit mindestens einem Jahrhundert nicht mehr benutzt worden zu sein. Die Tür bestand aus altem Holz, das mit Metall verstärkt war, doch die Schlösser waren sehr modern. Sie bildeten einen eklatanten Kontrast zum alten Holz. Neben der Tür gab es ein durchsichtiges Beobachtungsfenster mit einer Gegensprechanlage. Davor stand ein kleiner vierbeiniger Hocker.

Die Wände wirkten so undurchdringlich wie Neutronium. Er dachte an ein Buch, das sein Onkel ihm vor vielen Jahren mitgebracht hatte – *Der Graf von Monte Christo.*

Genau! dachte er. Ich brauche nur einen Löffel, dann habe ich mich in läppischen vierzehn Jahren befreit …

Wie es aussah, hatte man ihn nicht im besten klingonischen Luxushotel untergebracht.

Peter atmete tief durch und versuchte, seine Lage einzuschätzen. *Was würde Jim Kirk jetzt tun?* fragte er sich. Als er dann die zierliche, aber durchaus attraktive Figur der jungen Klingonin betrachtete, unterdrückte er ein verbissenes Grinsen. *Ja, richtig! Für Onkel Jim wäre es überhaupt keine Frage. Bei ihrer Figur würde es ihn bestimmt nicht stören, daß sie eine Klingonin ist … nur schade, daß ich nicht sein Glück bei Frauen habe.*

Er nahm einen weiteren tiefen Schluck von der köstlichen Brühe. Sie war so scharf, daß ihm die Zunge brannte, aber an der Schule hatte er schon immer die Wettbewerbe im Chili-Essen gewonnen. Er liebte scharfes Essen. Peter blickte auf die Flasche und war überrascht, daß seine Schmerzen bereits nachließen. »Eine ausgezeichnete Brühe.«

Sie bedachte ihn mit einem zweifelnden Blick. »Ich habe immer wieder gehört, Menschen seien zu schwach, um unser Essen ertragen zu können.«

Er zuckte vorsichtig die Schultern. »Ich werde dir irgendwann mein Spezial-Chili kochen, und dann reden wir weiter. Mir gefällt diese Brühe. Und es geht mir auch schon besser. Vielen Dank.«

Sie wirkte zunächst mißtrauisch, dann unbehaglich, und sagte schließlich: »Auch ich möchte dir danken.«

Er starrte sie verblüfft an. »Wofür?«

»Dafür, daß du gegen mich gekämpft hast. Daß du mich wie einen ehrenhaften Gegner behandelt hast. Es war ein guter Kampf! Ich glaube ... wenn du im Vollbesitz deiner Kräfte gewesen wärest ... hättest du vielleicht gewinnen können!«

Peter richtete sich auf und dachte angestrengt nach. Für Klingonen besaß die Ehre einen sehr hohen Stellenwert – es gab eigentlich nichts Wichtigeres für sie. Aber die Frauen schienen innerhalb des strengen patriarchalischen Systems keinen großen Anteil daran zu haben. Er überlegte, daß es vielleicht das Beste wäre, sich zunächst vorzustellen. »Mein Name ist ...«

»Ich weiß, wer du bist!« unterbrach sie ihn schroff.

Er hob eine Augenbraue. Natürlich wußte sie, wer er war. Sie war schließlich an seiner Entführung beteiligt, nicht wahr? »Und ... mein ehrenhafter Gegner ist ...?« hakte er nach. Er wählte seine Worte mit Bedacht. Es würde ihr schwerer fallen, ihn als Opfer zu betrachten, wenn er für sie zu einer Persönlichkeit wurde.

Sie zögerte, und er fragte sie, ob sie seine Absicht durchschaut hatte. Schließlich antwortete sie leise. »Ich bin Valdyr.«

Er nickte. Ein interessanter Name. Ob er wohl irgend etwas bedeutete? *Aber sicher! Die-den-Fußboden-mit-Starfleet-Kadetten-aufwischt!* »Valdyr, habe ich mir die Ehre verdient zu erfahren, warum ich hier bin?« Er wußte, daß es ein recht kühner Vorstoß war, aber was konnte sie schon tun, außer ihm die Antwort zu verweigern? *Dich noch einmal verprügeln!*

Sie wirkte plötzlich beunruhigt und blickte sich in der Zelle um. Er sagte nichts, sondern nippte noch einmal an der Brühe, während er geduldig abwartete. Schließlich sprach sie. »Mein Onkel hat Blutrache gegen deinen Onkel geschworen. Die Regierung ist nicht mehr am Kampf gegen James Kirk interessiert, seit er Kanzlerin Azetbur das Leben rettete. Also muß mein Onkel auf eigene Faust handeln, um seine Ehre zurückzugewinnen. James Kirk wird eine Nachricht erhalten, daß er sich allein an den angegebenen Raumkoordinaten einfinden soll. Dort werden die Männer meines Onkels ihn ergreifen und hierher bringen. Und wenn er hier ist ...« Sie machte eine Pause, in der sie ihn anstarrte. »... wird man dich freilassen.«

Sie lügt, dachte Peter, hakte aber nicht weiter nach. Er hatte nicht die Kraft, sich vorzustellen, wie es wäre, den Rest seines Lebens in klingonischer Gefangenschaft zu verbringen. »Und was geschieht mit meinem Onkel, wenn dein Onkel ihn in seiner Gewalt hat?« fragte Peter, obwohl er die Antwort bereits ahnte.

Valdyr wich seinem Blick aus. »Mein Onkel hat eine Ehrenrechnung mit ihm zu begleichen. Wenn du weißt, was das ist, weißt du genau, was mit ihm geschehen wird.«

Folter und schließlich die Hinrichtung, dachte Peter verbittert. »Warum die Blutrache, Valdyr? Ich weiß, daß mein Onkel im Laufe seines Lebens oft gegen euer Volk gekämpft hat, doch jetzt wollen unsere Völker Frieden schließen!«

»Dein Onkel hat einen Klingonen auf einem explodierenden Planeten zurückgelassen, damit er dort umkommt«, sagte Valdyr leise. »Dieser Krieger war der engste Freund und Schützling meines Onkels.«

»Kruge? Ich meine, Captain Kruge?« Peter war verblüfft. »Aber ... das ist doch schon über drei Jahre her!«

»Die Rache ist wie ein *Targ* und erhebt sich hungrig nach langem Schlaf«, sagte sie. Offenbar zitierte sie ein altes Sprichwort.

»Einen Augenblick! Captain Kruge hat den Tod meines Cousins David angeordnet«, warf Peter ein. »Kruges Männer haben ihn kaltblütig ermordet. Falls irgend jemand Grund zur Rache hätte, wären wir es, nicht ihr!«

Valdyr runzelte die Stirn. »Was ist das, ›kaltblütig‹?«

»Ääh ... es bedeutet, daß Kruge beschloß, David sterben zu lassen, dann den Befehl gab und ihn ausführen ließ. Er hat ihn nicht im Kampf getötet oder ihn im Zorn während eines Streites tödlich verletzt.«

»Das ist nicht wahr!« erwiderte Valdyr erregt. »David Marcus war ein Kriegsgefangener, der exekutiert wurde, weil er eine Wache angriff.«

Peter blickte ihr in die Augen. »Ich habe etwas anderes gehört.«

»Mein Onkel hat es mir gesagt«, sagte sie und erwiderte seinen Blick unerschüttert.

Sie blickten sich eine Weile finster an, dann entspannte Peter sich. Es war völlig verrückt. Es brachte überhaupt nichts ein, wenn sie sich auf diese Weise stritten. »Keiner von uns beiden war dabei, also werden wir es niemals mit Sicherheit wissen. Nach meiner Erfahrung liegt die Wahrheit meistens irgendwo in der Mitte.«

Valdyr bedachte ihn mit einem überraschten Blick, dann nickte sie langsam. »Diese Erfahrung habe auch ich gemacht, Peter Kirk.« Sie sprach seinen Namen aus, so daß er wie »Pityr« klang.

Dann zog sie sich zur schweren Holztür zurück, ohne ihm den Rücken zuzukehren. Sie würde sich nicht so leicht übertölpeln lassen wie die Schläger, die man in seine Zelle geschickt hatte. »Ich habe dir saubere Kleidung gebracht«, sagte sie und deutete mit einem Kopfnicken auf einen Stapel Textilien, der auf dem Ende des

Steinbettes lag. »Es sind auch Tücher dabei ... zum Waschen und Abtrocknen. Und Seife. Ich werde dir eine Wanne bringen, in der du dich waschen kannst, wenn du deinen Durst gestillt hast. Du solltest dich baden. Dein Geruch ist sehr streng! Wenn du nicht freiwillig badest, werde ich gezwungen sein, dich persönlich zu säubern!«

Er konnte nicht anders. Auch wenn seine Gesichtsmuskeln schmerzten, mußte er einfach grinsen, als er sich vorstellte, wie diese Klingonin ihm die Kleidung vom Leib zerrte und seinen nackten Körper einseifte.

Valdyrs Gesicht wurde dunkler, und sie kam drohend auf ihn zu. »Was ist daran so komisch?«

Er hob beschwichtigend die Hände. »Ich bitte dich, Valdyr! Denk doch einmal nach. Haben Klingonen denn überhaupt keinen Sinn für Humor? Hast du schon einmal versucht, einen erwachsenen Mann zu einem Bad zu zwingen? Ich muß sagen, diese Vorstellung hätte sogar etwas ... Faszinierendes!«

Sie blickte ihn finster an, doch allmählich entspannten sich ihre Züge, als würde sie gegen diese Reaktion ankämpfen. »Glaube nicht, daß es eine angenehme Erfahrung für dich wäre, wenn ich dich ausziehen und baden müßte, Kirk, nur weil ich eine Frau bin!«

Peter riß unschuldig die Augen auf. »Aber Valdyr! An so etwas habe ich nicht im Traum gedacht! Du bist auf diese Idee gekommen!«

Sie kniff die Augen zu schmalen Schlitzen zusammen, während ihre Haut sichtlich dunkler wurde. *Ich fasse es nicht!* dachte er. *Sie errötet!*

»Natürlich muß ich zugeben ... daß es möglicherweise eine sehr *reizvolle* Vorstellung wäre«, sagte er mit einem schelmischen Seitenblick. »Ich glaube kaum, daß Menschen und Klingonen sich je zuvor auf so ... intime Weise nahegekommen sind. Es wäre in der Tat eine interstellare Premiere!«

Valdyrs Unterkiefer klappte herunter, dann fuhr sie

herum, öffnete die Tür und schlug sie hinter sich zu, bevor sie begriffen haben konnte, was sie tat. Peter hörte, wie die Schlösser verriegelt wurden. Dann erschien das Gesicht seiner Gefängniswärterin auf der anderen Seite der Sichtluke und starrte ihn finster an.

Treibe es nicht zu weit, mein Lieber! Es hat nicht viel gefehlt, und sie hätte dich zu Tode geprügelt! Er beugte sich vor und sagte ruhig: »Ich hatte keineswegs die Absicht, meine ehrenhafte Gegnerin zu beleidigen.« Er hoffte, daß sie seine Stimme auf der anderen Seite hören konnte.

Es schien, daß sie sich etwas beruhigte und ihr Gesichtsausdruck an Bedrohlichkeit verlor. Dann tauchte neben ihr plötzlich ein Klingone auf, der sie beide überraschte.

Oh, nein! dachte Peter, als er den Mann erkannte. *Das* war ihr Onkel? War so etwas möglich? Er hatte Kamarag sofort wiedererkannt – den Klingonen, der in aller Öffentlichkeit erklärt hatte, daß es keinen Frieden geben konnte, solange James T. Kirk am Leben war. Peter schluckte. Der Fall wurde immer klarer – zu klar.

Kamarag war groß, sein langes schwarzes Haar und sein dichter Bart waren mit grauen Fäden durchsetzt, und seine harten Gesichtszüge schienen noch nie gelächelt zu haben. Er starrte den jungen Kirk an, und Peter konnte seinen Haß körperlich spüren. Der Botschafter war nicht in Uniform, sondern trug ein langes, helles Hemd über dunkelgrauen Hosen und hatte sich einen dunklen Umhang über eine Schulter geworfen. Er wurde von einem kunstvoll gearbeiteten Ledergurt gehalten. Auf dem Gurt befand sich das gleiche Abzeichen, das auch die anderen Klingonen auf dem Ärmel trugen – zweifellos das Wappen des Hauses von Kamarag.

Der Kadett starrte den Botschafter an. *Ein Botschafter?* dachte er. Das war ein Witz. Sarek war ein Botschafter, ein Diplomat, ein Mann des Friedens ... dieser Dummkopf dagegen war ein Kriegstreiber, ein Entführer, ein selbstgefälliger Idiot, ein …

Peter gingen die Schimpfworte aus, denn sein Zorn war plötzlich zu groß geworden, um sich mit einfachen Beleidigungen Ausdruck verschaffen zu können. Er war betäubt, entführt und geprügelt worden – und das alles war nur die Schuld dieses Mannes. Er zitterte vor Wut, als er Kamarag anfunkelte und kurz davor stand, eine Schimpfkanonade gegen ihn loszulassen.

Langsam ließ der Drang nach. Was würde es ihm nützen, wenn er Kamarag verfluchte und beleidigte? Er mußte seinen Verstand einsetzen, wurde Peter klar. Jim Kirk mochte vielleicht angesichts eines Feindes die Beherrschung verlieren, aber Sarek würde es niemals tun. Und im Augenblick würde er, Peter Kirk, am meisten erreichen, wenn er sich diplomatisch verhielt.

»Botschafter Kamarag«, sagte er und deutete eine höfliche Verbeugung an.

Der Klingone jedoch ging nicht auf seine Begrüßung ein, als er sich vorbeugte und in die Zelle starrte. Langsam teilten sich seine wulstigen Lippen, und ein furchtbares Grinsen entstellte seine Gesichtszüge. Peter spürte, wie sich seine Nackenhaare sträubten. Dann wandte der Klingone sich seiner Nichte zu. Auf klingonisch fragte er: »Hat er gegessen und getrunken?«

Sie nickte.

»Gut«, sagte er, immer noch in seiner Muttersprache. »Ich verlasse mich auf dich, Nichte. Mach mir keine Schande. Unser Gefangener muß stark und gesund werden. Behandle ihn gut.« Er klopfte der jungen Frau gönnerhaft auf die Schulter. »Er muß stark genug sein, um dein … zu überstehen.«

Peter hatte das Wort am Ende des klingonischen Satzes noch nie gehört. Er dachte nach, konnte den Sinn aber nicht erraten. Wenn er es richtig verstanden hatte, steckte das Wort für Frau oder weiblich darin, aber was den Rest betraf … Er wäre jede Wette eingegangen, daß

Kamarag bestimmt nicht von einem Ausflug zum hiesigen Äquivalent eines Vergnügungsparks gesprochen hatte. *Ein Prozeß? Eine Folter?* Er hatte keine Ahnung.

Kamarag unterhielt sich immer noch mit Valdyr. Als der Mann wieder mit seinem furchtbaren Grinsen auf den Gefangenen starrte, hatte Peter das Gefühl, ihm würde das Blut in den Adern gefrieren. Dann marschierte der ältere Klingone davon. Peter wandte sich wieder Valdyr zu und wollte sie fragen, was der Begriff *be'joy'* bedeutete, als er zu seiner Überraschung feststellte, daß ihre bernsteinfarbene Haut einen kränklich gelben Farbton angenommen hatte. Sie hatte die Augen weit aufgerissen, als sie ihrem Onkel nachstarrte.

»Valdyr?« fragte Peter vorsichtig. »Was bedeutet *be'joy'*? Ich kenne das Wort nicht. Hallo, Valdyr!«

Ihr Kopf fuhr zu ihm herum, und sie starrte ihn mit wütenden Augen an. »Sprich nicht mit mir, Mensch!« befahl sie. »Vergiß nicht, wer du bist! Du bist mein Feind! Mein Gefangener! Und ich bin eine Klingonin!«

Verblüfft sah er, daß sich ihre Augen mit Verzweiflung und aufrichtigem Bedauern füllten. Dann wandte sie sich ab und stürmte davon.

Sarek materialisierte einige Minuten vor Sonnenuntergang auf dem windigen Plateau in den hohen Steppen über ShiKahr. Vor ihm erstreckten sich die Stufen, die zum Gipfel des Berges Seleya hinaufführten, wo sich die uralte Anlage mit dem Tempel und dem Amphitheater befanden. Die Robe des Botschafters flatterte im Wind, als er sich auf den Weg machte und mit dem Aufstieg begann. Die Stufen waren steil, und der Weg war weit, so daß das Herz des Vulkaniers pochte, als er den Gipfel erreicht hatte. Doch er gönnte sich keine Atempause. Statt dessen ging er um den uralten, zylinderförmigen Tempel herum, hinter dem sich das kleine Amphitheater befand.

Der Vulkanier war überrascht, als er die vielen Leute

sah, die sich auf den Stufen rings um den alten Tempel versammelt hatten. Er blickte auf und erkannte, daß sich im Amphitheater, das nur über eine schmale Treppe, die über einen tausend Meter tiefen Abgrund führte, zu erreichen war, noch mehr Gäste drängten.

Offenbar gab es sehr viele, die seiner Frau die letzte Ehre erweisen wollten.

Der Botschafter war erst vor dreißig Minuten auf seinem Heimatplaneten eingetroffen. Zuerst hatte er das Medo-Zentrum aufgesucht, wo er einige Minuten neben der körperlichen Hülle verbrachte, die einst die Seele seiner Frau beherbergt hatte, um dann die Bestattung zu genehmigen. Jetzt war er bereits im Tempel und schien gerade noch rechtzeitig zur Trauerzeremonie eingetroffen zu sein. Es würde eine kurze Zeremonie werden ... sein Sohn hatte T'Lar, die Hohemeisterin von Gol, gebeten, sie durchzuführen, und sie hatte sich einverstanden erklärt.

Als Sarek sich dem kleinen, niedrigen Amphitheater näherte, teilte sich die Menge vor ihm. Der Botschafter erkannte viele vertraute Gesichter seiner Heimatwelt ... Diplomaten und ihre Familien sowie hochrangige Regierungsbeamte, denen Sarek und Amanda oft auf offiziellen Empfängen begegnet waren. Mitglieder seiner Familie, die er zum Teil seit Jahren nicht mehr gesehen hatte, waren hier. Alle neigten respektvoll den Kopf und murmelten die traditionelle Formel: »Ich traure mit Euch.«

Es würde Amanda gefallen, daß so viele von denen, die ursprünglich gegen unsere Heirat waren, nun gekommen sind, um ihr die letzte Ehre zu erweisen, dachte der Botschafter, als er durch die Menge schritt.

Während er die schmale Brücke überquerte, sah er, daß die höchsten Amtsträger und engsten Familienangehörigen ihn im Amphitheater erwarteten. Und dort war auch sein Sohn, der eine feierliche dunkle Robe trug, die auf der Brust mit alten Symbolen in Silber bestickt war. Spock stand bei seinen Kollegen von der *Enterprise*. Als Sarek auf ihn zuging, blickte Spock auf, erkannte seinen Vater und wandte dann demonstrativ den Blick ab.

Sarek hatte kaum mit seinem Sohn gesprochen, abgesehen von dem kurzen Anruf, in dem Spock seinen Vater förmlich über Amandas Ableben informiert hatte. Zu jenem Zeitpunkt hatte Sarek bereits seit fast sechs Stunden gewußt, daß seine Frau gestorben war. Als Sarek darüber hatte reden wollen, war er von Spock unterbrochen worden. Der Erste Offizier hatte seinem Vater in knappen Worten mitgeteilt, daß die Reparaturen seines Schiffes in achtundvierzig Standardstunden abgeschlossen wären und daß er dann Vulkan verlassen würde.

Nachdem Sarek ihn erreicht hatte, nahm Spock, der immer noch dem Blick seines Vaters auswich, schweigend seinen Platz neben dem Botschafter ein. Gemeinsam traten sie auf der erhöhten Plattform vor zwei große Steinsäulen mit glatter Oberfläche. Dann kamen T'Lar und zwei Akolythen neben den Säulen hervor. Die Hohemeisterin trug eine dunkelbraune Robe mit einem Überwurf in blassem Gold.

Sarek und Spock hörten zu, wie T'Lar zu sprechen begann. »Heute wollen wir das Angedenken von Amanda Grayson Sarek ehren«, sagte sie in Föderations-Standard, um auf die anwesenden Menschen Rücksicht zu nehmen. »Sie war ein Mensch, der uns mit seiner Anwesenheit auf unserer Welt Ehre erwiesen hat.

Von Amanda Grayson Sarek lernten wir, daß unser Volk und das der Menschen in Frieden zusammenleben können … daß sie Verbündete, Freunde und Ehepartner sein können. Amanda Grayson Sarek besaß große Kraft, Stärke und Mut. Die Kraft, auf einer Welt zu überleben, die Nicht-Vulkaniern viel abverlangt; die Stärke, um die Skepsis und das Mißtrauen zu erdulden, das Menschen häufig entgegengebracht wurde; und den Mut, für immer die Ansichten der Vulkanier über die Menschen von Terra zu verändern. Sie hat uns gewandelt, nicht durch lauten Protest, sondern durch stille Unerschütterlichkeit, indem sie im Laufe der Jahre zu einem lebenden Symbol wurde.

Heute erweisen wir ihr die letzte Ehre … wir ehren die Frau, wir ehren die Mutter, wir ehren die Lehrerin, wir ehren die Persönlichkeit Amanda Grayson Sarek. Wir schulden ihrem Leben höchsten Respekt und größte Wertschätzung.«

T'Lar sprach in gemessenem Tonfall, gerade laut genug, um sich trotz des Windes verständlich machen zu können, denn die riesige Menge stand in vollkommenem, respektvollem Schweigen da.

Nach der Ansprache der Hohemeisterin hatte traditionell der Ehepartner das Wort. Sarek zögerte eine Weile, nachdem das letzte Echo der Worte T'Lars verhallt war, bis er sagte: »Als Diplomat benutze ich Worte, wie ein Handwerker seine Werkzeuge benutzt. Heute jedoch kann ich mit Worten nichts mehr bewirken. Trauert mit mir, denn mit Amanda haben wir alle etwas sehr … Kostbares verloren. Mehr kann ich nicht sagen.«

Spock warf seinem Vater einen überraschten Blick zu, dann verhärteten sich seine Züge, und er wandte sich von ihm ab. Sarek wartete eine Weile, ob sein Sohn noch etwas sagen wollte. Schließlich hob er die Hand, um die wartende Menge zu grüßen. »Meine Familie, meine Freunde … ich wünsche euch Frieden und ein langes Leben.«

»Frieden und ein langes Leben«, antwortete T'Lar für die Menge. Viele der Anwesenden hatten die Hand zum vulkanischen Gruß erhoben und den Kopf respektvoll geneigt.

Damit war die Zeremonie vorbei.

Im Unterschied zu menschlichen Trauerfeiern verlangte die vulkanische Etikette, daß die Familie des

Verstorbenen nach der Zeremonie unter sich blieb. Sarek sah, wie James Kirk zu seinem Sohn trat und leise etwas zu ihm sagte. Dann entfernte sich die Gruppe der Starfleet-Offiziere schweigend.

»Was hat Kirk gesagt?« fragte Sarek, als er und Spock allein zwischen den zerklüfteten Felsspitzen auf dem Berg Seleya standen.

»Er fragte, ob wir beide uns morgen um neun Uhr in der *Enterprise* einfinden können, um das Problem Freelan zu besprechen. Ich habe den Captain in die Situation eingeweiht, während du abwesend warst.« Spock sah seinen Vater immer noch nicht an. Seine Augen waren auf die Berggipfel gerichtet, die im Untergang Nevasas tiefrot schimmerten.

»Gut«, sagte Sarek. »Ich wollte bei meiner Rückkehr ohnehin um ein Treffen mit Kirk bitten. Ich habe neue Informationen erhalten, die über das hinausgehen, was ich dir bereits erzählt habe.« Der Vulkanier zögerte. »Spock«, sagte er schließlich, »was deine Mutter betrifft ... ich wäre heimgekommen, wenn es mir möglich gewesen wäre. Ich ...«

»Sie hat nach dir gerufen«, unterbrach Spock, den Blick unverwandt geradeaus gerichtet. Sein Gesicht schien aus demselben Fels geschnitzt, von dem sie umgeben waren. »Jedesmal, wenn sie zu Bewußtsein kam, rief sie nach dir. Ihr Ende kam schnell, nachdem du gegangen warst.«

»Die Situation auf Kadura war kritisch«, sagte Sarek. »Das Leben vieler war in Gefahr ... Amanda hat mir gesagt, sie würde meine Entscheidung verstehen.«

»Ja, sie hat dich verstanden«, erwiderte Spock mit hörbarer Verbitterung. »Aber die Tatsache, daß sie dich verstanden und dir vergeben hat, entschuldigt deine Handlungsweise nicht. Jeder kompetente Diplomat hätte die Verhandlungen um die Freilassung der Geiseln von Kadura führen können. Aber nur du hättest meiner Mutter das Sterben leichter machen können.«

Spock atmete ein paarmal tief durch. »In der ganzen Zeit, die ich an ihrer Seite verbrachte ... in den zwei Tagen ... gab es nur eines, was sie wollte – dich. Und du warst nicht da. Ohne dich gab es für sie keinen Trost ... keinen Frieden. Sie rief immer wieder nach dir. Ich konnte sie nicht trösten.«

»Ihr Ende war nicht ... friedvoll?« fragte der Botschafter. Seine Stimme war kaum mehr als ein heiseres Flüstern. Ein beinahe körperlicher Schmerz traf ihn mit der Wucht eines Schlages.

Spock zögerte. »Sogar ihr Schlaf war rastlos«, sagte er schließlich. An seinem Kiefer zuckte ein Muskel. »Sie war sich meiner Anwesenheit nicht im geringsten bewußt.«

Sarek schloß die Augen und kämpfte um seine Selbstbeherrschung. Er hatte den vorübergehenden Drang, Spock zu erzählen, wie er versucht hatte, Amanda zu erreichen, aber das war eine private Angelegenheit ... über die man nicht sprach. Erneut wurde er von Trauer überwältigt. *Also ... habe ich sie am Ende doch nicht erreicht. Ich dachte, ich hätte ... ich dachte, sie hätte vielleicht meine Gegenwart gespürt ... aber anscheinend habe ich mich getäuscht ...*

»Du warst nicht da, um ihr Ende zu erleichtern«, sprach Spock unerbittlich weiter. »Trotz meiner Anwesenheit starb sie allein.«

Langsam richtete sich der ältere Vulkanier auf und starrte Spock leidenschaftslos an. Sein Gesicht war eine kalte Maske. »Diese höchst emotionalen Vorwürfe sind unlogisch und geschmacklos zugleich, Spock. Du bist vom Pfad der Logik abgekommen, mein Sohn ... Das ist bedauerlich, aber unter den gegebenen Umständen verständlich. Schließlich bist du genauso Amandas Kind wie meines. Du bist zur Hälfte Mensch ... und es ist deine menschliche Hälfte, mit der ich jetzt konfrontiert werde.«

Endlich hob Spock den Kopf und blickte seinem

Vater in die Augen. Der Gesichtsausdruck des jüngeren Vulkaniers wurde hart, und sein Blick war genauso versengend wie die Wüste, von der sie beide umgeben waren. Seine Stimme jedoch war eiskalt, als er schließlich sprach. »In diesem Fall werde ich Sie nicht länger mit meiner geschmacklosen menschlichen Hälfte belästigen ... *Botschafter*. Leben Sie wohl!«

Spock wandte sich ab und ging davon. Seine Schritte waren leicht und gleichmäßig. Seine Beherrschung war vollkommen, denn seine Bewegungen verrieten nichts mehr von der Wut, die Sarek noch vor wenigen Augenblicken gespürt hatte. Der ältere Vulkanier zögerte, er wollte ihn zurückrufen, doch seine Worte waren völlig logisch – und damit richtig gewesen. Man entschuldigte sich nicht für logische oder korrekte Bemerkungen ...

Der Botschafter sah zu, wie sein Sohn die schmale Brücke überquerte und dann in der anbrechenden Dunkelheit verschwand, während er selbst allein zurückblieb.

James T. Kirk saß um 8.55 Uhr im Konferenzraum seines Schiffes und wartete auf Sarek und seinen Ersten Offizier. Spock war auf die *Enterprise* zurückgekehrt, um die Nacht in seiner Kabine zu verbringen, statt bei seinem Vater zu bleiben. Nach Kirks Ansicht war das kein gutes Zeichen ... Er hatte die Reaktion seines Freundes erlebt, als er darüber gesprochen hatte, wie Sarek seine Mutter alleingelassen hatte, während sie im Sterben lag. Kirk kannte Spock schon seit vielen Jahren, aber so hatte er ihn noch nie zuvor erlebt. Seine Reaktion ließ sich eigentlich nur als maßloser Zorn beschreiben.

Spocks knapper Bericht vor drei Tagen über romulanische Agenten, die sich als Freelaner maskierten, war äußerst besorgniserregend. James T. Kirk war im Verlauf seiner Karriere viele Male mit Romulanern wie auch Klingonen aneinandergeraten. Es ließ sich nicht abstreiten, daß Klingonen wilde Krieger und furchtbare Feinde waren, aber Kirk war schon seit langem der Ansicht, er würde jederzeit einen offenen, direkten Kampf mit Klingonen einer heimlichen Auseinandersetzung mit Romulanern vorziehen.

Die Romulaner besaßen eine hinterlistige Raffinesse, die ihm Probleme bereitete ... Sie waren wie Vulkanier ohne ethische Prinzipien, und diese Vorstellung fand Kirk furchterregend.

Und jetzt planten die Romulaner einen ganz großen Coup, wenn Sarek recht hatte. Es sah nicht gut aus für die Föderation. Kirk erinnerte sich an den Moment, kurz nachdem er Präsident Ra-ghoratrei auf Khitomer gerettet hatte. Die Delegierten und Diplomaten hatten sich gedrängt, um den Starfleet-Offizieren zu gratulieren, während alles in heller Aufregung über die Tatsache war, daß der vermeintliche klingonische Attentäter in Wirklichkeit ein Mensch – Colonel West – war.

Während Kirk dagestanden und die Gratulationen und Dankesworte von Präsident Ra-ghoratrei und Kanzlerin Azetbur entgegengenommen hatte, hatte er auch den freelanischen Abgesandten bemerkt, vollständig von Gewändern verhüllt, wie er oder sie mit Botschafter Nanclus gesprochen hatte, dem Romulaner, der zusammen mit General Chang und Admiral Cartwright geplant hatte, einen Krieg zwischen der Föderation und dem Klingonischen Imperium anzuzetteln. Neben dem Freelaner hatte sich eine junge Vulkanierin aufgehalten, eine hübsche und ruhige Frau, deren kurzgeschnittenes schwarzes Haar ihre elegant gespitzten Ohren freiließ.

Kirk schüttelte langsam den Kopf, in dem es von Fragen und Spekulationen wimmelte. Was hätten die Anwesenden gesehen, wenn jemand dem Freelaner die Gewänder vom Leib gerissen hätte? Falls Sarek mit seinen Überlegungen recht hatte – und schließlich waren die Vulkanier für ihre logischen Fähigkeiten berühmt –, dann wäre unter der Vermummung ein romulanisches Gesicht zum Vorschein gekommen.

Wenn es stimmte, was bezweckten die Romulaner mit dieser Maskerade? Entsprachen Sareks Schlußfolgerungen den Tatsachen? War es wirklich das Ziel der Freelaner, einen Krieg zwischen der Föderation und dem Klingonischen Imperium anzuzetteln?

Als die Tür aufglitt, trat Botschafter Sarek ein. Er trug seine offizielle Robe, doch selbst die Eleganz des Juwelenbesatzes konnte nicht über die Erschöpfung des Vulkaniers, über die dunklen Schatten unter seinen Augen und das fast weiße Haar hinwegtäuschen. Sareks Gesichtsausdruck wirkte verbissen, als er Kirk mit einem Nicken begrüßte. »Captain!«

Kirk, der sich respektvoll erhoben hatte, als der ältere Diplomat eingetreten war, erwiderte den Gruß. »Botschafter … vielen Dank, daß Sie kommen konnten. Und …« Er rief sich die vulkanischen Worte ins Gedächtnis, die laut Auskunft des Schiffscomputers in dieser Situation angemessen waren. »Ich traure mit Euch …« Er atmete tief durch und sprach dann in Standard weiter. »Mrs. Sarek war eine wunderbare Frau, Sir. Wir alle haben sie geachtet und bewundert.«

»Ich danke Ihnen, Captain«, sagte Sarek, und für einen winzigen Augenblick löste sich die Verbissenheit ein wenig und enthüllte seine tiefe Trauer.

Die Tür öffnete sich erneut, und Spock trat ein, der wieder seine Uniform trug, dicht gefolgt von Dr. McCoy. Der Vulkanier ignorierte seinen Vater, als er Kirk mit einem knappen Nicken begrüßte.

Oha! dachte der Captain. *Ob sie unter diesen Voraussetzungen überhaupt noch zusammenarbeiten können?*

McCoy und Sarek begrüßten sich, und der Arzt drückte dem Botschafter sein Beileid aus. Nachdem die Förmlichkeiten erledigt waren, forderte Kirk sie auf, sich zu setzen. »Botschafter Sarek«, begann er, »Spock hat uns in knapper Form über Ihren Verdacht gegenüber den Freelanern in Kenntnis gesetzt. Ich würde die ganze Geschichte gerne noch einmal von Ihnen persönlich hören, wenn es Ihnen nichts ausmacht. Und ich möchte gerne die Daten sehen, die Sie gesammelt haben.«

»Ich habe sie bereits in den Schiffscomputer überspielt, Captain«, sagte Spock und tippte ein Paßwort in die Kommunikationskonsole. Ein Dateienverzeichnis erschien auf dem Bildschirm.

Sarek begann mit seinem Bericht. Seine wohlmodulierte Stimme und sein präziser Vortrag belegten, was unter anderen Umständen wie kompletter Unsinn und haltlose Spekulation geklungen hätte, wenn es nicht von den Lippen eines Vulkaniers von seinem Ruf gekommen wäre. Kirk hörte aufmerksam zu und unterbrach ihn immer wieder, um eine Frage zu stellen oder den Botschafter um die genauere Darstellung eines Aspekts zu bitten.

Konzentriert studierten er und McCoy Daten und Dokumente, die der Botschafter im Verlauf seiner jahrelangen Nachforschungen zusammengetragen hatte, während Kirks Gewißheit, daß Sareks Überlegungen richtig waren, immer stärker wurde. Die Vorstellung, daß Freelan ein romulanischer Planet sein könnte, war zu Anfang haarsträubend gewesen, doch nachdem Kirk jetzt genauer darüber nachgedacht hatte, glaubte er die charakteristische Handschrift der Romulaner in diesem Plan zu erkennen. Das Vorhaben war intelligent, hinterhältig und wagemutig – und wie es aussah, schien es tatsächlich zu funktionieren.

Als Sarek seinen Bericht abgeschlossen hatte, schüttelte der Captain der *Enterprise* verbittert den Kopf. »Was diese IGEM betrifft … Ihre Vermutung stimmt, daß sie immer mehr Einfluß gewinnt. Vor zwei Tagen erhielt ich eine Prioritätsnachricht von meinem Neffen Peter, in der er mitteilte, daß es ihm gelungen sei, Zugang zu den Computersystemen der IGEM zu erhalten. Leider hat die Sicherheitsabteilung von Starfleet seinen Daten nicht die nötige Aufmerksamkeit geschenkt. Er hat mich um Hilfe gebeten, eine gründliche Untersuchung der Gruppe in die Wege zu leiten.«

»Was sind das für Daten, die Peter entdeckt hat?« fragte Spock.

»Mitgliederverzeichnisse, Propagandafilme und so weiter. Er deutete außerdem an, daß die IGEM die Sicherheitssysteme Ihres Konsulats geknackt hat, Botschafter. Angeblich konnten die Leute auf diese Weise Daten kopieren, die ihre Behauptung beweisen, daß die Vulkanier einen Geheimplan verfolgen, die Erde unter ihre Herrschaft zu bringen.«

»Die Vulkanier? Die Erde erobern?« Leonard McCoy war völlig fassungslos, dann lachte er laut auf. »Diese Leute haben wohl … äh …« Er warf Sarek einen Blick zu und wählte eine andere Formulierung. »Das ist völlig absurd!«

»Im Verlauf meiner Verhandlungen mit Commander Keraz ist etwas geschehen, das mir einen weiteren Beweis für meine Theorie geliefert hat«, sagte Sarek.

»Was war das, Botschafter?« fragte Kirk.

»Keraz' Stellvertreter Wurrl versuchte einen Mordanschlag auf mich durchzuführen. Ich stellte daraufhin fest, daß sowohl er wie auch Keraz einer telepathischen Beeinflussung unterlagen.«

Als Spock hörte, daß sein Vater angegriffen worden war, warf er ihm einen schnellen Blick zu, als wollte er nach Anzeichen einer Verletzung suchen.

»Vielleicht sollten wir uns bei einer Konferenz einfach irgendeinen Freelaner schnappen und ihm die Maske vom Gesicht reißen«, sagte McCoy. »Sie haben keine weitere Schonung verdient.«

»Zum einen würde ein solches Vorgehen nicht nur die diplomatische Immunität, sondern auch das Zivilrecht verletzen«, warf Sarek gelassen ein. »Und wenn wir zu solchen … drastischen … Maßnahmen greifen, würden wir das Wohlwollen vieler Delegierter verlieren, ganz gleich, wie integer unsere Motive sein mögen.«

»Ja, sicher«, brummte McCoy. »Wer weiß, welchen Schaden sie bereits in den Köpfen anderer Leute angerichtet haben? Ich wette, die Freelaner hatten auch bei Changs Verschwörung ihre Finger im Spiel.«

»Ich schätze, Sie würden diese Wette gewinnen, Doktor«, sagte Sarek, wobei er die Ellbogen auf den Tisch stützte und die Hände zusammenlegte. *Also hat Spock diese Angewohnheit von ihm …* dachte Kirk. »Während der jüngsten Krise ließ Präsident Ra-ghoratrei mich, Botschafter Kamarag und Botschafter Nanclus zu sich rufen, um über die klingonische Forderung nach Ihrer Auslieferung wegen des Attentats auf Kanzler Gorkon zu diskutieren. Kurz nachdem Kamarag gegangen war, betraten Admiral Smillie, Admiral Cartwright und Colonel West das Büro. Die Starfleet-Offiziere hatten einen militärischen Plan ausgearbeitet, mit dem Sie und Dr. McCoy befreit werden sollten.«

»Davon wußte ich gar nichts, Jim!« rief der Arzt mit überrascht aufgerissenen Augen. »Ich dachte, Starfleet hätte entschieden, uns vor die Hunde gehen zu lassen.«

»Admiral Smillie hat mir auf Khitomer davon erzählt«, gab Kirk zu. »Aber er sagte auch, daß Ra-ghoratrei den Plan nicht unterstützen wollte.«

»Das ist richtig«, bestätigte Sarek. »Aber für uns ist im Augenblick viel wichtiger, daß Botschafter Nanclus den Präsidenten darauf hinwies, wie verletzlich die Klingonen seien und daß es keinen besseren Zeitpunkt gebe, um eine großangelegte militärische Offensive gegen das Imperium zu lancieren. Sein Vorschlag war sehr … eindringlich.«

»Nanclus hat offen einen Krieg zwischen der Föderation und dem Klingonischen Imperium befürwortet?« Selbst in Anbetracht der folgenden Ereignisse war Kirk überrascht, daß der Romulaner sich so unverhohlen geäußert hatte.

»Ich habe es selbst gehört«, sagte Sarek nur.

»Aber Nanclus arbeitete doch mit General Chang und Admiral Cartwright zusammen, um einen Krieg zu provozieren! Dies kann unmöglich die offizielle romulanische Position gewesen sein ...« Kirks Tonfall war zum Schluß immer zögernder geworden.

Sarek wartete einen Moment ab, bis er eine Augenbraue hob. »Wirklich nicht?« fragte er leise. »Woher wollen Sie das wissen? Die weitere Entwicklung erweckte den Eindruck, daß er, Chang und Cartwright die gleichen Interessen verfolgten ... aber wer war der Anstifter zu dieser Verschwörung?«

Der Captain holte tief Luft. »Während der Gerichtsverhandlung behauptete Cartwright unter Eid, daß Nanclus zuerst zu ihm kam, und daß sie beide dann gemeinsam zu Chang gingen, um ihn von ihrem Plan zu überzeugen. Er war natürlich sofort bereit, die Sache in die Hand zu nehmen. Aber wenn die ganze Angelegenheit ursprünglich Nanclus' Idee gewesen war ...«

»Exakt«, sagte Sarek.

»War der Angriff durch den klingonischen Attentäter auf Sie das Resultat telepathischer Beeinflussung, Botschafter?« fragte Spock in sachlichem und förmlichem Tonfall. Kirk konnte sich nicht erinnern, daß Spock seinen Vater jemals zuvor gesiezt hatte, aber er wollte sich nicht in das Problem der beiden Männer einmischen.

»Ja, ich denke schon. Ich konnte während des Kampfes nur einen sehr kurzen Einblick in Wurrls Geist nehmen«, antwortete Sarek. »Der Klingone erlitt im Verlauf des Kampfes eine schwere Schädelverletzung und fiel daraufhin ins Koma. Ich weiß nicht einmal, ob er noch am Leben ist. Starfleet hat ihn in Gewahrsam genommen.« Sarek blickte Spock an, doch wie Kirk bemerkte, blieb sein vulkanischer Offizier völlig ungerührt.

»Und Commander Keraz war ebenfalls diesem mentalen Einfluß ausgesetzt?« verfolgte Spock das Thema weiter, ohne seinen kühlen Tonfall zu verändern. »In welcher Form?«

»Als ich den klingonischen Commander fragte, was ihn dazu bewogen hatte, eine Kolonie der Föderation zu besetzen, teilte er mir mit, daß er schlichtweg nicht wußte, warum er es getan hatte. Es war eine völlig impulsive Entscheidung, die ihn anschließend zutiefst verwirrte. Als ich ihm sagte, was ich bei Wurrl festgestellt hatte, bat er mich, auch bei ihm nach Spuren mentaler Beeinflussung zu suchen. Ich berührte ihn ... und stellte fest, daß auch er unter fremdem Einfluß stand.«

»Oho!« sagte McCoy. »Sie glauben also, irgendein Freelaner und sein vulkanischer Sklave hätten Wurrl dazu gezwungen, einen Mordanschlag auf Sie zu verüben – und Keraz, zum Renegaten zu werden und Kadura zu überfallen?«

»Ich würde sagen, ›gezwungen‹ ist ein zu starker Ausdruck«, erwiderte Sarek. »Beeinflußt wäre wohl angemessener. Aber daß die Freelaner hinter diesen Dingen stecken ... daran gibt es für mich keinen Zweifel.«

»Botschafter«, sagte Kirk, als ihm eine Idee kam, »wäre es möglich, daß Kadura nur ein Köder war, um Sie von Vulkan fortzulocken, damit man Sie beseitigen konnte? Wäre es möglich, daß die Freelaner etwas von Ihrem Verdacht gegen sie wissen oder ahnen?«

Sarek blinzelte ein paarmal. Offenbar hatte er noch gar nicht an diese Möglichkeit gedacht. »Es wäre möglich«, sagte er leise. »Taryn wirkte in der Tat ein wenig mißtrauisch, als ich mich das letzte Mal in der Station aufhielt.«

»Besteht die Möglichkeit, daß Ihr *Valit*-Programm nicht alle Spuren Ihres Eindringens in die romulanischen Computersysteme beseitigt hat?« fragte Spock. »Könnte man nach Ihrem Verlassen der freelanischen Station irgendeinen Hinweis gefunden haben?«

Der ältere Vulkanier hob eine Augenbraue. »Mein

Valit war tadellos programmiert«, sagte er mit leichter Überraschung, daß Spock seine Fähigkeiten im Umgang mit Computern anzweifelte. »Falls tatsächlich eine Manipulation entdeckt wurde – was ich für sehr unwahrscheinlich halte –, dann konnte sie auf keinen Fall zu mir zurückverfolgt werden.«

»Aber vielleicht genügte der bloße Verdacht für Taryn, um Maßnahmen gegen Sie zu ergreifen«, sagte Spock.

»Das wäre möglich«, mußte Sarek zugeben.

»Ich denke, wir sollten so schnell wie möglich mit all diesem Material zum Präsidenten gehen«, sagte Kirk. »Und zu Vizeadmiral Burton von der Starfleet-Sicherheit.«

Der Captain sah überrascht, daß Sarek entschieden den Kopf schüttelte. »Nein, Kirk«, sagte er. »Noch nicht. Nicht bevor ich einen unwiderlegbaren Beweis habe.«

»Allein die Tatsache, daß Sie Verdacht geschöpft haben, muß Beweis genug sein!« sagte McCoy. »Ein Mann von Ihrem Ruf, Botschafter – der Präsident wird Ihnen ohne jeden Zweifel zuhören.«

»Ich darf nur unter vier Augen mit dem Präsidenten darüber reden«, sagte Sarek. »Außerdem müssen wir achtgeben, daß nichts von diesen Vermutungen an die Öffentlichkeit gelangt. In diesem Fall ergäben sich sehr ernste Konsequenzen.«

»Was für Konsequenzen?« fragte McCoy erstaunt.

»Zum einen wäre der unsichere Frieden mit dem Klingonischen Imperium in Gefahr«, sagte Spock, bevor der Botschafter auf diese Frage antworten konnte. »Azetbur könnte den Eindruck gewinnen, die Föderation würde versuchen, Zwietracht zwischen den Imperien der Romulaner und Klingonen zu säen ... indem die Romulaner beschuldigt werden, für die klingonischen Renegaten verantwortlich zu sein. Außerdem dürfen wir nicht die IGEM vergessen. Die meisten ihrer Anhänger sind zweifellos ohne eigenes Verschulden in die Irre geführt worden. Wenn ihnen vorgeworfen wird, sie seien Erfüllungsgehilfen der Romulaner, könnte dies sehr leicht zu einer Hexenjagd führen.«

»Wie soll der Beweis aussehen, den Sie sich erhoffen, Botschafter Sarek? Wenn die Romulaner ahnen, daß Sie Bescheid wissen, werden sie zweifellos alle ihre Leute von Freelan zurückrufen und ihre Bemühungen verstärken, einen Krieg zwischen der Föderation und den Klingonen anzuzetteln.«

»So ist es. Wir müssen sehr vorsichtig sein und dürfen nichts überstürzen«, pflichtete Sarek ihm bei. »Ich würde gerne noch einmal auf die freelanischen Computer zugreifen, um den Speicherinhalt zu kopieren. Wenn wir geschickt vorgehen, könnten wir an einen Beweis gelangen, ohne daß die Romulaner auf unsere Pläne aufmerksam werden.«

»Könnten Sie es noch einmal schaffen?«

»Ich denke schon«, sagte Sarek und blickte seinen Sohn an. »Wenn Spock mir assistieren würde.«

Spock saß eine Weile schweigend da und nickte schließlich. »Ich werde mein Bestes tun«, sagte er. »Dazu müßte ich die *Valits* untersuchen, die Sie beim ersten Mal benutzt haben, um ihre Funktionsfähigkeit zu verbessern.«

Kirk entdeckte ein kurzes entrüstetes Aufblitzen in den Augen des Botschafters, während sein Gesicht unverändert ruhig blieb. »Gut«, sagte er. »Ich werde sie zur Verfügung stellen.«

Kirks Blicke wechselten vom Vater zum Sohn. Wenn irgendwer die romulanischen Sicherheitssysteme überwinden konnte, dachte er, dann waren es diese zwei. Trotzdem fragte er sich, ob er wegen dieser Angelegenheit nicht sofort zur Starfleet-Sicherheit gehen sollte. Aber vielleicht war es besser, noch ein paar Tage damit zu warten, wenn er dann einen eindeutigen Beweis hatte …

»Wie weit müßten wir uns Freelan nähern, damit Sie in die Datenbanken eindringen können?« fragte Kirk.

»In Anbetracht der Fähigkeiten des Computers dieses Raumschiffes müßte es ausreichen, wenn wir uns irgendwo innerhalb des Systems befinden«, sagte Sarek. »Vergessen Sie nicht, daß ich damals nur einen kleinen Tricorder zur Verfügung hatte. Kirk, wie lange würde dieses Schiff benötigen, um Freelan zu erreichen?«

»Zwei Tage bei Warp sechs.«

»Ausgezeichnet«, sagte Sarek. »Damit hätte ich genügend Zeit, um Spock mit meinem Plan vertraut zu machen, wie wir Zugang zum freelanischen Computersystem erhalten dürften.« Der Botschafter nickte Kirk anerkennend zu. »Ich danke Ihnen für Ihre Kooperationsbereitschaft, Captain.«

»Es ist meine Pflicht, jeder Gefahr für die Sicherheit der Föderation entgegenzutreten«, sagte Kirk nur. »Wann sind Sie bereit, von Vulkan abzufliegen?«

»Ich hatte mich bereits darauf eingestellt, mit Ihrem Schiff aufzubrechen, Kirk. Ich bin jederzeit bereit.«

»Nach Scottys Einschätzung müßten seine Leute inzwischen mit dem Außenanstrich …« Kirk wollte gerade nach der Ruftaste des Interkoms greifen, als das Gerät sich von selbst meldete. Ungeduldig öffnete er den Kanal. »Kirk hier. Ich dachte, ich hätte Anweisung gegeben, auf keinen Fall gestört …«

»Captain«, wurde er von Commander Uhuras Stimme unterbrochen. »Ich habe eine persönliche Nachricht der Priorität eins für Sie. Von Admiral Anderson, Sir.«

»Vom Leiter der Starfleet-Akademie?« fragte Kirk verblüfft nach. Was konnte Admiral Anderson von ihm wollen? »Worum geht es, Commander?«

»Einen Augenblick, Sir …«, sagte sie. »Captain … Admiral Anderson meldet, daß Ihr Neffe Peter verschwunden ist. Alle Nachforschungen deuten darauf hin, daß er sich nicht aus freiem Willen entfernt hat. Sir … der Admiral vermutet, daß er entführt wurde.«

Kirk schluckte. Peter war sein einziger naher Verwandter. Wenn ihm irgend etwas zustoßen sollte …

»Commander«, sagte er, »die Brückenbesatzung soll alles vorbereiten, auf mein Kommando das Dock zu verlassen. Es geht in den Sektor 53-16, nach Freelan.« Er schaltete auf einen anderen Kanal um. »Mr. Scott?«

»Scott hier, Sir«, antwortete die vertraute Stimme ohne Verzögerung.

»Wie schnell könnten wir den Anker lichten und von hier verschwinden?«

»Wir wären in zwanzig Minuten soweit, Captain.«

»Ich gebe Ihnen zehn«, entgegnete Kirk.

»Aye, Sir«, erwiderte der Ingenieur seelenruhig. »Wir werden bereit sein.«

»Gut, Scotty. In zehn Minuten. Kirk Ende.«

Der Captain unterbrach die Verbindung und blickte ernst in die Gesichter der Anwesenden. »Wenn es einmal regnet, dann gießt es in Strömen«, sagte er. »Murphys Gesetz.«

Der Botschafter hob fragend eine Augenbraue. »Murphys Gesetz?«

»Eine menschliche Redensart«, erklärte Spock. »Sie besagt: ›Alles, was schiefgehen kann, wird auch schiefgehen.‹«

»Ja, und zwar immer im ungünstigsten Augenblick«, setzte McCoy hinzu. »Jim … was könnte Peter zugestoßen sein?«

»Ich weiß es nicht, Pille«, sagte Kirk. »Da er sich für die IGEM interessiert hat, liegt der Verdacht nahe, die Organisation könnte dafür verantwortlich sein. Aber dem muß nicht so sein.« Er öffnete einen Kanal zur Brücke und sagte: »Commander Uhura, bitte stellen Sie für mich eine Verbindung zu Admiral Anderson her.«

»Ja, Captain. Ich werde Sie sofort verbinden.«

Kirk dachte angestrengt nach. Sollte er das Kommando über die *Enterprise* an Spock übergeben und sich auf den Weg zur Erde machen? Er konnte Peter schließlich nicht einfach im Stich lassen! Trotzdem ... die Pflicht war wichtiger als private Probleme. »Botschafter«, sagte er, »nehmen wir einmal an, Sie hätten in ein paar Tagen einen unwiderlegbaren Beweis – was sollte die Föderation dann Ihrer Ansicht nach gegen die Romulaner unternehmen?«

»Einige Vertreter in der Führungsebene von Starfleet würden sicher zu einem Präventivschlag raten«, sagte Spock. »Ich kann mir vorstellen, daß zum Beispiel Admiral Smillie eine solche Taktik befürwortet.«

»Krieg? Ein totaler Krieg?« McCoy war entsetzt. »Es muß doch irgendeinen Weg geben, um eine solche Eskalation zu verhindern!« Er blickte sich zu Kirk um. »Oder was denkst du, Jim?«

»Ich weiß es nicht«, sagte Kirk, während er sich dazu zwang, nicht mehr an Peter zu denken, sondern sich auf ihr aktuelles Problem zu konzentrieren. »Es könnte sein, daß die Romulaner die Aktion abblasen, wenn sie wissen, daß sie das Überraschungsmoment verloren haben und es ihnen nicht gelingen wird, die Föderation und das Klingonische Imperium zu kriegerischen Aktionen zu veranlassen.«

»Es wäre möglich«, warf Sarek ein, »daß sie die Kolonie auf Freelan evakuieren und alles abstreiten. Ich würde Taryn eine so radikale Aktion zutrauen.«

»Was würde in diesem Fall mit den von ihnen aufgezogenen Vulkaniern geschehen?« fragte Spock. »Faktisch gesehen handelt es sich um Geiseln. Wir wären moralisch dazu verpflichtet, sie zu befreien.«

»Wenn diese vulkanischen Kinder von Romulanern aufgezogen wurden, könnte es sein, daß sie sich selbst als Romulaner und nicht mehr als Vulkanier sehen«, bemerkte McCoy. »Vielleicht wollen sie gar nicht gerettet werden.« Er wandte sich an Sarek. »Haben Sie eine Ahnung, wie viele es sind?«

Der Vulkanier schüttelte den Kopf. »Wenn ich die Anzahl der entführten Vulkanier zugrunde lege, würde ich schätzen, daß es etwa einhundert ... vielleicht zweihundert sind. Bestimmt nicht weniger als fünfzig.«

Kirk sah die Vulkanier mit starrem Blick an. »Wie ich die Romulaner kenne, würde es ihnen nicht schwerfallen, die Geiseln einfach zu eliminieren, damit die Streitkräfte der Föderation keinen Anlaß zu einer militärischen Rettungsaktion erhalten.«

Vater und Sohn nickten schweigend und verbittert.

»Ich denke, wir sollten ...«, begann Kirk und wurde erneut vom Interkom unterbrochen. »Kirk hier«, sagte er.

»Sir«, meldete sich Uhura, »die Verbindung zu Admiral Anderson steht.«

»Stellen Sie ihn durch«, wies Kirk sie an.

Kurz darauf erschienen Kyle Andersons Gesichtszüge auf dem kleinen Bildschirm. Er war ein gepflegt wirkender Schwarzer mit Halbglatze und dichtem, eisengrauem Bart. »Captain Kirk«, sagte er. »Sie haben meine Nachricht erhalten?«

»Vor wenigen Minuten«, antwortete Kirk. »Was ist mit Peter geschehen?«

»Er ist spurlos verschwunden, Captain. Unsere Sicherheitsleute haben feststellen können, daß er am vergangenen Mittwoch kurz nach Mitternacht verschwunden ist. Zur Zeit werden bei uns viele Prüfungen abgehalten, so daß er erst vor zwei Tagen vermißt wurde. Wir haben einen weiteren Tag gebraucht, um Ihr Schiff aufzuspüren ... Ich muß mich wegen dieser Verzögerungen entschuldigen.«

Kirk atmete tief durch. »Aber ... er ist doch schon seit mehreren Tagen verschwunden! Und Sie haben immer noch keinen Anhaltspunkt, wo er stecken könnte?«

»Nein. Es gibt nicht den geringsten Hinweis. Deshalb vermuten wir, daß man ihn von der Erde fortgebracht hat. Wir sind gerade dabei, alle Schiffe zu überprüfen, die sich in der betreffenden Nacht im Erdorbit befanden oder von der Erde abgeflogen sind«, sagte Anderson. »Aber wie Sie sich vielleicht vorstellen können, ist das keine leichte Aufgabe.«

Kirk nickte. »Wie kommen Sie darauf, er könnte entführt worden sein?« fragte er.

»Wir konnten den letzten Anruf rekonstruieren, den er in seiner Wohnung entgegengenommen hat. Die Nachricht wurde anschließend automatisch chiffriert ... aber heute früh konnte sie dechiffriert werden.« Er drückte auf eine Taste. »Hier ist sie.«

Kirk beobachtete mit wachsendem Entsetzen, wie Andersons Gesicht auf dem Bildschirm durch sein eigenes ersetzt wurde. Er hörte zu, wie seine Stimme Peter dazu aufforderte, sich unverzüglich bei ihm einzufinden. Als die Aufzeichnung zu Ende war, tauchten wieder Andersons dunkle Gesichtszüge auf. »Ich habe niemals eine solche Nachricht abgeschickt«, sagte Kirk niedergeschlagen. »Aber es ist kein Wunder, daß er darauf hereinfiel ... er hat schließlich damit gerechnet, daß ich mich bei ihm melden würde ...«

»Das ist uns bekannt, Captain. Wir haben eine Nachricht der Priorität eins ausfindig gemacht, die Peter an Sie abgeschickt hat. Geben Sie uns die Erlaubnis, sie zu dekodieren? Sie könnte uns wichtige Hinweise auf seinen Verbleib geben.«

Kirk zögerte. Er hatte Sarek zugesichert, daß der Verdacht einer Beziehung zwischen der IGEM und den Romulanern vorerst geheim blieb. »Wir werden von hier aus weitere Nachforschungen durchführen«, sagte er schließlich. »Ich werde Ihnen die Nachricht zugänglich machen, sobald alles weitere mit der Starfleet-Sicherheit geklärt ist. Könnten Sie bitte alle Erkenntnisse über diese Nachricht an meinen Kommunikationsoffizier

Commander Uhura weiterleiten? Es gibt niemanden, der besser zur Lösung dieses Problems befähigt wäre.«

»Gewiß, Captain«, sagte Anderson. »Das werden wir tun.«

»Ich werde mich wieder bei Ihnen melden, sobald ich die Unbedenklichkeitserklärung von der Sicherheitsabteilung habe«, sagte Kirk und kreuzte heimlich unter dem Tisch Zeige- und Mittelfinger.

»Meine Leute vermuten, daß man ihm unterwegs auf der Straße aufgelauert hat«, sagte Anderson.

»Sie gehen also nicht von einem ...« Kirk schluckte. »... von einem Mord aus?«

»Wir wissen nichts Genaues, Captain. Aber wenn jemand Ihren Neffen einfach nur umbringen wollte, wäre das aufwendige Täuschungsmanöver mit dem gefälschten Anruf unnötig gewesen.«

»Logisch«, murmelten Spock und Sarek fast gleichzeitig.

»Also eine Entführung ...« Kirks Gedanken rasten. »Hat es schon eine Nachricht gegeben? Eine Lösegeldforderung?«

»Bislang noch nicht.«

»Wenn ich etwas höre«, sagte Kirk, »werde ich Sie umgehend informieren. Vielleicht können wir die Nachricht bis zu ihrem Ausgangspunkt zurückverfolgen und dort ansetzen.«

»Eine gute Idee. Ich werde mich bei Ihnen melden, sobald wir irgend etwas Neues erfahren, Captain«, versprach Anderson.

»Vielen Dank, Admiral.«

»Seien Sie versichert, daß wir alles tun, was in unserer Macht steht«, sagte der Mann, bevor er die Verbindung unterbrach.

Kirk wandte sich an die anderen, die immer noch am Konferenztisch saßen. »Wenn auf Scottys Wort Verlaß ist, müßten wir jetzt aufbrechen können. Botschafter ... Sie und Spock sollten sofort mit der Arbeit an diesen

Valits beginnen, von denen sie gesprochen haben. Ich werde veranlassen, daß Uhura die Nachricht analysiert und wenn möglich zurückverfolgt. Ich habe das dumme Gefühl, daß all diese Dinge irgendwie zusammenhängen.«

Einige Minuten später saß Kirk in seinem Kommandosessel auf der Brücke. Mit einem Glitzern in den Augen betrachtete er auf dem Sichtschirm das labyrinthartige Innere des vulkanischen Raumdocks. »Bericht, s'Bysh!« forderte er die Navigatorin auf.

»Alle Verbindungen sind gelöst, Captain. Die Docktore werden in zwei Minuten und fünfunddreißig Komma sechs Sekunden geöffnet«, meldete sie steif.

»Setzen Sie Kurs auf Freelan, Lieutenant.« Kirk lehnte sich in seinem Sessel zurück. Sein Blick war ruhig, sein Mund entschlossen. Er sah zu, wie sich s'Byshs grüne Finger bewegten. »Alles bereit, Lieutenant?« fragte er eine knappe Minute später. »Liegt der Kurs an?«

»Ja, Sir.«

Kirk zählte im Kopf die Sekunden ab, bis er vierunddreißig erreicht hatte. »Mit halber Impulskraft voraus, Lieutenant«, befahl er und glaubte, Chekov murmeln zu hören: »Nicht schon wieder!«

»Halbe Impulskraft, verstanden, Sir.«

Die *Enterprise* beschleunigte aus dem Stand – wie ein Leopard, der sich auf seine Beute stürzt. Das Schiff näherte sich mit erschreckender Geschwindigkeit den auseinandergleitenden Torhälften und schoß durch die Öffnung, während auf beiden Seiten nur wenige hundert Meter Platz blieben. Dann waren sie draußen im freien Weltraum. Chekovs erleichterter Seufzer war überall auf der Brücke zu hören, und Commander Uhura grinste amüsiert.

»Gehen Sie auf Warp sechs!« befahl Kirk entschlossen.

»Warp sechs, verstanden, Captain.«

Kirk lehnte sich in seinem Sessel zurück. Ganz gleich, wieviel Leistung Mr. Scott dem Warpantrieb entlocken konnte, es würde auf jeden Fall eine lange Reise werden …

Nachdem er den ganzen Tag damit verbracht hatte, an der Modifikation der *Valit*-Programme zu arbeiten, fühlte Sarek sich erschöpft, aber er konnte noch nicht schlafen. Er erinnerte sich an sein Versprechen und holte Amandas Tagebuch hervor. Er öffnete es und begann nach einem Blick auf das Datum zu lesen.

12. November 2230

Es ist mitten in der Nacht, und es ist still. Ich bin müde … aber ich bin viel zu aufgeregt, um schlafen zu können. In dieser ganz besonderen Nacht muß ich mich unbedingt meinem Tagebuch anvertrauen!

Ich habe einen Sohn.

Sarek und ich haben einen Sohn. Er wurde in den frühen Morgenstunden des heutigen Tages geboren. Da es meine erste Niederkunft war, hatte ich Bedenken, ob ich die Schmerzen würde ertragen können. Doch ich glaube, ich habe mich vor den Heilern sehr tapfer gehalten …

Und unser Sohn ist kerngesund. Obwohl die Heiler mir versicherten, alle ihre Untersuchungen hätten ergeben, daß das Baby völlig normal auf die Welt kommen würde, hatte ich mir trotzdem Sorgen gemacht. Schließlich mußte ich medizinisch auf die Empfängnis vorbereitet werden und wurde während der gesamten Schwangerschaft genauestens überwacht – die fast einen ganzen Monat länger dauerte als bei Menschen üblich!

Wenn ich sage, daß es keineswegs ein Vergnügen ist, beinahe zehn Erdmonate lang schwanger zu sein, dann ist das die Untertreibung des Jahrhunderts! Gestern war ich so stark angeschwollen, daß ich das Gefühl hätte, es würde mich zerreißen. Ich habe viele Stunden damit verbracht, auf meinen Bauch zu starren. Ich konnte einfach nicht fas-

sen, wie dick er war! Ich konnte kaum ohne fremde Hilfe ins Badezimmer watscheln. Als ich spürte, wie der dumpfe Schmerz in meinem Rücken in die erste Wehe überging, hätte ich vor Freude einen Luftsprung machen können! Es ist eine unglaubliche Erleichterung, wieder mit einem Körper von einigermaßen normalen Ausmaßen leben zu dürfen.

Während ich in den Wehen lag, erzählte mir eine Heilerassistentin von den alten Tagen, von der Zeit vor Surak und der Logischen Reformation. Aus Respekt vor dem alten Glauben beweisen vulkanische Frauen ihre Stärke, indem sie sich zur Niederkunft in unterirdische Kammern zurückziehen, die kaum mehr als düstere Höhlen sind.

Und wie es scheint, tragen viele Vulkanier immer noch Erinnerungsspuren aus den alten Zeiten in sich – an die alten Traditionen, an die uralten Sitten und Rituale. Sarek sagte mir, wenn er sich seine eigene Geburt bildlich vorstellt, dann sieht er genau diese Szene vor seinem geistigen Auge.

Eine Weile befürchteten die Heiler, daß ich nicht auf normale Weise niederkommen könnte. Mein Sohn ist recht groß für ein menschliches Baby, aber noch einigermaßen normal für ein vulkanisches Baby. Wenn ich nicht gründlich von der Hebamme vorbereitet worden wäre, hätte ich vermutlich aus Verzweiflung irgendwann aufgegeben. Aber sie war erstaunlich hilfreich, obwohl sie bestimmt jedesmal innerlich zusammenzuckte, wenn ich deutlich zeigte, was ich empfand.

Meine Wehen waren sehr heftig und schienen eine Ewigkeit zu dauern. Ich war überrascht, wie gut ich mit den Schmerzen umgehen konnte. O ja, es waren Schmerzen … bei den Göttern aller Zeiten, es fühlte sich an, als würde ein Teufel versuchen, mir einen dicken Nagel in die Wirbelsäule zu hämmern, während er gleichzeitig meinen Bauch mit einem Schraubstock zusammenpreßte. Doch im Gegensatz zu Niednägeln, gequetschten Zehen, blauen Flecken und verrenkten Fußgelenken hatten diese Schmer-

zen einen Zweck. Solange ich mich auf diesen Zweck konzentrierte, konnte der Schmerz mich nicht überwältigen. Ich erinnere mich dunkel, daß die Hebamme mich ermutigte, daß sie mich immer wieder an den Zweck meiner Schmerzen erinnerte, wodurch ich mich auf das Ziel meiner Qualen konzentrieren konnte.

Sarek war die meiste Zeit anwesend. Er hielt meine Hand und teilte, was ich fühlte. In gewisser Weise erleichterte er damit die Qual. Vielleicht hat er auch irgendeine Art von Verschmelzung durchgeführt, um einen Teil der Schmerzen zu blockieren. Oder es war einfach nur seine Ausstrahlung unerschütterlicher Kraft und Ruhe, die mir Mut machte.

Ich hätte gerne mein Kind in dieser Nacht bei mir gehabt, aber man hat es in die Akademie der Wissenschaften gebracht, um es zu untersuchen und unter strenger Beobachtung zu halten.

Als ich unseren Sohn das erste Mal fütterte und in den Armen hielt, sah ich ein kleines Gesicht, das so vollkommen vulkanisch war, daß ich mich fragte, ob er überhaupt irgend etwas von mir hatte. Doch als ich schon glaubte, er hätte gar nichts Menschliches in sich, öffnete mein Sohn den Mund und begann zu schreien. Er klang genau wie ein menschliches Baby. Ich sah kurz etwas im Gesicht meines Gemahls – war es vielleicht Enttäuschung? –, als er dieses Geschrei hörte.

Vulkanische Babys schreien nur, wenn sie Hunger haben oder sich nicht wohl fühlen. Aber unser Sohn war trocken und satt, also gab es für ihn keinen logischen Grund, warum er schreien sollte.

Und das hat mir bewiesen, daß er doch etwas von mir hat.

War Sarek wirklich enttäuscht? Ich schätze, ich werde es niemals erfahren. Ich liebe unseren Sohn zu sehr, um ihn danach zu fragen – und womöglich ein ›Ja‹ als Antwort zu erhalten ...

Das Neugeborene bewegte sich im kleinen, geheizten Kokon, während sein Vater jede Bewegung verfolgte und sich vom neuen Leben faszinieren ließ, an dessen Entstehen er beteiligt gewesen war. *Mein Sohn …* dachte er, als er die winzigen Adern bemerkte, die in grünlichem Blau unter der dünnen, zarten Haut pulsierten. *Mein Sohn … welchen Namen werden wir dir geben? Dein Namenstag ist erst in einem Monat, also haben wir noch etwas Zeit, einen passenden Rufnamen für dich auszusuchen. Deine Mutter wird kaum in der Lage sein, jemals deinen Familiennamen auszusprechen …*

Vulkanische Namen begannen mit einer Silbenkombination in Altvulkanisch, die auf die Abstammung und die Familienverhältnisse hinwies. Sareks Sohn würde jedoch nur mit seinem zweiten Namen angesprochen werden, genauso wie sein Vater. Die Tradition verlangte, daß dieser Namen zu Ehren von Surak mit einem ›S‹ begann.

Das Baby strampelte wieder, öffnete dann den Mund und stieß einen leisen Quiekser aus. Es öffnete die Augen, die sich eine Weile ziellos bewegten, bis sie sich auf das Gesicht seines Vaters richteten. Das Kind war nicht mehr so aufgedunsen wie kurz nach der Geburt, und es konnte die Augen jetzt richtig öffnen, so daß Sarek mühelos ihre Farbe erkennen konnte. Sie waren dunkel, so wie seine eigenen, nicht blau wie die seiner Mutter. Das war keine Überraschung. Alle Untersuchungen der Heiler im Verlauf der Schwangerschaft hatten darauf hingedeutet, daß die vulkanischen Gene eines Mischlings zwischen Mensch und Vulkanier dominant sein würden.

Eine Assistentin, die durch die Überwachungsmonitore darauf aufmerksam geworden war, daß das Kind aufgewacht war, näherte sich Sarek und seinem Sohn. »Er schläft nicht mehr«, teilte er ihr überflüssigerweise mit.

»So ist es«, bestätigte sie. »Bald wird er hungrig werden. Ich bringe jetzt das Supplement an. Möchten Sie ihn zum Stillen zu Ihrer Frau bringen, Botschafter?«

Sarek zögerte. Sein Sohn war so winzig ... er war kaum größer als seine beiden Hände. Er hatte noch nie zuvor ein Baby gehalten ...

»Wenn Sie möchten«, sagte die Schwester, »werde ich es tragen.«

Sarek sah zu, wie sie mit schnellen, geübten Griffen das Baby aufhob und das Oral-Supplement anbrachte, das es mit den Nährstoffen versorgte, die nicht in Amandas menschlicher Muttermilch enthalten waren. Bevor sie sich auf den Weg machen konnte, streckte Sarek die Arme aus. »Ich werde ihn nehmen«, sagte er entschlossen.

Der Vulkanier stand wie erstarrt da, als sie das kleine, warme Bündel in seine steifen Arme legte und darauf achtete, daß der Kopf gestützt wurde.

Der Botschafter empfand eine leichte unlogische Überraschung, daß sein neugeborener Sohn, der so zerbrechlich und so hilflos wirkte, tatsächlich aus fester Substanz bestand. Das Baby hatte Masse und eine räumliche Ausdehnung ... es war ein warmes, sich bewegendes, lebendes und atmendes Wesen. Sarek starrte es fasziniert an. Die dunklen Augen des Babys erwiderten unerschütterlich seinen Blick.

Als er dem Kind in die Augen sah, wurde es für Sarek mit einem Mal *wirklich*, auf eine Weise, wie er es zuvor nicht wahrgenommen hatte. In all den vergangenen Monaten hatte er zugesehen, wie der Bauch seiner Frau größer geworden war, hatte sie vorsichtig berührt, um die Bewegungen unter der Haut zu spüren, hatte den Herzschlag des Kindes auf dem Monitor beobachtet ... doch er hatte niemals in letzter Konsequenz begriffen, daß sich ein Kind, eine reale Persönlichkeit in Amandas Körper entwickelte und daß dieses Kind zur Hälfte seins war.

Die Realität hatte sich erst zu manifestieren begonnen, als er während der Wehen Amandas Hand genommen und unmittelbar die heftigen Schmerzen erfahren hatte, die seine Frau erdulden mußte. Er war erstaunt gewesen, daß ein Mensch solche Schmerzen ertragen konnte, ohne das Bewußtsein zu verlieren. Es hatte ihn tief beeindruckt, wie entschlossen sich Amanda konzentriert hatte und wie verhältnismäßig ruhig sie während der schlimmsten Geburtswehen geblieben war. Die menschliche Konstitution seiner Frau war ihm immer so schwach und empfindlich vorgekommen, während seine eigene Kraft um ein Vielfaches größer war. Doch seit heute bewunderte er ihre Unerschütterlichkeit und Belastbarkeit. Amanda war viel stärker, als er je zuvor geglaubt hatte. Sogar die Heilerin hatte sich anerkennend über ihre Kraft geäußert.

Jetzt blickte der Botschafter auf das winzige Gesicht, auf den schwarzen Haarflaum, während er die schrägen Augenbrauen, die feinen, spitz zulaufenden Ohren und die leicht eingedrückte Nase bemerkte.

Während er seinen Sohn betrachtete, erlebte Sarek von Vulkan einen Augenblick tiefer Einsicht, der so intensiv war, daß es ihn beinahe schmerzte. Die Vergangenheit und die Zukunft, das Damals, das Jetzt und das Morgen schienen wirbelnd in einem Punkt vereint, in diesem kleinen Körper, der in seinen Armen atmete und lebte. Dieses Kind war eine Brücke zwischen der Vergangenheit und der Zukunft. Eines Tages würde sein Sohn aufstehen und über die Oberfläche seiner Heimatwelt laufen, er würde ehrfürchtig zum Wächter aufblicken, er würde zur Schule gehen und die Logik seiner Vorfahren erlernen. Eines Tages würde er erwachsen sein, ein großer, starker und ansehnlicher Mann, und eines Tages mochte er seinen eigenen Sohn in den Armen halten …

»Unsere vorläufigen Untersuchungen sind abgeschlossen«, sagte die Assistentin und riß Sarek aus seiner Träumerei. »Sie weisen darauf hin, daß sein Intelligenzpotential über dem Durchschnitt liegt, Botschafter. Sogar beträchtlich.«

Sarek war nicht überrascht, nachdem er so tief in die Augen des Kindes geblickt hatte, doch er empfand einen Stolz, den er nicht zu unterdrücken versuchte.

Seine Arme waren jetzt etwas lockerer geworden. Er drückte das Kind an die Brust, hielt es instinktiv in seiner unmittelbaren Nähe. »Ich werde ihn jetzt zu seiner Mutter bringen«, sagte er.

Die Schwester nickte, und Sarek machte sich mit vorsichtigen Schritten auf den Weg ...

Der Vulkanier seufzte, als er das Tagebuch zuklappte und sich an die gestrige Begegnung mit seinem Sohn während der Trauerzeremonie erinnerte. Wenn seine Frau wüßte, welche Worte zwischen ihnen gefallen waren, wäre sie tief betrübt gewesen. Er schüttelte den Kopf, als er sich daran erinnerte, wie sie ihn angefleht hatte, er solle versuchen, seinen Sohn zu verstehen, statt ihm immer wieder Vorwürfe zu machen.

Doch was hätte er tun können? Er hatte nur seine Pflicht getan. Dazu gab es keine Alternative. Amanda hatte ihn verstanden ... Warum konnte sein Sohn ihn nicht verstehen?

James T. Kirk saß im Sessel des Captains und wartete ab.

»Captain«, sagte Uhura mit seltsamer Betonung. »Ich empfange eine Subraumnachricht, Sir. Sie wird auf der Frequenz gesendet, die nur für private Botschaften reserviert ist ...«

Kirk blickte sich zu ihr um und richtete sich auf. »Eine Nachricht?«

»Ja, Sir.« Sie sah ihn mit Augen voller Mitgefühl an. Natürlich wußte sie, daß Peter vermißt wurde.

»Wie lautet sie?«

»Sie lautet: ›An Captain Kirk. Finden Sie sich im Sektor 53-16 an den Koordinaten drei neun Komma eins zwei zwei um dreizehn Uhr Sternzeit 9544.6 ein. Ein rothaariger junger Mann wartet auf Sie und wird sterben, wenn Sie nicht kommen. Kommen Sie allein. Informieren Sie niemanden.‹«

Kirk atmete tief durch. »Uhura, versuchen Sie diese Nachricht zu ihrem Ausgangspunkt zurückzuverfolgen. Ganz gleich, wie viele Relaisstationen benutzt wurden. Verstanden?«

»Ja, Captain«, sagte sie. Ihr hübsches Gesicht zeigte den gleichen Ausdruck der Entschlossenheit wie Kirks.

»Und benachrichtigen Sie Admiral Anderson, daß wir soeben ein Lebenszeichen erhalten haben.«

6

Commander Taryn träumte ... Er träumte nicht oft, aber wenn er es tat, hatte er immer den gleichen Traum ... oder falls er doch andere Träume hatte, erinnerte er sich zumindest nicht daran. Der TRAUM (wie er ihn inzwischen bezeichnete) war das einzige im ganzen Universum, vor dem er sich bewußt fürchtete. Jedesmal wenn er daraus erwachte, hoffte er, daß es das letzte Mal gewesen war ... doch wenn dann Monate oder sogar Jahre mit ungestörtem Schlaf vergangen waren, kehrte der Traum plötzlich wieder, wenn er am wenigsten damit rechnete ...

In seinem TRAUM war er klein ... so klein, daß er die Sichtluke nicht erreichen konnte, ohne daß man ihn hochhob. Er rannte, er flüchtete durch einen Korridor in neutralen Farben, der immer enger zu werden schien, während er weiterhastete. Und er hatte Angst. *Angst! Er sollte keine Angst haben, er sollte sich beruhigen ... er sollte tapfer sein und nicht davonlaufen ... Aber er hatte nun einmal Angst, große Angst!* Obwohl er rannte, schienen sich seine Füße kaum von der Stelle zu bewegen. Obwohl er sich anstrengte, konnte er das Ende des Korridors nicht erreichen .... er schien sich vor ihm bis in die Unendlichkeit zu erstrecken.

Er würde das Ende niemals erreichen ... er würde für immer an dieser Stelle gefangen sein und wissen, daß hinter ihm ein furchtbarer Schrecken und die völlige Vernichtung lagen. Und er, Taryn, hatte kein besseres Schicksal verdient. Er war ein Feigling, ein ängstlicher, schluchzender und winselnder Feigling ...

Er keuchte und streckte beide Hände aus, zwang seine kurzen Beine dazu, schneller zu laufen ... auf ein Ziel zu, das niemals näher kam ...

Und dann war er plötzlich da, am Ende des Korridors, wo er sich auf die Zehenspitzen emporreckte und hektisch nach der Notschaltung der Luftschleusentür langte. Die Rettungskapsel befand sich in einer Nische genau hinter dieser Tür. Er wußte, wie sie zu öffnen und zu aktivieren war, welchen Knopf er drücken mußte, um sie zu starten. Taryn wußte genau Bescheid, wußte auch, daß er schnellstens das Schiff verlassen mußte, genauso wie er es in den Übungen gelernt hatte.

Er tippte den Code ein, langsam, weil er keinen Fehler machen wollte, während er auf Geräusche hinter seinem Rücken lauschte. Würden sie ihm folgen? Was würde er tun, wenn sie kamen?

Er kaute auf der Unterlippe, während er darauf wartete, daß die Türschaltung den eingegebenen Code bestätigte. Schließlich war es soweit, daß er den Riegel mit beiden Händen packen konnte, um ihn nach unten zu reißen.

Doch im selben Moment bewegte der Riegel sich bereits in seinen Händen. Erschrocken sprang er zurück, als die Tür langsam aufglitt.

Er schnappte entsetzt nach Luft und flüchtete durch den Korridor zurück, flüchtete vor dieser neuen, größeren Bedrohung. Er erreichte das andere Ende des Korridors, und dort war die Tür, durch die er gekommen war. Er schrak in Panik und Entsetzen zurück, er wußte, daß er ein Feigling war. Die Tür zum Kontrollraum. Taryn hob eine Hand und zog sie langsam auf.

Nein! Tu es nicht! schrie sein älteres Ich stumm seinem jüngeren Ich zu, doch es hatte keinen Zweck. Taryn zog die Tür auf, langsam, ganz langsam, und sah ...

... nichts, nur Dunkelheit, als er aus dem Schlaf hochfuhr und sich im Bett aufrichtete. Allmählich ergriff die

Wirklichkeit Besitz von ihm. Er war wieder auf Freelan, in seinem Haus. Seine Frau Jolana war nicht bei ihm, weil sie nach Romulus gereist war, um ihre zwei erwachsenen Kinder zu besuchen.

Taryn zitterte, ihn fror, obwohl seine Arme und sein nackter Brustkorb schweißüberströmt waren. Dies war ein besonders schlimmer TRAUM. Er konnte sich kaum noch an die Einzelheiten erinnern – was nichts Ungewöhnliches war. Er hatte den vagen Eindruck, daß er darin ein ängstliches Kind gewesen war, aber alles weitere war verblaßt. Eigentlich *wollte* er sich auch gar nicht an den Traum erinnern …

Stress, dachte er. *Ich habe wieder einmal zuviel gearbeitet. Aber die Invasion steht kurz bevor … mir darf kein Fehler unterlaufen! Der Prätor hat keinen Zweifel daran gelassen, daß er absolutes Vertrauen in mich setzt. Er hat mir größere Verantwortung übertragen als je zuvor in meinem Leben … und ich muß seine Erwartungen erfüllen. Nichts darf schiefgehen … wir müssen siegen!*

Taryn zwang sich dazu, tief und langsam durchzuatmen. Er blickte aus dem Fenster und sah die Sterne, die in der Schwärze so hart, kalt und scharf wie Speerspitzen waren. Er wußte, daß es keinen Sinn hatte, hier nach der Sonne Vulkans zu suchen … sie war zu weit entfernt.

Vulkans Primärsonne, Nevasa – oder 40 Eridani, wie sie in der Föderation hieß. Taryn überlegte nicht zum ersten Mal, wie es wäre, durch die Wüsten von Vulkan zu wandern – einer Welt, die für ihren hohen Temperaturen bekannt war, während auf Freelan die Kälte herrschte. Ein Planet, auf dem die Logik verehrt, noch höher als die Macht geschätzt wurde. Sareks Welt …

Taryn wußte bereits seit einigen Tagen, daß es Wurrl nicht gelungen war, den Botschafter zu töten. Wie es schien, war der Klingone nicht schnell genug gewesen. Er war enttäuscht gewesen, als er vom gescheiterten Mordanschlag erfahren hatte – aber in gewisser Weise hatte es den Offizier gefreut, daß dieser spezielle Plan mißlungen war. Es wäre wesentlich befriedigender, persönlich gegen Sarek zu kämpfen. Nach den vielen Gelegenheiten, bei denen der Botschafter ihn im Schach geschlagen hatte, wäre es sehr angenehm, letztlich den Sieg davonzutragen.

Der Commander seufzte, als er sich auf die harte Nackenrolle zurückfallen ließ. *Wieviel weiß Sarek?* fragte er sich vermutlich zum hundertsten Mal. Er war überzeugt, daß Sarek der einzige war, der die Föderation auf ihre Pläne aufmerksam machen konnte, der einzige, der einen Verdacht hinsichtlich der wahren Natur von Freelan und seiner Bewohner hegte.

Er hat einen Verdacht, aber keinen Beweis, beruhigte er sich. Und jetzt entwickelten sich die Dinge so schnell, daß der Krieg in wenigen Wochen beginnen würde – vielleicht sogar schon früher, wenn die Flotte vorzeitig eintraf, wie der Prätor gestern angedeutet hatte. An diesem Punkt würde es überflüssig werden, die Identität der Freelaner noch länger geheimzuhalten.

Taryns Mundwinkel zogen sich leicht nach oben, als er sich vorstellte, wie es wäre, wenn Sarek seine Niederlage eingestehen mußte. Der Vulkanier hatte ihn während ihrer letzten Schachpartie erneut geschlagen. Er gewann meistens, weil er Taryn zu unüberlegten Aktionen provozierte ... aber schon bald wäre Sareks Gewinnsträhne zu Ende. Schon bald ...

Die Vorfreude auf diesen Tag entspannte ihn. Der Offizier legte sich wieder hin und dachte beruhigt daran, daß der TRAUM noch nie zweimal in einer Nacht gekommen war. Trotzdem dauerte es noch sehr, sehr lange, bis er wieder einschlief.

Sarek träumte ebenfalls. Vulkanier träumten nicht oft, aber von Zeit zu Zeit schon.

Der Vulkanier träumte, daß er auf der Oberfläche von Freelan stand. Er war von Gletschern umgeben, von zerklüfteten Felsen aus Eis, deren scharfe Kanten im Sonnenlicht glitzerten. Er ging auf ein Haus zu. Er wußte, daß es Taryns Haus war, obwohl der Freelaner ihm selbstverständlich niemals von seinem Haus erzählt hatte. Trotzdem entsprach dieses Haus dem wenigen, was über die freelanische Architektur bekannt war. Es war ein schwarzes, kuppelförmiges Gebäude, dessen gesamte Konstruktion darauf angelegt war, Wärme einzufangen und zu halten und die Anhäufung einer schweren Schneedecke auf dem Dach zu verhindern.

Während Sarek ging, spürte er den eisigen Wind von den Gletschern, aber er fror nicht.

Unter seinen Füßen knirschte der Schnee, während er seinen Weg fortsetzte.

Als er sich dem Haus näherte, öffnete sich die Tür, und ein Freelaner trat heraus. Seine Tarnkleidung bewegte sich in der eiskalten Brise. »Sarek«, sagte der Freelaner, und der Vulkanier erkannte Taryns Stimme wieder. »Was machen Sie hier?«

»Ich habe nach Ihnen gesucht, Taryn«, sagte Sarek. »Meine Frau ist tot.«

»Was habe ich damit zu tun?« fragte der Freelaner hochmütig.

»Wenn Sie nicht gewesen wären, hätte ich an ihrem Sterbebett sein können«, sagte Sarek im Bewußtsein, daß er die Wahrheit sprach. »Und mein Sohn würde mich jetzt nicht verachten.«

»Was geht es mich an?« fragte Taryn noch überheblicher. »Ihre Familienprobleme interessieren mich nicht, Vulkanier.«

»Aber ich interessiere mich für Ihre Welt der Täuschung!« rief Sarek mit lauter Stimme. Dann sprang er vor und riß dem Freelaner mit einem heftigen Ruck die Maske vom Gesicht. Er starrte schockiert in das Gesicht …

Unter der Maske und der Kapuze kam Amandas Gesicht zum Vorschein.

»Amanda!« sagte Sarek und trat vor, um sie zu berühren und zu umarmen, doch im gleichen Moment protestierte sein verräterischer logischer Geist: *Amanda ist tot ...*

Dann wachte er auf.

Er lag in seinem Bett im VIP-Quartier an Bord der *Enterprise* ... Freelans vereiste Oberfläche und Amandas Gesicht waren ein Traum gewesen, erkannte er. Sarek empfand wieder die Trostlosigkeit des Wissens, daß seine Frau tot war. Ihre Abwesenheit hatte in seinem Geist eine schmerzende Leere hinterlassen, von der er sich nicht vorstellen konnte, daß sie sich jemals wieder ausfüllen ließ.

Da er wußte, daß er keinen Schlaf mehr finden würde, stand er auf und ging barfuß von der Schlafnische zum kleinen Wohnbereich. In der Hand hielt er ein dünnes, rot eingebundenes Buch. Der Botschafter setzte sich auf den niedrigen Diwan, öffnete das Buch und begann zu lesen ...

7. Dezember 2237 – der zwanzigste Tag des Tasmeen

Ich bin auf und ab gegangen, bis ich erschöpft war. Meine Beine zittern, so daß ich mich setzen mußte ... aber ich kann nicht still dasitzen. Ich sehe, daß dieser Eintrag kaum lesbar ist, weil auch meine Hände so sehr zittern.

Spock ist verschwunden. Er ist offenbar kurz nach Sonnenuntergang aufgebrochen, und wir haben keine Ahnung, wo er ist. Er ist doch erst sieben Jahre alt!

Sarek ist in seinem Büro. Ich habe im Vorbeigehen nach ihm gesehen. Er scheint tatsächlich zu arbeiten! Wie kann er nur?

Wenn ich ihn fragen würde, wie er arbeiten kann, während unser Sohn verschwunden ist, würde er mich nur mit seiner vulkanischen Ruhe, die einen rasend machen kann, anblicken und sagen: »Amanda, ich habe die Behörden über Spocks Verschwinden informiert. Sie haben wesentlich bessere Voraussetzungen für eine erfolgreiche Suche als ich. Auf und ab zu gehen und sich emotionalen Ausbrüchen hinzugeben, wird nichts bewirken. Die Tatsache, daß ich arbeite, bedeutet nicht, daß ich mir keine Sorgen um unseren Sohn mache.«

Ich muß versuchen, mich zu beruhigen. Wenn ich mich über meinen Mann aufrege, bringe ich damit unseren Sohn nicht zurück, und ich schätze, daß er völlig recht hat – aber es macht mich wahnsinnig, wenn er so ruhig bleibt, während ich so aufgeregt bin.

Spock ist verschwunden – mein Kind ist allein dort draußen in der Wüste vielen Gefahren ausgesetzt. Und mein Gemahl arbeitet!

Wenn er doch nur mehr Verständnis für Spock hätte, wenn er sich bemüht hätte, die Dinge aus der Perspektive eines Kindes zu sehen – aber nein, der Sohn von Sarek muß vollkommen sein, besser als all die anderen Kinder. Ich habe selbst gehört, wie er es heute zu Spock gesagt hat. Er hat ihm gesagt, wenn Spock die Kahs-wan-*Prüfung im nächsten Monat nicht beim ersten Mal besteht, würde er Schande über Sarek bringen. Er hat zwar nicht exakt diese Worte benutzt, aber darauf lief es hinaus.*

Diese Ermahnung folgte unmittelbar auf Spocks Kampf mit den Schuljungen, die ihn täglich quälen und als ›Erdling‹ oder ›Halbblut‹ oder ›unbeherrschten, emotionalen Terraner‹ verspotten.

Ich mußte schon oft die Zähne zusammenbeißen, um nicht persönlich nach draußen zu rennen und ihnen allen eine Tracht Prügel zu verpassen. Aber natürlich wäre damit alles nur noch schlimmer geworden. So geht es schon, seit Spock die Schule besucht, seit drei Jahren …

Es quält mich, mit anzusehen, wie er sich bemüht, sich an die anderen anzupassen. Mein Sohn, so groß, so schlank, mit schwarzem Haar und schmalem, ernstem Gesicht … es bricht mir das Herz, wenn ich sehe, wie man ihn quält. Ich habe Sarek angefleht, mit den Eltern der anderen Kinder zu reden, aber er weigert sich. Er hat damit argumentiert (völlig logisch und korrekt, wie ich be-

fürchte), daß eine solche Intervention nur dazu führen würde, daß die Kinder unseren Sohn um so mehr hänseln ...

Ich muß weinen, wenn ich sehe, wie er sich bemüht, es zu erdulden, da ich weiß, wie sehr Hänseleien schmerzen können. Warum können sich vulkanische Kinder nicht genauso zivilisiert wie ihre Eltern verhalten?

Heute haben die Jungen ihn wieder gequält, und sein Vater hatte keinerlei Verständnis für Spocks Situation, ganz zu schweigen von Mitgefühl. Also ist er fortgelaufen. Wohin?

Nachdem ich eine Weile darüber nachgedacht habe, glaube ich es zu wissen. Ich glaube, er ist in die Wildnis hinausgegangen, um sich absichtlich Gefahren auszusetzen. Spock unterzieht sich seinem persönlichen Überlebenstest, weil er lieber dort draußen in der Wüste sterben würde, als seinem Vater in einem Monat Schande zu machen.

Wenn unser Sohn dort draußen stirbt, werde ich Sarek schwere Vorwürfe machen. Ich weiß, daß es nicht gerecht ist, aber ich weiß auch, daß ich es trotzdem tun werde. Ich werde meinem Mann die Schuld geben, und ich werde seinen Anblick nicht ertragen können.

Zumindest I-Chaya scheint bei seinem jungen Herrchen zu sein. Ich befürchte, der alte Sehlat *könnte ihn im Ernstfall kaum verteidigen, aber zumindest wird das große pelzige Geschöpf Spock warmhalten. Die Wüstennächte sind recht kühl, selbst für menschliche Begriffe.*

Vielleicht ist noch jemand bei Spock, aber in bezug auf Sareks jüngeren Cousin Selek bin ich nicht sehr optimistisch. Obwohl der junge Mann sehr selbstsicher und höflich wirkt, hatte ich den Eindruck gewonnen, daß er nicht völlig vertrauenswürdig ist. Er hat mir nicht in die Augen gesehen, als er sich vorstellte und erklärte, wer er ist. Und später ... später starrte er mich an, als er nicht ahnte, daß ich es bemerkte. Selek hat etwas ... etwas Falsches. Ich bin überzeugt, daß er bezüglich des Zweckes seines unan-

gekündigten Besuches bei uns gelogen hat. Vielleicht ist sogar sein Verwandtschaftsverhältnis zu meinem Ehemann eine Lüge.

Nein, das kann nicht sein. Es besteht eine nicht zu leugnende Familienähnlichkeit. Aber trotzdem hatte er etwas an sich … etwas, das ich nicht genau benennen kann …

Ich habe noch nie davon gehört, daß ein erwachsener Vulkanier einem Kind etwas Böses angetan hätte. Bestimmt ist Selek unserem Sohn nur gefolgt, weil er sah, wie Spock fortlief, und erkannte, daß der Junge in Gefahr geraten könnte! Selek hat bestimmt nicht die Absicht, meinem Sohn etwas anzutun …

Trotz allem war er eigentlich ein sehr netter junger Mann. Als er mich ansah, war in seinen Augen eine Wärme, die mich rührte, obwohl ich ihm gegenüber reserviert blieb, als ich erkannte, daß er uns nicht die ganze Wahrheit gesagt hatte …

Es drängt mich danach, einen Gleiter zu nehmen und mich persönlich auf die Suche nach Spock zu machen. Normalerweise beruhigt es mich, wenn ich Tagebuch schreibe, aber diesmal funktioniert es nicht. Ich kann nicht länger untätig herumsitzen – vielleicht sollten Sarek und ich wirklich losfliegen und selbst in den Llangon-Bergen nach Spock suchen. Bald wird es dämmern …

Sarek blickte von den Seiten des Tagebuchs auf und seufzte, als er sich erinnerte …

»Ich halte es keinen Augenblick länger aus«, rief Amanda und blieb stehen, um ihn wütend anzufunkeln. Sarek hatte widerstrebend seine Arbeit im Stich gelassen, um ihr im Wohnzimmer ihres Hauses in Shi-Kahr Gesellschaft zu leisten. »Es ist mir gleichgültig, was du denkst – ich werde jetzt den Gleiter nehmen und persönlich in den Llangon-Bergen nach ihm suchen!« Sie machte auf dem Absatz kehrt und ging zur Tür. Ihr Gemahl stand auf und trat ihr in den Weg.

»Amanda, es gibt keinen Grund, zu …«

»Wage es nicht, mit deiner verdammten ruhigen Stimme auf mich einzureden!« rief sie. In diesem Augenblick war Amanda Grayson der personifizierte Zorn. Ihre Wangen waren gerötet, die blauen Augen sprühten Funken. »Es ist nur deine Schuld, Sarek!« tobte sie. »Wenn du versucht hättest, Spock zu verstehen, statt Vollkommenheit von ihm zu fordern, nur weil er dein Sohn ist, dann wäre all dies niemals geschehen! Du kommst entweder mit mir oder bleibst hier! Es ist mir gleichgültig, was du tust!«

»Amanda.« Sarek hörte die stählerne Härte im ruhigen Tonfall seiner Stimme und gab sich nicht die Mühe, sie zu unterdrücken. »Ich werde nicht zulassen, daß du in die Llangon-Berge fliegst. Die Luftströmungen dort sind tückisch, vor allem kurz nach Sonnenuntergang, und du bist viel zu aufgeregt, um dich auf die Lenkung konzentrieren zu können. Wir werden hier abwarten, bis die Behörden sich melden.«

Ihre kleinen Hände ballten sich zu Fäusten, und einen Moment überlegte Sarek, ob sie ihn schlagen würde, doch dann wirbelte sie herum und stapfte davon. Die Tür, die er blockierte, war der einzige Ausgang des Raumes, so daß sie nach wenigen Schritten mit einem Ruck stehenblieb. Sie stand wie erstarrt da und hatte ihm den Rücken zugekehrt. Nach einer Weile sagte Sarek in weicherem Tonfall: »Ich habe Spock auf sein *Kahs-wan* vorbereitet. Er ist vertraut mit der Pflanzenwelt Vulkans und den Überlebensstrategien unserer Vorfahren. Die Logik läßt erwarten, daß er ohne besondere Beeinträchtigungen zu uns zurückkehren wird, Amanda.«

Sie starrte ihn wütend an, dann lachte sie auf. Es war ein schrilles, verbittertes Lachen ohne eine Spur von Humor. »Meinst du wirklich, daß ich mich dadurch trösten lasse, Sarek? Durch Logik?«

»Die Logik ist nicht dazu da, um Trost zu spenden,

Amanda. Sie existiert einfach. Es ist eine Art und Weise, das Universum zu betrachten – eine Art, die Vernunft und Ordnung schafft statt Chaos.«

»Du meinst vermutlich *menschliches* Chaos«, erwiderte sie. »Warum sagst du es nicht?« Sie verzog die Lippen. »Aber du sagst es ja … nur nicht mit Worten. Es steht in deinem Gesicht geschrieben, jedesmal wenn Spock lächelt oder sich auch nur ein klein wenig gehen läßt! Du strahlst Mißbilligung aus – ich sehe es, und Spock sieht es auch. Der arme Junge wird für dich niemals gut genug sein, und das weiß er. Kein Wunder, daß er bereit ist, sich dort draußen in Lebensgefahr zu begeben!«

Sarek war entsetzt über diese Anschuldigungen. Seine Frau konnte einfach nicht recht haben, sie machte einfach nur ihren unlogischen menschlichen Emotionen Luft …

»O ja, ich weiß, daß du mir nicht glaubst«, sagte sie etwas ruhiger. »Du bist perfekt darin, nicht zu sehen, was sich genau vor deiner Nase befindet, Sarek. Aber ich sehe es! Es ist einfach nicht zu übersehen. Spock versucht, deinen Ansprüchen gerecht zu werden, aber du hast ihm ein unerreichbares Ziel gesteckt – die Vollkommenheit! Nicht einmal Vulkanier sind vollkommen – wie du am besten wissen solltest!«

Ihr Ehemann starrte sie sprachlos an. Amandas Augen füllten sich mit Tränen der Wut. »Ich werde nicht zulassen, daß du sein Leben zerstörst, Sarek – selbst wenn es bedeutet, daß ich dazu zur Erde zurückkehren und ihn mitnehmen muß. Vielleicht hätte er dort bessere Chancen, unter Menschen, die über Mitgefühl und Toleranz verfügen!«

»Du willst gehen?« Sarek stockte der Atem in der Kehle. »Das kannst du nicht ernsthaft in Erwägung ziehen, Amanda. Die Situation hat dich erregt, wofür ich Verständnis habe. Doch es besteht kein Grund, zu solchen drastischen Maßnahmen zu greifen.«

Sie blickte ihm in die Augen, und ihr glühender Zorn hatte einem kälteren Gefühl Platz gemacht, das jedoch wesentlich bedrohlicher war, wie der Botschafter spürte. »Unterschätze mich nicht, Sarek. Ich liebe dich, und daran wird sich nie etwas ändern, aber du bist ein erwachsener Mann, der durchaus in der Lage ist, für sich selbst zu sorgen. Spock ist mein Kind, und ich werde ihn verteidigen und vor jeder Bedrohung beschützen – selbst wenn die Bedrohung von seinem eigenen Vater ausgeht.«

Der Vulkanier hatte das Gefühl, als wäre er mit einer unabänderlichen archetypischen Gewalt konfrontiert – mit der Personifikation des mütterlichen Schutzinstinkts. Eine *Le-matya,* die ihre Jungen verteidigte, konnte kaum mit tödlicherer Entschlossenheit handeln, erkannte er mit einer Mischung aus Erschrecken und widerstrebender Bewunderung. »Ich verstehe«, sagte er nach einer Weile. »Ich möchte nicht, daß du gehst, Amanda«, sagte er langsam und deutlich.

Sie holte tief Luft, während ihr Gesichtsausdruck unverändert hart und verschlossen blieb. Nur das leichte Zittern in der Stimme verriet ihre Erregung. »Ich habe auch nicht den Wunsch, dich zu verlassen, mein Gemahl«, erwiderte sie förmlich. »Doch ich werde es tun, wenn ich der Ansicht bin, damit unserem Sohn etwas Gutes zu tun.«

»Ich werde ...«

Sarek drehte sich um, als sein feines vulkanisches Gehör ein vertrautes Geräusch wahrnahm. »Ein Gleiter«, sagte er und trat durch die Wohnzimmertür.

»Spock?« rief sie und stürmte an ihm vorbei, so daß sie schneller als er an der Haustür war. Draußen setzte im großen Hof soeben ein Gleiter zur Landung an.

Die Seitentür des Gleiters öffnete sich, und zwei Gestalten stiegen aus – eine große und eine kleine. »Spock!« rief Amanda und streckte beide Arme aus.

Es war in der Tat ihr Sohn, gefolgt von Vetter Selek.

Beide drehten sich um und hoben eine Hand zum ernsten Gruß, als der Gleiter wieder startete und zum Zentrum von ShiKahr zurückflog.

»Spock ...«, sagte Sarek. Er stand im Hof und registrierte voller Erleichterung, daß sein Sohn unversehrt heimgekehrt war ...

Sarek erinnerte sich, daß sein Sohn ihm an jenem Tag feierlich mitgeteilt hatte, er hätte sich für Vulkan entschieden. Amanda hatte nie wieder damit gedroht, ihn zu verlassen ... obwohl ihr Zwist über die Erziehung ihres Kindes noch lange nicht vorbei war.

Nach dem erfolgreichen Abschluß von Spocks *Kahs-wan*-Prüfung hatte Sarek sich dem nächsten wichtigen Meilenstein im Leben des Siebenjährigen zugewandt – seiner Verbindung. Amanda hatte heftig gegen diese Tradition protestiert, und besonders gegen Sareks Wahl.

Sarek erinnerte sich an sein Gespräch mit Spock. Wie hatte seine Frau nur wissen können, daß sich T'Pring als ehrlos und untreu erweisen würde? Es gab keine logische Erklärung für dieses Wissen ... Sarek rief sich das Gespräch mit seiner Frau ins Gedächtnis.

»*T'Pring*? Du hast dich für *sie* entschieden? Sarek ... das darf nicht wahr sein!« Sie saßen in ihrem Garten in ShiKahr und sahen zu, wie Nevasa unterging, als er fast beiläufig erwähnte, daß er eine Verbindungspartnerin für Spock erwählt hatte. Amanda sprang auf und starrte ihn bestürzt an.

Der Botschafter erwiderte den Blick mit leichter Überraschung. »Amanda, warum diese Mißbilligung? Die Abstammung des Mädchens ist tadellos. Ihre Familie hat innerhalb der vulkanischen Gesellschaft einen genauso hohen Rang wie meine. Sie wird über eigenen Besitz verfügen, und Spocks Erbe wird ihrem in nichts nachstehen. Warum bist du nicht einverstanden?«

»Weil ich sie nicht mag«, sagte Amanda unumwunden, während sie ihn ruhig ansah. »Dieses Kind ist ... Ich weiß es nicht. Sie ist zu höflich, zu ... berechnend. Sie hat etwas ... Kaltes. Außerdem halte ich nichts davon, Kinder miteinander zu verloben. Das ist barbarisch!«

»Amanda, das ist unlogisch. T'Pring wird sich als ausgezeichnete Ehepartnerin für unseren Sohn erweisen. Sie ist intelligent, und sie genießt alle Vorteile, die eine gutsituierte Familie ihr geben kann ... Sie wird ...«

»Sie wird Spock das Leben zur Qual machen, Sarek«, unterbrach Amanda ihn, während ihr Blick von heftigen Emotionen verdunkelt wurde. »Ich weiß einfach, daß sie nicht das richtige Mädchen für Spock ist. T'Pring erinnert mich an eine dieser hübschen kleinen Schlangen, die es bei uns auf der Erde gibt – sie sehen wunderschön aus, mit ihren schillernden Farben, wie Juwelen, und sie wirken so zart ... trotzdem sind sie so tödlich, daß jeder, der von ihnen gebissen wird, die nächste Minute nicht überleben wird.«

»Diese Vorurteile sind völlig unbegründet, Amanda«, sagte Sarek, während er allmählich die Geduld mit seiner Frau verlor. »Es gibt keinen Anlaß für dein Mißtrauen.«

Sie schwieg fast eine Minute lang, bis sie wieder etwas sagte. »Ich weiß«, gab sie zu. »Ich weiß, daß es ungerecht klingt, was ich sage. Aber meine Intuition sagt mir, daß T'Pring keine gute Frau für Spock ist. Sarek ...« Sie drehte sich wieder zu ihrem Gemahl um. »Ich möchte, daß du die Verbindung rückgängig machst. Oder sie wenigstens aufschiebst, bis ... sie beide die Schule abgeschlossen haben, zum Beispiel.«

Sarek schüttelte den Kopf. »Nein, Amanda. Dies ist meine Welt, und wir haben uns vor langer Zeit darauf geeinigt, daß Spock nach vulkanischer Tradition aufwachsen soll. Du hast selbst gehört, wie er sich für Vulkan entschieden hat, nachdem er in die Llangon-Berge fortgelaufen war. Ich habe meine Wahl getroffen, und ich habe mich entschieden, daß T'Pring seine Frau werden soll.«

Amanda atmete mit einem schweren Seufzer aus und schüttelte traurig den Kopf. »Du begehst einen großen Fehler«, sagte sie. »Aber du hast recht. Ich habe mich einverstanden erklärt, und so ist es vulkanische Tradition.«

Die schlanken Schultern unter ihrem hellgrünen Gewand erschlafften plötzlich. Der Botschafter wußte, daß sie nachgegeben hatte, aber dieser Triumph befriedigte ihn nicht. »Also gut, mein Gemahl«, sagte sie tonlos. »Aber ich habe kein gutes Gefühl dabei.«

»Die Logik läßt erwarten, daß die beiden gut zusammenpassen, Amanda.«

Sie warf ihm einen Blick voller Verachtung zu. »Die Logik? In der Harmonie zwischen Ehepartnern hat die Logik nichts zu suchen, Sarek. Ich bin überzeugt, daß dein Vater völlig logisch entschieden hat, als er dich mit T'Rea verlobte ... aber wir beide wissen, wie gut diese Beziehung funktioniert hat. Oder?«

Bevor Sarek eine Erwiderung formulieren konnte, hatte sie sich umgedreht und ging ins Haus zurück.

Peter Kirk legte die kunstvoll verzierten klingonischen Spielkarten mit angewiderter Miene ab. »Ich passe. Du hast mich schon wieder besiegt.«

Valdyr, die draußen vor dem Sichtfenster auf einem Hocker saß, grinste süffisant, als sie auf ihrem Schreibblock etwas notierte.

»Du schuldest mir jetzt ... fünftausendsechshundertdreiundsiebzig Kilogramm an hochwertigen Dilithium-Kristallen«, sagte sie auf klingonisch.

In den zwei Tagen seines erzwungenen Aufenthalts auf Qo'noS waren Valdyrs Besuche die Höhepunkte seines Tagesablaufs. Sie hatte ihn respektvoll und manchmal sogar mit einer rauhen Freundlichkeit behandelt. Sie hatte für ihn mehrere alte klingonische Bücher aufgetrieben – darunter die *Gesammelten Werke von William Shakespeare,* ›im klingonischen Original‹, wie Valdyr bemerkt hatte – und versuchte ihm nun ein obskures klingonisches Kartenspiel beizubringen, mit dem er erhebliche Schwierigkeiten hatte. Er bestand darauf, daß sie sich auf klingonisch unterhielten, um seine Kenntnisse dieser komplizierten Sprache zu verbessern.

Er hatte festgestellt, daß die Klingonen durchaus einen Sinn für Humor besaßen – auch wenn er bei Valdyr nicht sehr stark entwickelt schien. Es war bereits eine Herausforderung, sie so weit zu bringen, daß sie *beinahe* lächelte.

Er machte sich nichts vor – es gab keine Anzeichen für das Stockholm-Syndrom, zumindest nicht auf seiner Seite. Was Valdyr betraf, war er sich nicht sicher.

Nach der Lektüre der klingonischen Bücher und den Gesprächen mit Valdyr brauchte er sie nicht mehr, um den Begriff zu verstehen, den ihr Onkel erwähnt hatte. Bei Shakespeare hatte er ihn schon nach kurzer Zeit gefunden. Im *Kaufmann von Venedig*. Shylock benutzte das Wort. *joy'* hieß demnach Folter, und wie Peter bereits wußte, bedeutete *be'* Frau oder weiblich. Demnach lautete die wörtliche Übersetzung des Begriffes ›weibliche Folter‹.

Das *be'joy'* war eine besondere, ritualisierte Form der Folter, die an Kriegsgefangenen ausgeübt wurde – und zwar durch klingonische Frauen.

Ein weiteres Thema, über das sie wohl niemals diskutieren würden. *Sag mal, Valdyr, wenn du das* be'joy' *betreibst, womit fängst du am liebsten an? Mit dem glühenden Eisen, mit der elektronischen Schmerzstimulation, oder wirst du mir zuerst die Haut abziehen? Hat schon jemand Wetten abgeschlossen, wie lange ich durchhalten werde?*

Und du hast dir noch vor wenigen Tagen Sorgen wegen des Kobayashi Maru-*Test gemacht!*

Zum Zeichen der Niederlage streckte er seine Hand aus und schob sie durch den Schlitz des Sichtfensters. »Bis du sicher, daß du mir auch wirklich alle Spielregeln beigebracht hast?« Peter grinste reuevoll, als ihr ernster Gesichtsausdruck ihm zeigte, daß alles andere unehrenhaft wäre. »Nun, in diesem Fall wirst du mich wohl nach Rura Penthe schicken müssen, damit ich diese vielen Kristalle ausgraben kann.«

Valdyrs schwarze Augen funkelten entrüstet. »Niemals! Das ist ein Ort, zu dem nur die schlimmsten Schwerverbrecher geschickt werden.«

»So wie mein Onkel Jim und Dr. McCoy?« fragte er trocken. »Die beiden sind wirklich hoffnungslose Fälle.« Schon im nächsten Augenblick bereute er seine Worte. Zwischen ihnen beiden herrschte Waffenstillstand, und nun hatte er eine Salve abgefeuert.

Das Gesicht der klingonischen Frau wurde verschlossen. »Ich weiß, daß sie unschuldig am Attentat auf Kanzler Gorkon waren«, sagte sie, während sie sorgfältig die Karten mischte und die seinen dann durch die Essensausgabe unter dem Beobachtungsfenster schob. »Aber das bedeutet nicht, daß dein Onkel niemals einen Klingonen ermordet hat.«

»Er hat Kruge *getötet,* das ist richtig, aber er hat ihn nicht *ermordet*«, stellte der Kadett richtig. »Kruge hat sich auf den Planeten beamen lassen, um Kirk zu töten, weil er sich wegen seiner verlorenen Besatzung an ihm rächen wollte. Sie kämpften am Rand eines Abgrunds, als der Genesis-Planet unter ihren Füßen auseinanderzubrechen begann. Ein Felsen sackte ab, und Kruge stürzte in den Abgrund. Jim bekam seine Hand zu fassen, um ihn zu retten, doch Kruge versuchte, ihn mit in die Tiefe zu reißen. Aus Verzweiflung ließ mein Onkel ihn los.«

»Er ließ ihn einfach los?« fragte Valdyr skeptisch nach.

Peter verzog das Gesicht. »Es war Notwehr! Kruge hätte ihn ansonsten mit sich in den Tod gerissen!«

»Kamarag sagte, daß Kruge von deinem Onkel auf den Planeten gelockt wurde, damit er dort sterben würde, weil Kirk genau wußte, daß er auseinanderbrechen würde«, sagte Valdyr.

Peter schüttelte den Kopf. »Das ist nicht die Taktik von James T. Kirk. Wenn du ihn kennen würdest, wärst du ebenfalls davon überzeugt.« Sie setzten eine Weile schweigend ihr Spiel fort, bis Peter wieder sprach. »Da ist noch etwas, das ich nicht verstehe, Valdyr.«

»Und was?«

»Es ist drei Jahre her, seit Kruge starb. Warum hat dein Onkel so lange gewartet? Warum entschließt er sich erst jetzt, Rache zu nehmen?«

Die junge Frau starrte auf ihre Karten. Schließlich sagte sie: »Zuerst glaubte er, daß die Regierung seinen Racheplan unterstützen würde. Doch als Praxis explodierte, erkannten die gemäßigten Kräfte in den Räten, daß wir die Hilfe der Föderation benötigen würden, wenn wir überleben wollten.« Valdyr studierte wieder ihr Blatt. »Danach sprach er lange Zeit nicht von Kirk. Mein Onkel ... war der Regierung immer treu ergeben. Doch plötzlich, vor ein paar Wochen ...« Sie seufzte und zog eine Karte. »... veränderte er sich. Eines Tages hatte Kamarag nur noch Rache im Sinn. Es gab kein anderes Thema mehr für ihn. Rache und Kirks Tod. Er sagte, wenn die Regierung ihn nicht unterstützte, würde er auf eigene Faust handeln.«

»Und deshalb bin ich jetzt hier«, sagte Peter. Sie nickte. »Was kann ihn dazu veranlaßt haben, sich so plötzlich zu verändern?« überlegte er laut.

»Ich weiß es nicht«, sagte Valdyr. »Ich weiß nur, daß er mein Onkel und das Oberhaupt meiner Familie ist und daß ich ihm Treue schuldig bin.« Sie blickte zu ihm auf. »Möchtest du etwas setzen, Pityr?«

Sie machten ihre Einsätze und erhöhten dann noch einige Male. Peter betrachtete Valdyr aufmerksam. »Deine Treue zu deinem Onkel würde einschließen, mich zu foltern, nicht wahr?« Das war mehr als nur eine Salve, erkannte er. Er hatte gerade eine Antimateriebombe in ihr Gespräch geworfen.

Sie erwiderte unerschüttert seinen Blick. »Wenn ich die Wahl hätte … wäre nichts von dem hier geschehen. Es tut mir leid, Pityr.«

Einige Minuten lang sagten sie gar nichts und setzten dann das Spiel fort, doch er war nicht ganz bei der Sache. Es überraschte ihn nicht, als sie wieder gewann. »Ich gebe auf!« schimpfte der Mensch und versuchte, sich seine Verbitterung nicht anmerken zu lassen. Er schob die Karten zurück durch den Schlitz. »Das Leben ist ungerecht. Ich wurde entführt, in eine Zelle gesperrt, und jetzt entpuppt sich mein Wärter als wunderschöne Frau, die zu allem Überfluß eine *gerissene Zockerin* ist!« Er hatte den Standard-Ausdruck benutzt, da er keinen angemessenen klingonischen Begriff kannte.

Valdyr blickte ihn irritiert an. »Du hast mich … wie hast du mich genannt?«

»Eine wunderschöne Frau und eine gerissene Zockerin«, sagte Peter gelassen. »Welchen Begriff hast du nicht verstanden?«

»Was ist eine … Zockerin?«

»Ein Zocker ist ein guter Spieler. Jemand, der großes Geschick mit Glücksspielen hat und mit allen Mitteln zu gewinnen versucht.«

»Mit *allen* Mitteln …?« Sie blickte ihn mißtrauisch an. »Willst du mir vorwerfen, ich hätte dich betrogen?«

»Nein«, beruhigte er sie. »Ich wollte damit nur ausdrücken, daß du eine sehr gute Spielerin bist.«

Sie stieß ein verächtliches Schnauben aus. »Ich glaube, in Wirklichkeit willst du sagen, daß es dich überrascht, von einer Frau besiegt zu werden. Ich dachte, auf der Erde werden Männer und Frauen gleichberechtigt behandelt!«

»So ist es auch«, beteuerte Peter. Valdyr blickte ihn mit unverhohlenem Zweifel an. »Wirklich«, sagte er und hob eine Hand, als wolle er es beschwören. »Werden klingonische Frauen nicht gleichberechtigt behandelt?« Vielleicht hätte er diese Frage lieber nicht stellen sollen, da er die Antwort bereits wußte.

»Nein«, gestand Valdyr ein. »Die Männer haben immer die Macht gehabt ... zumindest nach außen. Wenn Frauen Macht erlangen wollen, müssen sie sich einen Mann suchen, durch den sie ihren Einfluß ausüben können. Sie müssen ihn beraten und ihn als ... als ...« Sie bemühte sich, einen angemessenen Begriff zu finden.

»Als Galionsfigur benutzen?« schlug Peter in Standard vor.

Valdyr ließ sich das Wort von ihrer tragbaren Kommunikationseinheit übersetzen. »Genau«, bestätigte sie mit einem Nicken.

»Und was ist mit Kanzlerin Azetbur? Sie ist eine Frau.«

Valdyrs Augen schienen zu glühen. »Sie ist etwas Besonderes. Ihr Vater hat die Mitglieder des Hohen Rates dazu gedrängt, sie als seine Nachfolgerin zu unterstützen, und sie haben ihr Versprechen eingehalten. Sie hat die Unterstützung des Volkes ... aber es ist schwierig, den Ehrenkodex der Krieger zu verändern.«

Peter faßte Valdyr genau ins Auge. »Was ist mit dir, Valdyr. Was würdest du gerne aus deinem Leben machen?«

Sie senkte den Blick. »Ich ... habe Träume.«

»Wovon?«

»Als ich klein war«, sagte sie, »wollte ich ein Krieger werden. Ein solches Ziel ist für eine Frau nur sehr schwer zu erreichen ... doch es ist möglich. Aber ich war ein kränkliches Kind. Als ich erkannte, daß ich meine endgültige Körpergröße erreicht hatte, wußte ich, daß ich ... niemals stark genug sein würde, um ein Krieger werden zu können, ganz gleich, wie gut meine Ausbildung wäre.«

»Trotzdem hast du gelernt zu kämpfen.«

Sie nickte. »Und ich bin sehr gut mit dem Dolch«, sagte sie mit hörbarem Stolz. »Aber ich bin zu klein, um mich unbewaffnet gegen einen anderen Klingonen verteidigen zu können.«

Sie sagte es in einem beiläufigen Tonfall, um ihn nicht zu beleidigen. »Du kannst also kein Krieger werden. Welche Möglichkeiten gibt es noch?«

Sie blickte sich um, als hätte sie plötzlich Angst, jemand könnte ihr Gespräch belauschen. »Ich hatte gehofft, ein Diplomat zu werden, so wie mein Onkel.«

»Ist es Frauen erlaubt, als Diplomaten zu arbeiten?«

»Es gibt kein Gesetz, das es verbietet.«

Peter stand von seinem Hocker auf und ging ein paarmal in der Zelle auf und ab. Er hatte immer noch Schmerzen, aber es ging ihm bereits wesentlich besser. »Es ist seltsam, daß du so etwas sagst«, gestand er ihr schließlich, »denn ich hatte selbst überlegt, ob ich nicht lieber eine Karriere im diplomatischen Korps der Föderation anstreben sollte.«

Sie neigte den Kopf, wobei ihr langer Zopf hin und her pendelte. Er fragte sich unwillkürlich, was für eine wilde Mähne zum Vorschein käme, wenn ihr Zopf entflochten war. »Wirklich?« fragte sie.

Er nickte. »Deshalb habe ich noch vor dem Studium an der Akademie Klingonisch und Romulanisch gelernt.«

»Und warum hast du dich dann anders entschieden?«

»Ich bin mir selbst nicht mehr sicher«, sagte er, während er innehielt und sie mit gerunzelter Stirn anstarrte. »Ich schätze, jeder hat von mir erwartet, daß ich eine Offizierslaufbahn einschlage.«

»Jeder erwartet von *mir,* daß ich Karg heirate und meine Zeit damit verbringe, einen Haushalt zu führen«, sagte Valdyr trocken.

Peter zog eine Grimasse, worauf Valdyr fast lächelte.

»Ich glaube«, sagte sie, »wir beide sollten uns anstrengen, nicht das zu tun, was von uns erwartet wird, sondern das, was wir wollen!«

»Völlig richtig«, sagte Peter und lächelte sie an. Dann erinnerte er sich daran, wo er war und was demnächst mit ihm geschehen würde, und wurde prompt ernüchtert. Sie sprachen nicht über die bevorstehende Folter, aber beide dachten daran.

Valdyr kaute auf der Unterlippe. Ihre scharfen und leicht schiefen Zähne schnitten ins weiche Fleisch. »Pityr«, sagte sie leise, »bitte glaub mir. Es ist nicht mein Wunsch, es zu tun. Ich … habe nicht mehr freien Willen als du.«

Peters Schultern erschlafften, und er ließ sich wieder auf seinen Hocker sinken. »Dein Onkel benutzt mich, um meinen Onkel zu fassen und zu töten, Valdyr. Inwiefern kann so etwas ehrenhaft für Kamarag sein?«

Sie holte zitternd Luft und schüttelte den Kopf. Mit kaum hörbarer Stimme gestand sie ein: »In dieser ganzen Angelegenheit ist keine Spur von Ehre. Wenn es vorbei ist, wird es unserer Familie nur Schande eingebracht haben.«

Peter rückte so nahe wie möglich ans Sichtfenster heran und schob seinen Arm so weit durch den Schlitz, daß er ihren Arm mit den Fingerspitzen berühren konnte. Sie sprang zurück und hatte sofort ihr Messer in der Hand. »Was …?«

»Ich *lebe,* Valdyr, genauso wie du«, sagte Peter. »Weißt du noch, wie du mir das erste Mal Wasser gabst? Mit diesem Wasser hast du mir das Leben gerettet. Warum hast du das getan, obwohl du genau wußtest, was mich erwarten würde? Obwohl du wußtest, was *du* mir schon bald antun würdest?«

Sie biß die Zähne zusammen und schwieg, während sie auf seine Finger starrte, als handelte es sich um eine bizarre Lebensform.

»Du hast mir Wasser gegeben … und ich habe deine

Hände berührt. Erinnerst du dich? Sie waren so warm, deine Hände, viel wärmer als meine. Ich stand unter Schock, ich hatte viel Blut verloren ... aber jetzt bin ich warm, Valdyr, genauso wie du. Ich lebe. Fühle es! Fühle, wie warm ich bin. Nur zu ...«

Zögernd näherte sie sich, wie in Trance, dann streckte sie ihre Hand aus und berührte seine Fingerspitzen. Er spürte ein Kribbeln auf der Haut, wo sie ihn berührt hatte. Ihre Körpertemperatur war ein wenig höher als seine, allerdings nicht so hoch wie die eines Vulkaniers. »Siehst du?« sagte Peter leise. »Warm und lebendig. Genauso wie du. Und ich möchte am Leben bleiben!«

Sie starrte mit weit aufgerissenen Augen auf seine Hand, als hätte sie sie noch nie zuvor gesehen.

»Könntest du es wirklich tun, Valdyr?« flüsterte er, als er seine Hand um ihre langen, eleganten Finger schloß. »Könntest du etwas tun, das ohne Ehre ist, nur weil dein Onkel es von dir verlangt? Könntest du es mir wirklich antun?«

Sie erschauderte und schloß die Augen. Auf einmal drückte sie seine Hand mit einer Kraft, die ihn überraschte, so fest, daß ihre Nägel in seine Haut schnitten, bis sie zu bluten begann. »Ja«, knurrte sie dann.

Du bist ein Vollidiot, mein Lieber! dachte er verbittert.

Valdyrs Gesicht war gerötet, und in ihren Augen stand ... Bedauern? War das möglich?

Ja, dachte Peter. *Es ist möglich ...*

»Ich will nicht sterben«, sagte er und blickte sie durch die Sichtscheibe an. »Valdyr, ich will vor allem nicht von deiner Hand sterben.« Er packte sie genauso fest wie sie ihn. »Ich will auch nicht, daß mein Onkel stirbt. Und vor allem ... möchte ich nicht, daß der Frieden zerstört wird, den unsere Völker gerade erst begründet haben ... Du weiß, daß es schwere Folgen haben wird, wenn dies hier ans Tageslicht kommt.«

Sie nickte verbissen und blickte zu ihm auf.

»Und ich möchte nicht, daß du deine Träume aufgeben mußt. Setze nicht die Ehre aufs Spiel, die du dir so mühevoll erarbeitet hast. Ich könnte den Gedanken nicht ertragen, daß du durch meinen Tod deine Ehre verlieren würdest.« Er betete darum, daß sie seine Worte nicht für die eines egoistischen Feiglings hielt, der alles sagen würde, was ihm das Leben retten könnte. Im Augenblick sagte er nichts als die reine Wahrheit.

»Valdyr«, flüsterte er. »Mir liegt sehr viel an dir. Ich schätze deine Ehre ... deine Würde ... und deine große Kraft.«

Sie blickte auf ihre verschränkten Hände, sah, wie ihr vermischtes Blut auf die Konsole tropfte. Mit einem unterdrückten, unartikulierten Laut riß sie ihre Hand zurück, drehte sich um und rannte durch den Korridor davon, als wäre ihr der Teufel auf den Fersen.

Peter zügelte seine eigenen Gefühle, als er seine Hand in die Zelle zurückzog. Er starrte auf die sichelförmigen Wunden in seiner Handfläche, aus denen immer noch etwas Blut drang. Er mußte sie ebenfalls verletzt haben, denn das Rot seines Blutes hatte sich auf seiner Haut mit rosafarbener Flüssigkeit vermischt. Er schloß seine Hand zur Faust, um ihr Blut festzuhalten, während er gegen den Teufel seiner eigenen Furcht kämpfte.

Als Commander Taryn das Schachbrett studierte, hob er überrascht eine Augenbraue. »Du hast dazugelernt!« stellte er fest, als er seine Möglichkeiten durchdacht hatte und zum Schluß gekommen war, daß ihm nur noch wenige blieben.

Sein Gegner war eine schlanke junge Frau mit zarten, fast elfenhaften Gesichtszügen, die durch ihr kurzes schwarzes Haar und ihre spitz zulaufenden Ohren betont wurden. Ihr Name war Savel, und sie war zweiundzwanzig Standardjahre alt. Ihre vulkanischen Eltern waren getötet worden, als sie zu fliehen versuchten. Savel konnte sich an nichts davon erinnern, da sie zu jener Zeit ein kleines Baby gewesen war. Die junge Frau hatte in einem Kinderhort gelebt, der von der Regierung betrieben wurde, bis Taryn sie im Alter von fünf Jahren in seinen Haushalt aufgenommen hatte. Der Offizier betrachtete sie als adoptierte Tochter und hatte sie mit derselben Fürsorge aufgezogen wie seine zwei Söhne.

»Ein sehr interessantes Gambit«, mußte Taryn zugeben. »Ich habe es dir nicht beigebracht. Woher kennst du es?«

Savels schwarze Augen funkelten vergnügt. »Als du mit mir auf Khitomer warst, hat der Assistent von Botschafter Sarek mich zu einer Partie herausgefordert. Soran hat genau mit dieser Taktik gegen mich gewonnen.«

Taryn erstarrte in seinem Sitz. »Du hast mit Botschafter Sareks Assistenten Schach gespielt?«

Jetzt war es Savel, die erstarrte. »Ja«, gab sie zu. »Du hast es mir nicht verboten, *Vadi*.« Das Wort bedeutete ›Onkel‹ im Romulanischen, das Savel genauso fließend wie Vulkanisch sprach. »Außerdem war es ein völlig harmloser Zeitvertreib.«

»Keineswegs!« sagte Taryn mit ernster Miene. Der Commander beugte sich vor und fixierte die junge Frau mit seinen schwarzen Augen. »Was wäre gewesen, wenn ich dich hätte suchen müssen und dabei Sarek begegnet wäre? Ich habe dir doch gesagt, daß er uns nicht traut. Wenn wir uns von Angesicht zu Angesicht begegnet wären ... niemand weiß, was er dann getan hätte. Er hat bereits einen von uns demaskiert, und aus diesem Grund habe ich mir auf Khitomer größte Mühe gegeben, dem Botschafter aus dem Weg zu gehen. Das wußtest du, Savel!«

Die junge Frau ließ den Kopf hängen. »Ja, ich wußte es. Aber Soran war ... sehr nett zu mir. Ich fand unser Gespräch angenehm. Ich habe nicht oft die Gelegenheit, mit jemandem zu sprechen, der ungefähr in meinem Alter ist, *Vadi*.«

Taryn seufzte. »Ich weiß«, sagte er. »Aber ... du bist ein unnötiges Risiko eingegangen, Savel. Wir stehen unmittelbar vor der Vollendung unseres Plans. Das Ziel ist zum Greifen nah ...«

Jetzt flüsterte die junge Frau. »Ich weiß.« Sie warf ihm einen reuevollen Blick aus ihren dunklen Augen zu. Da sie von Romulanern aufgezogen worden war, war ihre Selbstbeherrschung nicht so groß wie bei einem Vulkan-Geborenen. »Vergib mir, *Vadi*.«

»Also gut. Aber nur, wenn du mir versprichst, nie wieder ein solches Risiko einzugehen.«

»Ich verspreche es«, sagte Savel. »*Vadi* ... es ist immer noch dein Zug.«

»Richtig.« Taryn studierte das Schachbrett und entschied sich für eine der zwei Möglichkeiten, die ihm noch blieben. Savels Mundwinkel zuckten, als sie mit einem Gegenzug konterte, und zwar so schnell, daß Taryn nicht daran zweifeln konnte, in ihre Falle getappt zu sein. Der Commander runzelte die Stirn und seufzte, doch innerlich freute er sich über ihr Spielgeschick. »Jetzt sehe ich es«, sagte er. »Matt in zwei Zügen.« Mit der Andeutung einer respektvollen Verbeugung warf er zum Zeichen der Niederlage feierlich seinen König um. Wenn er gegen Sarek verlor, ärgerte er sich, doch gegen Savel zu verlieren, der er das Spiel selbst beigebracht hatte, war ihm ein Vergnügen.

Taryn lehnte sich in seinem Polstersessel zurück und blickte sich in seinem Arbeitszimmer um. Er betrachtete die Regale mit den Datenspulen, die uralten Basreliefs und Waffen an den Wänden und den Heizofen, der mit seinem Glühen die letzten Reste der Kälte aus der Luft vertrieb. Es herrschte Winter auf Freelan, und sogar hier in der nördlichen Äquatorialregion waren Frost und Schnee während der langen dunklen Monate nichts Ungewöhnliches.

Taryn dachte voller Sehnsucht an die Zeiten zurück, als er auf Romulus gelebt hatte, an sein kleines Haus in einer alten, gewundenen Straße. Dort hatte ein warmer Wind geweht, selbst während der kurzen Regenzeit – ein krasser Gegensatz zu den heftigen Stürmen, die nachts sein kuppelförmiges Haus auf Freelan umtosten.

»Hast du etwas Neues von Kamarag gehört?« fragte Savel. »Werden wir uns noch einmal mit ihm treffen müssen?«

»Ich weiß es nicht«, sagte Taryn. »Nach den Berichten, die ich erhalten habe, wurde Captain Kirks Neffe entführt, und nun fordert er, daß Kirk sich im Austausch gegen den jungen Mann als Geisel zur Verfügung stellt. Kamarag hat guten Grund, Kirk zu hassen, und er hat einen Blutschwur geleistet, um den Tod seines jüngeren Schützlings Kruge zu rächen. Also ist es möglich, daß er keinerlei weiteren Anstoß benötigt.«

Savel nickte. »Schon bevor ich seinen Geist berührte, war ein tief verwurzelter Haß in ihm«, sagte sie. »Wer beobachtet ihn zur Zeit?«

»Im Augenblick niemand«, antwortete Taryn. »Darus hatte diese Aufgabe eine Weile übernommen, aber er wurde inzwischen zur Erde abkommandiert. Dort findet eine wichtige Wirtschaftskonferenz statt, an der er und Stavin unbedingt teilnehmen müssen.«

Sie nickte wieder. »Es ist möglich, daß wir Kamarag noch einmal aufsuchen müssen. Der Botschafter könnte davor zurückschrecken, Kirk tatsächlich zu exekutieren, weil er weiß, daß man ihn zweifellos als Verräter brandmarken wird, wenn seine Taten Azetbur und dem Rat bekannt werden.«

»Es könnte im Augenblick zu gefährlich sein, sich in seine Nähe zu wagen«, sagte Taryn. »Voraussichtlich genügt es bereits, wenn der Botschafter Kirk einfach nur gefangennimmt, um Feindseligkeiten auszulösen – vor allem nachdem es entlang der Neutralen Zone immer häufiger zu Überfällen kommt.«

»Wer kontrolliert diese Aktionen, *Vadi?*« fragte Savel mit geneigtem Kopf.

Taryn lächelte dünn. »Das ist das Wunderbare … niemand! Wir haben Keraz einen Anstoß gegeben, genauso wie Chang, Kruge, Wurrl, Makesh und Kardis. Jetzt schleichen Insubordination und Befehlsverweigerung wie ein Spion in der Nacht durch die klingonischen Streitkräfte. Jede Woche gibt es neue Berichte über terroristische Aktionen … und wir sind nur für die Hälfte davon verantwortlich! Azetbur hat ihr Volk nur noch mit ihren zarten Fingernägeln im Griff – und bald wird sie jeden Rückhalt verloren haben. Dann …« Er nickte.

»Dann gibt es Krieg«, sagte Savel mit einem Gesichtsausdruck, den Taryn nicht ganz deuten konnte. Es schien sich um eine Mischung aus Begeisterung und Abscheu zu handeln.

»*Vadia-lya*«, sagte er und bezeichnete sie zum ersten Mal seit vielen Jahren wieder als seine ›kleine Nichte‹. »Worüber machst du dir Sorgen?«

»Über nichts«, murmelte sie und starrte auf den dicken Teppich unter ihren Füßen. »Es ist nur …«

»Ja?«

»Auf Khitomer …« Sie biß sich auf die Unterlippe, als ihre Selbstbeherrschung offensichtlich versagte.

»Ja?«

»Als der Präsident der Föderation sprach, klang er so … aufrichtig.« Sie sah auf und errötete, als sich ihre Blicke trafen. Doch sie sprach weiter. »Als er vom Frieden zwischen den Welten sprach, konnte ich … vor meinen Augen eine Galaxis sehen, in der Frieden herrscht. Und diese Vision empfand ich als äußerst attraktiv.«

»Aber es wird doch Frieden geben, Savel!« warf Taryn ein. »Bald wird das Ziel, dem ich mein Leben gewidmet habe, erreicht sein. Bald wird wirklich Frieden in der Galaxis herrschen! Natürlich wird es zuvor einige Konflikte geben, aber das ist unvermeidlich. Der Krieg zwischen der Föderation und den Klingonen wird nicht lange dauern, und der Kampf zwischen den Überresten der Föderation und unseren Truppen wird noch schneller zu Ende sein. Doch schon sehr bald … vielleicht in ein oder zwei Jahren … werden wir einen dauerhaften Frieden haben. Und das Romulanische Reich wird siegen und überleben. Was wäre die Alternative?«

»Daß die Föderation versucht, uns zu vernichten«, antwortete sie ohne große Überzeugung.

Taryn betrachtete sie nachdenklich, doch dann nickte er. »Noch eine Partie?« fragte er und deutete auf das Schachbrett.

Savels ernste Miene entspannte sich, obwohl sie ihre Beherrschung zurückerlangt hatte und nicht lächelte. »Ja, *Vadi!*« sagte sie bereitwillig und stellte die Figuren zu einem neuen Spiel auf.

Sarek trat aus dem Turbolift und ging den schmalen Korridor entlang, bis er vor Kirks Quartier stehenblieb. Er betätigte den Türmelder. »Herein!« antwortete die Stimme des Captains.

Kirk schloß gerade den Gürtel seiner Uniformjacke und erstarrte, als er sah, wer ihn zu dieser ›frühen Morgenstunde‹ besuchte. »Botschafter!« rief er. »Guten Morgen!«

Der Vulkanier verschwendete keine Zeit mit höflichen Floskeln. »Kirk, ich muß kurz mit Ihnen reden«, sagte er. »Ich habe intensiv über die Entführung Ihres Neffen nachgedacht, und die Logik deutet darauf hin, daß dieses Problem in Zusammenhang mit den Freelanern steht.«

»Ich habe mir genau die gleichen Gedanken gemacht«, sagte Kirk. »Ich würde sagen, in meinem Fall geht es eher um Instinkt als um Logik, aber wie es aussieht, sind wir beide zur gleichen Schlußfolgerung gelangt. Wie lauten Ihre Überlegungen?«

»Während der Verhandlungen auf Kidta erzählte mir Commander Keraz, daß Botschafter Kamarag verschiedene klingonische Offiziere zu einem Treffen zusammenrief. Er hat versucht, sie zum Ungehorsam gegenüber Azetbur und ihrer Regierung anzustacheln. Wenn Keraz und Wurrl von freelanischen Telepathen beeinflußt wurden, warum dann nicht auch der Botschafter? Wenn man bedenkt, was in der Vergangenheit zwischen Ihnen und Kamarag vorgefallen ist, wäre er ein ausgezeichneter Kandidat für eine mentale Beeinflussung.«

»Sie denken, *Kamarag* hätte Peter gekidnappt?«

»Nicht Kamarag persönlich, nein. Aber daß er dahintersteckt ... ja, das denke ich.«

Kirk runzelte die Stirn. »Das ist eine interessante Idee«, sagte er. »Ich weiß, daß Kamarag mich haßt ... Ich habe gehört, daß er mich bei jeder Gelegenheit öffentlich denunziert ... aber ist sein Haß stark genug, um dafür den Verrat an seiner Regierung zu riskieren?«

»Von sich aus vielleicht nicht, aber mit ausreichenden telepathischen Nachdruck ...«, entgegnete Sarek. »Die Logik scheint Kamarag als mutmaßlichen Entführer von Peter zu favorisieren.«

»Aber wie hängt das mit Peters Nachforschungen über die IGEM zusammen?«

»Wenn beide Gruppen durch dieselbe Person oder Personengruppe beeinflußt werden ... wäre es nicht schwierig, die IGEM dazu zu veranlassen, Peter an jemanden zu übergeben, der ihn daraufhin zu Kamarag bringt.«

»Sie meinen, es ist noch eine dritte Gruppe involviert?«

»Meiner Ansicht nach ja. Auf diese Weise würde die IGEM nicht in Kontakt mit Außerirdischen kommen.«

»Das klingt sinnvoll. Uhura versucht, die Schiffe aufzuspüren, die im fraglichen Zeitraum von der Erde abgeflogen sind. Aber das ist keine leichte Aufgabe. Sie arbeitet seit gestern daran, also kann sie vielleicht schon bald erste Ergebnisse vorweisen.«

»Haben Sie etwas Neues über die IGEM und ihre Aktivitäten gehört?« fragte Sarek. »Ich habe die heutigen Meldungen noch nicht durchgesehen.«

»Ihr Anführer Induna wurde inzwischen gegen Kaution freigelassen«, sagte Kirk. »Den letzten Meldungen zufolge wollte er ...« Der Captain verstummte, als sich das Interkom meldete. Er drückte auf die Antworttaste. »Kirk hier.«

»Captain?« sagte Commander Uhuras Stimme. »Ich konnte die zwei Sendungen zurückverfolgen – den Anruf in Peters Wohnung und die Nachricht, die wir gestern über Subraum erhielten.«

»Gute Arbeit. Was haben Sie herausgefunden?«

»Die erste Nachricht, die man aus verschiedenen alten Übertragungen von Ihnen zusammengeschnitten hat, wurde von einem Raumschiff im Erdorbit abgeschickt ... von der *Bobino*.«

»Was ist das für ein Schiff?«

»Die *Bobino* ist ein Frachter, der einem gewissen Otto Whitten gehört. Er ist der Eigentümer, aber nicht der Pilot.«

»Haben Sie ihn überprüft?«

»Ja, Captain. Dieser Whitten ist ein Mann mit aufregender Vergangenheit. Ein sehr gerissener Betrüger. Er wurde mehrere Male verhaftet, aber jedesmal mußte die Anklage fallengelassen werden. Sein Schiff ist als ›Frachter‹ registriert, aber ›Schmuggler‹ wäre vermutlich eine treffendere Bezeichnung.«

Kirk warf Sarek einen Seitenblick zu. »Das paßt«, sagte er. »Wer ist der Pilot?«

»Eine Frau namens Erika Caymor. Für sie gilt das gleiche wie für Whitten. Sie wurde ein paarmal verhaftet, konnte aber immer wieder freikommen. Erpressung, Kreditbetrug, Diebstahl, Schmuggel ... insgesamt eine lange Liste von Anklagepunkten. Aber die Justizbehörden konnten ihr nie etwas nachweisen. Die beiden sind ein eingeschworenes Team.«

»Das klingt nach einem Volltreffer«, sagte Kirk verbittert. Wer zollfreie Waren und Ähnliches schmuggelte, konnte auch Peter von der Erde weggebracht haben. »Was ist mit der anderen Übertragung? Der Subraumnachricht?«

»Diese Nachricht wurde von Qo'noS abgeschickt, Captain. Genauer kann ich den Ausgangspunkt leider nicht eingrenzen.«

»Verdammt!« brummte Kirk und blickte sich zu Sarek um. »Gute Arbeit. Vielen Dank, Commander.«

»Gern geschehen, Captain«, sagte sie. »Ich habe eine Nachricht an das Büro von Vizeadmiral Burton abgeschickt und angefragt, ob sie etwas über den Verbleib der *Bobino* wissen. Ich werde Sie benachrichtigen, sobald ich eine Antwort habe.«

Kirk schaltete den Interkom ab und wandte sich wieder an den Vulkanier. »Es sieht so aus, als würden sich Logik und Instinkt gleichermaßen bezahlt machen«, sagte er.

»Was werden Sie jetzt tun, Kirk?« fragte Sarek. »Bleiben Sie auf dem Kurs Richtung Freelan? Wie stehen Sie zur Forderung, gegen Ihren Neffen ausgetauscht zu werden?«

»Im Augenblick nähern wir uns auf diesem Kurs beiden Zielen«, sagte Kirk. »Ich beabsichtige, so nahe wie möglich an die angegebenen Koordinaten heranzufliegen, um dann das Kommando der *Enterprise* an Spock zu übergeben, damit er Sie nach Freelan bringt. Ich kann mir an der nächsten Starbase ein kleines Schiff mieten, um allein zum Rendezvous zu fliegen.«

»Warum nehmen Sie nicht die *Enterprise?*«

Kirk schüttelte den Kopf. »Ich kann es nicht rechtfertigen, das Schiff für eine rein private Mission zu benutzen.«

»Aber ... wenn Sie sich allein auf den Weg machen,

könnte das ... sehr riskant für Sie werden, Kirk«, sagte Sarek und hob eine Augenbraue.

»Oh, ich habe nicht vor, mich blindlings ins Abenteuer zu stürzen, Botschafter. Die hohe Geschwindigkeit der *Enterprise* hat mir einen Vorsprung von fast zwei Tagen verschafft, mit dem die Entführer nicht rechnen. Wenn sie am Rendezvouspunkt eintreffen, werde ich bereits da sein, damit ich feststellen kann, woher sie kommen.«

»Die Logik verlangt, daß sie auf direktem Weg von Qo'noS durch die Neutrale Zone kommen«, sagte Sarek. »Kamarag hat mir einmal davon erzählt, daß sich auf Qo'noS der Gutsbesitz seiner Vorfahren befindet.«

Der Captain programmierte den Nahrungsspender in seiner Kabine auf eine Tasse Kaffee, und als er das Gewünschte in den Händen hielt, nahm er dankbar einen Schluck. »Es ist eine erschreckende Vorstellung«, sagte er, »daß die Romulaner seit so langer Zeit einen solchen Plan verfolgen. Die Gründung einer Kolonie auf Freelan, die Verschleierung ihrer Identität, die strengen Sicherheitsmaßnahmen über Jahrzehnte hinweg ... und die Entführung vulkanischer Kinder, damit sie ihre telepathischen Fähigkeiten kontrollieren können. Und all das hat bereits in der Zeit begonnen, als wir noch nicht einmal wußten, wie die Romulaner aussehen! Nach meinen Berechnungen müssen sie schon seit fünfundsiebzig Jahren an diesem Plan arbeiten!«

»Möglicherweise sogar schon länger«, sagte Sarek, als er sich auf einen Stuhl setzte. »Wir haben keine Ahnung, wann Freelan erstmals besiedelt wurde. Doch Sie dürfen nicht vergessen, Captain, daß die Lebenserwartung der Romulaner genauso wie die der Vulkaniern erheblich höher als die der Menschen ist.«

Der Botschafter hatte gar nicht genauer über seine Worte nachgedacht, doch nun beschworen sie eine plötzliche und lebhafte Erinnerung an Amanda herauf.

Sie hatten gemeinsam in ihrem Garten gesessen und T'Rukh betrachtet, als sie unvermittelt gesagt hatte: »Sarek … ich möchte, daß du wieder heiratest, wenn ich nicht mehr bei dir bin.«

Ihr Gemahl hatte sie mit leichter Verblüffung angesehen. »Amanda … ist diese Bemerkung darauf zurückzuführen, daß du gestern vierzig geworden bist? Mir ist bewußt, daß dieser besondere Jahrestag der Geburt für viele Menschen eine bedrückende Erfahrung darstellt …«

Sie hatte ihn angelächelt. »Nein, mein Gemahl. Meine Bemerkung war völlig logisch. Wir haben noch nie zuvor darüber gesprochen, aber sofern keine unerwarteten Zwischenfälle eintreten, ist damit zu rechnen, daß du mich um mindestens sechzig Jahre überleben wirst. Ich möchte nicht, daß du aufgrund eines irregeleiteten Gefühls der Treue einer neuen Partnerschaft entsagst. Eine solche Handlungsweise wäre unlogisch.«

»Aber …«

Sie hatte wieder gelächelt und seinen Einwand mit einem Kopfschütteln unterbunden. »Ich weiß, daß es noch lange nicht soweit ist. Aber eines Tages wirst du dich an dieses Gespräch erinnern. Eines Tages wirst du Erleichterung empfinden, weil du weißt, daß du meinen Segen hast, wenn du dir eine neue Partnerin erwählst. Lassen wir es dabei bewenden.«

Und so hatten sie es gehalten.

Er blickte auf und bemerkte, daß Kirk ihn vom anderen Ende des kleinen Raumes interessiert beobachtete. »Ich muß mich entschuldigen, Captain«, sagte der Botschafter. »Ich habe gerade … an etwas anderes gedacht. Was wollten Sie sagen?«

Der Mensch schüttelte leicht den Kopf, und in seine haselnußbraunen Augen trat ein sanfterer Blick. »Ich möchte Ihnen sagen, Botschafter, daß ich Sie und Spock dafür bewundere, daß Sie diese Mission fortsetzen … trotz allem, was geschehen ist.«

»Arbeit ist ein gutes Mittel gegen Trauer, Kirk«, sagte Sarek. »Zumindest bietet sie ... eine gewisse Ablenkung.«

»Ja, ich weiß«, erwiderte der Captain. »Botschafter ...« Er zögerte.

»Ja?« Sarek hob eine Augenbraue.

»Vielleicht gehe ich jetzt etwas zu weit, aber Sie sollten wissen ... daß Spock ...« Kirk strengte sich an, die richtigen Worte zu finden. Sarek nickte, um ihn zu ermutigen, worauf der Captain einen neuen Versuch unternahm. »Er leidet sehr unter dem Tod seiner Mutter«, platzte es aus ihm heraus. »Manche finden Erleichterung darin, ihre Trauer in Wut umschlagen zu lassen. Wenn Sie bereit sind, einen Rat von mir anzunehmen ... Haben Sie Geduld! Warten Sie ab, bis er die Sache von selbst verarbeitet hat. Er wird ... schon damit zurechtkommen.«

Der Vulkanier blickte den Menschen ruhig an. »Ich werde Ihre Worte im Gedächtnis behalten, Kirk«, sagte er leise. »Geduld gilt auf der Erde als Tugend ... auf Vulkan lernen wir, daß Geduld ein unverzichtbarer Bestandteil des Lebens ist.«

Kirk nippte eine Weile schweigend an seinem Kaffee. »Kamarag«, sagte er schließlich. »Botschafter, wenn er tatsächlich Peter entführt hat, werde ich nach Qo'noS gehen müssen ... um eine Rettungsaktion durchzuführen.«

Sarek schüttelte den Kopf. »Captain ... ganz allein? Das wäre ... höchst unlogisch.«

»Peter zu retten, wäre zwar keine offizielle Mission«, erwiderte Kirk. »Aber ... vielleicht muß ich nicht allein nach Qo'noS gehen. Kanzlerin Azetbur war recht dankbar, daß ich ihr das Leben gerettet habe ... möglicherweise wäre sie interessiert zu erfahren, was vor sich geht.«

»Ich würde es ihr nicht ohne Umschweife sagen, Kirk«, warnte Sarek.

»Warum nicht?«

»Wir wissen nicht, wer bereits unter dem Einfluß der Freelaner steht«, gab Sarek zu bedenken. »Vielleicht handelt auch Azetbur nicht mehr aus freiem Willen.«

»Sie würden es niemals schaffen, nahe genug an sie heranzukommen«, sagte Kirk, doch er war sichtlich über diesen Gedanken entsetzt.

»Vielleicht haben Sie recht. Aber wie steht es mit ihren Assistenten? Wenn sie erfahren, was Sie wissen und was Sie der Kanzlerin anvertraut haben, würde Azetbur in große Gefahr geraten, zum Ziel eines Attentats zu werden.«

»Stimmt ...« Kirk stellte seinen Kaffee so plötzlich ab, daß er auf die Untertasse schwappte. »Verdammt! Die ganze Sache schafft immer mehr Paranoia. Man kann niemandem mehr vertrauen!«

»Ich werde mit Azetbur sprechen. Vielleicht kann ich an ihrem Verhalten erkennen, ob sie beeinflußt wurde. Ich werde versuchen, sie zu warnen ... und in Erfahrung zu bringen, ob sie etwas über Peter weiß.«

»Danke, Botschafter. Das wäre eine große Hilfe.«

Einige Minuten später saß Sarek vor dem Kommunikationsterminal in seiner Kabine. Er wartete geduldig ab, bis sich die Verbindung stabilisiert hatte. Schließlich wurde das Bild klar, und er blickte in vertraute Gesichtszüge. Sarek verneigte respektvoll den Kopf. »Kanzlerin Azetbur.«

Azetbur verneigte sich ebenfalls. »Botschafter Sarek. Es freut mich, Sie zu sehen.«

»Wie geht es Ihnen?«

»Gut«, sagte sie. »Ich möchte Ihnen mein Beileid wegen des jüngsten Trauerfalls aussprechen, Botschafter.«

»Vielen Dank, Kanzlerin.«

Die Klingonin blickte ihn an, und zum ersten Mal, seit sie sich kannten, schien sie nicht zu wissen, was sie sagen sollte. »Ich habe von dem Attentat gehört, das auf Sie verübt wurde, Botschafter. Ich bin zutiefst erleichtert, daß Wurrls Plan vereitelt werden konnte. Botschafter, ich schwöre bei der Ehre meines Vaters, daß weder Keraz noch Wurrl auf meine Anweisung handelten.«

»Das weiß ich, Kanzlerin Azetbur«, versicherte Sarek ihr. »Ich habe während des Kampfes Wurrls Bewußtsein telepathisch sondiert. Für mich besteht kein Zweifel, daß er nicht im Auftrag Ihrer Regierung handelte.«

Die Kanzlerin war sichtlich erleichtert. »Was ist der Anlaß Ihres Anrufes, Botschafter?«

Sarek zögerte eine Sekunde lang, während er seine Anfrage möglichst vorsichtig zu formulieren versuchte. »Kanzlerin ... vor acht Standardtagen kam es auf der Erde zu einem Gewaltakt, der sich gegen einen Bürger der Föderation richtete. Ich muß Ihnen ... bedauerlicherweise mitteilen, daß dieser ... Zwischenfall zumindest auf den ersten Blick mit Qo'noS in Verbindung zu stehen scheint. Es gibt Hinweise, daß diese ... Verbindung bis in hohe Kreise Ihrer Regierung reichen könnte.«

Azetbur blinzelte, und Sarek bemerkte den kurzen Ausdruck der Überraschung, der über ihr Gesicht huschte. Sie lernte schnell, denn ihre Züge waren schon im nächsten Moment wieder zu einer ausdruckslosen Maske erstarrt. Doch der Botschafter wußte jetzt, daß die Entführung Peter Kirks ohne Wissen oder Billigung der Kanzlerin vonstatten gegangen war. »Qo'noS?« wiederholte sie. »Ich versichere Ihnen, Botschafter, daß ich keinerlei Kenntnis von einem derartigen Verbrechen haben. Es sei denn, Sie spielen auf die Renegaten an, die Kadura besetzten.«

»Nein, Kanzlerin Azetbur, hier geht es um eine ganz andere Angelegenheit«, sagte Sarek. »Darf ich fragen, ob Commander Keraz inzwischen gefaßt wurde?«

»Meines Wissens nicht«, sagte Azetbur. »Er befindet sich noch auf freiem Fuß.« Sie warf dem Vulkanier einen ungeduldigen Blick zu. »Botschafter, wenn es auf der Erde zu Gewalttaten durch Klingonen gekommen ist – vor allem, wenn darin Vertreter der Regierung verwickelt sind –, dann muß ich Sie um detailliertere Angaben bitten.«

»Kanzlerin, Ihre Bereitschaft zur Kooperation in allen Ehren, aber Sie haben mich mißverstanden. Es liegt mir fern, einen klingonischen Politiker eines Verbrechens zu bezichtigen oder einen konkreten Verdacht gegen bestimmte Personen auszusprechen.«

»Dann verstehe ich nicht, was Sie von mir wollen!« entgegnete sie. »Mir liegt nichts an Wortgefechten – ich bin Klingonin!«

Sarek nickte. »Ich versichere Ihnen, daß ich spezifischer wäre, wenn ich könnte, Kanzlerin. Aber ich bedaure, daß ich zum gegenwärtigen Zeitpunkt keine genaueren Erklärungen abgeben kann.«

»Bitte geben Sie diese Erklärungen ab, wenn der Zeitpunkt gekommen ist, Botschafter. Ich muß zugeben, daß … Sie meine Neugier geweckt haben.« In ihren dunklen Augen stand ein gefährliches Glitzern.

»Darauf gebe ich Ihnen mein Wort«, versprach Sarek. »Kanzlerin … leider kann ich im Augenblick nicht mehr als einen Vorschlag aussprechen, da ich nicht in der Lage bin, meinen Verdacht zu beweisen, aber …« Er wartete einen Moment ab, während sie aufmerksam zuhörte. »Falls … bestimmte Mitglieder Ihrer Regierung ein verdächtiges oder ungewöhnliches Verhalten an den Tag legen …« Er hielt wieder inne, um seine Worte möglichst vorsichtig zu formulieren. »… besteht die Möglichkeit, daß … jemand einen ungebührlichen Einfluß auf sie ausübt. Ich glaube, daß dieser Einfluß auch für Commander Keraz' Aktionen auf Kadura verantwortlich war.«

Jetzt war es Azetbur, die verwundert eine Augenbraue hob. »Tatsächlich, Botschafter? Das ist eine sehr ungewöhnliche Aussage.«

»Ich spreche in diesem Moment von Privatperson zu Privatperson ... und nicht in meiner Eigenschaft als Diplomat oder Vertreter einer Institution, Kanzlerin. Geben Sie acht! Ich habe Grund zu der Annahme, daß der Frieden unterminiert werden soll, den Ihre Regierung vor kurzem mit der Föderation vereinbart hat.«

»Was für einen Einfluß meinen Sie?« wollte Azetbur wissen. »Bestechung? Folter von Familienangehörigen? Drogen oder andere chemische Mittel zur Beeinflussung des Willens?«

Sarek schüttelte den Kopf. »Nein, Kanzlerin. Nichts dergleichen. Ich bedaure, daß ich mich nicht genauer äußern kann. Ich fürchte, mit diesen Andeutungen habe ich meine Kompetenzen bereits überschritten.«

Sie bedachte ihn mit einem langen, nachdenklichen Blick, aber sie verzichtete auf weitere Fragen, da sie offenbar erkannte, daß er ohnehin nicht mehr preisgeben würde. Sarek atmete tief durch. Noch ein abschließender Test. »Was ich noch sagen wollte, Kanzlerin ...«

»Ja?«

»Captain Kirk bat mich, Ihnen seine Wünsche für anhaltende gute Gesundheit und Erfolg bei der Regierungsarbeit zu übermitteln.«

Das Gesicht der Klingonin hellte sich auf ... einen Moment lang schien sie beinahe zu lächeln. »Bitte sagen Sie Kirk, daß ich ihm danke und ebenfalls viel Erfolg wünsche. Wir haben ... mit Befriedigung zur Kenntnis genommen ... daß er und die *Enterprise* weiterhin im Dienst der Föderation stehen.«

Sarek nickte. »Ich möchte Ihnen für dieses erfreuliche Gespräch danken, Kanzlerin. Aber ich weiß, daß Sie einen vollen Terminplan haben. Deshalb möchte ich mich jetzt verabschieden.«

»Vielen Dank für Ihre ... Warnung, Botschafter. Ich versichere Ihnen, daß ich wachsam sein werde.«

Sarek nickte und hob seine Hand zum förmlichen

Gruß. »Frieden und ein langes Leben, Kanzlerin Azetbur.«

Erneut spielte die Andeutung eines Lächelns um die Mundwinkel der Klingonin. »*Qapla'*, Botschafter Sarek!« erwiderte sie seinen Gruß.

»Captain?« Uhura drehte sich zu ihrem Vorgesetzten um. »Ich habe hier einen Anruf für Sie. Es ist Vizeadmiral Burton, Sir.«

»Ich nehme ihn in meinem Quartier entgegen, Commander«, sagte Kirk. Dann fügte er so leise, daß nur sie es hören konnte, hinzu: »Benutzen Sie eine abgeschirmte Frequenz, Uhura.«

Sie nickte, als er die Brücke verließ.

In seinem Quartier aktivierte Kirk den Bildschirm, auf dem sofort das Gesicht von Vizeadmiral Burton erschien, des Leiters der Sicherheitsabteilung von Starfleet. Der Captain informierte ihn in knappen Worten über Peters Verschwinden und schloß mit Uhuras Entdeckung, daß die Nachricht der Entführer von Qo'noS abgeschickt worden war. Der Admiral, ein Mann mit fleischigem Gesicht und dichtem weißen Haar, runzelte die Stirn. »Ein weiterer Terrorakt«, bemerkte er dazu. »Es scheint sich nicht um einen Entführungsfall aus finanziellen Motiven zu handeln.«

»Das denke ich auch«, sagte Kirk. »Wie soll ich mich Ihrer Ansicht nach verhalten, Sir?«

»Untersuchen Sie das Verschwinden Ihres Neffen, ohne die Sache an die große Glocke zu hängen«, sagte Burton. »Und falls es sich um einen persönlichen Racheakt gegen Sie handelt, sollten Sie es sich lieber aus dem Kopf schlagen, sich auf eigene Faust mit den Klingonen auseinanderzusetzen. Ich gebe Ihnen hiermit die offizielle Erlaubnis, die *Enterprise* für diese Mission einzusetzen. Wenn die Klingonen hinter dieser Sache stecken, wird sie zu einem Sicherheitsproblem der Föderation – und damit zu einer offiziellen Angelegenheit. Allerdings … möchte ich, daß auf keinen Fall etwas davon an die Öffentlichkeit dringt, Kirk. Die IGEM gewinnt von Tag zu Tag neue Anhänger. Wir müssen verhindern, daß Öl ins Feuer gegossen wird.«

»Ich verstehe, Admiral. Konnten Ihre Leute irgend etwas über das Flugziel des Schmugglerschiffes herausfinden?« fragte der Captain.

»Wir haben eine Kopie des offiziellen Flugplans der *Bobino,* Captain. Sie sollten eine große Ladung Delikatessen für Feinschmecker nach Alpha Centauri A bringen … aber dort sind sie nie eingetroffen.«

»Gibt es einen Hinweis, wohin sie statt dessen geflogen sind?«

Burton nickte verbissen. »Sie haben vor zwei Tagen im Sektor 51-34 eine Ladung hochwertigen Dilithiumerzes an Bord genommen.«

Der Sektor 51-34 lag nur wenige Lichtjahre von der klingonischen Neutralen Zone entfernt. Kirk war nicht überrascht.

»Captain, damit ist der Fall klar. Ich möchte, daß Sie der Sache auf den Grund gehen … und zwar schnell.«

»Das werde ich tun, Sir«, erwiderte Kirk.

»Ich grüße Sie, Präsident Ra-ghoratrei«, sagte Sarek, als das Bild des höchsten Repräsentanten der Föderation auf seinem Bildschirm erschien. Gleichzeitig hob er seine Hand zum feierlichen Gruß.

»Botschafter Sarek«, sagte Ra-ghoratrei. »Ich möchte Ihnen mein tiefstes Beileid zu Ihrem tragischen Verlust aussprechen. Ich bedaure es sehr, daß ich Sie … in dieser schweren Zeit mit einem Auftrag betrauen mußte.«

»Ich habe vor der Abreise mit meiner Frau über die Mission gesprochen, Präsident Ra-ghoratrei«, sagte Sarek. Es behagte ihm nicht, über dieses Thema reden zu müssen. »Sie hat die Wichtigkeit meiner Aufgabe verstanden. Aber ich habe Sie nicht angerufen, um über Kidta zu diskutieren, Präsident Ra-ghoratrei.«

»Was haben Sie auf dem Herzen, Botschafter?«

»Sir ... ich habe deutliche Hinweise auf eine Bedrohung der Sicherheit der Föderation. Ich werde Ihnen in absehbarer Zeit Beweise vorlegen können, nach denen die ›Interessengemeinschaft Erde den Menschen‹ von Mächten außerhalb der Föderation finanziert und unterstützt wird.«

Ra-ghoratreis blasse Augen weiteten sich. »Was? Die IGEM? Aber sie sind ...« Er zögerte. »Offenbar sind sie mehr, als sie zu sein scheinen ...«

»So ist es. Ich schlage vor, daß sie intensive Nachforschungen über diese Gruppe anstellen lassen. Ich bin überzeugt, daß Sie überraschende Ergebnisse zutage fördern werden.«

»Könnten Sie sich etwas genauer ausdrücken, Botschafter.«

»Nein, Präsident Ra-ghoratrei«, sagte er, »zu diesem Zeitpunkt noch nicht. Aber ich werde mich in ein paar Tagen wieder mit Ihnen in Verbindung setzen und Ihnen dann, wie ich hoffe, schlüssige Beweise vorlegen können. In der Zwischenzeit bitte ich Sie nur darum, daß Sie eine Untersuchung in Auftrag geben – allerdings sollte es meiner Überzeugung nach nicht zu einer öffentlichen Anhörung kommen. Ich werde Ihnen meine Gründe dafür später erläutern.«

»Botschafter«, sagte Ra-ghoratrei nachdenklich, »Sie haben der Föderation unschätzbare Dienste erwiesen. Ich werde tun, worum Sie mich bitten ... aber ich bestehe darauf, daß Sie mir unverzüglich die versprochene Erklärung geben.«

»Sie werden sie erhalten, Präsident. In zwei Tagen – maximal drei. Das müßte genügen.«

»Also gut«, sagte der Präsident. »Dann erwarte ich mit Spannung unser nächstes Gespräch, Botschafter Sarek.«

»Glück und langes Leben, Präsident Ra-ghoratrei.« Sarek hob eine Hand zum vulkanischen Gruß.

Nachdem er die Verbindung unterbrochen hatte, verbrachte der Vulkanier die folgenden Minuten damit, einen ausführlichen Bericht für Ra-ghoratrei zusammenzustellen. Weitere Kopien adressierte er an Vizeadmiral Burton, den Leiter der Starfleet-Sicherheit, und an Thoris von Andor, den Vorsitzenden des Sicherheitsrats. Der Bericht war eine vollständige Zusammenfassung seiner Entdeckungen und Vermutungen und enthielt sämtliche Daten, die er bis jetzt gesammelt hatte.

Dann versah der Vulkanier die Nachrichten mit einer Zeitsperre. Wenn die *Enterprise* nicht von dieser Mission zurückkehren sollte, würde die Botschaft Ra-ghoratrei in fünf Tagen und die anderen Empfänger in sechs Tagen erreichen.

Als Kirk an diesem Abend seinen Dienst beendete, war er hundemüde. Sie waren jetzt zur Neutralen Zone zwischen der Föderation und dem Klingonischen Imperium unterwegs. Vor ein paar Stunden hatte er die offiziellen Befehle von Starfleet erhalten, die Vizeadmiral Burtons mündliche Anweisungen bestätigten. Er sollte versuchen, Peter Kirk ausfindig zu machen und zu befreien. Dann sollte er sein Schiff Botschafter Sarek zur Verfügung stellen, der vom Präsidenten der Föderation den offiziellen Auftrag erhalten hatte, Nachforschungen anzustellen.

Kirk knöpfte seine braune Uniformjacke auf und ließ sich in einen Sessel fallen. Der Captain hatte das unbestimmte Gefühl, daß die eigentlichen Probleme erst noch kommen würden – daß die Situation noch viel schlimmer werden würde, bis sich alles wieder zum Guten wendete. *Falls die Sache tatsächlich gut ausgeht, was keineswegs sicher ist,* sagte er sich.

Außerdem geht es dir im Vergleich zu Peter noch sehr gut, dachte er. Was mochten die Klingonen dem jungen Mann antun, während er sicher in seiner fliegenden Festung hockte? Der Captain dachte an klingonische Foltermethoden, an den Mentalsondierer und andere Torturen, und es lief ihm kalt über den Rücken.

Zumindest ist Qo'noS nicht Rura Penthe, dachte er dann und versuchte sich damit zu trösten – doch er wurde unablässig von der Vorstellung gequält, Peter könnte in die Hände eines klingonischen Folterknechts wie Old One-Eye geraten. Klingonische Gefängniswärter waren nicht gerade für Freundlichkeit und Mitgefühl bekannt, um es vorsichtig auszudrücken.

Peter und er waren sich im Laufe der Jahre nähergekommen, und inzwischen kannte Kirk seinen Neffen besser, als der junge Mann ahnte. Er wußte genau, daß Peter das Gefühl hatte, ständig am Vorbild seines berühmten Onkels gemessen zu werden, und er bedauerte es unwillkürlich, daß der Kadett durch ihn einem solchen Druck ausgesetzt war. Aber Peter war nun einmal ein Kirk, und deshalb mußte er sich selbst unter Druck setzen, um etwas zu erreichen, ganz gleich, was alle anderen sagen oder denken mochten.

Kirk sah vor seinem geistigen Auge das Gesicht seines Neffen und schüttelte erschöpft den Kopf. Würde er ihn jemals wiedersehen … lebend wiedersehen? Wo war Peter? Wurde er vielleicht in diesem Augenblick gefoltert?

Mit einem unterdrückten Ächzen stützte Jim Kirk seinen Kopf in die Hände. *Halt durch, Peter!* dachte er. *Halt nur noch ein wenig länger durch …*

7

Savel betrachtete ihr Spiegelbild, während sie ihr dichtes, glänzendes Haar kämmte. Heute trug sie ein langes blaues Kleid statt ihres üblichen wattierten silbrigen Hemdes und der bequemen Hosen, und sie fühlte sich weiblicher als seit langem.

Für einen Moment gab sie sich der Vorstellung hin, was Soran wohl denken mochte, wenn er sie in diesem Gewand sehen könnte. Er war so höflich und zuvorkommend gewesen … sie hatte sich geschmeichelt gefühlt. Savel wußte, daß die meisten Vulkanier als Erwachsene längst eine Verbindung eingegangen waren … War der junge Assistent von Botschafter Sarek verlobt?

Bestimmt nicht, denn wenn er einer anderen Frau versprochen gewesen wäre, hätte er sie bestimmt nicht so interessiert angestarrt. Seine Augen waren sehr dunkel und sehr ernst gewesen …

Savel fragte sich plötzlich, was mit Soran geschehen würde, wenn der größte Traum ihres Adoptivonkels in Erfüllung ging und es zu einem Krieg zwischen der Föderation und den Klingonen kam – gefolgt von einer schnellen romulanischen Invasion. Jeder wußte, daß die Vulkanier Pazifisten waren – aber das mußte nicht gleichbedeutend mit ›Feiglingen‹ sein. Wenn sie gezwungen waren, ihre Heimatwelt zu verteidigen, würden die Vulkanier kämpfen, und sie würden gut kämpfen. Davon war Savel überzeugt.

Und was war, wenn Soran verletzt … oder gar getötet wurde?

Savel hatte das Gefühl, ihr würde die Kehle zugeschnürt, und sie versuchte sich einzureden, daß ihre Reaktion unangemessen war. Sie hatte nur wenige Stunden mit dem jungen Vulkanier verbracht, und wenn sie jetzt an ihn dachte, war das ... unlogisch!

Sie starrte auf ihr Spiegelbild und fragte sich, wo Soran wohl in diesem Augenblick war, was er wohl gerade tun mochte. Würde sie ihn jemals wiedersehen? Würde sie auf Freelan jemanden finden, den sie genauso attraktiv fand? Die Wahrscheinlichkeit dafür war äußerst gering – und das nicht nur, weil sie sich so sehr zu Soran hingezogen fühlte. Niemand hinderte die jungen Vulkanier auf Freelan daran, Beziehungen mit Romulanern einzugehen ... doch in der Praxis kam dies nur selten dazu.

In Wirklichkeit brachten die Romulaner den meisten der Vulkanier, die man nach Freelan gebracht hatte, Mißtrauen und Mißbilligung entgegen – obwohl es einige Ausnahmen gab. Savel wußte von einigen Vulkaniern, die hohe Stellungen im romulanischen Militär erreicht hatten, und einige hatten Romulaner geheiratet. Ein oder zwei waren sogar in hohe politische Ämter berufen worden.

Doch im allgemeinen blieben die Vulkanier unter sich und gingen vorwiegend Beziehungen mit ihresgleichen ein. Lag es daran, weil sie mit dem Wissen aufgewachsen waren, im Grunde nicht mehr als Gefangene der Romulaner zu sein? Oder nahmen sie aufgrund ihrer telepathischen Fähigkeiten eine Sonderstellung ein?

Einige Romulaner waren bereit, sie in ihre Gesellschaft aufzunehmen ... doch viele andere waren wie Taryns Frau Jolana. Warum? War Jolana deshalb so abweisend und zurückhaltend, weil sie an Savels Loyalität zweifelte? Da viele freelanische Vulkanier im Militärdienst standen und gute Arbeit leisteten, war eine solche Haltung unlogisch. Oder war ihr Mißtrauen und ihre Abneigung auf Eifersucht oder Angst wegen der telepathischen Fähigkeiten der Vulkanier zurückzuführen? Gewißheit könnte sie sich nur durch eine tiefe Gedankenverschmelzung verschaffen, doch Savel hatte nicht das Bedürfnis nach einer so intimen Annäherung an ihre »Tante«. Also würde sie es vermutlich nie erfahren.

Mit einem Seufzer glättete sie den Stoff ihres blauen Kleides und wandte sich der Tür zu. An diesem Abend würden sie und Taryn mit seinem Schiff abreisen. Der Offizier sollte das Kommando über die Invasionsflotte übernehmen, die in der Nähe von Remus zusammengezogen und ausgerüstet wurde. Savel hatte zwar keinen militärischen Rang, aber ihre telepathischen Fähigkeiten machten sie zu einer wertvollen Spionin.

Als sie durch die Tür trat, dachte Savel noch einmal an Soran, doch dann verdrängte sie das Bild des gutaussehenden jungen Assistenten aus ihrem Geist. Sie würde ihn niemals wiedersehen ... und jeder weitere Gedanke an ihn war unlogisch.

Savel reckte die schlanken Schultern, hob den Kopf und machte sich entschlossen auf die Suche nach ihrem Onkel, damit sie ihre Strategie für den bevorstehenden Krieg planen konnten.

Peter Kirk ging unruhig auf und ab und starrte immer wieder durch das Beobachtungsfenster seiner Zelle. Es war drei Tage her, seit Valdyr vor ihm geflüchtet war. Drei Tage.

Er wurde immer noch regelmäßig versorgt und erhielt seine Mahlzeiten von verschiedenen klingonischen Wachleuten, aber sie hatte sich nicht mehr sehen lassen. Die Wachen waren so schnell wie möglich wieder verschwunden und hatten ihn kaum eines Blickes gewürdigt.

Der Kadett erkannte, daß er zum ersten Mal, seit

diese Sache begonnen hatte, echte und zermürbende Angst hatte – aber nicht um sich selbst.

Hatte Kamarag möglicherweise beobachtet, wie Valdyr sich gegenüber ihrem Gefangenen verhalten hatte, und sie als illoyal und verräterisch eingestuft? Wurde sie für ihre Gespräche mit Peter bestraft ... und dafür, daß sie ihn berührt hatte? Er strich mit dem Daumen über seine fast verheilten Wunden an den Handflächen, als wollte er sich vergewissern, daß die leidenschaftliche Berührung tatsächlich stattgefunden hatte, daß er sich alles nicht nur eingebildet hatte. Nein, es war geschehen. Er blickte auf seine Handflächen. O ja, es war geschehen.

Aber wo war Valdyr jetzt? Was war, wenn sie nie mehr wiederkam?

Peter schluckte, als ihm der Gedanke kam, er könnte die junge Klingonin vielleicht niemals wiedersehen. *Valdyr ...*

Peter starrte immer noch auf die Spuren, die ihre Fingernägel auf seiner Haut hinterlassen hatten. Was war zwischen ihnen geschehen?

Oder besser ... was war mit *ihm* geschehen? Er runzelte die Stirn, während er sich gegen die Wirklichkeit wehrte, gegen die Wahrheit ankämpfte ... Peter stöhnte leise auf und schlug so heftig mit der Faust gegen die Wand seiner Zelle, das der Schmerz ihn zusammenzucken ließ. Aber nicht einmal das konnte ihn ablenken. Die Wahrheit war immer noch da, unwandelbar und unmißverständlich ...

Wie lange noch wollte er sich selbst belügen?

Also gut, verdammt noch mal! gestand Peter sich schließlich ein. *Ich liebe sie. Ich bin ein Hornochse!*

Er verstand immer noch nicht, wie er sie lieben konnte – eine Klingonin! Wann war das geschehen? Wie hatte es geschehen können? Waren Klingonen und Menschen überhaupt biologisch kompatibel? Gab es jemanden im Universum, der diese Frage beantworten konnte? Trotzdem ... wenn er versuchte, es zu leugnen, kam er sich vor, als wollte er leugnen, daß er zwei Hände oder zwei Augen hatte ... oder ein Herz.

Über die genaue Struktur der klingonischen Gesellschaft war nur sehr wenig bekannt, obwohl sehr viel darüber spekuliert wurde. Was er gerüchteweise über die sexuelle Potenz klingonischer Frauen gehört hatte, war dazu angetan, einen orionischen Sklavenhändler erröten zu lassen. Vermutlich waren es nicht mehr als schmutzige Spekulationen, wie sie auch zu anderen Zeiten über andere Gruppen angestellt worden waren. Peter hatte sich wenig mit solchem Tratsch abgegeben ... bis jetzt. Wenn er jetzt darüber nachdachte, gingen ihm Bilder durch den Kopf ... Bilder ...

Liebten Klingonen genauso wie Menschen? Waren sie überhaupt zu ähnlichen Gefühlen fähig? Und bestand vor allem Hoffnung, daß Valdyr jemals das gleiche für ihn empfinden konnte? Oder würde sie die ganze Sache nur als unehrenhafte Komplikation einer Situation betrachten, die ihr Gewissensprobleme und unnötige Qualen verursachte?

Es hatte in Peters Leben schon einige Frauen gegeben, und einige davon hatte er auch geliebt – zumindest hatte er dies damals gedacht. Doch selbst in den intimsten Momenten hatte er sich nicht so tief mit ihnen verbunden gefühlt, wie er es bei der Berührung von Valdyrs Hand empfunden hatte. Peter versuchte sich einzureden, daß es sich lediglich um eine ungewöhnlich starke Ausprägung des Stockholm-Syndroms handelte, doch weder seine Gefühle noch seine Hormone wollten auf diese Argumente hören.

Liebe? Ja, jetzt wird es richtig romantisch, Peter! Du wirst sie vermutlich schon bald wiedersehen, wenn man dich auf die Liege schnallt und sie nur darauf wartet, das be'joy' *mit dir durchzuführen, während Onkel Jim zusehen darf. Das wäre doch ein Riesenspaß für dich, nicht wahr? Du wirst es lieben!*

Und wenn sie sich geweigert hatte, das *be'joy'* durchzuführen? Vielleicht war sie aus diesem Grund nicht wiedergekommen. Wenn nun eine der Wachen, die ihm seine Mahlzeiten brachten, den Job übernommen hatte, weil Valdyr sich geweigert hatte und ihr Onkel wütend auf sie war? Was war, wenn er starb, durch die Hand eines Fremden, ohne sie noch einmal wiederzusehen?

Der Kadett ließ sich auf die Pritsche sinken und vergrub das Gesicht in den Händen. Seine Verzweiflung drohte ihn zu überwältigen.

Irgend etwas trieb ihn dazu, einen Blick auf das Sichtfenster zu werfen, und plötzlich, als hätte seine Sehnsucht sie heraufbeschworen, stand Valdyr da und starrte ihn ausdruckslos an. Sie sagte kein Wort, sondern stand unerschütterlich wie ein klingonischer Krieger da.

Langsam stand er auf und ging zum Fenster, während er nach Worten suchte. Er sah, wie sich Valdyrs Augen kaum merklich weiteten, worauf er unvermittelt stehenblieb. Etwas stimmte nicht …

Sie war nicht allein. Ohne Vorwarnung trat Kamarag vor das Sichtfenster. Neben ihm war ein Soldat, den Peter schon einmal gesehen hatte, wie er sich vage erinnerte. War dieser Kerl einer von den Schlägern gewesen, die ihn an Bord des Raumschiffes aus seiner Zelle holen wollten?

Valdyr erwiderte seinen Blick nicht mehr. War die Zeit für das *be'joy'* gekommen? Peter schluckte, aber er stand aufrecht und mit erhobenem Kopf da. Er wollte sich keine Schande machen …

»Ach, der junge Kirk«, murmelte der Botschafter anerkennend. Er sprach Klingonisch und hatte sich an Valdyr gewandt. »Er sieht gut aus, Nichte. Stark und gesund. Du hast gute Arbeit geleistet.« Kamarag betrachtete Peter durch das Fenster, als würde er die Qualität eines Stücks Fleisch mustern. »Kadett Kirk!« sagte er in Standard. »Wissen Sie, welcher Tag heute ist?«

»Nein, Botschafter«, antwortete Peter in derselben Sprache, »ich weiß es nicht.«

»Heute ist der Tag meiner Rache!« teilte Kamarag ihm mit. Für einen Klingonen verhielt er sich ungewöhnlich freundlich. »In diesem Augenblick ist Ihr Onkel zum vereinbarten Treffpunkt unterwegs, wo ich ihn gefangennehmen werde. Wenn ich ihn habe, wird Karg Sie und Valdyr holen, um uns Gesellschaft zu leisten.« Er deutete auf den Klingonen auf seiner Seite. Peter starrte den Krieger an. Das war also Karg ... Kein Wunder, daß Valdyr ihn haßte.

»An Bord meines Flaggschiffs *HoHwI'* werden wir uns mit einem alten klingonischen Ritual vergnügen. Sagen Sie ... finden Sie meine Nichte attraktiv, junger Kirk?«

Peter strengte sich an, keine Angst zu zeigen. »Natürlich. Wie jeder Mann«, sagte er aufrichtig.

»Gut, gut! Ich mag Ihren Mut ... er wird das *be'joy'* erheblich bereichern! Zweifellos haben Sie sich in den vergangenen Tagen danach gesehnt, in ihrer Nähe zu sein ... ihre Berührungen zu spüren, ja? Selbst menschliche Männer sind nicht gegen den Reiz einer hübschen Klingonin gefeit, das ist offensichtlich. Nun ... ich freue mich, Ihnen mitteilen zu dürfen, daß Ihr Wunsch schon bald in Erfüllung gehen wird. Schon bald werden sie Valdyr sehr nahe sein – während sie die zarten Schichten Ihrer Haut eine nach der anderen abzieht, bis Ihr Blut in Wallung gerät! Wenn sie mit Ihnen fertig ist, wird sie die intimsten Bereiche Ihres Körpers erforscht haben ... von außen und von innen!«

Kamarag lachte, und Karg tat es ihm nach. *Gütiger Himmel!* dachte Peter und kämpfte gegen den Schrei an, mit dem sich seine Panik Luft machen wollte. *Wo hat dieser Kerl unsere Sprache gelernt? Hat er Edgar Rice Burroughs gelesen? Er klingt, als käme er direkt von Barsoom ...*

Kamarag grinste immer noch. »Zweifellos wird Ihr

Onkel das Schauspiel genießen. Schließlich wird er als nächster das Vergnügen haben!«

Peter sagte nichts. Er wollte sich nicht zu unbedachten Äußerungen hinreißen lassen … Außerdem hatte Kamarag nun endlich etwas wirklich Interessantes zu sagen.

»Und sobald das *be'joy'* beendet ist, wird meine Flotte sich auf den Weg in das Territorium der Föderation machen – und zu den Reichtümern, die dort auf uns warten.«

Peter war entsetzt. Er hatte geglaubt, daß Kamarag nur daran interessiert wäre, ihn und seinen Onkel zu foltern. Er hatte keine Ahnung, daß der Botschafter über eine eigene Flotte verfügte und damit einen Krieg anzetteln wollte!

»Ihre Flotte?« fragte er vorsichtig nach. Er hoffte, daß Kamarag die Gelegenheit zum Prahlen nutzte und ihm mehr erzählte. *Er kann nur die Renegaten meinen, die uns so viele Probleme bereiten …*

»In der Tat. Ich habe eine beträchtliche Streitmacht versammelt, deren Befehlshaber bereit sind, ihre Ehre als klingonische Krieger zurückzugewinnen! Gemeinsam werden wir Ihre Starfleet-Schiffe schrottreif schießen!«

Träum nur weiter! dachte Peter. Der Botschafter mußte den Verstand verloren haben, wenn er ernsthaft glaubte, er könnte mit seiner ›Flotte‹ die Föderation erobern. Starfleet würde sie restlos vernichten, daran bestand kein Zweifel. Trotzdem mußte Peter einen Schauder unterdrücken, als er an die vielen Welten in der Nähe der Neutralen Zone dachte, die Kamarag und seine Truppen verwüsten würden, bevor man ihnen Einhalt gebieten konnte.

Der Botschafter drehte sich zur Seite, damit auch seine Nichte ihn hörte. »Wenn *Kanzlerin* Azetbur von unserer Aktion erfährt, wird es bereits zu spät sein. Endlich werden wir unsere Ehre wiedergewinnen!«

Er bemerkte, daß Peter angestrengt auf die Wände seiner Zelle starrte. »Es ist bestimmt furchtbar, gefangen zu sein, während sich ringsum Ereignisse von solcher Tragweite abspielen, nicht wahr, junger Kirk?«

Peter verschaffte ihm nicht die Genugtuung, darauf eine Antwort zu geben.

Valdyrs Gesicht war völlig leidenschaftslos, trotzdem machte sie den Eindruck, als würde sie mit heftigen Gefühlen ringen. »Onkel«, sagte sie leise und richtete ihre Worte nur an Kamarag, während sie Karg den Rücken zukehrte. »Ich bitte dich, noch einmal zu überdenken, was du dir vorgenommen hast. Ein Kampf gegen Starfleet wäre *Hoh'egh.*«

Natürlich erkennt Valdyr, daß es Selbstmord wäre, dachte Peter, während er kurzzeitig neuen Mut faßte. *Kamarag ist zweifellos verrückt, aber sie ist es nicht ...*

Der Botschafter blickte auf sie herab. »Du machst dir meinetwegen Sorgen, Nichte?«

Valdyr nickte. »Nicht nur deinetwegen, Onkel. Ich sorge mich um unser ganzes Volk. Unsere Welt liegt im *Sterben,* Onkel!« Sie sprach immer noch leise, aber mit unüberhörbarer Leidenschaft in der Stimme. »Wir haben weder die Technologie noch die Mittel, um unser Volk zu retten. Durch die Zusammenarbeit mit der Föderation hofft Kanzlerin Azetbur ...«

»Genug!« knurrte Kamarag ungeduldig. »Ich will kein Wort mehr über dieses verdorbene Weib und ihre angeblichen Pläne zur Rettung des Imperiums hören! Erwähne diesen Namen nie wieder, Valdyr, sonst wirst du von Karg mehr zu befürchten haben als nur die Hochzeitsnacht!«

Valdyr errötete und biß die Zähne zusammen. Sie richtete sich zu voller Körpergröße auf und sprach jetzt beide Männer an. »Willst du mich auf diese Weise unter Kontrolle halten, Onkel, indem du mir mit einem Gemahl *drohst?* Gewinnt ein klingonischer Krieger auf diese Weise die Treue seiner Frau – durch Einschüchterung? Wo ist deine Ehre? Du …«

Kargs Faust bewegte sich so schnell, daß Peters Augen ihr kaum folgen konnten, als er sie brutal gegen ihr Kinn rammte. Valdyr flog zu Boden, doch sie gab keinen Laut von sich.

Ihr Gesicht schwoll an, ihre Lippe war aufgeplatzt und blutete, doch Peter wußte aus persönlicher Erfahrung, daß sie damit zurechtkommen würde. Automatisch wollte ihre Hand nach dem Dolch an ihrer Seite greifen, doch Karg kam ihr zuvor und packte sie am Handgelenk, um es herumzudrehen. Sie erduldete tapfer die Schmerzen, während der mächtige Krieger sich nahe über ihr Gesicht beugte.

»Du legst eine bedenkliche Respektlosigkeit gegenüber deinem Onkel an den Tag, Valdyr«, warnte er sie. »Glaube nicht, daß ich von meiner Frau so etwas tolerieren würde! Wem gilt deine Loyalität? Deiner *Familie* oder diesem perversen Weib, das sich widerrechtlich die Position eines Mannes angeeignet hat?«

»Ich bin Klingonin!« knurrte Valdyr. »Mein Respekt und meine Loyalität gelten meiner Familie, Karg – zu der du nicht gehörst!«

»Das wird sich schon bald ändern«, rief Karg ihr ins Gedächtnis. »Wir werden heiraten, nachdem James T. Kirk durch dein Messer den Tod gefunden hat. Dann wirst du mir gehören! Und dann wirst du lernen, was Respekt ist …« Er packte sie am Brustpanzer ihrer Rüstung, hob sie hoch und schlug ihr so heftig ins Gesicht, daß ihr Kopf zurückflog. Sie blinzelte benommen.

Peter brauchte eine Weile, bis ihm bewußt wurde, daß er gegen die Scheibe des Sichtfensters trommelte. »Karg, du Feigling!« hörte er sich brüllen. »Wenn du gegen jemanden kämpfen willst, dann komm rein und leg dich mit mir an. Ich werde dich in den Dreck werfen, du Bastard, genauso wie ich es schon einmal getan habe!«

Seine Worte zeigten die beabsichtigte Wirkung. Kargs Gesicht rötete sich vor Wut, als er Valdyr losließ und vor das Beobachtungsfenster trat. Kamarag hielt ihn mit einer Geste zurück.

»Genug«, sagte er zu Karg. »Ich muß James T. Kirk abholen. Warte auf meinen Anruf und bring dann den Kadetten Kirk in mein Flaggschiff. Nachdem diese Angelegenheit erledigt ist, kannst du deine Hochzeitsnacht im Gebiet der Föderation feiern, während wir zur nächstgelegenen Kolonie unterwegs sind!«

Karg warf Valdyr noch einen lüsternen Blick zu, dann gingen die zwei Männer.

Peter drückte das Gesicht an die Scheibe, um den Korridor zu überblicken und sich zu vergewissern, daß Karg und Kamarag außer Hörweite waren. Er wandte sich wieder an Valdyr und stellte überrascht fest, daß ihre schwarzen Augen wie gebannt auf sein Gesicht starrten, als würde sie versuchen, durch ihn hindurchzublicken. »Valdyr!« flüsterte er. »Ist alles in Ordnung? Valdyr?«

Sie sah sich im Korridor um, kam dann wieder auf die Beine und stellte sich vor die Sichtluke. »Du hast es wirklich so gemeint, wie du es gesagt hast, oder?«

»Was?« Er schüttelte den Kopf, da er nicht sicher war, ob er sie verstanden hatte.

»Weißt du, was du zu Karg gesagt hast, wie er es interpretieren wird?« fragte sie.

Peter starrte sie nur an. »Was gibt es daran zu interpretieren? Wenn ich ihn in die Finger bekommen hätte, dann hätte ich mit ihm den Boden aufgewischt, dann hätte ich ...«

Sie schüttelte den Kopf. »Du hast ihn als gleichwertigen Gegner herausgefordert. Von Krieger zu Krieger. Du hast es ihm unmöglich gemacht, dich als hilflosen gefangenen Menschen zu betrachten. Du hast ihn herausgefordert – bei der Ehre seiner Frau.«

Peter spürte, wie sein mühsam unterdrückter Zorn überkochte. Er ballte die Hände zu Fäusten und schlug damit gegen die Sichtscheibe. »Du bist nicht seine Frau!«

»Mein Onkel hat die Hochzeit arrangiert. Sie wird stattfinden.«

»Zum Teufel damit!« tobte Peter, während seine Eifersucht unerträglich wurde. Die Vorstellung, daß Valdyr in der immer wieder erwähnten Hochzeitsnacht von Karg ›genommen‹ würde, machte ihn wahnsinnig. »Er wird dich nur über meine Leiche bekommen! Er darf dich nicht bekommen!« Als er bemerkte, daß er zusammenhanglos zu stottern begann, riß er sich zusammen.

»Ich werde dir dieselbe Frage stellen, die du mir vor vielen Tagen gestellt hast, Pityr«, sagte Valdyr leise, in einem Tonfall, den er bei ihr noch nie zuvor gehört hatte. »Warum liegt dir etwas an mir? Was geht es dich an, wer mich zur Frau nimmt?«

Er knirschte mit den Zähnen. Es wäre besser, nichts zu sagen, damit sie ihm nicht ins Gesicht lachte oder ihn damit verspotten konnte, wenn er hilflos ihrem Messer ausgeliefert war. Doch etwas in ihren Augen drängte ihn dazu, die Wahrheit zu sagen. »Es spielt für mich eine große Rolle. Der Mann ... der dich berührt ... sollte es voller Respekt tun ...«

Sie ließ ihn nicht einen Moment aus den Augen. »Das wird niemals geschehen, Pityr. Mein Onkel will Verrat an unserer Regierung begehen, und dies wird zur Zerstörung unserer Welt oder zumindest unserer Familie führen. Und der Mann ... der mich mit ... Respekt berühren würde ... wird bald tot sein ... durch meine Hand ...«

Was ... was meint sie damit? Peter drückte sich ans Sichtfenster, so nah es ging. Er wagte es nicht, ihre Worte zu günstig zu interpretieren ... er wagte nicht zu hoffen ...

»Pityr ...« Ihre Stimme klang heiserer als gewöhnlich. »Ich kann nicht lange bleiben. Ich ...«

»Wo warst du?« wollte er wissen. »Du warst drei Tage lang fort!«

»Ich war hier«, erwiderte sie tonlos, ohne ihn anzusehen. »Ich kam einmal herunter, als du schliefst, um dich zu sehen. Aber ich konnte nicht mit dir reden, solange ich ...« Sie verstummte.

»Solange du was?« fragte er leise.

»Solange ich nicht wußte, was ich will«, gab sie zu.

»Was meinst du damit?«

»Nach unserer ... letzten Begegnung schickte ich meinem Onkel eine Nachricht, in der ich ihn darum bat, mich von meiner Aufgabe zu entbinden. Aber er ... er hat abgelehnt.«

»Warum hast du darum gebeten?« fragte Peter, während er sich wünschte, sie würde ihn ansehen.

Aber sie hielt den Blick gesenkt. »Qo'noS ... ist kein guter Ort zum Leben, seitdem Praxis explodiert ist. Die Hälfte des Mondes wurde in eine langgezogene elliptische Bahn gerissen, die sich in fünfzig Jahren mit diesem Planeten überschneiden wird ... und das wird das Ende für jedes Leben auf dieser Welt bedeuten. Zahllose Meteore werden einschlagen und unsere Atmosphäre zerstören, unsere Häuser und unser Land zertrümmern. Bereits jetzt wird Qo'noS von einem Trümmerring umkreist, der uns Tag und Nacht gemahnt, daß unsere Zeit begrenzt ist.

Meteorschauer gehören mittlerweile zum Alltag. Vor einem Monat eurer Zeitrechnung hielt sich meine Mutter zusammen mit meinem ältesten Bruder in unserem Haus in *HatlhHurgh* auf. Meteore regneten vom Himmel, unser Haus wurde zerstört, meine Mutter und mein Bruder wurden getötet. Mein Vater starb vor drei Jahren, als dein Onkel sein eigenes Schiff zerstörte, um Kruges Mannschaft in den Tod zu reißen. Nun haben meine drei überlebenden Brüder und ich niemanden mehr. Kamarag hat uns alle aufgenommen. Er ist jetzt das Oberhaupt meiner Familie, Pityr!« Ihre Stimme klang gepreßt und zerbrechlich, und sie schüttelte so heftig den Kopf, daß ihr Zopf über den Brustpanzer glitt. »Die Ehre verlangt, daß ich ihm diene und seinen Befehlen gehorche!«

»Genau das tust du doch«, sagte Peter, während er mit Beklemmung ihren Gesichtsausdruck sah.

»Doch um ihm zu dienen, muß ich bereit sein, die höchste Gewalt des Imperiums, Kanzlerin Azetbur, zu verraten. Ich muß die Verantwortung am Tod unseres Heimatplaneten mittragen. Ohne die Hilfe der Föderation wird jeder auf Qo'noS eines Tages sterben! Und ... was das Schlimmste ist ... ich muß dich töten!« Sie rückte näher an das Fenster heran, bis ihr Gesicht genau wie seins unmittelbar vor der Glasscheibe war. »Pityr ... Pityr-oy ...« Sie schloß die Augen, doch die Qual in ihrer Stimme war unüberhörbar.

Der Kadett erstarrte, als ihm klar wurde, was sie gerade gesagt hatte. Eine ungläubige Freude erfüllte ihn. Das Suffix ›oy‹ wurde im Klingonischen als Koseform benutzt. »Valdyr ...«, flüsterte er. »Valdyr, sieh mich an ...«

Endlich blickte sie auf. Behutsam schob Peter seine Hand durch den Schlitz, bis sich ihre Fingerspitzen berührten. Sein Herz klopfte heftig, als er sie streichelte. »Valdyr-oy ...«, flüsterte er, während seine blauen Augen tief in ihre schwarzen blickten.

Sie starrte ihn fassungslos an. Dann spürte er, wie ihre Fingerspitzen über seine glitten, und plötzlich berührte sie sanft seine Handfläche, um über die sichelförmigen Wundmale zu streichen. Gleichzeitig spürte er den Schorf, den seine eigenen Fingernägel in ihrer Hand hinterlassen hatten. »Wie ist das möglich?« flüsterte sie mit einer Mischung aus Qual und Freude. »Es ist unmöglich! Wir sind nicht vom derselben Spezies. Wir stammen aus fremden Völkern. Wir sind Erzfeinde ...«

»Jetzt nicht mehr«, widersprach er sanft. »Wir sind

keine Feinde mehr. Wir haben unser Blut vermischt. Jeder von uns ist ein Teil des anderen.«

»Unmöglich«, wiederholte sie, als müßte sie sich selbst davon überzeugen. »Menschen sind schwach und feige. Sie haben keinen Mut und keine Ausdauer. Sie können nicht kämpfen, sie haben nicht einmal den Willen dazu. Sie stinken nach Furcht. Menschenmänner haben kein Durchhaltevermögen, keine Leidenschaft. Das einzige, was sie im Bett können, ist Reden. Eine klingonische Frau würde jeden Menschenmann töten, der so dumm wäre, sich in ihr Bett zu wagen.«

»Ist es das, was man über uns sagt?« murmelte Peter, während er sich immer tiefer in ihren dunklen Augen verlor. »Nun, auf der Erde erzählt man sich auch gewisse Dinge über euch. Klingonen baden nie, deshalb stinken sie. Sie sind dumme Wilde ohne hohe Intelligenz, die nur ihre primitiven Triebe ausleben. Sie lassen sich nur von ihren Leidenschaften treiben. Sie paaren sich wie die Tiere. Klingonen können nicht weinen … weil sie nicht lieben können.«

Sie wirkte schockiert, daß die Menschen sich ganz ähnliche Vorurteile über ihr Volk gebildet hatten. »So etwas sagt man über uns?« murmelte sie. Er nickte schweigend. »Aber Pityr … ich habe gelernt, daß es nicht stimmt, was man sich über euch erzählt. Ich habe dich kämpfen gesehen, mutig wie der beste Krieger, obwohl es für dich keine Hoffnung auf einen Sieg gab. Du hast trotzdem gekämpft … und beinahe gesiegt. Ich habe noch nie einen solchen Mut erlebt, einen solchen Trotz … und ein solches Durchhaltevermögen …«

Er schloß seine Finger fest um ihre Hand. »Auch ich habe dazugelernt. Du bist immer sauber, und dein Geruch erinnert mich an Aprikosen. Du bist intelligent, du bist weit und breit die einzige, die sehen kann, was die Zukunft bringen wird. Und ich habe das Leid in deiner Stimme gehört … einen Kummer, der zu ehrenhaft für

Tränen ist. Ich weiß, daß du mir nicht wehtun möchtest. Ich verstehe, daß du nur tust, was du tun mußt.«

Sie schüttelte den Kopf. »Dann glaubst du also, daß es wahr ist?«

Jetzt war er verwirrt.

»Daß wir nicht lieben können, weil wir nicht weinen können«, erklärte sie.

»Nein, das glaube ich nicht.«

»Aber du glaubst, daß ich dich töten könnte? Sogar jetzt noch?«

»Ich dachte … als du mir über deinen Onkel erzählt hast …«

»Die Tage, in denen ich fort war … ich erkannte, daß ich trotz meiner Verpflichtung zur Treue gegenüber meiner Familie niemals mit einem Verrat an Azetbur leben könnte … und mit der Verantwortung für die Vernichtung meines Planeten … und vor allem nicht … mit der Verantwortung für deinen Tod.«

»Was willst du also tun?«

Sie ließ seine Hand los und blickte sich im Korridor um. »Ich weiß es noch nicht. Du wirst mir vertrauen müssen.«

Er zuckte die Schultern und lächelte. »Mein Schicksal liegt in deiner Hand, seit ich hier bin, Valdyr.«

Ein freudiger Ausdruck erschien auf ihrem Gesicht, und dann war sie verschwunden. Peter blieb nur noch die Erinnerung an ihre Berührung.

Taryn saß in seinem Quartier an Bord der romulanischen Kriegsschwalbe *Shardarr* und studierte geheime Kommuniqués von Romulus. Savel, die ihm gegenüber saß, beobachtete alarmiert, wie sich die Miene ihres Adoptivonkels verdüsterte. »Was gibt es?« fragte sie, als er endlich aufblickte.

»Die Situation könnte sich überstürzter entwickeln, als wir erwartet haben«, antwortete er, während die Falten in seinen kantigen, raubvogelhaften Gesichtszügen tiefer wurden. »Kamarag hat eine Schwadron abtrünniger Kommandanten versammelt und ihnen reiche Beute auf den Raubzügen durch die Föderation versprochen. Und er hat ihnen Amnestie durch die neue Regierung garantiert, der er vorstehen wird, wie er sagt. Er hat zweifellos geplant, mit seinem Überfall auf die Föderation einen Staatsstreich zu verbinden. Zur Zeit konzentriert er seine Flotte im Weltraum, nicht weit von Qo'noS entfernt.«

Savel verdaute schweigend diese Neuigkeiten. Es würde also wirklich geschehen, dachte sie. Der Krieg ... der Krieg, dessen Vorbereitung Taryn sein ganzes Leben gewidmet hatte. Und sie hatte entscheidend dazu beigetragen, den Plan zu verwirklichen. Sie erinnerte sich lebhaft an den Moment, als sie Kamarags Geist berührt hatte, um seinen Haß auf Kirk anzustacheln. Es war überhaupt nicht schwierig gewesen ... der Haß des Klingonen hatte bereits wie Magma unter der Kruste eines Planeten gebrodelt ... »Aber das ist doch genau das, was du erreichen wolltest, was wir geplant hatten«, sagte sie schließlich.

»Aber die Geschwindigkeit, mit der es geschieht, stellt für uns ein Problem dar.« Taryn erhob sich von seinem alten, kunstvoll geschnitzten Schreibtisch und ging unruhig im kleinen Büro auf und ab. Er hielt nur einen kurzen Moment an, um die umfangreiche Sammlung uralter Waffen zu betrachten, die an der Wand hingen. Einige Stücke waren so alt, daß sie noch aus der Epoche vor der romulanischen Auswanderung von Vulkan stammten, die im Anschluß an Suraks Reformation stattgefunden hatte. Der Offizier schien aufmerksam eine *Lirpa* zu studieren, eine Übungswaffe mit hohler Keule und stumpfer Klinge.

Savel wußte gut über die taktische Situation Bescheid, mit der sie es zu tun hatten. Aber sie hatte keine Ahnung, welche Informationen Taryn durch die Kommuniqués erhalten hatte. »Was für ein Problem?« fragte sie.

Taryn reichte ihr die Kommuniqués und forderte sie auf, sich selbst einen Überblick zu verschaffen. »Kamarags Pläne gehen viel weiter, als wir erwartet haben. Er will nicht nur einen Vorstoß der Renegaten anführen, sondern außerdem Azetburs Regierung stürzen. Das haben wir nicht vorhergesehen.«

Savel überflog die Berichte und nickte dann bestätigend. »Er hat sich viel zu weit vorgewagt, um anschließend einfach heimfliegen zu können. Kamarag kann seine Aktionen auf keinen Fall geheimhalten ... nachdem inzwischen so viele Leute daran beteiligt sind. Der Botschafter hat offenbar entschieden, daß jetzt die Zeit gekommen ist, um Kanzlerin Azetburs Regierung zu beseitigen. Wie wird er deiner Meinung nach vorgehen, *Vadi?*«

»Ich denke, sobald Kirk tot ist, wird der Botschafter die Feindseligkeiten eröffnen, indem er mit seiner Schwadron durch die Neutrale Zone vorstößt und einen vernichtenden Angriff gegen den nächsten Planeten der Föderation durchführt. Dann wird er diese spektakuläre Aktion dazu benutzen, um sich als Kriegsführer ausrufen zu lassen und die Öffentlichkeit für sich zu gewinnen. Anschließend wird es keine Schwierigkeit mehr darstellen, einen militärischen Umsturz zu inszenieren.«

Savel hob eine Augenbraue, während sie über die Konsequenzen nachdachte. »Wenn Kamarag das tut ... würde er damit in der Tat einen totalen Krieg zwischen der Föderation und dem Klingonischen Imperium auslösen.« Schweigend dachte die junge Vulkanierin über die Folgen eines interstellaren Krieges nach, wie sie es in den vergangenen Tagen immer wieder getan hatte.

Erinnerungen tauchten in ihrem Geist auf, aus den Tagen, bevor sie von Taryn in seine Familie aufgenommen worden war. Sie waren elf vulkanische Kinder im Hort gewesen, viele von ihnen verwaist, weil ihre Eltern lieber Selbstmord begangen hatten, als weitere

Kinder zu zeugen, die auf Romulus, Remus oder Freelan aufwachsen würden. Und in ihrer frühesten Kindheit ... hatte es noch einen alten Mann gegeben, einen uralten Vulkanier, der zu ihnen gebracht worden war, damit sie von ihm ihre einheimische Sprache lernten. Sein Name war Sakorn, und er war blind gewesen.

Savel erinnerte sich lebhaft an die Nachmittage, die sie und die anderen Kinder mit Sakorn verbracht hatten, um die Sprache ihrer Vorfahren zu lernen. Der Greis hatte außerdem jede Gelegenheit genutzt, wenn die anderen Lehrer gerade nicht aufgepaßt hatten, seine Zöglinge mit vulkanischer Ethik und Tradition vertraut zu machen.

»Der Krieg ist eine unsinnige Verschwendung von Ressourcen und die am wenigsten logische Taktik«, erinnerte sie sich an seine leisen Worte, die er an einem sommerlichen Nachmittag im Schulhof zu ihnen gesagt hatte. »Im Krieg gibt es keinen Sieger ... sondern nur Verlierer. Die Unschuldigen bezahlen, und die Schuldigen werden reicher und noch habgieriger. Gewalt gebiert Gewalt, und der Kreislauf von Gier und Korruption läßt sich irgendwann kaum noch aufbrechen. Es gibt keine Entschuldigung für ein zivilisiertes Lebewesen, den Krieg als Ausweg zu wählen ... es gibt immer Alternativen zum Blutvergießen.«

Savel wußte nicht, ob sie vollständig mit Sakorns Lehren einverstanden war, doch die Erinnerung an den alten Mann war immer noch so lebhaft, daß ihr der Atem in der Kehle stockte, als sie sich vorstellte, was er sagen würde, wenn er wüßte, was sie getan hatte.

»Krieg ...«, wiederholte sie und hörte den Zweifel in ihrer Stimme. »Das Ziel, auf das du all die vielen Jahre lang hingearbeitet hast ...«

»Richtig«, antwortete der Commander und nahm eine uralte vulkanische *Senapa* von der Wand, um die sensenartige Obsidianklinge zu untersuchen. Er achtete sorgsam darauf, nur den Griff zu berühren, da die

Schneide mit dem traditionellen Gift getränkt war. Er blickte mit gerunzelter Stirn auf die Waffe und schien die roten Schlieren im schwarzen Stein zu studieren. »Diese Entwicklung wird uns aller Wahrscheinlichkeit nach entgegenkommen. Je stärker das Klingonische Imperium innerlich zerrissen ist, desto leichter werden wir es erobern können. Doch Kamarag geht erheblich schneller vor, als ich erwartet hatte ... viel zu schnell. Unsere Streitkräfte brauchen noch mehrere Tage, um taktischen Nutzen aus der Situation ziehen zu können. Und wenn Kamarag schon morgen Kirk tötet und dann in das Raumgebiet der Föderation vordringt ... könnten die Klingonen und die Föderation schon in wenigen Tagen in einen totalen Krieg verwickelt sein. Der Prätor hat die volle Mobilisierung aller Streitkräfte angeordnet und meinem unmittelbaren Befehl unterstellt ... aber ich weiß nicht, ob wir rechtzeitig bereit sein werden, um mit der Invasion zu beginnen.«

Savel blickte auf den kleinen Sichtschirm, der die Sterne in Flugrichtung der *Shardarr* zeigte. Die Ereignisse bewegten sich anscheinend genauso wie diese Sterne viel zu schnell auf sie zu. »Können wir irgend etwas tun, um den Botschafter zu bremsen?«

»Nicht daß ich wüßte«, sagte Taryn.

Als sich das Interkom meldete, wandten beide die Köpfe zum Kommunikationsterminal. »Taryn hier«, sagte der Offizier, als er das Gerät aktivierte.

»Commander, ich habe die taktische Analyse vorbereitet, die Sie angefordert haben«, sagte die Stimme seines Zweiten Kommandeurs.

»Ausgezeichnet«, sagte Taryn. »Rufen Sie alle leitenden Offiziere zu einer Besprechung in meinem Konferenzraum. Wir werden sie dort erwarten.«

Er winkte Savel, ihm zu folgen, und verließ das Büro. Durch den engen, zweckmäßig gestalteten Korridor erreichten sie den schlicht eingerichteten Konferenzraum, der vom großen Bildschirm der Kommunikationseinheit dominiert wurde. Die junge Vulkanierin setzte sich wie gewohnt auf ihren Platz links vom Commander. Einer nach dem anderen trafen die ranghöchsten Offiziere ein. Es waren ausnahmslos junge, von Taryn handverlesene Männer, die ihm treu ergeben waren.

Taryn eröffnete die Besprechung und forderte zunächst seinen Zweiten Kommandeur Poldar auf, einen Überblick über die gegenwärtige taktische Situation zu geben. Savel sah zu, wie er die Position von Kamarags Schwadron und dann die von Taryns Schiffen markierte. Einige würden das Zielgebiet in zwei Tagen erreichen können, doch viele würden mindestens fünf oder sechs Tage benötigen.

Die Flotte sammelte sich – die größte Flotte, die jemals in der romulanischen Geschichte konzentriert worden war. Und die *Shardarr* würde an der Spitze des Angriffs stehen, wenn alles nach Plan verlief.

»Wo stehen die Schiffe der Föderation?« fragte Taryn.

»Ein paar halten sich im Sektor 53-16 auf«, sagte Poldar, »doch keins ist nahe genug, um uns Schwierigkeiten zu machen, bis wir die Neutrale Zone durchflogen haben. Mit der Ausnahme eines Schiffes, Commander.«

Taryn hob eine Augenbraue und forderte den Zenturio damit stumm zum Weitersprechen auf. »Commander, ich spreche von der *Enterprise*. Kirks Schiff liegt genau auf dem Kurs, der Kamarags Schwadron durch die Neutrale Zone führen wird.«

»Die *Enterprise* liegt auf dem Kurs, den Kamarags Invasionsflotte nehmen wird?« wiederholte Taryn langsam und erstaunt.

»Ja, Commander«, bestätigte Poldar. »Wir haben eine neue Sendung von Geheimdienstberichten erhalten, als ich gerade die Brücke verlassen wollte, um zu diesem Treffen zu erscheinen. Das Schiff wurde eindeutig identifiziert ... es ist ohne jeden Zweifel Kirks Schiff.«

»Das ist nicht gut«, sagte Tonik, der ranghöchste Navigationsoffizier. »Wenn Kamarags Schwadron auf die *Enterprise* trifft, könnte sie erheblich dezimiert werden.«

»Nicht einmal die *Enterprise* kann sich gegen ein Dutzend Schiffe durchsetzen«, warf Taryn mit einem Hauch von Verachtung in der Stimme ein. »Und Kirk ... Kirk ist gar nicht an Bord seines Schiffes. Er ist in eigener Mission unterwegs.« Trotz der zuversichtlichen Worte des Commanders bemerkte Savel, wie sich die Falten auf seiner Stirn vertieften.

»Selbst wenn Kirk nicht anwesend ist, wird er das Kommando an einen seiner Offiziere übergeben haben«, erwiderte Tonik ruhig. »Und selbst wenn Kirk nicht auf seinem Schiff ist, wird die *Enterprise* dadurch keineswegs zu einer leichten Beute.«

»Genau«, stimmte ihm ein untergeordneter Offizier zu, »und wenn nur noch fünf oder sechs klingonische Schiffe übrig sind, wird Kamarags Streitmacht wohl kaum als Bedrohung empfunden werden, die die gesamte Flotte der Föderation auf den Plan ruft. Und je weniger Starfleet-Schiffe sich zur Verteidigung an der Neutralen Zone sammeln, desto weniger können wir dazu verlocken, in das Gebiet des Klingonischen Imperiums vorzudringen ... falls diese Taktik zur Erreichung unserer Ziele sinnvoll sein sollte.«

»Ich bedaure, Ihnen mitteilen zu müssen, daß ich noch mehr Nachrichten habe, die Ihnen nicht gefallen könnten, Commander«, sagte Poldar und blickte auf ein weiteres Kommuniqué. »Der Geheimdienst hat bestätigt, daß sich Botschafter Sarek an Bord der *Enterprise* befindet.«

Taryn zuckte bei dieser Nachricht sichtlich zusammen. »Sarek ...«, wiederholte er, während seine Offiziere ihn schweigend beobachteten.

Nachdem er eine Weile darüber nachgedacht hatte, erhob sich Taryn von seinem Sitz und entließ in schroffem Tonfall seine Offiziere. Savel blieb, da sie wußte, daß dieser Befehl nicht für sie galt. Als sich der Raum geleert hatte, trat sie zu ihrem Adoptivonkel und berührte seinen Arm. Taryn, der mit gesenkten Lidern und undurchschaubarer Miene geradeaus gestarrt hatte, schrak leicht zusammen und blickte sich um.

»Was gibt es, *Vadi?*« fragte sie leise.

»Warum ist Sarek an Bord dieses Schiffes?« überlegte Taryn laut, während seine Kiefermuskeln arbeiteten. »Welche Pläne verfolgt er? Sarek tut niemals irgend etwas ohne triftigen Grund ...«

»Ich weiß es nicht, *Vadi*«, sagte Savel. »Ich war nur ein einziges Mal in seiner Nähe, auf Khitomer, und als ich versuchte, in seinem Geist zu ›lesen‹, konnte ich es nicht. Seine Abschirmung ist erstaunlich gut.«

»Wieviel weiß er tatsächlich?« fragte sich Taryn. »Er hat versucht, unsere Datenbanken anzuzapfen ... ich bin überzeugt, daß er für die Fehlfunktion verantwortlich war, in jener Nacht, als er an Bord unserer Station war und das Computersystem beinahe zusammengebrochen wäre.«

»Woher weißt du das?« fragte Savel verblüfft, da sie noch nichts von dem Problem mit den Datenbanken gehört hatte.

Taryn machte eine ungeduldige Geste. »Ich kann nichts beweisen, weil er keine Spuren hinterlassen hat. Aber ich bin sicher, daß diese Fehlfunktionen einen Spionageakt Sareks verschleiern sollten. Hat er Zugang erhalten? Konnte er Daten kopieren? Ist es möglich, daß er tatsächlich an Beweise für unsere Pläne gelangen konnte?«

Er schlug mit der rechten Faust in die linke Handfläche und ging unruhig im Konferenzraum auf und ab. »Nein«, beantwortete er nach einer Weile seine Frage. »Er hat keinen Beweis. Er hätte ihn ansonsten Ra-ghoratrei vorgelegt ... und unsere Kontaktperson im Büro des Präsidenten hätte uns darüber informiert.«

»Aber er hat gestern mit Ra-ghoratrei gesprochen«, sagte Savel. »So steht es in den Berichten.«

»Ja, aber nur, um ihn vor der IGEM zu warnen. Nein, er hat keinen Beweis. Dessen bin ich mir sicher. Aber jetzt … muß ich sicherstellen, daß er weiterhin nichts beweisen kann … Ich muß ihn zu mir locken … und ihn töten.« Taryn sprach die letzten Worte sehr langsam aus, als würde er diese Notwendigkeit bedauern.

»Bist du sicher, daß er Ra-ghoratrei nicht auf andere Weise gewarnt hat, *Vadi?*«

Er drehte sich zu ihr um und blickte sie an, als hätte er völlig vergessen, daß sie ebenfalls anwesend war. »Nein … ich kenne Sarek. Er ist viel zu stolz, viel zu eigensinnig, als daß er zu Ra-ghoratrei gehen würde, um ihm nicht mehr als Spekulationen zu präsentieren, für die er keinen einzigen konkreten Beweis hat. Er befindet sich in diesem Augenblick an Bord der *Enterprise,* weil er nach genau diesem Beweis sucht! Wir haben noch ein paar Tage Zeit, bis sich die Flotte gesammelt hat. In dieser Zeit …« Taryns Gesichtsmuskeln spannten sich. »… muß Sarek sterben!«

»Aber wenn er an Bord der *Enterprise* ist … wie Tonik sagte, das Schiff ist nicht leicht zu zerstören.«

»Richtig … aber wenn ich Sarek nach Freelan locken kann, könnte ich mit der dortigen Schwadron einen Hinterhalt vorbereiten und das Schiff unterwegs vernichten.«

»Und wenn Sarek sich weigert, nach Freelan zu kommen?«

»Dann müssen wir die *Enterprise* auf andere Weise von ihrer gegenwärtigen Position fortlocken – vielleicht sogar in unsere Neutrale Zone.«

»Warum? Zu welchem Zweck?«

»Damit würden wir zwei Dinge erreichen.« Taryns Gesichtsausdruck zeigte nun fast so etwas wie Vergnügen. »Erstens«, begann er und hielt einen Finger hoch, »hätten wir die *Enterprise* aus dem Weg geräumt, so daß die Klingonen ungehindert und mit voller Kampfkraft in die Föderation eindringen können. Und zweitens …« Er hob einen weiteren Finger. »… käme es zu einer zeitlichen Verzögerung, während die *Enterprise* nach der *Shardarr* sucht …«

»Und du wirst bestimmen, wann diese Suche erfolgreich sein wird, vermute ich.«

»Richtig. In dieser Zeit könnten mindestens ein oder zwei weitere Schiffe zu uns stoßen. Wenn das Föderationsschiff drei oder sogar vier von unseren Kampfkreuzern gegenübersteht, wird es keine Chance mehr haben. Und während sie ihre Zeit damit vergeuden, nach uns zu suchen, werden wir ihre Kommunikation stören, damit Sarek keine Nachricht an Ra-ghoratrei abschicken kann. Und wenn wir dann von unserem Sieg überzeugt sein können, werden sich die *Shardarr* und die anderen Schiffe enttarnen … um die *Enterprise* zu vernichten.«

»Ein guter Plan, *Vadi*«, sagte Savel ohne Überzeugung. Wenn Sarek nun von Soran begleitet wurde … Dann würde auch er getötet werden. »Aber … gibt es denn keine andere Möglichkeit? Sarek ist … Du hast so oft von ihm gesprochen, fast wie von einem … Freund. Gibt es keine Möglichkeit, ihn zu verschonen?«

»Es wäre ein bedauerlicher Verlust«, sagte Taryn tonlos, während nur seine düsteren Augen verrieten, was in ihm vorging. »Doch ich sehe keinen anderen Weg, um zu verhindern, daß der Botschafter den Präsidenten der Föderation warnt und ihm verrät, was er bis jetzt über uns und unsere Pläne in Erfahrung gebracht hat.«

»Vielleicht hat er Ra-ghoratrei längst informiert. Sareks Tod verhindert möglicherweise gar nicht, daß die Föderation von unseren Plänen erfährt.«

»Er hat ihm nichts gesagt. Davon bin ich überzeugt. Ich kenne Sarek … Ich habe ihn während unserer Schachpartien aufmerksam studiert. Er ist hartnäckig und stolz. Er wird erst etwas unternehmen, wenn er einen unwiderlegbaren Beweis hat … Mit Spekulationen würde er sich niemals begnügen.« Taryn seufzte, als er auf den Schlachtplan blickte, der immer noch vom Sichtschirm an der Wand gezeigt wurde. »Ich bedaure, daß diese Maßnahme notwendig geworden ist. Ansonsten wäre es mir lieber gewesen, wenn Sarek am Leben bliebe, damit er für uns als Vermittler arbeiten kann.«

Da er nicht schlafen konnte, rollte Sarek sich von dem schmalen Bett und ging unruhig in der überfüllten Kabine auf und ab. Getrieben von einem Drang, den er nicht weiter analysieren wollte, zog er sein Gewand und leichte Schuhe an, griff sich Amandas Tagebuch und machte sich auf den Weg zum Aussichtsdeck.

Laut Bordzeit herrschte tiefste Nacht, so daß der Botschafter in den Korridoren und im Turbolift nur wenigen Besatzungsmitgliedern begegnete. Er hielt vor der Tür zum Aussichtsdeck an, berührte die Öffnungskontrollen und trat dann in das nur von Sternenlicht erhellte Zwielicht.

Wenn sich die *Enterprise* in der Warpphase befand, sahen die Sterne anders als im Normalraum aus. Sie hinterließen eine Lichtspur, die auf die Raumverzerrung zurückzuführen war, welche es dem Schiff ermöglichte, sich schneller als das Licht zu bewegen. Je näher sich der Stern befand, desto ausgeprägter wirkte die Lichtspur. Auf dem Sichtschirm der Brücke wurde dieser Effekt automatisch ausgefiltert, um ein klareres Bild zu erhalten, doch hier war er deutlich zu beobachten.

Sarek bewegte sich leise wie ein Schatten und nahm auf einem der Stühle Platz, die hier verteilt waren. Er blickte nach draußen und versuchte, seinen Geist zu klären, um mit der Suche nach seinem Zentrum beginnen zu können. Es war schon lange her, seit er das letzte Mal die innere Ruhe gewonnen hatte, die sich nur in einer Meditation finden ließ.

Tief hinunter … nach dem Zentrum suchen … sich

ohne Anstrengung konzentrieren. Alle äußeren Reize ausblenden, die Umgebung vergessen ...

Sarek spürte, wie Körper und Geist reagierten, während er sein Zentrum suchte und dann erreichte ...

Das Geräusch von Schritten drang an sein Bewußtsein. Sarek öffnete die Augen, als er eine vertraute Gegenwart wahrnahm. Als er sich umdrehte, sah er Spock, der zögernd im Eingang zum Aussichtsdeck stand.

»Ich bedaure die Störung«, sagte Spock kühl und förmlich, bevor er sich wieder abwandte.

Sarek war unschlüssig. Er hätte ihn gerne zurückgerufen, um die Feindseligkeit zwischen ihnen zu entspannen. Aber er brachte kein Wort heraus.

Plötzlich hatte der Botschafter das intensive Erlebnis eines *déjà vu*, wie es von den Menschen genannt wurde. Er hatte so etwas schon einmal erlebt ... vor fast fünfundvierzig Standardjahren. Sarek blinzelte, und die Erinnerung kehrte zurück, so klar und wirklich, als würde alles in diesem Augenblick geschehen ...

Zum Abendessen hatten sie sich zu dritt um den Tisch versammelt. Amanda hatte viele ihrer Lieblingsspeisen selbst zubereitet, weil sie den Selektoren nicht zutraute, die Mahlzeiten vollkommen zu würzen und abzuschmecken. Da Sarek aufgrund ihrer Verbindung jederzeit die Stimmungen seiner Frau spürte, erkannte er sehr bald, daß Amanda gleichzeitig besorgt und nervös war ... obwohl er sich keinen Anlaß für diese Empfindungen denken konnte.

Der achtzehn Jahre alte Spock saß rechts von ihm, und der gewöhnlich gesunde Appetit des jungen Mannes ließ heute zu wünschen übrig.

Heute hatte Sarek sich mit dem Leiter der vulkanischen Akademie der Wissenschaften getroffen, um mögliche Studienrichtungen für Spocks Ausbildung zu besprechen, die im nächsten Semester beginnen sollte.

Nicht ohne Stolz erinnerte sich der Botschafter daran, wie Sekla deutlich seine Bereitschaft ausgesprochen hatte, die intellektuelle und logische Entwicklung des jungen Spock zu lenken und zu fördern. Das Intelligenzprofil und die schulischen Leistungen seines Sohnes waren, wie Sekla sich ausgedrückt hatte, ›beeindruckend‹. Für einen Vulkanier war das ein großes Kompliment.

Sarek war nicht entgangen, daß Sekla bewußt die Formulierung ›beeindruckend für einen Mischling‹ vermieden hatte. Er war mit keinem Wort auf die gemischte Herkunft seines Sohnes eingegangen.

Jetzt warf Sarek seiner Frau und seinem Sohn fragende Blicke zu. »Meine Gemahlin, dieses Essen ist ausgezeichnet. Ich danke dir. Doch ich stelle fest, daß keiner von euch beiden hungrig zu sein scheint. Gibt es irgendein Problem?«

Amanda schrak zusammen und zwang sich dann offensichtlich zur Ruhe, als sie sich ihrem Ehemann zuwandte. Ihr braunes Haar wurde seit kurzem von ersten silbernen Fäden durchzogen, doch ihre weichen Züge wiesen kaum Falten auf, und ihre saphirblauen Augen waren so klar wie immer. »Es gibt kein Problem«, sagte sie, doch Sarek spürte, daß sie seiner Frage auswich. Sie sagte zwar nicht die Unwahrheit, kam ihr aber gefährlich nahe. »Ich plane jedoch, heute abend meine Übersetzung des antiken Gedichtzyklus von T'Lyra abzuschließen. Mein Verleger hat mir heute eine diesbezügliche Anfrage geschickt, und ich habe nur noch zwei Gedichte zu übersetzen. Also werde ich mich jetzt zurückziehen. Spock …« Sie wandte sich ihrem Sohn zu, und jetzt stand eine Eindringlichkeit in ihren Augen, die nicht darin gewesen war, als sie zu ihrem Gemahl gesprochen hatte. »… würdest du bitte deinem Vater dabei helfen, den Tisch abzuräumen? Dabei wirst du die Gelegenheit zu einem Gespräch haben.«

»Aber, Mutter ...«, setzte Spock zu einem halbherzigen Protest an, doch Amanda bedachte ihn einfach mit einem viel zu strahlenden Lächeln, als sie ihr Geschirr aufnahm und zur Spüleinheit in der Küche brachte. Ihr Sohn wich dem Blick seines Vaters aus, als er aufstand und seiner Mutter mit dem Geschirr in die Küche folgte.

Sarek tat es ihnen hastig nach, während er sich beunruhigt fragte, was hier vor sich ging.

Der ältere Vulkanier konnte gerade noch mithören, wie Amanda zu ihrem Sohn sagte: »Du mußt es ihm sagen, Spock. Das weißt du genau.« Sarek zögerte im Schatten des Durchgangs, während er sah, wie seine Frau ihrem Sohn aufmunternd zulächelte. Spock reagierte mit der zaghaften Andeutung eines Lächelns. Sarek erstarrte, als er es bemerkte. In seiner Gegenwart legte Spock eine fast perfekte Selbstbeherrschung an den Tag, doch in Gesellschaft von Menschen ließ er sich gelegentlich gehen. Auf der Erde hatte der Botschafter sogar einmal ein offenes Grinsen auf seinem Gesicht gesehen, als der Junge das Spiel der zwei Kätzchen seiner Großeltern beobachtet und geglaubt hatte, er wäre allein.

Ich werde darauf bestehen, daß Spock während seines Studiums in der Akademie der Wissenschaften wohnt, dachte Sarek. *Dort gibt es keine Menschen, und das dürfte ihm dabei helfen, seine Beherrschung zu vervollkommnen.*

Dann verließ Amanda die Küche, und Sarek trat ein. Schweigend räumten Vater und Sohn die Küche und den Eßbereich auf. Als sie fertig waren, blickte der ältere Vulkanier seinem Sohn in die Augen. »Was mußt du mir sagen, Spock?« fragte er ohne Umschweife.

Sein Sohn atmete tief durch. »Vielleicht könnten wir nach draußen gehen, Vater. Der Wächter müßte jetzt seine volle Phase erreicht haben.«

»Gewiß«, stimmte Sarek zu.

Gemeinsam verließen sie die Villa und betraten

Amandas Garten. Während sie langsam spazierten, warf Sarek einen Blick auf das Gesicht seines Sohnes und sah, daß Spocks Lippen fest zusammengekniffen waren, was ihn älter als achtzehn Jahre wirken ließ. »Sag mir, was du mir zu sagen hast, Spock«, forderte Sarek ihn schließlich auf, als er bemerkte, daß der Junge offenbar Schwierigkeiten hatte, das Schweigen zu brechen.

Spock holte noch einmal tief Luft und blieb stehen, um seinem Vater in die Augen zu sehen. Sein Blick war ruhig, doch in seinem Mundwinkel zuckte zweimal ein Muskel, bis er sich wieder unter Kontrolle hatte. »Vater, ich habe vor einiger Zeit entschieden, daß ich nicht die vulkanische Akademie der Wissenschaften besuchen möchte«, sagte er mit sorgfältiger Artikulation. »Ich habe mich statt dessen an der Starfleet-Akademie beworben. Heute habe ich erfahren, daß ich als Kadett angenommen wurde.«

Sarek hörte die Worte, doch er brauchte eine Sekunde, bis er sie registriert hatte. Seit Spocks frühester Kindheit hatte Sarek beobachtet, wie sein Sohn vom Universum fasziniert war, und hatte die Entwicklung seines logischen und wissenschaftlich begabten Geistes gefördert. Seit Jahren nahm die Wissenschaft in Spocks Leben die wichtigste Stelle ein. Und jetzt sprach er davon, das alles aufzugeben, um statt dessen eine *Uniform* zu tragen?

Der Botschafter starrte seinen Sohn an und suchte nach Worten, mit denen er dem Jungen deutlich machen konnte, wie gravierend dieser Irrtum seines Urteilsvermögens war.

»Spock«, begann er mit ruhiger Stimme, »es ist offensichtlich, daß du diese Entscheidung nicht mit der gebotenen Gründlichkeit durchdacht hast. Das ist verständlich … schließlich bist du noch jung. Aber ich kann nicht zulassen, daß du … die Jahre deiner Ausbildung auf diese Weise vergeudest. Deine geistigen und logischen Fähigkeiten sind ausgesprochen gut für eine wissenschaftliche Karriere geeignet.«

»Ich beabsichtige nicht, die Wissenschaft aufzugeben, Vater«, sagte Spock. Seine Gesichtszüge belebten sich kaum wahrnehmbar, als er erkannte, daß sein Vater bereit war, rational über seine Entscheidung zu diskutieren. »Der Dienst an Bord eines Starfleet-Schiffes ... wird mir eine beispiellose Gelegenheit für wissenschaftliche Erkundungen, Beobachtungen und Studien verschaffen. Als Wissenschaftsoffizier werde ich das Universum auf eine Weise erforschen können, wie es mir niemals möglich wäre, wenn ich hier auf Vulkan bleiben würde.«

Spocks Selbstbeherrschung versagte, denn Sarek hörte, wie die Stimme seines Sohnes von leidenschaftlichen Gefühlen gefärbt wurde. Der Botschafter starrte ihn mit steinerner Miene an. »Spock ... du verlierst die Kontrolle«, tadelte er ihn.

Der junge Mann senkte den Blick ... Dann war jede Regung aus seinem Gesicht verschwunden. »Ich bitte um Vergebung«, sagte er. Sarek bemerkte die Andeutung eines mürrischen Tonfalls in seiner Stimme. »Auf jeden Fall habe ich meine Entscheidung getroffen, Vater.«

»Spock, was soeben geschehen ist, stellt ein ausgezeichnetes Argument für meine Forderung dar, diese Entscheidung zu revidieren«, sagte Sarek. »Im Starfleet-Dienst würdest du dich hauptsächlich unter Menschen aufhalten. Deine Selbstbeherrschung läßt ohnehin zu wünschen übrig. In der Gesellschaft von Menschen könntest du auf nicht wiedergutzumachende Weise beeinflußt werden. Damit würdest du Schande über dein Volk bringen ... über deine Familie und deine Herkunft.«

»Ich werde daran arbeiten, meine Kontrolle zu perfektionieren ...«, sagte Spock.

Sarek schüttelte den Kopf und unterbrach ihn hartnäckig. »Spock, jedesmal, wenn deine Kontrolle versagt, wirft das ein schlechtes Licht auf das gesamte Volk der Vulkanier.«

Spocks Züge verhärteten sich. »Meine Selbstbeherrschung ist einzig und allein meine Angelegenheit«, sagte er kühl. »Ich frage mich, was meine Mutter dazu sagen würde, wenn sie wüßte, daß du mich davor warnst, ich könnte durch den Kontakt mit ihrer Spezies ›kontaminiert‹ werden.«

»Deine Mutter hat damit überhaupt nichts zu tun«, erwiderte Sarek schroff, während er spürte, daß seine eigene Selbstbeherrschung durch die Wut über Spocks Starrsinn erschüttert wurde. »Sie ist keine Vulkanierin, also hat sie nichts mit diesem Problem zu tun.«

»Mutter befürwortet meine Entscheidung«, sagte Spock ruhig. »Sie glaubt, es wäre gut für mich, mit vielen verschiedenen Lebewesen zu interagieren. Und ich sollte vielleicht darauf hinweisen, daß es keineswegs leicht ist, von der Starfleet-Akademie angenommen zu werden, Vater. Nur fünf Prozent der Bewerber erfüllen die Anforderungen von Starfleet.« Der Junge warf ihm einen kurzen Seitenblick zu. »Mutter ist stolz darauf, daß ich angenommen wurde.«

Sarek hörte den impliziten Vorwurf, ging jedoch nicht darauf ein. »Nehmen wir einmal an, du würdest deinen Abschluß machen«, sagte er. »Ist dir bewußt, daß du dann schwören mußt, jeden gegebenen Befehl auszuführen? Daß du auch zum *Töten* bereit sein mußt? Starfleet-Schiffe sind mit furchterregenden Waffen ausgerüstet, Spock! Man wird dich daran ausbilden und dich auch mit dem Gebrauch von Handwaffen vertraut machen. Es ist sehr gut möglich, daß du zur Erfüllung deiner Pflicht irgendwann gezwungen sein wirst, ein anderes Intelligenzwesen zu töten.«

Spocks Gesichtsausdruck veränderte sich nicht. »Man redet darüber, ein rein vulkanisches Wissenschaftsschiff in Dienst zu stellen«, sagte er. »Vielleicht werde ich diesem Schiff zugeteilt ...«

»Vielleicht aber auch nicht«, erwiderte Sarek. Jetzt ließ seine Beherrschung nach, aber es war ihm gleichgültig. Er ging mit schnellen und ruckhaften Schritten auf dem Gartenweg auf und ab. »Du wirst nicht mehr als eine Marionette sein, ein Werkzeug, über das Starfleet nach Belieben verfügen kann. Du wirst keinen freien Willen mehr haben. Starfleet-Offiziere haben ein hohes Ansehen in der Öffentlichkeit, das ist richtig. Aber bislang hat noch kein Vulkanier die Akademie absolviert, mein Sohn. Unser Volk ist nicht für ein Leben im Starfleet-Dienst geeignet!«

»Das muß sich erst noch zeigen, Vater«, sagte Spock mit aufreizender Ruhe. »Ich habe mich zu diesem Schritt entschieden. Du kannst mich nicht davon abbringen. Mein Entschluß steht fest.«

»Dir steht eine große Zukunft bevor«, versuchte Sarek es mit einer neuen Taktik. »Ich habe keinen Zweifel, daß du dir einen großen Namen als Wissenschaftler machen wirst, wenn du die vulkanische Akademie besuchst. Wenn du jedoch diesen anderen Weg beschreitest, wirst du Schande über deine Familie und deine Herkunft bringen. Was würde T'Pau sagen, wenn sie wüßte, daß du beabsichtigst, dein Leben zu ruinieren?«

»Ich habe mich für diesen Lebensweg entschieden«, sagte Spock. »Ich kann nicht zulassen, daß familiäre Meinungen mich davon abbringen.«

»Wenn du das tust«, sagte Sarek, während er seinem Sohn fest in die Augen sah und größten Nachdruck in seine förmlichen Worte legte, »wirst du nicht mehr in meinem Haus willkommen sein, und ich werde deinen Namen nicht mehr kennen. Wenn du darauf bestehst, dich und deine Herkunft zu beschämen, werde ich dich nicht mehr in Schutz nehmen können, weder öffentlich noch privat. Du wirst für mich ein *Vrekasht* sein, Spock. Hast du mich verstanden?«

Dieses uralte Wort bedeutete ›Ausgestoßener‹ oder ›Außenseiter‹. Sarek bedauerte, daß er es benutzen mußte, doch es war offensichtlich, daß er seinen Sohn nur durch solche drastischen Mittel wieder zur Vernunft bringen konnte.

Spocks Lippen wurden zu seinem schmalen Strich. »*Vrekasht*?« wiederholte er. »Wäre das in dieser Situation nicht etwas ... übertrieben, Vater? Ich habe mich nur für meinen Lebensweg entschieden ... und niemanden ermordet oder geistig verletzt.«

»Wenn du darauf bestehst, in den Starfleet-Dienst einzutreten, wirst du dich zweifellos früher oder später beider Verbrechen schuldig machen«, erwiderte Sarek hartnäckig. »Ich verlange, daß du diese katastrophale Entscheidung revidierst!«

Spock starrte ihn eine Weile reglos an, dann reckte er die Schultern und hob leicht das Kinn. »Nein«, sagte er kalt. »Mein Entschluß steht fest. Wenn du mich als *Vrekasht* bezeichnen willst, dann soll es so sein. Leb wohl, Vater.«

Ohne ein weiteres Wort machte der junge Mann kehrt und ging durch den Garten davon. Sarek blickte ihm nach, während er einen schweren inneren Kampf ausfocht. Spock hatte recht, es war nicht nur übertrieben, sondern auch ungerecht, wenn er seinen Sohn wegen dieser Meinungsverschiedenheit verstieß. Sarek wünschte sich bereits, er hätte es nicht getan. Es drängte ihn, seinen Sohn zurückzurufen, die Worte wollten sich Luft verschaffen – doch der Botschafter biß die Zähne zusammen, so daß die Bitte unausgesprochen blieb.

Spocks Gestalt hatte den Rand des Gartens erreicht ... er war noch nicht außer Hörweite ... es war noch nicht zu spät ... Doch, es war zu spät! Es war vorbei. Sarek sah noch einmal das vulkanische Gewand seines Sohnes, und dann war er in der Villa verschwunden.

Geh ihm nach! drängte ein Teil von Sareks Geist, aber

er konnte es nicht. Er hatte recht, er wollte sich nicht entschuldigen, er wollte nichts zurücknehmen. Die Logik verlangte, daß er abwartete, bis Spock über seine Worte nachgedacht hatte. Sein Sohn würde sicherlich von selbst zur Vernunft kommen.

Sarek starrte blicklos auf T'Rukh, während er darauf wartete, daß Spock zu ihm zurückkam. Eine Stunde verging … dann eine zweite. Nach drei Stunden wartete der Botschafter noch immer. Er hatte sich kaum gerührt.

Schließlich hörte er hinter sich Schritte und drehte sich um. Doch es war Amanda, die durch den Garten zu ihm kam. Ihr Gesicht verriet, daß sie geweint hatte, auch wenn sie nun äußerlich beherrscht wirkte. »Wo ist Spock?« fragte er sie.

»Er hat sich vor einer Stunde fortbeamen lassen«, antwortete sie so kalt wie der Schnee ihrer Heimatwelt. »Unser Sohn ist fort, Sarek.«

Der Vulkanier hörte ihre Worte, doch er konnte nicht glauben, daß Spock nicht zur Vernunft gekommen war, daß er die Verbannung durch seinen Vater auf sich genommen hatte, um seine unlogischen und verabscheuungswürdigen Lebenspläne zu verfolgen. »Spock … ist fort?« fragte er schließlich.

»So lauteten meine Worte«, sagte Amanda mit ruhiger Stimme. »Er sagte mir, du hättest ihn zum *Vrekasht* erklärt, mein Gemahl. Wie konntest du so etwas tun?«

»Ich habe versucht, ihn damit zur Besinnung zu bringen«, murmelte Sarek, der immer noch schockiert über ihre Mitteilung war.

»Das war eine grausame und ungerechtfertigte Maßnahme, Sarek«, sagte Amanda. »Du hast etwas Unverzeihliches getan. Spock ist mein Sohn, und ich werde deine Handlungsweise nicht unterstützen.« Sie holte tief Luft. »Ich will nicht bei jemandem bleiben, der das tun kann, was du heute getan hast. Ich verlasse dich, Sarek.«

»Du willst… mich verlassen?« sagte er langsam. »Amanda, ich möchte nicht, daß du das tust.«

»Du hast keinen Einfluß darauf, Sarek. Ich kann nicht mehr bei dir bleiben … nach dem, was heute geschehen ist.« Zum ersten Mal drohte Amandas Stimme zu versagen.

Sarek bemerkte es. »Aber du wirst zurückkehren, Amanda«, sagte er. »Du wirst zurückkehren …«

Sie schüttelte den Kopf. »Ich weiß es nicht, Sarek. Vielleicht. Vielleicht auch nicht. Ich weiß nur, daß ich in diesem Moment deinen Anblick nicht mehr ertragen kann. Leb wohl.«

Ohne ihm die Gelegenheit zu geben, noch etwas zu sagen, drehte sie sich um und ging fort, genauso wie zuvor ihr Sohn. Sarek stand im Garten seiner Frau, in das grelle Licht von T'Rukh getaucht und war allein.

Allein.

Sarek sah, wie sich die Tür zum Aussichtsdeck hinter seinem Sohn schloß. Seine Hände umklammerten Amandas Tagebuch. Heute wollte er über die Tage lesen, die sie ohne ihn verbracht hatte. Sie war fast ein Jahr lang fortgewesen, und sie hatten nach ihrer Rückkehr nie über diese Zeit gesprochen. Was hatte sie in diesen vielen Tagen getan?

Heute würde er es erfahren.

Diese Tage ohne sie waren die schwerste Zeit seines Lebens gewesen – in gewisser Hinsicht sogar noch schwerer als die Gegenwart.

Warum war sie zurückgekommen? Sarek war sich immer noch nicht sicher. Sein Vater Skon war gestorben, und sie war ohne Vorankündigung zur Trauerzeremonie erschienen. Anschließend war Amanda einfach zu ihm gekommen, hatte seinen Arm genommen und war mit ihm nach Hause gegangen, als wäre sie niemals fort gewesen.

Sie hatten nie über die Zeit der Trennung gesprochen.

Sarek atmete einmal tief durch und öffnete das schmale rote Buch …

Während Spock durch den Korridor ging, der vom Aussichtsdeck fortführte, wünschte er sich fast, er wäre nicht gegangen. Sein Vater hatte so … einsam ausgesehen. Für einen Moment hatte Sarek tatsächlich … wie ein tief verletztes Wesen gewirkt.

Doch dann kehrte die Erinnerung an Amandas letzte Stunden zurück, und der Vulkanier preßte die Lippen zusammen. Verletzt? Sein Vater?

Als er Kirks Kabine erreichte, identifizierte er sich und wurde eingelassen. Kirk trug immer noch seine Uniform, obwohl der Dienst des Captains schon seit einer Stunde vorbei war.

»Wir werden die Rendezvous-Koordinaten in einer Stunde und zweiunddreißig Minuten erreichen«, sagte Spock ohne Einleitung. »Wie wollen Sie vorgehen, Captain?«

»Wir sind fast zwei Tage vor dem vereinbarten Termin eingetroffen, Spock«, sagte Kirk. »Ihr Vater und ich sprachen gestern darüber. Er denkt, daß Kamarag dahintersteckt, und ich bin derselben Meinung. Ich glaube, er hält Peter auf Qo'noS fest.«

»Und?« hakte Spock nach, als der Captain innehielt.

»Und ich werde ihn befreien«, sagte Kirk. »Mit etwas Glück kann ich mich unbemerkt mit einem Shuttle nähern, ihn lokalisieren, ihn herausholen und zur *Enterprise* zurückkehren, bevor Kamarag den Treffpunkt erreicht.«

Spock nickte. Er hatte mit einer derartigen Antwort gerechnet. »Ich werde Sie begleiten, Captain«, sagte er. »Sie werden es allein nicht schaffen.«

»Ich habe es mir aber vorgenommen«, sagte Kirk. »Ein Anflug auf die klingonische Heimatwelt ist ein recht tollkühnes Unterfangen … sogar für mich.« Er schüttelte den Kopf, als würde er sich über sich selbst wundern. »Ich kann es niemandem zumuten, mich auf einer so verrückten Mission zu begleiten.«

»Du kannst dich auf deine Freunde verlassen, Jim, ob du es ihnen zumutest oder nicht«, sagte eine andere Stimme. Als Spock sich umdrehte, sah er Leonard McCoy im Türrahmen stehen. »Du solltest eigentlich wissen, daß Spock und ich dir niemals den Spaß gönnen würden, einen ganzen Planeten voller Klingonen allein im Handstreich zu erobern!«

Kirk grinste schelmisch. »Wie es aussieht, bleibt mir wohl keine andere Wahl«, sagte er schließlich und blickte seine Freund kopfschüttelnd an. »Immerhin hätten wir zu dritt eine wesentlich bessere Chance. Stimmt's?«

»Du hast es erfaßt«, sagte McCoy. »Stimmt's, Spock?«

»Völlig korrekt, Doktor«, sagte der Vulkanier entschieden.

Kirk breitete ergeben die Hände aus. »Also gut, dann lautet unser nächstes Ziel Qo'noS. Ich erwarte euch in einer Stunde im Shuttle-Hangar.«

8

Wir nähern uns Qo'noS, Captain«, meldete Spock. »Eintritt in den Orbit in zwölf Komma zwei Minuten.«

Kirk, der die Pilotenkontrollen des Shuttles *Kepler* übernommen hatte, nickte zur Bestätigung. »Irgend etwas in Sensorenreichweite?«

»Ich registriere keine militärischen Schiffe, nur Frachter.«

Der Captain blickte auf die Bildschirme und wünschte sich, er hätte wenigstens eine ungefähre Ahnung, wo sich Kamarags Anwesen auf Qo'noS befand. Auf der nördlichen oder der südlichen Hemisphäre? Auf dem östlichen oder dem westlichen Kontinent?

»Spock«, sagte er, »wie stehen unsere Chancen, klingonische Datenbanken anzuzapfen und uns ein paar Information zu holen?«

»Ich könnte es vielleicht schaffen, Captain«, sagte der Vulkanier und wandte sich von seinen Sensorenanzeigen ab. Genauso wie Kirk und McCoy trug auch Spock einen schwarzen Overall, der für nächtliche Einsätze entworfen war. »Welche Art von Informationen wünschen Sie?«

»Die Privatadresse von Kamarag«, erwiderte Kirk trocken.

»Ich werde versuchen, sie zu lokalisieren, Captain«, sagte Spock und beschäftigte sich wieder mit seinen Instrumenten.

»Ist dir eigentlich klar, Jim, daß wir Qo'noS jetzt zum

ersten Mal tatsächlich *sehen?*« fragte McCoy. Der Arzt hatte auf dem Passagiersitz hinter dem Captain Platz genommen. »Als wir das letzte Mal hier waren, hatte man uns wie Mäuse in einen Schuhkarton gesperrt. Wir wurden nur in geschlossenen Fahrzeugen durch die Gegend befördert.«

Kirk nickte. »Wir haben den Planeten nicht einmal aus dem Orbit gesehen.«

Spock blickte konzentriert auf seine Konsole. »Ich habe Qo'noS jetzt auf dem Schirm.«

Kirk sah angespannt zu, wie der winzige Punkt größer wurde, bis sie schließlich bei maximaler Vergrößerung ihr Ziel erkennen konnten. »Schaut euch das an!« flüsterte Kirk nach einer Weile. »Ich wußte gar nicht, daß der Planet einen Ring hat!«

»Das sind die Überreste von Praxis«, sagte Spock. »Es gibt immer noch einige sehr große Bruchstücke des Mondes im Orbit um Qo'noS und kleinere Lücken in Ring. Dieser Ring ...« Er studierte die Anzeigen. »... hat eine Ausdehnung von schätzungsweise zweitausend Kilometern und umkreist den Äquator von Qo'noS in einem mittleren Abstand von elftausendfünfhunderteinundsiebzig Kilometern.«

Kirk warf einen Blick auf seine eigenen Sensoren. »Außerdem gibt es jede Menge Asteroiden in diesem System«, sagte er.

»Korrekt. Eine größere Anzahl wird in schätzungsweise fünfzig Jahren auf den Planeten stürzen.«

Kirk starrte die Planetenscheibe an, die auf ihren Bildschirmen immer größer wurde. »Jetzt müssen wir nur noch eine Entdeckung durch die Klingonen verhindern, während wir nach Peter suchen.« Er bedachte McCoy mit einem schiefen Grinsen. »Du hast es nicht zufällig schon bereut, mitgekommen zu sein, Pille?«

»Dazu wäre es jetzt wohl etwas zu spät, Jim«, sagte er und erwiderte das Grinsen seines Freundes.

Spock räusperte sich. »Es dürfte schwierig werden, das Shuttle durch die Ringebene zu manövrieren, Captain. Die Leistung unserer Schilde ist begrenzt.«

»Warum wagen wir uns überhaupt in die Nähe des Ringes?« fragte McCoy. »Ihr könnt doch einfach einen Kurs nehmen, der uns weit daran vorbeiführt.«

Kirk starrte auf den Ringplaneten und sah zu, wie er auf dem Bildschirm ständig größer wurde. »Wenn wir mit Pauken und Trompeten anfliegen, würden wir sofort von den klingonischen Sensoren registriert und mit einem beeindruckenden Feuerwerk begrüßt werden«, erklärte er. »Ich glaube, Spock plant ...« Dabei warf er dem Vulkanier einen fragenden Blick zu. »... den Ring als Deckung zu benutzen, nicht wahr?«

»Völlig korrekt«, sagte Spock. »Wie ich bereits erwähnte, zeigen die Sensoren mehrere Lücken im Ring an. Dafür sind die größeren Trümmerstücke von Praxis verantwortlich, die durch ihre Gravitation die Materie konzentrieren und damit in ihrer unmittelbaren Nähe Lücken schaffen. Ich schlage vor, daß wir durch eine der größeren Lücken in die Ringebene vorstoßen. Wenn wir unseren Orbit dem Ring anpassen, können wir ihn als Deckung benutzen, während wir Peter zu lokalisieren versuchen.«

»Wie wollt ihr ihn finden?« fragte McCoy, der wie gebannt auf den Himmelskörper starrte. »Es ist ein verdammt großer Planet.«

»Ich konnte Kamarags Anwesen mit Hilfe der klingonischen Datenbanken lokalisieren«, sagte Spock. »Damit haben wir das Suchgebiet bereits erheblich eingegrenzt. Mr. Scott und ich haben die Sensoren modifiziert, so daß wir menschliche Lebensformen registrieren können. Wenn Peter der einzige Mensch in diesem Gebäude ist, müßten wir seine Biowerte anmessen können.«

»Das ist ein guter Plan«, sagte Kirk, »doch selbst wenn wir durch das größte Loch des Ringes fliegen, müssen wir höllisch aufpassen, wenn wir das Shuttle ohne Beulen zur *Enterprise* zurückbringen wollen.«

»Wir dürften von der Tatsache profitieren, daß der Ring und die damit verbundenen Meteorschauer die Klingonen offenbar veranlaßt haben, ihre Frühwarnsysteme zu vernachlässigen«, sagte Spock, während er seine Anzeigen studierte.

»Es kommt vermutlich immer wieder zu Meteoriteneinschlägen«, sagte Kirk mit einem Blick auf den Ring. Sie waren jetzt nahe genug herangekommen, um erkennen zu können, daß der Ring aus Millionen von Felstrümmern bestand, deren Ausdehnung von Kieselsteingröße bis zu gewaltigen Brocken reichte, die um ein Vielfaches größer als die *Kepler* waren.

Einige Minuten später näherte sich das Shuttle der Lücke im Ring. Kirk flog am äußeren Rand des Trümmerfeldes entlang und paßte seine Geschwindigkeit an. Mit einem leichten Schub steuerte er die *Kepler* auf die Lücke zu, die nun deutlich zu erkennen war.

Qo'noS war ein ehrfurchtgebietender Anblick. Unter ihnen rotierte der Planet in braunen und grünlichblauen Farbtönen. Zwischen den Kontinenten erstreckten sich seichte, azurblaue Meere, die mit Atollen gesprenkelt waren. Die drei größten Landmassen wurden von Vulkanketten gesäumt, und es war offensichtlich, daß der Planet wesentlich größere seismische Aktivitäten aufwies als die Erde.

Aus dieser Entfernung waren die Anzeichen einer Zivilisation – zumindest auf der Tagseite – kaum zu erkennen. Nur ein paar winzige rechtwinklige Strukturen auf der westlichen Seite des Kontinents direkt unter ihnen deutete darauf hin, daß es dort größere Städte gab.

Doch nicht einmal dieser Anblick konnte die Aufmerksamkeit des Captains für längere Zeit fesseln. Ihr Blickfeld wurde von den Überresten des ehemaligen Mondes dominiert, die sich wie eine Ebene voller Goldklumpen in allen denkbaren Größen erstreckte. Der Ring war an dieser Stelle knapp zweitausend Kilometer breit – und es handelte sich keineswegs um eine solide Masse. Immer wieder konnten sie Blicke auf die Planetenoberfläche werfen, je nachdem, wie sich die Dichte des Ringes veränderte. Kirk blickte mit weit aufgerissenen Augen auf die Bildschirme.

»Schilde auf maximaler Leistung, Captain«, sagte Spock. »Alles bereit für den Durchflug.«

»Es ist gut, daß wir das Manöver über der Tagseite durchführen«, sagte Kirk. »Andernfalls gäbe es einen weithin sichtbaren Lichtschein, wenn der Staub an unseren Schilden verglüht.«

»Werden die Schilde halten?« fragte McCoy angespannt.

»Lange genug für unsere Zwecke«, sagte Kirk und hoffte, daß sein Optimismus nicht übertrieben war. Er ließ die Anzeigen mit den neuesten Kurskorrekturen keinen Moment aus den Augen. »Solange wir größere Kollisionen verhindern können«, fügte er hinzu.

»Auch wenn die Lücke verhältnismäßig frei von größeren Trümmern ist, gibt es trotzdem nicht unerhebliche Mengen von Staub und kleineren Partikeln. Die Schilde des Shuttles sind nicht auf einen konstanten Beschuß ausgelegt, Captain«, warnte Spock. »Sie könnten durchbrennen.«

Kurz darauf lag die Lücke im Ring genau vor ihnen. Kirks Finger huschten geschickt über die Kontrollen, als er vorsichtig das Shuttle in Position brachte. Mit einem kurzen Stoß der Manöverdüsen startete der Captain den Flug durch den Ring.

Selbst hier in diesem verhältnismäßig leeren Bereich wurden sie von Trümmern getroffen. Das kleine Gefährt schüttelte sich, als die Schilde die direkten Einschläge der kieselsteingroßen Felsstücke absorbierten. Eins, zwei, drei … ein Dutzend … Irgendwann hörte Kirk auf zu zählen. Die ganze Zeit waren seine Hände in Bewegung, während er sich bemühte, das Shuttle auf dem Kurs zu halten, der sie durch den freiesten Bereich des Ringes führte.

Er registrierte am Rande, daß Spock ihn als Kopilot unterstützte und leichte Korrekturen durchführte, um den Kurs der *Kepler* zu stabilisieren.

»Die Schilde werden schwächer«, meldete der Vulkanier nüchtern. Wenig später fügte er mit kaum hörbarer Erregung hinzu: »Captain, ich empfange Peters Lebenszeichen …«

»Wo steckt er?« fragte Kirk. »Können Sie einen Kurs berechnen, der uns in seine Nähe bringt?«

»Bestätigt«, antwortete Spock, und nur wenige Sekunden später erschienen die Kurswerte, die der Vulkanier berechnet hatte, auf Kirks Bildschirm. Der Captain gab schnell die neuen Werte ein.

»Die Leistung der Schilde ist um achtzig Prozent gefallen«, warnte Spock.

»Wir sind fast durch«, sagte Kirk angespannt, während er mit den Kontrollen der bockenden *Kepler* kämpfte. »Noch zehn Sekunden, dann haben wir freie Fahrt!«

»Die Schildleistung nimmt weiter ab«, sagte Spock. »Captain«, fügte er dann wieder völlig sachlich hinzu, »die Schildgeneratoren sind durchgebrannt.«

»Alles klar«, stieß Kirk gepreßt hervor. »Wir sind durch. Jetzt müssen wir nur noch …«

Es gab einen lauten Knall, als etwas gegen die *Kepler* schlug und das Shuttle heftig durchschüttelte. Dann hörte Kirk das helle Zischen entweichender Luft. »Pille, überprüf sofort den Luftdruck! Spock, übernehmen Sie!« befahl er und machte sich daran, die Einschlagstelle des winzigen Steins zu lokalisieren, der sie getroffen hatte. Kurz darauf stellte der Captain zufrieden fest, daß das automatische Versiegelungssystem der *Kepler* wie vorgesehen arbeitete und das winzige Loch verschloß. Das Pfeifen der entweichenden Luft ließ nach und verstummte ganz. Jim kehrte an seine Kontrollen zurück.

Etwas später wußte er, daß sie trotzdem in Schwierigkeiten geraten waren. Die Manöverdüsen des Shuttles reagierten ungewohnt träge auf seine Korrekturbefehle. »Verdammt!« sagte Kirk, als er spürte, wie die *Kepler* immer stärker vom Kurs abwich. »Es wird nicht einfach sein, diese Kiste durch die Atmosphäre zu manövrieren.«

»Wirst du es schaffen, damit eine saubere Landung hinzulegen, Jim?« fragte McCoy in bewußt lockerem Tonfall.

»Wir werden es auf jeden Fall versuchen«, sagte Kirk. Entschlossen kämpfte er mit den Kontrollen und versuchte, das Shuttle auf Kurs zu halten. Es würde ihnen wenig nützen, wenn sie sicher in einem der Ozeane von Qo'noS landeten, und er wollte auch nicht einige tausend Kilometer von Peter entfernt aufsetzen.

Es wurde ein holpriger Flug, als sie in die turbulenten oberen Schichten der Atmosphäre von Qo'noS eintauchten und sich abmühten, das kleine Gefährt auf einem halbwegs stabilen Kurs zu halten.

Schließlich näherten sie sich ihrem Ziel. Der rote Schein der untergehenden Sonne von Qo'noS hüllte sie ein, als sie niedergingen. Kirk wünschte sich, er hätte Sulu als Navigator zur Verfügung, während er versuchte, die Landekufen der *Kepler* parallel zum Boden zu halten. Es war lange her, seit er das letzte Mal unter solchen Bedingungen eine Landung durchgeführt hatte. Ein Blick auf seine Kursanzeigen verriet ihm, daß sie etwa sechs Kilometer von ihrem angepeilten Ziel entfernt waren. *Nahe genug*, dachte er. *Ein kleiner Spaziergang kann nicht schaden …*

Als der Captain eine Lücke im Blätterdach des Waldes entdeckte, steuerte er das Gefährt sofort hinein, und plötzlich waren sie von hohen Bäumen mit seltsamen, federartigen Blättern und gigantischen roten Samenkapseln umgeben.

»Komm schon ...«, flüsterte er dem kleinen Schiff zu. »Du schaffst es ... wir sind fast da ...« Er vollführte ein letzte kleine Kurskorrektur und sah dann, wie der Boden zu ihnen hinaufschoß. Zu schnell!

»Macht euch auf eine Bruchlandung gefaßt!« konnte Kirk noch schreien, während die Nase der *Kepler* bereits nach vorne wegsackte.

Das Shuttle berührte den Boden, schüttelte sich heftig, schlug noch einmal auf und kam nach einigen weiteren Stößen zur Ruhe. Kirk richtete sich in seinem Sitz auf und blickte sich benommen um, während er seine Sicherheitsgurte löste. »Wir haben es geschafft!« sagte er fassungslos. Er wandte sich seinen zwei Begleitern zu, die in ihren Sitzen hingen und noch etwas benommen waren.

»Captain«, sagte Spock, »wir sollten uns schnellstmöglich aus der Nähe der *Kepler* entfernen. Unser Landeanflug könnte beobachtet worden sein.«

»Wir können dieses Schiff offensichtlich nicht mehr für den Rückflug benutzen«, sagte Kirk mit einem bedauernden Blick auf das beschädigte Shuttle. Sie machten sich zum Aussteigen bereit. »Können Sie feststellen, ob sich in der Nähe irgendein Raumhafen befindet?«

Spock hielt seinen Tricorder hoch und nickte. »Fünfzehneinhalb Kilometer genau westlich von hier«, sagte er, »liegt der Raumhafen mit der Bezeichnung TengchaH Jav.« Er legte sich den Tragriemen des Gerätes über die Schulter. Mit geübten Handgriffen öffnete der Vulkanier den Waffenschrank, nahm drei kleine Phaser heraus, überprüfte ihre Einstellung und Ladung und verteilte sie an seine Freunde.

»Ich werde das Shuttle auf Selbstzerstörung programmieren«, sagte Kirk, während er die entsprechenden Schaltungen vornahm.

»Aber vergiß nicht, uns genügend Zeit zu geben, um von hier zu verschwinden zu können«, ermahnte McCoy ihn, während er hastig aus dem Gefährt kletterte.

Nachdem er die Selbstzerstörungssequenz gestartet hatte, entfernten Kirk, Spock und McCoy sich von dem kleinen Schiff. Jim klopfte zum Abschied noch einmal auf die Außenhülle des Shuttles, während er sich wünschte, es hätte eine Möglichkeit gegeben, es zu retten.

Dann machten sich die drei Männer auf den Weg. Sie durchquerten den Wald, wichen Felsen und umgestürzten Bäumen aus, bis es Nacht wurde.

Wenn du diesen Weg beschreitest, ermahnte sich Valdyr, *wird dein Leben als klingonische Kriegerin vorbei sein.* Es würde für sie keinen Platz mehr in der klingonischen Gesellschaft geben, weder auf Qo'noS noch in irgendeiner Kolonie oder sonstwo. Sie würde eine Ausgestoßene sein, gebrandmarkt und todgeweiht. Sie schloß die Augen und kämpfte darum, nicht vor den dramatischen Konsequenzen ihres Planes zurückzuschrecken. *Dies ist dein Weg,* sagte sie sich. *Für dich ist es der Weg zur Ehre, ganz gleich, ob es irgendein anderer Klingone in diesem Universum auch so sieht.*

Zum letzten Mal überprüfte sie ihre Waffen. Unter dem Ärmel versteckt befand sich ihr kleiner, heimtückischer Dolch mit den drei Spitzen, den sie mit einer ruckhaften Bewegung ihres Handgelenkes erreichen konnte. An ihrer rechten Hüfte hing die kleine, lautlose Armbrust, die seit ihrer Kindheit ihre Lieblingswaffe gewesen war. Sie ließ sich am besten in beengten Verhältnissen einsetzen und arbeitete ohne das Summen oder Heulen moderner Waffen. Außerdem verriet sie nicht ohne weiteres den Standort des Schützen. Unter dem Brustpanzer waren zwei Handdisruptoren mit vollen Batterien verborgen. Sie berührte all diese Waffen noch ein letztes Mal. Dann nahm sie den Schlüssel zu Peters Zelle. Er war immer noch ihr Gefangener.

Sie rückte ihre Rüstung und Kleidung zurecht, verließ ihr Zimmer und machte sich auf den Weg zum Privatquartier ihres Onkels. Du'Hurgh, der uralte Familiensitz Kamarags, war eine wuchtige Festungsanlage mit vielen Räumen und zahllosen Korridoren und Treppen. Auf einem Umweg schlich sie heimlich zu dem Quartier ihres Onkels, weil sie befürchtete, Karg könnte Wachmänner postiert haben, doch sie konnte niemanden entdecken. Wozu sollte es auch Wachen geben? Wer würde es schon wagen, in Kamarags eigenem Haus heimlich in das Privatquartier des Botschafters einzudringen? Etwa seine einfältige, schwache Nichte? Und selbst wenn sie auf diese Idee kommen sollte – was konnte sie dort schon anstellen?

Lautlos schlüpfte Valdyr in das bevorzugte Arbeitszimmer ihres Onkels. Dort hielt sie eine Weile horchend inne, wartete ab und lauschte, aber es war niemand hier, nicht einmal eine Dienerin.

Valdyr wurde beinahe von ihren Erinnerungen überwältigt, als sie in dem höhlenartigen Raum stand. Alle Arten von alten Waffen und Rüstungen hingen an den Wänden, neben Gemälden und geknüpften Behängen, die die besten Krieger ihrer Familie darstellten. Ihr Vater hatte seine Kinder jeden Sommer hierher gebracht, so daß dieses Gebäude und vor allem dieser Raum lebhafte Erinnerungen an ihn heraufbeschwor. Valdyr starrte auf die Bilder der vor langer Zeit gestorbenen Helden und erinnerte sich an die aufregenden Geschichten, die ihr Vater über ihre Abenteuer erzählt hatte. Wie sehr sie danach gestrebt hatte, so wie sie zu werden! Ihr Blick wurde magisch vom Porträt einer Frau angezogen, ihrer Ururgroßmutter, die in vielen entscheidenden Schlachten vor mehreren hundert Jahren an der Seite ihres Gatten gekämpft hatte. Dies war schon immer ihr Lieblingsbild gewesen. Sie sah es noch einmal genau an, weil sie wußte, daß sie es nie wiedersehen würde, wenn sie von hier fortgegangen war.

Wenn es nicht anders ging, sollte es so sein!

Sie trat an den Computer, der überhaupt nicht zur Einrichtung diesen alten Saales paßte, und hielt noch einmal inne, bevor sie den privaten Code ihres verstorbenen Vaters benutzte, um die Verbindung mit der Außenwelt zu aktivieren. Dann schickte sie eine sorgsam formulierte Nachricht an Brigadegeneral Kerla, den Gemahl von Kanzlerin Azetbur. Ihr Vater hatte vor vielen Jahren unter Kerla gedient, bevor er befördert und zu Kruge versetzt worden war. Ihr Vater und Kerla waren gute Freunde und Verbündete gewesen.

Valdyr wußte, daß Azetbur volles Vertrauen zu Kerla hatte. Sie mußte es darauf ankommen lassen. Die Botschaft würde auf den ersten Blick wie eine völlig normale Korrespondenz erscheinen. Da sie durch verschiedene Hände gehen würde, mußte Valdyr dafür sorgen, daß niemand mißtrauisch wurde und die Nachricht abfing. Sie wußte, daß es eine Weile dauern würde, bis Brigadegeneral Kerla sie empfing, aber es gab keinen direkteren Weg. Schließlich war Valdyr nur die Tochter eines toten Helden, nur die Nichte eines Botschafters. Vielleicht würde der Name ihres Vaters gewährleisten, daß Kerla die Nachricht erhielt. Wenn nicht, gab es für Peter, seinen Onkel und sie selbst keine Hoffnung mehr.

Peter lag auf der Steinbank und las. Er versuchte, nicht pausenlos auf das Sichtfenster zu starren, hinter dem sich niemand befand. Das Warten wurde allmählich unerträglich. Würde Onkel Jim sich ohne weiteres Kamarag stellen? Das konnte er auf keinen Fall tun! Er wußte, daß Kidnapper niemals ihre Versprechen erfüllten, vor allem, wenn es sich um einen Verrückten wie Kamarag handelte. Peter seufzte und versuchte, sich nicht den Kopf wegen einer Sache zu zerbrechen, an der er nichts ändern konnte.

Als er ein leises, kaum wahrnehmbares Klicken hörte, konzentrierte sich sein Blick sofort auf die Sichtluke, doch dort war immer noch niemand. Es klickte noch einmal, und Peter war sofort auf den Beinen. Es ging los. Sie holten ihn ab, um ihn … zu Valdyr zu bringen. Onkel Jim hatte es doch getan, er hatte sich gestellt. Seine Gedanken rasten.

Die Tür glitt auf, und Valdyr trat ein. Sie hatte einen gefährlich aussehenden klingonischen Disruptor auf ihn gerichtet. Also war sie selbst gekommen, um ihn zu holen. Diese Leute schienen sich wirklich darauf zu verstehen, jede Situation so unangenehm wie möglich zu machen!

»Bist du bereit?« fragte sie.

Er richtete sich kerzengerade auf. »Ja. Ich bin bereit.«

Mit einer knappen Handbewegung warf sie ihm den Disruptor zu. Er fing die Waffe unbeholfen auf und starrte sie dann fassungslos an. Dann sah er, daß Valdyr eine kleine Armbrust an ihrer Hüfte trug. »Was ist los?« flüsterte er.

»Psst!« machte sie, schob dann den Kopf durch die Tür und blickte nach links und rechts. »Mach dich bereit, die Waffe zu benutzen. Vor uns liegt eine lange und gefährliche Reise. Du mußt immer in meiner Nähe bleiben, Pityr.«

Er grinste. »Nichts lieber als das!«

Sie bewegten sich schnell und lautlos durch endlose, uralte Steinkorridore, und die ganze Zeit über hatte er keine Ahnung, wohin sie unterwegs waren.

Nachdem sie mindestens fünfzehn Minuten lang durch leere Korridore und über düstere Wendeltreppen geschlichen waren, blieb Valdyr endlich stehen. Sie drehte sich zu ihm um, legte ihre Lippen an sein Ohr und flüsterte: »Jetzt wird es schwierig.«

Jetzt erst? dachte er und starrte sie fassungslos an.

»Der Weg aus den Kerkern ist einfach, wenn man durch die hinteren Korridore geht«, erklärte sie ruhig.

»Sie werden nicht mehr benutzt. Aber wenn man die Geheimtunnel nimmt, muß man sich durch das Herz des Gebäudes bewegen. Wir werden noch vorsichtiger sein müssen. Und wir müssen zum Kampf bereit sein.«

»Ich bin bereit«, versicherte er ihr. »Zeig mir den Weg.«

Sie öffnete vorsichtig die antike Tür und bedeutete ihm, im Treppenaufgang zu warten. Er beobachtete sie durch einen Spalt im Holz, als sie in einen geräumigen, gut ausgeleuchteten Korridor trat. Sie wollte ihm gerade das Signal geben, ihr zu folgen, als zwei kräftig gebaute Klingonen um die Ecke kamen. Sie erstarrte im gleichen Moment wie er.

»Valdyr!« wurde sie von einem der Männer begrüßt. »Karg hat nach dir gesucht. Er wünscht, daß du ihm beim Mittagsmahl Gesellschaft leistest. Du solltest dich beeilen.«

Sie runzelte die Stirn, ohne sich von der Stelle zu rühren. »Und nur weil Karg es so wünscht, soll ich ihm gehorchen, Malak? Ich bin kein gezähmter *Targ*, und ich komme nicht, wenn das Haustier meines Onkels nach mir ruft.« Ihr Tonfall triefte vor Verachtung.

Peter verdrehte die Augen. Er konnte es nicht fassen, daß sie sich ausgerechnet jetzt mit diesen zwei Gorillas anlegen mußte. Doch der Wachmann lachte nur und schien sogar Gefallen an ihrer Schlagfertigkeit zu finden.

»Ich habe ihm gesagt, du würdest nicht auf mich hören, Valdyr«, entgegnete Malak. »Aber ich muß den Befehlen meines vorgesetzten Offiziers folgen.«

Der zweite Soldat begann plötzlich zu schnuppern. »Riechst du das auch?«

Malak prüfte die Luft und schien nachzudenken.

Verdammt! fluchte Peter stumm. Er hatte seit mehr als einer Woche nicht mehr gebadet, und seine tägliche Körperpflege war nur eine Notlösung gewesen. *Außer-*

dem bist du ein Mensch. Du hast für sie einen genauso intensiven Geruch wie sie für dich.

Bevor Malak etwas erwidern könnte, sagte Valdyr verächtlich: »Solange Karg durch dieses Haus streift, gibt es hier nur einen unangenehmen Geruch!«

Malak lachte erneut. »Ach, Valdyr, du warst schon immer eine Plage. Ich denke wehmütig an die Zeit zurück, als ich mit deinem Bruder gedient habe. Wenn Karg weise wäre, würde er sich eine andere Frau aussuchen. Mach dir das Leben nicht zu schwer und gehe schnellstens zu ihm. Vielleicht erwischst du noch ein gutes Stück Fleisch. Komm, Darj, wir haben noch jede Menge Arbeit.«

Die Soldaten entfernten sich lachend durch den Gang, doch Peter konnte erkennen, wie sich Darj immer wieder umblickte, als würde er nach der Quelle des seltsamen Geruchs suchen. Valdyr wartete noch ein paar Minuten ab, dann riß sie die Tür auf.

»Schnell! Uns bleibt nur wenig Zeit! Karg wird nach mir suchen, wenn ich seiner Einladung nicht folge.« Sie packte ihn am Ärmel und zerrte ihn durch den Korridor. Schließlich blieb sie vor einem riesigen Möbelstück stehen. Sie warf einen Blick dahinter und musterte dann Peter, als versuchte sie, seine Körpergröße einzuschätzen. »Der Durchgang befindet sich hinter diesem Schrank. Ich glaube, du bist dünn genug …«

»Ich wußte doch, daß hier etwas stinkt!« rief plötzlich eine wütende Stimme in ihrem Rücken.

Sie wirbelten herum, und Peter sah sich Darj gegenüber. Er war allein und richtete eine Waffe auf sie beide. Dann starrte er Valdyr an, die immer noch halb hinter dem Schrank verborgen war. Sie konnte jetzt auf keinen Fall mehr behaupten, sie wäre in irgendeiner offiziellen Mission mit dem Gefangenen unterwegs. Es war offensichtlich, daß sie ihm zur Flucht verhalf.

»Malak hält nicht viel von seinem Befehlshaber«, sagte Darj und bewegte sich vorsichtig zur Seite. »Zum

Glück bin ich Karg treu ergeben! Man wird Malak degradieren, aber wenn er Glück hat, wird er am Leben bleiben. Ihr zwei werdet dieses Privileg nicht genießen. Valdyr, komm jetzt heraus!«

»Gewiß doch, Darj«, sagte sie ergeben. Sie trat hinter dem schweren Holzmöbel hervor, bis die Armbrust sichtbar wurde, die sie fest mit der rechten Hand umklammert hielt. Im selben Augenblick feuerte sie die Waffe ab, und der Bolzen bohrte sich tief in die Kehle des Soldaten.

Darj stürzte zu Boden, röchelte und erstarrte dann. Bevor Peter reagieren konnte, schnappte Valdyr sich die Waffe des Toten und steckte sie ein. Sie untersuchte die Taschen seiner Uniform und ließ verschiedene kleine Dinge im Beutel verschwinden, den sie am Gürtel trug. Dann zerrte sie die Leiche zum Schrank. »Hilf mir!« keuchte sie, und Peter, der regungslos dagestanden hatte – er hatte noch nie zuvor miterlebt, wie jemand getötet wurde –, gehorchte ihr sofort.

»In den Schrank!« befahl sie. Darauf wuchteten die beiden den schweren Körper in den stabilen Holzschrank. »Hier entlang!« schnaufte sie, und er folgte ihr in den engen Spalt hinter dem Möbelstück.

Dort befand sich eine kleine Tür. Valdyr holte einen verzierten Eisenschlüssel hervor und öffnete sie. Die Geheimtür schwang mühelos nach innen auf. Sie schlüpften hindurch und verschlossen die Tür wieder. Dann stand Peter reglos in absoluter Finsternis da. Wenn sie ihn jetzt im Stich ließ …

Ein Licht flammte auf, und er zuckte in der plötzlichen Helligkeit zusammen. Valdyr stand vor ihm und hielt eine kleine, aber leistungsstarke Lampe in der Hand. »Jetzt sind wir eine Weile sicher. Der einzige, der diese Geheimgänge kennt, ist mein Onkel, und er ist zur Zeit nicht hier. Karg weiß nichts davon … der Narr kann das Gebäude auf den Kopf stellen und wird uns niemals finden. Und selbst wenn sie Darjs Leiche und diesen Geheimgang entdecken, werden wir tief in den Gewölben verborgen sein.«

Sie machte sich auf den Weg durch den schmalen Tunnel, und Peter folgte ihr. »Aber wie lange können wir uns hier aufhalten?« fragte er sie.

»Wir müssen nur solange bleiben, bis es dunkel ist«, erklärte sie. »Dann können wir das Gebäude durch diese Tunnel verlassen.«

»Du meinst, diese Gänge führen tatsächlich aus dieser Festung heraus?«

»Richtig. Sie wurden vor vielen hundert Jahren gebaut und schon von ganzen Armeen in regionalen Konflikten und Fehden benutzt. Es gibt jede Menge Kammern und Tunnel, in denen sich eine ganze Schwadron Soldaten verstecken kann. Wir werden in Sicherheit sein … bis wir uns nach draußen wagen. Dort müssen wir versuchen, zum Raumhafen zu gelangen – doch bis dahin wird man Darj vermissen und deine Flucht entdeckt haben. Dann wird man nach uns suchen.«

Sie bewegten sich rasch durch die Tunnel und sprachen nur wenig. Schließlich drängte Valdyr ihn in eine kleine, gemütliche Kammer und aktivierte die von Batterien gespeisten Lampen, die an der Wand hingen. »Dies war für meinen ältesten Bruder und mich immer ein ganz besonderer Ort. Früher haben wir in diesem Labyrinth oft Krieg gespielt und uns hier vor unseren Kindermädchen versteckt.« Sie setzte sich auf ein schmales Bett, das einzige Möbelstück dieses Raumes. »Wir haben uns stundenlang hier aufgehalten, haben uns Geschichten erzählt, die Zukunft ausgemalt …«

Peter erinnerte sich, daß sie über den Tod ihres Bruders gesprochen hatte. »Du vermißt ihn bestimmt.«

Sie nickte. »Er war fast wie ein Vater zu mir. Er behandelte mich wie einen kleinen Bruder und nicht wie eine Schwester.« Sie blickte sich in der schwach beleuchteten Kammer um. »Mir ist, als könnte ich hier seinen Geist spüren …«

Peter beobachtete sie, wie ihr Blick durch den Raum wanderte. Sie hatte gerade einen ihrer Artgenossen getötet. Sie gab alles auf, was ihr etwas bedeutet hatte, und das nur seinetwegen. Er wußte nicht, was er zu ihr sagen sollte. »Ich … wünsche mir, ich hätte deinen Bruder kennengelernt … und vielleicht hätten wir sogar eine gemeinsame Verständigungsbasis gefunden …«

Sie wandte sich ihm zu. »Mein Bruder und Vater hätten meine Handlungsweise befürwortet. Sie hätten gewußt, daß ich für Qo'noS kämpfe, für die Zukunft des gesamten klingonischen Volkes.«

Peter nickte. »Davon bin ich überzeugt. Du hast dich für einen sehr schwierigen Weg entschieden, Valdyr – er ist viel schwerer als ein offener Kampf mit tödlichen Waffen. Deine Taten ehren ihre Namen.«

Sie saßen eine Weile in betretenem Schweigen da. Schließlich sagte sie: »Ich habe eine Nachricht an Azetbur abgeschickt. Wenn sie sie erhält …«

»Wann hast du sie abgeschickt?« fragte er neugierig. »Was besagt sie?«

Valdyr erzählte ihm, wie sie für Brigadegeneral Kerla, den alten Freund ihres Vaters, eine Botschaft formuliert hatte, von der sie hoffte, daß sie ungehindert weitergeleitet wurde. »Ich weiß allerdings nicht genau, wie lange es dauern wird, bis Azetbur sie zu Gesicht bekommt.«

Peter dachte, daß sie ziemlich optimistisch war. Wenn er die Sache realistisch einzuschätzen versuchte, konnte es Stunden dauern, bis der Text in die Hände dieses Kerla gelangte, vorausgesetzt, sie wurde nicht von irgendeinem wohlmeinenden Angehörigen des Personals fehlgedeutet und weiter verzögert. »Wenn die Kanzlerin herausfindet, was du getan hast, wird sie dich bestimmt mit großen Reichtümern belohnen.«

Valdyr wandte mit verbitterter Miene den Blick ab. »Ich habe meine Familie verraten. Sie mag mir durchaus persönlich dankbar sein, aber ... die Familienehre ist etwas sehr Wichtiges für unser Volk. Für das, was ich getan habe, kann ich keine Belohnung erwarten. Ich rechne damit, als Ausgestoßene leben zu müssen ... als Heimatlose und Geächtete ... wenn dies alles vorbei ist. Aber ich habe meine persönliche Ehre wiederhergestellt. Das kann mir niemand nehmen. Weder Karg noch Kamarag. Niemand.«

Er bewunderte ihren hartnäckigen Mut. »Valdyr ... ich möchte dir für deine Hilfe danken. Und solange ich lebe, wird es für dich immer einen Platz in *meiner* Familie geben ... was immer dir das bedeuten mag.«

Sie blickte ihn schockiert an. »Deine Familie würde mich akzeptieren?« Sie schüttelte den Kopf. »Was würde dein Volk dazu sagen, wenn du mit einer klingonischen Frau zurückkommst? Was ist mit deinem Onkel? Er haßt uns! Wie wird er dazu stehen?«

»Mein Onkel ist fair«, beteuerte Peter. »Der tragische Tod Gorkons hat seine Ansichten über dein Volk geändert. Er steht mir so nahe wie du deinem Vater. Ich versichere dir, mein Onkel würde eine tapfere Kriegerin wie dich jederzeit in unserer Familie willkommen heißen.«

»Dann hoffe ich, daß wir alle lange genug leben werden, um es dazu kommen zu lassen, Pityr. Ich habe schon viel über James Kirk gehört. Es wäre interessant, ihm zu begegnen und zu sehen, ob der Mann den Legenden entspricht.«

Peter lächelte, als ihm eine dunkle Stelle an ihrem Hals auffiel. Er blinzelte. Es war ein blauer Fleck, der nicht sehr gut aussah. Er berührte sie behutsam. »Was ist geschehen, Valdyr? Wie ist es zu dieser Verletzung gekommen?«

Sie zuckte zusammen und rückte von ihm fort. Er zog seine Hand zurück, da er befürchtete, ihr zu nahe gekommen zu sein. Sie wandte den Blick ab, und wie es im gedämpften Licht aussah, schien ihre Gesichtsfarbe dunkler zu werden. »Es ist nur …«, begann sie zögernd. »Es ist nichts …«

Dann wurde ihm alles klar. »Karg hat es dir angetan.« Seine Stimme war leise und vibrierte vor unterdrücktem Zorn. »Das ist geschehen, nicht wahr? Karg hat dir diese Verletzung beigebracht.«

Sie drehte sich zu ihm um und erwiderte trotzig seinen Blick. »Es ist Kargs Zeichen. Er hat mich gebrandmarkt, damit jeder weiß, wem ich gehöre. Ich habe mich gegen ihn gewehrt, aber er ist … zu stark für mich …«

Peters Zorn entflammte. »Ich würde gerne zehn Minuten mit diesem Kerl in einem verschlossenen Raum allein sein«, knurrte er.

Sie blickte ihn neugierig an. »Dieses Zeichen von Karg ärgert dich, Pityr?«

»Natürlich ärgert es mich!« erwiderte er. »Er hat dich gegen deinen Willen berührt. Niemand sollte so etwas tun dürfen!«

Dann lachte sie, und er war verblüfft über ihre unbeschwert wirkende Heiterkeit. »Ach, Pityr, ihr Menschen seid wirklich sehr komisch! Wenn ich stark genug wäre, könnte ich Karg in seine Schranken weisen – dann würde wir vielleicht sogar eine gute Ehe führen –, doch weil ich zu klein bin, hat er alle Vorteile auf seiner Seite.«

»Dabei sollte es überhaupt nicht um Stärke oder Größe gehen, Valdyr«, erwiderte er. »Du solltest nur dann berührt werden, wenn du es möchtest und von wem du es möchtest.«

»Ich verstehe. Und weil Karg mich gewaltsam berührt hat, bist du jetzt wütend auf mich?« fragte sie.

»Natürlich bin ich nicht wütend auf *dich!* Ich bin wütend auf *Karg!*«

»So wütend … daß du um mich kämpfen würdest?« Sie stellte diese Frage so leise, daß Peter sofort verstand, welche große Bedeutung damit verbunden war –

eine größere Bedeutung, als ihre einfachen Worte vermuten ließen.

Er blickte ihr tief in die dunklen Augen und erkannte, daß sie sich noch nie zuvor so nahe gekommen waren, ohne daß die Scheibe des Sichtfensters zwischen ihnen war. Sie waren hier in diesem kleinen Raum ganz allein und ungestört, nur sie beide. Er schluckte und bemühte sich, die richtigen Worte zu finden. »Mein Volk glaubt, daß der Kampf nur der letzte Ausweg sein kann, daß es immer eine Alternative zur gewalttätigen Auseinandersetzung gibt ... aber ... ich muß gestehen ... dieser Kerl ... Ja, Valdyr, wenn ich die Gelegenheit dazu hätte, würde ich mit Karg um dich kämpfen.«

Ihre Augen weiteten sich, als könnte sie nicht glauben, daß er es wirklich gesagt hatte. Sie sah aus, als wollte sie etwas sagen, doch dann zögerte sie und fragte schließlich: »Pityr, was sind ... Aprikosen?«

Er blinzelte und war einen Moment lang verwirrt. Dann erinnerte er sich, was er über ihren Geruch gesagt hatte, und mußte lächeln. »Das ist eine köstliche Frucht von der Erde. Es gibt sie nur für kurze Zeit in jedem Jahr, und deshalb werden sie hochgeschätzt. Sie haben ein wundervolles Aroma, und eine Schale voll Aprikosen erfüllt im Sommer einen ganzen Raum mit ihrem Duft. Meine Großmutter züchtete sie in ihrem Garten, und wir freuten uns jedes Jahr auf die Ernte.«

»Und ... ich habe denselben Duft?«

»Ja ...« Er beugte sich näher zu ihr und atmete ihren Geruch ein. Langsam und vorsichtig, um nicht die Stimmung zwischen ihnen zu zerstören, berührte er ihr Gesicht, ließ seine Lippen sanft über ihre Wange streichen.

»Was ... was tust du?« flüsterte sie, während sie völlig regungslos dasaß.

»Ich küsse dich«, erklärte er und drückte seinen Mund auf ihr Kinn und schließlich in ihren Mundwinkel. »Küssen sich auch Klingonen?«

»Ja«, murmelte sie.

Er blickte ihr in die Augen. »Was möchtest du? Möchtest du, daß ich dich berühre?«

»Es gibt nur einen Mann auf ganz Qo'noS, von dem ich berührt werden möchte«, sagte sie. Er zog sich vorsichtig zurück, weil er befürchtete, irgend etwas falsch verstanden zu haben. »Ich will Pityr Kirk ... einen *Menschen* ... und einen Krieger ... nur er soll mich berühren!« Sie sagte es, als könnte sie selbst es kaum fassen.

Als wären durch dieses Eingeständnis für Peter plötzlich alle Schranken gefallen, nahm er die Frau in die Arme, preßte seinen Körper gegen ihre Rüstung und seinen Mund auf ihren.

Der Kuß begann zärtlich, doch schon kurz darauf entflammten die in der Zeit seiner Gefangenschaft unterdrückten Gefühle. Peter riß Valdyr wild an sich und spürte, wie ihre Arme ihn mit einer Kraft umschlangen, die er als erregend empfand. *»HIja'!«* flüsterte sie zwischen zwei Küssen, *»mevQo'*, Pityr ...«

Keine Macht des Universum konnte ihn jetzt noch dazu bringen, wieder aufzuhören.

Als sie sich voneinander lösten, lachte Valdyr und biß ihm ins Kinn. Er schrie auf und biß zurück. Und im nächsten Augenblick fielen sie auf die Pritsche, zerrten wild an der Kleidung des anderen und wälzten sich im heftigen Liebesspiel hin und her, bis sie krachend auf dem Boden landeten. Sie lachten, bissen und rangen. Schließlich warf Valdyr ihn auf den Rücken, hockte sich rittlings auf ihn und drückte seine Schultern gegen den Boden.

»Es gefällt mir, wie Menschen küssen. Du wirst es mir beibringen, Pityr Kirk!« forderte sie, bevor sie von einem neuen Lachanfall geschüttelt wurde.

Er bäumte sich auf und warf sie von sich herunter, um jetzt sie zu Boden zu drücken. »Ich werde dir beibringen, wie Menschen küssen, Valdyr-oy. Und du wirst mir beibringen ...« Er hatte keine Ahnung, was er von ihr verlangen sollte.

Sie berührte seine Wange, während sie ihn mit glitzernden Augen ansah. »Alles, Pityr-oy. Ich werde dir alles beibringen.«

Er beugte sich zu ihr herab, und sie begannen mit der ersten Lektion ...

»Botschafter Sarek?« Commander Uhuras Stimme war so kühl und professionell wie üblich, doch der Vulkanier registrierte eine leichte Anspannung darin. Er hob eine Augenbraue, als er das Interkom in seiner Kabine aktivierte.

»Sarek hier, Commander«, meldete er sich.

»Ich empfange gerade eine Nachricht für Sie, Botschafter«, sagte sie. »Nach dem übermittelten Identifikationscode stammt sie von Freelan ...« Ihr zögernder Tonfall ließ den Botschafter aufhorchen.

»Kommt sie wirklich von dort?«

»Sämtliche Codes sind korrekt, und auch die Richtung stimmt ... aber ich glaube nicht, daß sie tatsächlich von dort stammt. Ich vermute, daß die Sendung von einem anderen Ort abgeschickt wird und man Freelan nur als Relaisstation benutzt.«

Sarek nickte. »Das überrascht mich nicht, Commander Uhura. Bitte stellen Sie die Nachricht zu mir durch ... und versuchen Sie bitte, den tatsächlichen Ausgangspunkt der Sendung zu ermitteln, sofern es Ihnen möglich ist, ohne Verdacht zu erregen.«

»Verstanden, Botschafter«, antwortete sie. Im nächsten Augenblick änderte sich das Bild auf dem Schirm, und Sarek sah sich der Darstellung eines Freelaners gegenüber. Obwohl die Freelaner sich durch ihre äußere Verhüllung kaum voneinander unterscheiden ließen, war der Vulkanier überzeugt, daß er es mit Taryn zu tun hatte. »Ich grüße Sie«, sagte Sarek höflich. »Ich bin Botschafter Sarek. Mit wem habe ich die Ehre?«

»Ich bin Taryn«, erwiderte die mechanische Stimme ohne Umschweife. »Botschafter ... ich muß Sie bitten, sich wegen einer dringlichen Angelegenheit mit mir zu treffen.«

»Welcher Treffpunkt wäre Ihnen genehm?« fragte Sarek. »Wie Sie bereits wissen dürften, befinde ich mich nicht auf Vulkan.«

Taryns vermummte Gestalt bewegte sich leicht, und der Vulkanier hatte den Eindruck, daß sein Gesprächspartner angespannt war. »Nun ... ich hatte gehofft, Sie könnten zu uns kommen, wie wir es bisher immer gehalten haben«, sagte der freelanische Abgesandte.

»Welchen Termin schlagen Sie vor?«

»Möglichst bald.«

Sarek schüttelte den Kopf. »Ich fürchte, das dürfte schwierig werden, Abgesandter. Das Schiff, mit dem ich unterwegs bin, wurde damit beauftragt, an der Neutralen Zone zu patrouillieren. Ich werde solange verhindert sein, bis die *Enterprise* ihre gegenwärtige Mission beendet hat. Warum möchten Sie sich mit mir treffen, Abgesandter?«

Taryn sagte eine ganze Weile gar nichts. »Es geht um das Handelsabkommen, das wir vor einem Monat ausgehandelt haben, um die *Kivas*-Lieferungen«, antwortete er schließlich. »Meine Regierung hat einige Bestimmungen abgelehnt, mit denen ich mich einverstanden erklärt hatte. Es tut mir leid, aber ich muß Sie bitten, noch einmal mit mir über diese Punkte zu verhandeln.«

Sarek hob in vorgetäuschter Überraschung eine Augenbraue. »Ihre Regierung?« fragte er. »Abgesandter, als wir verhandelten, bin ich davon ausgegangen, daß ich es mit jemandem zu tun hätte, der als Verhandlungspartner autorisiert ist. Ich bin ... enttäuscht ... daß Sie nicht mehr das Vertrauen Ihrer Regierung genießen.«

Als der Abgesandte antwortete, konnte der Vulkanier trotz der künstlich verfremdeten Stimme deutlich hören, wie wütend Taryn war. »Ich versichere Ihnen, Botschafter, daß es sich lediglich um ein kleineres Mißverständnis handelt. Ich habe keineswegs das Vertrauen meiner Regierung verloren. Ich bin nach wie vor autorisiert, im Namen meiner Heimatwelt zu verhandeln.«

Zum ersten Mal erlaubte Sarek sich einen sarkastischen Unterton in seinen folgenden Worten. »Ihrer Heimatwelt?«

»Wie bitte?« erwiderte Taryn verärgert.

»Ich muß mich entschuldigen«, sagte Sarek freundlich. »Ich war offenbar etwas … verwirrt. Das Alter macht vor niemandem halt. Einen Moment lang dachte ich, ich würde mit jemand ganz anderem sprechen … einem Diplomaten von einem anderen Planeten … Sein Name ist Nanclus. Sie sind ihm gewiß niemals begegnet. Er wurde vor einem Monat wegen Hochverrats hingerichtet.«

»Wann können Sie sich mit mir treffen?« fragte Taryn, und wieder war seine Wut trotz der mechanischen Stimme unüberhörbar.

»Ich weiß es nicht«, sagte Sarek aufrichtig. »Ich werde mich mit den Offizieren dieses Schiffes absprechen müssen, um es in Erfahrung zu bringen. Ich werde mich im Laufe der nächsten Stunden wieder bei Ihnen melden, Abgesandter.«

»Dann bin ich vielleicht nicht zu erreichen, weil ich … an einer Regierungskonferenz teilnehmen werde«, sagte Taryn. »Mein Assistent wird Ihre Nachricht entgegennehmen, Botschafter.«

»Einverstanden.« Sarek neigte den Kopf und hob eine Hand zum vulkanischen Gruß. »Ich wünsche Ihnen Frieden … und ein langes Leben, Taryn.«

Ohne eine Erwiderung unterbrach der Freelaner die Verbindung.

Sarek starrte eine Weile auf den leeren Bildschirm, bis Uhuras Gesicht erschien. »Botschafter Sarek … ich hatte recht. Dieser Anruf kam zwar über Freelan, aber der eigentliche Ausgangspunkt liegt in einem Sektor der romulanischen Neutralen Zone. Die Koordinaten sind nur ein paar Stunden Flugzeit von unserer gegenwärtigen Position entfernt.«

Sarek deutete eine Verbeugung an. »Ich danke Ihnen für Ihre Mitarbeit, Commander«, sagte er. »Diese Information ist für mich keineswegs überraschend, doch immerhin ...« Sein Mundwinkel verzog sich leicht, als er an seinen Sohn dachte. »... faszinierend.«

In seinem Büro an Bord der *Shardarr* riß Commander Taryn sich die Kapuze seiner freelanischen Verkleidung vom Kopf und nahm einen tiefen Zug ›frischer‹ Luft, bevor er sich Savel zuwandte, die auf der anderen Seite seines Schreibtisches saß. »Er weiß Bescheid«, sagte der Commander mit tiefer, verbitterter Stimme. »Er weiß alles. Jetzt verhöhnt er mich sogar mit seinem Wissen. Es gibt keinen Zweifel mehr. Botschafter Sarek muß sterben ... und zwar so schnell wie möglich.«

Sofort nahm er über Interkom Kontakt mit Poldar auf und befahl ihm, sich der *Enterprise* so weit zu nähern, daß sie die Subraumkommunikation des Föderationsschiffes stören konnten.

»Unsere nächsten Schiffe sind immer noch eine halbe Tagesreise von unserer gegenwärtigen Position entfernt, Commander«, meldete der Zenturio, als Taryn ihn danach fragte.

»Was wirst du jetzt tun?« fragte Savel leise.

Der Commander betrachtete sie mit undurchschaubarer Miene. »Verzögerungstaktik«, sagte er. »Die *Enterprise* soll mich bemerken, nach mir suchen und mich jagen ... bis ich den Spieß umdrehen und sie jagen kann.«

Savel starrte ihn an. Ihre Augen waren geweitet und mit stummer Sorge und Traurigkeit erfüllt. *Wo ist Soran? Wenn er stirbt ... werde ich daran beteiligt sein ... daran und an vielem mehr ...*

»Pityr«, flüsterte Valdyr nahe an seinem Ohr, »wir müssen jetzt gehen.«

Peter Kirk stöhnte auf. Er wußte nicht genau, ob er wirklich geschlafen oder einfach nur dagelegen hatte, in verträumter Erschöpfung und Befriedigung. Der Raum wirkte immer noch genauso, wie er ihn betreten hatte. Die Lampen erhellten die Dunkelheit, und der Kadett hatte keine Ahnung, wieviel Zeit vergangen war.

»Pityr«, flüsterte sie. »Es ist Zeit. Wir müssen gehen.«

»Noch nicht«, sagte er. »Nur noch ein paar Minuten …«

Sie seufzte und entspannte sich an seiner Seite. »Noch eine Minute«, sagte sie. »Vielleicht zwei. Aber nicht mehr. *'Iwoy* …«

Der Mensch streichelte ihren Rücken und spürte die Formen von Muskeln und Knochen, die nicht völlig menschlich waren. Er bemerkte, daß er Schmerzen hatte. *Ich muß mit blauen Flecken übersät sein,* dachte er, während er sich staunend daran erinnerte, was sich zwischen ihnen abgespielt hatte. *Ganz zu schweigen von Bißspuren …* Er hatte einen ungewohnten Geschmack im Mund, süß und irgendwie rauchig. Peter glitt mit der Zunge über seine aufgesprungenen Lippen. Der leichte Salzgeschmack seines eigenen Blutes vermischte sich nun mit dem fremdartigen Geschmack ihres Blutes.

Er schlang seine Arme um sie und küßte sie wieder. Er wollte nicht gehen. Er wollte sich überhaupt nicht bewegen, obwohl der Steinboden, auf dem sie lagen, so kalt und hart war, daß sein Körper zitterte.

Schließlich hob er den Kopf und widerstand dem Drang, sie wieder zu küssen, noch einmal ihren fremden Mund zu schmecken, zu spüren, zu *fühlen* … »Wie spät ist es?«

»Es ist Mitternacht«, sagte sie, während sie ihre kleine Lampe aufhob. »Die wenigen Soldaten, die mein

Onkel hier für Karg zurückgelassen hat, dürften inzwischen von der Suche ermüdet sein, mit der sie vor einem halben Tag begonnen haben. Karg hat bestimmt sofort nach seiner Mahlzeit nach mir suchen lassen. Ich weiß nicht, wann bemerkt wurde, daß Darj spurlos verschwunden ist. Irgendwann ist bestimmt jemand auf die Idee gekommen, deine Zelle zu überprüfen.« Peter bemerkte überrascht, daß sie grinste.

Sie stand auf und ordnete ihre Kleidung, bevor sie ihre Rüstung wieder anlegte. »Sie werden auf der Straße nach TengchaH Jav suchen – dem nächsten Raumhafen. Selbst wenn Karg schlau genug wäre, um zu erkennen, daß wir uns im Gebäude versteckt haben – was er nicht ist –, wird er die Suche sehr diskret durchführen müssen. Kamarag hat die Anweisung gegeben, daß die offiziellen Stellen der klingonischen Regierung auf keinen Fall Verdacht schöpfen dürfen.«

»Wie sieht unser Plan aus?« fragte er, während er seine Stiefel anzog.

»Wir werden durch die Tunnel zum entfernstesten Ausgang gehen und im Wald an der Südstraße herauskommen. In der Deckung der Bäume können wir uns parallel zur Straße zum Raumhafen bewegen. Von dort aus sind es vielleicht noch neun eurer Kilometer zum Raumhafen.«

»Könnte man nicht mit Sensoren nach mir suchen, während wir uns hier unten aufhalten?« fragte er. »Schließlich bin ich der einzige Mensch weit und breit.«

Valdyr klopfte gegen eine Wand. »In diesen Mauern ist soviel Selonit, daß kein Sensor irgend etwas registrieren wird. Deswegen können sie unsere Spur nicht aufnehmen. Für die Sensoren existieren diese Tunnel überhaupt nicht.«

»Und was ist, wenn wir die Tunnel verlassen haben?«

»Ich habe für dich einen kleinen Sender mitgenommen. Er wird eine gefälschte Signatur abstrahlen, so daß du für die Sensoren irgendein Klingone bist. Dieses Gerät wird von Soldaten getragen, damit sie nach dem Tod im Kampf wiedergefunden und als Krieger bestattet werden können. Die Signatur wird deine Biowerte überstrahlen.«

»Und wenn uns jemand sieht?« fragte Peter und zeigte auf seine Stirn. »Meinst du nicht, daß ich auffallen würde?«

»Ich habe einen Umhang mit Kapuze für dich dabei«, sagte sie. »Ich habe ihn gestern hier versteckt.« Sie öffnete ein verborgenes Fach in der steinernen Basis der Pritsche und zog das Kleidungsstück heraus.

»Du hast offenbar an alles gedacht«, sagte Peter. »So scheint es zumindest. Was passiert, wenn wir den Raumhafen erreicht haben?«

»Wir müssen an den Sicherheitskontrollen vorbei und darauf achten, Kargs Soldaten aus dem Weg zu gehen. Dann werde ich dir helfen, ein Schiff zu finden.« Sie zögerte und warf ihm einen Seitenblick zu. »Du wirst von Qo'noS entkommen können ...«

»Du meinst, *wir* werden entkommen!« sagte er und faßte sie an den Schulter. »Du kommst mit mir zu Erde. Das steht doch fest, oder?«

Valdyr blickte ihn mit einem traurigen Lächeln an. »Das hatte ich zuerst auch gedacht. Aber ... ich habe noch einmal darüber nachgedacht. Pityr ... wir müssen realistisch sein! Eine Klingonin auf der Erde? Wie sollte ich dort leben? Ich wäre eine Ausgestoßene, eine Außenseiterin, die inmitten eines Volkes lebt, das meines haßt ...«

»Wir müssen nicht auf der Erde bleiben«, warf Peter ein. »Es gibt Kolonien, wo sogar wir beide überhaupt nicht auffallen würden.«

»Und was ist mit deiner Starfleet-Karriere?«

»Ich habe auch viel Zeit zum Nachdenken gehabt, während ich allein in meiner Zelle saß, und eine wichtige Erkenntnis, zu der ich dabei gelangt bin, ist die, daß ich *nicht* James T. Kirk bin – und es auch nie sein werde. Ich will nur ich selbst sein! Ich bin nicht dazu geboren, zu einer Legende zu werden, Valdyr. Und ich bin auch nicht zum Offizier geboren.« Er blickte sie besorgt an. »Valdyr-oy ... denk doch nur, was geschehen wird, wenn du zurückbleibst! Dein Onkel ... wenn er dich erwischt ...«

Ihre exotische Schönheit strahlte geradezu, als sie beteuerte: »Sei nicht besorgt, Pityr-oy. Er wird mich nicht erwischen. Ich werde durch das *Hegh'bat* sterben und damit meine Ehre retten.«

Der Mensch brauchte eine Sekunde, um zu verstehen, daß sie von einem rituellen Selbstmord sprach. Dann packte er ihre Schultern fester und schüttelte sie. »Nein!« rief er. »Daran darfst du nicht einmal denken!«

»Ich habe meine Familie verraten, als ich dir geholfen habe«, erwiderte sie in sachlichem Tonfall. »Es gibt für mich keinen anderen Weg, wie ich meine Ehre wiedererlangen kann.«

»Sag so etwas nicht!« widersprach er heftig, während sein Herz aus Angst um ihr Leben pochte. »Du darfst es einfach nicht tun! Ich werde es nicht zulassen! Ich werde dich daran hindern, du mußt gegen mich kämpfen, Valdyr ...!« Er verstummte, als er erkannte, daß er sich immer mehr in eine Raserei hineinsteigerte.

In der engen, staubigen Kammer mit den Steinwänden war ihr Gesicht dem seinen sehr nahe. Peter spürte ihren Atem auf seiner Wange, als sie leise erwiderte: »Als wir das letzte Mal miteinander gekämpft haben, habe ich gewonnen. Aber du warst erschöpft und am Ende deiner Kräfte. Ich glaube nicht, daß du es mir beim nächsten Mal so einfach machen wirst.«

Er drückte seine Wange an ihre und hielt sie fest in den Armen. Er wußte nicht genau, ob diese Worte eine Kapitulation darstellen, aber er beschloß, sie als solche aufzufassen. Zumindest wußte sie, daß er es nicht tatenlos hinnehmen würde, wenn sie auf dem Raumhafen zurückbleiben wollte.

»Jetzt müssen wir wirklich gehen«, flüsterte sie, nahm seine Hand und führte ihn aus dem Raum.

Sie gingen durch düstere, verstaubte Korridore, die sich ohne erkennbares System verzweigten. Sie waren erstaunlich lange unterwegs, während sie kein Wort sprachen. Valdyrs kleine Lampe war ihre einzige Lichtquelle.

Schließlich endete der Korridor in einem Tunnel, der senkrecht nach oben führte und mit einer augenscheinlich uralten, leicht ramponierten Holzleiter versehen war, die in der Dunkelheit verschwand. Ohne ein Wort begann Valdyr mit dem Aufstieg, und Peter folgte ihr ohne Zögern. Als sie anhielt, konnte Peter vor ihr eine Öffnung im Stein erkennen.

»Gut«, flüsterte Valdyr. »Man hat diesen Ausgang noch nicht entdeckt. Jetzt schnell!« Sie war innerhalb weniger Sekunden durch die Öffnung geschlüpft, und Peter kroch hinterher. Und dann stand er zum ersten Mal bei vollem Bewußtsein auf der eigentlichen Oberfläche von Qo'noS. Obwohl Valdyr ihn zum Weitergehen drängte, nahm er sich die Zeit, sich umzuschauen.

In der Dunkelheit sah der Wald wie jeder Wald bei Nacht aus – dicke Baumstämme, die sich aneinanderdrängten, und dazwischen dichtes, formloses Unterholz. Bei Tageslicht würden die Farben und Muster dieses Waldes fremd wirken – doch jetzt war davon kaum etwas zu bemerken.

Dann blickte Peter nach oben, und ihm stockte der Atem. Quer über den Himmel spannte sich im goldenen Widerschein der Sonne, die auf der anderen Seite des Planeten stand, wie eine gewaltige Brücke der Ring von Qo'noS. Doch der Bogen hatte eine große Lücke – dort, wo Qo'noS das Sonnenlicht ausblendete und seinen schwarzen Schatten ins All warf.

Valdyr legte ihm den Umhang über die Schultern

und befestigte den Sender daran. »Zieh die Kapuze über den Kopf«, befahl sie. »Wir müssen uns beeilen.«

James T. Kirk blinzelte in der Dunkelheit, während er vorsichtig einem Wildpfad folgte. Nach dem Aussehen des Ringes um Qo'noS war es fast Mitternacht. Sein nächtliches Sehvermögen war zum Glück ausgezeichnet, fast so gut wie Spocks. (Leider konnte er das von seinem sonstigen Sehvermögen nicht behaupten – er hatte inzwischen schon so viele Lesebrillen verbraucht, daß McCoy behauptete, er hätte bereits die gesamten Vorräte aller Antiquitätengeschäfte von San Francisco erschöpft.)

Das Rettungsteam hatte einigen größeren Anwesen ausweichen müssen, wodurch sie einen fast doppelt so weiten Weg zurücklegen mußten. Jetzt wurde der Baumbestand ein Stück voraus endlich lichter. »Wie weit ist es noch bis Kamarags Landsitz?« flüsterte Kirk seinem Ersten Offizier zu, der ihm vorausging. »Mein Orientierungssinn ist seit unserem letzten Umweg völlig durcheinandergeraten.«

»Wir sind fast ...« Der Vulkanier unterbrach sich und blieb stehen. »Korrektur. Wir sind da.«

Kirk schob sich durch ein paar weitere Büsche, dicht gefolgt von McCoy. Gemeinsam blickte die kleine Gruppe dann von einem hohen Felsgrat herab auf das große festungsähnliche Gebäude in der Senke, das mit starken Steinmauern und modernen Sicherheitsfeldern umgeben war.

»Da unten scheint eine ganze Menge los zu sein«, sagte Kirk, als er die helle Beleuchtung und die vielen bewaffneten Gestalten sah, die hin und her liefen.

Spock studierte aufmerksam seinen Tricorder. »Peter befindet sich nicht mehr in diesem Gebäude«, sagte der Vulkanier.

»Nicht mehr? Wo ist er dann? Hat man ihn von Qo'noS fortgeschafft?« fragte Kirk verdutzt. Hatte Kamarag entschieden, ihre Verabredung nicht einzuhalten? Hatte der klingonische Botschafter irgendwie herausgefunden, daß Kirk nicht die Absicht hatte, seinen Anweisungen Folge zu leisten, und seinen Neffen aus Rache hingerichtet?

»Peter ist verschwunden«, sagte Spock. »Er befindet sich gegenwärtig nicht mehr in Kamarags Anwesen. Allerdings«, fügte der Vulkanier hinzu, während er die Einstellungen des Tricorders veränderte, »bedeutet das nicht notwendigerweise, daß er sich nicht mehr auf diesem Planeten aufhält. Die Felsen in dieser Region enthalten Spuren von Selonit … dasselbe Material, das die Grundlage der Tarnvorrichtung darstellt. Dadurch werden genaue Messungen unmöglich. Wenn sich Selonit zwischen unserem und Peters Standort befindet, kann der Tricorder ihn nicht registrieren.«

Kirk stöhnte laut auf. »Das hat uns gerade noch gefehlt!«

»Ich denke, ich sollte trotzdem den Tricorder eingeschaltet lassen«, sagte Spock. »Vielleicht kann ich ihn irgendwann wieder anmessen … falls er sich noch in der Nähe aufhält.«

Leonard McCoy ließ sich mit einem Ächzer auf den Boden fallen. »Seit meinem Besuch im Yellowstone-Park bin ich nicht mehr so lange durch die Gegend marschiert«, brummte er, griff in seine Gurttasche und holte eine kleine Flasche und einen Behälter mit Nahrungspillen heraus.

Die drei Offiziere teilten schweigend die dürftigen Rationen, während Spock weiterhin die Anzeigen des Tricorders im Auge behielt. »Faszinierend«, murmelte der Vulkanier nach einigen Minuten. »Ich empfange hier etwas … sehr Verwirrendes. Einen Moment lang sah es so aus, als hätte ich Peter entdeckt, doch jetzt verzerren sich die menschlichen Biowerte … und vermischen sich mit klingonischen Werten.«

»Wo? Welche Position?« wollte Kirk wissen und sprang auf.

»Genau nördlich von hier«, sagte Spock und zeigte in die Richtung. »Auf der anderen Seite des Anwesens.«

»Ist es möglich, daß Peters Werte auf irgendeine Weise verfälscht werden?« fragte McCoy mit einem Blick auf den winzigen Bildschirm des Tricorders.

»Das wäre durchaus möglich«, murmelte Spock.

»Nun, es ist die beste Spur, die wir haben«, sagte Kirk.

»Captain ... nach den Anzeigen bewegt er sich Richtung Raumhafen«, sagte Spock. »Langsam ... im Schritttempo.« Spock blickte zu seinem Freund auf. »Jim, ich glaube, Ihr Neffe hat nicht darauf gewartet, von uns gerettet zu werden. Statt dessen hat er selbst einen Fluchtplan ausgearbeitet.«

Kirks Züge verzogen sich zu einem breiten Grinsen. »Das war aber nicht sehr rücksichtsvoll von ihm!«

»Was jetzt?« fragte McCoy.

»In diesem Fall sollten wir uns ebenfalls auf den Weg zum Raumhafen machen«, sagte Kirk und blickte auf sein Armbandchronometer. »Seht ihr das Bodenfahrzeug, das gerade vor dem Sicherheitstor angehalten hat?« Er deutete in die Senke.

»Ja, Captain«, antwortete Spock.

»Ob wir das Gefährt für unsere Zwecke nutzen können?«

»Ich denke, das ließe sich bewerkstelligen«, erwiderte Spock.

»Gut. Dann wollen wir hinuntergehen ... aber langsam. Bleibt in Deckung. Geht keine Risiken ein. Wir haben jede Menge Zeit. Wir werden das Fahrzeug in, sagen wir, fünfundvierzig Minuten in unsere Gewalt bringen.«

Die drei Offiziere stiegen vorsichtig vom Grat herab und schlichen dort dicht an den Boden gepreßt weiter, wo es keine Deckung gab. Schließlich hockten sie in einem Gebüsch, das etwa dreißig Meter von der Wachstation entfernt war. Der Fahrer und ein Wachmann standen draußen und plauderten zwanglos miteinander. Die drei Offiziere warteten schweigend ab, bis Kirk wieder auf sein Chronometer blickte. »Bereit, Spock?«

»Bereit, Captain.«

Kirk zählte stumm die Sekunden ab, und dann trat genau zum richtigen Zeitpunkt das Ereignis ein, auf das er gewartet hatte. Ein dumpfer Knall ertönte aus dem Wald, den sie vor einer Weile verlassen hatten, und der Widerschein einer rot-gelben Stichflamme erhellte die Nacht. Eine halbe Sekunde später erzitterte der Boden unter ihren Füßen.

»Es ist soweit!« sagte Kirk, packte McCoy und zerrte ihn aus ihrem Versteck. »Los jetzt!«

Spock war bereits losgelaufen. Der Wachmann stand immer noch draußen vor der Sicherheitsstation und starrte auf das Feuer im fernen Wald. Er sah nicht, wie sich die dunkle Gestalt des Vulkaniers näherte. Er ahnte nicht einmal, daß jemand in seiner Nähe war – bis eine Hand ihn zwischen Hals und Schulter packte, und er betäubt erschlaffte.

Der Fahrer wirbelte zu seinem gestürzten Kameraden herum und griff dann mit einem lauten Kampfschrei Spocks undeutlich erkennbare Gestalt an. Kirk sprang ihn von hinten an, versetzte ihm einen kräftigen Schlag ins Genick und trat gegen seine Beine. Als der Klingone benommen, aber immer noch kampffähig aufzustehen versuchte, betäubte der Captain ihn mit dem Phaser.

Kirk schnappte nach Luft und wandte sich dann dem Fahrzeug zu. »Soll ich fahren?« fragte er, als er sich der offenen Tür näherte.

»Bei allem Respekt ... nein!« sagte Spock in entschiedenem Tonfall. »Ich habe die Kontrollen mit meinem Tricorder analysiert. Daher wäre es sinnvoller, wenn ich fahre. Außerdem kann ich mich noch lebhaft an Ihre

Fahrversuche während unseres Aufenthalts auf Iotia erinnern.«

Kirk lachte leise, als die drei das Bodenfahrzeug bestiegen. Es dauerte nur wenige Augenblicke, bis sie den Motor aktiviert und das Gefährt in Bewegung gesetzt hatten. Kirk nahm neben Spock Platz und spürte, wie Adrenalin durch seinen Körper schoß. Er warf McCoy einen Blick zu, der hinter ihnen saß und sich mit beiden Händen an seinem Sitz festhielt, während Spock mit dem gestohlenen Fahrzeug wendete und es auf die Straße lenkte.

»Jim, woher wußtest du, was geschehen würde?« fragte der Doktor und zeigte in die Richtung der Explosion.

»Das war die *Kepler*«, antwortete Kirk. »Du hast mir gesagt, ich solle uns genügend Zeit verschaffen, um wegzukommen … und jetzt hat sich die Selbstzerstörung als sehr nützliche Ablenkung erwiesen.«

Mit einem Aufschrei klammerte sich der Arzt wieder an seinen Sitz, als sich der Wagen in eine scharfe Kurve legte. »Verdammt, Spock, passen Sie doch auf! Sie sind Starfleet-Offizier und kein Rennfahrer!«

»Spock, wie lange wird es dauern, bis wir den Raumhafen erreicht haben?«

»Schätzungsweise fünfzehn Komma sieben Minuten, Captain«, sagte Spock, der sich ganz auf die Lenkung des Fahrzeugs konzentrierte. Es folgte eine weitere enge Rechtskurve, während der Vulkanier im Licht der Kontrollen leicht die Stirn runzelte. »Diese Straße führt bedauerlicherweise nicht in gerader Linie durch den Wald, sondern weist viele Windungen auf. Haben Sie bitte Verständnis für die … Unregelmäßigkeiten unseres Kurses.«

Kirk grinste, während der Wagen wieder beschleunigte. »Hauptsache, wir treffen dort ein, bevor Peter den Planeten verlassen kann. Auf diese Weise müssen wir nur ein Raumschiff kapern.«

»Ich werde mich bemühen, auf dieses Ziel hinzuarbeiten«, versprach Spock mit ernster Miene und erhöhte die Geschwindigkeit, bis das Fahrzeug kurz davor zu stehen schien, vom Boden abzuheben.

Peter und Valdyr waren mehr als eine Stunde lang abwechselnd gegangen und gelaufen, bis sie den Rand des Waldes erreichten, der recht nahe an den Raumhafen heranreichte. Die beiden machten eine kurze Pause und blickten auf das Sicherheitstor in der Umzäunung von TengchaH Jav – die erste von mehreren Hürden, die sie überwinden mußten, wenn sie Qo'noS verlassen wollten.

Valdyr sah sich verstohlen um und kramte dann in ihrer Tasche, während sie sich dem Durchgang näherten. »Dieses Tor ist darauf programmiert, jeden mit einer gültigen Identifikation durchzulassen«, sagte sie zu Peter.

Er starrte auf die Sicherheitseinrichtung, die jeden überprüfte, der den Raumhafen betreten wollte. »Großartig!« bemerkte Peter, während er sah, wie sie eine kleine ID-Scheibe hervorholte. »Ich habe keine.«

»Doch, du hast eine«, sagte sie. »Ich habe die von Darj mitgenommen.« Sie reichte ihm eine Scheibe und steckte ihre in den Scanner. »Bevor ich ihn tötete, hatte ich keine konkrete Vorstellung, wie ich dich durch dieses Tor schleusen sollte.«

Peter folgte ihrem Beispiel, und schließlich öffnete sich der Durchgang. Schnell machten sich die zwei auf den Weg zum nichtmilitärischen Bereich des Raumhafens. Wenn sie Glück hatten, würden sie ein kleines Privatschiff ausfindig machen können, das nicht bewacht wurde, während sich die Besatzung auf Qo'noS aufhielt. »Vielleicht finden wir ein Handels- oder Schmugglerschiff«, sagte Peter, »das aus der Föderation stammt. Föderationsschiffe haben standardisierte Pilotenkontrollen, mit denen ich mich auskenne. Müssen wir mit weiteren Überprüfungen unserer Identität rechnen?« fragte er leise, während sie weitereilten und nach Anzeichen von Kargs Truppen Ausschau hielten.

»Vor dem zivilen Landeplatz gibt es noch ein weiteres Tor, aber es wird nicht ständig bewacht«, flüsterte sie. »Und wenn es bewacht wird …« Sie klopfte auf ihre Armbrust.

Peter schluckte. »Valdyr, es muß auch einen anderen Weg geben. Wenn sich dort eine Wache aufhält … dann lenke ihn irgendwie ab – tu so, als seist du verletzt und hilflos.«

Sie wirbelte wütend zu ihm herum.

»Nur für eine Sekunde!« kam er ihrem Protest zuvor. »Wenn er kommt, um dir zu helfen, schleiche ich mich von hinten an und schlage ihn bewußtlos.«

»Bist du sicher, daß du das schaffst?« fragte sie bissig. »Du hast nur eine einzige Chance. Vielleicht solltest *du* besser das hilflose Opfer spielen!«

»Laß uns bitte nicht über die Rollenverteilung zwischen Mann und Frau streiten, ja?«

Sie nickte, wenn auch widerstrebend. »Wenn wir das Tor überwunden haben, müssen wir uns ein Schiff aussuchen. Natürlich sind sie alle gesichert …«

»Ich müßte es schaffen, die Verriegelungscodes zu knacken«, versicherte Peter ihr. »Ich habe schon als Teenager gelernt, wie man Computercodes knackt, und die meisten Frachtschiffe – vor allem die älteren Modelle – verfügen noch nicht über die modernsten Sicherheitssysteme.«

»Das wäre …«, begann Valdyr, doch dann blickte sie sich plötzlich um und blieb stehen. »Scheinwerfer! Ein Bodenfahrzeug!« flüsterte sie und drängte den Menschen in Richtung eines Stapels vakuumtauglicher Frachtcontainer. »Wir müssen uns verstecken!«

Peter sprang in Deckung, dicht gefolgt von Valdyr. Sie kauerten sich aneinander, erstarrten reglos und wagten kaum zu atmen. Nach einer Weile riskierte er einen Blick nach draußen, wobei er darauf achtete, im Schatten zu bleiben. Er sah, wie das Fahrzeug schlingernd zum Stehen kam. »Da hat es jemand verdammt eilig«, flüsterte er mit einem unangenehmen Gefühl in der Magengegend.

»Das ist eins von Kamarags Fahrzeugen«, sagte Valdyr mit Panik in der Stimme. »Sie haben uns irgendwie aufgespürt.«

Ohne jede Diskussion zückten die zwei Flüchtigen ihre Disruptoren und machten sich auf einen Kampf gefaßt. Sie beobachteten gespannt, wie sich die Türen des Fahrzeugs öffneten und drei schwarzgekleidete Gestalten ausstiegen. Zwei waren groß und schlank, die dritte etwas untersetzter. Sie bewegten sich zaghaft, und einer blickte ständig auf ein Gerät, das er in den Händen hielt – vermutlich ein Scanner oder ein Tricorder. Peter stöhnte innerlich auf. Valdyr packte seine Hand und drückte sie so fest, daß er seine Knochen spürte.

Dann kniff er leicht die Augen zusammen, während er die drei Gestalten anstarrte. Der untersetzte Mann hatte offensichtlich das Kommando, denn die anderen beiden machten ihm immer wieder Meldung, während sie suchten. Irgendwie hatten ihre Bewegungen etwas Vertrautes ... Sie trugen keine klingonische Kleidung, wie es aussah – jedenfalls hatte er noch nie zuvor Klingonen in solcher Aufmachung gesehen. Und keiner von ihnen schien groß genug zu sein, um zu Kargs Männern gehören zu können. Die schemenhaften Umrisse und Kopfformen wirkten irgendwie ...

»Wir müssen sie mit dem ersten Schuß töten«, flüsterte Valdyr ihm ins Ohr. »Sonst wird uns die Flucht niemals gelingen.«

Er nickte geistesabwesend, während die drei Gestalten ihrem Versteck immer näher kamen. »Warte«, raunte er ihr zu, »laß sie etwas näher herankommen. Wir dürfen uns keinen Fehlschuß erlauben.«

Sie hoben gleichzeitig ihre Disruptoren. Doch dann ließ er seine Waffe wieder sinken. Er war zu sehr auf die größte der drei Gestalten konzentriert. Irgend etwas stimmte hier nicht. Es gab zu viele ungewöhnliche Faktoren. Der Mann bewegte sich plötzlich durch einen Lichtstrahl, wodurch sein Gesicht beleuchtet wurde. Peter sah für einen Sekundenbruchteil eine vertraute schräge Augenbraue und die unverkennbare Form eines spitzen Ohres.

Valdyr legte auf den untersetzten Mann an, der ihr Versteck fast erreicht hatte. Peter packte ihren Arm und rief: »Nein, Valdyr!«

Sie drehte sich zu ihm um. Ihr Gesicht war vor Überraschung verzerrt. Die drei Gestalten kamen jetzt direkt auf die Quelle des Geräusches zu. Peter sprang auf, während er das schockierte Keuchen der Klingonin hörte. Sie griff nach ihm und wollte ihn wieder in Deckung ziehen, doch er konnte sich losreißen und stürmte zwischen den Containern hervor. »Onkel Jim!« rief er leise. »Ich bin's! Peter!«

»Peter?« Kirk blieb unvermittelt stehen und blickte sich um, bis er seinen Neffen entdeckt hatte. »Peter!«

Der junge Kirk stürmte auf seinen Verwandten zu, und Jim schloß seinen Neffen in die Arme, wobei er ihn fast vom Boden emporhob. Sie klopften sich gegenseitig auf den Rücken, bis sie freudestrahlend nach Luft schnappten.

»Meine Herren, ich störe nur ungern«, unterbrach Spocks sachlicher Tonfall ihre überschwengliche Begrüßung. »Aber wenn unsere Flucht gelingen soll, dürfen wir keine Zeit verlieren.«

»Das finde ich auch, Jim«, pflichtete Leonard McCoy dem Vulkanier bei und blickte sich verstohlen um. »Wir können es uns nicht erlauben, ausgerechnet jetzt geschnappt zu werden.«

»Richtig«, sagte Kirk, trat einen Schritt zurück und musterte Peter. Dann bemerkte der Kadett, wie der Gesichtsausdruck seines Onkel zunächst Überraschung und schließlich Beunruhigung zeigte.

Peter drehte sich um und sah, wie Valdyr vorsichtig zwischen den Frachtcontainern hervorkam. Sie hielt immer noch ihren Disruptor in der Hand. Alle drei Männer wirbelten gleichzeitig zu ihr herum, während Jim Kirk im selben Augenblick nach seinem Phaser griff.

»Nein, Jim! Warte! Sie gehört zu mir! Das ist …« Er unterbrach sich, um seine Gedanken zu sammeln, während die Blicke der drei Männer zwischen ihm und der klingonischen Frau hin und her wanderten. Er ging zu den Containern hinüber und legte seine Hand auf Valdyrs Arm. »Du solltest deine Waffe jetzt einstecken«, flüsterte er ihr zu. Dann ließ sie sich widerstrebend zur kleinen Gruppe führen, und Peter machte sie miteinander bekannt. »Captain James T. Kirk, Dr. Leonard McCoy, Captain Spock … das ist Valdyr. Ohne sie wäre ich jetzt nicht hier. Sie hat mir zur Flucht verholfen. Sie ist … auf unserer Seite.« Peter spürte, wie sein Gesicht heiß wurde. Der Captain starrte seinen Neffen an, als hätte er leichte Zweifel, ob Peters Worte den Tatsachen entsprachen.

»Das ist also die berühmte Legende«, sagte Valdyr, während sie den älteren Kirk von oben bis unten musterte.

Der Captain wirkte leicht verlegen. »Nun … im Augenblick bin ich in Zivil …«

»Ich schätze, sie hat dir das klingonische Gewand besorgt«, sagte Spock und löste einen kleinen Gegenstand vom Stoff. »Und diesen Sender.«

Peter nickte.

Der Vulkanier untersuchte das Gerät. »Ja. Hier haben wir die Ursache für die konfusen Tricorder-Anzeigen. Der Sender hätte es uns beinahe unmöglich gemacht, dich zu lokalisieren.«

»Vor allem hat er mich davor bewahrt, von Kamarags

Männern gefunden zu werden«, erklärte Peter, während Valdyr eine finstere Miene zog.

»Das kann ich mir sehr gut vorstellen«, bestätigte Spock trocken. »Zum Glück ist die Technik der Föderation höher entwickelt als ...«

McCoy versetzte Spock einen Rippenstoß, worauf der Vulkanier sofort verstummte. Der Arzt bemühte seinen Südstaaten-Charme um unverzüglich in die Bresche zu springen. »Nun, wenn Sie Peter geholfen haben, Miss, sind wir Ihnen zu äußerstem Dank verpflichtet. Nicht wahr, Jim?«

Kirk hielt einen Moment lang inne, bis er schließlich leise antwortete: »Natürlich sind wir das. Vielen Dank, daß Sie Peter geholfen haben. Für ...« Er blickte seinen Neffen zweifelnd an. »... alles.«

»Ich übernehme nur ungern Spocks Rolle«, fügte McCoy hinzu, »aber es wird Zeit, daß wir von hier verschwinden.«

Peter warf ihm einen scharfen Seitenblick zu. »Valdyr wird uns begleiten. Wo ist euer Schiff?«

Bevor Jim etwas antworten konnte, räusperte sich Spock. »Zur Zeit ... steht uns keines zur Verfügung.«

Peter verdrehte die Augen. »Also müssen wir immer noch ein Schiff stehlen? Soweit waren wir schon, bevor ihr aufgetaucht seid!«

»Miss ... Valdyr«, sagte McCoy, immer noch um charmante Höflichkeit bemüht, »kennen Sie sich mit den Gegebenheiten dieses Raumhafens aus?«

»Die privaten Fracht- und Passagierschiffe befinden sich auf dieser Seite«, sagte sie und zeigte nach Südwesten. »Die militärischen Schiffe liegen dort drüben in einem abgeschirmten Untergrundhangar, um sie vor Meteorschauern zu schützen.« Sie deutete in die entgegengesetzte Richtung.

»Ich hatte gehofft, ein Frachtschiff zu finden«, sagte Peter.

»Vergiß es«, sagte Kirk. »Wir brauchen ein Schiff mit

Tarnvorrichtung, wenn wir heil hier herauskommen wollen. Eine Kriegsschwalbe dürfte genau das Richtige für uns sein.«

Peters Unterkiefer klappte herunter. Hatte sein Onkel den Verstand verloren? Valdyr jedoch nickte zustimmend. »Die Männer meines Onkels werden auf keinen Fall damit rechnen, daß wir uns ein Schiff aussuchen, das sich nur von einer Crew fliegen läßt.«

»Ihr *Onkel* ...?« fragte Jim Kirk.

Peter seufzte und nickte. »Ihr Onkel ist Kamarag.«

Eine ganze Weile sagte keiner der Föderationsoffiziere ein Wort, während Valdyr erstarrte. Peter fragte sich, ob es in der menschlichen Geschichte jemals eine so brisante Familienkonstellation gegeben hatte.

Schließlich bestieg die gesamte Gruppe das enge Fahrzeug und machte sich auf den Weg zum bewachten Eingangstor, das in den militärischen Komplex des Raumhafens führte und etwa einen halben Kilometer entfernt lag. Sie fuhren zu einer Ansammlung von kleineren Gebäuden, wo Valdyr sie in eine günstig gelegene Gasse manövrierte. Dort konnten sie das Bodenfahrzeug so abstellen, daß es im Dunkeln blieb, während sie freie Sicht auf das Eingangstor hatten. In der Enge des Fahrzeugs besprach die Gruppe ihr weiteres Vorgehen.

»Es gibt dort zwei Wachen«, teilte Valdyr ihnen mit.

»Damit werden wir fertig«, sagte Kirk und klopfte auf seine Tasche. »Wir sind bewaffnet. Phaser auf Betäubung.« Spock, McCoy und Kirk zogen ihre Waffen. »Spock und ich werden uns am Zaun nähern ...«

»Jim«, warf McCoy ein, »dann wärt ihr völlig ohne Deckung. Meinst du nicht, daß man euch sehen würde?«

Kirk blickte aus dem Fenster des Fahrzeugs und ging im Geiste die Möglichkeiten durch.

»Die Wahrscheinlichkeit, sich den Wachen zu nähern, ohne gesehen zu werden«, gab Spock bekannt, »liegen bei schätzungsweise ...«

»Bitte nicht!« stöhnte McCoy auf.

Der Vulkanier hob überrascht eine Augenbraue.

»Es gibt eine einfachere Möglichkeit«, sagte Valdyr plötzlich mit einem Seufzer. »Wenn Ihre Waffen betäuben können, dann müssen Sie mir eine davon geben. Ich könnte mich dann den Wachen nähern und so tun, als wäre ich – wie sagt man bei Ihnen? – eine *hilflose* Frau.« Sie warf Peter einen finsteren Blick zu, der ihr mit einem Grinsen antwortete. »Die Männer werden nicht damit rechnen, daß eine kleine Frau wie ich ihnen Probleme macht. Wenn ich in ihrer Nähe bin, kann ich sie ohne Schwierigkeiten betäuben, und sie werden nicht die Gelegenheit erhalten, Alarm zu schlagen.«

Kirk nickte, und Spock gab seine Waffe an die Klingonin weiter. Als sie das Fahrzeug verlassen hatte, warf Kirk seinem Neffen einen strengen Blick zu. »Du vertraust ihr wirklich, Peter?«

Der junge Kirk nickte. »Erstens hat Valdyr alles aufgegeben – einschließlich ihres Familienerbes –, um mir das Leben zu retten, und zweitens …« Er holte tief Luft. »Und zweitens liebe ich sie!«

Plötzlich war es totenstill im Fahrzeug geworden. McCoy hatte die Augen weit aufgerissen, und Spock interessierte sich auf einmal brennend für das technische Innenleben des Gefährts. Kirk starrte seinen Neffen mit offenem Mund an. Peter schluckte. Er hatte eigentlich einen günstigeren Moment abwarten wollen, um mit Jim über dieses Thema zu reden, statt vor allen anderen damit herauszuplatzen.

»Weiß sie es?« fragte der Captain leise, nachdem er sich einigermaßen gefangen hatte.

Peter nickte. »Sie weiß … daß mir sehr viel an ihr liegt. Und ich weiß, daß sie das gleiche für mich empfindet. Wir hatten bislang weder die Zeit noch die Gelegenheit zu einer tiefschürfenden Aussprache, wie sie am Anfang einer Beziehung üblich ist.«

Wieder herrschte eine Weile betretenes Schweigen, bis Spock bekanntgab: »Sie ist am Tor.«

Die vier Männer sahen zu, wie die klingonische Frau zu den zwei Wachen schlenderte und dabei aufreizend die Formen ihrer gedrungenen Figur bewegte. Einer der Wachmänner grinste sofort, nachdem er sie entdeckt hatte. Peter fragte sich unwillkürlich, wie jemand *sexy* sein konnte, der eine Rüstung trug ... doch mit einem Mal wurde ihm klar, daß die klingonischen Männer gerade die Rüstung aufregend fanden! Valdyr sagte etwas zu ihnen, worauf die beiden Männer sich nur noch auf die Frau konzentrierten und jedes Interesse an ihrer Aufgabe verloren. Peter erkannte, daß es auf diesem kleinen Raumhafen offenbar nicht sehr häufig zu Schwierigkeiten kam. Zweifellos waren die beiden Klingonen während der meisten Zeit ihres Wachdienstes gelangweilt.

Plötzlich krümmte Valdyr ihren Rücken, starrte den nächsten Wachmann an und fletschte die Zähne. Dieser griff in ihr Haar und versuchte, sie näher heranzuzerren, während der andere sie ebenfalls packte, sich an sie drückte und mit den Zähnen nach ihrem Hals suchte. Peter hielt es nicht mehr aus und griff nach dem Mechanismus, der die Wagentür öffnete, als er Spocks vernünftige Stimme hörte. »Warte noch«, ermahnte ihn der Vulkanier. »Noch einen Augenblick ...«

Er hatte diese Worte kaum ausgesprochen, als die zwei klingonischen Wachmänner plötzlich erstaunt die Augen aufrissen und dann zu Boden stürzten. Valdyr grinste breit, spuckte auf den Mann, der sie angefaßt hatte, und packte dann den ersten an den Füßen, um ihn in die Wachstation zu schleifen, als wäre es das Selbstverständlichste der Welt.

»Das ist unser Stichwort!« sagte Jim und öffnete die Türen des Fahrzeugs.

Am Tor hob Spock ohne besondere Mühe den zweiten bewußtlosen Klingonen auf und legte ihn im kleinen Wachgebäude neben seinem Kollegen auf den Boden, während der Captain und McCoy sich um den anderen kümmerten.

Peter faßte Valdyr an den Schultern. »Ist alles in Ordnung mit dir?«

»*Uurrg!*« knurrte sie. »Ich mußte zulassen, daß diese *veQnuj* mich *begrapschen*. Es tut mir schon leid, daß ich sie nicht gleich getötet habe!«

»Valdyr ...«, warnte Peter sie. Die Frau warf ihm einen beruhigenden Blick zu und gab Spock dann seinen Phaser zurück.

Plötzlich ertönte ein mechanisches Heulen, und die gesamte Gruppe blickte aus den Fenstern auf die Ursache des Geräusches. Peter spürte, wie der Boden unter seinen Füßen erzitterte und sah dann, wie sich ein Teil des Bodenbelages in die Luft erhob, als würde sich eine Falltür verkehrt herum öffnen. Ferne Gestalten umstanden ein kleines Raumschiff, das sich aus einem Schacht erhob, bis es auf gleicher Ebene mit dem Landefeld des Raumhafens war.

»Sieht wie die Miniaturausgabe einer Kriegsschwalbe aus«, sagte Kirk.

»Genau das ist es im Prinzip auch«, bestätigte Valdyr. »Ein kleines, bewaffnetes Shuttle, schnell und sehr wendig, mit einer Besatzung von drei bis sechs Personen.«

»Ich würde sagen, es ist genau das, was wir bestellt haben«, sagte McCoy. »Jetzt müssen wir nur noch irgendwie herankommen.«

Peter schüttelte den Kopf. »Vergiß es. Ich kann da drüben mindestens drei Besatzungsmitglieder erkennen und vier Leute vom Wartungspersonal. Wir hätten nicht die geringste Chance, dieses Schiff in unsere Gewalt zu bringen.«

Kirk seufzte. »Vermutlich nicht«, pflichtete er ihm bei, doch sein Gesichtsausdruck verriet, daß er die Hoffnung noch nicht aufgegeben hatte.

»Eine *hilflose* Frau kann Ihnen diesmal nicht helfen, in das Schiff zu gelangen«, warnte Valdyr.

»Richtig«, bestätigte Jim. »Und wenn wir nun versuchen, die Besatzung und das Wartungspersonal zu überwältigen, stünden unsere Chancen denkbar schlecht. Es wäre bereits schwierig, nahe genug an sie heranzukommen, um sie betäuben zu können. Diese kleinen Dinger haben nun einmal keine große Reichweite.«

Valdyr hob stolz den Kopf, als der Captain sie völlig selbstverständlich in ihre Gruppe einschloß.

Jim starrte weiterhin nachdenklich auf das Schiff. »Und dann müßten wir auch noch ungehindert starten und einen Kurs setzen können, der uns am Ring vorbeiführt, ganz zu schweigen von einer möglichen Verfolgung ...«

»Er will damit folgendes sagen, Miss«, übersetzte McCoy für die Klingonin. »Wir sollten es lieber wagen, bevor er uns sämtliche Gründe aufgezählt hat, warum es unmöglich ist!«

Plötzlich ertönte eine Alarmsirene. Die Leute neben dem Schiff blickten sich um, und die Flüchtigen gingen automatisch in Deckung, damit man sie nicht durch die Fenster des Wachgebäudes sah. Valdyr deutete aufgeregt durch die Vorderfenster auf das automatische Tor, das sie und Peter mit ihren kodierten ID-Scheiben überwunden hatten.

Dort waren soeben mehrere Fahrzeuge eingetroffen, und bewaffnete Klingonen feuerten mit ihren Disruptoren auf das Tor, das den Alarm ausgelöst hatte. Dann explodierte das Tor; die Metallteile wurden auseinandergerissen und in der Gegend verstreut. Die Klingonen stiegen über die Trümmer und betraten ungehindert das Raumhafengelände.

»Kargs Männer!« sagte die Klingonin. »Sie haben unsere Spur wiedergefunden.«

»Karg scheint erkannt zu haben, daß er uns nicht unbemerkt einfangen kann. Also lanciert er jetzt einen offenen Angriff!« stimmte Peter ihr zu.

Die Krieger rings um die kleine Kriegsschwalbe hatten die Invasion ebenfalls bemerkt und zeigten mit ausgestreckten Armen auf die Gestalten in der Ferne.

»Bleiben Sie unten!« befahl Valdyr. »Die Leute dürfen Sie auf keinen Fall sehen!« Sie warf Peter ihren Disruptor zu und rannte aus dem Wachgebäude. Sie schwenkte ihren Dolch und schrie den Männern, die das kleine Kriegsschiff bewachten, auf klingonisch zu: »Feinde sind gekommen, um euer Schiff zu stehlen! Verteidigt euch!«

Die Männer brüllten vor Wut auf, zogen ihre Waffen und stürmten auf die Invasoren los. Mit lautem Kampfgeheul rannte Valdyr den Truppen von Karg entgegen, und die Soldaten aus dem Schiff folgten ihr ohne jedes Zögern.

»Valdyr, nein!« schrie Peter und wollte ihr nachsetzen, doch Jim hielt ihn mit festem Griff am Arm zurück.

»Sie verschafft uns genau die Ablenkung, die wir brauchen!« sagte Jim. »Wir können uns dieser Streitmacht nicht mit nur drei Phasern entgegenstellen! Komm jetzt, wir müssen schnell das Schiff erreichen!«

»Man wird sie töten!« protestierte Peter. »Ich werde sie nicht im Stich lassen!«

»Spock!« befahl der Captain.

»Bitte, Peter!« sagte der Vulkanier ruhig und hielt den Arm des Kadetten mit stählernem Griff fest. »Ich würde es sehr bedauern, wenn ich gezwungen wäre, dich in Sicherheit zu tragen.«

McCoy beobachtete, wie sich das Kampfgetümmel der Soldaten entwickelte, die sich gegenseitig beschossen. Disruptoren summten und knisterten. »Es wird Zeit, meine Herren!«

Der Captain steckte den Kopf durch den Eingang,

um McCoys Diagnose zu bestätigen. »Sie haben Peter, Spock?«

»Ja, Captain.«

Peter starrte den Vulkanier an und wog seine Chancen ab, sich vom wortkargen Wissenschaftsoffizier loszureißen, ohne seinen Arm einbüßen zu müssen. Onkel Jim, McCoy und Spock verließen das Wachgebäude und rannten los. Peter mußte entweder mitlaufen oder sich mitschleifen lassen. Er drehte sich herum, soweit es ihm die unerschütterliche Kraft des Vulkaniers erlaubte, um nach Valdyr Ausschau zu halten, doch es war unmöglich, ihre kleine Gestalt im Getümmel der großen, kämpfenden Männer zu erkennen. Er wußte genau, wenn er sie jetzt zurückließ, würde er sie niemals wiedersehen. Und er wußte auch, daß er ohne sie nicht weiterleben könnte.

»Spock!« flehte er. »Sie werden sie *töten!*«

Der Gesichtsausdruck des Vulkaniers wurde einen Hauch sanfter, aber er lief nicht langsamer. »Wenn wir an Bord des Schiffes sind, können wir vielleicht etwas zu ihrer Rettung unternehmen.«

Peter erinnerte sich daran, daß Vulkanier niemals logen, und betete, daß das alte Sprichwort der Wahrheit entsprach.

Dann hörte er, wie das Disruptorfeuer eingestellt wurde, und blickte sich zu den Klingonen um. Schockiert sah er, daß etliche Gestalten am Boden lagen und offensichtlich tot waren. Die überlebenden Soldaten drehten sich jetzt gleichzeitig herum und starrten zu den Menschen herüber.

Spock bemerkte es ebenfalls. »Das heißt, sofern wir das Schiff erreichen ...«

Plötzlich war eine laute Stimme zu hören, die Peter als die von Karg wiedererkannte: *»Halt, Menschen! Stehenbleiben!«*

»Wir können es schaffen!« feuerte Kirk sie an, während sie dem Schiff immer näher kamen.

»Sofort anhalten!« schrie Karg wieder. »Oder wir werden diese weibliche *maghwI'* töten!« Ein Disruptorstrahl schnitt durch die Luft und schlug wenige Meter vor Peter und Spock in den Boden ein. Der nächste Schuß hätte beinahe McCoys Beine zerfetzt.

Spock bremste ab und wäre dabei fast gegen McCoy gerannt, der ebenfalls unvermittelt stehengeblieben war. »Jim!« brüllte der Arzt. »Halt an, verdammt! Wir können ihnen nicht entkommen!«

Der Captain blieb stehen und drehte sich mit verbittertem Gesicht um.

Die Gruppe der Klingonen schloß zu ihnen auf. Peter schüttelte seinen Arm, der immer noch von Spock festgehalten wurde. »Spock! Lassen Sie mich los!«

Spock starrte den Kadetten an. »Wirst du auch keine Dummheiten anstellen, wenn ich es tue?«

Peter zögerte.

Spock hob eine Augenbraue und seufzte dann hörbar. »Schon gut. Ich hätte mir diese Frage sparen können. Schließlich bist du zweifelsohne ein Kirk.« Er ließ den Arm des Menschen los.

»Sie haben die komplette Besatzung des Schiffes und das Wartungsteam umgebracht!« murmelte McCoy schockiert.

Peter verlor jede Hoffnung. Und jetzt hatte Karg sie alle in seiner Gewalt – Valdyr, ihn selbst … und seinen Onkel Jim. *Offenbar bringe ich jedem Unglück, der sich in meine Nähe wagt,* dachte der Kadett. Schließlich hatte sich Onkel Jim schon aus einer Million Schwierigkeiten befreien können, die viel schlimmer als diese hier gewesen waren. Als Karg sich näherte, konnte er erkennen, daß er Valdyr an den Haaren mit sich zerrte. Sie war unbewaffnet. Ihr Arm und ihr Gesicht waren mit rosa Blut bespritzt, aber er glaubte nicht, daß es ihr eigenes war.

»Kamarag wird sich mächtig freuen!« spottete Karg, als die Soldaten sich vor ihnen aufbauten. »Er dürfte einige Schwierigkeiten haben, seine Beute in den Weiten des Alls aufzuspüren. Wenn er zurückkehrt, wird er sehr beeindruckt sein, wenn wir ihm nicht nur James T. Kirk und seinen armseligen Verwandten, sondern auch den blutleeren vulkanischen Computer und den Metzger präsentieren, der sich als Arzt bezeichnet! Ihr alle werdet für die Verbrechen an Qo'noS bezahlen!«

Peter hörte, wie McCoy brummte: »Oh, nein … nicht schon wieder!«

»Ich habe kein Verbrechen gegen Qo'noS begangen«, sagte der Captain gelassen. »Ich bin nur gekommen, um den Sohn meines Bruders zurückzuholen, der sich ebenfalls keines Verbrechens schuldig gemacht hat. Außerdem«, fügte er hinzu. »hat Kanzlerin Azetbur mich eingeladen, jederzeit ihre Welt zu besuchen, nachdem ich ihr auf Khitomer das Leben gerettet habe.«

Die Soldaten wurden unruhig, als sie den Namen ihrer Kanzlerin hörten, doch Karg ließ sich nicht im geringsten von Kirks Worten beeindrucken. Der Captain blickte sich im Kreis der bewaffneten Klingonen um. »Kanzlerin Azetbur weiß nichts von eurem Verrat … noch nicht«, appellierte der Offizier kühn an die Männer. »Wenn ihr euch jetzt entschließt, Kamarags Pläne nicht mehr zu unterstützen, könnt ihr …«

»*Kanzlerin* Azetbur ist unser *Feind!*« brüllte Karg wutentbrannt.

Peter bemerkte jedoch, daß mehrere der Soldaten nachdenklich geworden waren und sich verstohlene Blicke zuwarfen. Andere schauten verwirrt in die Runde, da sie Kirks Worte, die er in Standard gesprochen hatte, nicht verstanden.

Peter musterte die Klingonen, während in seinem Hinterkopf eine Idee Gestalt annahm. Vielleicht waren nicht alle von ihnen bedenkenlos dazu bereit, die Regierung zu verraten. Es gab immer wieder eine Zeit, in der sogar ein guter Soldat schlechte Befehle in Frage stellen mußte …

Der Kadett erkannte einen Mann wieder, Malak, und

er schien sich besonders unwohl in seiner Haut zu fühlen. Im grellen Licht der Scheinwerfer auf dem Landeplatz sah er zwei Waffen an Malaks Gürtel glitzern. Einer der Dolche war klein ... fast zierlich. Er hatte Valdyrs Dolch an sich genommen.

Karg tobte immer noch. »Diese Schlampe! Azetbur ist eine *Betrügerin!* Sie hat die Regierung ...«

»Im Auftrag ihres Vaters übernommen«, rief Peter auf klingonisch und laut genug, um Kargs Bariton zu übertönen. »Und sie wurde vom Klingonischen Hohen Rat bestätigt. Sie ist keine Betrügerin, sondern das *rechtmäßige Staatsoberhaupt* eures Imperiums. Und sie ist eine Führerin, die etwas unternimmt, um euren Planeten zu retten!«

Alle Augen waren auf ihn gerichtet, als er in einer dramatischen Geste den Arm emporreckte und auf den Ring zeigte, auf die Trümmer des Mondes Praxis, die Qo'noS umkreisten. »Er ist immer noch da, seht ihr? Er ist nicht verschwunden! Das Symbol des unabwendbaren Niedergangs eurer Welt! Ihr alle wißt, daß Qo'noS ohne die Hilfe der Föderation dem Untergang geweiht ist! Eure militärischen Schiffe müssen unter der Erde versteckt werden, um sie vor Meteoren zu schützen, die auf eure Welt niederregnen. Wie viele von euch haben durch Einschläge von Meteoren Verwandte verloren? Ist das ein würdiger Tod für einen Krieger? Von einem Klumpen *veQ* erschlagen zu werden, der vom Himmel fällt?«

Peter bemerkte, daß sein Onkel, der Doktor und Spock ihn anstarrten. Sogar der Captain und McCoy, die vermutlich ihre automatischen Translatoren aktiviert hatten, wirkten beeindruckt. Mehrere Soldaten schienen unschlüssig geworden zu sein und warfen Karg vorwurfsvolle Blicke zu, als würden sie sich zum ersten Mal fragen, was sie hier eigentlich machten.

»Azetbur arbeitet mit der Föderation zusammen, um eure *Zukunft* zu sichern«, redete Peter auf die Klingonen ein. »Sie trauert nicht der Vergangenheit nach wie dieser *qoH* …« Dabei zeigte er auf Karg. »… der glaubt, er könne die Vergangenheit zur Zukunft machen. Dabei kann jeder, der seine Augen zum Himmel erhebt, *sehen*, daß ein solches Ansinnen unmöglich ist! Azetbur blickt genauso wie ihr zum Himmel empor und kann lesen, was dort geschrieben steht: *Veränderung!* Die Veränderung ist die Rettung für die Klingonen und für Qo'noS! Eure Kanzlerin will dafür sorgen, daß es eine Zukunft für *alle* Klingonen gibt – nicht nur für die Reichen, die sich in ihren Festungen verstecken können und sich nicht darum sorgen müssen, was täglich vom Himmel fällt. Eure Kanzlerin dient dem Volk von Qo'noS, und das kann sie nur tun, wenn das Volk ihr treu ergeben ist. Ihr dürft sie nicht verraten!«

Es war keine schlechte Rede, erkannte Peter. Vermutlich hatte er mehr als nur einen der Soldaten überzeugt.

»Hört auf seine Worte!« forderte Valdyr die Männer auf. »Ihr habt von Treegor gehört, wie dieser Mann kämpfen kann! Er hat zwei klingonische Krieger auf einmal besiegt! Peter Kirk ist ein Krieger, genauso wie ihr. Sein Herz liegt in seinen Worten!«

»Sei still, du *lam be'!*« knurrte Karg und schlug der Frau brutal ins Gesicht.

Bevor Peter reagieren konnte, hatte Valdyr den Schlag abgefangen und Karg einen Ellbogen in den Bauch gerammt. Dann schlug sie ihm mit der geballten Faust ins Gesicht; Blut spritzte aus seiner Nase.

Karg, der sie immer noch am Haar festhielt, hatte seinen Griff nicht gelockert. Er fluchte zornig, riß seinen Dolch aus dem Gürtel und stach ihn der Frau rücksichtslos in die Eingeweide. Dabei drehte er die Klinge und drückte sie nach oben, bevor er sie mit einem Ruck wieder herauszog.

Valdyr riß die Augen weit auf, aber sie gab keinen Laut von sich. Statt dessen spuckte sie Karg ins Gesicht. Geblendet ließ er sie los und trat zurück. Valdyr verdrehte die Augen und brach zusammen, die Hände auf ihre Wunde gepreßt. Blut quoll zwischen ihren Fingern hervor.

Die klingonischen Soldaten schienen über Kargs Handlungsweise schockiert zu sein, als könnten sie nicht fassen, daß ihr Vorgesetzter es tatsächlich gewagt hatte, Kamarags Nichte zu töten.

»Nein!« schrie Peter und eilte zu Valdyr. Er nahm kaum wahr, daß McCoy ihm folgte, und bereits irgendein medizinisches Diagnosegerät in der Hand hatte. »Valdyr! Valdyr!« rief der Kadett, während McCoy das Gerät bediente, es rekalibrierte und dann unter gemurmelten Flüchen erneut über Valdyrs Verwundung hielt.

Sie darf einfach nicht tot sein! dachte er entsetzt.

Die Augenlider der Klingonin zuckten, dann öffnete sie mühsam die Augen. Das dunkle Leuchten in ihren Augen war verblaßt und verschwommen. »Pityr ...«

»Valdyr! Halt durch! Kämpfe wie ein Krieger! Gib nicht auf!«

»Pityr ...? Du mußt fliehen ...«

»Valdyr, hör mir zu. Du wirst wieder auf die Beine kommen, hörst du? Um Himmels willen, Doktor, sie braucht Hilfe! Valdyr ... du mußt leben! Du mußt einfach! Ich liebe dich, Valdyr. Hörst du? Ich liebe dich!«

Ein Lächeln erschien auf ihrem Gesicht, und sie entblößte ihre schiefen Zähne, während McCoy in seiner Arzttasche kramte. Er fand einen Injektor, stellte ihn ein und drückte ihn an den Hals der Klingonin. »Du liebst mich wirklich?« keuchte sie. »Ist das wahr?«

»Es ist wahr. Ich schwöre es vor ganz Qo'noS. Ich liebe dich.«

Sie nickte. »Wir können nicht weinen. Aber wir können lieben, Pityr. Du bist mein Mann. Mit dir möchte ich den Schwur ablegen. Ich liebe dich auch.« Dann schloß sie die Augen, und ihr Kopf rollte zur Seite. McCoy fluchte heftig und verpaßt ihre eine andere Injektion.

»Pille?« fragte der Captain leise.

McCoy schüttelte den Kopf, aber er arbeitete hektisch weiter.

Peter spürte, wie sich sämtliche Gefühle, die sich in ihm aufgestaut hatten, in einem Anfall blinden Zorns entluden. Er berührte das Blut, das immer noch durch ihre verschränkten Finger sickerte, biß dann die Zähnen vor Wut und Verbitterung zusammen und stand langsam auf ... um sich Karg zuzuwenden.

»Junge, tu nichts Unbedachtes!« warnte ihn sein Onkel leise, doch Peter hörte nicht auf ihn.

Er trat einen Schritt auf den Klingonen zu und streckte seine Faust aus, von der Valdyrs Blut tropfte. Dann knurrte er auf klingonisch: »Jemand von euch, der noch über die Ehre eines Kriegers verfügt, soll mir einen Dolch geben, damit ich Rache an diesem Verräter nehmen kann, der sogar den letzten *Anschein* von Ehre verloren hat – als er eine unbewaffnete *Frau* angriff!«

»*Du* willst *mich* herausfordern?« fragte Karg fassungslos, während er unruhig den Dolch bewegte, der immer noch rosa von Valdyrs Blut war.

»Zumindest hat er das Recht dazu!« sagte Malak und trat vor. »Valdyr hat ihn zu ihrem Mann erwählt.« Der Soldat zog den Dolch der Frau aus seinem Gürtel und warf ihn Peter zu, der ihn geschickt am Griff auffing.

»Heute ist ein guter Tag zum Sterben!« sagte Peter und ging mit grimmiger Miene auf den Offizier zu.

»Peter! Nein!« rief Jim und stürmte los.

Doch Spock hielt den Captain zurück, bevor er sich einmischen konnte. »Jim«, sagte er ruhig. »Das ist eine kulturelle Angelegenheit.«

»Verdammt noch mal, Spock!« knurrte Kirk.

»Es ist Peters Entscheidung«, warf der Vulkanier ein.

Karg ging mit gezücktem Dolch auf den jungen Mann los. Peter wich dem Hieb aus und schlug dem Klingonen mit der Faust, die das Messer hielt, ins Auge. Er setzte sofort nach und brachte einen leichten Schnitt in der zerklüfteten Stirn des Klingonen an. Die

Wunde begann sofort zu bluten. Karg heulte auf; sein Auge schwoll an, während ihm Blut über das Gesicht lief und ihm zusätzlich die Sicht nahm.

Peter brachte sich mit einem eleganten Sprung hinter den Rücken des Kriegers, wobei er ihn wieder mit der kleinen Klinge streifte, zärtlich wie ein Liebhaber. Jetzt hatte er ihm ins Ohr geschnitten. Ein neuer Vorstoß ... und Valdyrs Dolch schlitzte Kargs Handschuh auf. Noch ein Stoß ... und jetzt klaffte ein blutender Schnitt in Kargs Wange.

Die kleinen Verletzungen erniedrigten den Krieger und ließen ihn vor Zorn alle Vorsicht vergessen. Karg stürmte los und griff blindlings an. Peter sprang mit einem tänzelnden Schritt zur Seite und hinterließ einen rasiermesserfeinen Schnitt im Genick des Klingonen.

Der Offizier wartete ab, bis er sich ein wenig erholt hatte, und als Peter zu seiner nächsten Attacke ansetzte, konnte er den Kadett am Arm verletzen. Der Mensch versuchte, nicht auf die Wunde zu achten, obwohl sie wie Feuer brannte, und diesmal konnte er mit seinem kleinen Dolch den schmalen Lederriemen durchtrennen, mit dem Kargs Rüstung am Körper festgeschnallt war. Jetzt baumelte der rechte Teil der Rüstung herunter und lenkte den Krieger ab.

Unter wütendem Gebrüll stürzte er sich auf den hin und her huschenden Menschen, doch Peter wich ihm wie ein Matador aus und schlug ihm mit der Faust ins wuchtige Genick. Die Nerven seines Armes wurden taub, und Karg hätte beinahe seinen Dolch fallengelassen. Peter setzte zu einem kräftigen Fußtritt in den Bauch des Soldaten an, doch Karg war diesmal bereit und blockierte den Schlag, wobei Peters Bein bis zum Knie betäubt wurde.

Peter wich humpelnd zurück und setzte dann zu einem neuen Angriff an. Er landete einen kräftigen Kinnhaken, der Kargs Kopf zurückwarf. Die Zähne des Klingonen schlugen mit einem lauten Klacken aufeinander, und plötzlich quoll Blut aus seinem Mund. Bevor er sich erholen konnte, packte Peter die dichte Haarmähne, die der ganze Stolz eines klingonischen Kriegers war.

»Wir Menschen nennen das hier ›Tod durch Demütigung‹«, flüsterte er seinem Feind ins Ohr. »Betrachte es als Entschädigung für das, was du Valdyr angetan hast.« Mit einem schnellen Schnitt trennte er den größten Teil der Mähne von Kargs Kopf. Dann konnte er hören, wie die anderen Klingonen in schallendes Gelächter ausbrachen.

Karg verlor jede Beherrschung und griff den Menschen brüllend und fluchend an. Peter konnte ihm mühelos ausweichen und versetzte ihm einen Schlag ins Genick. Karg verdrehte die Augen und stürzte mit dem Gesicht voran zu Boden, wo er reglos und bewußtlos liegenblieb. Peter, dessen Zorn noch lange nicht verraucht war, stand keuchend und schwitzend da. Er wartete darauf, daß Karg wieder aufstand, damit er ihn zu einer blutigen Masse zerschlagen konnte, um ihn schließlich wie einen Sonntagsbraten zu tranchieren.

»Töte ihn, junger Kirk!« feuerte Malak ihn an. »Es ist dein Recht. Er wird ohne jede Ehre sein, wenn du ihn am Leben läßt.«

Niemand rührte sich, als Peter die Hand um Valdyrs Dolch schloß und auf den Rücken des bewußtlosen Soldaten starrte.

Dann drang eine schwache, zitternde Stimme an sein Ohr. »Pityr ...«

Er blinzelte, sah sich um und entdeckte Valdyr, die neben dem hektisch arbeitenden McCoy am Boden lag. Sie hatte die Augen halb geöffnet und eine blutige Hand in seine Richtung erhoben.

»Verdammt noch mal!« schnauzte McCoy ihn an. »Würdest du dich bitte endlich herbemühen, bevor sie ihre letzten Kraftreserven damit verbracht, deine Aufmerksamkeit zu wecken!«

Peter blickte zu Malak auf. »Karg hat keine Ehre verdient. Er ist ein Verräter, ein Mann, der Schwächere quält. Er soll mit der Schande seiner Niederlage weiterleben.« Damit verließ er den bewußtlosen Klingonen und kam an Valdyrs Seite.

Er nahm ihre Hand, und sie flüsterte ihm mit schwacher Stimme zu: »Du hast um mich gekämpft?«

»Und ich habe gewonnen«, sagte er, während er ihren Dolch an seinen Platz zurücksteckte. »Mit deinem Messer.«

»Mein Krieger ...«, flüsterte sie und verlor erneut das Bewußtsein.

Als die Klingonin wieder in Ohnmacht fiel, arbeitete McCoy weiter an der schrecklichen Wunde in ihrem Unterleib. Sein elektronischer Mikrokauter war pausenlos im Einsatz, aber sie hatte bereits sehr viel Blut verloren.

Jim und Spock hockten sich neben die Verletzte. »Wird sie es schaffen, Pille?«

Der Arzt blickte nicht auf, um seine Arbeit nicht einen Moment aus den Augen lassen zu müssen. Doch bevor er antworten konnte, hörte er eine rauhe klingonische Stimme: »Das ist der Mann, der Kanzler Gorkon tötete!« McCoy sah, daß einer der Soldaten auf ihn zeigte. »Und jetzt will er Kamarags Nichte töten!«

»Das könnte ich einfacher haben!« erwiderte McCoy gehässig. »Ich tue alles, damit sie *nicht* stirbt!«

Er schämte sich immer noch für sein damaliges Versagen. Die Tatsache, daß er – und sein bester Freund – wegen Gorkons Tod zum Höllenplaneten Rura Penthe verbannt worden waren, war schon schlimm genug ... aber im Grunde war es gar nicht der Tod des Kanzlers, der McCoy so sehr wurmte. Er hatte noch nie zuvor wegen seines Mangels an Wissen einen Patienten verloren. Diese kurzen verzweifelten Minuten, in denen er den Kanzler behandelt hatte, waren die schwärzesten Augenblicke seiner gesamten Karriere gewesen. Um das Leben eines Sterbenden zu kämpfen ... und so wenig über seinen Organismus zu wissen ... *Erstens, füge deinem Patienten keinen Schaden zu,* lautete das Gesetz der Mediziner, an das sich McCoy sein ganzes Leben lang gehalten hatte. Nach Rura Penthe hatte er geschworen, daß ihm ein solcher Fehler nie wieder unterlaufen würde. Auf gar keinen Fall! Er hörte nicht auf die Beleidigung des Soldaten, sondern konzentrierte sich ganz auf seine Patientin.

»Seit dem Tod des Kanzlers«, sprach Spock plötzlich die umstehenden Soldaten an, »hat Dr. McCoy ausgiebig die klingonische Physiologie studiert. Er verfügt über jede nötige Qualifikation, um dieser Frau helfen zu können.«

Die Krieger schienen sich von diesen Worten nicht beschwichtigen zu lassen. Dann trat Malak vor. »Es ist allgemein bekannt, daß Vulkanier niemals lügen«, sagte er.

Glauben die Leute hier immer noch an diesen ausgemachten Unsinn? fragte sich McCoy, während er die Wunde versiegelte und sie mit einem sterilen Schaum aus einer kleinen Sprühdose bedeckte.

Der Arzt bemerkte, wie sich Spocks Gesichtsausdruck veränderte, als hätte er erst jetzt erkannt, daß man ihm ein ausgezeichnetes Stichwort gegeben hatte. »Krieger, hört mir zu«, sprach der Vulkanier die Klingonen an. »Ihr seid treue Diener Kamarags, doch nicht einmal Kamarag selbst ist sich bewußt, daß seine Pläne auf den telepathischen Einfluß eines Fremden zurückgehen. Kamarags Pläne und Gedanken sind nicht mehr seine eigenen – er ist kaum mehr als eine Marionette!«

Die Klingonen blickten sich verblüfft an und wandten sich dann an Malak, der genauso verwirrt war.

»Welchen anderen Grund könnte es für Kamarag geben«, hakte Spock nach, um seinen Vorteil auszunutzen, »nach drei Jahren des Schweigens plötzlich den Entschluß zu fassen, Peter Kirk zu entführen, um James Kirk in den Tod zu locken, obwohl James Kirk der

Mann ist, der Kanzlerin Azetbur das Leben rettete? Hat keiner von euch sich gefragt, welche Motive Kamarag verfolgt? Hat keiner von euch seinen Plan hinterfragt, Verrat zu begehen? Hat sich keiner von euch gefragt, warum sein Vorgehen so ehrlos ist?«

Malak antwortete für die Gruppe. »Wir haben uns gefragt. Wir hatten die gleichen Fragen, die sich Valdyr von Anfang an gestellt hat. Aber wir sind Kamarags Haus treu ergeben, wie es unsere Familien seit vielen Generationen waren. Wenn ich mir jetzt ansehe, wohin es uns geführt hat, habe ich keine Antworten mehr. Wir haben einige unserer Brüder verloren und waren gezwungen, Krieger zu töten, mit denen wir keine Fehde hatten.« Er deutete auf die toten Soldaten, die ihr Schiff verteidigt hatten.

»Wenn wir Qo'noS verlassen und Kamarag ausfindig machen können«, erklärte Spock, »gelingt es uns vielleicht, ihm zu beweisen, wie er beeinflußt wurde, und ihn von seinem unheilvollen Weg abzubringen.«

Malak nickte. »Vulkanier lügen nicht, also glaube ich dir.« Er deutete auf McCoy herab. »Glaubst du, er kann Valdyr retten?«

McCoy wischte sich die Schweißperlen von der Stirn. »Ich habe ihren Zustand stabilisiert ... wenigstens einigermaßen. Wenn ich sie in die Krankenstation der *Enterprise* bringen kann ...«

»Bringt sie dorthin!« sagte Malak zur Verblüffung des Arztes. Diese wilden Krieger wollten sie tatsächlich kampflos ziehen lassen? Malak blickte sich zu Captain Kirk und Spock um. »Nehmt die Kriegsschwalbe. Versucht, jenen zu entkommen, die euch bestimmt verfolgen werden. Rettet Valdyr. Und rettet auch Kamarag, wenn ihr könnt. Dann habe ich meine Pflicht gegenüber meinem Herrn erfüllt.« Er drehte sich zu seinen Männern um, als erwartete er einen Protest, doch niemand meldete sich zu Wort.

»Können wir sie transportieren?« fragte Peter den

Arzt. Das Gesicht des jungen Mannes war kalkweiß vor Sorge.

»Vorsichtig«, warnte McCoy, da er befürchtete, eine heftige Erschütterung könnten die versiegelten Wunden wieder aufreißen.

Spock beugte sich zu ihnen herab. »Soll ich?« McCoy nickte dankbar und beobachtete aufmerksam, wie der Vulkanier behutsam die bewußtlose Frau aufhob und sie auf den Armen trug.

McCoy wich nicht von Spocks Seite, während sie sich gemeinsam auf den Weg zu dem kleinen Raumschiff machten.

»Spock«, sagte Peter. »Ich kann die Verriegelung öffnen, aber dazu brauche ich Ihren Tricorder.« Als der Vulkanier nickte, löste Peter das Gerät von Spocks Schulterriemen und beschäftigte sich dann mit den Mechanismen, die die Rampe ausfahren würden. Seine Finger huschten über die Kontrollen des Tricorders, während er nach der richtigen Codesequenz suchte. Plötzlich gab es ein leises Klacken, dann das Zischen eines Druckausgleichs, und schließlich wurde die Rampe ausgefahren. Kirk führte die Gruppe an und suchte sofort die Brücke des Schiffes auf.

»Legen Sie sie hierher«, dirigierte McCoy den Vulkanier, worauf der Wissenschaftsoffizier Valdyr auf einen gepolsterten Sitz sinken ließ, der sich hinter der kleinen Zentrale befand. Während sich Spock nach vorne begab, ging McCoy neben der Frau in die Hocke und überprüfte ihren Zustand mit seiner Diagnoseeinheit. Alles in Ordnung. Die Verletzungen waren nicht wieder aufgebrochen. Dann blickte McCoy sich im winzigen Raum um. Sollte dieses Schiff nicht über eine medizinische Ausrüstung verfügen, die speziell auf Klingonen zugeschnitten war?

»Wie schlimm steht es?« fragte Peter und suchte im Gesicht des älteren Mannes nach einer Antwort.

McCoy zögerte. Schließlich gab er zu: »Sie hat

schwere innere Verletzungen, Peter, aber mit ihrem Kampfgeist ... wenn jemand so etwas übersteht, dann sie, würde ich sagen.«

Peter nickte und lächelte zaghaft. McCoy blickte auf, als Jim sich über die Schulter seines Neffen beugte.

»Wir brauchen dich da vorne, Peter«, sagte der Captain.

»Verstanden, Sir«, antwortete der Kadett und nahm mit einem letzten Blick auf Valdyr seinen Posten ein.

Gut, dachte der Arzt, *dann kommt er mir nicht ständig in die Quere, wenn ich mich jetzt noch einmal richtig an die Arbeit mache.*

Peter sah zu, wie sich Onkel Jim in den Sitz des Piloten schwang und die Maschinen des Schiffes startete. Spock übernahm zu Peters Überraschung die Waffenstation und überließ die Navigationskonsole dem Kadetten.

Kurz darauf hob das kleine Shuttle ab und ging in den Steigflug über. Peter beobachtete, wie sich auf dem Gesicht seines Onkels Begeisterung breitmachte, als das kleine Schiff zum Himmel emporstieg. Der Kadett berechnete einen Kurs, den Kirk an den Schiffscomputer weitergab.

Plötzlich war über Lautsprecher die schroffe Stimme eines Klingonen zu hören, der den Flugplan des Schiffes, die Registriernummer und ein halbes Dutzend weiterer Daten wissen wollte, die angegeben werden mußten, bevor ein Schiff den Raumhafen verlassen durfte. Für Peter hatte es etwas Ironisches, daß sich sogar die Klingonen an ein bürokratisches Protokoll hielten.

»Gibt es eine Möglichkeit, wie wir diesen Kerl beruhigen können?« fragte der Captain seine Besatzung.

»Meine Kenntnisse der klingonischen Sprache sind recht gut, Onkel Jim«, sagte Peter, »aber ich fürchte, ich kenne nicht die richtigen Antworten auf all diese Fragen.«

»Das gleiche gilt für mich, Captain«, teilte Spock mit.

»Also gut«, sagte der Captain gelassen und schaltete die Kommunikationsverbindung einfach aus, so daß die klingonische Tirade mitten im Satz verstummte. »Problem gelöst.«

»Hier kommt das nächste«, meldete Peter angespannt, während er seine Instrumente beobachtete. »Und zwar in Form zweier Kreuzer.«

»Wo ist die verdammte Tarnvorrichtung?« schimpfte Kirk und starrte angestrengt auf die mit klingonischen Zeichen beschrifteten Kontrollen. »Auf der *Bounty* hatte Scotty überall Etiketten mit Standard-Schriftzeichen aufgeklebt!«

Peter reckte den Hals, um einen Blick auf die Kontrollen zu werfen, an denen sein Onkel Platz genommen hatte. »Links von dir, der dritte Schalter mit der roten Leuchte daneben.«

»Ist es möglich«, warf Spock ein, »daß die anderen klingonischen Schiffe über eine Technologie verfügen, mit der sie die Energiesignatur dieses Schiffes identifizieren und uns verfolgen können, selbst wenn wir getarnt sind?«

»Nun, ein Versuch kann jedenfalls nicht schaden«, sagte Kirk. Schnell legte er den Schalter um. »Jetzt werden wir es erfahren, Spock ...«

Peter spürte, wie ein leises Summen die Brücke erfüllte, und sah, daß sich der Sichtschirm abrupt veränderte. Das Bild des Planeten unter ihnen war nun leicht verzerrt, als hätte sich ein Nebel vor die Optik gelegt.

Das Shuttle hatte fast die Atmosphäre verlassen, als einer der Kreuzer zu ihnen aufschloß. »Kreuzer auf null vier drei Komma sechs«, meldete Peter. »Seine Waffensysteme sind aktiviert, und sie haben uns genau im Visier!«

Spock rief die Zielkontrollen der Waffensysteme auf und war ganz auf ihren Gegner konzentriert. Das andere Schiff feuerte, und das kleine Shuttle wurde heftig durchgeschüttelt.

»Direkter Treffer!« rief Peter. »Unsere mittleren Schilde haben achtzig Prozent Leistung verloren. Noch so ein Treffer, und wir müssen uns keine Gedanken mehr über die Konfrontation mit Kamarag machen.«

»Was, zum Teufel, ist da vorne los?« rief McCoy. Schnell untersuchte er Valdyrs Zustand. Rosa Schlieren durchzogen den weißen Schaum in ihrer Wunde. *Verdammt, sie hat neue Blutungen!* Er hatte noch keine Zeit gefunden, die medizinische Bordausrüstung zu überprüfen, und griff wieder nach seinem Mikrokauter. Das Schiff wurde heftig zur Seite gerissen, bevor er das Instrument einsetzen konnte. Wenn so etwas geschah, während er an der Wunde arbeitete, konnten irreparable Schäden angerichtet werden! Er brauchte unbedingt eine ruhige Umgebung.

»Noch so ein Ruck, und es wäre das beste für meine Patientin, sie gleich durch die Luftschleuse zu werfen, damit sie nicht unnötig leidet!« schrie er.

Er sah, wie sich Peter zu Valdyr umblickte, und hörte dann Jims »Captain-Stimme«, wie sie unerbittlich befahl: »Konzentrieren Sie sich auf Ihre Aufgabe, Kadett Kirk! Der Doktor soll sich um seine Patientin kümmern!« Peters Gesicht wurde rot, als er sich wieder seiner Konsole zuwandte.

Der Doktor soll sich um seine Patientin kümmern! wiederholte McCoy mürrisch in Gedanken Kirks Befehl. Das Schiff schlingerte erneut und kippte dann nach rechts weg. Der Arzt mußte Valdyrs bewußtlose Gestalt festhalten, damit sie nicht aus dem Sessel rutschte. *Daß ich nicht lache!* regte er sich auf. *Ich bin Arzt und kein Jongleur!*

»Spock?« fragte Jim Kirk, ohne sich zu seinem Offizier umzublicken. »Ich hole jetzt alles an Geschwindigkeit heraus, was dieses Schiff zu bieten hat …«

»Verstanden, Captain«, sagte der Vulkanier mit unnatürlich ruhiger Stimme. »Zielerfassung … und Feuer.«

Das kleine Kampfschiff schüttelte sich unter der Energieentladung. Jim riskierte einen Blick auf den Sichtschirm und sah gerade noch rechtzeitig, wie ihr Gegner einen Disruptor-Volltreffer einstecken mußte.

»Wir haben sie!« rief der Captain jubelnd. »Ein guter Schuß, Spock! Es gab sicher keine Toten, aber sie müssen die Verfolgung abbrechen und sich anstrengen, wenn sie sicher landen wollen. Peter, wir wollen unsere Chancen verbessern. Such einen großen Brocken im Trümmerring und steure uns daran vorbei! Wir müssen direkt durch den Ring!«

Peter arbeitete hektisch an seinen Kontrollen. »Kurs ist berechnet und liegt an, Sir«, meldete er kurz darauf mit professioneller Selbstsicherheit.

»Sieht gut aus«, erwiderte Jim und hielt sich bereit, kleine Kurskorrekturen durchzuführen. Dann schoß das Schiff mit maximaler Geschwindigkeit auf den Ring um Qo'noS zu.

»Kreuzer nähert sich genau von achtern! Kurs sechs vier drei Komma neun!« hörte der Captain seinen Neffen rufen. »Sie wollen uns folgen – und machen ihre Waffen scharf!«

»Spock«, sagte Kirk, »wissen Sie noch, was mit der *Kepler* geschehen ist?«

»Aber sicher, Captain«, sagte der Vulkanier, während er seine Waffen ausrichtete.

Das Shuttle raste auf die Lücke zu. Rechts von ihnen, fast in greifbarer Nähe, trieb ein größerer Granitbrocken. Sie hatten ihn erreicht – und schossen daran vorbei …

»Jetzt, Spock!«

»Ich aktiviere die Heckgeschütze«, gab Spock bekannt, und das kleine Schiff schüttelte sich unter der Wucht der Disruptorenergie.

Die leistungsstarken Strahlen trafen auf den Brocken

und zersprengten ihn zu einem Trümmerschauer, der sich genau im Weg des näher kommenden Kreuzers ausbreitete.

Gesteinstrümmer unterschiedlicher Größe wirbelten in unheimlicher Lautlosigkeit umher. Dann hörte Kirk die aufgeregte Stimme seines Neffen. »Captain, die Trümmer haben ihre Schilde überladen! Sie brechen die Verfolgung ab!«

Der Vulkanier nickte. »Selbst Klingonen können Aufwand und Nutzen gegeneinander abwägen. Es wäre sinnlos, uns weiter zu verfolgen und dabei die Zerstörung ihres Schiffes in Kauf zu nehmen. Ausgesprochen logisch.«

»Seid ihr jetzt fertig damit, diesen Schuhkarton durchzuschütteln?« rief McCoy aus dem Hintergrund.

Die drei Männer warfen sich hilflose Blicke zu. »Ja, Doktor«, antwortete Jim. Dann drehte er sich zu seinem Neffen um. »Du kannst wieder nach hinten gehen, wenn du möchtest, Peter. Spock und ich kommen hier jetzt allein zurecht.«

Peter nickte dankbar und verließ seinen Platz, um McCoy Gesellschaft zu leisten. »Wie geht es ihr?« Er konnte immer noch nicht richtig fassen, daß sie den Flug durch die Lücke im Trümmerring überlebt hatten!

»Der halsbrecherische Flug hat ihr nicht gerade gutgetan, fürchte ich«, gestand McCoy mürrisch ein. Neben ihm stand eine Tasche mit fremdartig aussehendem medizinischen Gerät. »Zum Glück habe ich den Erste-Hilfe-Koffer dieses Schiffes gefunden. Allerdings habe ich gewisse Probleme mit dieser Diagnoseeinheit – die Sprachbarriere, du verstehst. Vielleicht kannst du mir helfen.«

Peter lächelte matt. Es war sein größter Wunsch, etwas für Valdyr tun zu können, irgend etwas … McCoy hielt das Gerät über die blasse, bewußtlose Frau. Peter übersetzte, was er verstand, und las ihm die Begriffe vor, deren Bedeutung er nicht kannte, doch der

Arzt nickte jedesmal und sagte »Aha«, als könnte er tatsächlich etwas mit den klingonischen Begriffen anfangen. McCoy wühlte in der Tasche, entdeckte etwas und steckte es in seinen Injektor. »Das dürfte eine große Hilfe sein«, murmelte er, während er das Gerät an Valdyrs Hals drückte. »Obwohl ich schon so viel in sie hineingepumpt habe, daß sie sich als wandelnde Apotheke selbständig machen könnte.«

Plötzlich hoben sich zitternd die Augenlider der Frau. »Pityr ...«, keuchte sie.

»Er ist hier an Ihrer Seite, Miss«, sagte McCoy zu ihr. »Bewegen Sie sich nicht. Rede mit ihr, Junge, damit sie nicht wieder herumzappelt.«

»Valdyr.« Der Kadett nahm ihre Hand und drückte sie behutsam. Ihre Finger erwiderten den Druck so schwach, daß ihn dies mehr schockierte als ihr Aussehen.

»Mein Krieger«, flüsterte sie, »du kannst nicht nur kämpfen ... sondern auch ... so gut sprechen ... wie ein Diplomat ... so gut wie Azetbur ...«

Peter errötete vor Stolz, da er wußte, wie sehr Valdyr die Kanzlerin verehrte.

»Ich würde sagen, er ist genauso eloquent wie sein Onkel, Miss«, bestätigte McCoy, während er ihre Werte überprüfte und die Wunde nach neuen Blutungen absuchte.

Valdyr runzelte die Stirn und blinzelte erschöpft. »Pityr, was ›misse‹ ich?«

Der Kadett schüttelte den Kopf, da er nicht wußte, was sie damit sagen wollte.

»Dieser McCoy, er sagt ständig ›Miss‹ zu mir. Was meint er damit? Ich möchte nichts missen!«

McCoy hob verwundert die Augenbrauen. Peter antwortete ihm mit einem beruhigenden Nicken. »Es ist alles in Ordnung, Valdyr. Du mußt nichts missen. ›Miss‹ ist eine alte englische Anrede, mit der man junge, unverheiratete Frauen anspricht. Heute wird sie nur noch selten benutzt, aber sie ist immer noch ein Zeichen für hohen Respekt.«

Ihr Blick suchte McCoy. »Vielen Dank für die Ehre, Doktor. Ich hätte nicht gedacht, ich könnte so schnell von einem Menschen respektiert werden.«

»Sie haben sich hohen Respekt verdient, Miss!« versicherte McCoy. »Jetzt liegen Sie bitte ganz ruhig.«

Plötzlich wandte sie sich wieder dem jungen Kirk zu und riß die Augen weit auf. »Pityr, vergiß nicht, deinem Onkel alles zu erzählen ... über Kamarag ...«

»Er weiß alles über Kamarag, Valdyr«, versuchte der Kadett ihre Besorgnis zu beschwichtigen.

»Nein«, widersprach sie. »Er weiß nicht alles! Du mußt ihm von Kamarags Flotte erzählen. Ich weiß nicht, wie viele Schiffe es sind, aber er hatte mit vielen Offizieren gesprochen! Laß nicht zu, daß Kirk in Kamarags Hinterhalt fliegt ...«

»Ich werde es ihm sagen, Valdyr, ich verspreche es. Du mußt dich beruhigen.«

»Pityr, bitte, küß mich!« verlangte sie mit keuchender, heiserer Stimme. »Wenn ich sterben muß, will ich die Erinnerung an deinen Kuß mitnehmen, Pityr-oy.«

»Du wirst nicht sterben, Valdyr«, sagte Peter. »Ich werde für dich gegen den Tod kämpfen, wie ich gegen Karg gekämpft habe. Und ich werde siegen.« Behutsam berührte er mit seinen Lippen ihren Mund.

Dabei lachte sie leise. *»HIja'!«*, flüsterte sie, *»mevQo'*, Pityr ...« Dann verlor sie wieder das Bewußtsein.

Peter blickte erschrocken zu McCoy auf, doch ausnahmsweise wirkte der Arzt völlig unbesorgt. »Alles in Ordnung«, beruhigte ihn der ältere Mann. »Der Körper schaltet die weniger wichtigen Funktionen ab, um Energie zu sparen. Sie wird durchhalten.«

Der Kadett seufzte erleichtert. »Rufen Sie mich, wenn sie wieder zu sich kommt«, bat er. McCoy nickte, und Peter kehrte an seine Station zurück.

Sein Onkel und Spock hörten aufmerksam zu, als

Peter ihnen mitteilte, was Valdyr ihm über Kamarags Flotte gesagt hatte.

»Mach dir keine Sorgen, Peter. Wir müßten es trotz allem rechtzeitig zu unserer Verabredung schaffen. Wir werden die *Enterprise* früh genug warnen können.«

»Und was geschieht dann?« fragte Peter tonlos.

Kirk zuckte die Schultern. »Vielleicht halten sich ein oder zwei weitere Starfleet-Schiffe in der Nähe auf. Ich werde mich mit Scotty in Verbindung setzen, damit er Verstärkung holen kann.«

»Die nächste Starbase ist zwei Tagesreisen entfernt«, gab Peter düster zu bedenken.

»Mach dir für den Augenblick keine zu großen Sorgen, Peter«, versuchte Kirk ihn zu beruhigen. »Uns wird schon etwas einfallen, wie wir Kamarag in den Griff bekommen. Übrigens warst du in der Tat sehr eloquent, mein junger Kadett.«

»Danke, Onkel Jim.«

Der ältere Kirk klopfte auf seine Konsole und wechselte das Thema. »Das ist ein hübsches kleines Schiff, nicht wahr?« sagte er zu den zwei Männern. »Wie wollen wir es nennen?«

»Dieses Schiff hat bereits einen Namen, Onkel Jim«, sagte Peter gepreßt. »Ich habe den Schriftzug auf dem Bug gesehen, als wir es bestiegen haben.« Sein Gesicht war genauso ausdruckslos wie Spocks und verriet nicht, welche Gefühle in ihm tobten. »Der Name dieses Schiff lautet *Taj*.«

Spock hob nachdenklich eine Augenbraue. »Eine gewisse Ironie läßt sich nicht abstreiten«, murmelte er.

»Was bedeutet das?« fragte Jim.

»Dolch«, antwortete Peter, während sich seine Miene verdüsterte.

Niemand erwiderte etwas, als die *Taj* weiter durch die Schwärze des Weltraums raste.

9

Einige Stunden später steuerte ein erschöpfter James T. Kirk die *Taj* in den Hangar der *Enterprise.* Dort wurden sie bereits von einem Begrüßungskomitee erwartet, das aus einem medizinischen Team, einem mürrischen Mr. Scott, Commander Uhura und Botschafter Sarek bestand.

Zuerst wurde Valdyr vom medizinischen Team fortgeschafft, dicht gefolgt von McCoy und Peter. Kirk stand am oberen Ende der Rampe und blickte den beiden nach, während er sich um seinen Neffen sorgte. Peter sollte sich ausgerechnet in eine Klingonin verliebt haben? Aber an dieser Tatsache gab es nichts zu rütteln. Es war offensichtlich, daß es sich keineswegs nur um eine oberflächliche Affäre handelte. Peter war sich seiner Sache völlig sicher. Konnten die beiden auf eine gemeinsame Zukunft hoffen? Würden sie glücklich werden? Er wußte es nicht …

Zehn Minuten später hatte der Captain wieder seine Uniform angelegt und hastete durch den Korridor, während er den Kragen seiner braunen Jacke verschloß.

Als er den Konferenzraum erreichte, warteten seine Offiziere und Sarek bereits auf ihn. Spock trug ebenfalls wieder eine Uniform. Im Gegensatz zu Kirks unverkennbarer Erschöpfung wirkte der Vulkanier wie aus dem Ei gepellt und erfrischt, als hätte er in den vergangenen fünfzehn Stunden ausgiebig geschlafen und sich nicht auf Qo'noS herumgetrieben.

Kirk ließ sich in einen Sessel fallen und wandte sich seinem Chefingenieur zu. »Wie sieht es aus, Mr. Scott?«

»Nun, Captain ... ich weiß nicht genau, was hier vor sich geht, aber da ist irgend etwas im Busch. Vor einer halben Stunde haben unsere Sensoren etwas registriert, etwa fünf Sekunden lang – und dann war es wieder verschwunden. Drei Minuten später dasselbe – nicht allzu weit entfernt. Es gibt einen kurzen Piepser, und das war's. Immer wieder, Sir. Niemals an derselben Stelle ... aber die Echos bleiben mehr oder weniger in der Neutralen Zone – der *romulanischen* Neutralen Zone.«

»Worauf deuten die Sensoranzeigen hin?« fragte Kirk. »Könnte es Kamarags Flotte sein?«

»Nein, Sir, dazu ist das Echo zu schwach. Wir kriegen keine genauen Daten herein, weil es zu schnell geht. Aber eines steht fest – es ist etwas Großes. Mindestens ein Raumschiff.«

»Und es ist ausgeschlossen, daß es sich um ein natürliches Phänomen handelt?«

»Absolut, Captain. Ich denke, daß es ein Schiff ist. Ein getarntes Schiff. Es enttarnt sich gerade lange genug, daß unsere Sensoren einen Piepser empfangen. Dann verschwindet es wieder und wechselt seine Position. Aber es bewegt sich nie sehr weit weg.«

»Eine Kriegsschwalbe«, sagte Kirk, und Scott nickte. »Klingonisch?«

»Möglicherweise«, sagte Spock, der die wenigen Daten studierte, die Scott auf den kleinen Bildschirm gerufen hatte. »Aber ich glaube nicht daran. Die Ionenspuren unterscheiden sich von denen, die wir von getarnten klingonischen Schiffen kennen.«

»Und es gibt noch etwas anderes, Captain«, meldete sich Uhura zu Wort. »Kurz nachdem wir den ersten Piepser registriert haben, hat jemand unsere Fernbereichkommunikation gestört. Wir können keine Subraumnachrichten mehr senden oder empfangen, Sir.«

»Hmmm ...« Kirk nahm einen Schluck Kaffee und dachte angestrengt nach. »Ich möchte diese Piepser sehen«, sagte er, und Scott holte sofort eine dreidimensionale Graphik auf den Bildschirm des Konferenztisches. Kirk betrachtete das Muster, während er seinen Kaffee austrank. »Was halten Sie davon, Spock?«

»Ich würde das Phänomen gerne genauer untersuchen«, sagte der Vulkanier, während er konzentriert auf den Bildschirm blickte. Sarek starrte ebenfalls auf das Diagramm, ohne zu blinzeln. Kirk glaube fast zu hören, wie die Zahnräder in den Köpfen der Vulkanier surrten.

»Was würde geschehen«, sagte der Botschafter leise, »wenn wir näher heranfliegen?«

»Wir können es versuchen«, sagte Kirk. »Mr. Scott, Commander Uhura, bitte begeben Sie sich zur Brücke, um das Manöver zu überwachen. Scotty, achten Sie auf die Ionenspur, die unser Besucher möglicherweise hinterläßt. Uhura, versuchen Sie, die Reichweite des Störsignals zu bestimmen.«

»Ja, Captain.«

»Aye, Sir.«

Einige Minuten später hatten die zwei Offiziere ihre Posten eingenommen, und Kirk gab der Navigation die Anweisung, sich mit einem Achtel Impulsgeschwindigkeit dem letzten Echo zu nähern.

»Sehen Sie!« rief Uhura über Interkom, als plötzlich wieder etwas von den Sensoren registriert wurde und kurz darauf verschwunden war. Diesmal lag die Position mehrere hundert Kilometer tiefer in der Neutralen Zone.

»Es ist ein Spiel«, sagte Kirk, ohne den Bildschirm aus den Augen zu lassen. »Sie wollen uns in die Neutrale Zone locken.«

»Ein Spiel ...«, wiederholte Sarek leise, mit kaum wahrnehmbarer Erregung in der Stimme. »Genau, es ist ein Spiel. Aber es ist nicht ›Ich sehe was, was du nicht siehst‹ ... schauen Sie genau hin ...« Die langen Finger des Vulkaniers huschten schnell über die Computerkontrollen.

Kirk sah, wie die dreidimensionale Darstellung des Bildschirmes mit einem Koordinatengitter in mehreren Ebenen unterlegt wurde. Der Captain erkannte das Gitter sofort wieder und wandte sich erstaunt an Sarek. »Ein Schachbrett, Botschafter?«

»Ja«, sagte der Vulkanier, dessen dunkle Augen befriedigt über die Lösung des Rätsels leuchteten. »Und ich erkenne das Spiel wieder. Taryn hat das Kommando über das Schiff. Und seine Bewegungen entsprechen genau den Zügen, die Taryn vor nicht allzu langer Zeit in einem unserer Spiele machte.« Er schüttelte den Kopf und fügte wie im Selbstgespräch hinzu. »Ein *vulkanisches* Gambit ...? Natürlich! Das ergibt Sinn. Ich hätte es sofort erkennen müssen.«

»Angenommen, es ist wirklich Taryn – was will er dann hier?« fragte Kirk.

»Er will mich. Er weiß, daß ich das Projekt Freelan durchschaut habe. Ich habe mit ihm gesprochen, während Sie fort waren, und ich habe einen Köder für ihn ausgeworfen, um ihn zu einer unbedachten Reaktion zu veranlassen ... genauso wie ich es schon viele Male im Verlauf unserer Schachpartien getan habe. Jetzt antwortet er auf meine Herausforderung. Er bewegt das Schiff nach dem Vorbild unserer letzten Partie, die er gewonnen hat. Er hat mit dem T'Nedara-Gambit eröffnet, das ist diese Kombination.« Sarek hob eine Reihe von Zügen durch rote Markierungen hervor. »Es sind exakt die Züge aus unserem Spiel.«

»Wie viele Züge dauerte das Spiel?« fragte Spock, der von dieser Vorstellung offensichtlich fasziniert war. Während ihrer Unterredung waren weitere Sensorenechos in der Graphik erschienen.

»Es war ein langes und schwieriges Spiel. Jeder von uns hat Hunderte von Zügen gemacht.«

»Sind Sie sich wirklich sicher, Botschafter?« fragte Kirk nach. »Haben Sie noch einen weiteren Beweis, daß es sich um Taryn handeln muß? Was hat er von Ihnen gewollt, als er sich das letzte Mal mit Ihnen in Verbindung setzte?«

»Er wollte, daß wir uns im Freelan-System treffen. Ich sagte ihm, daß ich leider verhindert sei. Wie ich bereits andeutete, wollte ich ihn damit ködern. Ich spürte, daß er sehr wütend war, obwohl ich sein Gesicht natürlich nicht sehen konnte. Sein nächster Zug wird ihn hierhin führen«, sagte er und deutete auf den Bildschirm.

»Aber wenn er noch vor einigen Stunden auf Freelan war ...«

Sarek schüttelte den Kopf. »Nein. Er hat lediglich behauptet, er würde von Freelan aus anrufen. Commander Uhura bestätigte meinen Verdacht, daß diese Übertragung zwar über die freelanischen Kommunikationskanäle lief, aber von einem ganz anderen Ausgangspunkt gesendet wurde. Taryn hielt sich in Wirklichkeit in der romulanischen Neutralen Zone auf.«

Auf Kirks Befehl setzte sich die *Enterprise* erneut in Bewegung, worauf das unsichtbare Schiff mit einer Reihe von Positionsveränderungen reagierte. »Das Muster ist immer noch völlig korrekt«, sagte Sarek. Als er Kirks skeptischen Blick bemerkte, markierte er einen Punkt im Koordinatensystem. »Sein nächster Zug«, sagte er.

Wie der Vulkanier vorausgesagt hatte, erschien kurz darauf ein Echo an den angegebenen Koordinaten. Kirk schüttelte den Kopf. »Okay, dann gehen wir also davon aus, daß Sie recht haben. Aber wozu dieses Spiel? Was bezweckt er damit?«

»Es geht gar nicht darum, welche Bewegungen sein Schiff im einzelnen macht, Captain. Taryn wäre vermutlich überrascht, wenn er erfahren würde, daß ich das Muster identifizieren konnte. Er gönnt sich ein privates Vergnügen, während ihm in erster Linie daran liegt, uns näher an sein Schiff heranzulocken ... und weiter weg vom Treffpunkt mit Kamarag.«

Kirk drehte sich zum Monitor um, der Uhura und Scotty zeigte. Sie verfolgten von der Brücke aus ihre Besprechung. »Commander, haben Sie festgestellt, in welchem Umkreis die Störung unserer Kommunikation wirksam ist?«

»Ja, Sir«, antwortete Uhura sofort. »Das Gebiet erstreckt sich fast ein Lichtjahr weit in alle Richtungen. Wir müßten uns ein gutes Stück fortbewegen, wenn wir eine Nachricht empfangen oder senden wollten.«

»Großartig!« sagte Kirk verärgert. »Starbase Acht liegt ganze zwei Tage entfernt, und von dort hätten wir am schnellsten Hilfe zu erwarten. Jetzt können wir ihnen nicht einmal eine Nachricht schicken!«

»Captain«, warf Scotty ein, »ich verstehe nicht, warum, zum Teufel, die Romulaner uns jetzt von hier weglocken wollen, nachdem sie uns vorher zu diesen Koordinaten geführt haben! Das ergibt doch überhaupt keinen Sinn!«

»Es wäre durchaus sinnvoll«, sagte Sarek, »wenn die Romulaner daran interessiert sind, daß es zu einem Krieg zwischen der Föderation und dem Klingonischen Imperium kommt. Wenn Taryn solche Anstrengungen unternommen hat, um den Konflikt zu schüren, möchte er zweifellos, daß Kamarag mit seiner Flotte ungehindert in das Gebiet der Föderation einfliegen kann.«

»Ein guter Ansatz«, sagte Kirk. »Also war Peters Entführung im Grunde gar nicht so relevant für die Entwicklung der Situation. Die Romulaner haben lediglich Kamarags Haß angefacht – und zufällig hat er sich dann für diese Vorgehensweise entschieden. Er wollte nicht nur einen Angriff auf die Föderation starten, sondern auch mir persönlich eins auswischen.«

»Das wäre die logische Schlußfolgerung, Captain«, sagte Spock.

Sarek starrte wie hypnotisiert auf die immer komplizierter werdende Graphik. »Wir dürfen nicht zulassen, daß sie die Subraumkommunikation der *Enterprise* stören. Wir müssen unbedingt eine Nachricht an Starfleet-Command abschicken ... und an den Präsidenten.«

»Warum?« wollte Kirk wissen. »Ich meine ... sicher, um Verstärkung anzufordern. Aber warum eine Nachricht an den Präsidenten?«

»Taryn muß klar geworden sein, daß ich über die Pläne der Romulaner Bescheid weiß. Er will mich daran hindern, mein Wissen an Ra-ghoratrei oder Admiral Burton von Starfleet weiterzugeben.«

»Es war eine gute Entscheidung«, stellte Spock sachlich fest, »eine Botschaft mit Zeitsperre abzuschicken.«

»Auf deinen Vorschlag hin«, erinnerte Sarek seinen Sohn. »Diese Nachricht könnte jedoch möglicherweise erst dann freigegeben werden, wenn die Invasion durch die Romulaner und die Klingonen längst begonnen hat.«

»Und was geschieht jetzt?« fragte der Captain, während er seine Schläfen massierte.

»Wie meinen Sie das, Captain?« fragte Sarek zurück.

»Ich meine, Sie haben mich davon überzeugt, daß es sich um ein romulanisches Schiff handelt und daß es von Taryn befehligt wird. Doch solange er nicht die Neutrale Zone verläßt, bin ich nicht befugt, ihn zu verfolgen. Außerdem darf ich mich nicht zu weit von unserer gegenwärtigen Position entfernen. Wir sollten nicht vergessen, daß Kamarag mit seiner Flotte unterwegs ist. Was soll ich jetzt also tun?«

»Unsere ursprüngliche Zielsetzung bleibt unverändert bestehen, Kirk. Wir müssen unwiderlegbare Beweise über die wahre Natur von Freelan und den romulanischen Kriegsplan erhalten ... und zu diesem Zweck muß ich mich auf Taryns Schiff beamen lassen, um persönlich mit ihm sprechen zu können.«

Kirk blickte Sarek mit leicht zusammengekniffenen Augen an. »Eins nach dem anderen, Botschafter. Warum wollen Sie sich an Bord des romulanischen

Schiffes beamen lassen? Und selbst wenn ich es gestatten würde – was ich nicht tun werde –, wie soll ein Transport zu einem getarnten Schiff durchgeführt werden? Wir haben nicht einmal zuverlässige Koordinaten für den Transporter. Ein solcher Versuch wäre Selbstmord. Und selbst wenn sie den Transport überleben sollten, dürfen Sie nicht Ihre Mission vergessen.«

»Ich bin bereit, das nötige Risiko einzugehen, Captain«, sagte Sarek ernst. »Ich bestehe sogar darauf.«

»Was versprechen Sie sich von einem Besuch bei Taryn?« sagte Kirk und hörte die Erschöpfung in seiner eigenen Stimme.

»Zwei Dinge, Kirk«, sagte Sarek. »Erstens, wenn ich Taryn ohne Vorwarnung überrasche, hat er keine Zeit, sich zu vermummen. Wenn ich hinübergebeamt werde und unser Gespräch auf irgendeine Weise aufgezeichnet wird, hätten wir den Beweis, den wir benötigen. Und zweitens, wenn Taryn weiß, daß die Föderation über die romulanische Verschwörung informiert ist, könnte er bereit sein, über das Leben der Vulkanier auf Freelan zu verhandeln... damit wir diejenigen retten können, die diesen Planeten verlassen möchten.«

»Warum sollte er dazu bereit sein?« fragte Kirk.

»Weil mir erst jetzt eine wichtige Tatsache über den geschätzten Abgesandten bewußt geworden ist... eine logische Schlußfolgerung, die ich schon vor langer Zeit hätte ziehen können. Taryn hat ein persönliches Interesse daran, die freelanischen Vulkanier zu retten.«

Kirk warf Spock einen Blick zu, der zu fragen schien: »Was, zum Teufel, geht hier vor?« Der Captain seufzte. »Also gut, ich sehe ein, daß sich auf diese Weise der Beweis beschaffen ließe. Aber warum sollte den Romulanern etwas daran liegen, ob die Föderation ihre Pläne kennt oder nicht? Würden sie nicht in jedem Fall wie geplant weitermachen?«

Spock schüttelte den Kopf. »Das ist unwahrscheinlich, Captain. Das gesamte Freelan-Projekt basierte auf strenger Geheimhaltung und dem Überraschungseffekt. Und auf der Voraussetzung, daß die Klingonen einen Angriff gegen die Föderation beginnen, damit die Verteidigung von Starfleet gebunden und an anderer Stelle vernachlässigt wird. Wenn die Flotte gewarnt wäre und der Krieg mit den Klingonen verhindert werden könnte, hätten die Romulaner keine Chance gegen die Föderation.«

»Exakt«, sagte Sarek.

»Gut, ich verstehe, worauf Sie hinauswollen ... aber ich kann Ihnen nicht erlauben, sich auf das andere Schiff beamen zu lassen, Botschafter, auch wenn Sie noch so viele Beweise sammeln und Vulkanier befreien können. Starfleet würde mich zum Fähnrich degradieren, wenn ich eine Person von ihrer Stellung einem solchen Risiko aussetze.«

»Ich bin bereit, ein solches Risiko einzugehen«, entgegnete Sarek. »Ich erfülle meine Pflichten genauso gewissenhaft wie Sie ... und im Augenblick ist es meine Pflicht, mit allen mir zur Verfügung stehenden Mitteln einen Krieg zu verhindern – und einen möglichen Massenmord an entführten vulkanischen Bürgern abzuwenden.«

Kirk und Sarek blickten sich eine Weile schweigend in die Augen. Schließlich schüttelte Jim den Kopf. »Nein«, sagte er. »Es tut mir leid, Botschafter Sarek, aber meine Antwort lautet nein. Es ist zu riskant. Wir können die Position des Schiffes nicht mit genügender Genauigkeit feststellen.«

»Doch, das können wir«, sagte Spock plötzlich. »Wenn der Botschafter das nächste Auftauchen vorhersagen kann, ist es mir möglich, den Transporter bereits vorher auf die entsprechenden Koordinaten zu programmieren.«

Kirk starrte den vulkanischen Offizier zweifelnd an. »Glauben Sie, daß er dort drüben etwas bewirken kann, Spock?«

»Ich weiß es nicht«, antwortete Spock leise. »Das hängt davon ab, wie sein Plan aussieht.«

»Kirk«, sagte Sarek mit Nachdruck. »Ich kenne Taryn jetzt seit fast genau siebzig Jahren. Ich denke, daß ich seine Aktionen und Reaktionen mit ausreichender Genauigkeit vorhersagen kann, um eine erfolgversprechende Vorgehensweise planen zu können.«

»Der erste Romulaner, der Sie sieht, wird Sie erschießen, Botschafter!« entgegnete Kirk.

»Nicht, wenn ich zu Taryn auf die Brücke gebeamt werde. Er wird mich auf keinen Fall sofort exekutieren lassen. Er könnte sich irgendwann dazu entschließen, aber vorher wird er mit mir reden. Und wenn ich mit ihm reden kann ... kann ich auch mit ihm verhandeln. Wenn er mir nicht zuhören will, sondern beschließt, mich zu töten ... dann bin ich bereit, dieses Risiko einzugehen.«

»Der Botschafter muß nicht allein gehen, Captain«, sagte Spock steif. »Ich melde mich freiwillig, ihn zu begleiten.«

Wer die beiden nicht kennt, würde niemals darauf kommen, daß es sich um Vater und Sohn handelt, dachte Kirk mit einem mentalen Kopfschütteln. *Vulkanier!*

»Captain«, sagte Spock, »sobald Sie uns an Bord des Schiffes gebeamt haben, müssen Sie die Ablenkung nutzen, um sich mit Warpgeschwindigkeit aus dem Störbereich zu entfernen. Dann müssen Sie die Daten weiterleiten, die wir übermitteln werden.«

Kirk zögerte unschlüssig. Dann drang das Ticken einer unsichtbaren Uhr in seine Gedanken, die ihn daran erinnerte, daß Kamarags Flotte unterwegs war, bis er sich zu einem knappen Nicken durchrang. »Also gut.«

Die nächsten Minuten vergingen mit hektischen Vorbereitungen, als Sarek und Spock die Transporterkoordinaten ermittelten, die sie an Bord des romulanischen Schiffes bringen würden. Es würde ein sehr schwieriger

Transportvorgang werden, denn dem Techniker blieb kaum mehr als eine Sekunde Zeit für die Feinabstimmung der Position, um sicherzustellen, daß sie auch wirklich im Schiff und nicht knapp daneben im Weltraum landeten.

»Diese Aufzeichnungseinheit arbeitet automatisch«, erklärte Spock seinem Vater im Transporterraum, während er ein winziges Gerät zwischen zwei Cabochon-Steinen auf der formellen Robe des Botschafters befestigte. »Es wird alle Daten an die *Enterprise* weiterleiten, wo man sie aufzeichnen wird. Wenn Taryn tatsächlich an Bord des Schiffes ist und Sie ihn dazu bringen können, sich zu identifizieren, während seine Gesichtszüge zu erkennen sind, dürfte das als Beweis genügen.«

»Alles klar. Ich zeichne das Gespräch auf, gehe dann auf Warp und benachrichtige anschließend Starfleet und den Präsidenten«, sagte Kirk. »Und was dann? Ich muß an diese Position zurückkehren, um Kamarag abzufangen. Was soll ich wegen Ihnen beiden unternehmen? Versuchen, eine Peilung zu bekommen und Sie zurückzubeamen?«

»Wenn Sie die Nachricht abgeschickt haben, kehren Sie zum vereinbarten Treffpunkt zurück«, sagte Sarek. »Wenn mein Gespräch mit Taryn erfolgreich war, werde ich mich mit Ihnen in Verbindung setzen, um unseren Rücktransport zu besprechen. Wenn nicht … dann besteht ohnehin keine große Wahrscheinlichkeit, daß wir noch am Leben sind«, fügte er in nüchternem Ton hinzu.

Kirk seufzte und nickte. *Ich hoffe, daß diese Sache gutgeht …*

Spock und Sarek traten auf die Transporterplattform. Der Captain nickte dem Techniker zu. »Energie!«

Sarek hörte das unverwechselbare Summen und spürte, wie sich der Transporterraum der *Enterprise* um ihn herum auflöste …

Und dann rematerialisierte er. In einem kurzen Moment der Erleichterung erkannte er, daß er wieder von festen Wänden umgeben war. Neben ihm nahm Spock Gestalt an. Sie hatten es geschafft. Sie waren an Bord von Taryns Schiff.

Spock hatte die Koordinaten so gewählt, daß sie auf der Brücke landen mußten – eine logische Wahl, da es einer der größten und verhältnismäßig freien Räume war.

Der Botschafter hörte entsetzte Laute und Rufe, als die Romulaner die Neuankömmlinge erkannten. Dann wurden überall Handdisruptoren gezückt. Weniger als eine Sekunde nach dem Abschluß des Transportvorgangs blickte Sarek in sieben Waffenmündungen, die auf ihn gerichtet waren.

Wenn ich mich irre, dachte der Botschafter, *und Taryn gar nicht hier ist – oder gar nicht der Mann ist, für den ich ihn halte –, werden weder Spock noch ich die nächste Minute überleben.*

Doch kein Energiestrahl zerriß ihn. Langsam drehte sich der Botschafter im Kreis und musterte seine Umgebung. Auf der Brücke eines romulanischen Kreuzers war es wesentlich enger als in einem Föderationsraumschiff. Überall saßen uniformierte Romulaner vor ihren Konsolen und hatten sich mit schußbereiten Disruptoren in der Hand zu den Eindringlingen herumgedreht.

Romulaner? Der Botschafter blickte sich überrascht um. *Nein ... das waren keine Romulaner – zumindest die meisten nicht.*

Sarek erkannte verblüfft, daß die Individuen an den Kontrollstationen keine Romulaner waren – sondern Vulkanier. Er hatte zwar damit gerechnet, in Taryns Schiff auf mindestens einen Vulkanier zu stoßen, aber nicht auf neun!

Doch diese Offiziere waren unzweifelhaft Vulkanier.

Er spürte es an den subtilen mentalen Vibrationen, die sie ausstrahlten. Auf seinem Heimatplaneten hatte

Sarek sich daran gewöhnt und konnte dieses mentale Hintergrundgeräusch wie die meisten seiner Artgenossen einfach ausblenden oder ignorieren. Hier jedoch war es etwas anderes.

»Was ist los?« bellte eine schroffe Stimme auf romulanisch. Trotz der Jahrtausende, die diese zwei Völker trennten, wiesen die Sprachen der Vulkanier und Romulaner immer noch einen sehr ähnlichen Klang auf, obwohl sich das Vokabular und die Syntax im Laufe der Zeit unterschiedlich entwickelt hatten. Sofort wechselte der Mann zu Standard. »Was hat das zu bedeuten? Wer sind Sie?«

Sarek drehte sich zum Sprecher um. »Sie wissen genau, wer ich bin, Commander.«

Der Mann, der ihm gegenüberstand – neben der jungen Frau an seiner Seite die einzige Person, die keine Waffe in der Hand hielt –, mußte Taryn sein. Sarek musterte ihn aufmerksam. Ja, es war Taryn. Selbst ohne die Abzeichen auf seiner Uniform hätte er ihn wiedererkannt. Alles paßte zusammen. In seinen Augen stand dieselbe Arroganz, die Sarek im Verlauf ihrer Gespräche kennengelernt hatte. Die Augen waren dunkel und lagen tief in den Höhlen eines kantigen, adlerhaften Gesichts. Er trug die Uniform eines hochrangigen romulanischen Offiziers – eines Commanders.

Sarek spürte nun die mentale Aktivität, die ohne jede Abschirmung von ihm und mehreren anderen Offizieren ausging. Sie kam auch von der jungen Frau, die neben ihm stand und überrascht die Augen aufgerissen hatte. Sie war das einzige Mitglied der Brückenbesatzung, das nicht bewaffnet war. Sarek begrüßte die beiden Offiziere mit einem Nicken. »Commander Taryn«, sagte er. »Und Savel? Mein Assistent Soran hat mir erzählt, wie sehr es ihm gefallen hat, mit Ihnen Schach zu spielen. Erlauben Sie mir, Ihnen meinen … Begleiter vorzustellen – Captain Spock.«

Der Botschafter hatte das Aufleuchten in den Augen

des Mädchens bemerkt, als er Sorans Namen erwähnt hatte. Sarek stellte einen Zusammenhang zwischen dieser Beobachtung und Sorans unverkennbarem Interesse an ihr her und speicherte diese Information, die sich möglicherweise als sehr nützlich erweisen konnte ...

»Was machen Sie hier?« wollte Taryn wissen. Er gab sich keine Mühe, seine Überraschung und Wut zu verbergen. »Wie können Sie es wagen«, schnaubte er geradezu, »auf diese Weise in mein Schiff einzudringen?«

»Ich habe Ihre Schachzüge wiedererkannt, Taryn«, sagte Sarek. Damit wollte er unter anderem klarstellen, daß der Commander tatsächlich auf diesen Namen reagierte. Er konnte nur hoffen, daß Kirk tatsächlich die Signale des winzigen Aufzeichnungsgerätes empfing. »Das T'Nedara-Gambit. Eine *vulkanische* Strategie. Ich habe es als stillschweigende Aufforderung verstanden, mich bei Ihnen einzufinden.« Das Gesicht des Botschafters zeigte die Andeutung eines Lächelns. »Ein vulkanisches Gambit, Taryn ... äußerst angemessen unter den gegebenen Umständen.«

Taryn fuhr aus seinem Sessel hoch, und Sarek wußte, daß sein Leben in diesem Moment an einem seidenen Faden hing. Der Commander hatte die Hand an den Griff seines Disruptors gelegt. Dann atmete er tief durch ... und noch einmal. Schließlich zwang er sich zu einem zaghaften Grinsen. »Vielleicht war ich *zu* clever, Sarek. Ich hätte nicht gedacht, daß Sie die Parallele zwischen den Koordinaten und unserem letzten Schachspiel erkennen würden.«

»Wie sollte ich es jemals vergessen können, Taryn?« fragte Sarek. »Es war eine der wenigen Partien, die Sie gewonnen haben. Selbstverständlich mußte ich sie wiedererkennen.« Sarek empfand eine tiefe Genugtuung. Taryn hatte sich mit seinem Namen ansprechen lassen und zugegeben, mit dem Vulkanier Schach gespielt zu haben – was in den Protokollen seiner Verhandlungen mit den Freelanern vermerkt war. Zumindest hatte er nun den Beweis, für dessen Beschaffung er sein Leben riskiert hatte.

Verschwinden Sie jetzt, Kirk! drängte der Vulkanier stumm. *Fliegen Sie mit Ihrem Schiff ab und leiten Sie die Informationen weiter …*

»Warum sind Sie hierher gekommen?« fragte Taryn in fast freundlichem Tonfall. »Sie wissen genau, daß ich Ihnen beiden auf keinen Fall die Rückkehr erlauben kann.«

»Ich bin gekommen, um mit Ihnen über die Freilassung der Vulkanier zu verhandeln, die auf Freelan leben«, sagte der Botschafter. »Die Föderation wurde über alles informiert. Der Krieg, den Sie anzustiften versucht haben, wird nicht stattfinden. Starfleet ist gewarnt, falls Ihre Streitmächte sich zu feindseligen Aktionen entschließen sollten. Wir beide wissen, daß das Romulanische Reich es niemals mit einer kampfbereiten Föderation aufnehmen kann … einer starken Föderation, die immer noch mit den Vulkaniern verbündet ist.« Sarek atmete tief durch und blickte nacheinander in die Gesichter der Offiziere, die auf der Brücke versammelt waren.

»Und es wird auch keinen Krieg mit den Klingonen geben«, fügte er hinzu, ohne sich etwas von seinen inneren Zweifeln anmerken zu lassen. Er wußte, daß es immer noch zum Krieg kommen konnte, aber er mußte Taryn und seine Offiziere nicht ausdrücklich auf diese Möglichkeit hinweisen.

»Warum nicht?« meldete sich plötzlich Savel zu Wort. Taryn warf ihr einen wütenden Blick zu, worauf sie sich sofort zurückzog. Doch Sarek entging nicht der kurze Ausdruck der Erleichterung in ihren Augen.

»Weil es Captain Kirk gelungen ist, seinen Neffen in Sicherheit zu bringen«, sagte Spock. Es waren seine ersten Worte, seit sie an Bord des Schiffes gebeamt worden waren. »Und selbst wenn Kamarags Flotte die *Enterprise* vernichten kann, ist Starfleet gewarnt. Der abtrünnige Botschafter wird nicht weit in das Territorium der Föderation vorstoßen können, bevor man ihm Einhalt gebietet. Azetbur hat glaubhaft versichert, daß sie die Renegaten nicht unterstützt ... Ihr Plan ist gescheitert.«

»Es reicht jetzt!« bellte der Commander, als er offensichtlich die Geduld verlor. »Warum sind Sie hier, Sarek? Ihnen muß bewußt sein, daß Ihr Leben verwirkt ist. Was wollen Sie mit diesem Auftritt erreichen?«

»Es geht mir um das Leben der Vulkanier auf Freelan«, entgegnete Sarek gelassen. »Das hatte ich bereits erwähnt. Sie sind der Befehlshaber des Freelan-Projekts. Nur der Prätor kann Ihre Entscheidungen widerrufen. Sie können die Anweisung geben, daß die Vulkanier freigelassen werden. Diejenigen, die Freelan verlassen möchten, können von der *Enterprise* aufgenommen und fortgebracht werden, bevor es zu einem Blutvergießen kommt.«

»Blutvergießen?« Savel starrte den Commander an, und diesmal ließ sie sich nicht von seinem harten Blick einschüchtern, sondern wiederholte ihre Frage. »Was meinen Sie damit, Botschafter?«

»Denken Sie nach, Savel ...«, sagte Spock. »Was wird der Prätor mit Freelan tun, wenn der Präsident der Föderation und der Sicherheitsrat die Wahrheit über Ihren Planeten kennen?«

»Wenn er sich an die übliche Vorgehensweise hält«, erklärte Sarek, »wird er für eine ›Schadensbegrenzung‹ sorgen, wie es die Menschen ausdrücken. Vermutlich wird die Kolonie aufgegeben. Mit ziemlicher Sicherheit werden alle Beweise für die Verschwörung vernichtet. Und der konkreteste Beweis für die romulanischen Pläne sind Sie und die anderen freelanischen Vulkanier.«

»In gewisser Weise handelt es sich bei Ihnen um Kriegsgefangene«, fügte Spock hinzu. »Die Tatsache, daß Sie auf Freelan geboren wurden und aufgewachsen sind, ändert nichts an der Tatsache, daß Ihre Anwesenheit auf Piraterie und terroristische Aktionen seitens des romulanischen Militärs zurückzuführen ist. Haben Sie die Geschichte studiert?«

Sie nickte langsam.

»Dann können Sie mir vielleicht sagen... wie oft Kriegsgefangene nach so langer Zeit tatsächlich in ihre Heimat zurückkehren durften.«

»Ich kenne kein einziges Beispiel«, beantwortete Sarek die rhetorische Frage seines Sohnes. Der vulkanische Botschafter blickte in die verschlossenen Gesichter der Brückenbesatzung. »Es ist wesentlich sicherer – und vor allem politisch sinnvoller –, sie zu töten oder sie einfach sterben zu lassen.«

Savel drehte sich bestürzt zum Commander herum. »Würde man das wirklich tun, *Vadi?*« wollte sie wissen. »Würdest du es zulassen?«

»Wenn er nichts unternimmt, wird es höchstwahrscheinlich dazu kommen«, sagte Spock.

»Taryn«, sprach Sarek den Romulaner mit ruhiger Stimme an, »wenn wir die Vulkanier nicht von Freelan fortbringen, besteht die hohe Wahrscheinlichkeit, daß man sie als fehlgeschlagenes Experiment betrachtet – oder als Kriegsgefangene. Und man wird sie in jedem Fall eliminieren. Wollen Sie für ein Pogrom verantwortlich sein? Wollen Sie zulassen, daß Ihr eigenes Volk abgeschlachtet wird?«

»Mein eigenes Volk ...«, wiederholte der Commander tonlos. Sein Gesicht zeigte keinen Ausdruck, doch Sarek entging nicht die Anspannung seiner Kiefermuskeln. »Ich verstehe nicht, was Sie meinen.«

»Sie haben mich sehr genau verstanden«, sagte Sarek und blickte dem Commander in die Augen. »Sie sind genauso ein Vulkanier wie ich ... und wie die anderen hier.« Dabei ließ er seinen Blick die Reihe der Brückenoffiziere entlangwandern. Dann zeigte er auf Savel. »Und genauso wie sie eine Vulkanierin ist.«

Es wurde totenstill auf der Brücke. Sarek entdeckte das kurze Aufflackern der Überraschung in Spocks Augen, das sofort wieder unterdrückt wurde. Einer nach dem anderen wandten sich die jungen Brückenoffiziere ihrem Commander zu. Nur Savel zeigte kein Erstaunen. *Sie weiß Bescheid,* dachte Sarek.

Taryn schüttelte den Kopf. Er brachte kein Wort heraus. Sein Gesicht war sichtlich blaß geworden. »Nein«, sagte er schließlich. Er mußte das Wort mit großer Kraftanstrengung herauspressen. »Nein!«

»Ich bitte Sie«, sagte Sarek behutsam. »Es ist unlogisch, die Wahrheit abzustreiten. Wollen Sie weiterhin Ihre Herkunft verleugnen, während Sie wissen, daß Sie den Tod der anderen freelanischen Vulkanier riskieren?«

Die jungen Offiziere erholten sich allmählich vom Schock, den Sareks Enthüllung ihnen versetzt hatte. Ein leises Raunen ging durch die Gruppe.

»Selbst wenn das, was Sie sagen, der Wahrheit entspricht, was sollte mich dazu veranlassen, die Vulkanier auf Freelan freizulassen?« fragte Taryn mit düsterer Miene. »In diesem Fall würde ich Verrat begehen!«

»Im anderen Fall würden Sie einen Massenmord begünstigen«, erwiderte Spock leise. »In gewisser Weise wäre es sogar ein Genozid. Ist es das, was Sie sich für diese Leute wünschen? Gefangenschaft und schließlich den Tod?« Er zeigte auf die Offiziere.

»Und auch für sie?« Sarek deutete mit einem Nicken auf Savel. Der Botschafter war beeindruckt, wie gut Spock seine Rolle beherrschte – offenbar hatte er die diplomatischen Fähigkeiten seines Sohnes bislang unterschätzt.

»Nein!« rief Taryn. Es war beinahe ein Schmerzensschrei. Er schlug mit der Faust auf die Armlehne seines Kommandosessels und hinterließ eine kleine, aber sichtbare Delle darin. »Ich werde das Volk, das mich aufgenommen hat, nicht verraten! Ich bin *Romulaner* –

kein Vulkanier! Ich habe mein Leben dem Prätor gewidmet! Mein vulkanisches Blut ist nicht mehr als ein zufälliger Umstand – es bedeutet mir gar nichts!«

»Bedeutet auch Savel Ihnen gar nichts?« fragte Sarek ruhig. Er überlegte schnell, welchen anderen Anreiz er ihm bieten konnte. Es gab nur eine Möglichkeit, denn Sarek wußte genau, daß Taryn es niemals riskieren würde, vor seiner Besatzung das Gesicht zu verlieren. »Wir kennen uns schon sehr lange«, sagte er. »Ich kenne Sie genau, Taryn. Ich bin bereit, Ihnen zu geben, was Sie sich am meisten wünschen – als Gegenleistung für die Freilassung der Vulkanier.«

»Was … was soll das sein?« fragte Taryn. Damit hatte der Commander offenbar am wenigsten gerechnet.

»Die Gelegenheit, mich zu besiegen. Wäre das nicht eine reizvolle Vorstellung? Seit Jahrzehnten wünschen Sie sich, in einem Wettbewerb gegen mich zu siegen, Taryn.«

Der Botschafter wußte, daß er sich auf ein gefährliches Terrain begab. »Eine letzte Partie, Taryn. Eine letzte Chance, mich zu schlagen.« Sarek blickte dem Commander tief in die Augen. »Ich werde mit Ihnen um das Leben der Vulkanier spielen. Ein Spiel, Taryn. Wenn ich gewinne, lassen Sie sie frei und gewähren mir jede Hilfe, damit ich die vulkanischen Gefangenen in Sicherheit bringen kann. Wenn ich verliere …« Der Botschafter atmete tief durch. »Wenn ich verliere, können Sie die Schlacht beginnen, die Sie so lange vorbereitet haben. Ich vermute, daß die Flotte bereits unterwegs ist. Im Augenblick ist die Zeit mein Feind … und Ihr Verbündeter. Ein Spiel wird mehrere Stunden dauern. Wollen Sie darauf setzen, daß Ihre Flotte vor dem Ende der Partie eintreffen wird?«

»Ein Spiel?« Taryn lachte laut auf. »Ein *Spiel*, Vulkanier? Haben Sie den Verstand verloren? Es geht hier um ein größeres Ziel, als in einem simplen Spiel zu gewinnen! Es geht um unser Leben! Sind Sie bereit, sich an die erforderlichen Spielregeln zu halten?«

Sarek wurde plötzlich klar, wovon Taryn sprach – im gleichen Moment wie Spock. Sein Sohn warf ihm einen warnenden Blick zu. Doch der Botschafter straffte entschlossen die Schultern. »Ich bin bereit, alles zu tun, was nötig ist, um für das Leben und die Freiheit Ihrer Gefangenen zu kämpfen, Taryn. Ich habe den Mut, das zu tun, was getan werden muß.« Er hielt einen bedeutungsschwangeren Augenblick inne. »Sie auch?«

Taryn war sichtlich schockiert. Der Commander sah in die Gesichter seiner Offiziere und erkannte, daß sie auf seine Antwort warteten.

»Alter Mann, Sie überraschen mich immer wieder«, sagte Taryn, und dann lächelte er. Aber es war ein gefährliches, raubtierhaftes Lächeln. »Nie zuvor hat es jemand gewagt, meinen Mut in Frage zu stellen.«

Langsam erhob sich der Commander von seinem Sitz. Als er stand, wirkte er größer und kräftiger als Sarek – und schätzungsweise dreißig Jahre jünger als der Botschafter. »Also gut, Sarek. Ich fordere Sie heraus!« Er sprach so laut, daß Savel erschrocken zurückwich.

»Ich forderte Sie nach den altehrwürdigen Gesetzen und Riten des *Toriatal* heraus. *T'kevaidors a skelitus dunt'ryala aikriian paselitan ... Toriatal*«, intonierte er feierlich. Sarek erkannte die Sprache als Althochvulkanisch. Taryn blickte ihn mit erhobenem Kopf an. »Sie wollen die Leben dieser Vulkanier, Sarek – dann kämpfen Sie darum! Wenn Sie verlieren, ist Ihr Leben – und das Ihres Sohnes – verwirkt!«

Sarek kannte diesen Wortlaut. Diese Herausforderung war so alt, daß sie immer noch den Kulturen der Vulkanier und Romulaner gemeinsam war. Das *Toriatal* stammte aus der Zeit, bevor Surak ihrer gemeinsamen Heimatwelt die Botschaft von Logik und Frieden verkündet hatte.

Das *Toriatal* war in früheren Zeiten veranstaltet worden, wenn zwei vulkanische Nationen miteinander im

Krieg standen und das Land bereits durch den Konflikt verwüstet worden war. Dann waren zwei Kämpfer ausgewählt worden, die ihre Nationen im Zweikampf repräsentierten. Und der Ausgang dieses Kampfes Mann gegen Mann sollte über Sieg oder Niederlage der Nationen entscheiden. Zumindest ist die *Enterprise* jetzt vor den romulanischen Schiffen sicher, dachte Sarek. Denn zu den Bedingungen des *Toriatal* gehörte es, daß ein Waffenstillstand eingehalten wurde, während die Vertreter ihren Kampf austrugen. Kein romulanisches Schiff würde feindselige Aktionen beginnen, wenn er sich mit dem *Toriatal* einverstanden erklärte – bis der Kampf entschieden war und entweder er oder Taryn den Tod gefunden hatte.

»Nennen Sie die Bedingungen der Herausforderung«, sagte Sarek, um Zeit zu gewinnen, während er nachdachte. War dies seine einzige Möglichkeit? Taryn wäre ihm in jedem Kampf, der mit körperlichen Kräften ausgetragen wurde, zweifellos überlegen. Er war ein echter Vulkanier, aber jünger und stärker als der Botschafter. Ein kampfgeschulter Soldat. Seine Chancen standen schlecht.

»Also gut. Wenn Sie gewinnen, Botschafter, werde ich erlauben, daß jeder Vulkanier, der es wünscht, Freelan verlassen kann. Ich werde Ihre Bemühungen unterstützen, die Betreffenden über ihre Wahlmöglichkeit zu informieren. Ich werde den geplanten Angriff abbrechen und keine Feindseligkeiten gegen die *Enterprise* eröffnen. Ist das akzeptabel?«

Sarek nickte. »Ich bin einverstanden.«

»Und wenn ich gewinne, Botschafter, erklären Sie sich einverstanden, daß ich die freie Verfügung über Ihr Leben und das Ihres Sohnes habe – gesetzt den unwahrscheinlichen Fall, daß Sie den Kampf überleben. Und nichts wird mich daran hindern, mit meiner Flotte das Schiff, daß Sie *Enterprise* nennen, anzugreifen.«

Der Botschafter drehte sich zu Spock um. »Ich bin bereit, mein eigenes Leben für diese Herausforderung aufs Spiel zu setzen«, sagte er. »Aber ich kann nicht über das Leben meines Sohnes entscheiden.«

»Ich möchte Sie darauf hinweisen, Botschafter, daß ich viel mehr aufs Spiel setze, als Sie einzusetzen bereit sind«, warf Taryn ein. Dem konnte auch Sarek nicht widersprechen. »Eine Herausforderung ist eine Herausforderung. Akzeptieren Sie oder nicht?« Der Romulaner strahlte Zuversicht aus, während er sprach.

Sarek holte tief Luft. *Das Wohl der vielen …* dachte er, aber diesmal konnte er eine solche Entscheidung nicht treffen. Nicht, wenn das Leben seines Sohnes auf dem Spiel stand. Langsam schüttelte er den Kopf und öffnete den Mund …

»Ich bin mit den Bedingungen einverstanden«, sagte Spock leise, ohne den Kopf zu drehen. »Unsere Überlebenschancen stehen ohnehin nicht gut.«

Sarek warf dem Ersten Offizier der *Enterprise* einen kurzen Blick zu, dann richtete er sich auf. »Also gut, Commander. Ich nehme Ihre Bedingungen an. Ich werde mit Ihnen ein *Toriatal* ausfechten.«

»Als Herausforderer steht mir die Wahl der Kampfart zu«, sagte Taryn mit einem erwartungsvollen Leuchten in den Augen.

»Ja.«

Rings um sie war das leise Raunen der jungen Offiziere zu hören. Nur Savel schien über die Entwicklung der Dinge besorgt zu sein. Aus dem Augenwinkel bemerkte Sarek, wie sie den Kopf schüttelte und flüsterte: »Nein, *Vadi!*«

Sarek fragte sich, wofür Taryn sich entscheiden würde. Er hoffte, daß Taryns Arroganz ihn dazu verleitete, einen unbewaffneten Kampf zu wählen. Der Botschafter war ein Meister in verschiedenen vulkanischen Kampftechniken, darunter auch im *Tal-shaya*. Im waffenlosen Kampf mit bloßen Händen hätte er vielleicht eine Chance. Obwohl Sarek in seiner Jugend an traditionellen vulkanischen Waffen ausgebildet worden war und großes Geschick im Umgang damit bewiesen hatte, war es schon Jahre her, seit er das letzte Mal mit einer Waffe trainiert hatte.

Und wenn sie ohne Waffen kämpften, war es durchaus möglich, daß keiner von beiden sterben würde. Sarek wollte nicht sterben – und genausowenig wollte er Taryn töten.

»Ich wähle die Waffen, Botschafter«, sagte Taryn und machte eine Kunstpause. »Ich wähle die *Senapa.*« Der Commander nahm wieder Platz, während ein kaltes, triumphierendes Lächeln auf seinem Gesicht stand.

Sarek holte tief Luft. Die *Senapa* ... die tödlichste und schmerzhafteste Waffe, die je von Vulkaniern entwickelt worden war. Ein Kämpfer konnte einen oder vielleicht zwei Verletzungen überleben – wenn er in guter körperlicher Verfassung war und sofort eine Blutwäsche und Transfusion erhielt – aber eine dritte Wunde war mit einem Todesurteil gleichzusetzen. »Ich werde mich auf den Kampf vorbereiten«, sagte der Botschafter.

»Sie brauchen einen Sekundanten, Botschafter«, sagte Spock. »Ich stelle mich zur Verfügung.«

Sarek drehte sich zu seinem Sohn um und nickte schließlich. »Ich bin einverstanden.«

Er wandte sich wieder an Taryn und grüßte ihn mit dem uralten, feierlichen Handzeichen. »Wir sehen uns, wenn Sie bereit sind, Commander.«

Taryn nickte. »In fünfzehn Minuten, Botschafter. Savel wird Sie zur Sporthalle führen.«

Spock und Sarek hatten sich in eine Ecke der Sporthalle der *Shardarr* zurückgezogen, wo sie sich in aller Eile auf den bevorstehenden Kampf vorbereiteten. Schnell zog Sarek die schwere Robe aus und hängte sie an der Wand auf. Sorgsam ordnete er den Faltenwurf des Gewandes, so daß die Aufzeichnungseinheit freie Sicht auf den Kampfplatz hatte, der soeben von Poldar und Tonik markiert wurde. Als sein Sohn sich näherte, um das Untergewand des Botschafters zu lösen, flüsterte Sarek leise: »Wie lange wird Kirk brauchen, um die Nachricht abzuschicken und zurückzukehren?«

»Schätzungsweise eine Stunde ab dem Zeitpunkt unseres Aufbruchs«, antwortete Spock mit leiser Stimme. »Du bist nicht in der besten Verfassung für einen solchen Kampf«, fügte er hinzu.

»Ich bin mir meiner Defizite durchaus bewußt«, bestätigte Sarek tonlos. »Vielleicht kann ich lange genug durchhalten, bis Kirk zurückkehrt. Wenn ich lediglich verletzt bin, ist der hochgeschätzte Dr. McCoy möglicherweise in der Lage, mein Leben zu retten.«

»Die nächstgelegenen Vorräte an *Senapa*-Gegengift befinden sich auf Vulkan«, flüsterte Spock. »Ich kann mir nicht vorstellen, daß diese Droge zur Standardausrüstung eines Föderationsraumschiffes gehört. Das gefällt mir nicht. Ein Duell mit *Senapas* ... Taryn hat einen entschiedenen Vorteil. Er ist jünger, größer und zweifellos wesentlich schneller als du.«

»Denke nicht, mir wären diese Umstände entgangen«, erwiderte Sarek mit einem Anflug von Galgenhumor. »Aber als Herausforderer hat er nun einmal das Recht, über die Kampfart und die verwendeten Waffen zu entscheiden.«

»Wann hast du das letzte Mal trainiert?«

»Vor mehreren Monaten«, gab Sarek zu. »Kurz bevor ... kurz bevor die Krankheit deiner Mutter diagnostiziert wurde.«

Sarek hörte, wie sein Sohn tief Luft holte, und spürte seine Besorgnis. Er empfand genau das gleiche. Der Commander mußte nur darauf achten, Sarek nicht zu nahe zu kommen, um dann seine größere Reichweite und Schnelligkeit dazu zu nutzen, seinem Gegner mehrere Verletzungen zuzufügen. Dann wäre der Kampf sehr bald vorbei. Schon ein kleiner Schnitt, überlegte

Sarek, könnte seine Reaktionen verlangsamen ... und wenn im Verlauf der folgenden Minuten das Gift seine Wirkung zu entfalten begann, würde Sarek träge werden und seine Deckung vernachlässigen. Dann war es keine Schwierigkeit mehr, ihn zu besiegen.

Als er bemerkte, daß Taryn den improvisierten Kampfplatz betrat, kam Sarek schnell auf die Beine. Wie es die Tradition verlangte, waren beide Kämpfer nur in kurze, weite Hosen gekleidet, damit eine möglichst große Körperfläche ungeschützt blieb – und leichter mit den vergifteten Klingen verletzt werden konnte.

Von Spock begleitet, ging Sarek seinem Gegner entgegen. Der Zenturio, den Taryn als Poldar angesprochen hatte – ebenfalls einer der freelanischen Vulkanier –, wartete leidenschaftslos in der Mitte des Kampfplatzes. Er hielt einen geschnitzten Koffer auf den Armen, in dem die zwei *Senapas* in ausgesparten Vertiefungen lagen. Als Taryn den Mittelpunkt des Kampfplatzes erreichte, deutete er mit einer spöttischen Verbeugung an, daß der Botschafter sich eine Waffe aussuchen solle.

Sarek betrachtete die beiden *Senapas*. Sie sahen völlig identisch aus. Sie bestanden aus einer halbmondförmigen, gekrümmten Klinge, die rasiermesserscharf war, und einem Handgriff mit einem gepolsterten Schutz für die Finger, damit sie nicht die Schneide berührten. Sarek entschied sich für die erste Waffe, packte sie am Griff und trat zurück, während er darauf wartete, daß Taryn die zweite Waffe nahm. Er wog die *Senapa* in der Hand ... Es war schon sehr lange her, seit er das letzte Mal mit einer solchen Waffe trainiert hatte. Es war natürlich mehr eine Hieb- als eine Stichwaffe.

Poldar bedeutete den beiden Sekundanten Spock und Savel, sich vom Kampfplatz zurückzuziehen. Sarek atmete mehrere Male tief durch und versuchte seine Muskeln zu lockern. Er verlagerte sein Körpergewicht, bis er einen festen Stand erlangt hatte. Sein rechter Fuß stand ein kleines Stück vor dem linken.

»Der Kampf beginnt!« sagte Poldar, und Sarek stellte überrascht fest, daß der Zenturio Vulkanisch gesprochen hatte. Er warf dem jungen Mann einen kurzen Blick zu – was ihm beinahe zum Verhängnis geworden wäre, denn Taryn hatte bereits mit der lautlosen Tödlichkeit einer *Le-matya* seinen Angriff begonnen. Nur das erschrockene Keuchen seines Sohnes ließ den Vulkanier rechtzeitig zurückspringen, so daß Taryns Klinge ihn um wenige Zentimeter verfehlte.

Er wich vorsichtig zurück und behielt dabei die Begrenzungslinien des Kampfplatzes im Auge, denn wer sie überschritt, hatte automatisch verloren und durfte vom Gegner getötet werden. Deshalb achtete er darauf, in der Mitte des Feldes zu bleiben. Ein viereckiges Feld war wesentlich gefährlicher als ein rundes, denn ein Kämpfer konnte sehr leicht in eine Ecke getrieben werden. Und nur ein äußerst geschickter *Senapa*-Meister konnte sich ohne Blessuren aus einer solchen Situation befreien.

Der Vulkanier vollführte ein paar Hiebe mit seiner Waffe, um ein Gefühl dafür zu erhalten. Früher war Sarek einmal in der Lage gewesen, die *Senapa* in die Luft zu werfen und sicher am Griff wieder aufzufangen, doch diese Zeit lag inzwischen mehr als hundert Jahre zurück.

Taryn hatte die Zeit offenbar dazu genutzt, seinen Gegner abzuschätzen, den er startete eine neue Attacke. Diesmal kam er von schräg unten, täuschte einen Hieb nach rechts vor und ließ sofort einen Schlag von links folgen. Wieder konnte Sarek zurückspringen und der Klinge durch eine schnelle Körperdrehung um Haaresbreite ausweichen. Doch nach dieser Anstrengung stand er einen Augenblick lang keuchend da … und Taryn lächelte, als er es sah.

Der Botschafter ging wieder in der Mitte des Feldes langsam im Kreis herum und wartete darauf, daß sich ihm eine Gelegenheit bot. »Treten Sie über die Begrenzungslinie, alter Mann«, sagte Taryn höhnisch. »Machen Sie es uns beiden leichter.«

»Hat Ihnen niemand gesagt, daß nur Feiglinge und Rüpel ihren Gegner beleidigen?« fragte Sarek mit völlig ruhiger Stimme.

Wie erwartet verzerrte sich daraufhin Taryns Gesicht vor Wut, und er griff erneut an. Der Botschafter trat zur Seite und brachte Taryn mit einem Fußtritt aus dem Gleichgewicht, während er mit der unbewaffneten Hand in das Genick seines Gegners schlug. Mit einem Grunzen fiel Taryn vornüber, doch er war sehr gut trainiert, denn der Commander fing den Sturz mit einer Rolle ab und war wieder auf den Beinen, bevor Sarek irgendeinen Vorteil nutzen konnte. Taryn starrte seinen Gegner mißtrauisch an, während sich der selbstgefällige Ausdruck seines Gesichtes in respektvolle Vorsicht verwandelte.

Sarek begann mit der Planung seiner weiteren Strategie, als er sah, wie Taryn plötzlich die Augen aufriß und dann freudig grinste. Gleichzeitig spürte er ein leichtes Brennen an seiner linken Körperseite knapp über dem Rippenansatz. Er blickte nach unten und sah eine dünne grüne Linie. Es war ein winziger Schnitt, aber mit der Zeit würde er sich als fatal erweisen. Der Botschafter sog zischend Luft durch die Zähne ein. Dann nahm er seine Kreisbewegung wieder auf, während er hoffte, Taryn würde ihn einen Augenblick lang in Ruhe lassen.

Der Vulkanier konzentrierte sich auf sein Zentrum, um seine Fähigkeit der Biokontrolle anzuwenden. Ja, er spürte das Gift, wie es sich von der kleinen Verletzung ausbreitete. Es war nur eine winzige Menge, aber sie würde ihn beeinträchtigen und schließlich träge machen. Durch intensivste Konzentration verlangsamte Sarek seinen Blutkreislauf, damit sich das Gift nicht zu schnell im Körper verteilte. Mehr konnte er nicht dagegen tun …

Taryn wollte nicht abwarten, bis Sarek dem Gift zum Opfer fiel, und startete einen neuen Angriff. Seine Waffe beschrieb einen schnellen, flachen Bogen, der dem Vulkanier die Kehle aufgeschlitzt hätte, wenn er sich nicht geduckt hätte. Sarek richtete sich wieder auf und riß seinen Ellbogen hoch, wodurch er dem Commander einen schweren Schlag versetzen konnte – allerdings nicht in die Kehle, wie er geplant hatte, sondern gegen den Unterkiefer. Taryn taumelte keuchend zurück, doch als Sarek diesen Moment der Schwäche nutzen wollte, versetzte der Commander ihm einen Tritt gegen die linke Kniescheibe.

Stechender Schmerz schoß durch Sareks Bein, das beinahe unter ihm wegknickte. Irgendwie schaffte es der Vulkanier, das Gleichgewicht zu halten, aber er hatte heftige Schmerzen. Feuer strömte durch seine Adern, und einen Augenblick lang wußte er nicht, ob das Gift oder der Sauerstoffmangel dafür verantwortlich war. Sein Sichtfeld zog sich zu einem schwarzumrandeten Kreis zusammen, doch mit einigen tiefen, keuchenden Atemzügen konnte er die Dunkelheit wieder verdrängen.

»Sie sind besser, als ich erwartet hatte, Botschafter«, sagte Taryn. Sarek war zu sehr außer Atem, um Zufriedenheit über den Schweiß auf dem Gesicht und der Brust des Commanders empfinden zu können. »Aber Sie wissen genau, daß Sie diesen Kampf nicht überstehen können. Treten Sie über die Linie, und ich verspreche Ihnen einen schnellen, sauberen und ehrenhaften Tod. Warum wollen Sie das Ende unnötig hinauszögern?«

Ich muß diesen Kampf schnell zu Ende bringen, dachte Sarek. Dann fiel ihm eine mögliche Strategie ein, und er schob sich langsam auf den Commander zu. Dabei täuschte er vor – obwohl er im Grunde überhaupt nicht schauspielern mußte –, daß seine gesamte linke Seite geschwächt war.

Mit der *Senapa* wie gewohnt in der rechten Hand zielte Sarek seinen nächsten, nicht sehr geschickt ausgeführten Schlag von unten gegen Taryns Schulter. Der Commander sprang nach links, wie Sarek erwartet hatte, und startete seinen Gegenangriff. Sarek wich der Klinge seines Gegners aus und brachte dann seine gesamte Körperbeherrschung zum Einsatz, um die *Senapa* hoch in die Luft zu werfen ...

... und sie mit der linken Hand aufzufangen.

Taryn hatte sich ganz auf seinen Gegenschlag konzentriert, ohne darauf zu achten, daß seine Seite völlig ungeschützt war. Mit einer Drehung des linken Handgelenks verpaßte Sarek ihm einen Schnitt in den Brustkorb ... und gleich darauf einen zweiten.

Zwei Schnitte. Genügend Gift, um selbst einen starken Gegner innerhalb weniger Minuten außer Gefecht zu setzen. Undeutlich nahm Sarek das entsetzte Keuchen Savels wahr. Schnell löste er sich von seinem Gegner und trat zurück, immer noch darauf bedacht, sich nicht in eine Ecke des Feldes drängen zu lassen.

Taryn spürte den Schmerz an den Rippen und starrte dann fassungslos an sich herab. Langsam hob er den Blick und faßte die Waffe ins Auge, die Sarek immer noch in der linken Hand hielt. Der Commander lachte leise. »Immer ... besser ... alter Mann.« Er schnappte keuchend nach Luft. »Also gut, dann ... geben Sie mir jetzt den Rest. Erledigen Sie mich!«

»Ich habe nicht den Wunsch, einen alten Freund zu töten«, sagte Sarek. »Wir können diesen Kampf als beendet betrachten. Ich bin nur an den jungen Vulkaniern interessiert.«

»Sie glauben ... ich würde zulassen ... daß man ihnen etwas antut?« Taryns Atem ging immer schwerer, in schmerzhaften Stößen. »Nein ... niemals ...«

»Daran habe ich nie geglaubt«, erwiderte Sarek schnell. »Lassen Sie uns aufhören, Taryn. Mit Hilfe eines Arztes können wir beide überleben. Ich bitte Sie … als Freund …«

»Bitte, *Vadi!*« rief Savel, als sie es nicht mehr aushielt.

»Nein!« brüllte Taryn und sprang vor, wild seine Waffe schwingend. Sarek parierte den Hieb mit seiner *Senapa,* die empfindlichen Klingen schlugen laut aufeinander – und zerbrachen. Taryn keuchte auf, verdrehte die Augen und stürzte dann zu Boden.

Sarek starrte auf ihn herab und bemerkte den kleinen grünen Strich auf den Fingerknöcheln des Commanders. Drei Verletzungen … so etwas konnte kaum jemand überleben.

»Wo ist Ihr Arzt?« rief der Botschafter und ging schnell neben der reglosen Gestalt des Commanders in die Knie. »Holen Sie sofort Ihren Arzt!«

»Nein … ich verbiete es …«, stöhnte Taryn. Seine Augen waren geschlossen. »Poldar … übernehmen Sie … das Kommando … tun Sie alles Notwendige … um dem Ausgang der Herausforderung … gerecht zu werden …«

»Das werde ich tun, Commander«, versprach der junge Zenturio, der sich über seinen sterbenden Vorgesetzten beugte.

»Er könnte gerettet werden!« rief Sarek verzweifelt und berührte Taryns Stirn. Er spürte, wie das Leben in seinem Körper und Geist pulsierte – und zusehends schwächer wurde. »Holen Sie den Arzt!«

Poldar schüttelte entschieden den Kopf. Auch als Savel das gleiche wie der Botschafter forderte, blieb der junge Zenturio bei seinem Entschluß, den letzten Befehl Taryns zu respektieren.

Sarek unternahm einen letzten Versuch, das Leben des Commanders zu retten, und legte seine Hände um Taryns Kopf, bis er instinktiv die richtigen Punkte gefunden hatte. »Gehen Sie, und holen Sie den Arzt!« befahl er Savel und Spock, die neben ihm hockten. Dann drang er mit seinem Geist in den des Commanders vor, verschmolz mit ihm, schenkte ihm Kraft und hielt ihn am Leben – unter Gefahr für sein eigenes Leben.

Die Verschmelzung wurde intensiver, als Sarek den Strom mentaler Energie verstärkte. Er und der sterbende Taryn teilten ihren Geist und die Erinnerungen ihres Lebens. In grellen Blitzen durchlebte der Botschafter Ereignisse aus Taryns Vergangenheit. Die Geburt seiner Kinder. Seine Hochzeit. Seine Abschlußfeier. Ihre gemeinsamen Schachpartien. Politische Verbündete und Todfeinde ...

Doch der Geist des anderen Vulkaniers wurde immer schwächer. Er zwang den Botschafter dazu, immer mehr seiner eigenen Kraft in einer letzten, verzweifelten Anstrengung in ihn strömen zu lassen. Sarek vertiefte ihre Verschmelzung und spürte, wie er selbst in die Vergangenheit eintauchte, bis in Taryns Jugend und Kindheit. Zurück bis zur allerersten Erinnerung. Einer Erinnerung, die den Commander sogar noch kurz vor seinem Ende mit Schrecken und Abscheu erfüllte ...

Taryn erinnerte sich ... und Sarek erlebte alles mit, denn in diesem Augenblick waren sie ein Geist.

Sarek war Taryn. Doch sein Name lautete jetzt anders. Saren. Er hieß Saren und war vier Jahre alt. Er befand sich an Bord des kleinen Handelsschiffes seiner Eltern. Alle Vulkanier in diesem Sektor wußten, daß immer wieder Schiffe verschwanden ... man vermutete, daß Piraten und Sklavenjäger dahintersteckten. Orionische Menschenhändler machten die Raumfahrtrouten unsicher, und Geschichten über Vergewaltigung, Plünderung, Mord und Versklavung machten die Runde und verbreiteten überall Schrecken.

Als ihr kleiner Frachter plötzlich von einem Traktorstrahl festgehalten wurde und ein riesiges, unbekanntes Schiff vor ihnen im Weltraum hing, das scheinbar aus dem Nichts materialisiert war, hatten Taryns Eltern eine Entscheidung getroffen, von deren Richtigkeit sie überzeugt waren.

Flüsternd hatten sein Vater und seine Mutter besprochen, daß sie kämpfen würden, nötigenfalls bis zum Tod, und sich auf keinen Fall gefangennehmen und versklaven lassen würden. Wenn sie den Kampf überleben sollten, wollten sie ihren Geist verschmelzen und ihre Fähigkeiten der Biokontrolle dazu benutzen, gegenseitig ihren Herzschlag anzuhalten. Nach einigen Minuten der Diskussion beschlossen sie, daß sie Saren in ihre Verschmelzung einbeziehen mußten. Denn sie wollten nicht, daß ihr Sohn litt, und als Sklave aufzuwachsen, erschien ihnen ein schlimmeres Schicksal als überhaupt nicht aufzuwachsen …

»Saren …«, sagte Mutter und streckte ihrem Sohn die Hand hin. Der Junge stand mit aufgerissenen Augen und zitternd im Eingang zum kleinen Kontrollraum. »Komm zu mir! Gib mir deine Hand!«

»Ja, Saren«, sagte Vater. »Komm! Gib uns deine Hände.«

Saren wußte instinktiv, daß ihn nichts Gutes erwartete, wenn er ihrer Aufforderung nachkam. Ängstlich schüttelte er den Kopf, ohne ein Wort zu sagen.

»Komm jetzt, Saren!« forderte sein Vater ihn ungeduldig auf. »Du läßt dich von deinen Emotionen leiten. Wir sind Vulkanier … in unserem Leben gibt es keinen Platz für die Furcht. Du willst doch kein Feigling sein!«

»Nein …«, wimmerte der kleine Saren, während ihm die ersten Tränen über das Gesicht liefen. Er hatte nicht mehr geweint, seit er ein Baby gewesen war, und er schämte sich zutiefst für sein Verhalten. Er war ein Vulkanier, und Vulkanier weinten nicht! Und sie hatten auch keine Angst. Aber er konnte nichts dagegen tun.

»Saren, mein Sohn.« Vaters Stimme klang sehr streng. »Komm her – sofort!«

Ein Ruck ging durch das kleine Schiff, als sich etwas an ihre Luftschleuse ankoppelte. Mutter schrie, daß sie sich beeilen mußten. Beide Vulkanier holten Waffen aus einem Schrank. Altmodische Betäubungswaffen … die wenig gegen Phaser oder Disruptoren ausrichten würden.

»Saren!« befahl Vater. Er kam auf ihn zu. »Gib mir deine Hand!«

Taryns letzter Rest von Kontrolle versagte, und er kreischte laut: »Nein! Ich habe Angst!«

Schluchzend drehte sich Taryn um und verließ in Panik den Kontrollraum. Erst nachdem das Kind die Luftschleuse erreicht hatte, nachdem sich der Verschlußmechanismus bedrohlich in Bewegung gesetzt hatte, wurde sein Schrecken vor dem Unbekannten größer als die Angst vor seinen Eltern und vor dem, was sie zu tun beschlossen hatten.

Als sich die Invasoren mit gezückten Waffen in das Schiff drängten, war Taryn durch den Korridor zurückgerannt. Er wollte fliehen und wurde im nächsten Augenblick von einem Betäubungsstrahl getroffen. Dann hatte er hilflos dagelegen, ohne sich bewegen zu können, und hatte mit ansehen müssen, wie die uniformierten Invasoren sich ihren Weg durch die Tür brannten, wie sie seinen Vater mit einem Disruptor verdampften und sich dann seiner Mutter zuwandten. Als sie nach ihr gegriffen hatten, war sie plötzlich erstarrt und dann mit getrübtem Blick tot in ihren Armen zusammengebrochen.

Sarek verstand den Commander jetzt viel besser … warum er die Herausforderung ausgesprochen hatte, warum er den Vorwurf der Feigheit oder Furcht nicht ertragen konnte.

Der Botschafter wußte jetzt, daß der Commander diese Erinnerung weit verdrängt hatte, sie unterdrückt hatte, bis sie ihn nur noch in seinen Träumen heimsuchte. *Du warst damals ein Kind*, sagte er zum schwerverletzten Commander. *Ein kleines Kind. Du bist nicht für das verantwortlich, was geschehen ist. Du hättest nichts daran ändern können. Wisse dies und laß den Schmerz verklingen … laß ihn verklingen …*

Sarek spürte, daß Taryn ihn verstand, daß der Commander sich endlich vom Schrecken und der Schuld der Vergangenheit befreit fühlte. Doch diese neue Einsicht würde ihm wenig nützen, weil ihm der Freelaner trotz seiner Bemühungen entglitt. Sarek klammerte sich mit gefährlicher Hartnäckigkeit an ihre Verschmelzung, er hielt sogar noch daran fest, als er das Einsetzen der Veränderung spürte, als das Gefühl der Auflösung auf seinen Körper übergriff.

Der Tod? fragte er sich benommen. *Ist das der Tod?*

Doch wenige Augenblicke später wurde ihm klar, worauf dieses Gefühl zurückzuführen war – er war von einem Transporterstrahl erfaßt worden.

James T. Kirk stand im Transporterraum und sah zu, wie Dr. McCoy und sein medizinisches Team versuchten, den Zustand des sterbenden Commanders zu stabilisieren. »Tri-ox!« rief der Arzt, und eine Krankenschwester drückte ihm einen Injektor in die Hand.

Sarek kniete neben Taryn und hatte beide Hände an den Kopf des Mannes gelegt. Offensichtlich war er eine Verschmelzung mit ihm eingegangen, doch dann brach der Botschafter, der nur seine Unterkleidung trug, plötzlich auf der Plattform zusammen.

»Sie haben beide eine *Senapa*-Vergiftung, Doktor«, sagte Spock. Seine ruhige Stimme wirkte im organisierten Durcheinander des medizinischen Teams völlig fehl am Platze. »Vielleicht ist es möglich, das Gegengift zu synthetisieren.« Er borgte sich einen Schreibstift von einem Techniker und skizzierte eine chemische Strukturformel. »Das ist es.«

McCoy gab die Formel an einen anderen Techniker weiter, der sich sofort auf den Weg machte, um das Gegengift replizieren zu lassen. »Was wissen Sie sonst noch über Therapiemöglichkeiten?« brummte er, während er auch Sarek eine Injektion Tri-ox verpaßte. »Auf jeden Fall unterbindet das Zeug die Fähigkeit des Blutes, Sauerstoff aufzunehmen!«

»In den überlieferten Texten ist von Blutwäsche und Transfusion die Rede.«

»Okay«, sagte McCoy. »Machen Sie in der Krankenstation alles für eine Blutwäsche und Transfusion bereit. Überprüfen Sie unseren Vorrat an vulkanischem Blut der Gruppe Q-positiv. Das ist nichts Ungewöhnliches, also müßten wir eigentlich genügend davon haben.«

»Aber ... er ist doch ein Romulaner!« sagte Kirk. »Oder haben sie die gleichen Blutgruppen?«

»Keine Ahnung«, entgegnete McCoy. »Aber das hier ist definitiv ein Vulkanier, Jim.«

Spock warf dem Captain einen Blick zu und nickte bestätigend.

»Also gut, Spock, ich fürchte, Sie müssen sich noch einmal als Blutspender für Ihren Vater zur Verfügung stellen«, sagte der Arzt. »Machen Sie sich bereit!«

»Ich bin bereit, Doktor«, sagte der Vulkanier. Er zog seine Uniformjacke aus und krempelte den Ärmel seines Hemdes hoch.

»Okay, ich denke, daß wir sie jetzt bewegen können! Schwester, bringen Sie die Antigravbahren her!« befahl der Arzt.

Der Captain trat zu McCoy. »Wird er es schaffen?«

»Ich weiß es noch nicht, Jim«, brummte McCoy, während er Taryn hastig eine Injektion verabreichte. »Vielleicht. Diese Vulkanier sind zähe Burschen ... und äußerst störrisch«, fügte er mit einem Seitenblick auf Spock hinzu.

Kirk sah zu, wie die zwei bewußtlosen Vulkanier auf die Bahren gelegt wurden, und folgte der Gruppe in den Korridor. Auf halbem Wege hörte er eine Durchsage von Uhura. »Captain Kirk ... Captain Kirk, bitte sofort melden!«

Er schlug mit der Hand auf den nächsten Interkomanschluß und stellte eine Verbindung her. »Hier Kirk. Was gibt es, Commander?«

Chekovs Stimme antwortete ihm. Er klang außer Atem und recht nervös. »Sir, unsere Fernbereichsensoren zeigen mehrere Schiffe an. Zehn Stück. Sie kommen aus der Neutralen Zone und fliegen genau auf uns zu.«

»Bin schon unterwegs«, sagte Kirk und eilte zum Turbolift. *Ein Unglück kommt selten allein,* dachte er grimmig. *Kein Wunder, daß Kamarag ausgerechnet jetzt aufkreuzt …*

10

»Genau im richtigen Moment«, brummte Kirk, als er die Brücke erreichte und einen Blick auf das Chronometer warf. »Absolute Pünktlichkeit scheint ein Muß für jeden Diplomaten zu sein ...«

Chekov blickte sich fragend zu ihm um. »Wie bitte, Captain.«

Kirk schüttelte den Kopf und nahm in seinem Kommandosessel Platz. »Nichts von Bedeutung, Mr. Chekov. Zustandsbericht?«

»Wir haben zehn Schiffe geortet, die aus der klingonischen Neutralen Zone kommen.«

»Geschätzte Ankunftszeit, Commander?«

»In zehn Komma sechs Minuten, Sir.«

»Welche Schiffstypen?«

»Ich identifiziere vier Kreuzer und sechs Kriegsschwalben, Sir.«

Kirk schnaufte leise. Klingonische Kampfkreuzer waren ein beinahe ebenbürtiger Gegner für die *Enterprise* – im Gegensatz zu den kleineren Kriegsschwalben. Der Captain ließ sich verschiedene Möglichkeiten durch den Kopf gehen ... Sollte er Fersengeld geben, sich außer Reichweite halten, bis Verstärkung eintraf? Nein. Sobald sie die Neutrale Zone verlassen hatten, würden sich die Schiffe bestimmt trennen, um den größtmöglichen Schaden auf einer maximalen Anzahl von Planeten anrichten zu können.

»Commander Uhura, versuchen Sie Kamarags Schiff zu rufen.«

»Ja, Sir.«

Kirk war überrascht, als sich das Schiff des Klingonen, die *HoHwI'*, sofort meldete. Kurz darauf erschienen die wuchtigen Gesichtszüge des Botschafters auf dem Schirm. Als sein Blick den Captain erfaßte, verdüsterte sich seine Miene, und sein glühender Blick hätte mühelos Neutronium durchdrungen. »Kirk ...«, knurrte er. »Wie können Sie es wagen, mit mir in Kontakt zu treten? Wir haben uns nichts zu sagen – außer Sie wollen um Ihr Leben und das Ihrer Besatzung betteln. Ich würde es mir sogar ein paar Minuten lang mit Vergnügen anhören ...« Bei diesem Gedanken lächelte er, aber es handelte sich keineswegs um eine angenehme Gefühlsregung.

»Botschafter«, sagte der Captain und zwang sich dazu, möglichst vernünftig und freundlich zu reden, obwohl bereits der Anblick des Klingonen genügte, um seine Wut zu entfachen. Schließlich hatte er nicht vergessen, in welche Schwierigkeiten dieser Mann ihn durch Peters Entführung gebracht hatte. »Wir müssen miteinander reden. Es gibt da einige Dinge, die ich Ihnen sagen muß. Brechen Sie Ihren Angriff ab, denn Ihr Plan ist das Resultat einer telepathischen Beeinflussung von außen. Botschafter Sarek befindet sich an Bord meines Schiffes, und er hat konkrete Beweise für das, was ich Ihnen sage – Beweise, die ich Ihnen gerne zur Prüfung vorlegen möchte. Unter den gegebenen Umständen bin ich überzeugt, daß Kanzlerin Azetbur, wenn ich ihr erkläre ...«

Kamarag unterbrach ihn mit einem Laut, der eine Mischung aus einem Knurren und einem Grunzen darstellte. »Kirk, Sie sind ein Lügner, Betrüger und Mörder! Ich weiß, daß sie meine Nichte entführt haben und sie gefangenhalten. Ihr dreimal verfluchter Neffe hat meinen besten Offizier Karg angegriffen! Dafür sollen Sie unter qualvollen Schmerzen sterben! Wenn ich meine Nichte befreit habe, wird sie das *be'joy* an zwei

Mitgliedern der Familie Kirk durchführen, und ich werde mit meinen Männern Wetten abschließen, wer von Ihnen beiden am lautesten und am längsten schreien wird!«

Er drehte den Kopf, um seinen Offizieren einen Befehl zuzurufen. »Das Feuer auf Kirks Schiff eröffnen! Aber es soll nur aktionsunfähig geschossen werden! Haben Sie verstanden? Ich will den Mann lebend! Er gehört mir!«

Kirk hätte sich unter anderen Umständen prächtig über das Gebrüll des Botschafters amüsiert. *Er klingt wie ein Oberschurke aus einem Groschenroman!* dachte er süffisant.

»Botschafter Kamarag«, unternahm er einen neuen Versuch, doch im nächsten Augenblick verschwand das Bild des Klingonen vom Sichtschirm.

»Er hat die Verbindung unterbrochen, Captain«, meldete Uhura überflüssigerweise.

»Wenn er meint ...«, brummte Kirk.

»Nun«, sagte Chekov mürrisch, »damit bleibt uns kaum eine andere Wahl. Wir sind das einzige Schiff zwischen ihnen und den Kolonien der Föderation ... also denke ich, daß wir hierbleiben sollten.«

»Wir werden uns dem Kampf stellen«, sagte Kirk.

Dann fiel dem Captain etwas ein, und er drehte sich zu Uhura um. »Commander, öffnen Sie einen breitgefächerten Kanal zu allen klingonischen Schiffen. Es könnte sein, daß einige der anderen Captains vernünftigen Argumenten etwas zugänglicher sind.«

»Frequenz geöffnet, Captain.«

Kirk holte tief Luft. »Hier spricht Captain James T. Kirk vom Föderationsraumschiff *Enterprise*. Ich denke, daß die meisten von Ihnen mich kennen – aus der Vergangenheit als Feind und aus der letzten Zeit als Freund Ihres Imperiums. Ich schwöre Ihnen bei meiner Ehre als Starfleet-Offizier, daß Sie einem Mann folgen, der unter einem fremden telepathischen Einfluß steht.

Kamarag handelt nicht mehr aus freiem Willen. Wenn Sie den Angriff abbrechen und nicht in das Territorium der Föderation eindringen, werde ich mich persönlich bei Kanzlerin Azetbur für Sie einsetzen. Botschafter Sarek von Vulkan ist an Bord dieses Schiffes, und er wird ebenfalls für Sie sprechen. Ich bin überzeugt, daß die Kanzlerin unter den gegebenen Umständen Nachsicht gegenüber jedem Captain walten lassen wird, der den Angriff jetzt abbricht. Ich bitte Sie, darüber nachzudenken, was Sie tun – Sie verraten Ihre eigene Regierung, und Sie folgen einem Wahnsinnigen. Kirk Ende.«

Die Schiffe waren fast in Schußreichweite. Kirk wartete angespannt ab, doch keines löste sich aus der Formation – die Kriegsschwalben in zwei Dreiergruppen, dazwischen zwei und an den Flanken jeweils ein Kreuzer.

»Nun«, sagte er, ohne jemand Bestimmten anzusprechen, »es war immerhin einen Versuch wert ...«

»Captain«, sagte Uhura, sichtlich überrascht von dem, was sie hörte. »Wir werden gerufen.«

»Von den Klingonen?«

»Nein, Sir ... vom romulanischen Schiff!«

»Auf den Schirm.«

Die Brückenbesatzung sah zu, wie der Bildschirm flackerte, dann wurde das Bild der näher rückenden klingonischen Schiffe durch die Züge eines Offiziers in romulanischer Uniform ersetzt. »Ich bin Zenturio Poldar«, sagte der Mann.

»Ich bin Captain Kirk.«

»Ich weiß. Captain, die Befehle meines Commanders lauteten, sein Versprechen zu ehren, das er Botschafter Sarek gab. Hiermit stelle ich Ihnen mein Schiff zur Verfügung. Ich bin bereit, an Ihrer Seite zu kämpfen, falls es nötig sein sollte.«

Kirk blickte auf die taktische Darstellung und sah, daß die *Shardarr* sich genähert hatte und nun knapp hinter dem Föderationsschiff stand. Offensichtlich machte sie sich bereit, die Rückendeckung zu übernehmen.

»Ich weiß Ihre Hilfe sehr zu schätzen, Zenturio«, sagte Kirk. »Es ist nur schade, daß das Kräfteverhältnis immer noch nicht sehr gleichmäßig verteilt ist.«

Poldar richtete sich auf. »Ich warte auf Ihre Befehle, Captain Kirk«, sagte der junge Offizier ausdruckslos. »Die *Shardarr* ist kampfbereit.« Dann unterbrach er die Verbindung.

»Dieses Gespräch dürfte in die Geschichtsbücher eingehen ...«, murmelte Kirk.

»Phaser und Photonentorpedos bereitmachen«, sagte der Captain laut. »Zielen Sie auf die *HoHwI'* und feuern Sie auf mein Kommando.«

»Verstanden, Captain!«

Als die Klingonenschiffe näher kamen, wurden sie langsamer und schwärmten aus, bis sie die *Enterprise* und die *Shardarr* eingekreist hatten. Die *HoHwI'* war ihnen immer noch am nächsten. Kirk hatte keine große Auswahl, was die mögliche Taktik betraf. Da er eingeschlossen war, mußten sich Ausweichmanöver auf einen verhältnismäßig kleinen Raumkubus beschränken.

Er beobachtete auf dem taktischen Schirm, wie sich die Schiffe bewegten, dann stieß er hervor: »Feuern, Mr. Chekov!«

Zwei tödliche Phaserstrahlen schossen ins All hinaus und schlugen in die Schilde des klingonischen Schiffes.

»Ihr vorderer Schild ist leicht beschädigt, Captain«, meldete Chekov.

Das Flaggschiff erwiderte das Feuer, und die *Enterprise* schüttelte sich, als sie mittschiffs getroffen wurde. »Backbordschild auf zwanzig Prozent, Captain.«

Scheibenkleister, dachte Kirk.

Das hat mir gerade noch gefehlt! dachte Leonard McCoy mürrisch. *Die Krankenstation ist rappelvoll, und Jim stürzt sich in die nächste Raumschlacht!*

Ein heftiger Ruck ging durch die *Enterprise,* als das Schiff einen Treffer erhielt. Spock, der sich zur Blutspende für seinen Vater auf einer Liege ausgestreckt hatte, erhob sich mit sichtlicher Anstrengung. Der Vulkanier hatte bereits mehr Blut abgegeben, als gut für ihn war. Er war blaß und wacklig auf den Beinen, aber fest entschlossen, von der Liege aufzustehen.

»Was, zum Teufel, haben Sie vor, Spock?« schnauzte McCoy den Vulkanier an.

»Das Schiff befindet sich allem Anschein nach in einem Gefecht, Doktor.« Spock hatte sich halbwegs aufgerichtet und schwankte wie ein kleines Boot im Sturm. »Ich muß meinen Posten auf der Brücke einnehmen.«

McCoy bedachte ihn mit einem mürrischen Grinsen und holte einen für diesen Fall vorbereiteten Injektor aus seiner Tasche. Er hatte geahnt, daß er ihn brauchen würde. »Ich habe Ihnen bereits vor sechsundzwanzig Jahren gesagt, daß ich es hasse, wenn meine Patienten mir während einer Behandlung einfach weglaufen«, sagte er und drückte den Injektor gegen den Arm des Vulkaniers. Kurz darauf sank Spock bewußtlos auf die Liege zurück.

Das Schiff schüttelte sich erneut, doch Leonard McCoy achtete nicht darauf. Er war Arzt, und er hatte alle Hände voll zu tun ...

»Erfassen Sie die *HoHwI'* mit einem Photonentorpedo und feuern Sie, Mr. Chekov!«

»Torpedo abgefeuert, Captain!«

Ein anderer Ruck, der mehr von innen kam, ging durch die *Enterprise,* als das Projektil abgeschossen wurde. Kirk hielt den Atem an und schlug dann enttäuscht mit der Faust auf die Armlehne seines Sessels. Im allerletzten Moment gelang es dem klingonischen Schiff, dem Torpedo auszuweichen. Chekov war sichtlich bestürzt. »Ein glatter Fehlschuß, Captain.«

Hinter ihnen eröffnete die *Shardarr* das Feuer, traf

eine Kriegsschwalbe und trennte ihr einen halben Flügel ab. »Gut gemacht, Zenturio!« flüsterte Kirk, während die *Enterprise* erneut durchgeschüttelt wurde. »Bugschild auf fünfzig Prozent, Captain!« meldete Chekov.

Kirk stöhnte innerlich auf. *Diesmal erwischt es uns. Wir können nichts mehr dagegen tun.* »Lieutenant, Ausweichkurs – fünf null sechs Komma vier!«

Die *Enterprise* drehte ab, doch dann wurde das Diskussegment von einem Disruptorschuß getroffen. Die gesamte Brücke wurde heftig erschüttert.

»Eine der Kriegsschwalben macht sich zum Feuern bereit, Captain!« rief Chekov.

Doch zur Verblüffung aller Anwesenden drehte sich das klingonische Schiff plötzlich wie ein Raubvogel im Flug herum und feuerte statt dessen eine Salve auf Kamarags Schiff ab!

»Was hat das zu bedeuten?« fragte Kirk.

»Captain, wir werden gerufen!«

»Captain Kirk? Botschafter Sarek?« Eine Stimme mit starkem Akzent kam über einen Audiokanal. »Hier spricht Commander Keraz von der *baHwI'*. Ich verlange, daß Sie und Botschafter Sarek für mich und meine Besatzung sprechen ... falls wir diesen Kampf überleben sollten. Ich werde an Ihrer Seite kämpfen – und wir werden in Ehre als wahre Krieger sterben!«

»Es freut mich, daß Sie sich uns anschließen«, erwiderte Kirk trocken.

Mit einem eleganten Manöver verließ das Kampfschiff mit den bunt bemalten Flügeln die Formation und gesellte sich zu den anderen beiden Schiffen innerhalb des Umschließungsringes.

»Commander Keraz, Commander Poldar – Sie bleiben hinter uns und benutzen unsere Schilde zur Verstärkung ihrer Deckung«, befahl Kirk. »Versuchen Sie mir ein wenig Arbeit abzunehmen.«

Beide Schiffe signalisierten ihre Zustimmung. Kurz

darauf wurde der Captain mit dem Anblick belohnt, wie die *Shardarr* und die *baHwI'* auf die Kriegsschwalben beiderseits der *Enterprise* feuerten. Die *baHwI'* hatte entweder Glück oder einen außergewöhnlich guten Schützen. Keraz' Disruptoren durchschlugen die Schilde eines Renegaten, und für einen Moment erstrahlte der Weltraum im Licht einer Nova, als die Kriegsschwalbe in einer heftigen Explosion verglühte.

Kirk schüttelte den Kopf. *Dies ist der verrückteste Kampf, den ich je erlebt habe. Es ist kaum zu glauben! Je ein Schiff der Föderation, der Klingonen und der Romulaner treten gemeinsam gegen eine Schwadron abtrünniger Klingonen an! Ich hätte niemals gedacht, daß ich einmal* mit *Klingonen und Romulanern statt gegen sie kämpfen würde!*

Die *Enterprise* bäumte sich wie ein wildes Pferd unter einem neuen Treffer der *HoHwI'* auf.

»Heckschild auf sechzig Prozent, Captain! Wir können uns dort keinen weiteren Treffer erlauben!«

Kirk blickte auf den taktischen Schirm und sah, daß die *HoHwI'* in die Nähe der *Shardarr* getrieben war. »Eine Verbindung mit der *Shardarr*, Uhura, auf einem dicht gebündelten Kanal!«

»Ja, Captain!«

»Zenturio Poldar – ich möchte, daß Sie in exakt dreißig Standardsekunden der Föderation auf Kamarags Schiff feuern«, sagte Kirk angespannt. »Zielkoordinaten sieben sechs drei Komma neun. Ich weiß, daß sie sich noch gar nicht dort befindet – aber sie wird an dieser Stelle sein! Der Countdown beginnt – jetzt!«

Ohne auf die Bestätigung des Romulaners zu warten, wandte er sich an Chekov. »Feuern Sie auf die Steuerbordseite des Flaggschiffes, Mr. Chekov. Zielkoordinaten sieben sechs sechs Komma zwei.«

»Verstanden, Captain. Ziel erfaßt ... und Feuer!«

Wie Kirk gehofft hatte, konnte die *HoHwI'* dem Phaserbeschuß entgehen, indem sie zur Seite auswich. Doch damit gelangte der Kreuzer direkt in die Schußlinie der *Shardarr*. Vernichtende Energie hüllte die Flanke des Schiffes ein, und Chekov rief: »Captain, sie hat ihre Manövrierfähigkeit verloren!«

»Zielen Sie auf die Waffensysteme und feuern Sie, Mr. Chekov!«

Die Phaserstrahlen schlugen in das klingonische Schiff und zerstörten sämtliche Waffensysteme. Die Brückenbesatzung jubelte triumphierend.

Damit wären es noch sieben, dachte Kirk verbittert, als im selben Moment eine Kriegsschwalbe auf sie feuerte.

Die *Enterprise* wurde so heftig durchgeschüttelt, daß Kirk beinahe aus seinem Sessel geworfen wurde. Schnell aktivierte er die Sicherheitshalterung.

»Captain, wir haben den Heckschild verloren«, meldete Chekov. »Noch ein Treffer, und es ist aus mit uns.«

»Chekov, erfassen Sie das Schiff dort und feuern Sie auf mein Kommando.«

»Verstanden, Captain.«

James T. Kirk holte tief Luft und dachte daran, daß dies möglicherweise sein letzter Atemzug war. Er öffnete den Mund, um den Befehl zu geben. »Ff ...«

Dann preßte er die Lippen zusammen.

Plötzlich zeigten die Fernbereichsensoren eine Flotte von Raumschiffen, die aus der klingonischen Neutralen Zone kamen. Es waren Dutzende von Schiffen ...

»Captain, wir werden gerufen!« Uhura hatte die Augen vor Überraschung weit aufgerissen.

»Auf den Schirm, Commander!«

Eine barsche, aber vertraute Stimme war zu hören, während der Hauptbildschirm gleichzeitig ein bekanntes Gesicht zeigte. »Kirk? Hier spricht General Korrd. Die Kanzlerin hat mir mitgeteilt, daß Sie Schwierigkeiten mit unserem *ehemaligen* Botschafter haben.« Die fleischigen Gesichtszüge und die zusammengekniffenen Augen waren zu einem boshaften Grinsen verzogen. Kirk entging nicht, mit welcher Betonung er das Wort ›ehemalig‹ aussprach.

»Nun, General ... man könnte es so ausdrücken, daß wir in leichten Schwierigkeiten stecken.«

Korrd lachte herzhaft über Kirks Versuch eines Scherzes, den der Captain selber als nicht besonders gelungen empfand. »Dann setzen Sie Ihren Vulkanier an die Waffenstation!« riet der General leutselig. »Er ist ein *Hu'tegh* guter Schütze!«

Kirk blickte auf die Sensoranzeigen und sah, wie die Renegatenschiffe in alle Richtungen davonrasten. Plötzlich wurde ihm bewußt, daß seine Uniform an der Haut klebte, und sein Gesicht schweißüberströmt war.

»Kirk?« General Korrd hatte ihn wieder angesprochen.

»Ja, General?«

»Es sieht so aus, als stünde mir in den nächsten Tagen eine spannende Jagd bevor. Wünschen Sie mir Erfolg, Kirk! Korrd Ende.«

Der Captain unterbrach die Verbindung mit einem Grinsen und schüttelte dann den Kopf.

Die Brückenbesatzung sah aus, als wüßte sie nicht, ob sie lachen oder weinen, jubeln oder fluchen sollte. Als Chekov etwas vor sich hinmurmelte, hauptsächlich auf Russisch, schien von allem ein wenig darin zu sein.

»Gütiger Himmel!« sagte Kirk leise. »Das war verdammt knapp!«

11

Das erste, was Sarek nach dem Aufwachen registrierte, war die Tatsache, daß der Schmerz seiner Verletzungen durch die *Senapa* verschwunden war. Er mußte keine Biokontrolle mehr einsetzen, um ihn zu unterdrücken. Das zweite, was der Botschafter erkannte, nachdem er die Augen geöffnet hatte, war die Tatsache, daß er sich in der Krankenstation der *Enterprise* befand.

Das Bett, auf dem er lag, stand in einer abgetrennten Nische. Als er sich umsah, entdeckte er seinen Sohn, der ein Stück neben ihm auf einem Bett lag. Spocks Augen waren geschlossen ... und er atmete tief und gleichmäßig. Er schlief.

Sarek ließ noch einmal die Ereignisse Revue passieren, während er sich vorsichtig streckte. Das Duell mit Taryn ... der Transport zur *Enterprise* ... McCoys Kampf um das Leben des Commanders. Das letzte, woran Sarek sich erinnerte, war das Gerät zur Blutwäsche, an das er angeschlossen wurde, während sich Spock für eine größere Bluttransfusion bereitgemacht hatte. Jetzt strömte Spocks Blut in seinen Adern ... Spocks Blut hatte ihm das Leben gerettet.

Genauso wie schon einmal vor vielen Jahren ...

Langsam setzte der Botschafter sich auf und streckte die Hand nach dem Interkomschalter neben dem Bett aus. Er rief einen von McCoys Assistenten, und als der Mann erschienen war, trug er ihm seine Bitte vor.

Einige Minuten später hielt Sarek einen der roten Bände in den Händen. Schnell blätterte der Vulkanier durch das Tagebuch seiner Frau. Er suchte nach einem ganz bestimmten Eintrag ... bis er ihn gefunden hatte ...

7. Dezember 2267

Sarek geht es wieder gut ... Dr. McCoy hat ihn am Herzen operiert, und er wird wieder gesund werden. Diese schlichten Worte können nicht die Erleichterung ausdrücken, die ich empfinde. Ich hatte bereits geglaubt, ich würde ihn verlieren. Ach, Sarek ... wenn du aus meinem Leben verschwunden wärst, wüßte ich nicht, wie ich weitermachen sollte. Ich würde überhaupt nicht weiterleben wollen. Aber zum Glück wurde ich vor dieser Hoffnungslosigkeit bewahrt. Ob es ein Gott, das Schicksal oder das Glück war ... falls es eine lenkende Macht in diesem Universum gibt, dann war sie uns heute wohlgesonnen.

Und heute ... zum ersten Mal seit achtzehn langen Jahren ... heute waren wir wieder eine Familie. Es war wunderbar. Ich hatte bereits jede Hoffnung aufgegeben, daß sich diese zwei dickköpfigen Vulkanier jemals wieder versöhnen würden. Doch heute haben sie mich mit ihren logischen Spitzfindigkeiten auf den Arm genommen, und in Spocks Augen glitzerte der gleiche Humor wie in Sareks.

Heute abend gestattete Dr. McCoy uns eine gemeinsame Mahlzeit in der Krankenstation. Es war das Abendessen einer Familie – auch wenn wir einen Ehrengast geladen hatten. Captain Kirk ist wahrlich ein Charmeur! (Und er weiß es ganz genau ...)

Es war in der Tat ein sehr ereignisreicher Tag. Ich bin hundemüde, aber ich will noch nicht schlafen. Ich möchte es genießen, daß wir wieder eine Familie sind, und daß mein Mann und mein Sohn sich wieder vertragen.

Die Familie ... so ein schönes Wort. Ich glaube nicht, daß es in unserer Sprache ein schöneres gibt ...

Nach so vielen Jahren der Feindseligkeit und des Zorns ... sind wir wieder eine Familie. Ich bete darum, daß ihr gutes Verhältnis andauert. Sie sind beide so dick-

köpfig, störrisch und unnachgiebig. Keiner ist bereit zuzugeben, daß er sich geirrt haben könnte ... vor allem Sarek.

Doch heute standen wir in der Gunst der Götter, die uns vor einer Tragödie bewahrten. Ich weiß nicht, ob ich meinen Sohn für den Rest seines Lebens hätte hassen können, wenn er den Tod seines Vaters in Kauf genommen hätte, nur weil er der Meinung war, er könnte das Kommando über sein Schiff nicht abgeben. Oder hätte ich ihm irgendwann verziehen?

Den Schicksalsmächten sei Dank, daß ich niemals vor dieser Frage stand ...

Hier endete der Eintrag. Nachdenklich schloß Sarek das Tagebuch. Die Worte, die seine Frau vor so langer Zeit geschrieben hatte, erschütterten ihn. Amanda schien beinahe die gegenwärtige Situation zwischen Spock und ihm beschrieben zu haben ...

Amanda ... dachte er und blickte in das Gesicht seines schlafenden Sohnes. *Amanda, was soll ich jetzt tun?*

In Wirklichkeit schlief Spock gar nicht. Er lag völlig reglos da, während er entspannt atmete, aber er wußte genau, daß sein Vater im Tagebuch seiner Mutter las. Als er einen heimlichen Blick riskierte, sah er, wie Sarek den schmalen Band mit einem Seufzer schloß.

Der Erste Offizier dachte an die Ereignisse des vergangenen Tages zurück. Mit Entsetzen erinnerte er sich daran, wie Sarek gegen Taryn gekämpft hatte. Mehrere Male war Spock, der vom Rand des Kampfplatzes zugesehen hatte, überzeugt gewesen, daß der Botschafter am Ende war ... doch jedesmal hatte Sarek sich aufgerappelt und sich mit einem Kampfgeschick gewehrt, das seinen Sohn in Erstaunen versetzt hatte.

Spock war sich niemals bewußt gewesen, daß sein Vater, der Diplomat, ein Meister der uralten Kampftechniken war. Und als Taryn dann keuchend am Boden gelegen und auf den Tod gewartet hatte, war

Sarek eine Verschmelzung mit ihm eingegangen, um dem Commander das Leben zu retten. Der jüngere Vulkanier mußte eine Empfindung des Neides unterdrücken. Sein Vater hatte niemals eine Verschmelzung mit *ihm* vollzogen ... aber er hatte nicht gezögert, einen Fremden mit seinem Geist zu berühren ...

Als Spock sich in der Krankenstation umsah und bemerkte, wie Dr. McCoy sich im Nebenzimmer um mehrere Patienten kümmerte, die während des Kampfes zwischen der *Enterprise* und Kamarags Schiff verletzt worden waren, hatte er das intensive Gefühl eines *déjà vu*.

Der Vulkanier erinnerte sich an den Tag, als seine Mutter in sein Quartier gekommen war, um ihn zu bitten, zu seinem Vater zu gehen und sich als Blutspender zur Verfügung zu stellen, damit McCoy die Operation durchführen und Sarek das Leben retten konnte. Amanda war mit Tränen in den Augen zu ihm gekommen, sie hatte ihn angefleht ... doch Spock hatte sich geweigert.

Wegen seiner Pflichten.

Er hatte seiner Mutter gesagt, daß er nicht zu Sarek gehen konnte und wollte, und als Grund hatte er ihr genannt, daß seine Pflicht von ihm verlangte, das Kommando über die *Enterprise* zu behalten ...

Als er sich an Amandas Erwiderung erinnerte, legte der Vulkanier eine Hand an seine Wange. Einen Moment glaubte er fast noch einmal die Ohrfeige zu spüren, die Amanda ihm gegeben hatte ... er konnte beinahe den Schmerz spüren. Spock erinnerte sich, wie sehr ihn die Kraft dieses Schlages überrascht hatte. In vielen Kämpfen hatte er längst nicht so schmerzhafte Schläge einstecken müssen.

Pflicht ... Pflicht ... Pflicht ...

Das Wort hallte durch seinen Geist und klang fast obszön, als es durch die häufige Wiederholung jede Bedeutung verlor. Spock warf seinem Vater einen Blick zu und erinnerte sich daran, wie er Sarek aus demselben Grund verdammt hatte, den er selbst vor sechsundzwanzig Jahren geltend gemacht hatte.

Es tut mir so leid, Mutter, dachte er, ohne genau zu wissen, wofür er sich eigentlich entschuldigen wollte ... für die Ereignisse vor sechsundzwanzig Jahren oder für das, was er erst vor wenigen Tagen zu seinem Vater gesagt hatte? Er hatte gedacht, mehr als Sarek dazugelernt zu haben. Aber war es wirklich so?

Vielleicht nicht ...

»Spock ...«, hörte er Sareks Stimme. Sofort erhob sich Spock von der Liege und blickte den Botschafter an.

»Ich bin hier ...«, sagte er.

»Geht es ... dir gut?« fragte der ältere Vulkanier und betrachtete ihn aufmerksam.

»Mir geht es gut«, sagte Spock. »Und dir?«

»Gut«, sagte Sarek überrascht und offenbar auch erleichtert, daß sein Sohn zum vertraulichen Du zurückgefunden hatte. »Aber ich habe Durst. Und ich fühle mich etwas schwach.«

Spock sah sich in der Krankenstation um, und als gerade kein Assistent oder Pfleger anwesend war, verzichtete er darauf, nach jemandem zu rufen. Statt dessen stand er selbst auf, schenkte ein Glas Wasser ein und brachte es seinem Vater. »Hier«, sagte er und hielt sich bereit, dem älteren Vulkanier zu helfen, sich aufzurichten, aber Sarek schaffte es auch ohne seine Unterstützung.

Der Botschafter nahm dankbar einen Schluck vom kühlen Wasser. »Und du hast alles gut überstanden?« fragte er, als er das Glas abstellte.

»Ja«, sagte Spock.

»Was ist mit der klingonischen Flotte?« wollte Sarek wissen.

»Die *Enterprise* wurde in einen Kampf mit Kamarags Schiff verwickelt, erhielt jedoch Unterstützung durch Poldar von der *Shardarr*.« Spock hob eine Augenbraue.

»Und es scheint, daß unser guter alter Freund Keraz sich wieder auf die Seite des Gesetzes geschlagen hat. Der Captain hat mich vor einigen Stunden besucht und mir erzählt, daß Azetbur den zur Umkehr bereiten Renegaten eine volle Begnadigung gewähren wird.«

Sarek nickte. »Was ist aus Kamarag geworden?«

»Die *Enterprise* konnte sein Schiff gefechtsunfähig schießen. Ich schätze, daß Kamarag es vorzog, seine Niederlage nicht mehr mitzuerleben.«

Der Botschafter nickte. »Der Verlust eines Lebens ist immer bedauerlich, aber ... in diesem Fall ... ist es vielleicht besser so.« Der ältere Vulkanier warf einen Blick zum anderen Krankenbett hinüber. »Commander Taryns Werte sind fast wieder normal«, stellte er fest.

»Ja. McCoy sagte, daß er lediglich schläft. Er dürfte innerhalb eines Tages auf sein Schiff zurückkehren können.« Spock blickte Sarek konzentriert in die Augen. »Nach dem wenigen, was er zu dir und Poldar sagte, habe ich den Eindruck, das Duell und die folgende Gedankenverschmelzung könnten Taryn ... verändert haben.«

»Er ist mir dankbar, daß ich ihm das Leben gerettet habe«, sagte Sarek. »Viel wichtiger ist jedoch, daß er jetzt das Gefühl gewonnen hat, seine vulkanischen Wurzeln wiedergefunden zu haben – was offensichtlich im Laufe unserer Verschmelzung geschah. Ich vermute, seine Vergangenheit hat ihn während seines ganzen Lebens verfolgt. Als er sich mit meiner Unterstützung dem stellte, wovor er am meisten Angst hatte ... da verlor es seine Macht über ihn.«

»Was wird jetzt mit den freelanischen Vulkaniern geschehen?«

»Taryn wird uns nach Freelan begleiten und jedem, der es wünscht, gestatten, an Bord der *Enterprise* zu gehen«, antwortete der Botschafter.

»Und wenn diese Vulkanier freigelassen wurden«, hakte Spock nach einer Weile nach, »was wird dann mit

Taryn geschehen? Meinst du, er wird zusammen mit den anderen nach Vulkan zurückkehren?«

Sarek schüttelte den Kopf. »Nein«, sagte er, und in seinem Gesichtsausdruck lag mehr als nur eine Spur von Traurigkeit. »Taryn wird sich nach Romulus begeben, um sich gegenüber seinen Vorgesetzten und dem Prätor zu verantworten. Er hat es zwar nicht gesagt, aber ich habe ihn jetzt sehr genau kennengelernt.«

»Aber … wenn er das tut, wird man ihn wegen Verrats hinrichten«, sagte Spock.

»Ja«, bestätigte Sarek und erwiderte den Blick seines Sohnes. »Aber er glaubt, daß es seine Pflicht ist … und wie kann ich nach meinen Entscheidungen der jüngsten Zeit jemanden dazu auffordern, nicht seine Pflicht zu tun, ganz gleich zu welchem Preis?«

Die zwei Vulkanier blickten sich lange in die Augen, ohne zu blinzeln. Dann schluckte Spock. Als er sprach, klang seine Stimme rauh, wie ein Riß in dunklem Samt. »Vater …« Das Wort kam ihm nach all diesen Tagen nur schwer über die Lippen. »Was ich kurz nach Mutters Trauerzeremonie gesagt habe …« Er hielt inne und suchte nach den angemessenen Worten.

Die Sorge in den Augen des Botschafters mischte sich mit einem Hauch von Hoffnung. »Ja, mein Sohn?« Doch bevor Spock weitersprechen konnte, hob er eine Hand. »Ich muß dir sagen, daß ich viel über das nachgedacht habe, was du gesagt hast. Ich kann nur hoffen, daß meine Handlungsweise Amandas Ende nicht beschleunigt hat. Möglicherweise hattest du recht, als du mir vorwarfst, ich hätte sie im Stich gelassen, weil ich nicht den Mut zu bleiben hatte, Spock …«

»Und ich könnte mich in meinem Urteil geirrt haben, Vater«, sagte Spock. Diese Worte fielen ihm sehr schwer. »Ich weiß jetzt, daß der Tod meiner Mutter unvermeidlich war. Schließlich sagte Dr. McCoy zu uns, daß sie nur noch wenige Tage zu leben hatte. Und … es gibt da noch etwas, das ich dir sagen muß …«

»Ja?«

»Als ich dir erzählte, daß Mutter keinen Frieden fand, habe ich ... mich vielleicht nicht ganz korrekt ausgedrückt.«

Sarek hob eine Augenbraue.

»Ich war zornig«, sagte Spock, während er versuchte, nicht den Eindruck zu erwecken, als wollte er sich mit diesem Zugeständnis rechtfertigen. »Und was ich sagte, entsprach zum größten Teil der Wahrheit ... aber ... am Ende ...« Er mußte kurz innehalten und tief durchatmen, bevor er weitersprechen konnte. »Am Ende war sie entspannt. Sie lächelte sogar. Sie schien ihren Frieden gefunden zu haben.«

Sarek nickte schweigend, und es dauerte lange, bis der Botschafter wieder sprach. Schließlich gab er sich einen Ruck. »Ich danke dir, mein Sohn«, sagte er leise. »Deine Worte bedeuten mir sehr viel.«

Valdyr beobachtete, wie Dr. McCoy das regenerierte Gewebe ihrer Wunde untersuchte. Sie trug einen seltsamen blauen, zweiteiligen Anzug, den eine Krankenschwester ihr gebracht hatte, während ihre eigene Kleidung gereinigt und repariert wurde. Der Anzug war sehr bequem – zu bequem, wurde ihr klar –, aber so dünn und leicht, daß sie sich nicht vorstellen konnte, der Stoff würde ihre normalen Aktivitäten unbeschädigt überstehen. McCoy hatte das Oberteil dezent über ihren Bauch hochgeschoben und strich vorsichtig mit der Hand über das frische Gewebe. Sie verzog das Gesicht, während sie selbst einen Blick darauf warf.

»Tut das weh?« fragte McCoy, während er ihren Unterleib abtastete.

»Natürlich nicht!« erwiderte Valdyr entschieden. Als ob ein Klingone jemals zugeben würde, daß er Schmerzen hatte! McCoy blickte sie an, und Valdyr bemerkte, daß er amüsiert die Mundwinkel verzogen hatte. Er war so freundlich zu ihr gewesen, daß sie sich in seiner

Gegenwart einfach entspannen mußte. »Nun ja«, gestand sie widerstrebend ein, »zuerst hat es geschmerzt – aber nur ein wenig. Jetzt juckt es nur noch.«

»Das wird bald vergehen, Miss«, versicherte er ihr. »Noch ein oder zwei Tage, und Sie werden völlig vergessen haben, was geschehen ist.«

Er grinste, als sie das Gesicht verzog. »Wie können Sie so etwas sagen, wenn diese Haut so *blaß* und *weich* ist!«

»Auch das wird sich ändern, wenn Ihre eigenen Zellen das Gewebe ersetzt haben«, sagte McCoy. »Wir wollen doch nicht, daß Sie wie ein zusammengeflicktes Schlachtschiff aussehen!«

Die Türen zur Krankenstation glitten zischend auf, worauf sich beide zu Peter umdrehten, der den Untersuchungsbereich betrat. Der Kadett blickte sie fragend als, als wüßte er nicht genau, ob er in einem ungünstigen Moment gekommen war. McCoy winkte ihn heran, während er die Wunde wieder bedeckte. »Sie sollten allerdings wissen, daß Männer von der Erde es mögen, wenn Frauen weich und zart gebaut sind, Valdyr.« Er hob eine Augenbraue und sah Peter an, der verlegen lächelte.

»Der nicht!« sagte Valdyr selbstsicher – und bei diesen Worten wurde Peters Gesicht knallrot.

Der Kadett warf ihr einen tadelnden Blick zu. »Ich glaube, es geht dir schon wieder viel zu gut«, stellte er fest.

»Sie hat sich prächtig erholt«, bestätigte McCoy, »dank ihrer erstaunlich zähen Konstitution. Ich vermute, daß du gekommen bist, um mir meine Lieblingspatientin zu entführen.«

»Ganz recht, Doktor«, sagte Peter und wandte sich dann an Valdyr. »Wir haben dein Quartier vorbereitet. Es wird Zeit, daß du dieses Bett jemandem überläßt, der es wirklich braucht.« In diesem Moment öffneten sich die Türen erneut, und Jim Kirk trat ein.

»Du hältst hier drinnen meine halbe Besatzung gefangen, Pille!« beschwerte sich der Captain mit einem Augenzwinkern. Als er Valdyr sah, lächelte der Captain und nickte ihr zu. »Wie geht es Ihnen?«

Mit einer gewissen Reserviertheit erwiderte sie sein Nicken. Er war persönlich zu ihr gekommen, um ihr nach der Tradition des *Hegh'bat* vom Tod ihres Onkels zu berichten. Es war ein Zeichen hohen Respektes, und sie war ihm dankbar dafür. Und er war auch nicht zusammengezuckt, als sie das rituelle Geheul ausgestoßen hatte. Valdyr war inzwischen zu der festen Überzeugung gelangt, daß die Menschen ganz und gar nicht schwach waren, wie man ihr immer wieder erzählt hatte.

»Wir wollten gerade Valdyrs Quartier aufsuchen, Onkel Jim«, sagte Peter. »Dr. McCoy hat mir heute früh gesagt, sie könnte entlassen werden.«

Kirk nickte und wandte sich wieder an Valdyr. »Ich bin in einer offiziellen Angelegenheit gekommen.« Er warf Valdyr einen bedeutungsschwangeren Blick zu. »Eine etwas erfreulichere Angelegenheit als beim letzten Mal. Miss Valdyr, Kanzlerin Azetbur hat um ein Gespräch mit Ihnen gebeten.«

»Mit mir?« sagte Valdyr fassungslos. »Die Kanzlerin möchte mit mir sprechen?«

Kirk ging zum Bildschirm an der Wand und tippte einen Code in die Kontrollkonsole. Das Gesicht eines Klingonen wurde sichtbar. »Sagen Sie der Kanzlerin, daß Valdyr bereit ist, mit ihr zu sprechen.«

Valdyrs Herz raste.

Plötzlich erschien Kanzlerin Azetbur auf dem Schirm. Sie wirkte so ernst, so mächtig, so unvorstellbar nobel und ehrenhaft, daß Valdyr ihr Bild nur gebannt anstarren konnte. Die junge Klingonin fühlte sich an das Gemälde der Frau im Haus ihres Onkels erinnert. »Kanzlerin ...«, brachte Valdyr schließlich flüsternd hervor.

Azetburs Gesicht erwärmte sich zu einem freundlichen Lächeln. »Valdyr! Es ist mir eine Ehre, mit dir sprechen zu dürfen. Und ein großes Vergnügen.«

Azetbur fühlte sich *geehrt*, mit *ihr* sprechen zu dürfen? Valdyrs Unterkiefer klappte herunter. »Aber nein, Kanzlerin. Ich bin ohne jede Ehre … Mein Verrat an …«

»Unsinn!« wurde sie schroff von der Kanzlerin unterbrochen. »Es gibt niemanden in unserem Volk mit größerer Ehre. Du hast *alles* riskiert, um Qo'noS und unser Volk zu retten – und du warst erfolgreich. Du hast eine ehrenvolle Verwundung im Kampf davongetragen. Du hast dafür gesorgt, daß die Ehre deiner Familie wiederhergestellt wurde, nachdem Kamarag versuchte, sie zu zerstören. Qo'noS wird dein großes Opfer niemals vergessen. Während deiner Genesung habe ich mit den Leuten gesprochen, die dich gut kennen. Sie haben mir von deinen Träumen für die Zukunft erzählt.«

Valdyr blickte sich schnell zu Peter um. Er lächelte und zwinkerte ihr zu.

»Du sollst wissen, ich werde mich persönlich dafür einsetzen, daß deine Zukunft genauso ruhmreich wie die deines Volkes sein wird, die durch deinen Mut ermöglicht wurde.« Azetbur beugte sich näher an die Optik heran, und ihr Gesichtsausdruck wurde sanfter und weniger förmlich. »Du bist zur Führerin geboren, Valdyr, und ich werde dafür sorgen, daß du dieses Ziel erreichst. Du wirst unter meiner Schirmherrschaft und Anleitung eine Ausbildung als Diplomatin erhalten. Unser Imperium braucht Männer und Frauen wie dich, um gedeihen zu können. Für unser Volk beginnt ein Zeitalter, in dem sich Probleme nicht mehr auf die gleiche Weise lösen lassen wie in der Vergangenheit. Wir brauchen Krieger, die ihre Ziele nicht mit Waffen, sondern mit Worten erreichen. Du bist unsere Zukunft, Valdyr.«

»I-ich?« stammelte Valdyr, doch kurz darauf konnte

sie sich wieder zusammenreißen. »Kanzlerin«, sagte sie, »das ist eine zu große Ehre für mich. Ich weiß nicht, was ich dazu sagen soll.«

»Was gibt es dazu auch zu sagen? Es ist nicht mehr als das, was du verdient hast. Kirk hat mir mitgeteilt, daß sein Schiff gegenwärtig zu einer wichtigen Mission nach Freelan unterwegs ist. Wenn diese Mission erfüllt wurde und du vollständig genesen bist, wird General Korrd eine Besatzung schicken, die die *Taj* nach Qo'noS zurückfliegt. Ich habe ihn angewiesen, dich zu mir zu bringen, damit wir ausführlich über deine Ausbildung und deine Zukunft sprechen können. Werde stark, Valdyr! Wir sehen uns bald.« Damit unterbrach sie die Verbindung.

Valdyr saß fassungslos da und wußte nicht, was sie sagen sollte. Sie war fest entschlossen gewesen, ihr Leben als Klingonin aufzugeben und ein völlig neues Leben anzufangen. Und jetzt ... Sie blickte die Männer an, die um ihr Bett standen. Azetbur mußte bereits vorher mit ihnen gesprochen haben. Sie wandte sich an Peter. »Du hast ihr ... von mir erzählt?«

»Ich habe ihr die Wahrheit gesagt«, erklärte Peter. »Ich habe ihr alles über deine Träume von einer Ausbildung und einer Karriere als Diplomatin erzählt ...« Er hielt kurz inne. »Das ist es doch, was du dir wünschst, oder?«

Das hatte sie sich gewünscht ... bevor all dies geschehen war. Wünschte sie es sich immer noch? »Aber ... wenn ich wieder auf die Schule gehe ...« Sie drehte sich zu Captain Kirk um. Wollte er Peter und sie auf diese Weise voneinander trennen? Sie wußte nicht, was sie davon halten sollte.

»Valdyr«, sagte der Captain freundlich. »Sie erhalten eine wunderbare Chance. Sie sind noch sehr jung. Dieses Angebot könnte Ihr ganzes Leben verändern. Denken Sie genau darüber nach, bevor Sie sich entscheiden.«

McCoy trat unvermittelt dazwischen. »Komm, Jim. Ich glaube, die jungen Leute haben etwas miteinander zu besprechen.« Mit einem Nicken verabschiedeten sich die zwei älteren Männer.

Peter trat näher und hockte sich auf Valdyrs Bett. Er hatte bislang sehr wenig gesagt.

»Wenn … ich annehme, Pityr«, sagte sie leise, »dann … müssen wir uns trennen … Ist es das, was du willst? Möchtest du, daß ich dich verlasse?«

Er sagte eine ganze Weile nichts, bis er sich zu einer Antwort durchgerungen hatte. »Erinnerst du dich noch an unser Gespräch? Als ich dir sagte, daß jeder von mir erwartete, ich müßte ein zweiter Jim Kirk werden und die Offizierslaufbahn einschlagen? Da hast du gesagt …«

»Daß man von mir erwartet, zu heiraten und Kinder in die Welt zu setzen und mich ganz für ihr Wohlergehen aufzuopfern. Ja, ich erinnere mich.«

»Nun, damals hast du mir zu verstehen gegeben, daß ein solches Schicksal für dich schlimmer als der Tod wäre. Wenn du dir diese Gelegenheit entgehen läßt … wird dich genau dies erwarten. Wenn du mich heiratest und meine Kinder zur Welt bringst und dich um unsere Familie kümmerst – dann würdest du eines Tages aufwachen und erkennen, daß du genau das Leben führst, das auf Qo'noS jeder von dir erwartet hat. Und ich glaube, daß du dann sehr unglücklich wärst.«

Die Wahrheit in seinen Worte erschütterte sie. Aber warum sollte eine Zukunft als Diplomatin von ihr verlangen, daß sie ihn verließ? »Warum können wir unser künftiges Leben nicht … gemeinsam verbringen? Warum muß ich auf Qo'noS und du auf der Erde sein?«

Er legte einen Arm um sie und drückte sie an sich. »Ich bin davon überzeugt, daß es nicht unmöglich ist, Valdyr. Wir müssen darauf hinarbeiten, und wir müssen bereit sein, lange Zeiten der Trennung zu ertragen … Hast du gewußt, daß Mr. Spocks Eltern aus verschiedenen Spezies stammen?«

»Nein, das wußte ich nicht.«

Peter nickte. »Seine Mutter wurde auf der Erde geboren.« Dann mußte er leise lachen. »Und sein Vater ist Diplomat. Ich will damit sagen, daß Sarek und seine Frau durch ihre Arbeit immer wieder für lange Zeiten getrennt waren. Sie war Lehrerin und Mutter, und damit konzentrierte sich ihr Leben auf das Haus.«

»Ich verstehe, wie es sich mit den Eltern von Mr. Spock verhält«, sagte Valdyr, »aber was hat das mit uns zu tun?«

»Nun, ich habe ihr Beispiel erwähnt, um zu zeigen, daß sie trotz der Trennungen viele Jahre lang glücklich verheiratet waren. Es war eine gute Ehe. Ich muß jetzt oft an sie denken, weil … weil Mr. Spocks Mutter vor kurzem gestorben ist … während Sarek sich auf einer diplomatischen Mission befand, die mit unseren jüngsten Problemen zusammenhing.«

Valdyr war sichtlich betroffen. »Das war sicherlich sehr schwierig – zu trauern und gleichzeitig eine ehrenhafte Pflicht zu erfüllen.«

»Ja, aber Sarek ist ein Vulkanier. Ich will darauf hinaus, daß Beziehungen auch dann funktionieren können, wenn die Partner nicht ständig zusammen sind. Selbst wenn sie über längere Zeiträume voneinander getrennt sind.«

»Dann willst du damit sagen, daß auch wir beide es schaffen können?«

Peter zuckte die Schultern. »Ich meine, wenn sogar ein *Vulkanier* eine dauerhafte Partnerschaft mit einer menschlichen Frau aufrechterhalten kann … was müssen dann erst ein Mensch und eine Klingonin gemeinsam schaffen können?«

Sie lehnte ihren Kopf an seine Schulter. »Jetzt weiß ich, was ich ›missen‹ werde, Pityr. Ich werde dich so sehr vermissen …« Sie spürte, daß er schluckte, und wußte, daß er auf diese Weise versuchte, seine Gefühle vor ihr zu verbergen.

»Wir werden einen Weg finden, Valdyr«, versprach er ihr und drückte sie fest an sich. »Wir werden es schaffen, wieder zusammenzukommen. Wir müssen nur etwas Geduld haben.«

Lächelnd ließ sie sich von ihm aus dem Bett helfen und zu ihrem Quartier führen.

In den nächsten zwei Tagen setzte die *Enterprise* ihren Warpflug nach Freelan fort, begleitet von der *Shardarr*. Als sie den Rand des freelanischen Sonnensystems erreichten, verließen die Schiffe den Warptransfer. Sarek begleitete Taryn in den Transporterraum, damit er auf sein Schiff zurückkehren und das Kommando von Poldar übernehmen konnte.

Da der Commander über eine typische vulkanische Konstitution verfügte, hatte er sich inzwischen vollständig von den Auswirkungen der *Senapa*-Vergiftung erholt. Er trug wieder seine Uniform. Zum ersten Mal hatte Sarek die Gelegenheit, sein Gesicht zu studieren, ohne daß es von einer Maske verhüllt oder von Wut verzerrt wurde. Die zwei Vulkanier standen sich im Transporterraum gegenüber, während die Transporterchefin der *Enterprise* sich diskret mit ihren Kontrollen beschäftigte.

»Wie hat man auf Ihre Anweisung reagiert, daß jeder Vulkanier, der es wünscht, Freelan verlassen kann?« fragte Sarek.

Der Offizier richtete sich auf, und sein Gesichtsausdruck zeigte wieder eine Andeutung seiner früheren Arroganz. »Ich bin immer noch Commander. Ich bin es gewohnt, daß meine Befehle befolgt werden«, sagte er. »Sobald ich an Bord meines Schiffes gebeamt werde, schicke ich Savel zu Ihnen ... und dann alle Offiziere, die ebenfalls gehen möchten. Den Vulkaniern auf Freelan wurde mitgeteilt, daß sie sich an einer zentralen

Sammelstelle einfinden sollen, damit sie ohne allzu große Umstände hinaufgebeamt werden können. Sie werden sich daran halten.«

»Natürlich«, erwiderte Sarek mit einer Spur von Humor. »Sie sind schließlich Vulkanier. Die Effizienz liegt ihnen im Blut.«

»Sie haben mir versprochen, daß Sie sich persönlich darum kümmern, Savel ein neues Leben zu ermöglichen«, rief Taryn dem Botschafter ins Gedächtnis.

Sarek hob förmlich die Hand. »Ich habe Ihnen mein Wort gegeben. Sie wird jede Möglichkeit erhalten, die ich ihr bieten kann.«

Der Commander entspannte sich ein wenig. »Also gut. Ich muß jetzt gehen. Sie können hier auf Savel warten. Es dürfte nicht lange dauern.«

»Taryn ...«, sagte Sarek zögernd, und der Offizier, der sich bereits abgewandt hatte, drehte sich noch einmal zu ihm um. »Kommen Sie mit uns!« sagte der Botschafter. Er wußte, daß ein bittender Tonfall in seiner Stimme lag, den er gar nicht völlig unterdrücken wollte. »Ihre Leute brauchen Führung, damit haben Sie recht. Sie selbst könnten sie führen. Und ...« Ein Mundwinkel des Botschafters zog sich leicht nach oben. »Und wir könnten weiterhin Schach spielen ...«

Auch der grimmige Mund des Commanders wurde von einem leichten Lächeln umspielt. »Damit Sie mich immer wieder schlagen können? Ich glaube nicht, daß mir das gefallen würde. Es ist meine Pflicht, die *Shardarr* nach Romulus zurückzubringen und mich vor dem Prätor für meine Taten zu verantworten.«

»Aber Sie wissen, was dann geschehen wird.«

»Natürlich«, erwiderte Taryn. »Aber ich muß es tun, Sarek. Ich bin ein romulanischer Offizier. Ich habe als Romulaner gelebt ... und ich werde als Romulaner sterben.«

Sarek seufzte. »Ich habe nicht mit einer anderen Antwort gerechnet«, sagte er. »Aber ich mußte diese Frage stellen ...«

Taryn nickte knapp und trat dann auf die Transporterplattform. Wieder verzog sich sein Mund zu einem leichten Lächeln, als er die Hand hob und die Finger zum vulkanischen Gruß spreizte. »Friede und langes Leben, Sarek«, sagte er leise.

Im nächsten Augenblick entmaterialisierte er im Transporterstrahl.

Einige Minuten später standen Savel und Taryn im Transporterraum der *Shardarr*. Die Gesichtszüge der jungen Vulkanierin waren beherrscht, doch in ihrer Stimme lag ein unkontrolliertes Zittern. »Ich will dich nicht verlassen, *Vadi*! Laß mich gemeinsam mit dir nach Romulus gehen. Vielleicht kann ich für dich aussagen, damit man dich versteht.«

Commander Taryn lächelte matt. »Verstehen? Der Prätor? Ich wußte gar nicht, daß du neuerdings zu Scherzen neigst, Savel ...«

»Aber ...« Sie zitterte, als sie daran dachte, was auf Romulus mit ihm geschehen würde. »Bitte, *Vadi!*«

»Savel«, erwiderte er in tadelndem Tonfall. »Du vergißt deine Beherrschung. Du bist eine Vulkanierin und stehst jetzt unter der Obhut von Botschafter Sarek. Er hat mir versprochen, daß er für deine Ausbildung sorgen wird, bis du bereit bist, deinen Platz auf deiner angestammten Welt einzunehmen. Du mußt jetzt in die Zukunft blicken.«

»Auch du bist ein Vulkanier«, sagte sie, ohne ihre Angst vor einer Trennung von ihm zu verbergen. »Komm mit uns ...«

Er schüttelte den Kopf und reckte sich stolz. »Ich bin Romulaner«, stellte er richtig. »Ich muß die *Shardarr* nach Romulus zurückbringen und meinen abschließenden Bericht abliefern.«

Einige der jungen vulkanischen Brückenoffiziere befanden sich bereits auf der *Enterprise* und würden demnächst mit dem Föderationsschiff abreisen, doch ein überraschend hoher Anteil der ranghöheren Offiziere – einschließlich Zenturio Poldar – hatte sich dazu entschlossen, Taryn auf seiner letzten Reise zu begleiten.

»Außerdem«, fügte der Commander hinzu, »braucht der Botschafter Hilfe, um das Vertrauen der Vulkanier zu gewinnen, die zu ihrer Heimatwelt zurückkehren wollen. Sie brauchen einen Sprecher. Du hast die Kraft, sie durch diese schwierige Zeit zu führen, Savel.«

»Was wird mit den anderen geschehen?« fragte sie. Mindestens fünfzig der Vulkanier – hauptsächlich jene, die romulanische Partner geheiratet hatten – wollten zurückbleiben.

»Sie müssen den Rest ihres Lebens als Romulaner verbringen.« Er seufzte. »Der große Plan ist fehlgeschlagen. Es würde mich nicht überraschen, wenn der Prätor befiehlt, Freelan vollständig zu evakuieren. Die Konsequenzen dieses Fehlschlags werden das Reich noch viele Jahre lang wie eine Schockwelle erschüttern ... vielleicht noch jahrzehntelang.«

»Was wird der Prätor tun?« fragte Savel.

»Was wir Romulaner immer in Zeiten der Not tun – uns zurückziehen, Kräfte sammeln und abwarten. Das Reich ist geduldig, Savel. Aus diesem Grund hat es so lange überdauert. Das Reich wird abwarten und Pläne schmieden ... bis die Zeit für einen neuen Vorstoß gekommen ist.«

»Warum kann es keinen Frieden geben?« fragte sie flüsternd.

Er hob spöttisch eine Augenbraue. »Warum nur?« sagte er. »Weil die Zeit dafür noch nicht reif ist, denke ich.« Er warf dem wartenden Transportertechniker einen Blick zu. »Komm jetzt, es wird Zeit für dich.«

Savel straffte die Schultern und nickte. Ihr Gesicht wirkte ruhig, doch ihre Augen waren voller Besorgnis. Sie hob die Tasche mit ihrem persönlichen Besitz auf und nahm langsam ihren Platz auf der Transporterplattform ein. Taryn verabschiedete sich mit dem romulanischen Gruß. »Leb wohl, *Vadia-lya.*«

Savel hob zögernd eine Hand und teilte die Finger in der Mitte, wie sie es bei Sarek beobachtet hatte. »Friede, *Vadi* … Friede und …« Sie verstummte. Ihm ein ›langes Leben‹ zu wünschen kam ihr unter den gegebenen Umständen unangemessen vor. »Leb wohl«, sagte sie statt dessen.

Als das Summen des Transporters einsetzte, sah Savel, wie er ihr freundlich zulächelte. »Grüße Soran von mir!« sagte er, bevor sich ihre Gestalt auflöste.

Commander Taryn atmete einmal tief durch, richtete sich auf und verließ den Transporterraum, ohne sich noch einmal umzublicken.

Peter Kirk und Valdyr standen im Shuttle-Hangar der *Enterprise* am Fuß der Rampe, die zur Schleuse der *Taj* hinaufführte. Sie umarmten sich nicht zum Abschied, weil sich drei klingonische Offiziere in der Schleuse aufhielten und die beiden neugierig anstarrten. Peter lächelte der jungen Klingonin unsicher zu. »Du wirst viele Tage früher als ich nach Hause kommen«, sagte er zu ihr. »Onkel Jim hat mich endlich mit Botschafter Sarek bekannt gemacht, und er sagte, daß er uns Zugang zum diplomatischen Kommunikationsnetz verschaffen würde. Ich hoffe, daß bereits ein Kommuniqué auf mich wartet, wenn ich auf der Erde eintreffe. Ich will alles über deine Ausbildung erfahren, Valdyr. Ich will von allen deinen Erlebnissen hören, bis wir uns wiedersehen können. Versprich es mir!«

Sie nickte. »Ich verspreche es, bei meiner Ehre. Und du mußt das gleiche tun.«

»Das werde ich. Bei meiner Ehre!«

Sie lächelte schwach. »Dann … wünsche ich dir eine sichere Heimreise. Ich weiß, daß du deine Prüfung als Krieger mit Ehren bestehen wirst, Pityr. Du hast schon viel schwierigere Situationen gemeistert …«

»Ja, aber da hast du mir geholfen, stark zu sein«, sagte er und spürte, daß er sich kaum noch zurückhalten konnte. »Bis bald, Valdyr-oy. Gute Reise. Auf ein baldiges Wiedersehen …«

»Bis bald, Pityr-oy. Wir werden für ein baldiges Wiedersehen kämpfen!« erwiderte sie wild und verabschiedete sich mit der geschlossenen Faust, dem Kriegergruß.

Er sah zu, wie sie sich umdrehte und die Rampe hinauflief. Das letzte, was er von ihr sah, war das Glänzen ihrer Rüstung und das Schwingen ihres langen Zopfes.

Als über das Interkom bekanntgegeben wurde, daß die Atemluft aus dem Hangar gepumpt werden sollte, verließ Peter schnell die große Halle, ohne sich noch einmal umzublicken …

12

Sarek saß auf dem Diwan in der kleinen VIP-Kabine an Bord der *Enterprise* und hielt Amandas geöffnetes Tagebuch in den Händen. Der Botschafter las noch einmal die Worte, die seine Frau am Tag geschrieben hatte, als sie vom Tod ihres Schwiegervaters erfahren hatte.

5. April 2250

Soeben erhielt ich ein Kommuniqué von T'Pau, in dem es heißt, daß Skon gestern verstorben ist. Er war der letzte noch lebende Blutsverwandte von Sarek – mit Ausnahme von Spock, versteht sich, den Sarek jedoch zum Vrekasht *erklärt hat.*

Ich muß unwillkürlich daran denken, wie einsam Sarek sich jetzt fühlen muß. Natürlich hat er es verdient, nach allem, was er getan hat … doch ich muß feststellen, daß im Laufe der Zeit manche Dinge eine neue Perspektive gewinnen.

Wenn ich auf das vergangene Jahr zurückblicke, muß ich sagen, daß es ein gutes Jahr war. Es war aufregend, wieder unterrichten zu können, und aufgrund meiner Berühmtheit (oder Berüchtigtheit?) hat man mir die besten Schüler zugewiesen, die man sich wünschen kann. Es war wunderbar, miterleben zu dürfen, wie meine Schüler sich entwickelten und ihren Horizont erweiterten.

Und während ich in San Francisco lebte, wo Spock die Starfleet-Akademie besucht, hatte ich ausgezeichnete Gelegenheiten, die Beziehung zu meinem Sohn zu vertiefen.

Und es war schön, Mutter und Vater wiedersehen zu

können. Tante Matilda verstarb in diesem Jahr – sie ist jünger als Vater – und dadurch wurde mir zum ersten Mal richtig bewußt, daß meine Eltern nicht ewig leben werden. Genausowenig wie ich.

Und Sarek.

Es ist seltsam, wie der Tod die Dinge wieder in die richtige Perspektive rückt. Ich denke, es ist an der Zeit, nach Vulkan heimzukehren. Spock wird bald als Kadett im zweiten Ausbildungsjahr auf seine ersten Trainingsmissionen gehen. Er hat die recht schwierige Aufgabe gemeistert, auf engstem Raum mit vielen Menschen zusammenzuleben. Und endlich hat er auch erste Freunde gefunden.

Er braucht mich hier jetzt nicht mehr … jetzt braucht er die Gesellschaft von Menschen in seinem Alter, von Kadetten, die dasselbe lernen wie er.

Und dann ist da natürlich die Vorstellung, daß Sarek ganz allein ist. Als ich T'Pau etwas zögernd fragte, wie es Sarek ginge, starrte sie mich an, ohne daß sich ihr gebieterischer Gesichtsausdruck veränderte. Doch ihre Worte, die sie in altehrwürdigem Hochvulkanisch sprach, überraschten mich. »Ihr fragt danach, wie es Sarek ergeht, Amanda? Im Verlauf Eures einjährigen Exils von Eurer Heimatwelt habt Ihr noch nie zuvor danach gefragt. Warum tut Ihr es jetzt?«

»Ich frage, weil ich weiß, wie sehr Sarek um seinen Vater trauert, T'Pau«, erwiderte ich ruhig. »Ich mache mir … Sorgen um sein Wohlergehen.«

Ihre dunklen Augen blinzelten einmal und blickten mich aus ihrem knochigen, ehemals wunderschönen Gesicht an. »Eure Vermutung trifft zu, Amanda. Sarek trauert um Skon … doch seine Trauer um Euch wiegt hundertmal schwerer.«

Ihre Unverblümtheit überraschte mich. »Tatsächlich?« murmelte ich, ohne zu wissen, was ich darauf sagen sollte, während ich gegen den Schmerz ankämpfte, der mir durch ihre Worte zugefügt worden war.

T'Pau hielt inne und blickte mir genau in die Augen.

»Gedenkt Ihr, an der Trauerzeremonie zu Ehren Skons teilzunehmen, Amanda? Wenn Ihr teilzunehmen wünscht, werde ich die Zeremonie aufschieben, bis Ihr heimgekehrt seid.«

Heimkehren ... Damit meinte sie Vulkan. T'Pau hat es zu mir gesagt ... zu einer Nicht-Vulkanierin. Mir stockte der Atem in der Kehle, als ich mich an so vieles erinnerte ... die Schönheit, die Wüste, die Hitze ... an Sareks Umarmung, die Nähe unserer Körper, die nicht weniger intensive geistige Verbindung ...

Zum ersten Mal seit einem Jahr gestattete ich mir, Sareks Geist durch die Verbindung zu spüren. Sie war natürlich die ganze Zeit über dagewesen, irgendwo im Hinterkopf – und ich hätte es sofort erfahren, wenn ihm etwas zugestoßen wäre. Aber ich war zu wütend auf ihn, um mir die Berührung zu erlauben. Und ich bin natürlich keine Telepathin, so daß meine Möglichkeiten begrenzt sind ...

Aber ich konnte ihn spüren. Und das, was ich spürte, ließ mich in Tränen ausbrechen.

T'Pau wandte nicht einmal den Blick ab, als sie meinen ungezügelten Gefühlsausbruch sah. Als ich mich wieder unter Kontrolle hatte, sagte sie nur: »Werdet Ihr heimkommen, Amanda?«

Ich antwortete mit einem Nicken, und sie teilte mir den Ort, das Datum und die Zeit der Zeremonie mit, um dann die Verbindung zu unterbrechen.

Und jetzt ... muß ich packen und mich auf den Weg zum Schiff machen. Ich habe nur noch wenige Stunden, um alles zu erledigen, also werde ich mich erst wieder diesem Tagebuch widmen können, wenn ich mich auf dem Flug nach Vulkan befinde.

Sarek, ich komme zu dir zurück. Ich habe im vergangenen Jahr sehr viel gelernt – und dies ist das Wichtigste, was ich gelernt habe: Wenn ich dich bestrafe, bestrafe ich mich selbst genauso sehr. Es hat also überhaupt keinen Sinn.

Wie ich dich kenne – und ich kenne dich gut –, wirst du

niemals mein selbstgewähltes Exil zur Sprache bringen. Du würdest einfach dort weitermachen, wo wir aufgehört haben – nur daß unser Sohn für dich nicht mehr zu unserer Familie gehört.

Kann ich damit leben? Ja, ich glaube, ich kann es. Siehst du? Wenn ich dir verzeihen kann, dann muß ich daran glauben, daß auch ihr beide euch eines Tages verzeihen könnt.

Ich muß mich beeilen … das Schiff wird nicht auf mich warten …

Sarek klappte das Bändchen zu und seufzte. Es war schmerzhaft, diese Worte zu lesen … und an die Zeit zu denken, die sie in Trennung verbracht hatten. Er hätte alles aufgegeben, was er besaß, um dieses verlorene Jahr wiedergewinnen zu können. Er legte das Tagebuch zur Seite und nahm sich den nächsten Band vor. Er blätterte, bis er die Stelle gefunden hatte, an der er am vorigen Abend zu lesen aufgehört hatte. Als er das Datum des folgenden Eintrags las, wußte der Botschafter, daß ihm eine schmerzvolle Lektüre bevorstand.

14. März 2285

Ich habe seit drei Tagen nichts geschrieben. Es fällt mir unendlich schwer, dies zu schreiben. Ich bin so müde, daß es mich schmerzt, aber jedesmal, wenn ich mich hinlege und die Augen schließe, sehe ich die Bilder, die zu schrecklich sind, um sie ertragen zu können. Nachdem ich seit Tagen zum ersten Mal eingenickt bin, liege ich kaum eine Stunde später wieder wach. Also schreibe ich … denn nichts zu tun, ist noch viel schlimmer.

Gibt es einen Gott? Wenn es ein Höchstes Wesen gibt, wie kann es zulassen, daß so etwas geschieht?

Mein Sohn ist tot. Spock ist … tot. Wenn ich diese Worte schreibe, zittert meine Hand, und mein Herz fühlt sich an, als würde ein Riese es unerbittlich in seiner Faust zerquetschen. Spock – tot? Es erscheint mir unmöglich.

Ich denke immer wieder, daß es sich um einen Irrtum handeln muß, daß Starfleet uns anrufen und mitteilen wird, daß es nicht wahr ist. Wie kann es wahr sein? Spock ist – o Gott, er war – zur Hälfte Vulkanier! Ich habe damit gerechnet, daß er mich um Jahrzehnte überlebt! Warum mußte es so kommen? Warum? Mein Kind – tot? Wie konnte es geschehen?

Natürlich weiß ich, wie es geschehen ist. Selbst inmitten meiner tiefsten Trauer fand ich in meinem Herzen Mitleid für den armen Jim Kirk ... Er hat sich solche Mühe gegeben, es mir schonend beizubringen. Spock war sein bester Freund, sie standen sich sehr nahe, nachdem sie all diese Jahre zusammen gedient hatten. Ich wußte, daß auch der Captain um ihn geweint hatte ...

Sarek hat natürlich nicht geweint. Für einen Moment habe ich ihn deshalb gehaßt. Als würde seine Unfähigkeit zu menschlichen Tränen bedeuten, daß ihm überhaupt nichts an Spock lag ... Dabei weiß ich, wieviel er ihm bedeutete, daß unser Sohn für ihn die wichtigste Person der ganzen Galaxis war ... möglicherweise mit Ausnahme von mir. Ich starrte ihn an, während mir die Tränen über das Gesicht liefen und ich von Schluchzern geschüttelt wurde, bis ich das Gefühl hatte, daß ich es nicht mehr aushalten konnte. Es hätte nicht viel gefehlt, und ich hätte ihn geschlagen. Für einen schrecklichen Moment wollte ich ihn verletzen, ihn anschreien und von ihm verlangen, daß er um unseren Sohn weint ...

Ich bin dankbar, daß ich es nicht getan habe. Ich hätte es mir niemals verzeihen können. Ein solches Verhalten hätte eine unerträgliche Situation nur noch schlimmer gemacht.

Sarek tröstet sich mit dem Umstand, daß Spock einen guten Tod starb, in Erfüllung seiner Pflicht, um sein Schiff und seine Freunde zu retten. Als Held, um einen menschlichen Begriff heranzuziehen ... ein Wort, für das es im modernen Vulkanisch keine Entsprechung gibt.

Doch darin liegt für mich kein Trost. In der letzten Nacht saß ich zusammengekauert da und wiegte mich vor und zurück, während ich das Gefühl hatte, ich müßte vor Trauer zerreißen. Sarek kam zu mir und setzte sich neben mich. Er versuchte, mich mit seiner Anwesenheit zu trösten. Er legte seine Hand auf meine, zunächst schweigend, und als er schließlich sprach, sagte er nur die traditionellen Worte … »Meine Gemahlin, ich traure mit Euch …«

Ich weiß, daß er wirklich trauert. Aber ich glaube, daß die Liebe einer Mutter stärker und deshalb ihre Trauer größer ist. Das mag unlogisch sein … aber ich weiß, daß es trotzdem wahr ist.

Spock, mein Sohn … wärst du doch nur auf Vulkan gestorben! Dann wärst du für uns nicht für immer verloren. Zumindest dein lebendiger Geist, dein Katra, *hätte gerettet werden können, hätte in den Saal der Alten Gedanken überführt werden können. Doch …*

Unvermittelt brach die elegante und präzise Handschrift ab. Sarek wußte auch, warum. Er erinnerte sich noch lebhaft an den Nachmittag, als seine Frau in sein Arbeitszimmer gestürmt war, die geröteten Augen weit aufgerissen …

»Sarek!« Amandas gewöhnlich kultivierte und freundliche Stimme klang in der Stille wie ein zerspringender Kristall. »Was ist mit Spocks *Katra*? Es ist vielleicht gar nicht mit seinem Körper gestorben, falls er jemanden fand, dem er es anvertrauen könnte … Vielleicht existiert seine Seele noch irgendwo!«

Sarek wandte sich vom Computerterminal ab und seiner Frau zu, die im Eingang stand und sich mit beiden Händen am Türrahmen festhielt, als könnte sie sonst nicht auf eigenen Beinen stehen. Sie trug einen hastig über ihr Nachtgewand gezogenen Morgenmantel, und ihr Haar war zerzaust, was einen krassen Gegensatz zu ihrem normalerweise untadeligem Auftreten bildete.

In Amandas Augen glühte eine ungläubige Hoffnung, als sie atemlos weitersprach. »Nach dem, was Jim Kirk uns mitteilte, wußte unser Sohn genau, daß er sterben würde. Also hat er bestimmt für eine mentale Verbindung gesorgt, um sein *Katra* kurz vor dem Tod zu übertragen! Spock war ein guter Telepath – er hätte nicht viel Zeit dazu benötigt.«

»Aber Kirk hat nicht erwähnt, daß ...«, warf Sarek sachlich ein.

»Kirk ist ein *Mensch!*« entfuhr es Amanda. »Er hat vielleicht überhaupt keine Ahnung, was sich in seinem Geist befindet! Die meisten Menschen würden nichts davon bemerken – ach, Sarek, solange diese Möglichkeit besteht ...« Sie blickte ihren Ehemann flehend an. »... und sei sie noch so winzig, solange dürfen wir sie nicht ignorieren! Wir sprechen hier über das, was Menschen vermutlich als die Seele unseres Sohnes bezeichnen würden. Wir dürfen nicht zulassen, daß er für immer verlorengeht!«

Sarek starrte sie an, während sein Geist verarbeitete, was sie zu ihm gesagt hatte. »Deine Schlußfolgerung ist höchst unwahrscheinlich, Amanda«, sagte er schließlich in sanftem Tonfall. »Nach der Schilderung Kirks befand sich das Schiff in einer sehr schwierigen Situation und in unmittelbarer Gefahr. Spock dürfte kaum die Zeit gefunden haben, sich mit Kirk zu verschmelzen, bevor er den Maschinenraum aufsuchte.«

»Dazu ist keine vollständige Verschmelzung notwendig, das weißt du, Sarek«, erwiderte sie und starrte ihn mit hartnäckigen blauen Augen an. »Unser Sohn war ein ausgebildeter Telepath, er hat sich schon viele Male mit Kirk verschmolzen. Innerhalb eines kurzen Augenblicks hätte er die Verbindung herstellen können, die Kirk zu seinem Bewahrer macht!«

Sarek spürte, wie neue Hoffnung in ihm auflebte. Amanda bemerkte sofort die winzige Veränderung in seinem Gesichtsausdruck. »Du mußt dich zur Erde begeben und Kirk aufsuchen, mein Gemahl«, sagte sie förmlich. »Du kannst feststellen, ob Kirk die Seele unseres Sohnes in seinem Geist trägt. Geh, Sarek! Spock hat bestimmt einen Weg gefunden! Ich weiß es!«

Der Botschafter stand auf, durchquerte den Raum und trat neben seine Frau. Langsam und feierlich streckte er zwei Finger aus, und Amanda tat es ihm nach. Sie standen da und teilten ihren gemeinsamen Kummer, während sie gleichzeitig Kraft aus ihrer Nähe gewannen. Durch ihre Verbindung übernahm Sarek etwas von Amandas Hoffnung, daß ihr Kind noch nicht ganz verloren war, und allmählich wurde es zu seiner eigenen Hoffnung.

Schließlich nickte Sarek. »Ich werde zur Erde fliegen, Amanda«, versprach er. »Ich werde persönlich mit Kirk sprechen. Falls nötig, werde ich seinen Geist berühren und feststellen, ob er unbewußt das *Katra* unseres Sohnes bewahrt.«

Amanda lächelte ihm zu. »Ich danke dir, Sarek«, sagte sie leise. »Ich danke dir, mein Gemahl. Spock hat einen Weg gefunden ... ich weiß es. Mein Sohn ist noch nicht ganz verloren ... ich denke, daß ich es sonst spüren würde. Du mußt ihn wiederfinden, Sarek ...«

»Ich werde ihn finden, wenn er noch irgendwo ist«, sagte Sarek in einem ernsten Tonfall, als würde er einen feierlichen Schwur ablegen. »Ich werde seine Seele nach Vulkan zurückbringen ... damit er Frieden finden kann.«

Sarek blickte vom Tagebuch auf und seufzte, als er sich an die folgenden Ereignisse erinnerte. Daß sein Sohn heute am Leben war, verdankten sie Amandas unerschütterlichem Vertrauen, daß er für sie nicht wirklich – nicht vollständig – verloren war.

Ich muß Spock diese Tagebücher geben, damit er sie lesen kann, wenn ich damit fertig bin, dachte er. *Mein Sohn hat es verdient, den gleichen tiefen Einblick in die Gedanken seiner Mutter zu erhalten, den sie mir vermittelt haben ... Trotz der Verbindung, die über so viele Jahre zwischen uns bestand, gibt es so viele Dinge in Amandas Leben, von denen ich bis jetzt nichts wußte …*

Wenn seine Frau nur noch am Leben wäre! Wenn er noch einmal die Gelegenheit hätte, die Emotionen laut auszudrücken, die er höchstens in der stummen Intimität ihrer Verbindung gezeigt hatte. Es hätte ihr so viel bedeutet, wenn er laut ausgesprochen hätte, was er empfand … nur ein einziges Mal!

Aber sie war tot. Amanda war tot.

Daran war nichts mehr zu ändern. Im Gegensatz zu einer Vulkanierin hatte Amanda keine Zukunft mehr … zumindest nicht in einer wahrnehmbaren oder nachweisbaren Form. Als Mensch hatte sie kein *Katra* besessen … also konnte auch nichts von ihr in den Saal der Alten Gedanken übertragen werden, um dort zu verweilen, bis es bereit war, in den folgenden Zustand überzugehen.

Wenn Amanda eine Vulkanierin gewesen wäre … wenn Kadura nicht besetzt worden wäre … dann hätte Sarek zum Bewahrer ihres *Katra* werden können. Ihre Seele hätte in ihm wohnen können, bis sie in den energetischen Nexus des Saals der Alten Gedanken hätte entlassen werden können.

Wenn Amanda Vulkanierin gewesen wäre, hätten ihr Ehemann und ihr Sohn zu jener uralten Zitadelle gehen und dort ein Gefühl ihrer Gegenwart gewinnen können. Und wenn das *Katra* seiner Frau dann bereit gewesen wäre, auch diesen Ort zu verlassen, wäre Sarek vorbereitet gewesen, hätte genügend Zeit gehabt, sich von ihr zu verabschieden. Wäre seine Frau Vulkanierin gewesen, wäre ihr Tod kein so abruptes und schockierendes Ende gewesen, keine solche vollständige Trennung ihrer Verbindung. Selbst wenn er selbst auf Kadura gewesen wäre, hätte Spock zu ihrem Bewahrer werden können …

Doch Amanda war ein Mensch gewesen, und bis vor

wenigen Wochen hatte sich der Botschafter niemals etwas anderes gewünscht. Doch als er von ihrer Krankheit erfahren hatte, war Sarek gewaltsam an etwas erinnert worden, das er bis jetzt erfolgreich verdrängt hatte: daß seine Frau mit an Sicherheit grenzender Wahrscheinlichkeit viele Jahre vor ihm sterben würde ... vermutlich sogar Jahrzehnte.

Der Botschafter seufzte laut, als er sich vorstellte, daß Amandas *Katra* nun in ihm – oder in Spock – verweilen könnte, wäre sie eine Vulkanierin gewesen. Dann wäre sie in gewisser Weise immer noch am Leben ...

Doch wenn Amanda Vulkanierin gewesen wäre, wäre sie nicht Amanda gewesen ...

Sarek seufzte erneut und blickte wieder auf das Tagebuch, das in seinem Schoß lag. Er las dort weiter, wo er aufgehört hatte, bis er zum Ende gekommen war. Mit einem Gefühl tiefsten Bedauerns nahm er dann den letzten der roten Bände in die Hand. Er öffnete ihn, blätterte ihn durch und stellte fest, daß nur etwa ein Drittel der Seiten beschrieben war. Er nahm einen tiefen, schmerzhaften Atemzug und begann entschlossen zu lesen.

Als er die schnelle Abfolge der letzten kurzen Einträge erreichte, richtete er sich angespannt auf. Seine Augen huschten über die Seiten. Danach blätterte er zurück, um sie noch einmal langsam zu lesen. Er glaubte fast, Amandas Stimme hören zu können ...

17. September 2293

Ich mache mir große Sorgen um Sarek. Die Tage, die seit meiner Diagnose vergangen sind, waren eine große Belastung – für ihn viel mehr als für mich. Schließlich muß er sich abmühen, mir nicht seine Angst um mich zu zeigen ... mich nicht seinen Schmerz spüren zu lassen. Ich kann ihm nur einen einzigen Trost bieten – ich kann ihn im Glauben lassen, ich würde nichts von seinem inneren Aufruhr bemerken. Es ist das einzige, was ich für ihn tun kann ...

18. September 2293

Sarek ist heute abgereist, um über die Freigabe von Kadura zu verhandeln, einem Planeten, der von klingonischen Renegaten besetzt wurde. Der Präsident hat ihn persönlich darum gebeten, die Verhandlungen zu führen, und er konnte diesen Auftrag nicht ausschlagen. Es ist sein Beruf und seine Pflicht, seine Fähigkeiten zum Wohl anderer einzusetzen, und das verstehe ich. Er ist der beste Diplomat der Galaxis, und das weiß ich. Ich bin stolz auf ihn.

Das bedeutet natürlich keineswegs, ich würde ihn nicht vermissen. Ich hätte mir natürlich gewünscht, er wäre hier bei mir geblieben. Mit jeder verstreichenden Stunde vermisse ich ihn mehr. Man sollte meinen, ich hätte mich inzwischen daran gewöhnt, daß er längere Zeit abwesend ist, aber diesmal … Ich bin keine Heilige … Ich stehe vor einer Situation, die mir Angst macht, und ich wünsche mir, er wäre hier, um mir Mut zu geben. Aber ich bin stark. Ich werde es auch allein schaffen … Ich habe es immer allein geschafft, wenn es nötig war.

Außerdem haben wir immer noch unsere Verbindung. Ich vermisse seine Präsenz, aber es bleibt immer noch ein Gefühl von ihm. Da ich nicht telepathisch veranlagt bin, ist es nur schwach … aber in gewisser Weise ist er immer bei mir.

Werde ich ihn jemals wiedersehen?

Ich fürchte, nein.

Ich weiß nicht, wie ich es beschreiben soll … Spock sprach von einem Gefühl des ›Abschaltens‹, als er über das Sterben sprach. Ist es das, was ich empfinde?

Es ist schwierig, meine Gedanken genügend zu ordnen, um schreiben zu können. Es fällt mir schwer, mich zu konzentrieren … bin so müde.

Später

Ich mache mir Sorgen um Spock. In seinen Augen steht großes Leid, sein Mund ist nur ein dünner Strich. Hinter seiner Besorgnis um mich, hinter seinem ständigen Kummer spüre ich seine Wut …

Die Wut über den Tod. Oder die Wut über das Altern, über das grausame Schicksal, das seine Mutter in eine runzlige, schwache Fremde verwandelt. Das wären völlig normale Gefühle – wenn mein Sohn kein Vulkanier wäre. Aber ich habe seit seiner Kindheit nur äußerst selten so starke, kaum verhüllte Emotionen an Spock erlebt wie heute, kurz nach der Abreise seines Vaters. Es heißt, daß jeder einen schwachen Punkt hat – und Spocks schwacher Punkt bin ich.

Hauptsächlich richtet sich Spocks Wut gegen seinen Vater.

Wie kann ich ihm beibringen, daß er verstehen, akzeptieren und verzeihen muß – genauso wie ich es im Verlauf der vergangenen Jahrzehnte gelernt habe? Wie kann ich Spock helfen, wenn ich bald nicht mehr hier sein werde?

Bin jetzt müde …

19. September 2293

Ich bin so froh, daß ich Sarek das Versprechen abringen konnte, diese Tagebücher zu lesen. Es tröstet mich zu wissen, daß er mich eines Tages verstehen wird, daß er erfahren wird, was ich dachte und spürte, vor allem jetzt am Ende. Werde ich morgen noch hier sein? Ich sitze in meinem Schlafzimmer und blickte auf die Dinge, die mir so viel bedeuten … und ich denke, daß ich endlich meinen Frieden gefunden habe. Wenn sich Spock doch nur genauso mit dem Schicksal abfinden könnte!

Wenn ich doch nur die Kraft hätte, meinen Sohn dazu zu bringen, Sarek zu verstehen! Spock kann seinem Vater nicht verzeihen, daß er mich alleingelassen hat, aber das bedeutet keineswegs, daß er mich nicht liebt. Spock ist ein halber Vulkanier, wurde als Vulkanier erzogen … Warum kann er es nicht verstehen?

Welche seltsame Verkehrung … Normalerweise ist es Spock, der mir das Verhalten von Vulkaniern erklären muß.

Ich habe nie den Augenblick in seinem Quartier an Bord der Enterprise *vergessen, als Sarek im Sterben lag. Ich habe ihn geschlagen. Ich habe meinen Sohn geschlagen! Dieser Schlag hallt immer noch in meinen Ohren nach, ich spüre ihn immer noch in meiner Hand. Es war das einzige Mal in seinem Leben, daß ich ihn geschlagen habe. Ach, Spock … damals hast du verstanden! Warum nicht jetzt?*

Du darfst deinen Vater nicht hassen.

Du mußt ihn lieben, genauso wie ich. Ihn verstehen, genauso wie ich.

Sarek … irgendwann wirst du dies lesen, ich weiß es. Zeige Spock diesen Eintrag, auch wenn du entschieden hast, ihn nicht meine übrigen Tagebücher lesen zu lassen. Zeige ihm meine Worte. Vielleicht wird es ihm helfen …

Es gibt so vieles, was ich noch tun und sagen könnte. Ich würde so gerne noch einmal meinen Garten sehen. Den Ort, an dem ich mich am liebsten aufhalte …

Sarek, erinnere dich daran, später … Mein Garten. Ich möchte später in meinem Garten sein.

Ich hätte noch so viel zu schreiben … aber ich bin so müde.

Sarek … ich kann dich immer noch spüren … tief in meinem Geist. Könnte ich dich doch nur berühren, dein Gesicht sehen … nur noch ein einziges Mal …

Peter Kirk stand mit geballten Fäusten vor den geschlossenen Türen zur Brücke. *Entspanne dich!* befahl er seinem Körper, doch er wollte ihm nicht gehorchen. *Was ist denn schon dabei? Es ist doch nur dein erstes Kommando!* Er holte tief Luft, atmete langsam wieder aus und trat so weit vor, daß der Öffnungsmechanismus aktiviert wurde. Die Türen glitten mit einem vertrauten Zischen auf.

Als er auf die Brücke trat, nahm die Besatzung im selben Moment Haltung an, doch Peter war so aufgedreht, daß er sie nur als schemenhafte Gestalten wahrnahm. Jetzt war es soweit. Der Augenblick der Wahrheit. Er trat vor und versuchte, sich seine Anspannung nicht anmerken zu lassen.

Die Brücke schien schwächer als gewöhnlich beleuchtet zu sein. »Rühren!« befahl er den Leuten. Er gab sich Mühe, völlig normal und locker zu klingen, als er sich dem Sessel des Captains näherte. *Dein Sessel!* Er konnte es immer noch nicht fassen, daß er hier war. Daß er tatsächlich das Kommando über die *Enterprise* hatte. Er hatte gedacht, der Admiral machte einen Scherz, als er es ihm gesagt hatte. Sein erstes Kommando. Die *Enterprise*. Er ließ sich in den Kommandosessel sinken und berührte ehrfürchtig die Konsole in der Armlehne.

»Wie ist unsere gegenwärtige Position, Navigator?« fragte er.

»Sektor 3414, wir nähern uns dem Ringnebel, Captain«, antwortete eine bekannte Stimme.

Peters Kopf fuhr hoch. Zum ersten Mal nahm er die Besatzung richtig wahr. Er hatte natürlich gewußt, daß er mit erfahrenen Offizieren zusammenarbeiten würde, aber ... »Commander Chekov«, sagte er ruhig. »Ich hatte nicht damit gerechnet, Sie hier anzutreffen.«

»Nun, Sir«, erwiderte Chekov mit einem frechen Grinsen, »wir waren zufällig gerade in der Nähe ...«

Peter blinzelte und sah sich um. Neben Chekov saß Lieutenant s'Bysh auf ihrem Posten. Ein Blick nach links zeigte ihm, daß Commander Uhura an ihrer Kommunikationskonsole hantierte. Sie begrüßte ihn mit einem Nicken, als sie bemerkte, daß er sie ansah.

Er erstarrte vor Überraschung, als sich der Sessel vor der Ambientenkontrolle drehte und Dr. McCoy ihm das Gesicht zuwandte. Der Arzt strahlte vor Begeisterung, als er meldete: »Alle Lebenserhaltungssysteme arbeiten mit optimaler Effizienz, Sir, und die Krankenstation ist hundertprozentig einsatzbereit!«

»Vielen Dank, Doktor«, sagte Peter gelassen, obwohl er bemerkte, wie ihm nun ein Schweißtropfen über das

Gesicht lief. Er wollte nicht zur wissenschaftlichen Station hinüberschauen, aber er mußte es einfach tun. »Nummer Eins, ist alles in Ordnung?«

»Im Augenblick gibt es keine ungewöhnlichen Vorkommnisse«, erwiderte Spocks vertrauter, sanfter Bariton.

Also war alles in Butter, wie? Er schüttelte den Kopf. Entweder das, oder es war alles nur ein Traum, aus dem er gleich aufwachen würde ... aber das war nicht sehr wahrscheinlich.

Die meisten der Kadetten, die das ›Glück‹ hatten, es bis zum *Kobayashi Maru*-Test zu schaffen, mußten sich mit einer Brückenbesatzung begnügen, die sich jeweils zur Hälfte aus Kadetten und erfahrenen Offizieren zusammensetzte. Es war nichts Ungewöhnliches, daß sich die Besatzung eines bekannten Schiffes auf Erdurlaub für den Simulator zur Verfügung stellte, doch Peter hatte noch nie gehört, daß die komplette Brückencrew eines Raumschiffs der Constellation-Klasse am Test teilnahm! Normalerweise wurden mehrere Kadetten gleichzeitig getestet, nicht nur der befehlshabende Offizier, doch Peters Test fand so spät statt, daß gar keine Kadetten mehr da waren, die seine Besatzung stellen konnten. Die Aufgabe der erfahrenen Offiziere bestand darin, den Captain zu fordern, um zu sehen, ob er das Selbstvertrauen besaß, sich über ihre Erfahrung und ihre Ratschläge hinwegzusetzen. Aber daß es ausgerechnet diese Männer und Frauen sein mußten ...!

Vielleicht konnte er beim Prüfungsausschuß dagegen protestieren. *Ja, aber erst nach dem Test!* Jetzt gab es kein Zurück mehr. Er blickte sich noch einmal auf der Brücke um. Onkel Jim war nirgendwo zu sehen. Zumindest das war eine gewisse Erleichterung. Er befeuchtete seine Lippen mit der Zunge.

Verdammt, es ist doch nur ein Test! Es dürfte kaum schlimmer sein, als durch den Ring um Qo'noS zu fliegen oder aus Kamarags Kerker zu entfliehen! Warum war er dann so nervös? Im Genick spürte er Spocks unerschütterlichen Blick.

Plötzlich richtete sich Uhura kerzengerade auf. »Ich empfange eine Übertragung, Sir. Sie ist ... stark verzerrt ...«

»Auf den Lautsprecher, Commander«, befahl er und drehte sich mit seinem Sessel herum.

»*Enterprise,* können Sie mich hören? Hier spricht die *Kobayashi Maru*«, sagte eine Stimme mit deutlichem slawischen Akzent. Peter konnte die Frau kaum verstehen, so schwach und verrauscht war die Verbindung.

»Können Sie das Signal nicht verstärken, Commander?« fragte er.

Uhura schüttelte den Kopf. »Es ist bereits verstärkt, Captain. Die Sendung kommt direkt durch den Ringnebel. Es ist ein Wunder, daß wir überhaupt etwas hören können.« Sie runzelte die Stirn in angestrengter Konzentration und arbeitete an ihrer Konsole.

»Wir haben einen Riß im Antimaterie-Isolierfeld«, fuhr die Frau von der *Kobayashi Maru* fort. »Unser Lebenserhaltungssystem wurde ernsthaft beschädigt. Wir haben den Treibstoff abgelassen, um das Schiff nicht zu gefährden, aber jetzt sind unsere Energievorräte fast erschöpft.«

»*Kobayashi Maru!*« rief Uhura. »Wie lauten Ihre Koordinaten?«

Die Übertragung wurde noch schwächer, während Peter angestrengt horchte. »Koordinaten 3417 Komma 6. Wir sind fünfhunderttausend Kilometer vom Cygnus-Ringnebel entfernt und manövrierunfähig. Die Batterien können das Lebenserhaltungssystem noch eine Stunde lang mit Energie versorgen ... wiederhole ... eine Stunde. Wenn wir nicht sehr schnell Hilfe erhalten, sind dreihundertzweiundsechzig Intelligenzwesen verloren. *Enterprise,* können Sie mich hören? Wir haben noch maximal eine Stunde ...« Dann ging die Stimme im statischen Rauschen unter.

»Mr. Chekov, können Sie mir die Position der *Kobayashi Maru* zeigen?« fragte Peter.

»Ja, Sir«, antwortete Chekov, und nach wenigen Sekunden erschien eine graphische Darstellung auf dem großen Hauptbildschirm.

Das Bild zeigte die *Enterprise,* die sich gerade auf einen riesigen Nebel zubewegte, eine dichte, blaßblau, weiß und rosa gefärbte Wolke aus Gas und Staub. Auf der anderen Seite des Nebels hing der gestrandete Frachter, die *Kobayashi Maru,* antriebslos im All, wenn die übermittelten Koordinaten korrekt waren.

Peter runzelte die Stirn. Bis jetzt entsprachen die Gerüchte der Wahrheit. Dies war in der Tat eine völlig neue Simulation. Nur das havarierte Schiff war identisch, aber ansonsten waren alle Umstände verändert worden. So kam es jetzt darauf an, die Besatzung des Schiffes zu retten und nicht nur das Schiff. Wenn er die Leute an Bord genommen hatte – falls er überhaupt soweit kam, was nicht sehr wahrscheinlich war –, dann konnte er sich Gedanken darüber machen, das Schiff selbst mit einem Traktorstrahl zu erfassen. Konnte er es abschleppen?

Peter zwang sich dazu, die große Bildschirmdarstellung zu betrachten. »Mr. Chekov«, sagte Peter steif, »wo befinden wir uns in Relation zur klingonischen Neutralen Zone?«

Chekov nahm ein paar Schaltungen vor, und dann wurde die Neutrale Zone auf dem Bildschirm sichtbar. »Sie liegt zehn Lichtjahre von der *Kobayashi Maru* entfernt, Sir«, meldete Chekov.

Was hatte das zu bedeuten? Sie mußten für diese Aktion überhaupt nicht in die Neutrale Zone eindringen. Sei's drum – ihnen blieb auf jeden Fall nur wenig Zeit. »Mr. Chekov, berechnen Sie den optimalen Kurs, der uns ohne Interferenzen durch die Randzone des Nebels zur *Maru* bringt. Wie lange werden wir brauchen?«

Chekov bestätigte den Befehl und führte ein paar Berechnungen durch, bis er meldete: »Wenn wir dem Nebel auf der Seite mit der geringsten Ausdehnung ausweichen, dürften wir in etwa fünfzehn Minuten bei der *Kobayashi Maru* eintreffen. Die optimale Geschwindigkeit in der Randzone des Nebels wäre … Warp zwei.«

»Ich hätte einen Vorschlag, Captain«, warf Spock ein. »Wir könnten die benötigte Zeit um zehn Komma achtzehn Minuten reduzieren, wenn wir mit Warp eins *durch* den Nebel fliegen.«

Peter blickte noch einmal auf die farbige Graphik. Das klang vernünftig – aber warum verursachte ihm diese Vorstellung Unbehagen?

»Wir sind das einzige Schiff in diesem Sektor, Sir«, argumentierte Spock. »Und wie Sie selbst bestätigt haben, befinden wir uns in sicherer Entfernung von der klingonischen Neutralen Zone. Ein Direktflug durch den Nebel bietet sich als effizienteste Handlungsweise an.«

Peter spannte die Kiefermuskeln an. »Sie haben völlig recht, Mr. Spock, aber solange wir durch den Nebel fliegen, wären wir blind, taub und handlungsunfähig. Wir können da drinnen nicht einmal unsere Schilde aktivieren. Wenn wir auf der anderen Seite herauskommen, würden wir einige Sekunden brauchen, bis wir uns wieder orientiert haben.« Er lächelte dem Vulkanier zu. »Aus irgendeinem Grund gefällt mir das nicht«, fügte er trocken hinzu.

»Lieutenant s'Bysh.« Er drehte seinen Sessel wieder herum. »Bringen Sie uns um den Nebel herum, auf dem Kurs, den Mr. Chekov vorgeschlagen hat. Warp zwei.«

Dann wandte er sich wieder seinem Ersten Offizier zu. »Mr. Spock, ich möchte, daß Sie eine Sonde, die mit Fernbereichsensoren ausgerüstet ist, durch den Nebel schicken. Sie kann uns mit Informationen über die Bedingungen auf der anderen Seite des Nebels versorgen, bevor wir dort eingetroffen sind. Sie wird uns dabei helfen, die *Maru* exakt zu lokalisieren, und uns vor möglichen anderen Problemen warnen, damit wir rechtzeitig reagieren können.«

Spock meldete den Abschuß der Sonde. Dann drückte Peter auf den Interkom-Knopf seiner Kommandokonsole. »Maschinenraum!«

»Ja, Sir!« antwortete eine Stimme mit schottischem Akzent.

Warum überrascht es mich gar nicht mehr, diese Stimme zu hören? »Scotty, wir müssen demnächst mehr als dreihundert Personen in weniger als dreißig Minuten an Bord beamen ...«

»Das ist unmöglich, Captain! Selbst wenn wir jeden verdammten Transporter in diesem Schiff auf Dauerbetrieb stellen, würden wir ...«

»Die Frachttransporter, Mr. Scott. Können Sie so justiert werden, daß sich damit Menschen transportieren lassen?«

»Ja, Captain, aber ...«, erwiderte Scotty zögernd.

»Setzen Sie alles ein, was wir haben. Wir müssen diese Leute sehr schnell an Bord holen, und zwar aus größerer Entfernung. Irgendwo fliegt eine angeschlagene Antimaterie-Kapsel herum, also dürfen wir uns nicht zu nahe heranwagen. In zehn Minuten geht es los.«

»Zehn Minuten!« protestierte der schottische Ingenieur. »Aber, Captain ...«

»Machen Sie sich an die Arbeit, Mr. Scott! Die Zeit läuft!«

»Wir haben den Nebel zur Hälfte umrundet, Sir«, meldete Chekov pflichtbewußt.

»Gibt es etwas Neues von der *Maru*, Uhura?« fragte Peter.

»Ich erhalte keine Verbindung mehr, Sir«, antwortete sie.

»Setzen Sie die Fernbereichsensoren ein, Mr. Chekov.

Gibt es irgendwelche Anzeichen für feindliche Schiffe?« Peter bemerkte, daß er unruhig in seinem Sessel hin und her rutschte.

Chekov zuckte völlig unbesorgt die Schultern. »Nichts, Sir. Aber es gab auch keinerlei Berichte über Unregelmäßigkeiten in diesem Sektor.«

»Tatsächlich?« murmelte er. Hier stimmte etwas nicht. Wo waren die verdammten Klingonen? Wo war der Feind? Das alles war viel zu einfach. Er spürte, wie ihm der Schweiß ausbrach. »Mr. Spock, haben Sie schon etwas von der Sonde empfangen?«

»Ja, Sir, die Daten kommen soeben herein.«

»Auf den Schirm.«

Der Sichtschirm zeigte ein neues Bild. Vom Nebel war nichts mehr zu sehen, da die Sonde ihn inzwischen passiert hatte. In Flugrichtung gab es nur das Schwarz des Weltraums und das Glitzern weit entfernter Sterne. Dann kam das beschädigte Schiff in Sicht. Es war immer noch weit weg und trieb bewegungslos im All. In gefährlicher Nähe war die Antimaterie-Kapsel zu erkennen. Er mußte Scotty anweisen, die Besatzung über die Höchstreichweite der Transporter an Bord zu beamen. *Verdammt, verdammt ... das ist zu einfach.*

Er blinzelte, weil er so angestrengt auf den Bildschirm starrte, daß ihm die Augen brannten.

»Wir sind nun auf der anderen Seite des Nebels, Sir«, sagte Chekov leise.

»Kurs und Geschwindigkeit, Captain?« fragte s'Bysh.

Peters Kopf ruckte hoch, und er starrte wieder auf den Schirm, der nichts Verdächtiges zeigte. »Lieutenant Uhura, haben Sie Kontakt mit der *Kobayashi Maru?*«

»Nein, Sir«, meldete sie. »Ich versuche es immer wieder, aber ...«

»Wir sind am Nebel vorbei, also müßten sie uns jetzt antworten können«, sagte Peter, ohne jemand Bestimmten anzusprechen.

»Es sei denn, durch die Havarie wurden ihre Kommunikationseinrichtungen zerstört«, sagte Spock. »Sollen wir beschleunigen, Captain? Wir fliegen immer noch mit Warp zwei ...«

Peter unterbrach ihn mit einer ungeduldigen Geste. »Triebwerke halt, Lieutenant!«

s'Bysh zögerte, bis Peter ihr einen Blick zuwarf.

»Triebwerke halt, verstanden«, wiederholte sie und führte seinen Befehl aus.

»Captain!« rief McCoy. »Wir haben nicht mehr viel Zeit. Die Leute da drüben verbrauchen gerade ihre letzte Atemluft!«

»Diese Leute«, teilte Peter seiner Besatzung angespannt mit, »sitzen mitten in einer Falle. Mr. Chekov, wie ist unsere Position im Verhältnis zur romulanischen Neutralen Zone?«

»Wir stehen direkt davor, Sir.«

Aha! Fast hätten sie mich erwischt. Wenn ich weitergeflogen wäre, wäre ich in die Neutrale Zone geraten, ohne daß ich es bemerkt hätte. Peter drängte Chekov zur Seite und tippte an dessen Konsole eine Befehlssequenz ein. Daraufhin wurde eine Reihe von Daten am Rand des Bildschirms eingeblendet, so daß jeder sie sehen konnte. »Überprüfen Sie diese Werte. In unmittelbarer Nähe der *Maru* befinden sich fünf Anomalien, und jede davon besitzt eine ganz spezifische Energiesignatur – ein sicheres Anzeichen für getarnte Schiffe.«

Der Kadett holte tief Luft. »Die *Kobayashi Maru* wird als Köder für eine geschickte Falle benutzt. Alarmstufe Gelb!« Er wandte sich an Spock. Der Vulkanier war sichtlich verblüfft über Peters Ankündigung und überprüfte schnell die Daten. »Da ist etwas, nicht wahr, Mr. Spock?«

Erstaunlicherweise zögerte Spock mit seiner Antwort. »Die Daten könnten in der Tat auf gewisse Anomalien hinweisen ...« Er verstummte, während er sich weiter mit seinen Monitoren beschäftigte.

McCoy sprang von seinem Sessel auf. »Und was wollen wir jetzt wegen der Leute da drüben unternehmen? Sie können sie doch nicht einfach im Stich lassen, Captain!«

»Das habe ich auch nicht vor, Dr. McCoy«, beruhigte Peter den Bordarzt, während er gleichzeitig seine Uniformjacke aufknöpfte.

»Captain, was veranlaßt Sie zu der Vermutung, diese Daten könnten auf getarnte Schiffe hinweisen?« fragte Spock.

Peter zog seine Jacke aus und hängte sie über den Kommandosessel. »Nun, da wir uns am Rand der romulanischen Neutralen Zone befinden und wir zur Zeit Frieden mit den Klingonen haben, vermute ich, daß es sich bei diesen getarnten Schiffen um romulanische Kreuzer handelt ... der Größe nach zu urteilen. Es ist eher ein Gefühl, Mr. Spock, aber wir wollen einmal sehen, ob auf mein Gefühl Verlaß ist.« Er drückte die Interkomtaste. »Mr. Scott, jemand von Ihren Leuten soll zwei vulkanische *Lirpas* synthetisieren.« Dann wandte er sich an McCoy. »Doktor, bitte bringen Sie mir diese *Lirpas,* sobald sie fertig sind.«

»Lirpas?« McCoy richtete sich auf. »Ich? Was hat das zu bedeuten? *Lirpas?«*

Im selben Augenblick fragte Scotty zurück: *»Lirpas,* Sir?«

Peters Stimme wurde schärfer. »Das war ein Befehl, Doktor! Das gilt auch für Sie, Mr. Scott!«

McCoy räusperte sich, brummte etwas und verließ ohne weiteren Kommentar die Brücke.

»Lirpas?« fragte nun auch Spock verständnislos.

»Mr. Scott!« rief Peter, während er auf seine Konsole schlug. »Wie weit sind Sie mit den Transportern?«

»Wir sind fast fertig, Sir«, meldete Scott.

»Beeilen Sie sich, Mr. Scott. In zwei Minuten. Auf mein Kommando.« Er unterbrach die Verbindung, bevor Scott erneut protestieren konnte.

»Entschuldigen Sie bitte, Captain«, sagte Spock in

seinem trockensten Tonfall. »Wenn Sie der Meinung sind, daß wir es mit romulanischen Schiffen zu tun haben, sollten wir dann nicht besser unsere Schilde aktivieren?«

»Nein«, widersprach Peter mit einem entschiedenen Kopfschütteln. »Wir sind noch nicht in Feuerreichweite und werden es die nächsten drei Minuten auch nicht sein. Wenn sich diese ›Anomalien‹ jedoch in den nächsten paar Minuten in unsere Richtung bewegen sollten, werden Sie sofort die Schilde aktivieren, Mr. Spock. Verstanden?«

»Ja, Captain«, sagte Spock.

»Enterprise«, war eine keuchende Stimme über die Lautsprecher zu hören, »die Batterien versagen und verlieren Energie. Wir haben nur noch für zehn Minuten Atemluft ...« Der Rest der Übertragung wurde wieder von statischem Rauschen übertönt.

»Commander Uhura«, sagte Peter, während er sein Hemd auszog, »schicken Sie der *Maru* eine Nachricht. Weisen Sie die Leute auf den Standard-Evakuierungsplan der Föderation hin. Inzwischen müßte das gesamte Personal Raumanzüge angelegt oder in Schutzfeldern Zuflucht gesucht haben. Wir können uns keine Verzögerungen erlauben.«

Peter drehte sich um, als sich die Türen zur Brücke öffneten, und er sah, wie Dr. McCoy mit den zwei schweren *Lirpas* hereinkam. Mit einem irritierten Gesichtsausdruck überreichte der Arzt sie dem jungen Captain.

»Commander Uhura«, sagte Peter, »öffnen Sie eine Grußfrequenz, in Richtung der getarnten Schiffe. Machen Sie sich bereit, eine Nachricht mit breiter Fächerung zu übertragen.«

Er lächelte den Leuten von der Brückenbesatzung zu. Sie dachten zweifellos, er wäre verrückt geworden. Vielleicht war er tatsächlich verrückt, weil er allmählich Spaß an der Sache fand. Diese Situation war eine große Herausforderung, und er hatte bis jetzt erfolgreich verhindert, daß dieses Schiff in Stücke geschossen wurde, was sicherlich nicht jedem Prüfling gelang. Natürlich wäre seine Vorsicht völlig umsonst, wenn er es nicht trotzdem schaffte, die Leute von der *Kobayashi Maru* zu retten.

Er blickte sich fragend zur Kommunikationsstation um.

»Captain, die Grußfrequenz ist geöffnet«. Uhura warf Spock einen kurzen Blick zu und zuckte die Schultern.

»Hier spricht Captain Peter Kirk. Ich rufe den Commander der Flotte, die sich in der Nähe der beschädigten *Kobayashi Maru* aufhält. Wir haben die Falle gerochen, die Sie uns gestellt haben, und offen gesagt, Commander, fühle ich mich durch Ihr ungeschicktes Täuschungsmanöver zutiefst beleidigt. Als Antwort auf diese Kränkung werde ich Ihnen folgendes mitteilen: *T'kevaidors a skelitus dunt'ryala aikriian paselitan ... Toriatal.*« Er hörte, wie Spock die Luft einsog – es war fast ein Keuchen. Dann wechselte Peter wieder zu Standard. »Commander, ich spreche diese Herausforderung nach dem uralten Gesetz des *Toriatal* aus. Sie müssen auf meine Erklärung antworten.«

Stille. Absolute, völlige Totenstille.

Peter wartete schwitzend ab. Es spielte gar keine Rolle mehr, daß es sich nur um eine Simulation handelte. Er fühlte sich innerlich aufgeladen, als hätte er es tatsächlich mit einem unsichtbaren Feind zu tun. Er hielt die zwei *Lirpas* fest umklammert und horchte, wie das Blut in seinen Ohren rauschte.

Das Simulationsprogramm, dachte er, während er abwartete. *Es versucht herausfinden, wie es auf meine Herausforderung antworten soll.*

Plötzlich schnappte Uhura nach Luft. »Captain«, sagte sie verblüfft, »wir werden gerufen ... vom romulanischen Commander!«

»Auf den Schirm!« sagte er und hob eine der *Lirpas* hoch, um die Waffe zu präsentieren. Das Bild veränderte sich, bis es das Innere eines romulanischen Kreuzers und die Gestalt eines romulanischen Offiziers zeigte.

»Wer sind Sie, daß Sie eine solche Herausforderung auszusprechen wagen?« fragte der holographische Commander. »Sie sind nur ein *Mensch.* Ich bin nicht verpflichtet, einem *Fremdweltler* zu antworten, der sich erdreistet, ein *Toriatal* zu fordern!«

»Natürlich sind Sie verpflichtet«, widersprach Peter und versuchte, gelassen zu bleiben. Sein Unterhemd klebte auf seiner Haut, während er die schwere *Lirpa* bereithielt und sich mit der anderen Hand gegen den Kommandosessel lehnte. »Das Gesetz ist eindeutig. ›Wer die Herausforderung nach dem Gesetz des *Toriatal* ausspricht, hat das Recht auf Antwort. Keine ehrenwerte Persönlichkeit darf eine ordnungsgemäße Herausforderung ausschlagen.‹ Ich habe mich an Ihre ältesten Gesetze gehalten. Nehmen Sie die Herausforderung an? Oder haben Sie Angst davor, gegen einen Menschen zu kämpfen?«

Wieder folgte eine längere Pause. Schließlich sagte der holographische Commander tonlos: »Ich nehme die Herausforderung an.«

»Ich habe die Wahl der Waffen«, gab Peter bekannt, »und ich habe mich für die *Lirpa* entschieden.«

»Captain«, meldete Spock, »mehrere der romulanischen Schiffe machen ihre Waffen feuerbereit.«

»Wollen Sie Ihr eigenes Gesetz brechen, Romulaner, und mit Ihren Schiffen das Feuer auf uns eröffnen, selbst nachdem ich die Herausforderung ausgesprochen habe?« fragte Peter. »In diesem Fall würden Sie Ihr eigenes Erbe mit Füßen treten! Das *Toriatal* verlangt, daß bis zum Ende des Kampfes die Waffen schweigen!«

Der Commander sagte fast eine Minute lang nichts, dann drehte die holographische Gestalt den Kopf und sprach zu jemandem, der nicht zu sehen war.

Peter bemerkte, daß sich Spocks Augenbrauen hoben. »Die Waffen ... werden deaktiviert, Sir.«

»Mr. Spock, ich befehle Ihnen, mich zu diesen Koordinaten hinüberzubeamen«, wies Peter seinen wissenschaftlichen Offizier an. »Während ich mit dem romulanischen Commander beschäftigt bin, werden Sie und Mr. Scott jeden Überlebenden von der *Kobayashi Maru* auf die *Enterprise* beamen. Wenn Sie alle an Bord genommen haben, geben Sie vollen Rückwärtsschub und ziehen sich in den Nebel zurück. Die Romulaner werden es nicht wagen, Ihnen dorthin zu folgen. Auf diesem Weg können Sie entkommen.«

Bevor Spock seinen Protest artikulieren konnte, regte sich McCoy auf. »Sind Sie verrückt geworden? Mit diesem Ding wird der Kerl Sie in kleine Scheiben schneiden, und während er das tut, werden seine anderen Schiffe uns als Zielscheibe mißbrauchen!«

»Nein, das werden sie nicht tun«, sagte Peter zu McCoy. »Während der Commander und ich miteinander kämpfen, müssen seine Truppen nach dem Gesetz Waffenstillstand halten, genauso wie wir. Aber das Gesetz verbietet es nicht, daß Sie die Transporter einsetzen, um die Leute von der *Maru* herüberzuholen, und dann von hier verschwinden.«

»Captain, ich kann es Ihnen nicht erlauben«, sagte Spock ruhig. »Selbst wenn Sie den romulanischen Commander besiegen, ist es unwahrscheinlich, daß man Sie unversehrt zu uns zurückkehren läßt. Es wäre Selbstmord.«

Peter hielt einen Moment lang inne. »Es ist eine Situation, die ich höchstwahrscheinlich nicht überleben werde, Mr. Spock, darin gebe ich Ihnen recht. Aber das gilt nur für mich. Die *Enterprise* und die *Kobayashi Maru* werden ungeschoren davonkommen. Und als Captain hat die Sicherheit des Schiffes für mich oberste Priorität.« Er hob die zweite *Lirpa* auf und schaltete das Interkom ein. »Mr. Scott, machen Sie die Frachttransporter bereit. Chief?«

Eine künstliche Stimme antwortete: »Hier Transporterraum.«

»Beamen Sie mich direkt auf die Brücke des romulanischen Schiffes«, sagte Peter und übermittelte nach einem Blick auf Chekovs Konsole die Koordinaten. »Energie!« *Was wird jetzt geschehen?* fragte er sich. Würde man ihn tatsächlich irgendwohin beamen? Würde er tatsächlich gegen jemanden kämpfen müssen?

Plötzlich wurde eine Stimme von der anderen Seite der Brückentür hörbar. »Einen Augenblick, einen Augenblick! Öffnen Sie diese Tür! Licht an!« Die Türflügel glitten auseinander, und Admiral Kyle Anderson stürmte herein. »Was, zum Teufel, geht hier vor? Kadett, was soll dieses Gefasel von ›Anomalien‹ und Energiewerten? Sie können sich nicht irgendwelche Daten aus den Fingern saugen!«

Peter mußte ein paarmal blinzeln, um die Simulation zu verdrängen und sich wieder dem wahren Leben zu stellen. Sein Blutdruck war gestiegen, und er war wirklich für einen guten Kampf bereit. »Hier, Sir«, sagte Peter, stellte die *Lirpas* ab und ging zu Chekovs Konsole hinüber. »Die Anomalien sind nur schwer zu entdecken, aber diese Energiesignatur ist ein unverwechselbares Anzeichen ...«

»Das ist unmöglich!« protestierte der Admiral, ohne auch nur einen einzigen Blick auf die Anzeigen zu werfen. »Niemand kann ein getarntes Schiff entdecken ...«

Plötzlich räusperte sich Spock. »Bei allem Respekt, Admiral, aber ich fürchte, Kadett Kirk hat recht. Während er sich an Bord der *Enterprise* aufhielt, machte ich ihn mit Forschungsergebnissen vertraut, die Mr. Scott und ich gesammelt hatten. Unsere Untersuchungen befinden sich noch im Entwicklungsstadium, aber während unserer Flucht von Qo'noS hatte Kadett Kirk die Gelegenheit, die elektromagnetischen Signaturen klingonischer Schiffe auszuwerten.«

»Ich verstehe«, sagte der Admiral, als Spock ihm die Anomalien zeigte. »Also gut. Ich sehe ein, daß Ihnen dieses Wissen einen Vorteil verschaffte, aber was soll dieser Unsinn über alte romulanische Herausforderungen? Die Schiffe hätten Sie einfach weggepustet, während Sie mit diesem Ding da vor dem Commander herumfuchteln!« Damit zeigte er auf die *Lirpa*.

Wieder kam ihm Spock zu Hilfe. »Bei allem Respekt, Sir, aber das entspricht nicht den Tatsachen. Diese Form der rituellen Herausforderung geht bis auf die Zeit vor der vulkanischen Reformation zurück und wird immer noch von den Romulanern respektiert. Kadett Kirk hat sich in jeder Hinsicht an die alten Gesetze gehalten. Sogar seine Aussprache des Althochvulkanischen war nahezu perfekt.«

»Hmm«, machte der Admiral, »und sie hätten jede Feindseligkeit einstellen müssen, während er gegen den Commander kämpft?«

Spock nickte.

Andersons Gesicht verzog sich plötzlich zu einem breiten Grinsen. »Teufel! Es scheint, daß Sie schon zuviel Zeit im Weltraum verbracht haben, Kadett Kirk. Dieser Test wurde für Kandidaten ohne praktische Erfahrung entworfen!« Er schüttelte den Kopf. »Glauben Sie mir, wir werden diese Daten einspeichern, für den nächsten armen Hund, der diesen Test bestehen soll! Doch im Augenblick ... sieht es so aus, als wären Sie der zweite Kirk, der diese ausweglose Simulation bewältigt hat. Und dazu mußten Sie nicht einmal den Computer umprogrammieren!« Er streckte dem Kadetten seine Hand hin. Peter nahm sie an, und Anderson gratulierte ihm herzlich.

»Die Romulaner hätten ihn zweifellos getötet, Sir!« protestierte Chekov.

»Aber er hätte das Schiff und die Leute von der *Kobayashi Maru* gerettet, und zwar ohne einen einzigen Schuß abzufeuern!« rief eine neue Stimme.

Peter schaute zur Tür, wo sein Onkel stand und ihm zulächelte.

»Ein Captain muß bereit sein, sich selbst für sein Schiff zu opfern«, rief Kirk den Anwesenden ins Gedächtnis. »Das ist seine Aufgabe. Meinen Glückwunsch, Peter. Das war eine verdammt gute Leistung.«

Peter nickte jedem von der Brückenbesatzung zu, während die Leute sich auf den Weg nach draußen machten. Es dauerte einige Minuten, bis Peter und sein Onkel allein waren. Der Captain reichte ihm die Hand, und als Peter sie annahm, klopfte er ihm auf die Schulter. »Ich wußte, daß du es schaffen würdest«, rief er mit einem stolzen Grinsen.

»Ich habe mich durch die Ereignisse der jüngsten Zeit inspirieren lassen«, erwiderte Peter.

»Ganz offensichtlich – aber das ändert nichts an der Tatsache, daß du einen kühlen Kopf bewahrt und das Problem gelöst hast. Du wirst eines Tages ein großartiger Captain werden.«

Der jüngere Mann schüttelte den Kopf. »Bei allem Respekt, Onkel Jim ... ich werde heute meine Offizierslaufbahn beenden und beantragen, dem diplomatischen Korps von Starfleet zugeteilt zu werden. Botschafter Sarek will mir ein Empfehlungsschreiben geben. Die Ereignisse der jüngsten Zeit haben mich erkennen lassen, was ich wirklich aus meinem Leben machen möchte.«

Kirk betrachtete seinen Neffen eine Weile aufmerksam, bis er schließlich nickte. »Es ist deine Wahl, Peter, und ich habe hohen Respekt vor einer so schwierigen Entscheidung.« Seine haselnußbraunen Augen glitzerten humorvoll. »Du wurdest in dieser Entscheidung nicht zufällig dadurch beeinflußt, daß du langwierige diplomatische Verhandlungen mit den Klingonen führen wirst?«

Peter grinste. »Sagen wir, ich werde auf jeden Fall viele Kurse über die klingonische Sprache und Kultur belegen«, gestand er ein.

Die beiden machten sich auf den Weg und traten

durch den Korridor in die glitzernde Lobby der Starfleet-Akademie. »Du hast ihr geschrieben?« fragte der Captain.

»Ja … und ich habe vor einer Woche eine Antwort erhalten. Sie geht wieder zur Schule, und es gefällt ihr sehr gut. Sie besucht einen Fortgeschrittenenkurs in Standard-Englisch!«

»Wenn ihr beide euch wiederseht, dürfte die Sprachbarriere kein Problem mehr sein«, sagte Kirk, während sie den großen Platz überquerten, der vor den glänzenden Wolkenkratzern der Starfleet-Akademie lag.

»Ich hoffe, daß bis dahin viele Probleme aus dem Weg geräumt sind«, sagte Peter. »Wir beide arbeiten gezielt darauf hin, Onkel Jim.«

James Tiberius Kirk lächelte dem Sohn seines Bruders zu. »Es geschieht nicht oft, daß sich die persönlichen Interessen mit den Pflichten decken.«

Peter nickte. »Doch wenn es geschieht … ist es wunderbar.«

»Ich wünsche euch beiden viel Glück, Peter. Und das meine ich ehrlich.«

Der jüngere Kirk lächelte. »Das weiß ich. Und das bedeutet mir sehr viel, Onkel Jim.«

»Ich möchte dir noch etwas sagen«, begann Jim zögernd. »Ich glaube, daß aus dir ein verdammt guter Captain geworden wäre.«

Peter strahlte über das ganze Gesicht. Er wußte genau, daß dies das größte Kompliment war, daß sein Onkel einem anderen machen konnte. »Vielen Dank, Onkel Jim. Aber ich könnte dir niemals das Wasser reichen.«

Der ältere Kirk grinste und klopfte seinem Neffen auf die Schulter. »Komm jetzt«, sagte der Captain der *Enterprise* und beschleunigte seine Schritte. »Man wartet auf uns.« Dann trat plötzlich ein Glitzern in seine Augen. »*Botschafter* Kirk …«

Peter zuckte die Schultern. »Man weiß nie …«

»*Botschafter* Kirk ...«, murmelte der Captain nachdenklich. »Je häufiger ich es sage, desto besser klingt es ...«

Spock stand im riesigen, von Sonnenlicht durchfluteten Konferenzsaal auf dem Planeten namens Khitomer. Zur neuen Friedenskonferenz waren Dutzende Lebewesen von verschiedensten Welten angereist ... aber niemand von Freelan. Die Abwesenheit der verhüllten und maskierten Delegierten war von vielen bemerkt und kommentiert worden, aber nur die Mitgliedswelten des Sicherheitsrats der Föderation kannten die Wahrheit.

In den Wochen, seit die *Enterprise* die gefangenen Vulkanier aus der Neutralen Zone geholt hatte, waren die Spannungen in der Galaxis erheblich abgeflaut. Die Anführer der IGEM einschließlich Lisa Tennant waren verhaftet worden und mußten sich vor Gericht für ihr Eindringen in das Computersystem des vulkanischen Konsulats und für die Entführung von Peter Kirk verantworten. Nachdem die aktivsten Mitglieder aus dem Verkehr gezogen waren, hatte sich die Gruppe wieder zu einer harmlosen Randerscheinung zurückentwickelt.

Azetburs dramatische Aktion gegen die klingonischen Renegaten hatte das Vertrauen der Föderation in die neue Kanzlerin gefestigt, und diese neue Friedenskonferenz war ein unmittelbares Resultat jener Ereignisse. Wissenschaftler von vielen Planeten waren gemeinsam mit Regierungsvertretern eingeladen worden, um die Föderation zu beraten, wie den Klingonen bei der Lösung ihrer vielen Probleme geholfen werden konnte. Während der ersten Sitzungen war diskutiert worden, wie sich die Auswirkungen der Explosion von Praxis auf die klingonische Heimatwelt überwinden ließen. Am nächsten Tag stand die Möglichkeit wirtschaftlicher Hilfe auf der Tagesordnung.

Der Vulkanier nahm als einer von vielen Starfleet-

Vertretern an der Konferenz teil. Die heutigen Sitzungen waren für ihn sehr interessant gewesen – die Suche nach wissenschaftlichen Lösungen für die Probleme, mit denen Qo'noS konfrontiert war. Während sich die Delegierten im Anschluß an die offiziellen Konferenzen nun im Saal tummelten und kleine Gesprächsrunden bildeten, suchte Spock nach seinem Vater. Er hatte Sarek seit seiner gestrigen Ankunft nicht mehr wiedergesehen.

»Es waren interessante Diskussionen, meinen Sie nicht auch, Captain Spock?« wurde er von hinten angesprochen. Als Spock sich umdrehte, erkannte er den neuen romulanischen Abgesandten Pardek, der zu ihm getreten war. In Anbetracht der jüngsten Ereignisse um Freelan war der Vulkanier einigermaßen überrascht gewesen, daß das Reich einen Delegierten geschickt hatte, der Nanclus ersetzen sollte. Aber schließlich hatten die Romulaner schon immer ein besonderes Geschick bewiesen, über den Frieden zu verhandeln, während sie den nächsten Krieg vorbereiteten.

»Darin stimme ich Ihnen zu«, sagte er. Pardek war ein wenig älter als der Vulkanier. Er war untersetzt, aber kräftig gebaut und hatte eher grobschlächtige Gesichtszüge und wuchtige Augenbrauenwülste. Er machte den Eindruck eines Mannes mit militärischer Erfahrung, was nichts Ungewöhnliches für einen Romulaner war.

»Es ist mir eine besondere Ehre, Ihre Bekanntschaft zu machen, Captain«, sagte Pardek. »Ihr Name ist im Reich schon seit langer Zeit sehr ... bekannt.«

Spock hob amüsiert über diese vorsichtige Ausdrucksweise eine Augenbraue. »Tatsächlich?« erwiderte er trocken.

»Sie und Ihr Vater haben einen tiefen Eindruck bei unserer Regierung hinterlassen«, sagte Pardek, und dem Vulkanier entging die Ironie keineswegs. »Vor allem angesichts der jüngsten Ereignisse.«

Spock war überrascht, daß der Romulaner sich so direkt geäußert hatte. »Die jüngsten Ereignisse«, griff Spock seine Worte auf, »waren zweifellos äußerst ... stimulierend.«

»Unzweifelhaft«, stimmte Pardek zu. »Übrigens ... was ist eigentlich aus jener radikalen Organisation geworden, die der Erde in letzter Zeit solche Probleme bereitet hat? Diese fremdenfeindliche Gruppe. Ich habe darüber seit Tagen keine neuen Meldungen in den Medien gefunden.«

Spock warf dem Romulaner einen ironischen Seitenblick zu, doch Pardek blieb völlig gelassen. »Um die ›Interessengemeinschaft Erde den Menschen‹ ist es in der Tat ziemlich ruhig geworden«, erwiderte der Starfleet-Offizier. »Ihre Mitglieder ... scheinen sich zu verlaufen. Seltsam, nicht wahr?«

»Wirklich seltsam«, stimmte Pardek unverbindlich zu. »Ich habe mir überlegt, Captain Spock, daß eine Diskussion der ... jüngsten Ereignisse sich für uns beide als sehr interessant erweisen könnte. Eine *inoffizielle* Diskussion, versteht sich.«

»Sie meinen ein Gespräch ›unter vier Augen‹, wie die Menschen zu sagen pflegen.«

»Dieser Ausdruck gefällt mir.« Pardek lächelte schwach. »Ihre Sprache ist so farbig ... und so bildhaft. Es hat mir großen Spaß gemacht, sie zu lernen.«

»Es gibt also einige Dinge, die sie mit mir besprechen möchten ... unter vier Augen?«

Pardek zögerte einen Moment. »Ihr Name und der Ihres Vaters – vor allem der Name des Botschafters – waren in letzter Zeit ›in aller Munde‹. Sogar der Prätor hat oft von Ihnen beiden gesprochen.«

»Ich muß sagen«, erwiderte Spock, »daß mich das keineswegs überrascht. Mein Vater hat einen ... Freund, der sich vor kurzem auf dem Weg machte, um vor den Prätor zu treten. Vielleicht ist er auch Ihnen bekannt?«

Pardeks volles Gesicht blieb ausdruckslos. »Möglicherweise«, gestand er ein. »Beziehen Sie sich auf einen Angehörigen des Militärs?«

»Ja. Er hat einen recht hohen Rang.«

Pardek wandte den Blick ab. »›Hatte‹ wäre eine angemessenere Beschreibung, fürchte ich.«

»Oh«, sagte Spock. »Ich bin … betrübt … über diese Neuigkeit.«

Pardek hob eine Augenbraue. »Aber wohl kaum überrascht.«

»Richtig.«

»Es ist bedauerlich«, sagte Pardek nach einer Weile. »Er war auch mein Freund.«

»Tatsächlich?«

»Ja, ich kannte ihn seit vielen Jahren. Und ich kann ihn nicht wegen seiner Entscheidung verurteilen, die zur Freilassung einer größeren Anzahl von Gefangenen führte. Es war eine gute Entscheidung«, sagte er nachdenklich, »diejenigen gehen zu lassen, die es wünschten.«

»Aber nicht alle fraglichen Personen haben sich dafür entschieden«, warf Spock ein. »Dieser Umstand macht mir gewisse Sorgen. Es bestand die Möglichkeit … eines Blutvergießens. Repressalien gegen diejenigen, die geblieben sind.«

»Ich kann Ihnen die erfreuliche Mitteilung machen, daß sich keine derartige Tragödie ereignet hat«, sagte Pardek offen. »Die Individuen, die nicht gehen wollten, sind untergetaucht und haben sich unter die allgemeine Bevölkerung gemischt. Und es wurde auch keine aktive Suche nach ihnen eingeleitet. Die meisten von ihnen sind geblieben, weil sie in romulanische Familien eingeheiratet hatten. Der Prätor hat dafür Verständnis. Er berücksichtigt die öffentliche Meinung, wie es jedes Staatsoberhaupt tun sollte.«

»Sehr vernünftig. Diese Individuen, über die wir uns gerade unterhalten …«, begann Spock.

»Natürlich nur unter vier Augen und ganz inoffiziell …«, warf Pardek ein.

»Natürlich. Diese Individuen ... es ist ihnen also gelungen, in Ihre Gesellschaft einzusickern und sich mit der Bevölkerung zu vermischen?«

»Mit großem Erfolg. Es war bemerkenswert, wie schnell sie ... sozusagen unsichtbar wurden. Ich vermute, daß die meisten von ihnen den Namen änderten und sich als unauffällige Mitglieder ihrer romulanischen Familien verhalten. Sie werden ihre Kinder aufziehen, alt werden ... und ein völlig normales Leben als angesehene Bürger des Reiches führen. Mit der Zeit werden sie nicht mehr von einheimischen Romulanern zu unterscheiden sein.«

»Und der Prätor läßt nicht nach ihnen suchen?«

»Keineswegs. Solange niemand auffällig wird und Probleme bereitet, wird sich voraussichtlich nichts an dieser Politik ändern.«

»Faszinierend«, murmelte Spock. »Wer weiß, wie sich diese ... Vermischung auf Ihr Volk auswirken wird, in den nächsten Jahren ...«

»Ich habe mir bereits die gleiche Frage gestellt, Captain«, sagte der Romulaner.

»Vielleicht ist diese Entwicklung ganz und gar nicht überraschend«, sagte Spock nachdenklich. »Schließlich waren wir vor langer Zeit ein Volk.«

»Das liegt viele Jahrtausende zurück«, warf Pardek ein. »Doch wie die jüngsten Ereignisse gezeigt haben, gibt es immer noch ... kulturelle Gemeinsamkeiten.«

»In der Tat«, pflichtete Spock ihm bei, als er an die Herausforderung und das *Senapa*-Duell dachte. Dieses Erlebnis hatte ihm mehr als alles andere vor Augen geführt, daß Vulkanier und Romulaner einmal ein Volk gewesen waren. Die Ähnlichkeiten zwischen ihnen waren immer noch größer als die Unterschiede, zumindest in physischer Hinsicht ...

»Vielleicht könnten wir dieses Gespräch bei Gelegenheit vertiefen. Während der Konferenz ... oder auch im Anschluß daran.«

»Das würde mir gefallen, Captain Spock«, sagte der Diplomat. Es hörte sich an, dachte der Vulkanier, als hätten sie beide gerade einen Schwur abgelegt, diese Idee gemeinsam weiterentwickeln zu wollen. »Wenn ich nach Romulus zurückgekehrt bin … könnten wir vielleicht in Verbindung bleiben. Regelmäßig korrespondieren.«

»Es wäre mir eine Ehre«, sagte Spock.

»Spock?« hörte der Vulkanier jemanden rufen, und als er sich umdrehte, sah er, wie Sarek durch die Menge der verbliebenen Delegierten auf ihn zukam.

Nachdem er seinen Vater mit dem romulanischen Diplomaten bekannt gemacht hatte, entschuldigte er sich und machte sich zusammen mit Sarek auf den Weg. Gemeinsam verließen sie das Konferenzzentrum und stiegen die wuchtigen Stufen vor dem Gebäude hinunter.

Sarek hatte beschlossen, es behutsam anzugehen, da die Wiederannäherung zwischen ihm und Spock noch nicht sehr gefestigt war. Er empfand es als äußerst … befriedigend, einfach neben seinem Sohn herzugehen, ihn neben sich zu spüren.

»Dafür, daß es der erste Tag war, verliefen die Verhandlungen recht zufriedenstellend«, sagte der Botschafter, als sie vor dem Konferenzzentrum über einen gepflegten Rasen unter strahlend blauem Himmel spazierten. Im Osten ging die Sonne in spektakulären Rottönen unter.

»Ich bin derselben Meinung«, erwiderte Spock. »Die Möglichkeit rückt in greifbare Nähe, den Planeten Qo'noS wirklich retten zu können. Die Eliminierung des Ringes ist eine schwierige Aufgabe … aber innerhalb des gegebenen Zeitrahmens ließe sie sich durchaus verwirklichen.«

Sarek nickte. Dann wollte er seine Neugier nicht länger zügeln und suchte nach einer angemessenen Eröffnung. »Ich hatte nicht damit gerechnet, daß die Romulaner einen Delegierten schicken würden«, sagte er.

»Ich muß zugeben, daß auch ich überrascht war«, sagte Spock.

Dann zögerte Spock, und sein Vater hatte den Eindruck, als wollte er etwas sagen, um es sich dann jedoch anders zu überlegen. »Es ist nun fast drei Wochen her, seit die *Enterprise* die entführten Vulkanier zu ihrer Heimatwelt zurückgebracht hat«, fuhr er dann fort. »Kannst du mir sagen, wie es ihnen ergangen ist, Vater? Sind die Bemühungen erfolgreich, sie in der Ethik der mentalen Kontakte zu unterrichten?«

»Die Lehrer sind optimistisch«, sagte Sarek. »Vor allem, seitdem Savel ihre Sprecherin geworden ist. Sie ist fest entschlossen, ihre telepathischen Fähigkeiten nur noch nach strengen ethischen Prinzipien einzusetzen, um anderen zu helfen. Als ich sie das letzte Mal sah, sagte sie mir, sie wollte sich als Heilerin ausbilden lassen, um als telepathische Therapeutin zu arbeiten. Sie hat meine Zuversicht verstärkt, daß die Neuankömmlinge sich in unsere Gesellschaft einfügen werden.«

»Das glaube ich auch«, sagte Spock. »Ich habe während des Rückfluges nach Vulkan lange Gespräche mit Savel geführt. Sie scheint eine junge Frau mit großem Potential zu sein. Ich war von ihr beeindruckt.«

»Aber vermutlich nicht so intensiv wie Soran«, entgegnete Sarek trocken.

Spock hob eine Augenbraue. »Interessant. Und bringt sie ihm die gleiche Sympathie entgegen?«

»Ich habe zumindest den Eindruck gewonnen.«

»Soran ist ungebunden, nicht wahr?«

»Ja. Seine Eltern halten nichts von der Tradition einer Verlobung im Kindesalter. Diese Tendenz scheint immer mehr um sich zu greifen«, bemerkte Sarek nachdenklich.

»Dann ist Soran frei.«

»Im Augenblick, ja«, sagte Sarek mit einem amüsierten Glitzern in den dunklen Augen. »Aber ich rechne nicht damit, daß dieser Zustand noch lange anhalten wird.«

Sein Sohn blickte ihn mit fragend erhobener Augenbraue an. Auch in seine Augen trat ein ironisches Funkeln.

Als sie den Rand des Parks erreichten, hielten Vater und Sohn an, um den Sonnenuntergang einige Minuten lang schweigend zu betrachten. »Insgesamt«, sagte Spock schließlich, »bin ich von Pardek beeindruckt. Er scheint eine intelligente Persönlichkeit mit Visionen zu sein.«

Sarek blickte seinem Sohn ins Gesicht und erkannte, daß Spock ihm damit offenbar ein Stichwort geben wollte. »Tatsächlich? Wie kommst du zu dieser Einschätzung?«

»Unser Gespräch im Anschluß an die heutige Sitzung hat mich davon überzeugt.«

Sarek hob eine Augenbraue. »So? Und worüber habt ihr gesprochen, wenn ich fragen darf? Es schien sich um ein sehr anregendes Gespräch zu handeln.«

»Das war es«, bestätigte Spock. »Zunächst unterhielten wir uns über die IGEM«, sagte er mit einem Hauch von Belustigung. »Und dann sprachen wir ganz inoffiziell über die jungen Vulkanier, die Freelan nicht mit der *Enterprise* verlassen wollten ...« Spock faßte zusammen, was er mit Pardek besprochen hatte.

»Daß der Prätor entschieden hat, sie in Ruhe zu lassen, ist eine gute Neuigkeit«, sagte Sarek anschließend. »Hat Pardek eine Andeutung bezüglich Taryns Schicksal gemacht?«

Spock nickte, während seine Miene düster wurde. »Taryn ist tot, Vater«, sagte er. »Ich bedaure es, dir diese Mitteilung machen zu müssen.«

Sarek schloß kurz die Augen. »Ich habe ohnehin mit dieser Nachricht gerechnet«, sagte er bedrückt. »Unter den gegebenen Umständen ist es kaum eine Überraschung.«

Schließlich atmete Sarek tief durch und brach das eingetretene Schweigen. »War es also Taryns Schicksal, über das du so angeregt mit Pardek gesprochen hast, als ich dazustieß?«

Sein Sohn warf ihm einen Seitenblick zu. »Du bist neugierig, Vater?«

»Ich muß zugeben, daß ich in der Tat neugierig bin.«

Spock holte tief Luft und nahm den Spaziergang wieder auf. »Also gut. Pardek sagte, es wäre überraschend, wie mühelos sich die jungen Vulkanier in die romulanische Gesellschaft einfügten. Ich stellte daraufhin fest, daß wir schließlich vor langer Zeit ein Volk waren.« Der Offizier zögerte, bevor er weitersprach. »Ich frage mich, ob wir vielleicht irgendwann wieder ein Volk sein können.«

Sarek blieb unvermittelt stehen und starrte seinen Sohn an, ohne seine Bestürzung vor ihm zu verbergen. »Dann kannst du doch nicht ernst meinen, Spock!«

»Warum nicht?« Spocks Gesicht zeigte die Andeutung hartnäckiger Entschlossenheit, die sein Vater bereits von früheren Gelegenheiten kannte. »Wir arbeiten daran, Frieden mit den Klingonen zu schließen. Warum soll es also nicht auch Frieden – und irgendwann Zusammenarbeit – mit den Romulanern geben?«

Sarek bemühte sich, nicht die Fassung zu verlieren. »Du sprichst von ... einer Vereinigung der zwei Kulturen?«

»Ja, obwohl ... ich zugeben muß, daß es ... äußerst schwierig wäre.«

Der Botschafter seufzte und schüttelte den Kopf. »Spock ... mein Sohn, hast du eine Ahnung, wie unrealistisch ein solcher Idealismus klingt? Es geht um *Romulaner*, vergiß das nicht! Sie haben sich so weit von unseren Idealen entfernt, daß es keine gemeinsame Basis mehr gibt. Was ist mit ihren Aktionen auf

Freelan? Was ist mit Nanclus' verräterischen Intrigen?«

»Was ist mit Taryn?« erwiderte Spock gelassen. »Was ist mit seiner Antwort auf deine Herausforderung? Eine Herausforderung, die so alt ist, daß sie ein gemeinsames Erbe unserer Kulturen darstellt.«

»Taryn war ein Vulkanier!« entgegnete Sarek.

»Und er starb als Romulaner«, konterte Spock scharf, »der sich an romulanischen Vorstellungen von Ehre und Pflicht festhielt.«

Sarek seufzte. »Spock ... Spock ... es gereicht dir zur Ehre, daß du dich für den Frieden einsetzen willst, mein Sohn. Aber diese Idee ist einfach ... lächerlich.«

»Das glaube ich nicht. Ich beabsichtige, diese Idee in den Gesprächen mit Pardek fortzuführen. Aber ich möchte nicht mehr über dieses Thema diskutieren. Dein Geist ist verschlossen, Vater.«

Sareks Augen blitzten auf, doch sein Gesichtsausdruck veränderte sich nicht. »Wie du wünschst«, sagte er kühl. Doch dann dachte er daran, wie Amanda reagieren würde, wenn sie ihnen zuhören könnte. Daraufhin versuchte der Botschafter, seinen Ton zu mäßigen und sich nach diplomatischer Manier um Entspannung zu bemühen. »Vielleicht hast du recht, Spock ... es dürfte sinnlos sein, über ein Thema zu diskutieren, zu dem wir so konträre Standpunkte vertreten. Aber es gibt noch andere Themen, über die wir sprechen könnten ... vielleicht beim Abendessen?«

Sein Sohn drehte sich mit kühler und beherrschter Miene zu ihm um, doch als er seinem Vater in die Augen sah, entspannte er sich allmählich und nickte schließlich. »Du hast recht. Es gibt andere Themen.« Spocks Gesicht wurde freundlicher. »Also gut, Vater. Beim Abendessen«, erklärte er sich einverstanden.

Vater und Sohn gingen weiter, während die Schatten des Abends ringsum immer länger wurden.

EPILOG

Sonnenaufgang auf Vulkan ... Sarek stand allein in Amandas Garten und wartete auf das erste Licht der Dämmerung. Kurz vor Sonnenaufgang war der Himmel immer noch schwarz und mit Sternen übersät – nur nicht hinter dem riesenhaften Umriß von Vulkans Nachbarplaneten. T'Rukh lag im schwachen Licht, das von Vulkan reflektiert wurde, und war deshalb im aschgrauen Schein fast unsichtbar. Hier in den Bergen in der Nähe von Gol setzte die Dämmerung 1,6 Stunden später ein, da sie durch den Wächter verzögert wurde.

Während der Botschafter zusah, erschien ein Leuchten am oberen Rand des Wächters, das zuerst nur schwach war und dann immer heller wurde. Der Vulkanier hatte schon viele Sonnenaufgänge aus dem Orbit beobachtet und war immer wieder erstaunt, wie sehr dieser Moment dem Aufgang der Sonne Vulkans über T'Rukh glich. Die dünne Atmosphäre des Nachbarplaneten, die große Mengen an Staub und Schwefeldioxid von den unzähligen Vulkanausbrüchen enthielt, streute das rötliche Licht von Nevasa zu einem schmalen Streifen, der an eine hohe Zirruswolke erinnerte.

Sarek drehte sich um und nahm einen kleinen Behälter auf, der hinter ihm auf der Bank stand. Es war ein uraltes Gefäß aus weißem Stein.

Sarek blickte wieder zum Himmel, als er mit dem Fingernagel am Rand des Gefäßes entlangfuhr und damit den Verschluß öffnete. Vorsichtig löste er den Deckel. Über ihm wurde der rote Bogen immer breiter, bis plötzlich der Stern selbst sichtbar wurde. Das Leuchten nahm zu und wurde zu einem grellen Glühen. Gleichzeitig erhellte sich der Himmel über Vulkan und verbarg T'Rukh hinter einem rosafarbenen Lichtvorhang. Während Nevasa langsam höher stieg, wurde ein zarter, nach unten gekrümmter Lichtbogen sichtbar, der knapp über dem Horizont stand. Die Sterne verblaßten und verschwanden schließlich ganz.

Aber sie werden wiederkommen, dachte Sarek. *Heute nacht werden sie wieder erstrahlen. Die Sterne ... leben länger als wir alle.*

Sonnenaufgang. Es war Zeit.

Der Vulkanier atmete tief durch und neigte das Gefäß, bis ein wenig vom grauen Pulver, das sich darin befand, herausrieselte. Die morgendliche Brise nahm etwas davon mit und wehte es fort, doch der größte Teil fiel zu Boden.

Sarek ging ein paar Schritte zu einer anderen Stelle. Diesmal hielt er das Gefäß so, daß das Pulver in seine Hand rieselte. *Dies ist das letzte Mal, daß ich sie berühre,* dachte er und schloß seine Faust um die Asche, als würde er ihre Hand in seiner halten. Inzwischen war Nevasa noch höher gestiegen und hatte sich endgültig von der riesigen Sichel T'Rukhs gelöst. Der vulkanische Himmel hatte nun seine normale warme Farbe angenommen.

Der Tag hatte begonnen.

Ein jegliches hat seine Zeit, und alles Vorhaben unter dem Himmel hat seine Stunde ... dachte Sarek, als er sich an eins von Amandas Lieblingszitaten erinnerte. Langsam öffnete er die Finger, einen nach dem anderen, und ließ die Asche hindurchrieseln. Er ließ los.

Als der Wind der Dämmerung nachließ und erstarb, drehte Sarek das Gefäß um und schüttelte es, damit auch der letzte Rest Asche herausfiel, durch die Luft trieb und sich schließlich auf die Steine, den Boden und die Pflanzen von so vielen Welten legte.

Leb wohl, Amanda ... Der Vulkanier bewegte die Lippen, doch kein Laut drang aus seinem Mund.

Sorgsam drückte der Botschafter den Deckel auf die nunmehr leere Urne. Dann wandte er sich um und kehrte mit langsamen, aber sicheren Schritten durch den stillen Garten zurück.

NACHWORT

Während ich diese Worte schreibe, liegt die Veröffentlichung meines ersten Romans *Yesterday's Son* (*Sohn der Vergangenheit*) zehn Jahre zurück. Seitdem hatte ich die Gelegenheit, viele der Fans und der Stars zu treffen, die mitgeholfen haben, *Star Trek* am Leben zu erhalten. Dies hat mir große Freude gemacht und viel gegeben. Der Besuch einer *Star Trek*-Convention ist wie ein Wiedersehen im Kreis der Familie.

Durch die Arbeit an *Sarek* habe ich den Planeten Vulkan und seine Bewohner tiefer als je zuvor ergründet. Ich empfinde es als Privileg, das mich zutiefst befriedigt. Als hätte ich endlich eine bislang unzugängliche Stelle zwischen meinen schriftstellerischen Schulterblättern erreicht, um sie ausgiebig kratzen zu können. Offen gesagt, hat es mich gejuckt, die Szene zu beschreiben, die sich an jenem Tag abspielte, als Spock seinem Vater mitteilte, daß er nicht die vulkanische Akademie der Wissenschaften besuchen wollte, seit ich 1967 die Folge ›Journey to Babel‹ (›Reise nach Babel‹) sah. Endlich hatte ich die Gelegenheit, einen sechsundzwanzig Jahre alten Juckreiz zu lindern!

Sarek ist mein erster Roman, der nach dem Tod von Gene Roddenberry veröffentlicht wird. (Der ›Große Vogel‹ wußte allerdings, daß eine Geschichte über Sareks Leben in Planung war, und soll nach Auskunft meiner Redakteure von der Idee angetan gewesen sein.) Jeder, der *Star Trek* liebt, vermißt Gene, aber es ist angemessen und tröstlich, daß *Star Trek* als Erbe seiner Vision von der Zukunft weiterlebt.

Jedesmal, wenn ich einen neuen *Star Trek*-Roman schreibe, erhalte ich Briefe von Menschen, die sich fragen, ob ich außer *Star Trek* auch noch etwas anderes schreibe. Die Antwort lautet: Ja. Zum gegenwärtigen Zeitpunkt macht *Star Trek* insgesamt nur ein Fünftel meiner literarischen Produktion aus. Zu meinen in letzter Zeit veröffentlichten Büchern gehören *Starbridge, Silent Dances* (zusammen mit Kathleen O'Malley), *Shadow World* (zusammen mit Jannean Elliot) und *Serpent's Gift* (zusammen mit Deborah A. Marshall). Das Buch *Silent Song,* die Fortsetzung zu *Silent Dances,* die ich wieder gemeinsam mit Kathleen O'Malley verfaßte, ist im Juni 1994 erschienen. Ich habe außerdem zusammen mit Andre Norton zwei Fantasy-Romane geschrieben: *Gryphon's Eyrie* und *Songsmith.*

Sarek ist mein vierter *Star Trek*-Roman. Zu *Yesterday's Sohn* habe ich außerdem die Fortsetzung *Time for Yesterday* (*Zeit für Gestern*) verfaßt. Dann besuchte ich die *Next Generation* und schrieb *The Eyes of the Beholders* (*Die Augen der Betrachter*). Ob ich weitere *Star Trek*-Romane schreiben werde? Im Augenblick habe ich keine konkreten Pläne. *Sarek* ist mein bislang längstes Buch, und es hat mich am stärksten gefordert. Aber man weiß ja nie …

Bevor ich schließe, möchte ich noch einmal allen *Star Trek*-Lesern danken, die mir geschrieben haben (gewöhnlich mit frankiertem Rückumschlag, vielen Dank!), daß ihnen meine Bücher gefallen, sowohl *Star Trek* als auch die sonstige Science Fiction und Fantasy. Es kann eine Weile dauern, bis ich antworte, daher bitte ich um Geduld. Ich wünsche euch allen Frieden und ein langes Leben!

Ann C. Crispin

ZEITTAFEL

2161 Gründung der Vereinigten Föderation der Planeten.
2165 Sarek von Vulkan geboren, als Sohn von Skon und Enkel von Solkar.
2172 Sarek und T'Rea werden im Alter von sieben Jahren miteinander verlobt.
2200 Amanda Grayson geboren.
2218 Erster Kontakt der Föderation mit den Klingonen.
2221 Sarek wird zum diplomatischen Vertreter der Föderation für Freelan ernannt.
2223 Sareks erstes *Pon Farr*.
2224 Sybok als Sohn von Sarek und T'Rea geboren.
2226 T'Rea wird zur Hohemeisterin von Gol ernannt und läßt sich von Sarek scheiden. Kurze Zeit später stirbt sie.
2229 Amanda Grayson lernt Botschafter Sarek bei einem Empfang im vulkanischen Konsulat auf der Erde kennen. Noch im gleichen Jahr heiraten sie und ziehen in Sareks Haus auf Vulkan.
2230 Spock als Sohn von Sarek und Amanda Grayson Sarek geboren.
2233 James T. Kirk geboren.
2237 Spock zieht im Alter von sieben Jahren allein in die Llangon-Berge, um sich auf die *Kahs-wan*-Prüfung vorzubereiten. Dabei wird sein Haustier, ein Sehlat namens I-Chaya, tödlich verletzt. Kurz darauf wird Spock mit der gleichaltrigen Vulkanierin T'Pring verlobt.
2245 Stapellauf der *Enterprise* NCC-1701.
2249 Spocks Eintritt in die Starfleet-Akademie. Amanda verläßt Sarek für ein Jahr.

2250 Sareks Vater Skon stirbt, nach der Trauerzeremonie kehrt Amanda zu Sarek zurück.

2252 Spock tritt seinen Dienst an Bord der *Enterprise* unter Captain Pike an.

2261 Peter James Kirk als Sohn von James T. Kirks Bruder George Samuel und seiner Frau Aurelan Kirk geboren.

David Marcus als Sohn von James T. Kirk und Carol Marcus geboren.

2264 Captain James T. Kirk bricht mit der *Enterprise* zu einer Fünfjahresmission auf.

2266 Erster Sichtkontakt mit dem Commander eines romulanischen Schiffs.

2267 James T. Kirks Bruder George Samuel und seine Frau Aurelan Kirk kommen auf Deneva um, ihr Sohn Peter überlebt und wächst bei seiner Großmutter Winona Kirk auf.

Spocks erstes *Pon Farr*. Nach dem *Kal-if-fee*, einem rituellen Zweikampf, wählt Spocks Verlobte T'Pring später den Vulkanier Stonn als Ehemann.

Konferenz von Babel über die Aufnahme des Planetoiden Coridan in die Föderation. Dabei erleidet Botschafter Sarek seinen zweiten Herzanfall, und Dr. McCoy kann ihn retten, nachdem Spock sich als Blutspender bereitstellt. Sarek und Spock versöhnen sich wieder, nachdem sie 18 Jahre lang kein Wort miteinander gesprochen haben.

2268 Kirk und Spock erbeuten bei einer Spionageaktion eine romulanische Tarnvorrichtung.

2269 Ende der Fünfjahresmission der *Enterprise,* James T. Kirk wird zum Admiral befördert.

2270 Spock scheidet aus dem Starfleet-Dienst aus und unterzieht sich auf Vulkan dem *Kolinahr*.

Sarek beginnt die Ausarbeitung des Vertrages mit den Legaranern.

2271 Beginn der zweiten Fünfjahresmission der *Enter-*

prise, Spock kehrt in den Starfleet-Dienst zurück.

2277 James T. Kirk wird an die Starfleet-Akademie berufen, Captain Spock übernimmt das Kommando über die *Enterprise.*

2278 Pardek wird Mitglied des romulanischen Senats.

2285 Spock stirbt während der Genesis-Krise, kann jedoch sein *Katra* auf Dr. McCoy übertragen. David Marcus entdeckt den regenerierten Spock auf Genesis. Kirk bringt ihn nach der Zerstörung der alten *Enterprise* mit einem erbeuteten klingonischen Raumschiff nach Vulkan, wo die Hohemeisterin T'Lar Spocks *Katra* von Dr. McCoy auf Spocks neuen Körper überträgt. Im Haus seiner Eltern rekonstruiert Spock in einem langen Lernprozeß seinen ehemaligen Wissensstand.

2287 Spocks Halbbruder Sybok erobert die neue *Enterprise* NCC-1701-A und findet schließlich auf dem Planeten Sha Ka Ree den Tod.

2293 Praxis, der Mond der klingonischen Heimatwelt Qo'noS, zerbricht und richtet schwere Schäden an, worauf die Klingonen zu Friedensverhandlungen mit der Föderation bereit sind. Botschafter Sarek schlägt seinen Sohn Spock als diplomatischen Gesandten vor. Nach der Ermordung des klingonischen Kanzlers Gorkon werden James T. Kirk und Leonard McCoy zur Zwangsarbeit auf Rura Penthe verurteilt.

Nach der Aufdeckung der interstellaren Verschwörung wird auf Khitomer der Friedensvertrag zwischen der Föderation und dem Klingonischen Imperium unterzeichnet.

Amanda Grayson Sarek stirbt im Alter von 93 Jahren.

Spock beginnt seine langjährige Zusammenarbeit mit dem romulanischen Senator Pardek.

2364 Captain Jean-Luc Picard übernimmt das Kommando über die *Enterprise* 1702-D.

2366 Sarek kommt mit seiner dritten Frau Perrin an Bord der *Enterprise,* um eine Konferenz mit den Legaranern zu leiten. Dabei wird festgestellt, daß Sarek am Bendii-Syndrom leidet, das durch eine Gedankenverschmelzung mit Captain Picard gelindert werden kann. Anschließend kehrt Sarek mit Perrin und der vulkanischen Delegation nach Vulkan zurück.

2368 Sarek schlägt Captain Picard vor, auf Romulus nach dem vermißten Spock zu suchen. Pardek wird als Geheimagent entlarvt.

Sarek stirbt im Alter von 203 Jahren in seinem Haus auf Vulkan.

DANKSAGUNGEN

Viele Menschen haben mir bei der Arbeit an diesem Buch geholfen. Mit dem Hinweis, daß ich für mögliche Fehler natürlich selbst verantwortlich bin, möchte ich den folgenden Personen danken:

Mark Lenard, der mit seiner eindringlichen Verkörperung der Figur des Sarek diesen Roman inspiriert hat. Mark ist nicht nur ein guter Schauspieler, sondern auch ein liebenswürdiger und warmherziger Mensch. Von Anfang an zeigte er ein großes Interesse an diesem Roman.

Dem Amateurastronomen und Schriftstellerkollegen Michael Capobianco, der mich über Planetenumlaufbahnen, Ringe und dergleichen informiert hat. (Nicht zu vergessen, daß er mich zur Post gefahren, Teile des Manuskripts gefaxt, das Essen gekocht und mich in schwierigen Zeiten durch Schulterklopfen und Ermutigungen aufgerichtet hat.)

Irene Kress und Judy May für Informationen über die Auswirkungen eines Schlaganfalls.

Für Ideen und Hintergrundinformationen zu *Star Trek* danke ich:

John Jobeck und Ellen Marie Konicki, meinen Lieblingsklingonen.

Margaret Wander Bonanno, meiner Lieblingsvulkanierin (neben meinem Lieblingsvulkanier …).

Marc Okrand für die Erfindung von klingonischen Wörtern und Redensarten, die ich brauchte. Vielen Dank, Marc. Jetzt weiß ich, was ich sagen muß, falls ich jemals mit einem Klingonen ins Bett gehen sollte!

Für redaktionelle Beratung und Unterstützung danke ich Kevin Ryan und John Ordover, den *Star Trek*-Redakteuren bei Pocket Books.

Und weil sie immer da waren, wenn ich sie brauchte, möchte ich Vonda, Nancy, Marrilee, Liza, Deb und Teresa danken.

Ganz besonders danke ich meiner langjährigen Freundin und Mitautorin Kathleen O'Malley, die mir mit wertvollen Hinweisen und Kritik geholfen hat … und für noch vieles mehr. Ich bezweifle, daß dieses Buch ohne Kathy jemals fertig geworden wäre.

STAR TREK™

in der Reihe
HEYNE SCIENCE FICTION & FANTASY

STAR TREK: CLASSIC SERIE

Vonda N. McIntyre, Star Trek II: Der Zorn des Khan · 06/3971
Vonda N. McIntyre, Der Entropie-Effekt · 06/3988
Robert E. Vardeman, Das Klingonen-Gambit · 06/4035
Lee Correy, Hort des Lebens · 06/4083
Vonda N. McIntyre, Star Trek III: Auf der Suche nach Mr. Spock · 06/4181
S. M. Murdock, Das Netz der Romulaner · 06/4209
Sonni Cooper, Schwarzes Feuer · 06/4270
Robert E. Vardeman, Meuterei auf der Enterprise · 06/4285
Howard Weinstein, Die Macht der Krone · 06/4342
Sondra Marshak & Myrna Culbreath, Das Prometheus-Projekt · 06/4379
Sondra Marshak & Myrna Culbreath, Tödliches Dreieck · 06/4411
A. C. Crispin, Sohn der Vergangenheit · 06/4431
Diane Duane, Der verwundete Himmel · 06/4458
David Dvorkin, Die Trellisane-Konfrontation · 06/4474
Vonda N. McIntyre, Star Trek IV: Zurück in die Gegenwart · 06/4486
Greg Bear, Corona · 06/4499
John M. Ford, Der letzte Schachzug · 06/4528
Diane Duane, Der Feind – mein Verbündeter · 06/4535
Melinda Snodgrass, Die Tränen der Sänger · 06/4551
Jean Lorrah, Mord an der Vulkan Akademie · 06/4568
Janet Kagan, Uhuras Lied · 06/4605
Laurence Yep, Herr der Schatten · 06/4627
Barbara Hambly, Ishmael · 06/4662
J. M. Dillard, Star Trek V: Am Rande des Universums · 06/4682
Della van Hise, Zeit zu töten · 06/4698
Margaret Wander Bonanno, Geiseln für den Frieden · 06/4724
Majliss Larson, Das Faustpfand der Klingonen · 06/4741
J. M. Dillard, Bewußtseinsschatten · 06/4762
Brad Ferguson, Krise auf Centaurus · 06/4776
Diane Carey, Das Schlachtschiff · 06/4804
J. M. Dillard, Dämonen · 06/4819
Diane Duane, Spocks Welt · 06/4830
Diane Carey, Der Verräter · 06/4848

STAR TREK™

Gene DeWeese, Zwischen den Fronten · 06/4862
J. M. Dillard, Die verlorenen Jahre · 06/4869
Howard Weinstein, Akkalla · 06/4879
Carmen Carter, McCoys Träume · 06/4898
Diane Duane & Peter Norwood, Die Romulaner · 06/4907
John M. Ford, Was kostet dieser Planet? · 06/4922
J. M. Dillard, Blutdurst · 06/4929
Gene Roddenberry, Star Trek (I): Der Film · 06/4942
J. M. Dillard, Star Trek VI: Das unentdeckte Land · 06/4943
David Dvorkin, Die Zeitfalle · 06/4996
Barbara Paul, Das Drei-Minuten-Universum · 06/5005
Judith & Garfield Reeves-Stevens, Das Zentralgehirn · 06/5015
Gene DeWeese, Nexus · 06/5019
D. C. Fontana, Vulkans Ruhm · 06/5043
Judith & Garfield Reeves-Stevens, Die erste Direktive · 06/5051
Michael Jan Friedman, Das Doppelgänger-Komplott · 06/5067
Judy Klass, Der Boacozwischenfall · 06/5086
Julia Ecklar, Kobayashi Maru · 06/5103
Peter Norwood, Angriff auf Dekkanar · 06/5147
Carolyn Clowes, Das Pandora-Prinzip · 06/5167
Diana Duane, Die Befehle des Doktors · 06/5247
V. E. Mitchell, Der unsichtbare Gegner · 06/5248
Dana Kramer-Rolls, Der Prüfstein ihrer Vergangenheit · 06/5273
Michael Jan Friedman, Schatten auf der Sonne · 06/5179
Barbara Hambly, Der Kampf ums nackte Überleben · 06/5334
Brad Ferguson, Eine Flagge voller Sterne · 06/5349
Gene DeWeese, Die Kolonie der Abtrünnigen · 06/5375
Michael Jan Friedman, Späte Rache · 06/5412
Peter David, Der Riß im Kontinuum · 06/5464
Michael Jan Friedman, Gesichter aus Feuer · 06/5465
Peter David/Michael Jan Friedman/Robert Greenberger, Die Enterbten · 06/5466
L. A. Graf, Die Eisfalle · 06/5467
John Vornholt, Zuflucht · 06/5468
L. A. Graf, Der Saboteur · 06/5469
Melissa Crandall, Die Geisterstation · 06/5470
Mel Gilden, Die Raumschiff-Falle · 06/5471
V. E. Mitchell, Tore auf einer toten Welt · 06/5472
Victor Milan, Aus Okeanos Tiefen · 06/5473
Diane Carey, Das große Raumschiff-Rennen · 06/5474
Diane Carey, Kirks Bestimmung · 06/5476

STAR TREK™

STAR TREK: THE NEXT GENERATION

David Gerrold, Mission Farpoint · 06/4589
Gene DeWeese, Die Friedenswächter · 06/4646
Carmen Carter, Die Kinder von Hamlin · 06/4685
Jean Lorrah, Überlebende · 06/4705
Peter David, Planet der Waffen · 06/4733
Diane Carey, Gespensterschiff · 06/4757
Howard Weinstein, Macht Hunger · 06/4771
John Vornholt, Masken · 06/4787
David & Daniel Dvorkin, Die Ehre des Captain · 06/4793
Michael Jan Friedman, Ein Ruf in die Dunkelheit · 06/4814
Peter David, Eine Hölle namens Paradies · 06/4837
Jean Lorrah, Metamorphose · 06/4856
Keith Sharee, Gullivers Flüchtlinge · 06/4889
Carmen Carter u. a., Planet des Untergangs · 06/4899
A. C. Crispin, Die Augen der Betrachter · 06/4914
Howard Weinstein, Im Exil · 06/4937
Michael Jan Friedman, Das verschwundene Juwel · 06/4958
John Vornholt, Kontamination · 06/4986
Mel Gilden, Baldwins Entdeckungen · 06/5024
Peter David, Vendetta · 06/5057
Peter David, Eine Lektion in Liebe · 06/5077
Howard Weinstein, Die Macht der Former · 06/5096
Michael Jan Friedman, Wieder vereint · 06/5142
T. L. Mancour, Spartacus · 06/5158
Bill McCay/Eloise Flood, Ketten der Gewalt · 06/5242
V. E. Mitchell, Die Jarada · 06/5279
John Vornholt, Kriegstrommeln · 06/5312
Laurell K. Hamilton, Nacht über Oriana · 06/5342
David Bischoff, Die Epidemie · 06/5356
Diane Carey, Abstieg · 06/5416
Michael Jan Friedman, Relikte · 06/5419
Michael Jan Friedman, Die Verurteilung · 06/5444
Simon Hawke, Die Beute der Romulaner · 06/5413
Rebecca Neason, Der Kronprinz · 06/5414
John Peel, Drachenjäger · 06/5415
Diane Duane, Dunkler Spiegel · 06/5417
Susan Wright, Der Mörder des Sli · 06/5438
W. R. Thomson, Planet der Schuldner · 06/5439
Michael Jan Friedman & Kevin Ryan, Requiem · 06/5442
Dafydd ab Hugh, Gleichgewicht der Kräfte · 06/5443

STAR TREK™

STAR TREK: DIE ANFÄNGE
Vonda N. McIntyre, Die erste Mission · 06/4619
Margaret Wander Bonanno, Fremde vom Himmel · 06/4669
Diane Carey, Die letzte Grenze · 06/4714

STAR TREK: DEEP SPACE NINE
J. M. Dillard, Botschafter · 06/5115
Peter David, Die Belagerung · 06/5129
K. W. Jeter, Die Station der Cardassianer · 06/5130
Sandy Schofield, Das große Spiel · 06/5187
Lois Tilton, Verrat · 06/5323
Diane Carey, Die Suche · 06/5432
Esther Friesner, Kriegskind · 06/5430
Melissa Scott, Der Pirat · 06/5434
Nathan Archer, Walhalla · 06/5512
Greg Cox/John Gregory Betancourt, Der Teufel im Himmel · 06/5513
Robert Sheckley, Das Spiel der Laertianer · 06/5514

STAR TREK: STARFLEET KADETTEN
John Vornholt, Generationen · 06/6501
Peter David, Worfs erstes Abenteuer · 06/6502
Peter David, Mission auf Dantar · 06/6503
Peter David, Überleben · 06/6504
Brad Strickland, Das Sternengespenst · 06/6505
Brad Strickland, In den Wüsten von Bajor · 06/6506
John Peel, Freiheitskämpfer · 06/6507
Mel Gilden & Ted Pedersen, Das Schoßtierchen · 06/6508
John Vornholt, Erobert die Flagge! · 06/6509
V. E. Mitchell, Die Atlantis Station · 06/6510
Michael Jan Friedman, Die verschwundene Besatzung · 06/6511
Michael Jan Friedman, Das Echsenvolk · 06/6512
Diane G. Gallagher, Arcade · 06/6513
John Peel, Ein Trip durch das Wurmloch · 06/6514
Brad & Barbara Strickland, Kadett Jean-Luc Picard · 06/6515
Brad & Barbara Strickland, Picards erstes Kommando · 06/6516 (in Vorb.)

STAR TREK: VOYAGER
L. A. Graf, Der Beschützer · 06/5401
Peter David, Die Flucht · 06/5402
Nathan Archer, Ragnarök · 06/5403

STAR TREK™

Susan Wright, Verletzungen · 06/5404
John Betancourt, Der Arbuk-Zwischenfall · 06/5405
Christie Golden, Die ermordete Sonne · 06/5406
Mark A. Garland & Charles G. McGraw, Geisterhafte Visionen · 06/5407
S. N. Lewitt, Cybersong · 06/5408

DAS STAR TREK-UNIVERSUM, 2 Bde.,
überarbeitete und aktualisierte Neuausgabe!
von *Ralph Sander* · 06/5150

DAS STAR TREK-UNIVERSUM, Ergänzungsband
von *Ralph Sander* · 06/5151

William Shatner/Chris Kreski, Star Trek Erinnerungen · 06/5188
William Shatner/Chris Kreski, Star Trek Erinnerungen: Die Filme · 06/5450

Phil Farrand, Cap'n Beckmessers Führer durch STAR TREK – DIE NÄCHSTE GENERATION · 06/5199
Phil Farrand, Cap'n Beckmessers Führer durch STAR TREK – DIE CLASSIC SERIE · 06/5451

Ralph Sander, Star Trek Timer 1997 · 06/1997
Nichelle Nichols, Nicht nur Uhura · 06/5547
Leonard Nimoy, Ich bin Spock · 06/5548
Lawrence M. Krauss, Die Physik von Star Trek · 06/5549
J. M. Dillard, Star Trek: Wo bisher noch niemand gewesen ist · 06/6500
Judith & Garfield Reeves-Stevens, Star Trek – Deep Space Nine: Die Realisierung einer Idee · 06/5550
Judith & Garfield Reeves-Steven, Star Trek Design · 06/5545
Aris Kazidian & Bruce Jacoby, Das Star Trek Kochbuch · 06/5546

Diese Liste ist eine Bibliographie erschienener Titel
KEIN VERZEICHNIS LIEFERBARER BÜCHER!